M

몬스터러몰로지스트 3

피의 섬

THE ISLE OF BLOOD

by Rick Yancey

Korean translation edition is published by arrangement with Simon Schuster Books For Young Readers, an imprint of Simon & Schuster Children's Publishing Division through KCC.

황금가지

ISLE OF BLOOD

10권 티포엔스

샌디에게.

"1888년 3월 6일, 지중해 지역에 붉은 비가 내렸다.
12일 후에도 동일한 현상이 발생했다. 붉은 비의 성분은 알 수 없으나
불을 붙이자 동물성 물질이 타는 악취가 진동했다."

—《천문학》(1888년)

"[하늘에서 떨어진 물체는] 받침 접시나 샐러드 접시를
거꾸로 엎어 놓은 것과 유사한 원형으로 지름은 약 20센티미터,
두께는 3센티미터 남짓이었으며 밝은 담황색에
피륙처럼 미세한 털로 덮여 있었다…….
융모를 제거하자 밀도 및 점성이 고급 비누와 유사한
무른 담황색 물질이 드러났는데,
매우 불쾌하고 강한 냄새가 났다.
가까이 접근하면…… 호흡이 곤란할 정도로 지독한 냄새가 났고
어지럼증과 메스꺼움이 수반됐다.
담황색 물질은 공기 중에 몇 분간 노출되면
정맥혈과 같은 짙고 검푸른 붉은색으로 변했다."

— 루퍼스 브레이브스 교수,《미국 과학 저널》(1819년)

은자(隱者)가 말했다.
"별똥별을 뒤쫓은들 종국에 발견하는 것은 악취가 진동하는 고약한 물질이라,
지평선 위를 가로지를 때에는 그토록 아름다워 보였건만."

— 월터 스콧 경, 『부적』(1825년)

하늘에서 내린 고깃덩이 비.

켄터키에서 발생한 믿기 힘든 현상 — 맑은 하늘에서 양 또는 사슴의 고기로 추정되는 살점이 비처럼 쏟아지다.

루이스빌, 3월 9일. — 금일(今日) 자 《바스 카운티 뉴스》의 기사에 따르면, "지난 금요일, 앨런 크라우치의 가옥 주변 길이 100미터, 폭 50미터가량의 지면에 동물의 살점이 소나기처럼 쏟아졌다. 그의 거주지는 카운티 남쪽에 위치한 올림피안 샘에서 3~5킬로미터 떨어진 곳이다. 사건 발생 당시 마당에서 비누를 만들고 있던 크라우치 부인은 갑자기 하늘에서 소의 살점처럼 보이는 것들이 쏟아졌다고 말했다. 당시에 하늘은 구름 한 점 없이 청명했고, 부인의 증언에 따르면 고깃덩어리들이 마치 함박눈처럼 떨어졌다고 한다. 실제로 하늘에서 떨어진 살점들은 대개 눈송이와 크게 다르지 않은 크기였는데, 그녀와 가까운 곳에 떨어진 어떤 덩어리는 거의 10센티미터에 달하기도 했다. 훌륭하고 정직한 시민이자 위의 사실을 제공한 해리슨 길에 따르면 다음 날 인근 지역에도 비슷한 현상이 발생했으며, 하늘에서 내린 고기 조각들이 울타리에 꽂혀 있거나 바닥에 흩어져 있는 광경을 직접 목격했다고 한다. 하늘에서 처음 쏟아졌을 때 살점들은 아주 신선해 보였다.

마운트 스털링에서 기사를 보내온 《루이스빌 커머셜》 통신원 역시 위의 사실을 확인하며 살점의 크기와 형태는 매우 다양하고 크기가 5센티미터에 달하는 것도 있었다고 전했다. 소나기로 내린 살점을 시식한 두 신사는 그것이 양 또는 사슴의 고기일 것이라는 의견을 내놓았다.

—《뉴욕 타임스》, 1876년 3월 10일 자

프롤로그

2010년 9월: 만남

어딘가 그를 아는 사람이 분명히 있을 것이다.

자칭 윌리엄 제임스 헨리라는 무연고 노인이 사망하고 요양원 원장이 열세 권에 달하는 그의 일기장을 내게 건네준 뒤로 벌써 3년이 넘는 시간이 흘렀다. 원장은 그 일기장을 어떻게 여겨야 할지 난감함을 느꼈고, 솔직히 첫 세 권을 읽고 나자 나도 같은 처지가 되었다.

19세기 후반 뉴잉글랜드 지방에서 활개 치던 머리 없는 식인 괴물. 괴상망측한 생물들을 연구하고 (필요하다면) 사냥도 불사하는 "이상생물학자." 숙주가 "죽지 않고" 견딜 수 있다면 비현실적으로 긴 수명을 선사하는 기생충. 한밤중에 지하실에서 수행되는 부검, 광인(狂人)들, 인신공양, 지하 동굴에 사는 괴물들, 그리고 역사상 가장 유명한 연쇄살인마일지도 모를 괴물 사냥꾼……. 이처럼 충격적이면서도 온갖 허황된 내용이 담겨 있는 윌 헨리의 "일기"는 소설이거나, 또는 정상적인 판단 능력을 잃은 노인이 만들어 낸 고도로 체계화된 망상이 틀림없었다.

세상에 괴물 같은 것은 존재하지 않는다.

하지만 그 괴물들에 대해 쓴 사람은 분명 실존했다. 나는 그를 알던 이들을 만나 보았다. 조깅을 하던 중에 하수구에 정신을 잃고 쓰러져 있던 윌 헨리를 발견하고 신고한 사람, 그를 병원으로 옮긴 구급대원, 그를 담당했던 사회복지사와 경찰관도 만나 봤다. 요양원에서 그를 목욕시키고 밥을 먹이고 책을 읽어 주고 (윌 헨리의 말에 따르면) 131년이나 되는 기나긴 삶의 말미에 편안한 여생을 보낼 수 있게 도와준 자원봉사자도 만났다. 그리고 물론, 누군가 쓴 게 분명한 일기장도 있었다. 문제는 그 내용의 진실성이 아니라, 그가 누구냐는 것이었다. 윌리엄 제임스 헨리는 누구인가? 그는 어디에서 왔는가? 그리고 그동안 무슨 불운한 일이 있었길래 몸에 걸친 넝마 조각과 손으로 직접 적은 일기장만을 지닌 채 그런 하수구에서 굶어 죽어 가고 있었던 걸까?

요양원 원장은 누군가는 분명히 그를 알고 있을 것이라고 말했다. 누군가는 분명히 이 질문에 대한 대답을 알고 있을 터였고, 그래서 나는 그 사람을 찾아내기 위해 2009년에 첫 세 권의 일기장을 『괴물학자와 제자』라는 제목으로 출간했다. 두 번째 책인 『웬디고의 저주』는 그다음 해에 펴냈다. 이야기 자체는 보통 괴상한 게 아니지만, 나는 그것을 지어낸 작가가 그 안에 자기 자신과 자신의 과거에 관해 일말의 진실이라도 엮어 넣었기를 바랐다. 어쩌면 독자 중 누군가 친척이나 동료, 오래전에 소식이 끊어진 친구를 떠올리고 내게 연락을 해 올지도 모른다. 나는 자신을 윌 헨리라고 부르는 이 가엾은 사내에 대해 누군가는 반드시 알고 있으리라 확신했다.

단순한 호기심 때문이 아니다. 윌 헨리는 홀로 숨을 거뒀고, 그의 곁에는 누구 하나 무엇 하나 남지 않았으며, 무연고자들이 묻히는 묘지에 극빈자 중 가장 극빈한 자들 사이에 모두의 기억 속에 잊힌 채 누워 있다. 나는 그런 그에게 연민을 느꼈고, 왜 그런지는 아직도 몰라도 그를 집으로 돌아가게 해 주고 싶다.

「몬스트러몰로지스트」 시리즈가 출간되고 얼마 지나지 않아 나는 독자들로부터 편지와 이메일을 받기 시작했다. 대부분은 윌 헨리의 정체를 안다고 주장하는 가짜들이었다. 많은 이들이 보상금을 준다면 말해 주겠다고 제안했다. 일부는 선의를 발휘해 자기도 조사를 해 보겠다고 말했다. 어떤 이들은 내가 지어낸 이야기인 게 뻔하지 않느냐고 비난했다. 1년이 지나고 2년이 지나도 나는 진실에 접근할 수가 없었다. 나름대로 조사를 해 봤지만 그렇다 할 진척은 없었다. 꼬박 2년이 지났건만 처음 이 일을 시작했을 때보다도 더 많은 의문점만이 남아 있을 따름이었다.

그러다 작년 여름, 나는 뉴욕 주 북부에 거주 중인 한 독자로부터 다음과 같은 이메일을 받았다.

친애하는 얀시 씨에게,

저를 미친 사람이나 사기꾼으로만 여기지 않아 주셨으면 좋겠네요. 제 딸이 영어 수업 때문에 당신 책을 읽었는데 어젯밤에 신이 나서 제게 달려

왔더라고요. 우리 친척 중에 진짜 윌 헨리라는 분이 있거든요. 제 아버지의 대고모의 남편이랍니다. 단순한 우연의 일치일 수도 있지만 혹시 관심이 있을지도 몰라 연락드립니다. 그 일기가 정말로 당신이 지어낸 이야기가 아니라면요.

진심을 담아,

엘리자베스 리드*

몇 번의 이메일과 전화 통화를 주고받은 후, 나는 뉴욕행 비행기를 타고 엘리자베스의 고향인 오번**으로 향했다. 작은 간이식당에서 따뜻하고 명랑한 대화와 몇 잔의 커피를 나눈 후에 그녀는 나를 포트힐 공동묘지로 데려갔다. 내 안내인은 유쾌하고 붙임성이 좋은 중년의 여인으로, 나처럼 윌 헨리의 정체에 대해 강렬한 흥미와 호기심을 갖고 있었다. 그녀는 합리적인 사고의 소유자라면 누구나 그렇듯이 윌 헨리의 이야기가 사실보다는 허구에 가깝다는 데 동의했지만, 본인의 친척 중에 정말로 그런 이름을 가진 사람이 있다는 것만큼은 허구가 아니었다. 나를 뉴욕으로, 그리고 이 공동묘지로 이끈 것도 바로 그 연결고리였다. 그녀는 내게 묘비의 사진을 찍어 보냈지만 나는 두 눈으로 직접 그것을 확인하고 싶었다.

무척 아름다운 날이었다. 가을의 영광으로 한껏 치장한 수목과 눈

* 그녀의 요청에 따라 본명이 아닌 가명으로 표기한다.

** 미국 뉴욕 주 중부에 있는 도시.

이 시릴 정도로 새파란 하늘. 그리고 이제는 내 뇌리에서 박혀 떨어지지 않는 첫 문장(이것은 내가 지금까지 지켜 온 비밀들이다. 절대로 저버리지 않은 신의다…….)을 읽은 지 3년 하고도 3개월이 지난 지금, 나는 한 무덤에 세워진 화강암 묘비 앞에 서 있었다.

릴리언 베이츠 헨리

1874~1950

사랑받은 아내.

이별은 우리가 천국에 대해 아는 모든 것,

그리고 지옥이 필요로 하는 모든 것.

"저는 이분을 몰라요." 엘리자베스가 말했다. "그렇지만 아버지 말씀이 꽤 특이한 분이었다고 하시더라고요."

나는 묘비의 이름에서 눈을 뗄 수가 없었다. 그때까지 내게 있는 증거라고는 일기장과 몇 장의 신문 쪼가리, 그리고 노랗게 바랜 종이 사이에 끼워진 출처를 알 수 없는 의심스러운 잡동사니들뿐이었다. 그런데 지금 여기, 내 눈 앞에 돌에 새겨진 이름이 있다. 아니, 그뿐만이 아니었다. 사람이 있었다. 윌 헨리의 일기장에 나오는 인물이 문자 그대로 내 발밑에 누워 있었다.

"그 사람은요? 윌 헨리를 만난 적이 있습니까?"

엘리자베스는 고개를 저었다. "전 두 분 다 몰라요. 그분은 증고모할머니가 돌아가시고 몇 년 뒤에 실종되었다고 해요. 제가 태어나기도 전의 일이죠. 불이 났었는데……."

"불이라고요?"

"두 분이 살던 집 말이에요, 윌이랑 릴리의 집. 완전히 타서 폭삭 무너져 버렸대요. 경찰도 가족들도 방화를 의심했고요."

"윌 헨리가 범인이라고 의심한 거군요, 그렇죠?"

"저희 집 식구들은 윌 헨리를 별로 좋아하지 않았거든요."

"왜요?"

그녀는 어깨를 으쓱했다. "아버지 말씀으론…… 좀 괴짜였다고 해요. 하지만 그게 가장 큰 이유는 아니에요."

엘리자베스가 핸드백을 뒤적였다. "릴리 할머니 사진을 가져왔어요."

가슴이 콩닥거렸다. "윌도 같이 찍혀 있나요?"

그녀가 색 바랜 폴라로이드 사진을 꺼내더니 햇빛이 반사되지 않도록 비스듬히 들었다.

"아버지 물건에서 유일하게 건진 거예요. 아직도 계속 뒤져 보고 있지만요. 어쩌면 나중에 다른 게 더 나올지도 모르죠. 이건 릴리 할머니의 75세 생신 때 찍은 거랍니다."

나는 재빨리 머릿속으로 암산을 했다. "1949년이군요. 돌아가시기 1년 전이네요."

"아니에요, 그해에 돌아가셨어요. 다음번 생일을 맞지 못하고 돌아가셨거든요."

"왼쪽에 앉아 있는 게 윌인가요?" 딱 윌의 연배일 법한 노인이 앉아 있었다.

"오, 아뇨. 그건 릴리 할머니의 동생이에요. 레지라고, 제 증조부

되시죠. 윌은 반대쪽 옆에 앉아 있는 분이에요."

사진은 60년도 넘게 오래됐고 초점도 약간 흐렸지만 릴리의 오른쪽에 앉아 있는 사람은 그녀보다 최소한 스무 살은 더 젊어 보였다. 엘리자베스도 같은 생각이었다.

"가족들이 윌을 안 좋아한 이유가 이거예요. 어쨌든 아버지 말씀에 따르면요. 릴리 할머니는 사람들한테 남편이 열 살 어리다고 말했다는데 이 사진에서는 스무 살도 넘게 어려 보여요. 다들 그 사람이 릴리 증고모할머니와 돈 때문에 결혼했다고 생각했죠."

나는 흐릿한 사진에서 눈을 뗄 수가 없었다. 홀쭉한 얼굴, 깊고 어두운 눈동자, 그리고 비밀을 감추고 있는 듯한, 왠지 어색해 뵈는 미소. 이것은 내가 지금까지 지켜 온 비밀들이다.

"자녀는 있었습니까?" 내가 물었다.

엘리자베스는 고개를 저었다. "자식은 없어요. 아버지는 윌의 친척도 만난 적이 없다고 하셨고요. 모든 게 베일에 싸인 사람이었다면서. 심지어 그 사람 직업이 뭔지 아무도 몰랐대요."

"제가 이다음에 뭐라고 물을지 알고 계시겠죠?"

엘리자베스가 명랑하게 웃었다. 그러나 배경이 배경이니만큼 묘하게 싸하게 들렸다.

"젊었을 때 자기가 괴물 사냥꾼이라는 얘기는 안 했냐고요? 아뇨. 적어도 제가 아는 바로는 그런 적 없어요. 문제는, 그런 얘기를 들은 사람이 있더라도 벌써 다 돌아가셨을 거라는 거죠."

우리는 한동안 아무 말도 하지 않았다. 물어보고 싶은 건 산더미 같았지만 무엇을 물어야 할지 알 수가 없었다.

"집은 화재로 무너지고, 윌은 실종되고, 그 뒤로는 소식을 듣지 못한 거군요." 마침내 내가 입을 열었다. "그게…… 언제쯤이죠? 릴리 할머니가 돌아가시고 2년 뒤니까 1952년인가요?"

그녀가 고개를 끄덕였다. "그쯤 될 거예요."

"그리고 55년 뒤에 수천 킬로미터 떨어진 하수구에서 발견됐다?"

"그야 알 수 없죠." 그녀가 싱긋 웃으며 말했다. "저도 모든 해답을 알지는 못하니까요."

나는 묘비를 바라보았다. "그녀는 그의 전부였어요. 어쩌면 릴리가 죽자 제정신을 잃고 집에 불을 지른 다음 50년 동안 길바닥을 전전하며 살았을지도 모르지요."

나는 씁쓸하게 웃으며 고개를 가로저었다. "정말 이상하군요. 그 어느 때보다도 진실에 가깝게 접근했는데 오히려 멀어진 것만 같은 느낌이 드니."

"적어도 릴리 할머니 부분은 사실이라는 걸 알게 됐잖아요." 엘리자베스가 나를 위로하며 말했다. "1888년에 열세 살이던 릴리 베이츠는 진짜로 존재하는 사람이었어요. 윌리엄 제임스 헨리라는 사람도 진짜로 있었고요."

"그래요. 그렇지만 나머지 내용은 전부 상상의 산물일 수도 있지요."

"실망하신 것 같네요. 거기 나오는 괴물이 진짜였길 바라셨던 건가요?"

"이제는 제가 바랐던 게 뭔지도 잘 모르겠군요." 나는 솔직하게 토로했다. "릴리에 대해 더 말씀해 주실 건 없습니까? 레지 말고 다른 형제자매는 없었나요?"

"제가 아는 한에는 없어요. 뉴욕에서 자랐다는 건 알아요. 꽤 부유한 집안이었고요. 릴리 할머니의 아버지, 그러니까 제 고조부는 상당히 유명한 은행가였다나 봐요. 밴더빌츠와 맞먹을 정도로요."

"설마 릴리가 죽고 집이 불타고 나서 보니 은행계좌가 텅 비어 있던 건 아니겠죠."

"아니에요. 하나도 손을 안 댄 그대로였대요."

"그렇다면 윌 헨리는 사기꾼치고는 정말 실력이 형편없었군요. 그런데도 가족들은 여전히 윌을 탐탁지 않게 생각했고요?"

"그땐 너무 늦었죠." 그녀가 대답했다. "릴리 할머니는 돌아가셨고 윌 헨리는 실종됐으니까요."

이거야. 나는 플로리다로 돌아오는 비행기 안에서 생각했다. 이게 내가 원했던 거였어. 나는 괴물들이 진짜가 아니라는 걸 알고 있었고 그런 괴물을 사냥하는 괴물학자들이 진짜 존재한다고도 믿지 않았다. 윌 헨리의 일기는 굉장히 흥미로웠지만 정말로 중요한 것은 그게 아니었다. 중요한 것은 무엇이 아니라 그 아래 있는 왜였다. 바로 윌 헨리 그 자체였다.

나는 다시 일기장에 주목했다. 괴물은 진짜가 아닐지 몰라도 릴리 베이츠는 진짜였다. 일기장에 있는 숨은 단서들을 쫓다 보면 윌 헨리에게 다가갈 수 있을지도 모른다. 내가 그토록 갈구하는 이유를 발견할 수 있을지 모른다. 일기의 낱장에는 실증이 가능한 사실의 조각들이 뿌려져 있고 기묘한 이야기 속에는 현실이 직소퍼즐처럼 섞여 있다. 그의 삶—그리고 그와 관련된 이 이상한 기록—은 해석이 필요했고, 나는 그 어느 때보다도 진실을 밝혀내고 말겠노라 혈안이 되어 있었다.

우리는 모두 사냥꾼이다. 우리는, 우리 모두는 괴물학자다. 윌 헨리는 앞으로 보게 될 글에서 이렇게 썼다. 나는 그의 말이 전적으로 옳다고 생각한다. 적어도 내 경우에는 그렇다. 그리고 내가 뒤쫓는 괴물은 윌 헨리와 그의 스승의 목숨을 빼앗아 갈 뻔한 괴물과 별반 다를 바가 없다. 펠리노어 워스롭은 그만의 성배(聖杯)를 좇았다. 나도 그렇다.

R. Y.

플로리다 게인즈빌,

2011년 4월

인간을 탈피하는 것은 더 이상 불가능하다.
괴물들이여 잘 있어라,
성자들이여 안녕,
긍지도 안녕,
남은 것은 오로지 인간뿐.

— 장폴 사르트르

M

7권

오브제 트루베*

* 발견된 사물 또는 사람의 손을 거치지 않은 자연물 그대로의 예술품을 뜻한다.

1장

"굉장히 위험한 맹독."

괴물학자를 섬긴 지 몇 년이 지나, 나는 그에게 후대를 위해서라도 그가 해결한 사건들 가운데 가장 중요하고 기억에 남는 것에 대해 기록해 두는 것이 어떻겠느냐고 제안했다. 물론 평소보다 유독 기분이 좋을 때를 골라 말하는 것도 잊지 않았다. 펠리노어 워스롭이 수시로 찾아오는 우울증 속에서 뒹굴고 있을 때 가까이 접근한다면, 문자 그대로 신체적 위협을 받을 수도 있었다. 한번은 그런 식으로 경솔하게 접근했다가 그가 내 머리에 두꺼운 셰익스피어 비극집을 집어던진 적도 있다.

기회는 우편물이 배달되었을 때 찾아왔다. 그날 받은 우편물 중에는 '애디론댁 산맥 사건'의 흡족한 결과와 국가를 위한 봉사에 대해 심심한 감사를 표하는 매킨리 대통령의 서신이 끼여 있었다. P.T. 바넘 극단의 차력사만큼이나 크고 강한 자아와 자만심의 소유자인 워스롭 박사는 서신을 세 번이나 큰 소리로 되풀이해 읽은 다음 내게 던져 주었다. 나는 그의 문서 정리원이자 다른 모든 것이었으니까. 자신이 하는 일을 제외하면 명사의 칭송만큼 괴물학자의 기운을 북돋는 것도 없었다. 그것은 그의 깊고 간절한 열망을 채워 주는 것 같았다.

빈사 상태에 있던 그의 영혼을 고무시키고 따라서 내 신체적 안전까지 보장해 준 — 적어도 잠깐이나마 — 서신은 또한 나의 제안에 앞서 완벽한 전주곡이 되어 주었다.

"정말 특이한 사건이었죠?" 내가 말했다.

"흐으으음? 그래, 그랬지." 괴물학자는 다른 우편물과 같이 도착한《새터데이 이브닝 포스트》최신호에 푹 빠져 있었다.

"꽤 근사한 이야깃거리가 될 거예요. 사람들에게 들려줄 수만 있다면요." 나는 과감하게 화제를 꺼냈다.

"《저널》에 짧은 글을 써서 보낼까 생각 중이다." 박사가 대답했다.《괴물과학연구발전협회 저널》은 괴물학 협회의 공식 계간지였다.

"전《저널》보다 더 널리 읽히는 걸 생각하고 있었는데요. 예를 들면《포스트》라든가요."

"그거 참 흥미로운 발상이구나, 윌 헨리. 하지만 비현실적이야. 대통령에게 그 사건에 관한 한 절대로 함구하겠다고 맹세했거든. 맹세를 깨뜨린다면 난 레번워스 요새에 평생을 갇혀 있게 될 거다. 괴물학을 연구하기에 별로 이상적인 장소는 아니지."

"하지만《저널》에 기고하실 거라면서요……."

“오, 그걸 누가 읽겠느냐?” 그가 코웃음을 치며 손사래를 쳤다. “내 직업이라는 게 원래 그렇다, 윌 헨리. 보이지 않는 곳에서 조용히 일하는 거지. 내가 언론을 피하는 데에도 다 이유가 있어. 대중을 보호하기 위해서기도 하고 우리 일을 보호하기 위해서기도 하지. 그 사건의 내막이 공개된다면 무슨 일이 생길지 상상해 봐라. 대중의 공황과 책임 소재를 묻는 비난이 불길처럼 퍼져 나가겠지. 뉴욕 주 인구 중에 절반은 도망갈 테고 나머지 절반은 우리 집 현관 앞에 모여들어 나를 제일 가까운 나무에 목매달려고 할 거다.”

“누군가는 박사님이 영웅적인 행동을 했다고 여길지도 모르잖아요.” 나는 반박했다. 논리에 호소하지 못한다면 그의 자부심에 의존하는 수밖에 없었다.

“누군가는 그랬지.” 그는 대통령의 서신을 말하는 것이었다. “그거면 충분하다.”

하지만 만족스러울 만큼 충분하진 않아. 나는 그의 진심을 알고 있었다. 박사는 몇 번이나 침대 옆에 선 내 손을 부여잡고 슬픔과 자포자기로 거의 실성한 듯한 검고 형형한 눈으로 나를 바라보며 절대로 잊지 말라고, 무덤까지 그의 기억을 간직해 달라고 애원했다. 나한테는 너밖에 없다, 윌 헨리. 내가 죽으면 누가 나 같은 걸 기억이나 해 주겠니? 나는 조용히 잊힐 테고, 세상은 내가 죽은 걸 알아차리지도, 눈썹 하나 까딱하지도 않을 거다!

“좋아요. 그럼 다른 사건은 어때요? 캄페체 주 칼라크물 유적에서 있었던 일이라든가…….”

“지금 뭘 하는 거냐, 윌 헨리?” 그가 잡지에서 시선을 들고 나를 노려보았다. "내가 쉬려는 게 안 보이느냐?"

"홈즈한테도 왓슨이 있잖아요."

"홈즈는 허구의 인물이다." 그가 지적했다.

"그렇지만 실존 인물을 바탕으로 만든 거잖아요."

"아하." 박사가 알겠다는 듯이 능청스러운 미소를 날렸다. "윌리엄 제임스 헨리, 네 녀석이 작가가 되고 싶다는 야망을 품고 있을 줄은 몰랐구나. 이거 놀라운걸."

"제가 작가가 되고 싶어 한다는 게요?"

"너한테도 야망이 있다는 것 말이다."

"흠." 나는 숨을 깊이 들이마시며 대꾸했다. "저도 있어요."

"그런데도 나는 이제껏 네가 내 뒤를 이어 이상생물학 연구에 종사할 거라고 기대했다니!"

"왜 둘 다 하면 안 되는데요? 코난 도일도 의사잖아요."

"의사였지. 그리고 의사로서는 그다지 성공하지 못했고." 그는 잡지를 내려놓았다. 최소한 그의 관심을 끄는 데에는 성공했다. "네 발상이 상당히 매혹적이라는 사실은 솔직히 인정해야겠다. 그리고 네가 그런 문학적 시도를 한대도 별로 반대할 생각도 없고. 다만 네가 무엇을 쓰든 무조건 먼저 내가 검토해 봐야겠다. 내 사회적인 평판은 물론, 우리 학문의 유산을 지켜야 하니까."

"그럼요, 당연하죠!" 나는 달갑게 대답했다. "애초에 박사님 허락 없이 뭘 출간할 수 있으리라고는 꿈도 꾸지 않았는걸요."

"그래도 애디론댁 사건은 안 돼."

"사실 전 몇 년 전에 있었던 사건이 어떨까 생각하고 있었어요.

소코트라 섬에서 겪은 일요."

그의 안색이 어두워졌다. 두 눈이 맹렬하게 불타올랐다. 그가 내 얼굴에 삿대질을 하며 외쳤다.

"그건 절대로 안 된다, 알겠느냐? 무슨 일이 생겨도, 그것만은 절대로 안 돼! 감히 그런 생각을 하다니, 윌 헨리, 염치도 없는 것!"

"하지만 왜요? 왜 안 되는데요?"

나는 그의 격렬한 반응에 놀라 물었다.

"그 이유는 너도 잘 알 텐데! 오, 진작 알았어야 했는데. 내가 왜 몰랐을까!" 그는 감정을 주체하지 못하고 온몸을 부들부들 떨며 의자에서 벌떡 일어났다. "이제야 네 야심이 뭔지 알겠구나, 미스터 헨리! 너는 나를 불멸의 존재로 만들고 싶은 게 아니라 비하하고 모멸감을 주고 싶은 거야!"

"전 전혀 그럴 의도가……."

"그렇다면 말해 봐라, 우리가 겪은 하고 많은 사건들 중에서도 왜 하필 내가 가장 깊은 어둠 속에서 우둔하게 헤맨 사건을 선택한 거지? 하! 그거 봐라, 딱 걸렸구나. 이 질문에 맞는 대답은 딱 하나뿐이지. 앙갚음이야!"

나는 그의 터무니없는 비난에 놀란 표정을 감출 수가 없었다.

"앙갚음요? 무엇에 대한 앙갚음인데요?"

"네가 학대당했다는 인식에 따른 앙갚음이지, 당연히."

"왜 제가 학대당했다고 생각하시는데요?"

"오, 아주 똑똑하구나, 윌 헨리. 아주 똑똑해. 내가 한 말을 이용해 네 배신을 덮으려고 하다니. 내가 너를 학대했다고 말한 게 아니다!

네가 그런 인식을 갖고 있다고 지적한 거지!"

"알겠어요." 내가 말했다. 워스롭 박사와 언쟁을 벌여 봤자 내가 이길 가능성은 거의 없었다. 사실을 말하자면, 지금껏 한 번도 이긴 적이 없었다. "그럼 박사님이 골라 보세요."

"나는 고르고 싶지 않아! 어차피 애초에 다 네 생각이었지 않느냐. 하지만 네가 무슨 꿍꿍이인지 알게 되었으니, 네가 내가 남긴 유산을 기리고 보전한다는 명목으로 무슨 내용을 공표하든 난 모든 걸 철저하게 부인할 테니 그리 알아라! 그래, 홈즈에게는 왓슨이 있지. 카이사르에게는 브루투스가 있고. 안 그러냐?"

"저는 절대로 박사님을 배신하지 않을 거예요." 나는 차분하게 말했다. "제가 소코트라 사건이 좋겠다고 생각한 건……."

"안 돼!" 그가 고함을 지르며 내 쪽으로 한 발을 내디뎠다. 나는 그가 주먹이라도 날릴 듯이 움찔거렸지만, 사실 지금까지 그는 내게 손을 댄 적이 한 번도 없었다. "허락할 수 없다! 나는 그 저주받은 장소에 대한 기억을 지우려고 너무나도 오래, 너무나도 힘들게 노력했다. 다시는 내 앞에서 그 이름을 꺼내지 마라. 알아들었느냐? 절대로 안 돼!"

"박사님 말씀대로 할게요. 다시는 안 그럴게요."

그래서 나는 그렇게 했다. 그 문제를 덮어 두고 다시는 입 밖에 내지 않았다. 적어도 지금까지는 그랬다. 사실을 부인하는 사람에게 불후의 명성을 안겨 주는 것은 극도로 어려운, 아니 불가능한 일이다. 세월이 흐르고 그의 기력이 시들수록 나의 책무는 서류와 서신을 작성하는 데까지 늘어났고, 나는 내 수고에 대해 공을 인정받지 도 못했고 괴물학자의 감사도 받지 못했다. 그는 내가 글을 쓰는 족족 맹렬하게 고쳤고, 자신이 보기에 조금이라도 문학적 방종의 낌새가 풍기는 것은 무조건 쳐냈다. 그는 내게 과학에는 낭만적 담론이나 악의 본질에 대한 숙고가 파고들 자리가 없다고 말했다. 그 자신이 젊은 시절 시인이었다는 사실은 그 과정을 더욱 아이러니하고 비련하게 만들었다.

나는 종종 내 스승이 자기 자신의 기쁨과 즐거움을 부인함으로써 어떤 행복을 박탈당했는지 궁금할 때가 있다. 그러나 나는 사랑이란 것이 매우 복잡한 감정임을 깨달은 최초의 인물이 아니다. 괴물학자가 그의 일을 사랑한 것은 사실이다. 실제로 그것은 나를 제외하고 그에게 남은 전부였다. 그러나 괴물학은 워스롭이라는 존재의 확장이었을 뿐이다. 그의 드높은 야망이 낳은 최초의 과실. 워스롭을 그 이상하고 저주받은 섬으로 데려간 것은 괴물학이었지만, 실제로 그를 망가뜨린 것은 그 자신의 야망이었다.

사건은 1889년 2월, 한 추운 날 밤 해링턴 레인에 있는 우리 집에 꾸러미 하나가 도착하면서 시작되었다. 갑작스러운 배달이었지만 드문 일은 아니었다. 근 3년간 괴물학자의 제자로 지낸 나는 한밤중에 뒷문을 두드리는 똑똑 소리와 은밀하게 주고받는 수고료, 그리고 크리스마스 날 아침에 들뜬 어린 소년처럼 기대감에 뺨이 한껏 달아오른 박사가 지하실로 내려가 꾸러미를 풀고 그 기분 나쁜 내용물의 섬뜩한 영광을 드러내는 데 익숙해져 있었다. 그날 도착한 배달물의 특이한 점은 그것을 가져온 사내에 있었다. 나는 괴물학자 밑에서 일하면서 부도덕한 자들을 수없이 보았고, 대개 그들은 1달러나 위스키 한 모금에 자기 어미도 팔 작자들이었다. 이상생물학의 발전에 자진해 봉사하는 용병들.

그러나 그날 밤 골목길에 벌벌 떨며 서 있던 사내는 그런 부류의 인간이 아니었다. 먼 길을 여행한 탓에 지저분해지긴 했지만 값비싼 모피가 달린 코트와 그 안에 입은 고급스러운 맞춤 양복이 눈에 들어왔다. 왼손 새끼손가락에서는 다이아몬드 반지가 반짝이고 있었다. 그가 몸에 걸친 옷가지보다도 더 뜻밖인 것은 바로 그의 태도였다. 이 불쌍한 남자는 잔뜩 겁에 질려 있었다. 그는 뒷문 계단 위에 손에 든 화물을 팽개치고는 다짜고짜 문지방을 넘어 박사의 옷깃을 거머쥐고 여기가 해링턴 레인 425 번지가 맞는지, 그리고 그가 펠리노어 워스롭 박사가 맞는지 대답을 강요했다.

"내가 워스롭 박사요." 내 스승이 말했다.

"오, 하느님 감사합니다, 하느님 감사합니다!" 겁에 질린 사내가 갈라지고 쉰 목소리로 탄식했다. "이제야 끝났군. 저기 있소. 제발 가져가요. 당신한테 저 벌어먹을 것을 가져다줬으니 이젠 나한테 그걸 줘요. 그 사람이 당신이 갖고 있다고 했소. 제발, 어서! 너무 늦기 전에 빨리 주시오!"

"이보시오, 선생." 박사는 침착하게 대답했다. "걱정하지 마시오. 가격만 합당하다면 흔쾌히 제값을 치를 테니까." 워스롭은 몹시 부자였지만 인색하기가 하늘을 찌를 정도였다.

"제값? 돈이라고?" 사내는 발작이라도 하듯이 신경질적으로 웃었다. "당신은 돈을 낼 필요가 없어요, 워스롭! 그 사람이 당신이 갖고 있다고 했소. 내가 이걸 가져다주면 당신이 나한테 줄 거라고 했다고. 빨리 약속을 지켜요!"

"무슨 약속?"

우리의 초대받지 않은 손님이 불현듯 날카로운 비명을 내지르더니 가슴을 움켜쥐며 허리를 접었다. 눈동자가 눈꺼풀 속으로 말려 올라갔다. 다행히도 그가 바닥에 쓰러지기 직전 박사가 그를 붙잡아 의자에 앉혔다.

"염병할 자식, 이젠 너무 늦었어!" 사내가 가냘프게 울부짖었다. "너무 늦었다고!" 그는 애원하듯이 두 손을 맞잡고 비틀었다. "내가 너무 늦은 거요, 워스롭 박사?"

"뭐라고 대답해야 할지 모르겠군요. 당신이 무슨 소리를 하는지 전혀 알 수가 없으니."

"그 사람이 이걸 당신한테 가져다주면 당신이 나한테 해독제를 줄 거라고 했단 말이오. 하지만 뉴욕에서 그만 발이 묶였지. 기차를 놓쳐서 다음 기차를 타야 했거든. 두 시간이나 기다려야 했지요. 오, 하느님! 기를 쓰고 여기까지 왔건만 기다리는 건 죽음뿐이라니!"

"해독제? 무슨 해독제를 말하는 거요?"

"당연히 독의 해독제지! '살고 싶으면 미국에 있는 워스롭에게 내 작은 선물을 전해 주시오.' 그 사람이 그랬소. 그 악마 같은 자식이! 그래서 그가 시킨 대로 했지. 그러니 당신도 그렇게 해야 해요. 아, 아니야, 이젠 다 부질없어. 느껴져, 심장, 내 심장이……."

박사가 고개를 가로젓더니 손가락을 탁탁 튀기며 나에게 도구 주머니를 가져오라고 일렀다. "힘닿는 한 최선을 다해 보지요."

방을 나오는데 박사가 그 불쌍한 사내에게 말을 건네는 게 들렸다. "그렇지만 일단 정신부터 차리고 최대한 짧고 간단하게 나한테 설명을 해 줘야 할 거요……."

내가 방으로 돌아왔을 무렵, 고통에 시달리던 우리의 운반책은 기절해 정신을 잃고 있었다. 눈은 까뒤집혀 흰자밖에 안 보이고 무릎 위에 놓인 손은 실룩실룩 경련을 일으켰다. 얼굴은 핏기 한 점 없이 창백했다. 박사는 도구 주머니에서 청진기를 꺼내 남자의 가슴에 대고 심장 소리를 들었다. 박사는 움찔거리고 있는 사내의 몸 위로 허리를 굽히고 다리를 벌려 균형을 잡았다.

"시합 중인 경주마처럼 심장이 격렬하게 뛰는구나." 괴물학자가 중얼거렸다. "하지만 불규칙하거나 이상 증세가 있는 것 같진 않아. 가서 물을 떠와라."

나는 박사가 사내에게 물을 먹이려는 줄 알았다. 그러나 워스롭은 내가 가져온 물컵을 사내의 머리 위로 쏟아 버렸다. 남자의 눈이 번쩍 뜨였다. 깜짝 놀란 입이 O 자 모양을 그렸다.

"무슨 독을 먹은 거요?" 괴물학자가 단호한 목소리로 물었다. "그가 알려 줬소? 대답하시오!"

"팁…… 티포라…… 황철나무에서 뽑은 거요."

"티포라?" 박사가 이맛살을 찌푸렸다. "무슨 나무에서 뽑았다고?"

"황철수! 티포라! 악마 섬에 있는 황철나무 말이오!"

"악마 섬? 하지만 그건…… 흠, 기발하군. 확실하오?"

"빌어먹을, 내가 무슨 독에 중독되었는지도 까먹었을까 봐?" 사내는 침을 튀기며 다급하게 말했다. "그놈이 당신한테 해독제가 있다고 했단 말이오. 아! 아! 이젠 끝장이야!" 그의 손가락이 가슴을 움켜쥐었다. "심장이 터질 것 같아!"

"아닐 거요." 박사가 차분하게 말했다. 그는 뒤로 물러나더니 사내의 얼굴을 주의 깊게 살폈다. 이상한 광채가 서린 검은 눈동자가 좌우로 춤을 췄다. "아직 시간이 좀 있소……. 하지만 아주 조금이지! 윌 헨리, 내가 해독제를 조제하는 동안 손님을 보살펴라."

"그럼 아직 늦은 게 아니오?" 남자가 믿어지지 않는다는 표정으로 물었다. 이제 와서 희망을 품어도 될지 모르겠다는 듯이.

"독이 투여된 게 언제요?"

"2일 밤이오."

"이번 달?"

"그래요, 그래. 당연히 이번 달이지! 지난달이었으면 진작 뻣뻣한 시체가 됐겠지! 내가 지금 그렇게 보입니까?"

"아, 그래, 그렇지. 티포라는 효력이 더디지만 그 정도로 더디진 않지. 금방 돌아오리다. 윌 헨리, 우리 친구의 상태에 변화가 생기거들랑 날 불러라."

박사가 지하실 계단을 타고 날듯이 내려갔다. 좁은 문틈으로 유리병이 쨍그랑거리는 소리, 금속이 부딪치는 소리, 그리고 분젠 버너에 불길이 이는 쉬익 소리가 들려왔다.

"저 사람이 틀렸으면 어쩌지!" 사내가 신음했다. "벌써 너무 늦었으면 어쩌지? 앞이 안 보여…… 그게 마지막 증상이랬는데! 눈이 멀고 심장이 터지는 거야. 몸 안에서 심장이 완전히 산산조각으로 터지는 거라고. 네 얼굴, 얘야 네 얼굴이 안 보이는구나! 사방이 어두워. 어둠이 찾아온다! 오, 제발 그 자식에게 지옥 구덩이에서도 제일 깊은 밑바닥에서 영원히 불에 타는 형벌이 내리기를! 악마 같은 놈…… 마귀 새끼!"

박사가 방으로 뛰어 들어왔다. 그의 손에는 황록색 액체가 담긴 주사기가 들려 있었다. 박사가 들어오자 죽어 가던 사내가 황급히 몸을 세우며 외쳤다. "거기 누구야?"

"나요, 워스롭." 박사가 대답했다. "코트나 벗읍시다. 윌 헨리, 그를 도와줘라."

"해독제는 가져왔소?" 사내가 물었다.

박사는 짧게 고개를 끄덕이더니 사내의 소매를 걷어 올리고 팔에 바늘을 찔러 넣었다.

"자, 됐소. 청진기를 다오, 윌 헨리. 고맙다." 그는 잠시 사내의 심장 소리에 귀를 기울였다. 조명의 짓궂은 장난인지, 박사의 입술에 희미한 미소가 잠깐 떠올랐다 사라진 것을 본 것 같았다. "그래, 안정되고 있군. 기분은 어떻소?"

사내의 얼굴에 혈색이 다소 돌아오고 숨소리도 한층 차분해졌다. 박사가 뭘 주사했는지는 몰라도 효과가 있는 것 같았다. 그는 자신에게 이런 행운이 찾아왔다는 것을 믿지 못하겠다는 듯 머뭇거리며 대답했다.

"좋아요. 그런 것 같군요. 시력이 좀 돌아온 것 같기도 하고."

"잘됐군! 정확히 설명하자면……." 뭔가를 말하려던 괴물학자가 돌연 입을 다물었다. 사내가 이 정도면 충분히 고생을 했다고 생각하는 것 같았다. "이건 굉장히 위험한 맹독이오. 치명적인데 효력은 더딘 데다 마지막까지 증상이 나타나지 않거든. 하지만 해독제를 제때 투여하면 금세 회복되지요."

"그 사람이 당신이라면 어떻게 해야 할지 알 거라고 했소."

"그랬겠지. 자, 그럼 말해 보시오. 존 컨스 박사와는 어떻게 아는 사이요?"

우리 손님의 눈이 휘둥그레졌다. "그 사람인 줄 어떻게 알았소?"

"내가 아는 중에, 그리고 나를 아는 사람 중에 이런 지독한 장난을 칠 사람은 그 친구밖에 없으니까."

"장난? 맹독을 주사해서 사람을 거의 죽음의 문턱에 이르게 한 걸, 그것도 고작 꾸러미 하나 배달시키자고 그 짓을 한 걸 장난이라고 부르오?"

"맞아!" 박사가 저도 모르게—그리고 이 가엾은 영혼이 겪은 끔찍한 일을 깜박 잊은 양—큰 소리로 외쳤다. "꾸러미! 윌 헨리, 그걸 지하실로 갖고 와라. 그리고 차도 끓여 오고. 내 생각엔 미스터……."

"켄달이오. 와이먼드 켄달."

"켄달 씨도 차 한 잔 정도는 마실 수 있을 것 같구나. 냉큼 움직여라, 윌 헨리. 오늘 밤은 아주 길 것 같으니까."

꾸러미, 즉 평범한 갈색 종이에 싸인 나무상자는 각별히 크거나 무겁지는 않았다. 나는 그것을 재빨리 지하실에 있는 작업대에 내려놓고 금방 위층으로 올라왔다. 부엌은 비어 있었다. 차를 끓이고 있노라니 복도 끝 응접실에서 목소리가 들려왔다. 끔찍한 예감과

뒤숭숭한 기억들이 떠올랐다. 내가 잭 컨스라는 이름의 사내와 처음 만난 후로 아직 1년도 채 지나지 않았다. 그게 진짜 그의 이름인지도 확실치 않다. 그는 여러 이름을 갖고 있었다. 자신을 코리라고 하기도 했고 슈밋이라고도 했다. 또 다른 이름도 있었다. 작년 가을에 그가 자신에게 붙인 이름, 아마도 역사가 그를 기억할 이름, 그의 진정한 본성이 드러나는 이름. 그는 내 스승 같은 괴물학자가 아니었다. 그때는 나도 그가 무엇인지 확신할 수 없었다. 그저 세상의 어두운 부분에 대한, 그리고 인간의 심장에 대한 전문가라는 것을 알 뿐이었다.

"놈은 화이트채플 도싯 가에 있는 내 플랫에 사는 세입자였소." 켄달의 목소리가 말했다. "이스트엔드에서 보기 드문 세입자였지요. 딱 봐도 훨씬 좋은 집에 살 여력이 있어 보였는데 직장인 런던 왕립병원에서 가까운 집을 찾고 있다고 했어요. 자기 일에 아주 헌신적인 사람 같았는데 본인 입으로도 그걸 위해 살고 있다고 합디다. 좀 웃기는 소리처럼 들리겠지만, 난 그 사람이 마음에 들었소. 컨스 박사를 아주 좋아했지요. 입담이 상당한 사람이오……. 좀 삐딱하긴 해도 유머 감각도 기가 막히고…… 학식도 풍부하고…… 뭣보다 집세도 꼬박꼬박 냈지. 그래서 집세가 두 달이나 밀렸길래 그 사람한테 뭔가 심각한 일이 생겼나 보다고 생각했지요. 어쨌든 거긴 화이트채플이었으니까. 보통 늦은 시간까지 일을 했으니까 집에 오다가 강도를 당했거나 그보다 더 나쁜 일이 생긴 건 아닐까 걱정이 됐소. 그러니까 돈 때문이라기보다는 사람이 걱정돼서 잘 지내나 확인을 해 보고 싶었던 거요."

"보아하니 별 문제는 없었나 보군요." 박사가 말했다.

"그래요! 몸도 건강한 데다 기분도 좋아 보였소! 여느 때와 다름없는 컨스였지요. 아무 일도 없는 양 나한테 들어와서 차나 한 잔하자고 합디다. 최근에 까다로운 환자가 생겨서 거기 깜박 정신이 팔렸다나. 영국 해군인데 아주 이상한 열대병에 시달리고 있다면서. 그래서 내가 무슨 일이 생긴 건 아닌지 걱정했다고 말하니까 깜짝 놀란 것 같았소. 감동을 받은 것 같기도 했고. 집세 이야기를 꺼내니 그게 다 그 환자 때문이라며 이번 주말에 집세는 물론이고 약간의 이자까지 붙여 주겠다고 했지요. 그래서 그 자식의 구렁이 담 넘어가듯 하는 말재간에 홀라당 넘어가지 않았겠습니까! 그런 중한 일을 하고 있다는데 살짝 미안하기까지 하더이다. 심지어 내가 받을 돈인데 귀찮게 찾아와서 미안하다고 사과까지 했지! 오, 그 존 컨스라는 인간은 정말 마귀 새끼요!"

"확실히 말재간이 좋긴 하지. 다른 재능도 많지만 말이오. 아, 윌헨리가 차를 갖고 오는군."

내가 방에 들어섰을 때 괴물학자는 벽난로 장식 옆에서 골똘한 생각에 잠긴 채 고대 그리스 철학자인 제노 흉상의 코를 손가락으로 쓸고 있었다. 우리의 손님은 긴 의자에 비스듬히 기대앉아 있었는데 여윈 얼굴은 지금껏 겪은 시련 때문에 아직도 붉게 상기되어 있었다. 그는 가늘게 떨리는 손으로 찻잔을 집었다.

"차." 그가 중얼거렸다. "차가 틀림없어."

"독약 말이오?" 박사가 물었다.

"아니요! 독은 내가 정신이 있을 때 놈이 주사기로 찔렀소."

“아, 그러니까 차에 일종의 수면제를 집어넣었다는 거군.”

“그게 틀림없소. 그것 말고는 달리 설명할 길이 없으니까. 차를 마시고 고맙다는 인사를 하고는—세상에, 내 감사치레가 얼마나 우스웠을까!—두 걸음도 못 가서 방 안이 핑핑 돌더니 정신을 잃었지요. 눈을 떠 보니까 시간이 많이 흘렀더이다. 벌써 밤이 되었더라니까. 그리고 놈은 내 옆에서 음흉하게 웃고 있었고.

‘한동안 정신을 잃었어요.’ 그가 말했지요.

‘그랬군요.’ 내가 말했지요. 몸이 이상하게 묵직하고 움직이기가 힘들었소. 꼭 온몸의 진이 다 빠진 것처럼. 고개를 살짝 돌려 그 사람을 쳐다보는 데만도 끙끙거리며 안간힘을 써야 했지요.

‘하지만 다행히도 여기 의사가 있지요!’ 그는 정말로 태연한 얼굴로 말했소. ‘처음 당신을 만났을 때도 어딘가 문제가 있는 것 같다고 생각했습니다, 켄달. 처진 턱 밑에 녹색 기가 돌거든. 가난하고 불쌍한 사람들을 착취하느라 너무 열심히 일한 모양이지. 쥐새끼들도 집이라고 부르기가 부끄러울 이런 가축우리 같은 곳을 세놓고 돈을 받느라고 말이오. 내가 진단을 내리자면 이건 악덕 집주인들의 고질병이오. 그러지 말고 시골에 가서 며칠 쉬다 오는 게 어때요. 신선한 공기도 좀 쐬고. 여긴 공기가 정말 최악이라니까. 인간의 고통과 절망이 스민 고약한 악취가 나지. 여행이나 가요. 주변 풍경을 바꾸면 씻은 듯이 나을 거요.’

난 그의 모욕적인 언사에 대해 격렬하게 항의했소. 난 악덕 집주인이 아니오, 워스롭 박사. 난 필수적인 서비스를 제공하고 세입자가 집세를 못 낸다고 쫓아낸 적도 한두 번밖에 없어요. 너무 화가 난 나머지 그런 불쾌한 인격모독에 맞서 한 방 날리고 싶었지만 손가락도 하나 까딱할 수가 없었소.

'어쨌든 들러 줘서 반가웠소.' 컨스가 약이 오를 정도로 명랑한 말투로 말했지요. '하느님께서 당신을 보낸 게 틀림없소. 하느님이든 아니면 뭔가 그와 비슷한 존재겠지. 자, 사실 난 우편제도를 믿지 않아요. 그렇다고 내가 직접 갈 수도 없고—내일 그 축복받은 섬으로 떠나야 하거든—주변 환경이 이렇다 보니 믿음직한 배달원을 찾기가 생각한 것보다 훨씬 힘들지 뭐요. 빈민가 사람들은 도무지 믿을 수가 없으니. 물론 이런 얘기를 당신한테 할 필요는 없지! 그런데 짜잔, 당신이 이렇게 나타난 거요, 켄달! 마치 잘 포장된 선물처럼, 전혀 예상치도 못했는데 거의 완벽해! 기도 따위도 하지 않는 사람의 기도에 대한 응답이라고 해야 하나! 정말이지 이런 뜻밖의 행운도 없을 거요, 안 그래요, 켄달?'"

켄달은 잠시 말을 멈추고 차를 홀짝인 다음 오도카니 허공을 응시했다. 그는 죽음의 천사의 손길로부터 간발의 차로 벗어난 사람처럼—사실이 그랬지만—넋 나간 표정을 하고 있었다.

"솔직히 그때 난 뭐가 뭔지 아무것도 몰랐소. 내가 무슨 생각을 했겠소이까? 정신을 차릴 새도 없이 순식간에 신체의 자유를 빼앗겼지, 머리는 어지럽고 생각도 제대로 안 되고 온몸은 마비된 채로 누워 있지, 그리고 범인은 머리맡에서 음흉한 웃음을 흘리며 나를 내려다보고 있었소. 그러니 그때 무슨 생각이 들겠어요?

'아주 작은 일만 해 주면 돼요.' 그가 말했소. '실은 아주 하찮은 일이지. 하지만 최대한 빨리 전해 줘야 해요. 이것이 내가 생각한 게 맞고 내가 생각한 걸 의미한다면, 그 친구가 최대한 빨리 손에 넣고 싶어 할 테니까. 조금이라도 시간을 지체했다간 승부가 완전히 끝나 버릴 텐데 그렇게 되면 그 친구는 나를 절대 용서하지 않을 거요.'

'누가?' 내가 물었소. 날 이해해야 합니다, 박사. 난 거의 제정신이 아니었어요. 그제야 이 갑작스럽고 원인을 알 수 없는 고통의 근원이 그 사람이라는 걸 깨달았으니까. '누가 당신을 용서하지 않는다는 거요?'

'워스롭! 당연히 워스롭이지! 괴물학자 말이오. 아니, 그 친구 이름을 처음 들어 본다는 소리 같은 건 하지 마시오. 내가 아주 경애하는 친구니까. 영적인 측면에서 본다면 우린 형제나 다름없거든. 물론 이보다 더 다를 수가 있나 싶을 만큼 정반대긴 하지만. 일단 그 친구는 진지함 그 자체인 데다, 자칭 과학자라는 인간치고 지나칠 정도로 낭만적이지. 내 의견을 묻는다면 구세주 콤플렉스를 갖고 있다고 하겠소. 이 거지 같은 세상을 세상 그 자체로부터 구하고 싶어 한달까. 반대로 내 좌우명은 '자기 맘대로 살게 내버려 둬.'라오. 지난번에는 커다란 거미 한 마리를 죽였지요. 무심코 말이오. 그러곤 나중에 깊이 후회했지. 그 가엾은 거미는 나한테 아무 짓도 안 했는데! 그저 지능이 좀 높고 몸집이 크다고 해서 과연 내가 지구상에 함께 공존하고 있는 이 다리 여덟 개짜리 생물보다 더 우월하다고 할 수 있을까? 녀석이 거미가 되겠다고 선택하지 않은 것처럼 나도 인간으로 태어나겠다고 선택한 것도 아닌데 말이오. 우린 이 드넓은 세상에서, 그저 주어진 역할을 충실히 수행하면서 함께 살아가는 동등한 존재가 아니오? 우리 사이에 존재하는, 그리고 창조

주와의 신성한 계약을 위반할 때까지 말이오. 그리고 그러려면 인간의 영혼을 잡아 찢기만 하면 되지.'

'당신은 미쳤어.' 나는 이렇게 말했소. 참을 수가 없더라고요.

'그 반대요, 친애하는 켄달.' 그 괴물이 대답했소. '지구 상에서 가장 제정신인 사람과 시간을 보내고 있다는 걸 외려 영광으로 여겨야 할걸. 내가 그 모든 헛된 가식과 환상, 우리 인간이 뒤집어쓰고 있는 자의적 우월감이라는 허울을 벗어 던지는 데 얼마나 오래 걸렸는지 아오? 그런 점에서 거미는 우리보다 우월하지. 녀석은 자기 본성에 의문을 품지 않거든. 자의식이라는 무거운 짐을 이고 있지도 않고. 녀석에게 거울은 그저 유리판에 불과하지. 타락하기 전의 아담만큼이나 순수하고 죄도 없어. 이 점만은 심지어 그 구제불능 도덕주의자인 워스롭도 내 말에 동의할 거요. 내가 거미를 죽일 권리가 없는 것처럼 당신도 나를 판단할 권리가 없어요, 켄달. 당신은 다과회의 3월 토끼*고 나는 앨리스라고.'

그러더니 어디론가 사라졌소. 나는 2톤짜리 바위가 가슴을 짓누르고 있는 것처럼 숨도 못 쉬고 누워 있었고. 마침내 그가 돌아왔을 때에는 손에 주사기가 쥐어 있었소. 솔직히 고백하지요, 워스롭 박사. 나는 태어나서 그때만큼 무서웠던 적이 없어요. 방 안이 다시 핑핑 돌기 시작했는데 머리가 어지러워서 그런 게 아니었어요. 순전히 공포심 때문에 그런 거요. 나는 손가락 하나 까딱하지 못한 채 그가 주사기를 손가락 끝으로 톡톡 두드리고는 피스톤을 살짝 누르

* 『이상한 나라의 앨리스』의 등장인물.

는 걸 지켜봐야 했소. 바늘 끝에 맺힌 방울이 등불 빛 아래서 크리스털처럼 반짝였지요.

'이게 뭔지 아시오, 켄달?' 그가 상냥하게 물었소. 그러곤 길고 낮게 키득거렸지. '물론 알 리가 없지. 예의상 물어본 거요. 이건 아주 희귀한 독이라오. 황철나무 수액을 증류해 만든 건데, 황철나무는 창조주가 만든 유해한 식물 중에서도 제일 흥미로운 녀석이지. 갈라파고스 제도에서 40해리쯤 떨어져 있는 일명 악마 섬에서 군생하는 수목이라오. 난 악마 섬이라는 이름이 아주 마음에 들어요. 당신은 안 그렇소? 뭐랄까…… 감수성을 자극하는 이름이거든. 이런 맙소사, 꼭 시인 같은 말투잖아.'

그가 가깝게 다가왔소. 너무 가까워서 그 검고 텅 빈 눈동자에 비친 내가 보일 정도였지요. 아, 그 눈빛이라니! 천년만년이 지나도 그 눈은 다시 보고 싶지 않아! 지옥보다도 더 깊고 컴컴한 눈, 아무것도 없는 텅 빈 눈동자. 워스롭 박사, 그 사람은 인간이 아니오. 짐승도 아니고. 아무것도 아니오.

'이건 티포라라고 하지.' 그가 속살거렸소. '기억하시오, 켄달. 워스롭이 무슨 독이냐고 묻거들랑 그렇게 대답해요. 티포라요. 그가 나를 티포라에 중독시켰어요!'"

내 스승은 엄숙한 표정으로 고개를 끄덕이고 있었지만, 얼핏 눈에 웃음기가 스쳐 지나간 것 같은…… 느낌이 들었다. 나는 이렇게 안타까운 사연을 들으면서 도대체 무엇을 우스워할 수 있는지 의아했다.

"그러곤 내 주머니에 종이쪽지 한 장을 넣어 주었소. 그래요, 여기 있군. 아직 갖고 있어요."

켄달이 박사에게 쪽지를 내밀었다.

"당신 집 주소와…… 독의 이름이오. 혹시 내가 잊어버릴까 봐 그런 건 같소. 잊어버리다니! 어떻게 그 저주받을 이름을 잊어버릴 수가 있다고 생각하는 거지? 그 사람은 나한테 열흘이 남았다고 했어요. '대략 열흘이오, 친애하는 켄달.' 대략! 대략이라고! 그러면서 나한테 설교를 늘어놨소. 내 얼굴 앞에서 번득이는 바늘을 쥐고 흔들면서 이게 얼마나 귀한 독인지, 러시아의 차르가 황궁 금고에 한 무더기를 보관해 두고 있다는 둥, 고대인들도 즐겨 사용했다는 둥("야사에 따르면 클레오파트라가 죽을 때 사용한 독극물도 사실 이것이라고 하지!") 암살자들이 특히 선호하는 약물인데 효력이 늦게 퍼져서 희생자의 심장이 펑 하고 터질 때쯤이면 암살자는 이미 바다 건너에 있기 때문이라는 둥 같은 소리를 했어요. 그런 무시무시한 얘기가 끝나고는 독약의 효과에 대해 설명하더이다. 식욕부진에 불면증, 불안증세, 강박적 사고, 심계항진, 망상증, 발한과 오한, 변비나 설사가 올 수도 있고……."

박사는 무뚝뚝하게 고개를 끄덕였다. 이제 그의 인내심도 바닥난 것이다. 나는 이유를 안다. 상자 때문이었다. 이 사람이 가져온 물건이 그를 손짓해 부르고 있었다. 컨스가 이 수다스러운 영국인에게 무엇을 맡겼는지는 몰라도, 오직 박사의 손에 넘어가게 하기 위해서 한 사람의 목숨을 걸 만한 가치가 있는 것이었다. 적어도 괴물학적인 관점에서는 말이다.

"알겠소, 그래요, 그래. 티포라의 효력에 대해서는 나도 잘 알고 있소. 아주 잘 아는 건 아니지만 어쨌든 들어 본 적이…….”

하지만 켄달은 아랑곳하지 않고 그의 말을 가로막았다. 왜냐하면 그는 여기 있는 것이 아니라 거기 있었고, 지금도 희미한 불빛 아래에서 컨스의 광기에 들뜬 눈빛을 받으며 무기력하게 누워 있었기 때문이다. 나는 이 불쌍한 사내가 런던 이스트엔드에 있는 허름한 셋방에서 아직도 완전히 탈출하지 못했다는 인상을 받았다. 그는 죽을 때까지 그 기억의 감옥에 갇혀 있을 것이다. 존 컨스 박사에게 속박된 노예처럼. 켄달은 말을 이었다.

“난 제발 그러지 말라고 빌었어요. 제발, 제발 주님의 자비를 생각해 보라고! 하지만 그게 실수였지요, 워스롭 박사! 내가 주님을 언급하자마자 그의 태도가 판이하게 바뀌었소. 마치 내가 성모 마리아님을 범하기라도 한 것처럼! 잔인한 미소가 자취를 감추고 입꼬리가 처지더니, 그가 눈을 가늘게 치켜떴소.

‘뭘 생각하라고?’ 그가 살벌한 목소리로 물었소. ‘주님? 당신이 하느님을 믿는다는 거요, 켄달? 지금 그걸 기도라고 하고 있소? 거참 이상하군. 이런 상황에서는 하느님이 아니라 나한테 빌어야 하는 거 아니오? 왜냐하면 지금 당신의 죽음을 손에 들고 있는 건 바로 나거든. 자, 그럼 누가 더 센 거요? 나요 아니면 하느님이오? “하느님”이라고 대답하기 전에 잘 생각하는 게 좋을 거요, 켄달. 만약에 내가 이 바늘로 당신을 찌른다면 당신이 옳은지 틀린지 곧장 증명할 수 있을 테니까. 어느 쪽이 더 끔찍할까? 당신이 옳다면 당연히 하느님은 나보다 당신을 더 편애하겠지. 하지만 어쩌면 하느님은 당신이 저지른 수많은 죄악들을 경멸하고 있고, 나는 단순히 그분의 도구일지도 모르오. 만일 당신이 틀렸다면 당신의 기도는 헛수고였단 뜻이지.' 그는 내 눈 앞에서 바늘을 좌우로 흔들어 댔소. '아무것도 아니라고!' 그러더니 웃음을 터뜨렸지."

거기서 켄달은 대조적인 효과라도 노리듯이 잠깐 이야기를 멈추더니 울음을 터뜨렸다.

"그러고는 그 더러운 괴물 자식이 이렇게 말했소. '어째서 신에게 살려 달라고 비는 거요, 켄달? 도무지 이해가 안 간단 말이야. 그분은 우리를 사랑하시네, 우리는 그분의 피조물이네. 그건 거미도 마찬가지지. 우린 그분의 총애를 받는다네……. 그래 놓고 왜 목숨이 위험할 때 그분에게 살려 달라고 빌지? 그가 아니라 우리를 파멸시키려는 이에게 빌어야 하는 거 아니오? 우리를 죽이고 파멸시키려는 자에게 그러지 말라고 해야지! 그러니까 내가 하고 싶은 말은…… 우리가 잘못된 대상에게 기도하고 있다는 거요. 하느님이 아니라 악마한테 기도해야지. 아니, 오해하지는 말고. 나한테 빌란 소리가 아니오. 난 그냥 그게 잘못됐다는 이야기를 하고 싶은 거라고. 그딴 기도가 왜 효력이 없는지 설명하고 싶었던 거요.'"

켄달이 말을 멈추고 얼굴을 힘주어 문지르며 말했다. "그런 다음에 그 작자가 무슨 짓을 했는지는 당신도 알 거요."

"티포라를 주사했군. 그 즉시 당신은 의식을 잃었고. 정신을 차렸더니 컨스는 사라지고 없었겠군."

가엾은 밤손님이 고개를 끄덕였다. "사람은 없고 저 상자만 놓여 있었지요."

"그걸 들고 곧장 미국으로 건너왔군요."

“경찰한테 찾아가는 것도 생각해 봤지만…….”

“하지만 그런 황당한 이야기를 믿어 줄 것 같지 않았겠지.”

“병원에도 가고 싶었는데…….”

“의사가 그런 희귀한 독극물의 해독제를 갖고 있을 것 같지도 않았고.”

“그래서 그 작자가 시키는 대로 하는 수밖에 없었소. 제발 진실을 말했기만을 빌면서 말이오. 그런데 확실히 그랬던 것 같군요. 점점 몸 상태가 나아지는 것 같으니 말이오. 오, 지난 여드레 동안 내가 얼마나 지독한 괴로움에 시달렸는지 모를 거요, 워스롭 박사! 당신이 부재중이라면 어쩌지? 뉴욕에서 두 시간 묶여 있던 것 때문에 죽기라도 하면? 만약에 그 사람이 잘못 알고 있고 당신이 해독제가 뭔지도 모른다면?”

“어쨌든 나는 집에 있었고, 두 시간 늦어 봤자 별 문제도 없었으며 해독제도 갖고 있었잖소. 당신은 이제 무사하니 안심해도 좋소. 그저 몸과 마음이 지쳤을 뿐이지.” 박사는 재빨리 내게 고개를 돌리고 말했다. “윌 헨리, 손님과 같이 있어라. 나는 컨스 박사가 보낸 이 ‘사소한’ 물건이 뭔지 봐야겠다. 켄달 씨가 배가 고플지도 모르니 어떻게든 해결할 방법도 찾아보고. 자, 그럼 미스터 켄달, 저는 이만 실례하도록 하겠소. 잭이 조금만 늦어도 승부가 완전히 끝나 버릴지 모른다고 했으니까!”

그 말과 함께 괴물학자는 황급히 방에서 빠져나갔다. 그의 다급한 발소리가 복도를 지나 삐걱거리는 지하실 문을 거쳐, 번개처럼 날아 실험실로 뛰어 들어갔다. 손님과 나 사이에는 어색한 침묵이 돌았다. 나는 박사의 갑작스럽고 무례하기까지 한 퇴장에 무안해졌다. 워스롭은 빅토리아 시대의 엄격한 사회적 규범을 제대로 지키는 법이 없었다.

"뭐라도 좀 드시겠어요?" 내가 물었다.

켄달이 숨을 깊이 들이마셨다. 뺨에 홍조가 돌았다. "대서양을 건너오면서 배 속에 든 걸 죄다 게워 냈단다. 아니야, 지금은 먹고 싶지 않구나."

"그럼 차 한 잔 더 드릴까요?"

"홍차! 그래, 그래 주면 고맙겠다!"

그렇게 우리는 벽난로 위에서 시계가 째깍거리는 소리를 동반자 삼아 말없이 앉아 있었다. 이윽고 켄달이 꾸벅꾸벅 졸기 시작했다. 그가 마지막으로 마음 편히 잠을 잔 지가 얼마나 되었을까? 나는 그가 그동안 얼마나 극심한 공포감에 시달렸을지 상상해 봤지만 실패했다. 시곗바늘이 째깍거릴 때마다 죽음의 문턱으로, 어두운 망각 속으로 한 발짝씩 다가가는 기분. 시간을 지체할 때마다 죽음은 더욱 가까워지고, 시시각각 언제 죽을지 모른다는 것을 알고 있는 기분. 그는 지금 자신이 엄청난 행운아라고 여기고 있을까, 아니면 행운이라고도 할 수 없는 훨씬 더 귀한 것을 얻었다 여기고 있을까?

나는 문득 켄달이 컨스의 질문에 대답하지 않았다는 사실을 깨달았다. 우리는 누구에게 기도해야 하는가? 나는 과연 켄달이 누구에게 기도했을지, 그리고 과연 누가 그 기도에 응답한 것인지 의아해하며 몸서리쳤다.

2장

“필요한 건 다 있다.”

나는 응접실에서 나와 지하실로 향했다. 딱히 박사가 부르지 않더라도 박사의 옆에서는 뭔가 쓸모 있는 존재가 될 수 있을 거라는 생각에서였다. 환한 불이 밝혀진 지하실에서는 괴물학자의 알아듣기 힘든 나지막한 탄성이 들려오고 있었다. 열세 살 소년의 능력이 닿는 한 날마다 해링턴 레인의 이 집에서 도망칠 궁리만 하는 나도, 해부용 탁자 옆에서 괴물학자의 일을 돕는 것만 아니라면 어디서든 무엇이든 할 수 있다고 생각하는 나도, 거의 매일 밤 신성한 존재에게—불경한 컨스가 존재 여부와 능력을 비웃은—어떻게든 3년 전에 박탈당한 삶으로 돌아갈 수 있도록 간절히 비는 나조차도 그 상자의 마력에 끌리고 있었다. 이제는 거의 친숙하기조차 한 징그럽고 혐오스러운 것들에 대한 병적인 매료……. 악몽 속에 사는 존재들…… 가장 어둡고 끔찍한 꿈속에 존재하는 생물들. 도대체 저 상자 안에는 뭐가 들었지? 박사님이 받은 게 뭐지?

내가 지하실 계단을 내려가면서 들떠 있었다고는 말하지 않겠다. 그렇지만 내 동작은 신속하고 유려했고, 전적으로 의무감에서 비롯된 것도 아니었다. 나는 진심으로 상자 안에 무엇이 들어 있는지 보고 싶었다. 무서우면서도 열망했다. 욕망과 두려움은 내가 괴물학자에게서 가장 크게 물려받은 것이다.

"아름다워!" 내가 계단을 내려갈 때 들은 말이었다. 박사는 등을 돌린 채 작업대 위에 허리를 숙이고 있었다. 상자는 그의 등에 가려 보이지 않았다. 다급하게 찢어 버린 갈색 포장지와 노끈이 바닥에 널브러져 있었다. 마지막 층계가 내 발밑에서 미약한 신음 소리를 내자 박사가 휙 바람 소리를 내며 몸을 돌렸다. 탁자 위에 있는 것을 숨기고 싶기라도 한 양 등을 탁자 모서리에 대고 팔을 크게 벌린 채였다.

"윌 헨리?" 그가 갈라진 목소리로 외쳤다. "도대체 여기서 뭘 하고 있는 거냐? 켄달과 같이 있으라고 했잖니."

"켄달 씨는 잠들었어요, 박사님."

"당연히 그랬겠지! 10퍼센트 모르핀 용액을 주사했으니까."

"모르핀요?"

"그럴싸하게 보이라고 식용색소도 섞었다. 인체에는 무해해."

그의 말을 이해하는 데 다소 시간이 걸렸다. "그럼 해독제가 아니었어요?"

"티포라의 해독제 같은 건 없다, 윌 헨리."

나는 숨을 헉 들이켰다. 워스롭이 거짓말을 하다니. 나는 그가 의

도적으로 거짓말을 하는 것은 한 번도 본 적이 없었다. 실제로 그는 거짓말에 대해 매우 격렬한 혐오감을 품고 있었고, 가장 저열하고 어리석은 행위라고 여겼다. 그리고 괴물학자는 어리석은 행위를 견딜 수 있는 인간이 아니었다.

그는 무슨 변명을 할까? 그 가엾은 사내의 마음을 편안히 해 주려고 그랬다고? 그가 지상에서 보낼 마지막 짧은 순간이나마 평온하게 해 주려고 했다고? 아니면 자비를 베푼 것일까?

박사는 어깨 너머로 슬쩍 탁자에 눈길을 주더니 다시 차가운 눈빛으로 나를 쏘아보았다.

"왜 그러느냐? 왜 그런 표정으로 쳐다보는 거지?"

"아무것도 아니에요, 박사님. 그냥 혹시 필요한 게 있으실지 몰라……."

"필요한 건 다 있다. 지금 당장 켄달 씨에게 돌아가. 혼자 놔두면 안 된다."

"얼마나…… 그분한테 시간이 얼마나 남았나요?"

"그거야 알 수 없지. 변수가 너무 많으니까. 30년? 어쩌면 40년일 수도 있고."

"40년요? 하지만 아까 해독제 같은 건 없다고 하셨……."

"그래, 그랬지. 해독제 같은 건 없다. 왜냐하면 그런 독약은 없으니까, 윌 헨리. '티포라'는 그리스어로 '아무것도 아니다'라는 뜻이다."

"정말요?"

"아니, 거짓말이다. 사실 그건 그리스어로 '멍텅구리'라는 뜻이지. 그래! 그리스어로 '아무것도 아니다'라는 뜻이다. 그리고 황철수라는 것도 없어. 황철석은 다른 말로 '바보들의 황금'이라고도 불리는 광물이다. 그리고 갈라파고스 제도 근처에 악마 섬이라는 것도 없다. 컨스가 켄달에게 '그에게 티포라라고 전해 주시오.'라고 한 건 문자 그대로 아무것도 아니라는 뜻이었던 거야."

"그러니까 그게…… 그게 다 장난이었다고요?"

"그보다는 속임수에 가깝지. 컨스는 켄달이 저 상자를 나한테 전달하게 하려고 독극물에 중독되었다고 믿게 한 거다. 자, 거기서 머리에 나사 빠진 백치처럼 멍청한 표정으로 입을 헤벌리고 서 있는 게 끝났으면 제발 내가 시킨 대로 위층에 올라가서 손님이나 돌봐 줘라."

하지만 나는 즉각 그의 지시에 따르지 않았다. 진실이 강타한 충격이 나의 충직함을 능가했기 때문이다.

"그렇지만 증상이……."

"자기가 독에 중독됐다고 믿은 사람의 정신적 고통이 낳은 가짜 증상이다."

"처음부터 다 알고 계셨던 거예요? 그럼 왜 그렇게 말하지……."

"왜 그에게 사실을 알려 주지 않았냐고? 그랬더라면 저 멍청이가 내 말을 들었을 것 같으냐? 우리는 전혀 서로 모르는 사이다. 저 사람이 내가 잭의 사악한 계획의 공모자라고 지레짐작하고는 마지막 희망마저 잃고 심장마비로 쓰러질지 누가 알겠니? 사실 그랬을 가능성이 꽤 높아. 그리고 컨스도 그걸 예상했을 테고. 그래서 더 교묘한 수법인 거다. 생각해 봐라, 윌 헨리! 새빨간 거짓말을 믿고 여기까지 왔는데…… 진실을 알고는 죽어 버리다니! 아니, 아니야. 그래

선 안 되지. 그래서 난 즉시 진상을 간파하고는 내가 할 수 있는 유일한 도덕적인 방법을 선택했다. 성자들마저도 신의 뜻을 이루기 위해서는 죄를 저지를 수 있단다!"

그는 계단을 가리켰다. "냉큼 가 보거라, 윌 헨리."

그래서 나는 그가 시키는 대로 했다. 별로 냉큼 서두를 필요는 없다는 생각이 들긴 했지만 말이다. 박사가 등 뒤에서 외쳤다. "문은 닫고! 다시는 내려오지 말렴!"

"네, 박사님. 그럴게요, 박사님. 다시는 내려와 보지 않을게요."

최소한 나는 첫 번째 약속은 지켰다.

나는 응접실에서 의식을 잃고 곯아떨어진 손님을 지키며 지루한 시간을 보냈다. 괴물학자가 시도 때도 없이 내가 얼마나 없어서는 안 될 존재인지 강조한 까닭에 나는 할 일이 없는 상태에 익숙하지 않았다. 더구나 나는 워스롭이 틀렸을지도 모른다는 불길한 예감에 시달리고 있었다. 티포라라는 독이 진짜 있고, 켄달이 언제라도 쓰러져 죽어 버릴지도 모른다는 예감 말이다. 나는 우리 집 응접실에서 사람의 심장이 터져서 죽는 모습은 보고 싶지 않았다.

그러나 아무리 시간이 흘러도 켄달의 숨소리는 멈추지 않았고, 나는 왠지 애가 닳기 시작했다. 괴물학자는 왜 그렇게 퉁명스럽게 나더러 빨리 가 버리라고 했을까? 상자에 무엇이 들었길래 나한테 감추고 싶어 하는 걸까? 이제껏 그는 아무리 역겹고 무서운 생물학적 현상이나 그로 인한 자연의 작품도 내게 숨기는 법이 없었다. 나는 좋든 싫든 그의 제자이자 조수였고, 그도 늘 '이런 것에 익숙해져야 한다'고 말하지 않았던가!

10분이 지났다. 15분이 지났다. 지하실 문이 벌컥 열리는 소리가 나고, 우레 같은 발소리가 복도를 따라 달려오더니 워스롭이 불쑥 방 안으로 쳐들어왔다. 그는 곧장 긴 의자로 다가가 켄달을 깨웠다.

"켄달!" 박사가 사내의 얼굴에 대고 소리쳤다. "일어나시오!"

켄달이 힘겹게 눈꺼풀을 열었다가 다시 닫았다. 나는 박사가 양손에 장갑을 끼고 있다는 것을 알아차렸다.

"저걸 열어 봤소? 켄달! 켄달! 안에 든 걸 만졌냐고!"

워스롭은 의식이 없는 사내의 손목을 붙잡고 좌우로 돌려 가며 꼼꼼히 살펴본 다음 허리를 굽히고 손가락의 냄새를 맡았다. 켄달의 눈꺼풀을 뒤집고 초점 없는 눈동자를 유심히 관찰했다.

"왜 그러세요?" 내가 물었다.

"최소한 세 명이 저걸 만졌소. 그중 한 사람이 당신이오? 당신이 저걸 만졌소?"

켄달이 약물이 유도한 깊은 꿈속에서 작게 신음했다. 워스롭이 못마땅하다는 듯이 콧방귀를 뀌더니 몸을 돌려 방을 나가려다가 문 앞에서 발을 멈추고 내게 소리 질렀다.

"그를 잘 지켜봐야 한다, 윌 헨리. 깨어나거들랑 즉시 나를 부르고. 그리고, 어떤 일이 있어도 맨손으로 그를 만지지 마라!"

나는 그가 다시 지하실로 내려갈 줄 알았다. 그러나 그는 복도 반대쪽으로 향했고, 잠시 후 서고로 들어가 책장에서 낡고 오래된 책들을 꺼내 커다란 탁자 위에 우르르 쏟아 놓는 소리가 들렸다. 초조한 목소리로 웅얼거리는 소리도 들렸지만 무슨 말인지는 알아들을 수 없었다.

나는 살금살금 복도를 따라 서고로 갔다. 그는 문을 등진 채 가죽 장정 책 위에 허리를 구부리고 있었다. 내 존재를 감지했는지 갑자기 몸이 굳더니 홱 돌아보았다.

"뭐냐?" 그가 사납게 물었다. "이번에는 또 뭘 원하는 거냐?"

"박사님이…… 제가……."

"내가 뭐? 네가 뭘?"

"혹시 제가 도와 드릴 일은 없나요?"

"네가 할 일은 벌써 말해 주지 않았더냐, 윌 헨리. 그런데도 지금 여기 와 있구나. 대체 왜 여기 있는 거냐, 윌 헨리?"

"어쩌면 제가……."

"내 일을 방해하겠다고? 한도 끝도 없는 아부와 징징거림으로 나를 귀찮게 하려고? 내가 너한테 영구기관을 만들라고 했더냐, 아니면 네 텅 빈 머리로 물구나무서서 찻잔으로 저글링이라도 하라고 했더냐? 내 기억에 따르면 켄달 씨를 지켜보라고 했을 텐데. 내가 너한테 바라는 건 그게 다다. 그런데 그런 간단한 지시도 못 따르는 거냐, 너는?"

"죄송해요, 박사님."

나는 도망가고 싶은 충동과 어린애처럼 바닥에 몸을 던지고 싶은 충동 사이에서 싸우며 간신히 대답했다. 나는 서고를 나와 응접실로 돌아갔다. 켄달은 죽은 듯이 꼼짝도 않고 자고 있었지만 나는, 특히 내 입은 활발하게 움직이고 있었다.

"난 저 사람이 정말 싫어." 나는 듣지 못하는 증인에게 속닥였다.

"세상에서 제일 싫어! '냉큼 움직여라, 윌 헨리, 냉큼!' 당신이나 냉큼냉큼 움직이지 그러세요, 워스롭 박사님! 지옥으로 말이에요!"

정말이지 너무나도 불공평했다! 이건 내가 바란 것도 아니었다. 내 아버지라면 기꺼이 괴물학자를 섬겼을 테지만 이런 노예 생활은 내가 자진한 것이 아니었고, 불운한 사고와 환경이 결합해 초래된 이 결과는 열세 살 소년이 포용하기에는 아직도 힘들었다. 방금 전에 잔인하고 부당하게 나를 나무란 사내만 없었더라면 내 부모님은 여전히 살아 계셨을 테고, 나는 해링턴 레인 425번지의 이 어둡고 스산한 집에 평생 발도 들이지 않고 평범하게 살았을 것이다. 내 부모님의 죽음에 괴물학자가 직접적인 책임이 있는 것은 아니지만 괴물학이 원인이었음은 부정할 수 없다. 저주받을 "자연철학" 같으니! 그 역겨운 "과학"이라는 것이 내 부모님을 비운으로 내몰았고, 이제는 내 차례였다.

살이 썩는 쉰내…… 해부대 위에서 나를 노려보는 징그러운 괴물들의 초점 없는 눈동자…… 좋아하는 일을 한다는 행복감에 심취해 흥겹게 휘파람을 불어 대며 피투성이 송곳니에서 인간의 살점을 솎아 내는 펠리노어 워스롭…….

워스롭이 물려받은 아이는 그가 성냥을 제공한 것이나 마찬가지인 화재 속에서 부모님이 죽어 가는 모습을 목격하고도 그에게 없어서는 안 될 동반자가 되었고, 졸도하기 직전의 상태에서도 충성스럽게 그의 옆을 지키며 차가운 돌바닥 위 꽁꽁 언 발에 붉은 피로 얼룩진 신발을 신고…….

조금씩, 조금씩 소년의 인간성, 소년의 영혼은 점점 냉담하고, 무감각해지고, 퇴락하여…….

베어 미트 웅게오르에른 켐프트, 마크 추젠, 다스 에어 니히트 아바이 춤 웅게오이어 비르트.*

이게 무슨 뜻인지 아는가?

나는 안다.

괴물학자의 곁에서 숱한 해, 숱한 달, 숱한 날과 시간, 분, 초를 지내면서 뭔가가 내 영혼을 갉아먹었다. 거센 파도가 삐죽삐죽한 해안선을 만들고 거대한 구조물을 좀먹고 뼈대를 드러내듯이, 우리 인간은 다르다는 오만한 사고 밑에 숨어 있던 골격을 드러내듯이.

처음 그와 같이 살게 되었을 때, 우리는 해부를 할 때마다 습관처럼 해부대 옆에 양동이를 가져다 놓았다. 내가 속에 든 걸 게울 때 사용할 수 있게 말이다. 그리고 나는 늘 토하고 말았다. 1년쯤 지나자 양동이는 더 이상 필요하지 않았다. 나는 썩은 시체에서 빼낸 구역질 나는 조각들을 어린 소녀가 시냇가에서 데이지 꽃을 따듯이 아무렇지도 않게 손바닥에 받을 수 있게 되었다.

그날 응접실에서 밤을 지새우며, 나는 내 안에 굳게 감겨 있던 무언가가 슬금슬금 풀리는 것을 느꼈다. 그것은 가슴이 뛰면서도 동시에 겁이 나고 무서운, 혼란스러운 느낌이었다. 나는 그것을 뭐라고 불러야 할지 몰랐다. 그때에는, 열세 살에는, 내 안에서 슬금슬금 풀리는 그것의 이름을 알지 못했다. 그것은 나의 일부이자—아마도 가장 본질적인 부분이리라—동시에 내게 속한 것이 아니었고,

* "괴물과 싸우는 사람은 그 싸움 속에서 스스로 괴물이 되지 않도록 조심해야 한다." 프리드리히 니체의 『선악의 저편』 중의 한 구절.

그 둘, 나와 내가 아닌 것 사이에 존재하는 팽팽한 힘은 세상을 둘로 쪼갤 수도 있을 것 같았다.

베어 미트 웅게오이에른 캄프트…….

나는 어렵고 난해한 말을 하려는 게 아니다. 나는 이제 늙은이다. 노인네들은 단순하게 말한다. 그게 우리가 가진 특권이다.

단순히 설명하자면, 나는 그것을 '다스 웅게오이어'*라고 부른다. 하지만 그것은 내가 나/ 내가 아닌 것을 지칭하는 하나의 이름일 뿐이다. 혐오스러우면서도 거역하기 힘든 힘을 지닌 그 말려 있던 것, 내 안에 존재하는 것, 그리고 당신 안에도 있는 것, 천둥처럼 장엄하고 압도적인 속삭임, 내가 있다.

당신은 다른 이름으로 부르고 있는지도 모른다.

하지만 당신도 그것을 본 적이 있다. 인간이라면 그것을 보고, 그것이 잡아당기는 힘을 느끼고, 우레와 같은 속삭임을 듣지 않았을 수가 없다. 달아나고 싶어도, 당신 자신으로부터 어떻게 달아날 수 있단 말인가? 그것을 포용하고 감싸 안고 싶어도, 당신이 아닌 것을 어찌 온전히 받아들일 수 있단 말인가?

오랫동안 배를 곯은 거지가 빵 한 덩이를 바라는 것보다도 더욱 간절하게, 나는 그 상자에 무엇이 들어 있는지 알고 싶었다. 그게 무엇이든 상관없었다. 그런 열망은 나를 내 아버지의 자식이라기보다 내 스승의 자식에 가깝게 만들었다. 나는 펠리노어 워스롭의 현현(顯顯)이자 그의 낭만적인 죄책감은 부재한 존재였다. 내게는 순

* 독일어로 '괴물'이라는 뜻.

수한 갈망만이 존재했다. 인간의 하찮은 도덕성이나 진부한 기준에 물들지 않은 순수한 욕망이었다.

그러나 내 안에서 슬금슬금 풀리고 있는 것, 다스 웅게오이어는 지독한 혐오감을 초래했다. 그것에 대한 반감이 반대편에서 내게 켄달과 함께 응접실에 있어야 한다고 고함을 지르고 있었다.

내게 맡겨진 짐 덩어리는 벌써 한 시간 남짓 손가락 하나 까딱하지 않고 누워 있었고 앞으로도 몇 시간은 그렇게 잠들어 있을 것 같았다. 여기서 조금만 더 기다리다간 그가 아니라 내 심장이 폭발할 지경이었다. 나는 컨스가 보내온 특별 선물을 보고 싶은 게 아니었다. 나는 봐야만 했다.

나는 살금살금 복도로 나가, 서고 안을 빠끔히 들여다봤다. 괴물학자는 탁자 앞에 앉아 엎드려, 포개진 팔 위에 머리를 얹고 있었다. 나는 조그맣게 그의 이름을 불러 보았다. 그는 움직이지 않았다.

좋아. 나는 생각했다. 박사님은 잠이 들었거나 죽은 거야. 주무시고 계신 거라면 깨우면 안 되지. 두 번째라면 깨울 수가 없고!

나는 재빨리 최대한 발소리를 죽인 채 지하실로 향했다. 머뭇거리면서도 다음 숨을 내뱉기도 전에 계단을 끝까지 내려갔다.

내 안에서 뭔가가 슬금슬금 풀리고 있었다.

살짝 보기만 하는 거야. 나는 속으로 다짐했다. 스승이 그토록 비밀스럽게 다루는 걸 보니 엄청나게 신기한 물건이 틀림없었다. 솔직히 말해 나는 자존심에 커다란 상처를 입었다. 그의 지나친 비밀주의는 나에 대한 불신을 의미하는 것이나 다름없었다. 우리가 지금까지 같이 겪은 일만도 얼만데! 그가 나를, 세상에서 유일하게 그를 참고 견뎌 주는 나를 믿지 않는다면 대체 누구를 믿는단 말인가!

작업대 위에 검은 천이 덮여 있었다. 그리고 그 밑에 존 컨스 박사가 보낸 선물이 놓여 있다. 천 아래로 상자의 윤곽이 보였다. 박사는 왜 이걸 덮어 놓은 거지? 물론 다른 사람들이 못 보게 하려는 거겠지. 그리고 이 집에서 그걸 볼 기회가 있는 것은 오직 한 쌍의 눈밖에 없다.

노여움과 치욕감이 두 배로 치솟았다. 어떻게 이런 짓을 할 수가 있지? 이제까지 수도 없이 내 능력을 증명하고 또 증명했는데! 언제나 맹목적인 충성심과 변함없는 헌신을 보여 주지 않았던가! 그런데 그 보답이 이거라고? 철면피 같은 인간!

나는 조심스럽게 천의 한쪽 자락을 들치고 밑에 뭐가 있는지 슬그머니 들여다보지 않았다. 나는 검은 천을 크고 격한 동작으로 휙 걷었다. 차가운 공기 중에 천 자락이 화를 내듯 팔랑거리며 떨어졌다.

3장

"무언의 기도에 대한 응답."

나는 놀라 숨을 들이켰다. 어쩔 수가 없었다. 나는 순진한 어린 소년에서 세상만사가 시들한 괴물학자의 제자로 변해 가는 내 모습에 내심 자부심을 품었고 내 예민한 감수성 위에 딱딱하고 두꺼운 껍질이 자라고 있다는 데 건전하지 못한 뿌듯함을 느끼고 있었지만, 이것은 나를 발가벗겨 아직 우리 모두의 내면에 살고 있는 원시인을, 깊고 광활한 밤하늘과 냉정하고 삭막한 달의 눈을 겁내는 태고의 존재를 밖으로 드러내게 만들었다. 박사는 이것을 보고 "아름답다"고 감탄했다. 나라면 절대 그 단어를 떠올리지 않을 것이다.

멀리서 또는 어두운 조명 아래에서라면 고대에 만들어진 토기, 또는 커다란 질그릇과 비슷해 보였을지도 모른다. 눈이 안 보이는 장님이나 아직 기술을 연마 중인 서툰 도공의 솜씨처럼 보였지만 말이다. 그것에 대해 말하자면, 불룩하다는 표현이 가장 정확할 것이다.

옆은 동그랗게 불거져 나와 있다. 가장자리는 매끈하지 않고 밑면은 볼록하게 부풀어 전체가 한쪽으로 불안정하게 기울어 있다.

하지만 나는 그것을 멀리서 본 것도 아니고 조명도 어둡지 않았다. 나는 그 기묘한 단지가 무엇으로 만들어져 있는지 뚜렷이 볼 수 있었다. 나는 워스롭한테서 해부학을 배웠고, 그래서 그것이 인간의 유해로 만든 어지러운 덩어리임을 알아볼 수 있었다. 각각의 재료는 믿기 힘들 정도로 복잡하게 엮여 있었고—기절골(基節骨)도 보였고 절반으로 잘린 하악골도 있었지만 나머지는 잘 알아볼 수가 없었다.—마치 네 귀퉁이에 아무렇게나 흩어져 있는 직소퍼즐 조각처럼 아무 의미도 없이 뒤섞여 있었다. 인간의 사체를 갈가리 분해하고 해체해 엄지손가락만 한 크기로 만든다면 그것들을 어떻게 구분할 수 있으랴. 저것이 머리카락 한 줌인지 아니면 검게 변색한 근육의 섬유질인지 어떻게 알 수 있으랴? 저 자줏빛 덩어리는 심장 조각일까 아니면 간 조각일까? 재료가 다양하면 다양할수록 구분하기는 더욱 어려워진다. 커다란 울새 둥지가 나뭇가지와 이파리가 아니라 인간의 유해로 엮여 있다고 상상해 보라.

그래. 나는 생각했다. 그릇이 아니야. 저건 둥지야. 내가 보기에 저건 둥지야.

처음에 나는 무척 혼란스러웠다. 도대체 어떤 가증스러운 예술가가—사람이건 무엇이건—이 작품을 만든 것일까. 생명이 빠져나간 세포는 공기 중에 노출되면 빠른 속도로 부패한다. 그리고 어떤 접합제나 결합 성분이 없다면 이 섬뜩한 둥지는 금세 뒤죽박죽 무너져 흐물흐물 녹아내릴 것이다. 하지만 이것은 흡사 가마에서 구워

낸 질그릇처럼 전깃불 아래서 번들거리고 있었다. 그래, 그래서 처음 이것을 보았을 때 그런 인상을 받았는지도 모른다. 그것은 다소 투명하고 젤리 같은 느낌의 점액질에 뒤덮여 있었다.

허둥지둥 켄달에게 달려가는 바람에—저걸 열어 봤소? 켄달! 켄달! 안에 든 걸 만졌냐고!—박사는 탁자 위에 노트를 팽개쳐 두었다. 가장 첫 페이지에는 이렇게 적혀 있었다.

> 런던, 89년 2월 2일. 화이트채플. 존 컨스.
>
> 마그니피쿰??

그다음 줄에 적힌 것은 내가 알아볼 수 없는 단어였다. 워스롭 박사 밑에서 봉사하다 보니 고전어 공부가 미진할 수밖에 없었기 때문이다. 그는 크고 선명한 대문자로 한 페이지 가득 이렇게 적어 놓았다.

> *Τυφωενύς*

나머지 공간은 공백으로 남겨져 있었다. 마치 그 단어를 적고 나니 다른 것은 생각나지도 않는다는 양.

어쩌면 차마 쓸 엄두가 나지 않았는지도.

그렇게 생각하자 그가 검은 천 아래 숨긴 것을 봤을 때보다도 더욱더 마음이 불안해졌다. 나는 아직 어린아이에 불과했지만, 앞에서도 고백했듯이 자연의 사악한 측면이라 할 수 있는 그 어떤 끔찍하고 징그러운 광경도 불굴의 의지로 차분하고 침착하게 대할 수 있었다. 이것은 그런 것보다도 훨씬 더 나빴다. 이것은 그에 대한 내 헌신과 충성심을 뿌리째 뒤흔들었다.

내가 같이 살고 있는 사람, 내가 섬기며 살고 있는 사람, 전에도 기꺼이 내 목숨을 바쳤고 계기만 있다면 언제든 또다시 주저하지 않고 기꺼이 내 목숨을 내던질 수 있는 사람, 내 마음속에서 "단순한 괴물학자"가 아니라 "그 괴물학자"인 그가 과학자라기보다 범죄자처럼 행동하고 있다.

지하실에 내려온 걸 들키지 않고 빠져나가기 전에 할 일이 아직 하나 더 남아 있었다.

나는 그러고 싶지 않았다. 그리고 사실 그럴 필요도 없었다. 심지어 온몸의 세포들이 한시라도 빨리 여기서 나가자고 아우성치고 있었다. 하지만 우리는 가끔 뇌의 앞쪽에서 사고를 한다. 다른 곳보다 훨씬 깊은 곳, 동물적인 부분, 컴컴한 한밤중 무한히 펼쳐진 평원의 공포를 기억하고 있는 곳, "내가 있다."라는 태고의 목소리보다도 더 오래된 우리의 일부.

나는 이 시체 조각들로 엮인 반들거리는 그릇 안을 보고 싶은 것이 아니었다. 나는 그 안을 봐야만 했다.

탁자 모서리에 몸을 기대어 균형을 잡은 채, 나는 까치발을 딛고 그 안을 들여다보았다. 형태가 기능을 따르기 마련이라면, 이 괴상한—그리고 이상하게도 아름다운—오브제 트루베에도 목적이 있을 것이다.

"윌 헨리!" 뒤에서 무시무시한 목소리가 날아왔다. 워스롭이 두

달음에 달려와 내가 절벽에 매달려 있는 것처럼 순식간에 확 낚아채더니 내 몸을 빙그르 돌려 내 얼굴을 마주했다. 그의 눈이 노여움과—그로서는 대단히 보기 드문—두려움을 뿜어냈다.

"대체 이게 무슨 짓이냐, 윌 헨리!" 그가 내 얼굴에 대고 역성을 냈다. "저걸 만졌니? 어서 대답해라! 만진 거냐?"

그는 켄달에게 그랬던 것처럼 내 손목을 거머쥐고는 손톱을 코에 가져다 대고 콧구멍을 벌름거렸다.

"아, 아뇨." 나는 더듬거리며 대답했다. "전 안 만졌어요, 박사님."

"거짓말하지 마라!"

"거짓말 아니에요. 맹세해요. 전 안 만졌어요. 전 그냥…… 그냥…… 죄송해요, 박사님. 깜박 잠이 들었다가 깼는데 박사님이 여기 계신 것 같아서……."

그의 짙은 눈동자가 한참 동안 내 눈을 깊숙이 들여다보며 구석구석 주의 깊게 살폈다. 그러더니 서서히, 그 안에 서려 있던 공포가 수그러들기 시작했다. 그의 손이 아래로 떨어지고 긴장된 어깨에 힘이 빠졌다.

박사가 나를 돌아 탁자로 다가가더니 평소처럼 활기찬 어조로 말했다. "흠, 이미 일어난 일은 어쩔 수 없지. 어차피 너도 봤으니 앞으로는 나를 도와줘야겠다. 그리고 네 질문에 대답하자면……."

"제 질문이라고요, 박사님?"

"네가 아직 묻지 않은 질문이라고 해야겠지. 그건 비어 있다, 윌 헨리."

그는 침착하고 체계적으로 작업에 착수할 준비를 시작했다. 오직 눈빛만이 그가 얼마나 흥분해 있는지 알려 줄 뿐이었다. 아, 그 검은 눈이 얼마나 들떠 있었는지! 그는 자신이 사랑해 마지않는 위험하고 어두운 영역에 완전히 푹 빠져 있었다. 이것이 그의 레종데트르, 즉 그가 존재하는 이유였다. 피와 어둠으로 가득한 괴물학의 세계였다.

"거기 확대경을 주렴. 등불을 들고 있어라, 윌 헨리. 더 가까이. 아니 그렇게 가까이는 말고! 자, 이 장갑을 껴라. 항상 장갑을 끼고 있어야 한다, 명심해!"

그는 머리에 확대경을 끼고 띠를 단단하게 동여맸다. 두꺼운 렌즈 뒤로 그의 눈이 황당할 정도로 커다래졌다. 워스롭은 존 컨스가 보내온 "선물" 위로 몸을 숙였고, 나는 그 불규칙하고 번들거리는 표면 위로 등을 비췄다.

그는 그 물건을 건드리지 않았다. 우리는 그 주위를 맴돌았다. 그는 가끔 발을 멈추고 위험할 정도로 표면 가까이에 코를 들이대고는 내 눈에는 보이지 않는 아주 작은 것을 지그시 응시했다.

"아름다워." 그가 중얼거렸다. "참으로 아름답구나!"

"뭐가요?" 내가 소리 내어 물었다. 어쩔 수가 없었다. "이게 대체 뭐예요, 워스롭 박사님?"

워스롭이 허리를 세우더니 허리에 손을 받치고 얼굴을 찡그렸다. 벌써 한 시간이나 허리를 구부리고 있던 까닭이었다.

"이것 말이냐?" 그의 목소리는 흥분을 주체하지 못해 떨리고 있었다. "이건, 윌리엄 헨리, 무언의 기도에 대한 응답이란다."

그게 무슨 뜻인지는 알 수 없었지만 나는 더 자세히 설명해 달라고 조르지 않았다. 내가 알게 된 바에 따르면, 괴물학자들은 우리가 기도하는 신에게 기도하지 않는다.

"따라와라." 그가 불현듯 몸을 돌려 계단으로 향하며 외쳤다. "등불도 가져와. 조금 있으면 모르핀의 효력이 떨어질 테고, 우리는 켄달 씨를 용의 선상에서 제외해야 한다."

용의 선상? 나는 의아했다. 무슨 용의 선상?

응접실로 들어간 워스롭은 긴 의자에 드러누워 가슴에 팔을 모은 채 끙끙거리고 있는 사내 앞에 웅크리고 앉았다. 켄달의 경련하는 눈꺼풀 아래 눈동자가 움직이는 것이 보였다. 워스롭은 장갑 낀 손가락을 켄달의 목 옆에 지그시 대고, 심장박동을 확인하고, 그런 다음 눈꺼풀을 뒤집어 불안하게 파들거리는 눈동자를 점검했다.

"내 옆으로 와라, 윌 헨리, 여기."

나는 그의 옆에 무릎을 세운 채 불안하게 움직이는 켄달의 눈동자에 빛을 비췄다. 박사는 깊숙이 허리를 구부렸다. 얼마나 가깝게 기울였는지 코와 코가 거의 맞닿고 키스 직전의 아슬아슬한 긴장감이 흐를 정도였다. 워스롭이 라틴어처럼 들리는 단어를 중얼거렸다. "오쿨루스 데이(Oculus Dei)!"

"뭘 찾고 계신 거예요?" 내가 속닥였다. "독약에 중독된 게 아니라면서요."

"나는 컨스가 이 사람을 중독시키지 않았다고 했다. 표면에 세 개의 지문이 묻어 있었다. 누군가 그걸 만졌어. 누군가가 아니라 '세 사람'이라고 해야겠구나. 그리고 존은 그중 한 명이 아닐 거다. 그 친구는 바보가 아니거든."

"거기 독이 있어요?"

"완곡하게 말하자면 그렇다. 전해 내려오는 이야기에 조금이라도 진실이 깃들어 있다면 말이다."

"무슨 이야기요?"

그는 손을 멈추지는 않았지만 큰 소리로 한숨을 내쉬었다. 박사는 적어도 한 가지 면에서는 다른 평범한 이들과 비슷했다. 그는 두 가지 일을 동시에 하는 데 익숙하지 않았다.

"니두스(nidus)에 대한 이야기다, 윌 헨리. 푸드레 세르(Pwdre ser)에 대한 이야기지. 그럼 너는 이제 이렇게 묻겠지. '니두스가 뭐예요? 푸드레 세르는 또 뭐예요?' 하지만 제발 지금은 보류해 둬라. 생각을 좀 해야겠으니까."

잠시 후 그는 다리를 펴고 일어나 이제 환자가 된 켄달을 한참 동안 응시했다. 그러곤 고개를 돌려 또다시 한참 동안 나를 응시했다.

"왜요, 박사님?" 나는 소심하게 딸꾹질을 하며 물었다. 부담스러운 침묵과 속내를 알 수 없는 무표정한 얼굴이 나를 불안하게 만들었다.

"어쩔 도리가 없을 것 같구나, 윌 헨리." 그가 감정이 섞이지 않은 건조한 목소리로 말했다. "그가 만졌는지 아닌지 확신할 수가 없어. 그 이야기가 미신이나 전설일 수도 있지만 그래도 미리 조심하는 게 낫겠지. 위층에 올라가서 손님방 침대의 침구를 모두 벗겨라. 그리고 튼튼한 밧줄도 필요하다. 모르핀을 또 주사해야 할 것 같구나."

"밧줄요, 박사님?"

"그래, 밧줄. 칠팔 미터 정도면 충분하겠다. 남는 건 자르면 되니까. 왜 그렇게 멀뚱멀뚱 서 있는 게냐? 냉큼 움직여라, 윌 헨리. 냉큼! 아, 하나 더 있다." 나는 등 뒤에서 들려오는 목소리에 문지방 앞에서 발을 멈췄다. "만약의 경우를 대비해…… 내 권총도 가져와라."

4장

"지극히 인간적인 행위."

30분 후에 모든 준비가 완료되었다. 와이먼드 켄달은 헐벗은 매트리스 위에 속옷 차림으로 손목과 발목이 침대의 네 기둥에 밧줄로 묶인 채 큰대자로 누워 있었다. 그 옆에 선 괴물학자는 만약의 경우에 대비해—그의 말에 따르면 우리 인간 종의 정직성에 대한 믿음이 틀렸을 경우에 대비해—주사기를 손에 들고 있긴 했지만 모르핀을 놓는 것은 일단 보류하기로 했다.

켄달이 목구멍 안쪽을 깊숙이 울리며 신음했다. 그의 눈이 번쩍 뜨였다. 워스롭이 의자에서 일어났다. 아무렇지도 않은 척 손을 코트 주머니에 찔러 넣고 있었지만 나는 주머니 안에 권총이 들어 있다는 것을 알고 있었다. 그는 아직 잠이 덜 깬 켄달에게 내가 워스롭 미소라고 부르는, 입술을 꾹 다물고 웃음이라기보다는 우거지상에 가까운 표정을 지어 보였다.

"기분이 어떻소, 켄달 씨?"

"추워요."

그는 일어나 앉으려고 했다. 하지만 이내 그렇게 할 수 없다는 깨달음이 천천히 그의 얼굴 전체로 퍼져 나갔고, 놀라움에서 순수한 경악에 이르기까지 그 점진적인 변화는 거의 우스꽝스럽게 보이기까지 했다. 그는 끙끙거리며 밧줄을 잡아당겨 보았다. 침대 기둥이 삐걱거리고 틀이 덜컹거렸다.

"이게 무슨 짓이오, 워스롭? 날 풀어 줘요! 당장 풀어 달라고!"

안 그래도 가엾은 사내에게 너무나도 가혹한 일이었다. 그는 2주일도 안 되는 사이에 또다시 그 기괴하고도 예기치 못한 악몽이 시작된 밤과 똑같은 처지에 처하게 된 것이다. 한 미친놈에게서 가까스로 달아났더니 또 다른 미친놈 손바닥에 들어온 셈이었다.

"당신을 해칠 생각은 없소." 괴물학자가 그를 진정시켰다. "이건 내 안전을 위해서기도 하지만 당신을 보호하기 위한 조치이기도 합니다. 우리 모두가 위험하지 않다는 확신이 들면 그 즉시 풀어 줄 거요."

"위험이라니!" 겁에 질린 피해자가 새된 소리를 냈다. "해독제를 투여했다며?"

"켄달 씨, 지금 내가 말하는 위험에 대한 해독제는 없소. 지금부터는 오로지 진실만을 말해 줘야 합니다. 인간은 모두 거짓말을 하는 존재고 대부분의 인간들은 반드시 그래야 하거나 불가피한 경우가 아닐 때에도 거짓말을 하는 경향이 있긴 하지만…… 지금은 진실을 털어놓는 것만이 당신이 자유로워질 수 있는 유일한 길이오."

"당최 뭔 소리를 하는 건지 모르겠구먼! 난 진실을 말했소. 내가 기억하는 그대로 전부 말해 줬단 말이오. 하느님 맙소사, 내가 얘기를 지어냈다고 생각하는 거요?"

그의 입에서 침방울이 튀자 워스롭이 재빨리 한 발짝 뒤로 물러났다. 그는 침착하게 손바닥을 들어 올린 채 켄달이 진정하기를 기다렸다.

"당신이 중독된 것을 비난하는 게 아니오, 켄달. 당신이 독을 여기저기 뿌리고 다녔을지도 모른다는 얘기지. 그러니 사실대로 털어놓으시오. 그걸 만졌소?"

"만지다니, 뭘? 내가 뭘 만졌다는 거요? 난 아무것도 안 만졌어요."

"그는 당신에게 절대로 만지지 말라고 했을 거요. 그것만은 확신할 수 있소. 배달원이 거기 손을 대는 바람에 물건이 실종되거나 파괴될 위험을 감수하고 싶지는 않았을 테니까. 그러니 당신에게 절대로 만지지 말라고 단단히 주의를 줬을 거요."

"그 상자를 말하는 거요? 내가 그걸 열어 봤다고? 내가 왜 그런 짓을 하겠소?"

"그게 뭔지 알고 싶어서 견딜 수가 없었겠지. 컨스가 왜 저걸 나한테 보내려고 그런 번거로운 수고를 했을까? 저 안에 뭐가 들었길래 살인도 불사할까? 당신은 무서웠을 거요. 열어 보고 싶지도 않았겠지. 하지만 열어 볼 수밖에 없었을 거요. 왜 그런 열망을 느꼈는지 나도 이해합니다, 켄달. 고개를 돌려 메두사의 얼굴을 보고, 사이렌의 노랫소리를 듣기 위해 돛대에 몸을 묶고, 롯의 아내처럼 뒤를 돌아보는 것은 지극히 인간적인 행위니까. 당신이 저걸 봤다고 화를 내는 게 아니오. 하지만 당신은 안을 들여다봤소. 그리고 만졌지."

켄달이 울기 시작했다. 그의 머리가 매트리스 위에서 격렬하게 흔들렸다. 그가 팔다리를 뒤틀자 밧줄이 살 사이로 파고드는 소리가 들렸다.

괴물학자가 내 손에서 등불을 잡아채 불쌍한 켄달의 얼굴 앞에 들이댔다. 켄달이 깜짝 놀라 움찔거렸다. 그는 본능적으로 오른쪽 팔을 들어 눈을 가리려고 했다.

"빛에 유난히 민감한 것 같군, 그렇지요, 켄달 씨?"

워스롭이 내게 등불을 돌려주었다. 그가 장갑 낀 손으로 켄달의 오른쪽 집게손가락을 움켜쥐자 사내가 아픈 듯이 얼굴을 찡그리며 아랫입술을 세게 깨물었다.

"이게 그 손이지, 맞소? 이 손으로 상자 안에 들어 있는 것을 만진 거야. 절대로 만져서는 안 되는 것을 만진 손이지."

워스롭이 사내의 손을 자신의 손바닥 위에서 굴렸다.

"관절이 지독하게 쑤시지요, 안 그렇소? 온몸의 관절이 욱신거리겠지만 특히 이 손가락의 관절이 심할 거요. 감기나 티포라 때문이라고 생각했겠지, 아니면 둘 다거나. 실은 둘 다 아니오."

그는 켄달의 손가락을 주먹으로 감싸 쥐었다. "손가락의 감각이 서서히 사라지고 있을 거요. 처음에는 그것을 만진 손가락에서 시작됐지만 점점 손 전체로 퍼져 나갔겠지. 당신은 밧줄 때문에 피가 돌지 못하고 있거나 아니면 방이 너무 추워서 그렇다고 생각하고 있겠지만 실은 둘 다 아니오."

워스롭이 그의 손을 놓아주었다. "당신이 얼마나 격렬한 고통을 경험하게 될지는 나도 정확히 알 수 없어요. 내가 아는 한, 그것에 노출된 사람 중에 당신이 역사상 최초로 검증 가능한 사례니까."

"노출? 뭐에 노출되었다는 거요?"

"웨일스어로 푸드레 세르라고 하지요. 별의 부패물이오."

"별의 부패물? 그게 뭐요?"

"별도 아니고 부패물도 아닌 것을 꽤 시적으로 표현한 것이지." 박사가 대답했다. 그의 목소리는 이제껏 내가 수없이 들은, 듣는 사람을 미치게 만드는 무덤덤한 강의 말투로 변해 있었다.

"실제로는 소화기계통의 일부로, 인간의 침과 비슷하지만 침과는 달리 매우 유독하지요."

"알았어요, 알았어! 빌어먹을, 그래요, 그래. 그걸 만졌소! 만졌다고! 그 저주받을 상자를 열어 보고 한번 건드려 봤소! 하지만 그게 다요. 꺼내 보지도 않았고 껴안지도 않았다고. 그냥 잠깐 건드려 본 것뿐이오. 뭔지 궁금해서 손가락으로 찔러 본 게 다라고. 그게 다란 말이오!"

박사는 엄숙하게 고개를 끄덕였다. 매우 침통한 표정이었다.

"그것만으로도 충분했을 거요."

"왜 나를 침대에 묶은 거요?"

"설명했잖소."

"옷은 왜 벗겼고!"

"그래야 진찰을 할 수 있으니까."

"그 상자에 든 게 뭐요?"

"니두스 엑스 마그니피쿰(nidus ex magnificum)이라고 하지요."

"그게 뭔데?"

"이름이 그 정체요."

"어디서 난 거요?"

"흠, 그게 문제요. 미스터 켄달, 존 컨스가 뭐라고 했소?"

"그런 건 말해 주지 않았소."

"그는 독사 같은 인간이지요. 나도 그 점에 있어선 동감이오. 하지만 내가 아는 한 그의 침이나 가래는 독성이 있지도 않고 저렇게 끈적이지도 않아요. 저 니두스는 그가 만든 것이 아니오. 혹시 컨스가 저것을 만든 존재가 어디 있는지 무심코 언급하진 않았소?"

"아니, 아니, 그런 말은 없었어요. 다 말해 줬잖소……. 그 사람이 한 말은 전부 다 말해 줬다고……. 오, 하느님. 빌어먹을 빛! 눈이 부셔서 견딜 수가 없소."

"눈에 천을 덮어 주지요. 좀 낫습니까?"

"그래요. 제발 나 좀 풀어 주시오."

"그럴 수 있다면 나도 좋겠지만…… 먹을 거라도 좀 들겠소?"

"오, 하느님, 아니요. 아니, 필요 없어요. 배가 아파."

"켄달 씨, 이제 당신 피를 채혈할 거요. 약간 따끔하겠지만…… 됐어요. 윌 헨리, 약병을 하나 더 가져와라. 다른 건 어디 있지? 설마 잃어버린 거냐? 아, 저기 있군. 천천히…… 심호흡을 해요. 모르핀을 더 맞겠소? 그럼 조금은 편해질 텐데."

"이 젠장맞을 침대에서 지금 당장 풀어 주시오!"

"윌 헨리, 불을 꺼 주겠느냐? 그리고 문을 닫아라." 박사가 켄달의 눈을 가린 천을 치웠다. "켄달 씨, 눈을 떠 보시오. 내가 보입니까?"

"그래요, 그래. 보이오."

"정말이오? 왜냐하면 나는 당신이 안 보이거든. 방 안이 칠흑처럼 깜깜해서. 자, 내가 손가락을 몇 개 들고 있소?"

"세 개요. 그런 건 왜 묻는 거요?"

"그걸 오쿨루스 데이라고 부르지요. 누가 그런 화려한 별칭을 붙였는지는 모르겠지만."

"그게 무슨 뜻이오?"

"'신의 눈'이라는 뜻이오."

"그건 나도 알아요. 학교에서 라틴어를 배웠으니까. 내 말은 그게 무슨 뜻이냐는 거요."

괴물학자는 대답을 알지 못했다. 어쩌면 알면서 입을 다문 것인지도 모른다.

그는 나를 복도로 데리고 나와 등 뒤로 문을 닫았다.

"증세가 엄청난 속도로 진전되고 있다. 대단히 아이러니하구나. 그는 중독된 게 맞다. 그것도 컨스가 아니라 문자 그대로 자기 손에 의해서 말이다."

"저분 죽나요?"

워스롭은 자신도 모른다고 실토했다. "우린 지금 미지의 영역에 들어와 있다, 윌 헨리. 푸드레 세르 엑스 마그니피쿰의 피해자는 이제까지 한 번도 산 채로 발견된 적이 없어. 당연히 연구된 적도 없고 말이다." 표정은 침울했지만 그의 들뜬 목소리가 얼마나 흥분했는지 알려 주고 있었다. "그는 죽을 수도 있고 아니면 언제 그랬냐는 듯이 회복될 수도 있다. 아직 희망은 있다. 어쨌든 노출된 양이

극히 미미한 데다 시간이 지날수록 푸드레 세르의 효능이 약해진다는 기록도 있으니까. 니두스가 얼마나 오래되었느냐에 달렸을 수 있지."

"어…… 의사를 불러야 하는 게 아닐까요, 박사님?"

"뭐 하러? 켄달 씨는 코감기에 걸린 게 아니다, 윌 헨리. 저 가엾은 머저리의 행운은 그나마 자신이 얼마나 불운한 처지에 있는지 가장 잘 아는 사람을 만났다는 거다. 하! 그럼 난 이만 가서 표본을 살펴봐야겠다. 내가 돌아올 때까지 그를 잘 지키고 있어야 한다, 윌 헨리. 절대로 곁을 떠나지 말고. 무슨 일이 있어도 켄달 씨를 혼자 두지 마라. 딴생각을 하거나 졸아서도 안 돼! 내가 자리를 비운 사이에 그가 무슨 말과 행동을 했는지 낱낱이 알고 싶으니까. 그리고 절대로 그에게 손을 대지 마라. 저 사람이 네 몸에 손을 대게 하지도 말고. 정신 바짝 차려야 한다, 윌 헨리. 넌 지금 역사의 증인이 되려는 참이야!"

"네, 박사님." 나는 순종적으로 대답했다.

"별로 오래 걸리지는 않을 거다. 자, 만약을 대비해 이걸 갖고 있는 게 좋겠다."

그는 내 손에 리볼버 권총을 쥐여 주었다.

"거기 누구요?" 켄달이 내가 방으로 들어오는 발소리를 듣고 물었다. 박사는 나가기 전 켄달의 눈을 다시 가리고 불을 켜 두었다.

"저예요, 윌 헨리요." 내가 대답했다.

"박사님은 어디 계시니? 워스롭은 어디 있어?"

"지하실에 있는 실험실에 계세요."

"치료약을 찾으려고?"

"어…… 잘 모르겠어요, 켄달 씨."

"그게 무슨 뜻이냐?" 그가 울부짖었다. "그 사람 박사님이냐, 아니냐?"

"그렇기도 하고 아니기도 해요."

"뭐라고? 방금 뭐라고 했지? 그렇기도 하고 아니기도 하다고?"

"의사가 아니거든요."

"의사가 아니라고? 그럼 무슨 종류의 박사인데?"

"괴물학자요."

"괴무……."

"괴물……."

"괴물……."

"……학자요."

"학자?"

"괴물학자요." 내가 말했다.

"괴물학자라고? 그런 황당한 직업은 처음 듣는다. 그게 뭔 헛소리라더냐?"

"그분은 과학자예요. 박물학 박사요."

"오, 주님!" 그는 큰 소리로 신음했다. "내가 *과학자* 나부랭이한테 납치를 당했다고?" 그의 가슴이 크게 들썩였다. "내가 왜 침대에 묶여 있는 거지? 왜 나를 병원에 데려가지 않는 거야?"

나는 대답하지 않았다. 그에게 진실을 말해 봤자 아무 소용도 없을 것이다. 나는 박사가 준 리볼버의 총열을 초조하게 어루만졌다. 켄달은 왜 침대에 묶여 있는 걸까? 괴물학자는 왜 나에게 총을 준 걸까?

"얘야!" 그가 나를 불렀다.

"네, 저 여기 있어요."

"손발에 감각이 없구나. 와서 나 좀 도와 다오."

"저…… 전 풀어 드릴 수 없어요, 켄달 씨."

"내가 언제 너한테 날 풀어 달라고 하든? 밧줄을 살짝 느슨하게 해 주기만 하면 된다. 매듭이 너무 꽉 조이는구나."

"박사님이 돌아오시면 여쭤볼게요."

"돌아와? 어딜 갔는데?"

"실험실에 계시다니까요." 나는 재차 설명했다.

"나는 영국 신민이야!" 그가 갑자기 버럭 소리 질렀다. "내 숙부님은 하원의원이고! 네놈의 '박사'님 따위 폭행과 납치, 불법 감금, 그리고 외국인에 대한 고문죄로 고발할 거다! 틀림없이 교수형을 당하겠지, 너도 같이 목이 매달릴 거고!"

"그분은 도우려는 거예요, 켄달 씨."

"도와줘? 나를 이렇게 발가벗기고 꼼짝도 못 하게 묶어 놨는데? 의사도 불러 주지 않고?"

손가락 끝에 닿는 리볼버의 감촉이 차가웠다. 동은 언제 트지? 지금쯤 해가 뜰 때가 됐는데.

"추워." 켄달이 힘없이 중얼거렸다. "적어도 이불 정도는 덮어 줄 수 있겠지?"

나는 아랫입술을 지그시 깨물었다. 켄달은 몸을 심하게 떨고 있었고 머리가 흔들릴 정도로 이를 덜그럭거리고 있었다. 어떻게 하면 좋을까. 박사는 이불을 덮어 줘서는 안 된다는 말을 하지는 않았지만 만일 그럴 필요가 있었다면 그가 직접 뭔가를 덮어 줬을 것이다. 몸이 따뜻해지면 그의 고통도 줄 것이다. 약간이라도 말이다. 그것은 나의 의무, 인간이 다른 인간에게 지닌 가장 기본적인 의무가 아닌가.

나는 총을 내려놓고 벽장에서 침대보를 꺼내 왔다. 켄달의 경련하는 몸 위로 그것을 덮어 주려 허리를 숙인 순간, 익숙한 냄새가 코끝을 스쳐 지나갔다. 전에도 수없이 맡았던 냄새, 살이 썩는 기분 나쁜 달착지근한 냄새였다.

고개를 드니 그의 오른손이 눈에 들어왔다. 분홍빛 살갗이 밝은 잿빛으로 변해 있었다. 거의 투명해 보이기까지 했다. 피부 밑에 있는 뼈도 보일 것만 같았다.

그것을 만진 손, 워스롭이 아름답다고 말한 것을 만진 손이 썩어 가고 있었다.

"난 죽을 거야."

나는 마른침을 삼켰지만 아무 대꾸도 하지 않았다.

"온몸이 쥐어짜지는 것 같아. 거인이 나를 커다란 주먹으로 쥐어짜는 것 같아. 뼛속까지 있는 힘껏, 천천히 말이다."

"워스롭 박사님이 도와주실 거예요." 나는 그에게 장담했다.

"난 죽고 싶지 않아. 제발, 날 죽게 하지 마."

그의 썩어 가는 손가락이 허공을 할퀴었다.

5장

"유일한 치료법."

그는 혼수상태에 빠지다시피 했다. 깨어 있는 것도 아니고 자고 있는 것도 아니었다.

동이 텄다. 박사는 아직도 돌아오지 않았다. 그가 모습을 드러낸 것은 한 시간도 더 지나서였다. 나는 문이 열리자마자 의자에서 벌떡 일어났다. 나는 피곤했고, 신경은 날카롭게 곤두서 있었다.

"저 침대보는 뭐지?" 그가 물었다.

"몸을 만지지는 않았어요. 너무 춥다고 해서요." 나는 변명하듯 대답했다.

워스롭은 침대보를 벗겨 바닥에 떨어뜨렸다.

"내 어머니 물건이었는데, 이젠 태워 버려야 하잖아."

"죄송해요, 박사님."

그는 귀찮다는 듯 손을 내저었다. "예방 조치다. 푸드레 세르가 정확하게 어떤 해를 끼치는지 대해서는 아직 밝혀져 있지 않거든. 그가 정신을 잃은 지 얼마나 됐느냐?"

"한 시간 반 정도요."

"정도? 기록해 두지 않았단 말이냐?"

"저…… 필기구가 없었어요, 박사님."

"윌 헨리, 내가 이 일이 얼마나 중요하고 긴급한 사안인지 분명히 주지시켰다고 생각했다만. 이건 생물학 역사상—이상생물학이든 그냥 생물학이든—제일 중요한 발견은 아닐지 몰라도 제일 중요한 발견 중 하나란 말이다. 모든 걸 반드시 면밀하게 다뤄야 해. 사적인 편견이나 실수 때문에 관찰 결과를 오염시켜서도 안 되고. 피부의 변색은 언제 시작되었지?"

"박사님이 지하실로 내려가신 지 얼마 안 되어서요." 나는 이렇게 대답하며 창피함에 얼굴을 붉혔다. 실은 언제부터인지 정확한 시점을 알 수가 없었다. "손에서부터 시작됐는데……."

"어느 쪽 손?"

"오른손요, 박사님."

"흠, 일리가 있군. 대단히 빠른 속도로 번지고 있구나."

나는 그렇다고 대답했다. 암회색의 파도가 그의 손을, 팔을, 몸통을, 사타구니를, 다리를, 그리고 발을 삼켜 가고 있었다. 켄달의 얼굴은 종잇장처럼 얇은 회색 가면으로 변해 마치 북 위에 씌운 가죽처럼 돌출된 뼈 위를 팽팽하게 덮고 있었다.

"그가 뭐라고 하진 않더냐?"

"박사님을 고발해서 교수형을 시킬 거래요."

워스롭이 한숨을 푹 내쉬었다.

"증상에 대해서 말이다, 윌 헨리. 그가 앓는 증상."

워스롭은 침대 위로 몸을 숙이고 켄달의 가슴에 청진기를 가져다 댔다.

"온몸이 춥고, 거인이 자기를 주먹으로 꽉 쥐고 있는 것 같은 느낌이 든대요."

박사가 내게 등불을 가져오라 일렀다. 그는 켄달의 눈 위에 덮어 놓은 천을 조심스럽게 천천히 들추고는 한쪽 눈꺼풀을 뒤집었다. 밝은 빛의 공격에 켄달의 눈동자가 안와 속에서 난폭하게 경련했다.

"동공이 지나치게 확장되었다. 홍채가 보이지도 않을 정도야."

워스롭은 장갑 낀 손가락을 켄달의 뺨에 대고 지그시 눌렀다. 피부가 그의 손끝에서 갈라지면서 밑에 숨어 있던 암회색 뼈를 드러냈다. 피부 틈 사이로 끈적끈적한 피고름이 흘러내렸다. 구역질이 날 것 같은 썩은 내가 주변으로 찬찬히 퍼져 나갔다.

"진피와 사피가 모두 썩고 있군. 세포조직은 액화되고 있고…… 광대뼈는 골형성부전증 초기 증세에……." 워스롭이 나직이 속닥였다. "비관절성 골극이 형성되고 있군……."

그는 손으로 환자의 얼굴과 팔, 가슴, 배를 천천히 쓸어내렸다. 교훈은 이미 배웠다. 이번에는 세게 누르지 않았다. 그의 손길은 솜털처럼 부드러웠다.

"팔꿈치와 손목, 관절, 무릎, 골반에도 골극이 융기하고 있고…… 나중에 각각 크기를 재 봐야겠다, 윌 헨리…… 급성 근육염의……." 그는 내 메모장을 힐긋 넘겨다보며 말했다. "근육염이다, 윌 헨리.

그늪이 아니라……. 근육염은 여기 골격근, 또는 수의근에 보이는 염증이다. 이런 속도라면 켄달 씨는 몇 시간도 안 돼 서커스 차력사와 비슷한 상태가 될 거다. 그것도 피부가 없는 차력사 말이다."

그는 켄달의 오른손을 살펴본 다음 왼손으로 시선을 옮겼다.

"손톱이 비정상적으로 두꺼워지고 색도 진황색으로 변했다."

그는 장갑을 낀 손톱 끝으로 그중 하나를 툭툭 건드려 보았다.

"강철처럼 단단하군. 이런 걸 조갑비대증이라고 한다."

그는 날 위한 연민을 발휘해 철자를 불러 주었다.

그는 겁이 날 정도로 강렬한 이채를 발하는 눈으로 나를 바라보았다.

"문헌에 기록된 내용과 정확하게 일치하는구나, 윌 헨리." 그가 속삭였다. "그는…… 변화하고 있어. 내가 예상한 것보다 훨씬 빠른 속도로 말이다."

"병원에 보내야 하지 않을까요?"

"병원이라고 해 봤자 가장 가까운 병원이 보스턴에 있다. 거기까지 가는 도중에 끝날 거야."

"그럼 죽는 건가요?"

워스롭은 고개를 저었다. 그게 무슨 뜻이지? 켄달이 살 가망이 없다는 뜻일까? 아니면 자신은 모른다는 뜻일까?

"치료법은 없나요?" 내가 물었다.

"내가 조사한 바에 따르면 없다. 물론 믿음직한 정보는 아니지만 말이다. 물론 어떤 질병도 치료할 수 있는 궁극의 치료법이 하나 있긴 하지."

오직 괴물학자만이 죽음을 어떤 질병도 치료할 수 있는 만능치료법이라고 부를 것이다. 나는 그가 모르핀이 담긴 주사기를 집어 들어 손바닥 위에서 굴리는 것을 지켜보았다. 그것은 저 가엾은 영혼의 고통을 덜어 줄 수 있을 것이다. 조금이나마 그에게 평온을 가져다줄지도 모른다. 그러나 모르핀은 또한 켄달의 변화 과정에 간섭해 워스롭의 과학적 탐구에 오점을 남길 것이다.

간단히 말해, 그것은 그의 성전을 더럽힐 것이다.

결국 괴물학자는 아무 말 없이 주사기를 그대로 내려놓았다. 그는 침대 위에서 온몸을 뒤틀고 있는 존재 위에 우뚝 서서, 한 무더기의 뼈와 그 위를 덮고 있는 얇고 가냘픈 피부 위로 그림자를 드리우고 있었다.

그는 몸소 환자를 돌보겠다며 내게 그만 가서 쉬라고 말했다.

"몰골이 형편없구나." 그는 아무 감정도 담기지 않은 말투로 말했다. "가서 잠 좀 자렴. 요기를 하는 것도 좋겠다."

나는 침대를 쳐다보았다. "별로 배고프지 않아요."

그는 고개를 끄덕였다. 그는 이해할 수 있었다. "권총은 어디 있느냐? 잃어버린 건 아니겠지? 고맙다, 윌 헨리. 자, 그만 가 봐라. 하지만 먼저 이것부터 처리해 다오."

그는 종이 한 장을 건넸다. 그의 알아보기 힘든 악필로 흘겨 쓴 쪽지였다.

"폰 헬룽 박사에게 보내는 편지다. 하지만 서신을 보내기 전에 네 글씨로 옮겨 적는 게 좋겠다, 윌 헨리. 반드시 '친전(親展)'이라고 적어서 속달로 부치렴."

"네, 박사님."

막 방을 나서는데 또다시 이름이 불렸다. "다른 데 들르지 말고 곧장 갔다 와야 한다. 잠을 자고 싶으면 서두르는 게 좋을 게다."

그는 침대를 향해 몸짓했다.

"속도가 점점 더 빨라지는 것 같으니까."

괴물과학연구발전협회 회장에게 보내는 서신은 매우 간단명료했다.

친전(親傳).

폰 헬룽,

나는 매우 예외적인 상황에서 박사님도 만난 바 있는 잭 컨스 박사를 통해 니두스 엑스 마그니피쿰 진품을 손에 넣게 되었습니다. 그와 같은 관계로 이번 주에 뉴욕을 방문할 계획입니다. 그동안 런던에 있는 우리 친구들에게 컨스의 행방을 은밀히 조사해 달라고 요청해 주십시오. 그는 화이트채플에 위치한 런던 왕립병원에서 근무하고 있으며 — 혹은 있었으며 — 동일한 지역의 도싯 가에서 와이먼드 켄달 씨의 소유로 있는 플랫에 거주했습니다.

— 워스롭

나는 중간에 존재하는 모든 유혹을 물리치고 곧바로 우체국으로 향했다. 특히 갓 구운 스콘의 따뜻하고 향긋한 내음이 밀려오는 태너 씨의 가게를 그냥 지나치는 것은 각별히 어려운 일이었다. 뺨은 바람에 맞아 얼얼했고 날은 춥지만 맑고 상쾌했다. 눈은 눈부시도록 새하얗게 빛났다. 티끌 하나 없이 순수한 백색이었다. 그 때문인지 왠지 가슴이 시렸다.

내가 발을 멈춘 것은 딱 한 번이었다. 내가 옛날에 다니던 학교가 새하얀 눈에 덮여 있고, 그 속에서 아이들이 무리 지어 놀고 있었다. 고지를 차지하기 위한 전투는 점점 더 격렬해졌고 수비팀은 꽥꽥 소리를 지르며 몰려오는 공격팀을 향해 급하게 뭉친 눈덩이를 마구 내던졌다. 약간 떨어진 곳에는 하늘에서 떨어진 천사들이 눈밭 위에 날개 자국을 남겨 놓았고* 그 옆에는 교장 선생님과 꽤 닮은 새하얀 형체가 모자와 망토, 지팡이까지 들고 있었다.

희미한 고함 소리, 살을 에는 듯한 바람 속에 날리는 웃음소리는 높고 들떠 있었다.

아는 얼굴이 하나 있었다. 그 아이는 작은 언덕의 꼭대기, 눈싸움 요새의 성벽 뒤에 쪼그리고 앉아 밑에서 올라오는 적들을 큰 소리로 조롱하고 있었다. 나는 그 아이를 알고 있었다. 살짝 들린 들창코, 덥수룩한 금발, 뺨에 흩어진 주근깨. 나는 그에 대한 모든 걸 기억하고 있었다. 카랑카랑한 목소리, 살짝 벌어진 앞니, 눈동자 색깔과 환한 눈웃음까지. 어찌나 크게 웃는지 웃음이 입술에 도달하기 1년 전부터 볼 수 있을 정도였다. 나는 그 아이가 어디 사는지도 기억하고 있었고 그의 부모님도 알았다. 그는 내 친구였다. 그렇지만 이름

---

* 눈 위에 누워 팔다리를 흔들어 천사 날개 모양의 자국을 남긴 것을 가리킨다.

이 기억나지 않았다. 저 애 이름이 뭐였지? 그 아이는 내 친구였다. 가장 친한 친구였다. 그런데도 이름이 기억나지 않았다.

내가 부엌에 들어갔을 때, 박사는 선 채로 사과를 먹고 있었다.

"늦었구나." 그가 말했다. 화가 난 목소리는 아니었다. 평소와는 전혀 다른 모습이었다. 그는 나를 보고는 거의 반사적으로 무심한 목소리로 물었다. "어디 다른 데 들렀다 왔느냐?"

"아뇨. 우체국에 갔다가 곧장 돌아왔어요."

그때, 희망과 두려움이 음탕할 정도로 뒤얽힌 감정이 내 가슴을 강타했다. 내가 물었다. "그분 죽었나요?"

"아니, 내가 배가 고팠다. 자, 너도 좀 먹어라."

그는 내게 사과를 던져 주고는 위층으로 따라오라고 말했다. 나는 사과를 코트 주머니에 집어넣었다. 입맛이 없었다.

"골이형성증이 더 심각해졌다." 워스롭이 한 번에 두 계단씩 뛰어오르며 어깨 너머로 말했다. "하지만 심장은 경주마처럼 튼튼해. 폐도 깨끗하고 혈액의 산소함량도 높다. 근육부종은 수그러들 기미가 안 보이는데 무엇보다……." 그가 불현듯 말을 멈추고 몸을 홱 돌리는 바람에 하마터면 그의 가슴에 얼굴을 부딪칠 뻔했다. "가장 놀라운 점은, 윌 헨리, 피부 상태가 악화되어 썩고 있는데도 피는 거의 흘리지 않는다는 거다. 핏자국은 대부분 손목과 발목에만 한정되어 있고. 그래서 예방 조치 삼아 밧줄을 다소 느슨하게 해 두었다."

나는 그를 따라 방 안으로 들어갔다. 그러곤 반사적으로 코를 막았다. 참기 힘들 정도로 고약한 냄새가 났다. 폐가 타들어 가는 것 같았다. 왜 창문을 안 열었지? 괴물학자는 그런 악취에도 아랑곳하지 않는 것 같았다. 심지어 뺨 위로 생리적인 눈물 한 가닥이 흐르는데도 사과를 아작아작 씹고 있었다.

"왜 그러느냐? 왜 그런 눈으로 쳐다보는 거냐? 날 보지 마라. 켄달을 봐야지!"

그가 나를 침대 쪽으로 밀친 것이 아니다. 내가 스스로 다가갔다.

그가 내 턱을 붙잡고 억지로 켄달을 보게 만든 것도 아니다.

내가 켄달을 본 것은 내가 보고 싶었기 때문이다. 내가 그를 쳐다본 것은 내 안에 똘똘 감겨 있다가 풀려난 것, 다스 웅게오이어, 나/내가 아닌 것, 탄탈루스의 포도*, 이름을 알 수 없는 그것 때문이었다. 알고는 있지만 이해할 수 없는 것. 이해할 수는 있어도 알 수는 없는 것.

나는 즉시 방에서 뛰쳐나와 열 달음에 1층 복도로 뛰어 내려와 바닥에 고꾸라졌다. 내 안의 모든 것이 무너져 내렸다. 공허함, 남은 것은 그것뿐이었다. 나는 그림자요, 꼬투리요, 한때 소년이기를 꿈꾸던 텅 빈 껍데기에 불과했다.

머리 위로 그림자가 드리워졌다. 나는 올려다보지 않았다. 나는 그 그림자의 주인으로부터 아무런 위안도 얻지 못할 것임을 알고 있었다.

"죽어 가고 있어요. 우리가 뭔가 해야 해요."

"내가 할 수 있는 일은 다 하고 있다, 윌 헨리" 그가 부드럽게 대

---

* 뻔히 눈앞에 보면서도 가닿을 수 없는 존재를 비유한다.

답했다.

"아무것도 안 하고 있잖아요! 아무 치료도 안 하잖아요!"

"내가 말했잖니. 이건 치료법이 없……."

"그럼 찾아내요!" 나는 그에게 고함을 질렀다. "박사님이 그랬잖아요. 다른 사람은 없다면서요. 박사님밖에 없다면서요! 박사님밖에 모른다면서요! 박사님이 저 사람을 도울 수 없다면 아무도 못 할 거예요. 그렇지만 박사님은 안 하시겠죠. 저 사람이 죽길 바라니까요. 저 사람이 어떻게 될지 알고 싶으니까요!"

"저 사람이 병인(病因)에 노출된 게 내 탓이 아니라는 사실을 지적해도 되겠느냐? 저 작자가 자진해서 한 짓이다."

워스롭은 내 옆에 웅크리고 앉아 내 어깨에 손을 얹었다. 나는 그의 손을 뿌리치고 옆으로 비켜 앉았다.

"박사님도 저 사람이랑 똑같은 괴물이에요." 내가 말했다.

"저 사람의 고통을 끝낼 방법은 하나뿐이다." 워스롭이 말했다. 다정다감함은 어느새 사라졌고, 그의 목소리는 내 위에서 어른거리는 그림자처럼 어둡고 냉혹했다.

그는 주머니에서 리볼버를 꺼내 내게 내밀었다.

"자, 받아라. 네가 하겠느냐? 나는 못 하겠다. 왜냐하면 윌 헨리, 그가 가망이 없다는 사실이 내가 모든 희망을 포기해야 한다는 의미는 아니기 때문이다."

"희망 같은 건 없어요. 박사님이나 저 사람이나 모두요."

그는 바닥에 권총을 내려놓았다. 우리 사이에 그것이 놓여 있었다. 우리 사이에 그의 그림자와 권총이 누워 있었다.

"피곤해 뵈는구나. 올라가서 눈 좀 붙이렴."

"싫어요."

"알겠다. 그러면 그냥 거기서 자려무나. 어차피 나하고는 상관없는 일이니까!"

그는 총을 주워 들고 나를 혼자 남겨 둔 채 가 버렸다. 내가 그 자리에 얼마나 오래 누워 있었는지는 모르겠다. 괴물학자가 내가 어디서 자든 상관하지 않는 것만큼이나 나도 별로 신경 쓰이지 않았다. 다락에 있는 내 방으로 언제 올라갔는지도 기억나지 않는다. 그렇지만 옷을 입은 채 침대에 누워 머리 위 창문 위로 눈을 잔뜩 품은 먹구름이 떠다니는 것을 본 기억은 난다. 구름은 켄달 씨의 썩어가는 피부와 똑같은 색을 띠고 있었다.

나는 눈을 감았다. 내 마음속 숨은 어둠 속에서 그를 보았다. 잿빛 피부, 검은 눈, 홀쭉한 뺨, 종잇장처럼 얇은 피부를 뚫고 뿔처럼 불거져 나온 뾰족한 뼈 돌기, 그것은 심장이 멈추기를 거부한 시체였다.

배에서 요란한 소리가 났다. 뭘 먹은 게 언제였더라? 기억나지 않았다. 나는 주머니를 뒤져 괴물학자가 준 사과를 꺼냈다. 사과 껍질은 켄달 씨의 피에 젖은 이와 같은 색이었다.

지금도 나는 회색을 볼 때마다 썩어 문드러진 피부를 떠올린다.

그리고 내게 붉은색은 사과도, 장미도, 어여쁜 소녀들이 여름철에 즐겨 입는 드레스의 색깔도 아니다.

그것은 붉은색이 아니다.

6장

“흥미로운 현상.”

한참 후에—하지만 너무 한참 후는 아닌—그의 손이 내 어깨에 닿았다. 내 머리 위에는 창문이, 창문 너머에는 구름이 눈을 잔뜩 뿌리며 지나가고 있었다.

“윌 헨리.” 괴물학자가 말했다. 갈라지고 쉰 목소리였다. 마치 방금까지 있는 힘껏 고함이라도 지르고 있었던 것처럼. “윌 헨리.”

“지금 몇 시예요?” 내가 물었다.

“3시 15분이다. 널 깨우고 싶진 않았다만…….”

“하지만 깨우셨네요.”

“보여 줄 게 있다.”

나는 몸을 굴려 그를 등졌다.

“그 사람은 다시 보고 싶지 않아요.”

“켄달 씨가 아니다. 이거야.” 그의 손 안에서 종이가 부스럭거리는 소리가 들렸다. "알베르 칼메트라고, 파스퇴르 연구소의 프랑스 과학자가 쓴 논문이다. 파스퇴르의 백신의 원리에 기초하여 항신경독 제제를 개발할 수 있는 가능성에 대해 논한 거지. 특정한 독사와 독거미에 관한 이론이다만, 어쩌면 켄달 씨에게도 적용할 수 있을지도 몰라. 시도할 가치는 있을 것 같다."

"그럼 해 보세요."

"그래." 그는 헛기침을 했다. "가장 큰 장애물은 시간이다. 켄달 씨에게는 시간이 별로 없을 것 같구나."

나는 다시 몸을 돌려 똑바로 누웠다. 괴물학자의 모습이 시야에 들어왔다. 그는 거의 탈진해 있는 것 같았다. 기우뚱거리는 배의 갑판 위에서 균형을 잡으려는 사람처럼 좌우로 휘청대고 있었다.

"그럼 지금 당장 시작해야겠네요."

"그건 네가 켄달 씨 옆을 지켜야 한다는 뜻이다."

나는 침대에 일어나 앉아 다리를 내리고 발에 신발을 꿰기 시작했다.

"그럼 그렇게 할게요."

박사는 나를 방으로 들여보내기 전에 작은 약병의 뚜껑을 열어 걸쭉하고 투명한 액체를 손수건에 몇 방울 떨어뜨렸다.

"이걸 얼굴에 둘러라." 그는 이렇게 말하며 자신의 얼굴에도 손수건을 동여매었다. 확확하고 달콤한 사향 냄새가 콧구멍을 가득 메웠다. 톡 쏘는 느낌만 없을 뿐 알코올로 온몸을 문지른 기분이었다.

"이게 뭐예요?" 내가 물었다.

"암브라 그리세아, 용연향이다. 향유고래의 토사물이지. 흔히 향수의 원료로 사용된다. 하지만 나는 사람들이, 특히 여자들이 이 원료의 정체를 알고 난 뒤에도 계속 사용할지 궁금해. 그게 말이다, 용연향은 흔히 고래의 항문에서 배설물과 함께 배출되는데……."

"배설물요?" 속이 거북해졌다.

"똥 말이다. 하지만 고래는 때때로 덩어리가 너무 크면 입으로 토해 내지."

"그러니까 고래가 입으로 토한 똥이라고요?"

"간단히 말하면 그렇지. 용연향은 중국어로 '용의 침'이라는 뜻이란다. 중세인들은 용연향 덩어리를 가지고 다니면 역병을 물리칠 수 있다고 믿었지. 향이 꽤 좋지 않느냐?"

나는 동의하지 않을 수 없었다. 박사가 방금 아주 중요한 걸 가르쳤다는 듯이 흡족한 미소를 지었다.

"좋아. 지금부터는 조용히 해야 한다."

우리는 침실로 들어갔다. 입으로 배출된 고래 배설물의 도움에도 불구하고, 켄달의 몸뚱이가 썩어 가는 악취는 사라지지 않았다. 얼마나 지독한지 눈이 다 따가울 지경이었다. 혀끝에서도 냄새가 느껴졌다. 이미 예상을 하고 있었는데도 아무 도움도 되지 않았다. 그리고 놀랍게도 그 외의 다른 모든 것은 내 예상과 전혀 딴판이었다.

무엇보다 워스롭이 모친의 침대보를 다시 가져와 처음 있었던 자리에 둘러 놓았다. 켄달은 목에서 발끝까지 침대보에 꼭꼭 싸여 있었다.

그게 다가 아니었다. 켄달 씨 자체도 변해 있었다. 나는 육체와 정신적 고통이 극한에 달해 괴롭게 몸부림치며 거칠게 신음하는 사람을 보게 될 것이라 예상했었다. 하지만 그는 꼼짝도 하지 않고 조용히 누워 있었다. 나는 순간적으로 마침내 그가 죽은 게 아닌가 생각했다. 하지만 내 생각은 틀렸다. 그는 살아 있었다. 침대보는 규칙적으로 들썩거리고 있었고, 가까이 다가가 살펴보니 반쯤 감긴 눈꺼풀 아래에서 눈동자가 쉼 없이 움직이고 있었다. 그중에서 가장 충격적인 것은(물론 충격적이지 않은 게 없는 상황이었지만) 그의 얼굴에 떠올라 있는 미소였다. 와이먼드 켄달은 웃고 있었다! 마치 행복한 꿈이라도 꾸는 것처럼 얼굴 가득 미소를 띠고 있었다.

"저기…… 저거 지금……?"

"웃고 있는 거냐고? 그래, 내가 보기에도 웃고 있는 것 같다. 내려오는 이야기에 따르면 이 물질의 희생자는 마지막 단계에 이르면 아주 강렬한 도취 상태에 빠진다고 한다. 극도의 행복감을 느낀다는구나. 정말 흥미로운 현상이야. 푸드레 세르가 혈관에 주입되면 아편과 비슷한 성분이 분비되는 게 아닌가 싶다." 그는 말을 멈추고 조용히 웃은 다음—혹시 쓴웃음을 지은 건가?—말했다. "이젠 혈청을 만들러 가 봐야겠다. 켄달의 상태에 변화가 생기걸랑 즉시 나를 부르렴."

그 말과 함께 괴물학자는 나와 켄달만 남겨 놓고 가 버렸다. 지금까지 살아온 긴 세월 동안 나는 나 자신에게 몇 번이고 거듭해서 되뇌곤 했다. 만일 그가 켄달이 어떤 존재로 변화하고 있는지 알았더라면, 켄달이 더 이상 그가 아니고 인간도 아니라는 사실을 알았더라면, 아무 감정도 없고 잡화점에 세워진 싸구려 마네킹과 똑같은 존재임을 알았더라면 그는 나를 그렇게 두고 가지 않았을 것이라고 말이다.

나는 몇 번이고 그렇게 거듭 되뇌곤 했다.

방은 추웠다. 조명은 침침했다. 침대에 누워 있는, 한때는 인간이었던 존재의 숨소리만이 유일하게 소리였다. 인간 시계가 째깍거리는 듯한 그 규칙적인 소리는 소년을 잠의 세계로 유혹했다.

소년은 너무 피곤했다. 그의 고개가 툭 떨어졌다. 그는 절대로 자지 않겠다고 다짐했다. 그저 눈만 잠시 감고 있을 생각이었다…….

차가운 방, 회색 불빛 아래, 변화를 겪고 있는 무언가의 규칙적인 숨소리를 들으며…… 자장자장.

잠들려무나, 윌 헨리. 자장자장.

그녀의 모습이 보이는가? 회색 빛 너머 하얀 빛에 감싸여, 차가운 공간 너머 따스한 분위기 속에서, 째깍거리는 시계 소리 너머 고요한 세계에서, 그녀가 파이를 굽고 있다. 사과 파이, 네가 제일 좋아하는 거지. 너는 커다란 우유 한 컵을 앞에 두고 식탁에 앉아 바닥에 닿지도 않는 짧은 다리를 의자 위에 대롱거리고 있다.

먼저 식어야 해, 윌리. 식어야지.

말아 올린 머리에서 삐져나와 우아한 목 위에서 흔들리는 한 가닥 머리카락, 새 앞치마, 밀가루가 묻은 뺨, 오븐 안쪽으로 그녀의 긴 팔이 쑤욱 들어가자 온 세상이 사과 냄새로 가득 찬다.

아버지는 어디 가셨어요?

또 떠나셨지.

박사님이랑 같이요?

그래, 박사님이랑 같이.

저도 가고 싶어요.

그런 소리 하지 마라.

언제 돌아오세요?

곧 오시겠지.

아버지가 언젠가는 저도 데리고 가 주신대요.

그러셨어?

언젠간 저도 꼭 같이 갈 거예요.

하지만 너마저 떠나고 나면 나는 어떻게 하니?

어머니도 같이 가시면 되죠.

너희 아버지가 가는 곳이라면 나는 가고 싶지 않구나.

그녀를 삼킨 불은 뜨겁지 않았다. 그녀의 비명은 소리가 없었다. 짧은 다리를 대롱거리며 커다란 우유 컵을 쥐고 식탁에 앉아 있던 소년은 화염이 그녀를 집어삼키는 것을 지켜보았고, 자신의 어머니가 타는 것을 보고 큰 소리로 웃었으며 온 세상에서는 사과 냄새가 났다.

그때 아버지의 목소리가 들렸다.

윌 헨리! 윌 헨리이이이이이이이이이!

나는 의자에서 벌떡 일어나다 하마터면 침대 위로 넘어질 뻔한 것을 가까스로 몸을 돌려 문으로, 복도로 달려 나갔다. 계단을 뛰어 내려가기 시작했다. 내가 들은 것은 아버지의 목소리가 아니었다.

꿈속에서 나는 소리도 아니었다. 그것은 박사가 나를 부르는 소리였다. 이제껏 수백 번이나 그런 것처럼, 그에게 없어서는 안 될 나의 도움이 간절하게 필요할 때 외치는 소리였다.

"지금 가요, 박사님!" 나는 큰 소리로 대답하며 계단을 쿵쾅거리며 1층으로 내려갔다. "지금 가요!"

우리는 현관 앞 복도에서 만났다. 나는 뛰어 내려가다가, 그리고 그는 뛰어 올라오다가 정면으로 부딪쳐 사팔뜨기처럼 눈을 모은 채 쌍둥이처럼 똑같이 당혹스러운 표정으로 서로를 쳐다보았다.

"무슨 일이냐?" 그가 숨 가쁘게 물었다.

나도 동시에 물었다. "무슨 일이에요?"

"왜 나한테 '무슨 일이냐'고 묻는 거냐? 무슨 일이냐?"

"뭐가요, 박사님."

"내가 너한테 묻고 있잖느냐, 윌 헨리."

"저한테 뭘요?"

"무슨 일이냐고!" 그가 왈칵 성을 냈다. "뭐가 필요한 거냐?"

"어…… 박사님이 절 부르셨잖아요."

"난 안 그랬다. 너 괜찮은 거냐?"

"네, 박사님. 전…… 어, 깜박 졸았던 것 같아요."

"내가 그러지 말라고 했잖니, 윌 헨리. 당장 위층으로 올라가라. 켄달 씨를 혼자 두면 안 돼."

방 안은 아직도 제법 추웠다. 그리고 온통 회색빛이었다. 눈송이가 창문에 부딪치며 부드럽게 속살거리고 있었다.

침대는 비어 있었다.

의자와 루이 필리페 장식장, 벽난로의 깜부기불, 작은 흔들의자와 그 위에 놓여 있는 작은 인형과 새까맣고 깜박임 없는 인형의 작은 도자기 눈. 소년은 문지방에 서서 바보처럼 멀거니 텅 빈 침대를 바라보았다.

나는 천천히 복도로 뒷걸음질 쳤다. 복도는 방보다 더 따뜻했다. 그리고 나는 복도보다 훨씬 뜨거웠다. 손에는 아무 감각도 느껴지지 않았지만 뺨은 뜨겁게 달아올라 있었다.

"워스롭 박사님." 나는 조그맣게 중얼거렸다. 눈이 사박거리며 쌓이는 소리보다도 더 작게 속삭였다. "워스롭 박사님!"

밑으로 떨어진 거야. 나는 속으로 생각했다. 밧줄을 풀고 침대 밑으로 떨어진 거야. 그러니까 지금 침대 반대쪽에 누워 있을 거야. 그런 게 틀림없어. 박사님이 일으켜 세워야 해. 난 만지면 안 되니까.

나는 몸을 돌렸다. 그사이에 천년만년이 흐른 것 같았다. 계단이 저 아래로 수천 킬로미터나 뻗어 있는 것 같았다.

계단참까지 다시 천 년이 걸렸다. 심장은 미친 듯이 쿵쾅거리고 임시로 만든 보호용 마스크 밑으로는 뜨거운 숨결이 빼끔거리며 용연향 냄새를 빨아들였다. 머리 위와 등 뒤로 계단이 저항하듯 낮게 삐걱거렸다.

나는 발을 멈추고 귀를 기울였다. 세 번째 천 년이 지났다.

나는 권총을 찾아 주머니를 만져 보았다. 주머니는 비어 있었다.

총이 어디 갔지?

박사님이 내게 주는 것을 잊어버렸거나, 아니면 그라면 틀림없이 내가 달라고 부탁하는 것을 깜박 잊은 것이라고 대꾸하리라.

나는 계속 앞으로 가야 한다는 것을 알고 있었다. 본능적으로 어딜 가야 구원을 얻을 수 있는지 알고 있었다. 그러나 돛대에 몸을 묶는 것은, 그리고 롯의 아내가 그러했듯이 뒤를 돌아보는 것은 너무나도 인간적인 행동이다.

나는 고개를 돌렸다.

7장

“살고 싶으냐?”

그것이 계단 꼭대기에서 튀어 올랐다. 융기된 뼈 돌기와 벗겨진 피부와 고름이 뚝뚝 떨어지는 진홍색 근육에서 썩은 내가 풍겼다. 크게 벌린 입속은 비죽비죽한 이로 장식되어 있고 심연과도 같은 검은 눈을 갖고 있었다.

한때 켄달이었던 존재가 나를 덮쳤다. 뾰족한 어깨가 내 가슴을 파고들고, 먹잇감을 공격하는 상어처럼 새까만 검은 눈이 살육의 환희에 도취되어 대굴거렸다. 나는 생각할 새도 없이 주먹으로 놈의 얼굴을 후려쳤다. 손가락 마디가 지저분한 살을 뚫고 자라난 단단하고 날카로운 골극에 부딪쳤고, 뼈와 뼈가 만나면서 팔 전체에 저릿한 충격이 퍼졌다.

괴물이 내 손목을 움켜쥐더니 사내아이가 막대기를 던지듯이 너무나도 손쉽게 나를 층계 밑으로 팽개쳤다. 나는 쿵 소리와 함께 얼굴을 마룻바닥에 세게 찧었다. 차마 비명도 나오지 않았다. 바닥과 부딪친 충격에 폐 속의 공기가 전부 빠져 달아났다. 심장이 한 번 팔딱이는 사이에 몸을 돌려 바닥에 등을 대자 그것이 나를 깔고 앉았다. 놈의 얼굴이 어찌나 가까운지 그 초점 없는 눈동자에 비친 내 얼굴이 뚜렷이 보일 정도였다. 그것의 얼굴은 이미 인간이 아니었다. 나는 그 얼굴을 수도 없이 봤다. 그날의 기억을 특별한 금고에 간직해 두었다가 때때로 햇볕은 따스하고 밤은 아직 한참 먼 화창한 날이면 꺼내 보곤 한다. 나는 그 기억을 끄집어내어 한참 동안 바라본다. 오래도록 붙들고 있으면 있을수록 두려움도 사라지기 때문이다. 피부는 대부분 찢어지거나 벗겨져 실질적으로 우리 몸을 구성하고 있는 놀랍도록 복잡한—그리고 놀랍도록 아름답기까지 한—근육 섬유가 드러나 있다. 땅바닥을 헤집고 나온 사이프러스 뿌리처럼 근육을 찢고 두개골에서 뿔처럼 튀어나온 석화된 세포가 광대뼈에, 이마에, 턱 곳곳에 뾰족하게 자라 있다. 입술은 없었다. 썩은 혀는 흐물거리며 떨어져 나갔고 혀뿌리만 흔적처럼 남아 있었다. 활짝 벌린 입이 내게 점점 다가올 때 그 살덩어리가 지저분한 갈색 힘줄을 덜렁거리며 움직거리는 것이 보였다. 떨어져 나간 혀는 놈이 삼켜 버렸다. 입술도 마찬가지였다. 켄달 씨의 배에 들어 있는 것은 켄달 씨 본인이었다.

그의 몸이 내 위로 떨어지기 직전, 나는 저지하듯이 두 손을 들어 올렸다. 내 손이 그의 몸 안으로 쑤욱 관통해 들어갔다. 그의 갈비뼈에 내 손가락이 감기는 게 느껴졌다. 그때 조금만 생각을 했더라면 손을 더 깊게 들이밀어 더듬더듬 심장을 찾아 쥐어 터뜨려 버렸을 텐데. 하지만 그것은 기민함보다는 타이밍의 문제였을 것이다. 그때는 생각할 여유 같은 것이 전혀 없었다.

이 인간 같지 않은 얼굴이 내가 세상에서 보는 마지막 얼굴이 될 것이라는 사실을 깨달은 순간, 총알 하나가 괴물의 머리에 사과만큼 큼지막한 구멍을 내며 빠져나오더니 내 귀에서 1센티미터도 떨어지지 않은 자리에 박혔다. 내 손이 묻혀 있는 몸이 갑자기 크게 경련했다. 나는 그의 심장이 저항하는 것을 느꼈다. 아니, 적어도 그렇다고 생각했다. 놈의 심장은 감방을 탈출하고 싶어 몽둥이찜질을 받으면서도 쇠창살을 간절히 붙들고 흔드는 죄수처럼, 그의 갈비뼈에 감겨 있는 내 손가락을 거세게 밀어붙이고 있었다. 그의 눈빛도 꺼지지 않았다. 애초에 거기에 빛이라는 것이 있지도 않았다. 나는 그 초점 없는 시선 속에 갇혀 있었다. 때때로 나는 지금도 내가 그 안에 갇혀 있다는 생각이 든다.

워스롭이 진저리를 내며 나를 덮고 있는 시체를 밀어내고는—물론 그 전에 필사적으로 움켜쥐고 있는 내 손가락부터 떼어 낸 다음—총을 옆으로 내던지고 내 옆에 무릎을 꿇었다.

나는 그에게 팔을 뻗었다.

"안 돼! 안 된다, 윌 헨리! 하지 마라!"

그는 내 손을 피해 몸을 물렸다. 내 피 묻은 손가락이 그의 코트 자락을 스쳤다.

"아무…… 것도…… 만지지…… 마라!" 그는 시범을 보이듯 두 손을 높이 들고 말했다. "다친 데는 없느냐?"

나는 고개를 저었다. 아직도 목소리가 나오지 않았다.

"움직이지 마라. 일단 손을 몸에서 멀리 들고 있어. 금방 돌아오마. 알았지, 윌 헨리?"

그는 허둥지둥 몸을 일으켜 부엌으로 달려갔다. 하지 말라는 말을 들으면 더더욱 하고 싶은 것이 인지상정. 내 얼굴에는 아직 손수건이 둘려 있었다. 천천히 질식하고 있는 것처럼 숨이 막혀서 손수건을 빨리 풀어 내던지고 싶다는 것 말고는 아무 생각도 나지 않았다.

잠시 후 워스롭이 돌아왔다. 손에는 새 장갑을 낀 채, 아직 아무 말도 안 했는데도 내가 뭣 때문에 괴로워하고 있는지 아는 양 내 마스크를 급히 끌어 내렸다. 나는 떨리는 듯한 긴 한숨을 내쉬었다.

"움직이지 마라. 움직이면 안 돼. 아직은 안 된다. 지금은 안 돼." 괴물학자가 속삭였다. "조심해서, 천천히. 다친 데는 없니, 윌 헨리? 그가 할퀴거나 물지는 않았고?"

나는 고개를 저었다.

워스롭은 내 얼굴을 지그시 들여다보다가 불현듯 고개를 돌리고는 다시 나를 내버려 두고 사라져 버렸다. 복도가 회색 안개라도 낀 양 부옇게 바래기 시작했다. 내 몸이 쇼크에 빠지고 있었다. 갑자기 온몸이 추워졌다.

멀리서 구슬픈 기차 소리가 들린다. 어머니와 나는 안개가 자욱하게 낀 기차역 플랫폼에 서 있다. 나는 굉장히 신이 나 있었다.

저거예요, 어머니? 저 기차예요?

그래, 윌리. 그런 것 같구나.

아버지가 제게 줄 선물을 가져오셨을까요?

안 그런다면 아버지가 아니지.

뭘 갖고 오셨을지 궁금해요.

나는 걱정이 되는구나.

이번에는 아주 오래 있다 오셨네요.

그래.

아버지가 집을 떠나신 지 얼마나 됐죠?

너무 오래됐지.

지난번에 선물로 주신 모자는 바보 같았어요.

무슨 말이니, 윌리. 아주 좋은 모자였잖아.

이번엔 아주 특별한 걸 받았으면 좋겠어요.

특별한 거라고, 윌리?

네! 멋지고 근사한 거요! 아버지가 다녀오시는 곳처럼 특별한 거요.

너희 아버지가 다녀오는 곳이 멋지고 근사할 것 같진 않구나.

근사한 거 맞아요! 아버지가 언젠가는 저도 같이 데려가실 거래요. 제가 충분히 자라면요.

내 손을 굳게 쥐는 손. 멀리서 기차가 으르렁거리며 연기를 내뿜는다.

그런 곳에 갈 만큼 충분한 나이가 된다는 건 불가능할 거다, 윌 헨리.

언젠가는 저를 꼭 데리고 가실 거예요. 약속하셨는걸요. 언젠가는 저도 다른 사람들은 상상도 못 하는 곳에 가게 될 거예요.

열차는 살아 있었다. 그것은 성난 소리를 내지르며 선로의 항의를 무시하고 미끄러졌다. 검은 연기가 심술을 부리듯이 굴뚝에서 폭폭 뿜어져 나왔다. 열차는 몰려 있는 군중들을, 거드름 피우는 차장과 말끔하게 흰옷을 차려입은 짐꾼들을 거만하게 노려보았다. 거대한 몸집이 무시무시한 힘과 분노를 품은 채 약동하고 있었다. 철마는 격분한 괴물처럼 씩씩거리며 그르렁거렸고, 소년은 거기 열광했다. 어린 남자아이라면 무릇 그러지 않겠는가!

자, 이제 아버지를 찾아보자꾸나, 윌리. 누가 먼저 찾는지 시합할까?

저요! 찾았어요! 찾았어요! 아버지 저기 있어요!

아니야, 저건 아버지가 아니야.

아버지 맞아요. 아, 맞다. 아니네요.

계속 찾아보렴.

저기요! 저기 있어요! 아버지! 아버지!

그는 살이 빠졌다. 옷은 때에 절고 긴 여행 때문에 구겨져 있었으며 깡마른 몸에 헐렁하게 걸쳐져 있었다. 몇 주일간 면도도 하지 않았고 눈빛은 지쳐 있었다. 하지만 그는 내 아버지였다. 나는 어디서든 그를 알아볼 수 있었다.

저기 우리 윌이 있구나! 윌! 자, 얼굴 좀 보자, 아들아!

나는 공중으로 번쩍 솟구쳐 올랐다. 나를 들어 올린 팔은 가늘지만 강인했고, 그의 얼굴이 내 아래에서 올려다보고, 내 얼굴이 그의 목에 묻히고, 기차 여행으로 더러워진 살갗에서 아버지의 내음이 났다.

아버지! 이번에는 무슨 선물을 가져오셨어요? 네?

선물이라니! 내가 왜 너한테 선물을 가져왔다고 생각하는 거지?

아버지가 웃음 짓자 텁수룩한 수염 속에서 하얀 치아가 빛났다. 그는 나를 내려놓고 아내를 껴안았다.

안 돼! 저 안아 줘요! 저 안아 줘요!

윌리, 아버지 피곤하시잖니.

저 안아 줘요, 아버지!

괜찮아요, 메리. 내가 윌을 안지.

그리고 날카로운 비명 소리. 가슴이 철렁하게 만드는 괴물의 비명 소리, 그것이 마지막으로 울부짖는 성난 숨결과 함께 나는 마침내 집으로, 내 아버지의 품 안으로 돌아왔다.

워스롭은 내 몸에 닿지 않게 애쓰느라 이맛살을 찡그리면서 나를 바닥에서 일으켜 앉혔다.

"손을 쳐들고 있어라, 윌 헨리. 그리고 그대로 가만히 있어!"

그는 나를 부엌으로 옮겼다. 스토브 옆 마룻바닥에 욕조가 있었다. 물이 반쯤 차 있는 욕조에서 따뜻한 김이 올라왔다. 스토브 위에 놓여 있는 찻주전자를 보니 가슴이 아릿하게 아팠다. 내가 들은 경적 소리의 정체는 저것이었다. 기차가 아니었다. 내 부모님은 또다시 회색 안개 속으로 사라졌다.

괴물학자가 나를 욕조 옆에 내려놓고 내 등 뒤에 바짝 붙어 앉았다. 그는 내 양팔 팔꿈치 바로 아랫부분을 세게 움켜쥐었다.

"많이 쓰라릴 거다, 윌 헨리."

그는 김이 모락모락 나는 수면 위로 내 몸을 기울이더니 피 묻은 내 손을 따뜻한 물과 석탄산이 섞여 있는 욕조 안으로 집어넣었다.

그제야 내 목소리가 돌아왔다.

나는 비명을 질렀다. 발버둥 쳤다. 몸부림쳤다. 몸을 뒤로 밀치면서 그의 손에서 벗어나려 했지만 괴물학자는 놓아주지 않았다. 잔뜩 고인 눈물 너머로 켄달의 붉은 피가 맑은 수면 위로 뱀처럼 스멀거리며 퍼져 나가는 것이 보였다. 한참 뒤에는 잠겨 있는 내 손이 보이지 않을 정도로 탁한 용액만이 남았다.

박사가 귀에 대고 무서운 목소리로 속삭였다.

"살고 싶으냐? 그러면 참아라! 참아야 해!"

눈앞에 검은 별이 둥둥 떠다니다 갑자기 초신성처럼 번득 폭발하더니 깜박거리다 잦아들었다. 내가 더 이상 견딜 수 없을 즈음에 이르러 까무러치기 직전에 달해서야 괴물학자는 내 손을 용액에서 꺼냈다. 피부가 햇빛에 화상이라도 입은 양 벌겋게 익어 있었다. 그는 내 손을 높이 들어 올린 채 이리저리 돌리며 유심히 살펴보았다. 그러다 순간 그의 온몸이 빳빳하게 굳는 게 느껴졌다. 그가 깜짝 놀라 숨을 들이켰다.

"윌 헨리, 이게 뭐냐?"

그는 내 왼쪽 집게손가락 가운데 마디에 조그마하게 긁힌 자국을 가리켰다. 핏방울이 살짝 맺혀 있었다. 내가 대답하지 않자 어깨를 붙들고 거칠게 흔들었다.

"어쩌다 이렇게 된 거냐? 저놈이 문 거냐? 아니면 할퀸 거냐? 윌 헨리!"

"저⋯⋯ 전 모르겠어요! 계단에서 넘어져서⋯⋯ 그 사람이 그런 것 같지는 않아요."

"잘 생각해야 한다, 윌 헨리. 잘 생각해 봐!"

"저도 몰라요, 워스롭 박사님!"

워스롭이 벌떡 일어서는 바람에 나는 뒤로 벌러덩 넘어졌다. 몸을 움직이기에는 너무 지쳐 있었고 말을 하기에는 너무 겁이 났다. 나는 괴물학자의 얼굴을 올려다보았다. 그는 결정을 망설이며 참담한 표정으로 두 눈을 질끈 감았다. 차마 인정할 수 없는 두 개의 갈림길 사이에서 방황하고 있었다.

"이결론 확신할 수 없어. 오, 하느님, 확신할 수 없어!"

아래에서 올려다보는 그의 모습은 어마어마하게 거대해 보였다. 고대의 거신상처럼, 네피림*처럼, 이 세계가 아직 젊을 때 그 위를 거닐던 거인족처럼. 그의 시선이 이 해결 불가능한 딜레마에 대한 해답을 구하기라도 하는 양, 방 안 어디선가 길을 알려 줄 계시라도 나타날 것처럼 부엌 이곳저곳을 배회했다.

그러더니 별안간, 모든 것이 고요해졌다. 쉴 새 없이 움직이던 눈동자가 마침내 내 얼굴 위로 떨어졌다.

"아니지." 괴물학자는 나지막하게 중얼거렸다. "하느님이 아니야."

그는 빠른 걸음으로 사라졌다가, 내가 목을 길게 빼어 그가 어디로 갔는지 둘러보기도 전에 금세 돌아왔다. 손에는 고기 써는 칼이 들려 있었다.

그는 허리를 굽히고 팔을 내밀어 내 왼쪽 손목을 움켜쥐고 바닥에서 일으키더니 식탁 위로 잡아끌었다. 내 손을 탁상 위에 누르고 소리쳤다. "손가락 벌려라!" 그는 내 손을 굳게 잡고 칼을 공중으로 높이 쳐들었다가, 아래로 내리쳤다.

---

* 구약성서에 등장하는 거인 종족.

8장

“나를 인간으로 지탱해 주는 유일한 존재.”

살고 싶으냐?

라일락 내음. 똑똑 떨어지는 물소리. 피부에 닿는 따뜻하고 축축한 천.

그리고 그림자. 누군가의 존재. 내 닫힌 눈 뒤에 숨어 있는 그늘진 어둠.

살고 싶으냐?

나는 천장 밑에 떠 있다. 내 몸은 저 아래에 있다. 내 모습이 선명하게 보인다. 그리고 침대 옆에서는 괴물학자가 앉아 물수건을 짜고 있다.

그가 상체를 기울여 내 몸을 가린다. 그의 얼굴은 보이지 않는다. 그는 또 다른 나의 얼굴을 보고 있다. 인간인 나, 침대 위에 누워 있는 소년.

그가 다시 의자에 앉는다. 이제야 그의 얼굴이 보인다. 그에게 말을 걸고 싶다. 그의 질문에 대답하고 싶다.

그가 눈가를 문지른다. 긴 손가락으로 머리칼을 쓸어 넘긴다. 앞으로 몸을 기울이더니 팔꿈치를 무릎에 괴고 얼굴을 두 손에 묻는다. 잠시 동안 그렇게 앉아 있다가 갑자기 의자에서 일어나 침대 옆을 초조하게 서성인다. 등불이 바닥에 그의 그림자를 드리운다. 그가 다가올수록 그림자는 벽을 타고 오르고, 그가 몸을 돌리면 그 뒤로 길게 늘어진다.

그가 다시 무너지듯 의자에 주저앉는다. 내 이마에 손을 올려놓는다. 그는 어딘가 얼이 빠진 사람 같다. 나를 만지면 제정신이 돌아오기라도 할 양, 쓰다듬는다.

공중에서 나는 그가 나를 어루만지는 것을 본다. 침대 위에서 나는 그의 손길을 느낀다.

빛이 눈 속 깊이 파고든다. 수천수만 개의 은하보다도 더 밝고 눈부신 빛. 그 눈부신 빛 뒤에 그의 눈이, 새까만 지옥 구덩이보다도 더 깊고 어두운 그의 눈이 있다.

그의 손가락이 내 손목을 감싸 쥔다. 차가운 청진기가 가슴을 누르는 것이 느껴진다. 내 피가 유리관 안으로 빨려 들어간다.

빛이 내 눈 속을 들쑤시고 있다.

이번엔 무슨 선물을 가져오셨어요, 아버지?

씨앗을 가져왔다.

씨앗요?

그래, 축복의 섬에서 가져온 황금씨앗이란다. 땅에 심고 물을 주면 사탕이 열리는 황금나무가 자라지.

사탕이라고요!

그래, 황금사탕이란다! 그리고 페퍼민트와 꿀풀과 레몬 사탕도 열리지. 왜 그렇게 웃는 거냐? 한번 심어 보려무나. 그럼 알게 될 거야.

그가 문지방에 서 있는 게 보인다. 손에 뭔가를 들고 있다.

밧줄.

의자에 밧줄 꾸러미를 내려놓는다. 주머니에 손을 넣는다.

권총.

그가 침대 옆 협탁 위에 총을 올려놓는다. 지금 손을 떨고 있는 건가?

그가 조심스럽게 침대보 밑에서 내 팔을 꺼낸 다음 밧줄을 하나 집어 들어—밧줄은 전부 세 가닥이다.—내 손목 주변에 매듭을 짓는다.

나는 그의 머리 위를 떠다니고 있다. 그의 얼굴이 보이지 않는다. 그는 소년의 얼굴을 내려다보고 있다.

그가 몸을 돌린다. 묶이지 않은 밧줄 끄트머리가 바닥으로 떨어진다.

다시 몸을 돌린다. 의자에 놓여 있는 밧줄 꾸러미를 손으로 쓸어 밀쳐 버리고는 그 자리에 앉는다. 그는 아주 오랫동안 꼼짝도 하지 않는다.

한참 뒤, 괴물학자가 밧줄 끄트머리를 자신의 손목에 묶은 다음 등받이에 몸을 기대고 눈을 감는다.

이번에는 어딜 갔다 오셨어요, 아버지?

아까 말했잖니. 축복의 섬에 갔다 왔단다.

축복의 섬이 어디 있는데요?

음, 가장 먼저 배를 구해야 해. 평범한 배로는 안 된단다. 세계에서 제일 빠른 배를 찾아야 하지. 천 개의 돛대가 달린 배 말이야. 그걸로 천 일 동안 항해를 하면 천 년간 세상에서 숨겨져 있던 것을 볼 수 있게 되지. 처음에는 해가 바다로 떨어졌다고 생각할지도 몰라. 왜냐하면 그 섬에 있는 나무는 모두 황금으로 되어 있거든. 이파리도 전부 황금이라서 꼭 거기서 빛을 내뿜는 것처럼 반짝반짝한단다. 그래서 그 섬은 아무리 캄캄한 밤에도 넓은 바다에 우뚝 선 등대처럼 환히 빛나지.

“왠지 네 아버지 생각이 나는구나.” 괴물학자가 소년에게 말했다. “그가 내 목숨을 구해 준 적이 있지. 이 얘기를 한 적이 있는지 모르겠다만.”

방은 너무나도 쓸쓸해 보였다. 나는 그가 갈 수 없는 곳에 있었다. 내가 그의 이야기를 들을 수 있을지 없을지는 아무 상관도 없었다. 어차피 그의 이야기는 나를 향한 것이 아니었다.

“73년 겨울에, 아라비아에서 있었던 일이다. 어쩌면 74년일지도 모르겠구나. 이젠 나도 가물가물해. 한밤중에 아주 난폭하고 사나운 포식자 무리가 우리 야영지를 습격했다. 난 ‘호모 사피엔스’를 말하는 거다. 도적단이었지. 그때 짐꾼 셋과 우리 길잡이를 잃었어. 힐랄이라고 아주 사람 좋은 베두인족 친구였지. 아직도 힐랄을 생각하면 가슴이 아프다. 그는 나를 무척 좋아했어. 심지어 나한테 자기 딸을 주려고까지 했으니까. 아내감으로 주겠다는 건지 노예로 주겠다는 건지는 잘 모르겠지만. 난 그 나라 말을 잘하는 편이 아니거든. 어쨌건 방금 전까지 나와 마주 보고 웃고 떠들고 있었는데—유목민들은 우울한 사람이 매우 드물단다, 윌 헨리. 잘 생각해 보면 그 이유를 이해할 수 있을 게다.—다음 순간 머리가 바닥으로 굴러떨어졌어…….

나중에 나는 그의 부인에게 말했지. '당신 남편은 죽었습니다. 그렇지만 적어도 웃으면서 세상을 떠났지요.' 나는 그 말에 부인이 어느 정도 위안을 얻었을 거라고 생각한다. 그건 사람이 죽는 두 번째로 좋은 방법이니까."

그는 첫 번째로 좋은 방법은 뭔지 말하지 않았다.

"어쨌든 그때 네 아버지가 나를 끌어당겨 준 덕분에 나는 공격을 피할 수 있었지. 끝까지 저항하면서 힐랄의 복수를 할 수도 있었지만 내가 허벅지에 큰 상처를 입어서 피를 상당히 많이 흘린 상태였다. 제임스는 그런 나를 조랑말에 태우고 밤새도록 달려 가장 가까운 마을로 데려갔지. 말이 쓰러질 때까지 달리고 또 달렸다. 나중에는 나를 등에 업고 가기까지 했고."

저도 가고 싶어요, 아버지. 저도 그 축복의 섬에 데려가 주실 거죠?

그 섬은 아주, 아주 먼 곳에 있단다, 윌.

전 그래도 괜찮아요. 돛대 천 개가 달린 배를 구하면 되죠.

하지만 그런 배는 찾기가 아주 힘들단다.

아버지는 찾아내셨잖아요.

그래, 그랬지. 나는 찾아냈어.

"나는 그 뒤로 두 주일 동안이나 병상에 누워 있었다. 상처가 감염되어 헛소리를 중얼거릴 정도로 고열에 시달렸지. 네 아버지는 그동안 내내 내 옆을 지켰다. 한번은 침대 옆에 힐랄이 앉아 있는 걸 본 적도 있다. 꼭 안개나 베일 너머로 보이는 것처럼 흐릿했지만. 그래서 내가 정말로 죽음의 문턱에 와 있다는 걸 실감했지. 그를 봐도 별로 놀랍진 않았어. 무섭지도 않았고. 실은 제법 반가웠지. 힐랄은 내게 뭘 원하느냐고 물었다. '원하는 게 뭡니까, 셰이크 펠리노어 워스롭? 말씀만 하시면 다 이루어 드리리다.'

무슨 소원이든 빌 수 있었는데도 나는 그에게 우스갯소리나 하나 들려 달라고 부탁했다. 그리고 그는 내 소원을 들어주었지. 정말로 한심한 건 그게 무슨 농이었는지 기억이 안 난다는 거다. 아직까지도 그게 신경 쓰여서 견딜 수가 없다. 정말 우스운 이야기였거든. 내 문제는 농담거리를 도무지 기억하지 못한다는 거야. 그런 쪽으로는 정말 형편없기 그지없지."

그가 손목에 묶여 있는 매듭을 만지작거렸다. 힘없는 미소가 사라지더니, 갑자기 벌컥 성을 냈다.

"이건…… 이런 건 용납할 수 없다. 있을 수 없는 일이야! 난 허락하지 않겠다, 알겠느냐? 넌 죽으면 안 된다. 넌 부모님이 돌아가시길 바란 적도 없고, 우리 집에 오고 싶어 한 적도 없다. 이건 네가 져야 할 짐이 아니야. 네가 이런 대가를 치르면 안 돼."

자, 자, 울지 마라, 얘야. 넌 아직 어리단다. 아직 앞날이 창창하게 남아 있는 걸. 그때까지는 내가 천 개의 돛대를 단 배가 되어 주마. 내 등에 타려무나, 우리 도련님. 내가 그 환상의 섬으로 데려가 주마!

"네가 죽는 건 용납할 수 없다." 그가 단호하게 내뱉었다. "네 아버지는 나 때문에 죽었다. 너까지 그렇게 되는 건 용납할 수 없어. 난 그런 무거운 짐을 질 수 없다. 네가 쓰러지면, 윌 헨리, 넌 나까지 함께 파멸시키는 거다." 그가 밧줄을 잡아당기며 말했다.

보여요, 아버지! 축복의 섬이! 검은 물 위에서 태양처럼 환히 빛나고 있어요!

"그만!" 그가 부르짖었다. "날 두고 떠나는 건 허락할 수 없어. 그러니 냉큼 일어나지 못해! 멍청하게 누워 있지 말고 냉큼 일어나라! 내가 네 목숨을 살렸다. 그러니 냉큼 일어나, 이 머저리 바보 녀석!"

그가 내 손과 밧줄로 연결된 손으로 내 뺨을 후려쳤다.

"냉큼 일어나라, 윌 헨리!" 철썩! "냉큼, 윌 헨리!" 철썩! "냉큼 일어나라, 윌 헨리!" 철썩, 철썩, 철썩!

"살고 싶으냐?" 그가 고함을 질렀다. "그럼 사는 걸 선택해라! 살기로 마음먹어!"

거세게 숨을 몰아쉬면서, 그는 의자 깊이 털썩 주저앉았다. 나와 연결된 밧줄이 그의 팔을 앞으로 휙 낚아챘다. 그는 발작하듯이 악을 지르며 손목의 매듭을 풀어 내 몸 위로 밧줄을 내던졌다.

그는 새하얗게 소진됐다. 두려움도 분노도, 죄책감과 수치심, 자존심도, 모든 것이 불타 사라졌다. 그는 아무것도 느끼지 못했다. 그는 텅 비었다. 어쩌면 신은 우리가 비워지기를 기다리는지도 모른다. 그래야 우리를 자기 자신으로 다시 채울 수 있으므로.

내가 이렇게 말하는 것은, 다음 순간 괴물학자가 이렇게 말했기 때문이다.

"제발, 제발 나를 떠나지 마라, 윌 헨리. 그리 되면 난 버티지 못할 거야. 네가 거의 옳았다. 나는 늘 켄달 씨와 같은 존재가 되기 일보직전에 있지. 그런데 네가—어떻게 그런 건지, 왜 그런 건지 모르겠지만—네가 나를 그 벼랑 끝에서 구해 주었어. 너밖에 없다……. 너는 나를 인간으로 지탱해 주는 유일한 존재다……."

9장

“최종 조치.”

너는 나를 인간으로 지탱해 주는 유일한 존재다.

그 후로 수개월 동안, 아니 엄밀히 말하자면 수년 동안 괴물학자는 늘 흔들림 없이 자신이 그런 말을 했다는 사실을 부정했다. 어쩌면 내가 환각을 봤을 수도 있다. 그는 그런 말을 한 적이 없는지도 모른다. 내가 좋아하는 설명은 그는 전혀 다른 말을 했는데 내가 잘못 듣고 착각했다는 것이다. 그편이 내가 아는 펠리노어 워스롭다웠고, 왠지 그런 친숙한 분석이 더 마음에 들었다. 예상에서 어긋나지 않기에 더 편안하고 안심이 되었다. 뉴잉글랜드 출신의 독실한 개신교도인 내 어머니는 “사자가 어린 양과 함께 누울 때”라는 구절을 즐겨 사용하곤 했다. 그 구절이 신학적으로 어떤 의미인지는 알지만, 나는 그 장면을 떠올릴 때면 마음이 영 편치 않았다. 나는 사자가 불쌍했다. 그것은 사자의 본질을 부정하고 존재의 근원적 특질을 거세하는 것이다. 사자처럼 행동하지 않는 사자는 사자가 아니다. 심지어 사자가 아닌 것도 아니다. 그것은 사자를 어설프게 흉내 내는 가짜에 지나지 않는다.

그리고 펠리노어 워스롭은 사자처럼—또는 그 창조주처럼!—결코 진정한 본질을 흉내 낼 수 없는 존재였다.

"윌 헨리, 나는 나를 위한 네 봉사가 없어서는 안 될 만큼 매우 중요하다는 사실이 일반적으로 자주 입증되었다는 사실을 부인하지 않는다. 그걸 부인한 적은 단 한 번도 없어. 나는 빚을 진다면 당연히 그 사실을 인정해야 한다고 믿는다. 그렇지만…… 그렇다고 해서 거기에 기반을 두어 무언가를 지레짐작하는 건, 그러니까 지나친 추측을 하는 건—이게 제일 나은 표현 같구나.—삼가도록 각별히 주의해야 한다."

그러더니 그는 퉁명스럽게 화제를 돌려 버렸다.

날 두고 떠나는 건 허락할 수 없다.

그리고 놀랍게도, 어느 순간 나는 그의 명령에 순종하고 있었다. 어느새 문득 나 자신이, 그가, 방이 보였다. 그리고 점점 더 많은 것이 눈에 들어왔다. 나는…… 모든 것을 볼 수 있었다. 해링턴 레인에 있는 우리 집이 보였다. 뉴예루살렘이 보였다. 뉴잉글랜드가 보였다. 나는 대양과 대륙과 태양의 주위를 도는 지구를 보았다. 목성의 위성과 은하수와 깊이를 헤아릴 수 없는 무한한 공간을 보았다. 나는 우주를 보았다. 내 손바닥 안에 그 모든 것이 있었다.

다음 순간, 나는 침대에 누워 있었다. 머리는 지끈거리고 왼손에서는 욱신거리는 통증이 느껴졌다. 침대 옆 의자에서 워스롭이 누가 업어 가도 모를 정도로 곤히 잠들어 있었다. 나는 마른기침을 했다. 목이 모래사막처럼 건조했다.

그 즉시 그가 눈을 떴다. 귀신이라도 본 것처럼 두 눈이 경악으로 크게 뜨였다.

"윌 헨리?" 그가 목멘 소리로 물었다.

"저 목말라요." 내가 말했다.

그는 아무 말도 하지 않았다. 그저 나를 뚫어져라 바라보고 있을 뿐이었다.

"그래, 그럼 물을 갖다줘야지."

내가 물을 약간 마시고 미지근한 육수를 홀짝이고 나자 그는 침대 옆 탁자에 쟁반을 내려놓고(종과 밧줄은 이미 없었다.) 상처의 붕대를 갈아야 한다고 말했다.

"상처를 볼 필요는 없다. 꼭 그러고 싶다면 또 모르지만. 절단 부위는 매우 깔끔하다. 상황을 감안하면 더할 나위 없이 좋은 상태지. 금세 회복될 거다."

"손가락이 없는 것 같지가 않아요."

"흔한 증상이다."

"뭐가 흔해요?"

"흠……." 그는 자신의 솜씨를 살펴보며 말했다. "그래, 경과가 좋구나. 그나마 왼손 검지라서 다행이다."

"그런가요?"

"넌 오른손잡이잖니. 아니냐?"

"네, 박사님, 다행인 것 같네요."

"흠, 그렇다고 네가 나한테 감사해야 한다고 말하진 않으마."

"하지만 정말로 감사하게 생각하는걸요, 박사님. 제 목숨을 구하신 거잖아요."

그는 묵묵히 붕대를 새로 감았다. 내 말에 다소 곤혹스러워하는 것 같았다. 그가 입을 열었다. "나도 그렇게 생각하고 싶구나. 하지만 이게 다 괜한 짓이었을 수도 있다. 상처가 켄달 씨 때문인지 아닌지는 알 수 없지만, 만약에 전자일 경우, 나로서는 어떻게 될지 알 수가 없었다. 미지의 것을 상대할 때는 가장 보수적인 방법을 취하는 게 최선이지. 이론적으로는 바람직한 조치지만, 어쨌든 궁극적인 결과는 내가 고기 써는 칼로 네 손가락을 잘랐다는 것뿐이다."

그는 내 무릎을 어색하게 토닥인 다음 몸을 세웠다. 그러더니 이맛살을 찌푸리며 손으로 허리 뒤쪽을 받쳤다.

"그럼 나는 잠시 자리를 비우마. 가서 목욕도 하고 옷도 갈아입어야지. 일어나려고 하지 마라. 화장실에 가고 싶거나 속이 울렁거리면 침대 옆에 있는 요강을 쓰렴. 왜 그렇게 히죽거리느냐?" 그는 짐짓 성미를 부렸다. "내가 너를 똥오줌 속에서 뒹굴게 내버려 둘까 봐서?"

"아니요, 박사님."

"요강이 뭐가 그렇게 우습다는 건지 모르겠구나."

"아무것도요, 박사님. 그저 박사님이 그걸 손수 비우는 모습을 생각하니까……."

순간 그의 몸이 움찔 굳더니 그가 대단히 엄숙한 말투로 선언했다. “나는 자연과학자야. 우린 똥오줌을 다루는 데에는 이골이 난 사람들이다.”

그는 해 질 녘쯤 돌아와 내 상태를 묻고는 이제 일어나도 괜찮을 거라고 말했다.

“좀 어지럽고 욱신거리긴 할 테지만 되도록 빨리 움직이면 좋겠구나. 뉴욕으로 떠나기 전에 할 일이 많으니까.”

“무슨 일인데요?” 나는 항상 내 몫이었던 짐 싸기를 떠올렸다.

“진작 처리했어야 했는데 자리를 뜰 수가…… 네가 의식을 찾은 다음이 적당할 거라고 생각했다. 어쨌든 아무리 나라도 동시에 두 장소에 있을 수는 없으니까 말이다.” 그는 서둘러 말을 마쳤다.

저는 그랬었는데. 하마터면 그에게 털어놓을 뻔했지만 애써 입술을 깨물었다. 내가 유체이탈을 해서 천장 밑에서 그를 보고 있었다고 말한다면 그는 나를 비웃을 것이다.

“뭘 진작 했어야 한다는 말씀이세요?”

“켄달 씨 말이다, 윌 헨리. 우린…….” 그는 잠시 적당한 표현을 찾아 고심했다. “켄달 씨의 문제를 해결해야 한다.”

우리는 켄달 씨의 문제를 해결해야 한다.

이 말은 켄달이 사망했음을 유가족에게 알리거나 올바른 장례식을 치를 수 있게 그의 시신을 영국으로 보내야 한다는 의미가 아니었다.

처음 그 말을 들었을 때 내가 왜 제일 먼저 그런 생각을 했는지도 모르겠다. 그를 사랑하는 이들에게—또는 영국 경찰에게—엉망진창으로 부패한 시신과 갓 뚫린 머리의 총상을 어떻게 설명한단 말인가? 더구나 전염의 위험을 내포한 그 끈적거리는 물질도 있다. 워스롭의 말처럼, "그것은 흑사병을 하찮은 모닥불보다도 못한 존재로 만들 대화재를 당길 불씨"가 될 수도 있었다.

그래서 내가 병석에서 회복한 첫날 밤, 우리는 밤새 지하 실험실에서 와이먼드 켄달의 시신을 조각조각 해체했다.

괴물학자는 모든 주요 장기를 표본으로 보관하길 바랐고, 두개골 윗부분을 톱으로 잘라 낸 후 그 안에 들어 있던 뇌를 들어냈고(그는 켄달 씨의 뇌를 연구할 생각에 아주 신이 났다.), 숨뇌를 자르는 동안에는 내가 손에 들고 있어야 했다. 왼손에 붕대가 두껍게 감겨 있는 탓에 자세가 많이 어색하긴 했다. 나는 이제까지 인간의 뇌를 들어 본 적이 없었는데 그 섬세함에 크게 놀랐다. 나는 뇌가 그보다 훨씬 무거울 줄 알았다.

"인간의 뇌는 대략 1.3킬로그램 정도 나간다, 윌 헨리." 박사가 내 놀란 표정을 보고 말했다. "피부의 총량이 약 2.5킬로그램이라는 사실을 감안하면 상당히 신기하고도 기가 막힌 일이지." 그는 한때 켄달의 영혼이 살았던 1.3킬로그램짜리 덩어리를 넘겨받았다. "전두엽을 잘 봐라, 윌 헨리. 대뇌구(大腦溝)—뇌를 덮고 있는 이 깊은 홈들 말이다.—가 전부 사라졌다. 사고 기능을 담당하고 있는 부분이 당구공처럼 매끈해진 거야."

나는 그게 무슨 뜻이냐고 물었다.

"글쎄, 일단 이게 선천성 결함이 아니라고 가정하면—원래 그리

똑똑한 인간으로 뵈지는 않았다만—대뇌구보다 대뇌회(大腦回)가 더 많다. 미안하구나, 시답잖은 전문용어가 좀 많지? 아무래도 독소에 의해 발현된 증상으로 봐야 옳을 것 같다. 문헌 기록과도 일치해. 기록에 따르면 마지막 단계에 이른 희생자는 사리판단을 잃고 무척 포악한 상태가 되어 사람을 잡아먹는다고 했다. 락샤드위프 제도*에서는 단 한 사람이 푸드레 세르에 노출되었다가 마을 몇 개가 완전히 폐허가 됐다는 기록도 있지. 마지막 생존자는 문자 그대로 죽을 때까지 자기 자신으로 배를 채웠고 말이다."

박사가 메마른 웃음소리를 냈다. 그는 무의식중에 켄달의 매끈매끈한 뇌를 매만지면서 덧붙였다.

"내 말은, 그 사람이 정말로 죽을 때까지 자기 몸뚱이를 뜯어 먹었단 소리다. 다른 사람들이 모두 죽거나 도망가서 혼자 남자, 자기의 고기로 배를 채운 거야. 결국엔 출혈이나 감염으로 죽었을 거다. 너도 켄달 씨의 배에 뭐가 들었는지 봤지? 그가 자기 혀를 삼킨 것도 우연일 것 같지가 않구나."

그는 커다란 유리병에 포름알데히드를 가득 채우라고 지시한 다음, 그 안에 조심스럽게 켄달의 뇌를 집어넣었다. 뇌 표본이 담긴 병을 선반에 놓으려는데 근처에 있는 다른 병이 눈에 들어왔다. 나로서는 처음 보는 것이었다. 내가 그 호박색 용액 안에 떠다니는 것의 정체를 깨닫기까지는 약간의 시간이 필요했다.

"저거 혹시……."

---

* 인도 남부의 직할령. 아라비아 해 동쪽 30여 개의 섬으로 이루어져 있다.

"그래, 맞다." 그가 대답했다.

"저걸 보관해 두신 거예요?"

"쓰레기통에 던져 버리고 싶진 않았거든."

"그렇지만 왜…… 저걸로 뭘 어쩌시려고요?"

"셸리 여사*의 작품을 참고해서 사내애 하나를 만들어 볼까 했지. 쓸데없는 질문으로 날 성가시게 굴지도 않고, 결정적인 순간에 심각한 부상을 입지도 않고, 무슨 양심의 수호신이라도 되는 양 사사건건 내 결정에 시비를 거는 걸 평생의 사명으로 여기지도 않는 그런 사내애 말이다." 차고 건조한 미소가 순식간에 스쳐 지나갔다. "그건 중요한 증거물이다. 미안하다. 굳이 너한테 말할 필요는 없다고 생각했다. 시간이 나면—지금으로서는 전혀 없지만—네가 정말로 감염됐는지 아닌지 철저하게 검사해 볼 작정이다."

나는 표본병 안에서 부유하는 내 손가락을 한참 동안 쳐다보았다. 더 이상 내게 붙어 있지 않은 내 신체의 일부를 눈으로 직접 보는 것은 무척 이상한 느낌이었다.

"감염된 게 아니었다면, 굳이 사실을 알고 싶지 않아요." 내가 말했다.

그는 뭔가를 말하려다 입을 닫았다. 그러곤 무뚝뚝하게 고개를 끄덕였다. "알겠다."

괴물학자는 켄달 씨의 가슴을 가르고 장기들을 꺼냈다. 위 내벽에

* 『프랑켄슈타인』의 저자인 메리 셸리를 가리킨다.

큼지막한 혹들이 무수히 붙어 있었는데, 그는 그것을 "낭포성 병변"이라고 불렀다. 그중 하나를 메스 끝으로 조심스럽게 긁자 톡 하는 소리와 함께 낭포가 터지면서 걸쭉하고 투명한 끈적끈적한 액체가 흘러나왔다.

표본병에 각각의 장기를 담고 이름표를 붙인 후, 마침내 워스롭의 말을 빌면 "최종 조치"를 취해야 할 차례가 왔다.

"뼈 절단용 톱을 가져와라, 윌 헨리. 아니, 거기 있는 큰 걸 가져와."

가장 먼저 할 일은 켄달 씨의 텅 빈 두개골을 자르는 것이었다. "시체를 묻기엔 땅이 너무 단단하다." 그는 톱으로 목뼈를 썰며 말했다. "그렇다고 봄이 되기까지 기다릴 수도 없어. 그러니 태워야겠다, 윌 헨리."

"누가 그 사람을 찾으러 오면 어떻게 해요?"

"그럴 사람이 누가 있겠느냐? 켄달은 겁에 질려서 부리나케 미국으로 왔다. 그러니 아무에게도 행선지를 알리지 않았을 거야. 그래도 일단 아는 사람이 있다고 치자. 그들이 뭘 알지? 그가 여기 왔다는 것뿐이다. 미국에 도착하고 나서 무슨 일이 있었는지 알릴 기회도 수단도 없었을 테고. 경찰이 우릴 찾아온대도 이 사람을 본 적도 없다고 대답하면 된다. 나를 만나러 왔다지만 결국 못 만났다고 말이지."

그는 해부대 옆에 놓인 빈 금속 통에 켄달 씨의 머리를 아무렇지도 않게 떨어뜨렸다. 그가 내 피 묻은 손을 담갔던 바로 그 통이었다. 빈 통에 섬뜩한 금속성 소리를 내며 떨어진 머리가 데구루루 굴러 모로 누웠다. 커다랗게 뜨인 오른 눈(왼쪽 안구는 박사가 연구용으로 챙겨 두었다.)이 나를 똑바로 응시하고 있는 것 같은 기분이 들었다.

"이 불쾌한 사건에도 한 가지 좋은 점이 있긴 하다." 박사가 켄달 씨의 오른쪽 다리를 잘라 내며 말했다. "컨스 박사가 보내온 '선물'의 진위성에 대해 더 이상 의심을 할 필요가 없다는 거지. 지금 우린 괴물학 분야에서 두 번째로 귀중한 보물을 손에 넣은 거다, 윌 헨리."

"제일 첫 번째는 뭔데요?"

"방금 '제일 첫 번째'라고 한 거냐, 윌 헨리? 얘야, 제발."

"어…… 그걸 만든 거요?" 나는 과감히 추측해 보았다. "그…… 마그니피쿰이라는 거요?"

"그렇지! 티포에우스 마그니피쿰(Typhoeus Magnificum), '모든 괴물의 아버지'의 이름을 따서 그렇게 부르지. '보이지 않는 존재'라고 부르기도 한다."

"왜 그렇게 불러요?"

그는 고개를 들어 내 뇌 주름이 모조리 반듯하게 펴지기라도 한 양 나를 빤히 바라보았다.

"그것을 보이지 않는 존재라고 부르는 이유는 말이다, 윌 헨리." 그는 찬찬히 정성을 다해 설명했다. "그것을 본 사람이 아무도 없기 때문이다."

"실제로 모든 게 베일에 싸여 있지." 워스롭이 말했다. 그는 이제 켄달 씨의 상완골과 견갑골을 연결하고 있는 어깨 관절을 썰고 있었다. 이 마지막 "조치"에서 내가 맡은 역할은 말 그대로 죽은 자의 손을 잡아 주는 것이었다. 워스롭이 어깨를 자르는 동안 팔이 다리

없는 몸통과 직각을 유지하도록 말이다.

"어떠한 생물종에 속하는지, 짝짓기 습성은 뭐고 서식지는 어디인지, 수명에서 외양이나 형태에 이르기까지 밝혀진 게 아무것도 없어. 놈이 육식동물인지 아닌지도 확신할 수가 없다. 옛이야기에 따르면—사람들 사이에서 전해 내려오는 이야기 말이다.—육식종이 틀림없는 것 같지만 그래 봤자 전설이나 설화일 따름이야. 믿을 만한 연구 결과나 목격담이 아니란 말이지. 마그니피쿰의 존재를 입증하는 유일한 증거는 둥지인 니두스와 푸드레 세르뿐인데, 후자는 처음에는 배설물로 여겨졌지만 지금은 여기 있는 켄달 씨에게도 말했듯이……."

그는 발치에 놓인 통을 고갯짓으로 가리켰다.

"소화기관의 일종으로 추정되고 있지. 타액이거나 아니면 입이나 다른 분비기관에서 내뿜는 독 같은 거다."

그가 톱날을 빼내고 말했다.

"팔을 잡아당겨 봐라, 윌 헨리. 떨어지나 보자. 그렇지! 너한테 손을 주는구나!"

그는 웃음을 터뜨렸다. 나는 웃지 않았다. 농을 하려는 그의 부질없는 시도는 내 신경을 건드릴 뿐이었다.

"그렇게 우두커니 서 있지 마라. 그것도 같이 통에다 넣어. 시간이 없다. 몸통은 반으로 자르는 게 좋겠다. 7번 흉추가 적당할 것 같구나. 네 생각은 어떠냐?"

나는 아무 생각도 없다고 정직하게 실토했다. 나는 겨우 열세 살이었고 이것은 내가 생전 처음으로 참여하는 시체 절단식이었다.

괴물학자는 고개를 끄덕였다. "그건 그렇지."

우리는 켄달 씨의 사체 조각을 분류했다. 넓적다리처럼 길고 큰 조각들은 집 밖 골목에서 태웠고 손처럼 작은 부위는 서고의 벽난로를 이용했다.

"뼈는 어떻게 해요?" 내가 물었다. "그건 어떻게 하실 거예요?"

"물론 보관해야지. 나중에 시간이 나면 뼈대를 조립해 보고 싶으니까. 가장 좋은 처리법은 염산을 쓰는 건데, 지금 있는 양이 얼마 안 되는 데다 태우는 편이 빠르니까 어쩔 수 없지. 지금 제일 중요한 건 시간이다, 윌 헨리. 마그니피쿰을 추적할 수만 있다면 말이야."

우리는 10센티미터나 내린 눈에 발목까지 묻은 채, 골목길에 세워 놓은 크고 둥그런 쓰레기통 옆에 서 있었다. 폭설의 맹공격은 이미 지나갔지만 호박색 가로등 불빛 아래에는 아직도 커다란 눈송이들이 꾸물거리며 공중을 떠돌고 있었다. 마치 내 아버지가 말했던 황금으로 된 나뭇잎처럼, 언젠가 나를 데려가겠다고 말했지만 끝내 지키지 못한 약속의 풍경처럼.

워스롭은 사체 조각을 등유에 적셨다. 성냥불을 댕긴 다음 불꽃이 손가락에 닿을 때까지 기다렸다가 통 안으로 떨어뜨렸다.

"짧게나마 뭐라고 하긴 해야 할 것 같구나. 적절한 애도의 말이 있어야겠지. 어떤 이들은 와이먼드 켄달이 뿌린 대로 거뒀다고 할 것이다. 호기심이 고양이를 죽이는 법이라고, 괴물학 근처에는 기웃거리지도 말고 자기 할 일에나 충실해야 했다고 말이다. 그리고 어떤 이들은 그가 정신 나간 악한의 죄 없는 피해자이며, 인간의 잔인함이 불러온 비극적인 결과라고 할 것이다. 너라면 뭐라고 말하겠느냐, 윌 헨리?"

"이런 일을 당해 마땅한 사람 같은 건 없어요." 내가 대답했다.

"아, 네가 이 사건의 본질을 정확하게 지적한 것 같구나, 윌 헨리. 세상 사람의 절반은 자신이 받아 마땅한 일이 생기길 기원하고 나머지 절반은 그러지 않길 기도하지!"

박사는 어지러이 뒤섞인 사체 조각들을 내려다보았다. 어떻게 보면 그것은 아직 완성되지 않은 니두스…… 였다. 그렇게 볼 수도 있었다.

"나는 당신이라는 사람을 모릅니다, 와이먼드 켄달." 괴물학자가 조각난 채로 아무렇게나 쓰레기통 속에 쑤셔 박혀 있는 사내에게 말했다. "당신의 삶이 행복했는지, 애처로웠는지, 누군가를 자기 자신보다 더 사랑해 본 적이 있는지, 책이나 연극을 좋아했는지, 정치에 관심이 있었는지 전혀 알지 못하지요. 나는 당신이 성마른 성격인지, 다정한지, 속이 좁은지, 너그러운지, 신앙이 독실했는지 그렇지 않은지도 모릅니다. 나는 당신에 대해 아무것도 모르지만, 당신의 뇌를 손으로 잡아 보았지요. 바라건대 생의 불꽃이 꺼지기 전에 부디 과거를 청산했기를, 당신에게 죄 지은 이들을 용서하고, 무엇보다 자기 자신을 용서했기를 빕니다."

그는 두 번째 성냥을 그어 통 안에 던져 넣었다. 세찬 불꽃이 확 치밀었다. 칙칙하고 거무스레한 화염이 검은 연기를 뱉어 냈고, 뜨거운 열기 속에서 머리카락이 타는 시큼한 냄새와 물이 보글거리듯 피부가 끓는 소리, 그리고 황금빛 눈송이가 올라왔다. 괴물학자와 나는 저도 모르게 불붙은 쓰레기통 옆으로 가까이 붙었다. 밤은 추웠고 불길은 따뜻했다.

10장

"내가 바로 그 사람."

다음 날 아침, 우리는 뉴욕으로 향했다. 나는 기차에서 곯아떨어져서 그랜드 센트럴 역에 도착해서야 눈을 떴다. 내 머리는 박사의 구부린 팔에 얹혀 있었는데, 머리는 지끈거리고 속은 메슥거렸다. 나는 괴물학자가 어린 학생들 앞에서 인간의 두개골에서 뇌를 제거하는 바른 방법에 대해 강의하며 시범을 보이는 꿈을 꾸었다. 학생들 앞에 누워 있던 것은 다름 아닌 내 시체였다.

우리는 플라자 호텔에 짐을 내려놓고(박사의 검은색 소형 여행 가방은 예외였다. 그 안에는 워스롭이 극도의 정성을 기울여 포장한 니두스 엑스 마그니피쿰이 들어 있었다.) 곧바로 괴물학 협회로 향했다. 우리가 탄 마차가 브로드웨이 가를 달각거리며 굴러가는 내내 괴물학자는 마치 갓 태어난 갓난아기를 안은 어머니처럼 무릎에 올려놓은 가방을 꼭 껴안고 있었다. 그는 마차의 속도가 조금만 줄어도 마부에게 잔

소리를 퍼부었고 다른 마차나 행인이 지나갈 때마다 그들이 품 안의 소중한 물건을 빼앗아 갈 날강도라도 되는 것처럼 의심스러운 눈초리로 노려보았다.

"난 한시도 이것과 떨어질 수 없다, 윌 헨리." 박사가 토로했다. "전 세계에 이것과 같은 건 단 하나뿐이야. 락샤드위프 니두스라고 하는데, 1851년에 그것이 발견된 지역의 이름을 땄지. 인도양에 있는 락샤드위프 제도 말이다. 만약 이것에 무슨 일이라도 생긴다면……." 그는 몸서리를 쳤다. "비극이 될 거다. 어떤 대가를 치르더라도 안전하게 보관해야 해. 그 점에서 그를 믿을 수 없다면 아무도 믿을 수 없는 셈이지."

"폰 헬룽 박사 말씀이세요?" 내가 물었다.

그는 고개를 저었다. "에인스워스 교수 말이다."

그는 몬스트러마리움의 관장으로 어마어마하게 나이가 많았다. 거의 항상 심기가 불편했고 귀도 잘 들리지 않았다. 자존심은 어찌나 센지 자신이 귀머거리나 다름없다는 것을 인정하려 들지 않아서 그 결과 늘 고약한 성미를 부렸다. 방금 무슨 말을 했는지 끊임없이 실랑이를 하다 보면 다들 이 노인을 기피하게 되기 마련이었다. 그는 상대방이 감히 자신에게 목소리를 높이기라도 하면 무거운 지팡이 손잡이를(그것은 오래전에 멸종한 오켈리 카르펜디라는 작고 수다스러운 생물의 해골로 장식되어 있었는데, 에인스워스는 거기에 '오이디푸스'라는 이름을 붙였다.) 코앞에 바짝 대고 위협적으로 흔들었지만, 언성을 높이는 것만이 그와 대화를 할 수 있는 유일한 방법이었기에 "완전한 아돌퍼스"의 상태를 경험해 보지 않은 괴물학자는—심지어 워스롭조차도—아무도 없었다. 앞으로 삐죽 내민 큼지막한 턱, 미간 위에 찡그려 모은 무성한 흰 눈썹, 얽은 자국이 있는 붉은 주먹코, 궁지에 몰린 고양이가 털을 부풀린 것처럼 뻣뻣하면서도 부풀부풀한 구레나룻. 쭈글쭈글하고 비틀린 주먹이 휘두르는 호두나무 지팡이, 그리고 그 꼭대기에 놓여 있는 카르펜디의 길고 날카로운 송곳니와 커다랗고 텅 빈 안와의 찌르는 듯한 시선.

에인스워스 교수는 지하 곰팡내가 물씬 나는 그의 사무실에 앉아 있었다. 커다란 책상 위에는 에베레스트 산에 견줄 만한 거대한 서류 더미가 천장을 향해 솟구쳐 있었다. 우리는 바닥에 널브러진 책과 상자와 궤짝—각각 분류와 정리를 거쳐 21번가와 브로드웨이가 귀퉁이에 있는 협회의 보관소에 저장될—을 피해 여기저기 빈 틈을 디디며 전진했다. 이 성마른 노인이 등지고 있는 벽에는 협회의 문장(紋章)이 걸려 있었는데, 거기에는 협회의 신조가 적혀 있었다. 닐 티멘둠 에스트. "아무것도 두려워 말라."라는 뜻이다.

"애들은 몬스트러마리움에 출입 금지야!" 그는 다짜고짜 내 스승에게 호통을 쳤다.

"하지만 윌 헨리인데요, 아돌퍼스." 워스롭이 우렁찬 목소리로, 그렇지만 공손한 어조로 말했다. "윌 헨리 기억하시지요?"

"출입 금지라고!" 아돌퍼스가 고함을 질렀다. "만 18세가 되기 전에는 회원이 될 수 없어. 그 정도는 알고 있을 텐데, 펠리노어 워스롭!"

"윌 헨리는 제 조수입니다." 괴물학자가 항변했다.

"내 앞에선 말조심하게, 박사! 지금 당장 쫓아내!" 그는 내 쪽으로 지팡이를 휘두르며 말했다. "지금 당장!"

워스롭은 내 어깨에 손을 올리더니 악을 지르는 것보다 약간 작게 외쳤다. "윌 헨리라고요, 아돌퍼스! 기억나죠? 작년 11월에 당신이 이 아이의 목숨을 구해 줬잖습니까!"

"아, 기억하다마다!" 웨일스 출신의 노인이 소리쳤다. "우리가 왜 규칙을 준수해야 하는지 알려 주는 증거라고 할 수 있지!" 그는 내 얼굴 앞에 깡마른 손가락을 좌우로 흔들어 보였다. "애들은 들어가면 안 되는 곳에 몰래 들어가서 쓸데없이 기웃거렸지, 안 그러냐, 꼬마야?"

박사의 손가락이 내 목 뒤를 지그시 눌렀다. 나는 그가 조종하는 꼭두각시 인형처럼 재빨리 고개를 끄덕였다.

"제가 철저하게 단속할 겁니다." 박사가 단언했다. "결코 제 시야에서 벗어나지 않게 하지요."

워스롭은 에인스워스에게 대꾸할 틈도 주지 않고 검은 가방을 책상 위에 내려놓았다. 아돌퍼스가 구시렁거리면서 걸쇠를 풀고 입구를 연 다음, 안을 들여다보았다.

"오호라, 오호라." 그가 말했다. "오호라, 오호라, 오호라, 오호라!"

"그래요." 박사가 입을 열었다. "니두스 엑스……."

"오호라, 정말로 그렇게 생각하나, 워스롭 박사?" 괴물학 박물관장이 틀니를 달각거리며 그의 말을 가로막았다. 앙상한 손에 장갑을 끼고 가방 안에 손을 집어넣었다. 순간 워스롭의 몸이 반사적으로 굳는 게 느껴졌다. 아마도 관절염에 걸린 손이 그의 소중한 물건을 망가뜨릴지도 모른다는 염려 때문일 것이다.

아돌퍼스가 팔로 빈 가방을 옆으로 밀치고 그 기괴하고 섬뜩한 둥지를 책상 위에 올려놓았다. 외투 주머니에서 큼지막한 돋보기를 꺼내 근거리에서 꼼꼼히 살펴보기 시작했다.

"제가 이미 철저하게 조사해 봤습니다만……." 박사가 입을 열었지만 에인스워스는 가차 없이 그의 말을 잘랐다.

"그랬나? 흐으으으으으으음, 그랬단 말이지? 흐으으으으으으음……."

돋보기 때문에 우스꽝스러울 정도로 커다래진 그의 눈동자가 둥지 위를 배회했다. 틀니가 달달거리며 부딪쳤다. 그가 불안할 때면 나타나는 버릇이었다. 아돌퍼스는 자신의 의치에 상당한 자부심을 품고 있었는데, 그것은 감정적으로는 물론 생물학적으로도 그와 매우 밀접한 관계에 있었다. 아돌퍼스의 의치는 그의 아들인 알프레드 에인스워스의 치아로 만든 것이었다. 그는 북부군에서 대령으로 복무하다 앤티텀 전투에서 전사했다. 그가 죽은 뒤에 남은 치아는 고스란히 아돌퍼스에게 전해졌고, 그 결과 그는 자랑스럽게 그리고 문자 그대로 영웅의 미소를 지을 수 있게 되었다.

"내가 이 물건의 진품 여부를 확신하지 못했다면 안전하게 보관하기 위해 당신에게 가져오지도 않았을 겁니다, 아돌퍼스. 내가 누구보다도 신뢰하고 존경하는……."

"워스롭, 워스롭, 자네의 그 쓸데없는 수다 때문에 머리가 다 아프다네."

나는 박사가 폭발할 것을 대비해 어깨를 움츠렸다. 하지만 그런 일은 일어나지 않았다. 워스롭은 내 옆에서 부처님처럼 온화한 미소를 짓고 있었다. 평정심을 잃는 기색도 전혀 없었다. 내가 아는 한 내 스승에게 그처럼 뻔뻔스럽고 무례하게 타박을 준 사람은, 간단히 말해 그가 나를 대하듯이 그를 대한 사람은 이제껏 단 한 명도 없었다. 나는 그가 몹시 사소하고 하찮은 모욕만으로도 화산 폭발을 일으키는 것을 본 적이 있는지라 이번에도 "완전한 워스롭"을 경험하게 될 줄 알았다.

에인스워스가 니두스의 표면을 감싸고 있는 끈적끈적한 물질을 장갑을 낀 엄지와 검지로 살짝 집어 떼어 내더니 작은 공처럼 뭉쳐 불안할 정도로 코앞에 바싹 가져다 대고 킁킁거렸다.

"나쁘지 않은데. 나쁘지 않아. 정말 비슷하군. 락샤드위프 니두스보다는…… 뭐라고 해야 하지? 그래, 좀 더 얼얼한 냄새가 나지만 그건 예상했던 바고……. 어라, 이건 또 뭐지? 지문이 있잖아!" 그는 책상 너머로 워스롭을 노려보았다. "누가 이걸 맨손으로 만졌어!" 그의 시선이 붕대에 감겨 있는 내 왼손을 향했다. "그래, 내 그럴 줄 알았지, 그럴 줄 알았어!"

"전 안 만졌어요." 나는 항변했다.

"그럼 왜 네 손가락이 그렇게 된 게냐?" 그는 괴물학자에게로 시선을 돌렸다.

"놀라기도 했지만 실망했네, 워스롭 박사. 자네한테 사사받고 싶어 하는 무수한 학도들을 두고—내가 아는 것만도 몇 명인데—하필이면 저런 비겁한 거짓말쟁이를 고르다니 말일세."

"제가 고른 게 아닙니다." 워스롭이 대답했다. 늘 그렇듯이 잔인할 정도로 정직한 대답이었다.

"애초에 고아원에 보냈어야지. 자네한테나 저 아이한테나 그게 이로웠을 게야. 언젠가는 저 아이 때문에 자네 둘 다 목숨을 잃게 될 걸세."

"그건 두고 봐야겠지요." 워스롭이 힘없는 미소를 띠며 말했다. 그는 책상 위에 놓인 니두스를 향해 고개를 까딱했다. 에인스워스 교수가 연구에 집중하게 만드는 것은 보통 까다로운 일이 아니었다. "이 물건이 모든 점에서, 적어도 저로서는 직접 비교가 불가한 냄새만 빼면 락샤드위프 니두스와 거의 동일하다는 걸 아시겠지요?"

"그놈이 나를 매수하려고 했어!" 갑자기 노인이 지팡이를 흔들며 버럭거렸다.

깜짝 놀란 괴물학자가 물었다. "누가요? 누가 교수님을……."

"P.T. 바넘 말일세! 그 천박한 불한당이 나한테 1만 7000달러를 주겠다고 했지. 6개월 동안만 빌려 달라고 말이야. 그걸 엄지손가락 톰이랑 피지 인어랑 같이 전시하겠다나!"

"락샤드위프 니두스를요?"

"아니, 내 발톱 조각을! 맙소사, 워스롭! 자네도 한때는 아주 총명했는데 그동안 무슨 일이 생긴 건가?" 따닥, 따닥, 따닥, 그의 아들의 치아가 달각거렸다. "물론 나는 거절했지. 뭘 말하는지도 모르겠다고 딱 잡아뗐어. 도대체 어디서 그런 이야기를 들었는지 모르겠단 말이야. 그 수상쩍은 러시아인 괴물학자와 어울려 다니는 것 같긴 했지만. 그 친구 이름이 뭐였지?"

"시도로프요." 내 스승이 대답했다. "수상쩍다"라는 단어와 "러시아인"이라는 것만으로도 정답을 내는 데 충분한 단서가 된 것 같았다.

"시시케밥? 아니, 그런 이름이 아닌데……."

"시도로프요!" 워스롭이 소리를 빽 질렀다. 마침내 그의 인내심이 바닥난 것이다.

"시도로프! 그래, 그런 이름이었어. 죽이 잘 맞는 도둑놈들처럼 꼭 붙어 다니더니, 진짜로 도둑놈들이었을 줄이야. 바님한테 니두스 이야기를 흘린 것도 시도로프일 거야. 어쨌든 그건 내 생각이었지."

"죄송한데요, 교수님, 뭐가 교수님 생각이었단 말입니까?"

"그 자식을 쫓아내는 거 말일세! 그 탐욕스러운 위선자 자식의 엉덩이를 걷어차서 쫓아내는 거!"

"그 탐욕스러운 위선자 자식이 누군데요? 바님이에요?"

"시도로프! 그 자식은 사기꾼이야. 폰 헬룽에게 내가 그랬네. '아주 못된 놈이야. 쫓아내게! 회원 자격을 박탈해 버려!' 믿을 만한 소식통한테서 시도로프가 오흐란카 요원이라는 정보를 들었거든." 아돌퍼스가 덥수룩한 구레나룻을 부르르 떨면서 나를 봤다. "러시아 차르의 비밀경찰을 말하는 거다. 그게 뭔지 네가 몰랐다는 데 내기라도 걸 수 있다. 그래서 내가 애들은 괴물학을 하면 안 된다고 하는 거야! 어쨌든 워스롭, 자네는 부끄러운 줄 알아야 하네. 사는 게 그렇게 적적했으면 개를 길렀어야지! 그렇다고 그를 비난할 수도 없지만."

"비난…… 누구를요? 윌 헨리요?"

"차르 말이야! 내가 차르였대도 비밀경찰에 괴물학자 하나쯤은 집어넣었을 걸세. 어쨌든 바님이 그것에 대해 알게 된 것도 그 자식 때문이겠지. 그건 그렇고 그놈이 지금 어떻게 됐는지 아나?"

"바님요?"

"시도로프!"

"상트페테르부르크로 돌아갔다고 들었습니다." 박사가 대답하더니 황급히 덧붙였다. "에인스워스 교수님, 맹세컨대 전 P.T. 바넘이나 안톤 시도로프, 그리고 러시아 차르와는 아무 관련도 없습니다. 오늘 여기 찾아온 건……."

"약속도 잡지 않고!"

"약속도 잡지 않고……."

"그리고 미리 통보하지도 않고!"

"그리고 미리 통보하지도 않고, 그래요……. 어쨌든 제가 오늘 찾아온 건 이 진귀한 물건을 우리의, 아니, 교수님의 둘도 없이 탁월한 소장 목록에 올리기 위해서입니다. 간단히 말해, 이걸 그 형제인 락샤드위프 니두스와 같이 '잠긴 방'에 보관해 주시면 영광이겠습니다. 이제껏 그 오랜 세월 동안 바넘이나 시도로프, 간사한 러시아 비밀경찰 같은 이들로부터 그것을 훌륭하게 지켜 오지 않으셨습니까."

아돌퍼스가 눈을 가늘게 떴다. 의치가 딱딱거렸다. 그는 입술을 꼭 다물고 구레나룻을 쓰다듬었다.

"지금 나한테 아부를 하는 건가, 워스롭 박사?"

"수치심이고 뭐고 전부 벗어던지고 최선을 다하는 중이지요. 하지만 방금 한 말은 모두 진심입니다, 에인스워스 교수님."

우리는 그의 뒤를 따라 좁고 어두침침한 몬스트러마리움의 복도를 지나 괴물학과 관련된 수천수만 개의 샘플과 표본, 유물과 비전(秘傳)이 숨어 있는 캄캄한 방들을 지나쳤다. 몬스트러마리움은 이

지구 상에 존재하는 최고의 괴물학 연구 기관이었고 5개 대륙에서 넘어온 온갖 희귀하고 진기한 것들이 집대성된 보고였다. 이곳에는 교양 있는 숙녀라면 낯을 붉히고 다 큰 남자가 졸도할 만한 것들이 가득했다. 이곳의 이름은 문자 그대로 "괴물의 집"이라는 뜻이었으며, 실제로도 그러했다. 몬스트러마리움에는 P.T. 바넘의 전시용 텐트를 50개도 넘게 채울 만한 괴상하고 섬뜩한 물건들로 가득했다. 이 세상에 존재할 것 같지 않거나 혹은 사람들이 상상하는 최악의 끔찍한 악몽 속에서나 나올 법한 것들투성이였다. 케케묵은 방에는 부모가 아이들에게 진짜일 리가 없다고 다독이는 것들이 보관되어 있었다. 포름알데히드 병에 둥둥 떠다니는 표본들, 두꺼운 유리벽 뒤에 갇혀 있는 바싹 마른 미라, 갈고리에 걸어서 거죽을 벗기고 배를 활짝 갈라 빼내 서랍장에 보관된 사체의 일부, 또는 지옥 사파리에서 잡아온 트로피처럼 박제된 장기들.

그런 몬스트러마리움에 굳게 잠겨 있는 방이 하나 있었다. 이름도 없었다. 괴물학자들은 대개 단순히 "잠긴 방"이라고만 불렀다. 한 까불거리는 회원 한 명이 거기에 "코데쉬 하코다쉼(지성소至聖所)"이라는 별명을 붙였다. 그곳은 특별한 보안 장치가 필요할 정도로 너무나도 귀중한—또는 너무나도 위험한—소장품을 보관하는 장소였다. 그 방에는 우리의 자애로우신 창조주께서 세상을 겨우 엿새 만에 서둘러 창조하는 바람에 깜박 잊어버린 것들이—그렇게밖에는 설명할 길이 없는—잠자고 있었다. 그리고 지금도 거기에 있을 것이다.

잠긴 방에 출입할 수 있는 존재는 오직 두 가지 부류뿐이었다. 인간의 생명을 위협하는 극도로 위험한 물건과 그것을 탐할 정도로 정신 나간 바보들이었다.

이렇게 말하니 죄스러운 기분이다. 워스롭 박사는 바보가 아니다. 그는 내가 아는 한 세계 최고의 지성인이며, 그가 평생에 걸쳐 일군 업적이 어리석고 쓸모없다고 치부하기에는 그가 목숨을 구한 수많은 이들의 자손이 이 땅 위에 살고 있다. 그러나 괴물학자는 지혜와 희생만으로는 만족할 수 없었다. 그는 자신의 이름이 인정받기를, 다른 사람들이 그를 존경하고 우러러봐 주길 바랐지만(그는 인간이 이룩할 수 있는 불멸이란 그것뿐이라고 믿었다.), 참으로 안타깝게도 그는 잘못된 직업을 선택했다. 어떤 이들은 다른 모든 이들이 밝은 빛 속에서 살 수 있도록 하기 위해 어둠 속에서 일해야 한다.

"박사님을 별로 안 좋아하나 봐요."

나중에 마차 안에서 나는 괴물학자에게 말했다.

"아돌퍼스 말이냐? 오, 당연하지. 그 사람은 기본적으로 인간을 싫어한다. 자기를 실망시킬 거라고 생각하거든. 하지만 그게 완전히 잘못된 사고방식이라고 할 수는 없지."

"그래서 그렇게 심술궂은 건가요?"

"아돌퍼스는 심술궂은 게 아니다, 윌 헨리. 지나치게 솔직한 것뿐이지. 나이 든 사람들은 솔직하게 말해도 된다. 그게 그들의 특권이니까."

5번로에 있는 폰 헬룽 박사의 현관문을 두드렸을 때 우리를 맞이

한 것은 폰 헬룽 박사 본인이었다. 그는 우리가 인사말을 건네기도 전에 다짜고짜 짧고 통통한 팔로 내 스승의 몸을 둘러 안았다. 하늘에서 떨어지는 눈송이가 두 사람의 복잡한 관계를 암시하듯이 그들을 둘러싸고 복잡하고 현란한 궤도를 그리며 춤을 췄다.

펠리노어에게 폰 헬룽은 단순히 괴물학이라는 어두운 학문의 스승이 아니었다. 그는 친구였고 유사부친이었으며, 때로는 경쟁 대상이기도 했다. 석 달 전 괴물학의 미래를 둘러싼 두 사람의 대립은 그간의 우정을 산산조각 낼 뻔했다. 폰 헬룽이 조금만 옹졸한 인물이었다면 두 사람은 다시는 서로의 얼굴을 보지 않았을 것이다. 그러나 옛 스승은 마치 아버지가 자식을 사랑하듯 제자를 사랑했고, 나는 워스롭이 그를 사랑했다고는 말하지 않을 터이나—실제로 그것은 잘려 나간 사지처럼 존재하지 않는 영역이었다!—폰 헬룽을 무척 좋아한 것은 사실이고 이미 너무나도 많은 이들을 잃은 차였다. 나를 제외하면(그리고 박사에게 나는 고려 대상조차 아니었을 것이다.) 폰 헬룽은 워스롭에게 남은 유일한 친구였다.

"펠리노어, 마인 프로인드, 이렇게 다시 보니 정말 반갑네! 윌리엄도 왔구나! 어서 오너라, 용감한 윌 헨리!" 그는 나를 품 안에 끌어안고 내 가슴을 짜부라뜨리기라도 할 듯이 힘을 주었다. 그가 귓가에 속삭였다. "날마다 너를 위해 기도한단다. 자비로운 주님께서 부디 내 기도를 들어주시길. 그런데 이게 뭐지?" 폰 헬룽이 붕대에 칭칭 감긴 내 손을 보고 물었다.

"사고가 있었습니다." 워스롭이 짧게 대답했다.

"워스롭 박사님이 고기 써는 칼로 제 손가락을 잘랐어요."

폰 헬룽이 눈썹을 치켰다. "사고로?"

"아뇨, 일부러요."

노인이 번개처럼 고개를 돌려 내 스승을 쳐다보자, 그는 급하게 도리질하며 말했다. "일단 안으로 들어갈까요, 폰 헬룽? 춥고 피곤하군요. 그리고 현관에서 그런 이야기를 하고 싶지도 않고요."

폰 헬룽은 믿을 수 없을 만큼 아름답게 꾸며진 빅토리아 왕조풍의 응접실로 안내했다. 벽장과 장식장은 별의별 희귀품과 장식물로 무겁게 내려앉아 신음하고 있었고 불룩하게 채워진 긴 안락의자와 의자, 소파가 즐비했으며 벽난로 선반은 온갖 잡동사니들로 가득해 눈곱만큼도 남는 자리가 없었다. 폰 헬룽은 박사를 위해 홍차를, 그리고 나를 위해서는 펨버튼 씨가 발명한 코카콜라라는 신기할 정도로 달콤하고 상쾌한 탄산음료를 준비해 두었다. 나는 특히 입안 가득 음료를 머금었을 때 코끝을 간질이는 듯한 그 오묘한 느낌이 좋았다.

폰 헬룽이 등받이가 높은 의자에 앉더니 아바나 시가의 끝을 잘라 내고 혓바닥 끝으로 길게 핥았다.

"윌 군이 어쩌다 그런 사고를 겪었는지 내가 한번 맞혀 보지."

폰 헬룽이 심각한 표정으로 말했다. 내 스승이 보는 앞에서 그런 비극적인 사태가 발생했다는 사실이 무척 못마땅한 것 같았다. 덥수룩한 흰 눈썹 아래에서 밝은 파란색 눈동자가 번득였다.

"윌이 컨스 박사가 보낸 특별 선물에 손을 대게 내버려 둔 거 아닌가."

"엄밀히 말하자면 아닙니다. 그것에 손을 댄 사람이 이 아이에게

'손을' 댄 거죠."

워스롭은 무슨 일이 있었는지 차근차근 설명하기 시작했다. 와이먼드 켄달이 한밤중에 우리 집에 찾아와 영국에서부터 가져온 희귀한 선물을 내밀게 된 사연이었다. 폰 헬룽은 그의 이야기에 끼어들지는 않았지만, 때때로 감탄사를 뱉거나 끔찍하다는 듯 이맛살을 찌푸리거나 측은함과 궁금증으로 두 눈을 촉촉하게 빛냈다.

"푸드레 세르, 별의 부패물이라!" 폰 헬룽이 이야기의 결말을 듣고 나지막하게 탄성을 질렀다. "그럼 그게 전부 사실이었군. 난 안 믿었는데. 아니, 믿고 싶지 않았다고 해야겠군. 조물주께서 하필 그런 것을 창조했다니 말일세! 심지어 우리도, 한평생을 괴물학에 바친 우리조차도 그것의 존재만큼은 인정하고 싶지 않아. 무슨 놈의 신이 이 모양이지? 미쳤거나 사악한 게 아니라면 그럴 수가 없어!"

"전 대답할 수 없는 질문으로 스스로를 괴롭히는 것은 삼가기로 하고 있습니다, 마이스터 아브람. 어쩌면 신은 미친 것도 아니고 사악한 것도 아닌, 그저 모든 피조물들을 동등하게 사랑하는 것뿐인지도 모르지요. 아니면 모두 동등하게 무관심하거나."

"그리고 자네는 어느 쪽도 두렵지 않단 말인가?"

"그게 두렵다면, 인간의 자만심 때문이겠지요. 제가 이렇게 말하면 당신은 신이 우리 인간에게 지구 상의 모든 생물을 지배할 권리를 주었다고 주장하겠지요. 우리 역시 그런 피조물 중 하나에 불과하다는 사실은 까맣게 무시하고 말입니다. 어디 와이먼드 켄달에게 그렇게 말씀해 보시죠!"

괴물학자는 화제의 방향을 다시 우리가 그를 찾아온 이유로 돌렸다. 그는 이런 철학적 논쟁에는 관심이 없었다. 그의 사고 수준이 저열하기 때문이 아니다. 그저 정답이 없는 논쟁은 시간 낭비라고 생각하기 때문이다.

"잭 컨스에 대해 알아낸 건요?" 워스롭이 물었다.

폰 헬룽이 고개를 저었다. "사라졌네. 플랫은 비어 있고 병원 사무실도 깨끗하더군. 자취를 완전히 감췄네. 어디로 갔는지 아는 사람도 없고."

이번에는 워스롭이 고개를 가로저었다.

"불가능합니다. 누군가에겐 행선지를 밝혔을 텐데요."

"내 소식통은 아니라고 하더군. 병원 직원들, 환자들, 이웃들…….
아무도 아는 게 없네. 기껏해야 헤르 컨스가 어느 날 갑자기 보이지 않았다는 말뿐이야. 그가 계획을 털어놓은 유일한 인물이 있다면 자네가 벽난로에 화장한 그 사람일 걸세."

"컨스는 켄달에게 니두스를 어디서 얻었는지 말해 주지 않았어요. 저도 물어봤습니다."

"나도 그 말을 믿네. 가엾은 켄달 씨에게 말해 줬을 리가 없지."

워스롭이 고개를 끄덕였다. "그건 진짜 니두스입니다. 그리고 니두스보다는 그 출처가 더 중요하고요. 컨스가 어떻게 그걸 손에 넣었을까요? 다른 사람한테 받은 걸까요? 그렇다면 누가? 그리고 왜 그랬을까요?"

나이 든 괴물학자가 물고 있던 시가가 꺼졌다. 그는 꽁초를 재떨이에 내려놓고 근심 어린 목소리로 말했다. "뭔가 냄새가 나네, 마인 프로인드. 컨스는 괴물학자가 아니야. 니두스 엑스 마그니피쿰에 과학적 흥미를 갖고 있지 않단 말일세. 하지만 그렇다고 바보도 아니지. 그게 얼마나 귀한 물건인지도 잘 알고 있고."

워스롭이 고개를 주억거렸다. 머리의 움직임에 맞춰 그의 발도 초조하게 까딱이며 카펫을 두드리고 있었다. "거금을 주고라도 니두스를 원하는 무리들이 한둘이 아니죠." 박사가 말했다. "오토만 제국의 압둘 하미드 술탄이 2만 두카트를 보상금으로 걸었다는 이야기도 들었습니다."

워스롭은 더 이상 감정을 숨기지 못하고 의자에서 벌떡 일어나 방 안을 서성거렸다.

"생각해 보십시오, 폰 헬룽. 몇십 년 만에 나타난 최초의 진짜 니두스예요! 그것도 최근에 만들어진 것처럼 신선하고요. 기껏해야 몇 달밖에 안 됐을 겁니다. 그게 무슨 뜻인지 알잖습니까? 우린 지금 가까이 와 있어요. 그 어느 때보다도 가까이 와 있는 거라고요."

그의 목소리가 속삭임에 가까울 정도로 낮고 희미해졌다.

"티포에우스 마그니피쿰입니다, 마이스터 아브람, 보이지 않는 존재, 그 궁극의 보물이자 괴물학의 성배가 눈앞에 있는 거라고요! 이번엔 정말로 내 손에 넣을 수 있을지도……."

"자네 손이라고?" 폰 헬룽이 조용히 물었다.

"우리 손이라고요. 당연히 우리를 말한 겁니다."

폰 헬룽은 천천히 고개를 끄덕였다. 그의 눈에는 서글픔이 어려 있었다.

"부름을 받은 이는 많지만 선택받은 이는 적지, 펠리노어. 얼마나 많은 이들이 지금 우리가 말하는 퀘스팅 비스트를 쫓다가 길을 잃었는지 아나?"

내 스승은 신경 쓰지 않는다는 듯이 손을 휘저었다. 폰 헬룽은 단념하지 않았다. "그리고 얼마나 많은 이들이 패배와 수치심을 안고 돌아와 결국에는 명성이 추락하고 그동안 쌓은 업적은 잿더미가 되었던가?"

"그게 왜 중요한지 모르겠군요." 박사가 발끈하며 대답했다. "네, 저도 압니다, 모두 여섯 명이죠. 르브로크까지 포함하면요."

"아, 르브로크, 그 친구를 깜박했군, 아르메스 슈바인*. 그 작달막하고 말 많은 스코틀랜드인은 누구였지? 혀짤배기소리를 내던 친구 말이야."

"비셋이죠."

"그래, 비첫." 폰 헬룽이 킬킬거렸다. "근육만 잔뜩 키워서는 허세가 굉장했지!"

"아마추어였죠." 워스롭이 경멸조로 내뱉었다. "나머지는 돈키호테 같은 몽상꾼들이었고."

"르브로크는 달랐지."

"특히 르브로크가 그랬지요. 야망에 눈이 멀어서……."

"야망이란 게 원래 그렇지." 폰 헬룽이 말했다. "그보다 더 나쁜 영향을 끼치기도 하고." 그는 의자에서 일어나 내 스승에게 다가갔다. 워스롭의 팔에 포동포동한 손을 뻗어 잠시도 가만히 있지 못하고 서성이던 그를 멈춰 세웠다.

---

* 독일어로 '불쌍한 녀석'이라는 뜻.

"하지만 자네는 이 늙은 스승을 힘들게 하는구먼, 펠리노어. 제발 가만히 좀 앉게. 앞으로 어떻게 할지 함께 차분히 생각해 보세나."

워스롭이 폰 헬룽의 손을 뿌리치며 말했다. "앞으로 어떻게 할지는 벌써 압니다. 전 내일 영국으로 떠날 겁니다."

"영국?" 폰 헬룽은 깜짝 놀랐다. "영국에 가서 뭘 하려고?"

"잭 컨스를 찾아야죠."

"연기처럼 흔적도 없이 사라진 사람을? 어떻게 찾을 작정인가?"

"제일 큰 바위부터 뒤집어 볼 겁니다." 박사가 단호하게 말했다.

폰 헬룽은 빙그레 웃었다. "그런데 거기 없으면?"

"그러면 작은 바위 밑을 뒤져 봐야죠."

"설사 그를 찾더라도 자네가 알고 싶어 하는 것을 말해 주지 않으면 어떻게 할 건가? 자네가 원하는 것을 모른다면 어떻게 할 건가?"

"모른다면, 모른다면, 모른다면?" 워스롭이 폰 헬룽을 조롱하듯이 건방지게 그의 말투를 흉내 냈다. "제가 아는 걸 말해 드릴까요, 마이스터 아브람? 저는 잭 컨스가 저한테 니두스를 주고 싶어 했다는 걸 압니다. 최대한 빨리 저한테 전달하기 위해 엄청나게 귀찮은 수고까지 했죠. 그리고 자신이 빠른 시일 내에 영국을 떠난다는 것도 저한테 알려 주고 싶어 했어요. 그렇다면 그 이유는 하나뿐이죠. 그는 니두스가 어디서 발견됐는지 알고 있어요. 그래서 그걸 저한테 보낸 겁니다. 지구 상에 니두스 엑스 마그니피쿰보다 더 귀한 건 한 가지뿐입니다. 바로 마그니피쿰 그 자체죠. 니두스는 엄청난 보물이에요. 그렇지만 보이지 않는 존재는 그보다도 더 귀한 궁극의 보물입니다. 보물 중에 보물, 왕중왕이란 말입니다." 워스롭은 고개를 격렬하게 위아래로 끄덕이며 말했다. "그것밖에는 설명할 길이 없어요."

"하지만 왜 애초에 그걸 자네한테 보냈지? 이유가 뭐지? 자기 손에 궁극의 보물이 있다는 걸 남에게 알리고 싶을 리가 없잖나, 그중에서도 특히 펠리노어 워스롭한테는 말일세."

워스롭이 고개를 끄덕였다. "저도 그 부분이 가장 골치 아팠지요. 컨스는 왜 그런 짓을 했는가? 하지만 존 컨스가 어떤 작자인지 안다면 그 이유도 이해할 수 있습니다."

폰 헬룽은 잠시 생각에 잠겼다. "자네를 도발하고 있는 건가?"

"그런 것 같습니다. 그것도 가장 잔인한 방법으로요. 컨스가 어떤 인간인지 아시잖습니까, 마이스터 아브람. 그가 얼마나 타락할 수 있는지 저만큼이나 잘 아시잖아요."

그러곤 워스롭은 이내 그 생각을 무시해 버렸다. 그는 잭 컨스나 그의 꿍꿍이에 대해 생각하고 싶지 않았다. 그러기에는 그 자신의 악마에 너무나도 굳게 사로잡혀 있었다.

"그 친구는 잔인하죠." 워스롭이 말했다. "혹자는 괴물이라고 부를지도 모릅니다. 하지만 어쨌든 그건 제가 상관할 바가 아니죠."

"맙소사, 지금 자네가 무슨 말을 하는지 좀 들어 보게! 높은 곳의 주님, 제 죄를 용서해 주소서. 제가 당신을 실망시켰습니다. 그리고 내 제자도! 펠리노어, 우리는 과학자 이전에 사람일세. 스스로 괴물이 되는 것이야말로 우리가 가장 경계해야 하는 거야!"

"왜요?" 박사가 날카롭게 반문했다. "괴물 같은 인간이 뭐가 어때서요? 그것만큼 시시하고 따분한 존재도 없을 텐데요. 언젠가 적절한 방법과 수단만 알아낸다면, 우리 인류는 자기 동족을 지구 상에서 완전히 멸종시켜 버릴 겁니다. 씨도 안 남기고요. 그 점에는 의심의 여지가 없어요! 그게 바로 우리의 본성이니까요. 어떤 이들은 이러쿵저러쿵 특수한 사례를 내세우며 변호를 할지도 모르지만, 솔직히 살인을 발명한 종족에게 달리 변명이 필요한가요? 그게 가능이나 할까요?"

그 말에 나는 저도 모르게 대꾸하고 말았다. "꼭 그 사람처럼 말씀하시네요."

워스롭이 고개를 돌려 나를 노려보았다. "뭐라고?"

"방금 박사님이 하신 말씀 말이에요……. 꼭 컨스 박사가 하는 말 같아요."

"그놈이 정신 나간 살인마라고 해서 그의 의견이 틀린 것은 아니다." 괴물학자가 거칠게 응수했다.

"그건 그렇지." 폰 헬룽이 새파란 눈동자를 매섭게 빛내며 조용히 말했다. "그저 사악한 인간일 뿐이지."

"우린 과학자입니다, 폰 헬룽. 그런 단어는 우리 사전에 없어요. 인도에서는 소를 도살하는 게 심각한 중범죄지요. 그렇다고 우리도 소를 죽이면 죄인이 됩니까?"

"인간은, 마인 프로인드." 폰 헬룽이 대답했다. "소가 아닐세."

그 말에 대해서는 워스롭도 반박할 논거가 없었고, 그래서 그는 그 문제에 대해 다시 한 번 숙고해 보라는 오랜 친구의 충고를 잠자코 들었다. 무작정 영국으로 떠나는 것은 너무 성급한 행동이다. 자네가 원하는 것은 컨스를 찾는 게 아니라 니두스의 출처를 알아내는 게 아닌가.

워스롭은 폰 헬룽의 호소를 듣는 둥 마는 둥 하고 있는 것 같았다. 그는 우리에 갇힌 사자처럼 방 안을 초조하게 서성였지만, 사자와 달리 그의 열정은 그 무엇에도 가둘 수가 없었다. 아무것도 그것을 가둘 수는 없었다.

"많은 사람들이 평생을 무지 속에서 살지요!" 그는 수심이 가득한 옛 스승의 얼굴에 대고 외쳤다. "삶의 목적이 뭔지도 모르고, 자기가 왜 세상에 태어났는지조차 대답하지 못하는 자들 말입니다. 부름 받은 자들은 많다고 하셨지요. 그래요, 사실입니다. 그런데 그중 대부분은 귀머거리예요! 대다수는 눈먼 장님이고! 하지만 전 어느 쪽도 아닙니다. 저는 부름을 들었고, 길을 봤습니다. 저는 선택받은 사람입니다. 내가 바로 그 사람이라고요!"

그는 열병과도 같은 광기에 사로잡혀 있었다. 그것은 운명의 부름이었다. 그에게 내정된 숙명이었다. 이제껏 그가 그토록 많은 것을 희생시킨 이유이자 그토록 많은 것을 감내한 이유, 그토록 많은 것을 잃은 이유였다. 그것은 숙명을 믿지 않는 인간에게 주어진 숙명이자, 구원을 믿지 않는 자에게 주어진 구원이었다. 그것은 속죄가 무용(無用)하고 난해한 개념이라고 믿는 자에게 주어진 속죄의 기회였다.

아, 워스롭! 격정을 지배하되 격정의 노예가 되어서는 안 된다고 내게 수없이 충고한 것은 바로 당신이 아니었던가! 그런데 지금 당신의 모습을 보라. 당신이 그 열정을 지배하고 있는가, 아니면 그 열정이 당신을 지배하고 있는가? 그때는 몰랐다. 그러나 지금은 나도 안다. 그 불을 본 것은 나뿐만이 아니었다. 그러나 폰 헬룽은 지옥불과 같은 그 열병을 누그러뜨리는 데에는 무력했다. 길고 긴 세월 동안 그가 가르치고 지도한 수많은 후학들 중에서 워스롭만큼 특출한 제자는 없었다. 워스롭은 그가 이룩한 최고의 결실이었다. 일말의 망설임도 주저함도 없는 괴물학자, 단 한 조각의 편견도 거리낌도 없는 과학자. 그럼에도! 때로는 가장 큰 장점이 가장 큰 약점이 되기도 하는 법이다. 펠리노어 워스롭의 천재성을 밝힌 불꽃은 또한 그를 심연의 나락으로 끌고 들어가는 지옥불이기도 했다.

폰 헬룽은 그 심연을 보았고, 그래서 두려웠다.

11장

"내 본업에 대해 뭘 알지?"

진정한 몬스트럼 호리발리스, 즉 끔찍한 괴물이 어디에 웅크리고 있는지 알고 있는 폰 헬룽이 말했다.

"부름을 들으면 답해야지. 그러나 혼자서 응답해서는 안 되네."

"그럼요, 당연하죠. 윌 헨리를 데려갈 겁니다."

"당연히 그렇겠지." 폰 헬룽이 중얼거렸다. 그의 새파란 눈동자가 나를 향했다. "윌 헨리."

"윌 헨리……. 뭐가 문제입니까? 이 아이를 과소평가하지 마십시오, 폰 헬룽. 난 피에르 르브로크 열 명이 와도 윌리엄 제임스 헨리 한 명과 바꾸지 않을 겁니다."

"아니, 그게 아닐세, 펠리노어. 내 말을 오해했구먼. 이 아이는 정말로 자네에게 없어서는 안 될 존재지. 아이의 부친이 젊은 나이에 세상을 뜬 건 가슴 아픈 일이지만 자네에겐 득이 되기도 했어. 하지만 자네의 오른손이 윌리엄의 왼손을 심하게 상처 입혔으니…….”

“손가락 하나를 잃었을 뿐입니다. 손가락 하나요! 저와 함께 히말라야를 등반한 셰르파는 배 밖으로 내장을 쏟기도 했는데요, 그것도 한겨울에 말입니다!”

“기꺼이 동행할 뛰어난 괴물학자들이 무수히…….”

“물론 그렇겠죠!” 워스롭은 차갑게 웃었다. “세상에 존재하는 마그니피쿰을 전부 합친 것보다 열 배는 넘는 지원자가 몰려들겠죠. 제가 바보인 줄 아십니까?”

“《저널》에 광고를 내잔 얘기가 아니네, 펠리노어.”

폰 헬룽은 떼쓰는 아이를 달래는 아버지처럼 무한한 인내심을 발휘하며 그를 설득했다.

“워커는 어떤가? 과학자로서도 유능하고 전형적인 영국인이지. 무슨 일이 생겨도 절대로 입을 열지 않을 걸세.”

“그 머저리 히람 경 말입니까? 우리 학문의 발전보다 제 사리사욕을 채우는 데에만 정신이 팔린 그 작자요?”

“그럼 미국인으로 하지. 자네 토랜스와는 사이가 좋지 않나?”

“그건 사실이죠. 전 제이콥한테는 묘하게 약한 데가 있으니까요. 그렇지만 그 친구는 고집이 너무 셉니다. 자제력이 부족하기도 하고. 술집에서 끌어내느라 시간 낭비를 해야 할 겁니다.”

“케일럽 펠트. 그 친구는 어떤가, 펠리노어. 자네도 펠트는 꽤 높이 평가하잖나.”

“펠트는 괜찮죠. 하지만 지금은 애리조나에 있고 앞으로 적어도 반년간은 돌아올 예정이 없어요.”

폰 헬룽이 허리를 곧추세우더니 가슴이 불룩해지도록 숨을 크게 들이마셨다. "그럼 내가 같이 가겠네."

"박사님이?" 워스롭의 입술이 싱긋 말려 올라갔지만 옛 스승의 진지한 얼굴을 보자 금세 웃음기가 사라졌다. 그는 무뚝뚝하게 고개를 끄덕였다. "니두스가 발견된 게 15년 전이었다면 더할 나위 없이 훌륭한 선택이었겠죠."

"내 몸 하나 건사하지 못할 정도로 늙진 않았네!" 오스트리아인이 결연하게 외쳤다. "무릎은 예전만 못할지 몰라도 마음만큼은……."

괴물학자가 옛 스승의 어깨에 손을 얹었다. "당신은 내가 아는 한 세상에서 가장 강인한 분입니다, 마이스터 아브람. 가장 믿음직한 분이기도 하고요."

"자네 혼자 그런 무거운 짐을 지게 할 수는 없어." 폰 헬룽은 워스롭에게 호소하기 시작했다. "어떤 짐은, 펠리노어, 한번 등에 지면 내려놓을 수 없는 경우도 있다네……."

그때 현관에서 종소리가 들려왔다. 워스롭이 깜짝 놀라 몸을 돌렸다.

"오늘 올 사람이 있습니까?" 그가 물었다.

"그래. 하지만 그가 고집을 부린 걸세. 내가 초대하진 않았어." 폰 헬룽이 가볍게 대꾸했다. "염려하지 말게, 마인 프로인드. 난 아무 말도 안 했으니까. 그저 오늘 자네와 만나기로 했다는 말을 했을 뿐이야. 그런데 그가 자네를 만나고 싶다고 너무 간곡하게 부탁해서 그만 마음이 약해졌지 뭔가. 자네도 내가 거절을 잘 못한다는 걸 알잖나."

방문객은 집주인이 문을 열자마자 무턱대고 안으로 밀고 들어왔다. 그는 잠시도 주저하지 않고, 심지어 폰 헬룽에게 모자와 장갑을 건네지도 않고 곧장 응접실로 쳐들어오더니 말 그대로 워스롭 박사에게 몸을 던졌다.

그는 몹시 젊었다. 갓 스물을 넘긴 듯했고, 키가 크고 탄탄한 몸매에 옷도 맵시 있게 차려입었었다(내가 받은 첫 인상은 꽤 멋쟁이라는 것이었다.). 검은 머리카락과 갸름한 얼굴, 높고 각진 광대뼈와 날카롭지만 살짝 굽은 코, 이른바 귀족적으로 잘생긴 용모에 특권층에서 흔히 볼 수 있는 "뾰족하고 야심만만한" 표정을 하고 있었다. 그는 워스롭의 손을 잡더니 그가 얼굴을 찌푸릴 정도로 강한 아귀힘으로 열렬하게 위아래로 흔들었다.

"워스롭 박사님, 이렇게 만나 뵙게 되어 얼마나 기쁜지 모르겠습니다. 진심으로 어…… 영광입니다. 두 분의 만남을 이렇게 갑작스럽게 방해해서 정말 죄송합니다만, 박사님께서 뉴욕에 오신다는 소식을 들은 순간 이런 천재일우의 기회를 도저히 놓칠 수가 없었습니다!"

"펠리노어." 폰 헬룽이 말했다. "내가 가르치고 있는 학생을 소개하네. 롱아일랜드 아크라이트 가문 출신의 토머스 아크라이트 군이라네."

"학생이라고요?" 워스롭이 이맛살을 찌푸렸다. "더 이상 제자는 받지 않는다고 하지 않으셨습니까?"

"헤르 아크라이트는 무척 끈질긴 성격이거든."

"제가 가진 장점이라고는 그것뿐이랍니다." 롱아일랜드 아크라이트 가문의 토머스 아크라이트가 말했다. "박사님 아드님과 나이 차도 별로 없지요."

"윌 헨리는 내 아들이 아닐세."

"아닌가요?"

"내 조수지."

토머스의 눈이 휘둥그레졌다. 그는 나를 새로운 눈빛으로 찬찬히 뜯어보았다.

"이렇게 어린 제자를 들인다는 얘기는 못 들어 봤는데요. 몇 살이죠, 열 살?"

"열셋."

"열세 살치고는 무척 작군요." 토머스가 말했다. 그는 내게 짐짓 선심을 쓰는 듯한 미소를 지어 보였다. "아주 똑똑한가 보구나, 윌."

"흠." 워스롭이 말했다. 그러곤 아무 말도 덧붙이지 않았다.

"이렇게 되니 제가 나이를 너무 먹은 것 같네요. 이렇게나 뒤처져 있다니." 토머스가 농을 던졌다. 그는 워스롭을 바라보았다. "이미 제자를 두신 걸 알았다면 편지를 쓰지 않았을 텐데요."

"엄밀히 말하자면 윌 헨리는 내 제자가 아니야."

"아니라고요? 그럼…… 어, 그럼, 이 아이는 뭡니까?"

"이 아이는……." 박사는 나를 내려다보았다. 세 사람이 모두 나를 쳐다보고 있었다. 무거운 정적이 내려앉았다. 나는 펠리노어 워스롭에게 정확히 어떤 존재인가? 나는 의자 위에서 불안하게 꼼지락거렸다.

이윽고 괴물학자가 어깨를 으쓱하더니 토머스를 돌아보았다. "알았다면 편지를 쓰지 않았을 거라니, 그게 무슨 뜻이지?"

"박사님께 부디 저를 제자로 받아 주십사 보낸 편지지요."

"사실일세." 폰 헬룽이 말했다. "나는 토머스의 일 순위가 아니었지."

"자네 편지 같은 건 받은 기억이 없는데." 내 스승이 말했다.

토머스는 단숨에 풀이 죽었다. "어느 편지요? 열두 통이나 보냈거든요."

"정말인가?" 워스롭은 깊은 감명을 받은 듯 보였다.

"아뇨. 실은 열세 통입니다. 열둘이라고 하면 조금은 덜 측은하게 들려서요."

놀랍게도 괴물학자는 큰 소리로 웃음을 터뜨렸다. 워낙 드물게 일어나는 일이라 나는 순간 그가 빵을 먹다가 사레가 들린 줄 알았다.

"그런데 내가 답장을 한 번도 안 보냈다고?" 워스롭이 찡그린 표정으로 한쪽 눈썹을 이마 꼭대기까지 추켜세운 채 나를 노려보았다. "윌 헨리가 나 대신에 우편물을 분류하는데, 나는 자네한테서 편지를 받은 기억이 전혀 없네."

"중간에 어디다 잘못 됐나 보지요."

이번에도 무거운 적막이 내려앉았다. 얼굴이 화끈거렸다. 실제로 워스롭 박사의 우편물을 정리하는 사람은 나였다. 그리고 솔직히, 나는 토머스 아크라이트라는 이름을 들어 본 적이 없었다. 단 한 번도 본 적이 없다고 장담할 수도 있다. 그렇지만 그렇게 반박해 봤자 도리어 내가 유죄라는 확신만 심어 주게 될 것이다.

"끝이 좋으면 다 좋은 법 아니겠니." 폰 헬룽이 위로하듯 내 어깨를 토닥이며 말했다. "나한테는 새 제자가 생겼고, 펠리노어 자네한테는……." 그는 적당한 단어를 찾아 고심했다. "윌 헨리가 있지." 그러곤 멋쩍게 어깨를 들썩였다.

토머스는 금방 떠날 것이라고 말했다. 워스롭 박사에게 무한한 경의와 존경심을 표하기 위해 잠시 들렀을 뿐이라는 것이다. 그는 박사에게 해결을 요하는 시급한 용무가 있음을 알고 있으며 따라서 그의 시간을 조금이라도 빼앗고 싶지 않다고 말했다.

"내 볼일에 대해 뭘 알지?" 워스롭이 날카롭게 묻고는 폰 헬룽에게 비난의 눈길을 보냈다. 설마 그에게 얘기한 건 아니겠죠!

"지금 무슨 일을 하시는지는 전혀 모릅니다. 폰 헬룽 교수님이 약이 오를 정도로 말을 아끼셨거든요." 토머스는 그의 스승을 구하러 나섰다. "급한 일이라는 것만 알지요. 말장난을 좀 친다면 겁이 날 정도로 긴박한 일이겠지요. 나머지는 추측만 할 수 있을 뿐이고요. 박사님은 뉴욕에 도착해서 에인스워스 교수님을 만나 니두스 엑스 마그니피쿰을 맡겼는데, 그건 최근에 바다 건너, 아마 영국에서 박사님께 전해진 것이겠죠?"

토머스 아크라이트는 다소 의기양양한 태도로 괴물학자의 반응을 기다렸다. 왜냐하면 그는 자신의 추측이 옳다고 생각하지 않았기 때문이다. 그는 자신이 옳다는 것을 알고 있었다.

"굉장히 신기한 '추측'이로군, 아크라이트 군." 워스롭이 폰 헬룽을 노려보며 대답했다. 옛 스승이 자신을 배신했다고 여기는 게 틀림없었다.

"별로 신기한 일은 아닙니다." 토머스가 대답했다. "전 박사님이 몬스트러마리움을 방문하셨다는 걸 압니다. 그건 간단하죠. 거기 냄새가 꼭 고약한 향수처럼 박사님 몸에 배어 있거든요. 그리고 박사님이 역에 도착하자마자 즉시 그곳에 들렀다는 것도 압니다. 왜냐하면 아직 여행용 복장을 하고 계시니까요. 그건 다시 말해 박사님의 용무가 극도로 긴급한 일이라는 점을 시사하죠. 한시도 지체해서는 안 되는 일말입니다."

"거기까진 정확하네." 내 스승이 말했다. "하지만 그건, 자네가 이미 말한 대로 간단한 부분이지. 그렇다면 나머지는 어떻게 한 건가?"

"일단 에인스워스 교수님께 뭔가를 받아 오러 가신 게 아닌 건 틀림없죠. 몬스트러마리움이 아돌퍼스의 요새라고 불리는 데에는 이유가 있으니까. 그러니 그곳에 뭔가를 맡기러 가신 게 틀림없습니다. 그것도 단순한 수집품이 아니라 감시를 받지 않고는 호텔에 둘 수 없는 것, 개인적으로 갖고 있기에는 부담스러운 것, 즉 아주 특별하고 진귀하고 소중하여 한시도 낭비하지 않고 안전한 보관처를 확보해야 하는 그런 물건이죠."

박사는 그의 설명에 매료되었는지 고개를 까딱이며 손가락을 딱딱 튀겼다. 여태껏 내게 수없이 했던 행동이었다. 계속해, 계속해!

"그러니 굉장히 드문 귀한 물건일 테죠. 극도로 귀중한 보물. 괴물학과 관련해 그 정도로 귀한 건 몇 가지 되지 않아요. 그리고 그 10여 개 중에서 박사님과 같은 명성을 지닌 대과학자가 다른 모든 일을 제쳐 두고 여기까지 달려와 그렇게 오랫동안 열차와 역마차에 시달리고도 몬스트러마리움으로 직행하게 만들 만한 것은 한두 가지밖에 없고요. 그러니 그 답이 니두스 엑스 마그니피쿰이라는 건 명백하죠. 신대륙에서는 니두스가 발견된 적이 없으니까 유럽에서 건너 왔을 가능성이 크고요."

"아하!" 괴물학자가 한 손을 들어 올리며 탄성을 뱉었다. "거기서 추론의 기반이 흔들리는군, 아크라이트 군. 왜 내가 갖고 있는 그 특별한 물건이 유럽에서 왔다고 추측하는 거지? 현존하는 유일한 진품은 인도양의 락샤드위프 제도에서 발견됐는데?"

"왜냐하면 전 당신을 너무 잘 알거든요. 박사님에 대해 너무 잘 알고 있다고 해야겠네요. 만일 박사님이 그 물건의 출처를 알고 있다면 지금 여기 계시지 않겠죠. 폰 헬룽 박사에게 보내 잠긴 방에 넣으라고 이르고는 본인은 첫 배를 잡아타고 그곳으로 향했을 겁니다."

"왜 하필이면 영국이지?"

"그 부분은 그냥 지레짐작이에요. 그건 인정하지요. 프랑스는 일단 제외했습니다. 협회의 프랑스 대표단은 원래 우리 미국에 별 관심이 없으니까요. 특히 무슈 그라부아에게 불운한 사건이 발생한 후에는 더더욱 그렇고요. 그건 그렇고 주워듣기로는 그 일로 박사님 탓을 하고 있다는데, 전 그게 아주 부당하다고 봐요. 독일이라면 미국인한테는 절대로 니두스를 넘기지 않았을 테죠. 설사 그게 펠리노어 워스롭이더라도요. 그리고 이탈리아는…… 이탈리아잖습니까. 그러니 영국이 가장 타당한 선택이지요."

"훌륭하군." 워스롭이 깊은 인상을 받았다는 듯이 고개를 끄덕이며 중얼거렸다. "진심으로 감탄했네, 아크라이트 군! 세부적인 면에서도 대단히 정확해. 오해해서 미안하네."

박사는 폰 헬룽을 돌아보았다. "축하드립니다, 마이스터 아브람.

제 덕에 훌륭한 제자를 두셨군요."

오스트리아 출신 괴물학자가 함박웃음을 지었다.

"옛날에 가르쳤던 아주 뛰어난 다른 제자를 생각나게 한다네. 내가 망령이 들었는지 가끔 깜박하고 그를 펠리노어라고 부를 때도 있지."

"그건 안 될 일이죠!" 내 스승이 그답지 않게 겸양을 떨며 말했다. "그런 건 누구에게든, 심지어 이 세상에도 가혹한 일이 아닙니까. 저 같은 사람은 한 명이면 족합니다."

토머스는 워스롭과 내가 떠날 때까지도 자리를 뜨지 않았다. 나는 그가 너무 신이 나서 흥분한 나머지 위대한 워스롭 박사의 중요한 과학적 탐구를 방해해서는 안 된다는 소박한 바람을 잊어버렸다고 짐작했다. 위대한 과학자 본인은 전적으로 자신을 중심으로 돌아가는 대화, 혹은 괴물학이라고 부르는 자기 자신의 연장선 속에 흠뻑 빠져 토머스에게 그 사실을 상기시키는 것을 잊어버린 것 같았다.

그리고 토머스는 그 두 가지 주제에서 정말 훌륭한 전문가였다. 그는 워스롭에 대해 가히 백과사전에 비길 만한 드넓은 지식을 과시했고 — 뉴잉글랜드에서 보낸 병약한 어린 시절, 런던 기숙학교 시절의 "잃어버린 시간", 폰 헬룽에게서 사사받던 시기, 아직 풋내기 괴물학자 시절에 겪었던 아마조니아와 콩고에서의 모험담, "수마트라의 불운한 탐험 여행"과 그가 『괴수 백과사전』에 기여한 무한하고 귀중한 공헌(3분의 1 이상이 워스롭이 집필하거나 공저한 것이었다.), 박물학이라는 보다 넓은 세계를 위한 대의와 투쟁 등등 — 괴물학자는 아부와 아첨이 듬뿍 발린 이야기를 기분 좋게 취할 때까지 한껏 들이마셨다. 비록 여기에 도달하기까지 30년이 넘는 세월이 걸리긴 했지만, 마침내 자기 자신만큼이나 펠리노어 워스롭을 숭배하는 다른 사람을 만난 것이다.

실제로 방 안은 워스롭으로 거의 포화상태에 이르러 숨이 막힐 정도였다. 내 불편한 기색을 눈치챈 폰 헬룽이 부엌을 습격해 먹을 것을 찾아보자고 속삭였다. 나는 그의 제안에 반색했고, 우리는 식품 저장고에 돌격해 접시 두 개분의 달콤한 페이스트리와 따뜻한 핫초콜릿 두 잔을 획득했다.

"참 총명한 젊은이지." 폰 헬룽이 토머스 아크라이트에 대해 평했다. "그렇지만 태양을 오래 보면 눈이 멀기 마련이지! 자주 쉬어 주는 것이 중요해. 너는 내가 무슨 말을 하는지 알 거다, 윌. 펠리노어도 똑같으니까."

나는 그의 눈길을 피한 채 천천히 고개를 끄덕였다. 폰 헬룽이 내 심정을 이해했는지 연민 어린 목소리로 조용히 말했다.

"펠리노어 밑에서 일하는 건 쉽지 않은 일이지. 나도 안다. 펠리노어 워스롭 같은 사람 옆에 있다 보면 극도로 조심하지 않는 한 어느새 그의 광휘에 휩쓸려 들어가 버리게 되거든. 네 아버지가 그런 경우였다. 워스롭 같은 사람 곁에 있으면 작은 빛은 보다 커다란 빛에 삼켜져 버리지."

"토머스는 박사님에 대해 어떻게 그렇게 잘 아는 거예요?" 내가 물었다. 나는 지난 2년간 괴물학자와 함께 살면서 알게 된 것보다 방금 만난 낯선 사람한테서 30분 동안 배운 게 더 많았다.

"일단은 내 덕분일 테고, 나머지는 주변 사람들에게서 들은 걸 거다."

"그래도 박사님에 대해 속속들이 아는 건 아니에요. 박사님한테 제자가 있다는 건 몰랐잖아요."

"그래, 나도 그게 참 이상하더구나. 실은 그도 알고 있었어. 2주일 전에 처음 만났을 때 내가 말해 줬거든. 어쩌면 잊어버린 걸지도 모르겠다."

"아니면 거짓말을 했거나요."

"과연 그게 현명한 일일까, 윌? 우리에게 선택권이 있다면, 사람들이 악의보다 선의를 품고 있다고 여기는 게 좋지 않을까? 틀림없이 별로 중요한 게 아니라서 깜박 잊은 걸 테다." 별로 중요한 게 아니라니! 나는 접시를 멀찍이 밀쳤다. 갑자기 입맛이 썼다.

"아니아니, 왜 그러느냐. 더 먹어야지!" 폰 헬룽이 접시를 다시 내 앞으로 들이밀며 말했다. "넌 열 살치고는 너무 말랐다, 얘야."

"전 열세 살이에요." 내가 대꾸했다.

"그렇다면 정말 너무 말랐구나. 한창 자랄 때 사내애들은 밑 빠진 독이나 마찬가지인데 말이다! 먹어야 힘이 나지! 펠리노어에게 뭐라고 해야겠다. 그 친구가 요리를 자주 할 것 같지도 않고."

"전혀 안 하세요. 옛날에는 요리사가 있었는데 박사님이 해고하셨어요. 연구용 표본을 삶아 버렸거든요."

그건 사실이었다. 그가 그녀를 해고하기 전날 밤, 부엌 문 앞에 소포가 하나 도착했다. 폴리나라는 이름의 다정하고 나이가 지긋한 요리사는 거의 장님에 가까웠는데(워스롭은 그 신체적 결함을 장점으로 여겼다.) 그 소포를 그만 정육점 주인인 누난 씨가 보내온 것으로 착각하고 말았고, 그날 저녁 우리는 꿈에도 상상하지 못한 채 카파도키아*에서 온 희귀 생물인 할룩스 터피스(Hallux turpis)의 시체를 저녁식사로 먹었다(폴리나는 그것으로 매우 푸짐한 스튜를 만들었다.). 물론 박사는 우리가 괴물학에서 아주 진귀하게 여겨지는 생물을 저녁식사로 먹었다는 사실을 깨달은 순간 펄쩍 뛰며 그녀를 해고했다. 후에 마음이 조금 진정되고 나자 그는 학문적 관점에서 볼 때 그것이 완전한 헛소동은 아니었음을 인정했다. 덕분에 우리는 할룩스 터피스가 신기할 정도로 닭고기와 비슷한 맛이 난다는 사실을 알게 되었기 때문이다.

"전 박사님을 위해 모든 걸 해요." 나는 거북할 정도의 자부심과 억울함을 담아 말했다. "요리와 청소, 빨래도 전부 제가 하고요, 편지도 쓰고 심부름도 하고 파일도 정리하고 말도 돌보고, 또 당연하지만 연구실에서 조수 노릇도 해요. 특히 마지막 걸 제일 많이 하죠."

"저런! 그러고도 공부할 시간이 있다는 게 용하구나!"

"공부요?"

"학교에 가지 않니?"

"박사님이랑 같이 살게 된 뒤로는 안 가는데요."

"그렇다면 펠리노어가 너를 가르치겠구나? 그렇지? 아니야?"

나는 고개를 저었다. "아닌 것 같은데요."

"아닌 것 같다고?" 그는 혀를 쯧쯧 찼다.

---

* 터키 중부 아나톨리아 고원의 화산 지대.

"책이랑 연필을 잡고 앉아서 수업을 가르치지는 않아요. 하지만 그래도 항상 저한테 뭔가를 가르쳐 주려고 하시죠."

"뭔가? 그래, 펠리노어가 네게 무엇을 가르치니, 윌? 그에게서 뭘 배웠느냐?"

"제가 배운 건……." 내가 뭘 배웠지? 별안간 머릿속이 텅 비는 것 같았다. 괴물학자가 내게 가르친 게 뭐지? "세상 사람의 절반은 자기가 받아 마땅한 일이 생기길 기원하고 나머지 절반은 그러지 않길 기도한다는 걸 배웠죠."

"마인 고트!" 내 스승의 스승이 탄식했다. "네 말에 웃어야 할지 울어야 할지 모르겠구나. 일리가 있는 말이긴 하다만."

그는 스토브로 다가가 핫초콜릿 주전자를 들고 돌아왔다. 그는 처음에는 내 컵을, 그다음에는 자신의 컵을 가장자리가 찰랑거리도록 가득 채우고는 진흙 색깔 표면에 코를 바짝 가져다 대고 그 달콤한 향내를 음미했다. 따스한 김에 그의 뺨이 발그레하게 달아올랐다. 그가 부연 김 너머로 나를 바라보며 빙그레 웃었다.

"초콜릿은 정말 좋지, 안 그러냐?"

그 순간, 나는 작은 팔을 내밀어 그의 몸을 힘껏 껴안고 싶어졌다.

"폰 헬룽 박사님?"

"야?"*

나는 낮게 속닥였다. 일부러 의도한 건 아니었다. 왠지 모르게 그래야 할 것 같은 기분이 들어서였다.

* 독일어로 '그래'의 뜻.

"티포에우스 마그니피쿰이 뭐예요?"

폰 헬룽의 얼굴에서 미소가 사라졌다. 그는 컵을 옆으로 치우고 탁자 위에 두 손을 겹쳐 올려놓았다. 우리 둘 사이의 공간이 갑자기 쪼그라들면서 그의 얼굴이 눈앞에서 기묘하게 어른거렸다.

"설명하기가 어렵구나. 아주 어려워. 그것의 정체를 알고 있는 것은 오직 희생된 사람들뿐인데, 그들은 영원히 침묵하며 비밀을 지킬 테니 말이다.

그것이 실재한다는 건 확실하다. 왜냐하면 우리는 니두스를 손으로 만져 보았고, 그 끔찍한 독에 희생된 피해자들도 봤으니까. 심지어 너도 말이다! 하지만 놈이 정확히 어떻게 생겼는지는 아직 밝혀지지 않았어. 전해지는 얘기야 있지……. 6미터나 되는 신장, 거미의 입처럼 자유롭게 움직이는 입, 그 입으로 우리가 아는 그 섬뜩한 둥지를 엮는다지. 그리고 칠흑처럼 검고 컴컴한 하늘에서 3미터 아래로 추락하듯 활강해 먹잇감을 낚아챈 다음 구름 위로 올라가 먹이의 몸뚱이를 갈기갈기 찢으면 피와 침의 비가 지상으로 내린다고 말이다. 그걸 푸드레 세르, 별의 부패물이라고 부른다."

그는 끔찍하다는 듯 부르르 몸서리를 치며 머그잔에서 올라오는 향긋한 내음을 가슴 깊이 들이마셨다.

"꼭 용 이야기 같네요."

"야, 그게 바로 마그니피쿰의 얼굴 중 하나란다. 그 외에도 무수한 얼굴을 가지고 있지. 그것의 진노를 감내하는 사람들만큼이나 수많은 얼굴을 말이다. 그래서 우리는 놈을 얼굴 없는 존재, 또는 천의 얼굴을 가진 존재라고도 부른다.

우리는 모두 아담의 자손이다. 고개를 돌려 얼굴 없는 존재를 대면하고, 이름 없는 것에 이름을 붙이는 것이 우리의 본성이지. 그것은 우리를 위대함의 경지에 올려놓고, 동시에 우리를 파멸시킨다. 모쪼록 펠리노어가 그 점을 이해하길 바랄 뿐이다. 수많은 용감한 이들이 그것을 찾아 나섰지만 성공한 사람은 아무도 없어. 이제는 어느 쪽이 더 두려운지 알 수가 없구나. 용을 놓치는 것인지, 아니면 펠리노어가 그것을 발견하는 것인지."

"그걸 발견하기가 왜 그렇게 어려운데요?" 내가 물었다.

"왜냐하면 놈은 악마와도 같거든. 본 사람은 없지만 항상 거기에 있지!" 그의 나지막한 웃음소리가 무겁게 가라앉은 분위기를 깨뜨렸다. "세상은 참으로 크고도 넓단다, 윌. 그리고 우리는, 아무리 그렇지 않은 척한들, 미물에 불과하지."

12장

"이 세상 최고의 괴물."

"너 오늘은 이상하게 조용하구나, 윌 헨리. 평소보다 훨씬 말이 다." 마차를 타고 우리가 묵는 플라자 호텔로 돌아가는 중에 워스롭이 말했다.

"죄송해요, 박사님."

"뭐가 죄송해?"

"너무 조용해서요."

"나무라는 게 아니다. 사실을 말한 것뿐이지."

"피곤한가 봐요."

"그런 건 그런가 보다 하는 게 아니지. 피곤한 거냐, 아닌 거냐?"

"피곤해요."

"그럼 그렇게 말해야지."

"방금 그렇게 말했는데요."

"별로 피곤한 것처럼 보이진 않는다. 그보단 화가 난 것 같구나."
워스롭이 고개를 돌렸다. 우툴두툴한 석조 도로 위를 덜걱거리며 달리는 마차 안에서 그의 각진 옆모습 위로 그림자가 지나갔다. 나란히 줄지어 거리를 밝히는 가로등 불빛 아래 방금 쌓인 눈 더미가 보석처럼 반짝였다.

"아크라이트 군 때문이냐?" 내 존재를 무시하지 않는 아주 드문 때면, 괴물학자는 뭐든 놓치는 것이 없었다.

"그 사람은 거짓말을 했다고요."

"그게 무슨 뜻이냐?" 창밖을 내다보던 그가 고개를 돌려 나를 쳐다보았다. 그의 얼굴 위로 빛과 그림자가 서로 넓은 진영을 차지하기 위해 다투고 있었다.

"그 사람은 박사님한테 제자가 있다는 걸 알고 있었어요. 폰 헬룽 박사님이 진작 말해 줬대요."

"잊어버렸나 보지."

"그리고 제자가 되고 싶다는 편지를 보낸 적도 없어요. 전 그런 편지를 본 적이 없는걸요."

"어쩌면 봤을지도 모르지."

그 말에 담긴 내가 거짓말을 하고 있을지도 모른다는 암시는 엄청난 충격으로 다가왔다. 그가 나를 실제 주먹으로 쳤더라도 그보다는 덜 아팠을 것이다.

"널 의심하는 게 아니다." 그는 재빨리 말을 이었다. "그저 아크라이트 군이 거짓말을 할 이유를 모르겠어서 그런다. 나한테는 그의 영민함보다도—아주 비범한 젊은이더구나.—솔직한 태도가 더 인상적이었거든. 대단한 젊은이야. 언젠가는 굉장히 뛰어난 괴물학자가 될 수 있을 거다. 뭐든 조금이라도 중요한 건 그의 관찰력을 피해 갈 수 없는 것 같더라."

"박사님한테 제자가 있다는 건 까먹었잖아요." 나는 냉정하게 사실을 지적했다.

"내가 중요한 것이라고 말했잖니." 그는 말을 멈추고 숨을 크게 들이켰다. "어쨌든 네가 '제자'라는 단어를 사용하는 걸 듣고 놀랐다. 난 네가 괴물학을 싫어하는 줄 알았는데."

"싫어하지 않아요."

"그럼 좋아하느냐?"

"박사님한테 얼마나 중요한지는 알아요. 그래서……."

"알겠다. 그렇다면 네가 좋아하는 건 괴물학이 아니구나." 그는 창밖에 펼쳐진 새하얀 세상을 묵묵히 응시했다. 마차 바퀴가 갓 내린 눈을 짓이기며 굴러갔다. 마부가 휘두르는 채찍 소리가 이스트강 너머에서 불어오는 바람 속으로 흩어졌다.

"아, 윌 헨리." 그가 조용히 탄식했다. "너를 제자로 들이는 게 아니었다. 너나 나나 바란 일도 아니었는데. 좋을 게 전혀 없을 거라는 걸 알아야 했어."

"그런 말씀 마세요, 박사님. 제발 그런 말씀 마세요." 나는 그의 팔을 향해 붕대 감은 손을 내밀었다가 퍼뜩 놀라 거둬들였다. 그는 내가 만지는 것을 허락하지 않을 것 같았다.

"아니야. 입 밖에 내서는 안 될 말을 굳이 꺼내는 게 내 나쁜 버릇이지. 좋을 게 전혀 없을 거다, 윌 헨리. 이미 오래전부터 알고 있었다. 나는 언젠가 내가 하는 일 때문에 목숨을 잃을 거고, 그러면 너는 또다시 홀로 남겠지. 그게 아니라면 내가 사랑하는 이 일 때문에 네가……."

그의 시선이 내 왼손으로 향했다. "나는 자연과학을 연구하는 과학자다. 감정은 시인의 영역이지만, 형편없는 시인인 나도 사랑의 가장 잔인한 측면이 완전한 진실성에 있다는 것은 안다. 우리는 사랑하기로 선택할 수 없다. 사랑하지 않기로 선택할 수도 없지. 무슨 뜻인지 알겠느냐?"

그가 내게 몸을 바짝 기울였다. 어느새 그의 눈 속에서 이글거리는 검은 불길이 나의 세계를 가득 메웠다. 갑자기 정신이 혼미해지는 것 같았다. 마치 컴컴한 무저갱의 가장자리에 가까스로 매달려 있는 것처럼.

"다르게 말해 보마. 우리 괴물학자들이 우리의 소명을 진정으로 진지하게 여기고 있다면, 우리는 생물학적 이상 현상을 포기하고 이 세상 최고의 괴물을 쫓는 데만 전념했을 거다."

꿈속에서 나는 아돌퍼스 에인스워스와 함께 몬스트러마리움의 잠긴 방 앞에서 있었다. 그는 손가락으로 열쇠 꾸러미를 빙빙 돌렸다.

박사가 네가 이걸 보고 싶어 한다고 했다.

하지만 전 보면 안 돼요.

박사가 그랬어.

그는 열쇠로 문을 땄다. 나는 그의 뒤를 따라 안으로 들어갔다.

어디 보자……. 그걸 어디다 뒀더라? 그래, 여기 있군!

그는 벽감에서 구두 상자 크기의 상자를 꺼내 탁자에 내려놓았다.

어서 열어 보렴. 그는 네가 안을 봤으면 한단다.

손가락이 부들부들 떨렸다. 뚜껑이 열리지 않았다. 상자가 떨리고 있는 건가, 아니면 내 손이 떨리고 있는 건가?

못 열겠어요.

상자 안에 뭔가 들어 있었다. 그것은 살아 있었다. 손가락 끝에 뭔가 움직이는 게 느껴졌다.

바보 천치 같으니! 자고 있으니까 열지를 못하지! 안에 뭐가 들었는지 알고 싶으면 잠부터 깨야 해. 일어나라, 윌 헨리, 일어나!

그래서 나는 그의 지시에 따랐다. 내 꿈과 어두운 방 사이의 경계를 비명 소리로 깨어 부수며 벌떡 일어났다. 놀란 가슴이 미친 듯이 고동쳤다. 여기가 어디인지, 내가 누구인지도 기억나지 않았다. 침대 옆에서 목소리가 들려올 때까지.

"윌 헨리."

"워스롭 박사님?"

"꿈을 꾼 것 같구나."

"네……. 그랬어요."

복도에 불이 밝혀져 있었다. 빛이라곤 그것뿐이었다. 마룻바닥을 가로질러 흘러온 빛기둥 하나가 침대 옆 벽을 타고 기어올랐다. 그리고 그 빛의 맞은편에 괴물학자가 서 있었다.

"무슨 꿈을 꿨니?" 그가 물었다.

나는 고개를 저었다. "어……. 기억이 안 나요."

"꿈과 생시 사이에 그것이 있다……. 소생과 안식 사이에 그것이 있다……. 그것은 언제나 거기에 있다."

바닥에 드리운 한 줄기 빛, 벽을 타고 오른 밝은 기둥 하나, 하지만 고작 두 줄기의 빛이라도 어두운 방 안에 그 본질을 발산하고 있었다. 그의 얼굴이 희미하게 보였지만 눈빛은 읽을 수가 없었다.

"그건 시(詩)인가요?"

"덧없는 시도이긴 했지만, 간단히 말하자면 그렇다."

"박사님이 쓰신 거죠? 그렇죠?"

그의 손이 올라 왔다가 떨어졌다. "손은 어떠냐?"

"아프지는 않아요."

"윌 헨리." 그는 다정하게 꾸짖었다.

"가끔 욱신거리긴 해요."

"가슴보다 높이 들고 있어라."

나는 시키는 대로 했다. "네, 박사님. 좀 나은 것 같네요. 고맙습니다."

"아직도 느껴지니? 아직도 손가락이 그대로 있는 것 같으냐?"

"가끔은요."

"어쩔 수 없었다."

"알아요."

"위험할 확률이…… 너무 높았어."

그가 침대에 걸터앉았다. 그의 얼굴 위로 약간의 빛이 더 드리워졌지만, 그게 다였다. 그는 왜 어둠 속에서 나를 보고 있었던 걸까.

"너는 모르겠지만, 나중에 밧줄을 가져왔었지. 너를 동여매려고 말이다. 예방 차원에서였지만……."

저도 알아요. 봤거든요. 나는 이렇게 말하려고 입을 뻐끔거렸지만 그가 손가락을 들어 올리며 내 말을 가로막았다.

"차마 그렇게 할 수가 없었다. 어느 모로 보나 그게 현명한데도 그럴 수가 없었어."

그가 시선을 피했다. 그는 나를 쳐다보지 않았다.

"하지만 너무 피곤했다. 얼마나 오랫동안 잠을 못 잤는지…… 기억도 나지 않았지. 그렇지만 깜박 졸았다가 그사이에 네가…… 돌이킬 수 없게 될까 봐 두려웠다. 그래서 밧줄 반대쪽을 내 팔에 감았지. 너를 나에게 묶었다, 윌 헨리. 예방 차원에서 말이다. 그렇게 하는 게 신중한 것 같았다."

그는 기다란 손가락을 구부리며 주먹을 쥐었다 폈다 하고 있었다. 주먹. 손바닥. 주먹. 손바닥.

"하지만 아니었어. 실은 최악의 대응이었지. 어쩌면 지금껏 내가 한 중에서 가장 멍청한 짓이었는지도 몰라. 만일 네가 돌이킬 수 없게 된다면, 나를 나락으로 함께 끌고 갈 테니까."

주먹. 손바닥. 주먹.

"나는 시인의 언어적 재능은 갖추지 못했을지 몰라도, 윌 헨리, 아이러니에 대한 애정은 그들에게 뒤지지 않지. 그날 밤에 우리의 역할은 바뀌어 있었다. 그날 밤에 묶여 있던 것은 나였고, 그 줄에 연결되어 나락으로 끌려갈 뻔한 것도 나였지."

그는 손을 내밀어 천천히 내 손에 감긴 붕대를 풀기 시작했다. 피부가 따끔거렸다. 피부에 닿는 공기가 차갑게 느껴졌다.

"주먹을 쥐어 봐라." 그가 말했다.

나는 말없이 복종했다. 손가락은 뻣뻣했다. 손등의 근육이 소리를 지르며 저항했다.

"받아라." 그는 침대 옆 탁자에서 찻잔을 집어 들었다. "컵을 잡고 마셔라."

손이 떨렸다. 찻잔을 들어 올려 입술로 가져가는 사이 침대보 위로 차 한 방울이 툭 하고 떨어졌다.

"잘 했다."

그는 오른손으로 잔을 받아 들고 왼손을 내밀었다.

"내 손을 잡아라."

나는 그의 손 위로 손바닥을 꾹 눌렀다. 이제는 몸 전체가 부들부들 떨리고 있었다. 예전에는 아무리 미묘한 신호라도 본능적으로 읽을 수 있었건만 이제는 도무지 그를 해독할 수가 없었다.

박사가 네가 이걸 보고 싶어 한다고 했다.

"꽉 쥐어라. 더 꽉! 윌 헨리, 더 세게. 네가 할 수 있는 데까지 최대한 힘을 줘 봐."

그의 얼굴에 미소가 피어올랐다. 흡족한 미소였다.

"잘 했다. 봤지?" 내 손을 굳게 쥔 채 그가 말했다. "일부가 사라지긴 했지만 그래도 아직 네 손이다."

괴물학자는 내 손을 놓고 일어났다. 그가 하도 세게 쥔 탓에 내 손가락이 아팠다.

"이제 그만 자려무나, 윌 헨리. 넌 쉬어야 한다."

"박사님도요."

"나를 걱정하는 건 네가 할 일이 아니다."

그는 문을 향해, 빛의 막대기 속으로 걸어갔다. 그의 그림자가 바닥 위로 길게 몸을 늘이더니 벽을 타고 올랐다. 나는 침대에 누워 눈을 감았다. 숨을 쉬고, 두 번, 세 번, 네 번, 그러곤 살그머니 눈을 떴다. 완전히 뜬 게 아니라 방 안을 엿볼 수만 있을 정도로 아주 살짝.

그가 아직도 문 앞에 서 있었다. 그는 나를 떠나지 않았다. 아직은.

손이 욱신거렸다. 그는 힘이 셌다. 집게손가락이 있어야 할 자리가 미칠 듯이 간지러웠다. 나는 엄지손가락을 구부려 긁으려 했지만, 그 자리에는 아무것도 없었다.

M

8권

유배

이별은 우리가 천국에 대해 아는 모든 것,
그리고 지옥이 필요로 하는 모든 것.

— 에밀리 디킨슨

13장

“우리와의 거리.”

워스롭은 다음 날 아침 인맨 라인 여객선사에서 가장 빠른 여객선인 SS 시티 오브 뉴욕을 예약해 두었다. 우리는 선박 생활의 가장 고된 부분을 일등실 승객으로서 보낼 예정이었다. 침실과 응접실로 구성된 객실, 애써 빅토리아풍으로 번지르르하게 꾸민 과도한 실내 장식, 온수와 냉수가 나오는 세면대와 전깃불. 저녁식사는 무조건 일등실 전용 식당의 커다란 유리 돔 천장 아래서 하얗고 갓 세탁한 린넨 천과 날마다 싱싱한 꽃이 담긴 크리스털 꽃병으로 장식된 식탁에서 먹어야 하고, 호두나무 패널이 덧대진 도서관에서 몇 시간이고 800권의 책에 파묻혀 있거나 그게 아니면 거의 강박적일 정도로 쉴 새 없이 우리를 괴롭히는 흰색 제복 차림의 승무원이나 직원들로부터 — 박사의 말을 빌리자면 어디서나 경험할 수 있는 평범한 서비스를 제공하기 위해 안달이 나서 늘 우리 팔꿈치 옆에 붙어 있는—시달림을 당해야 할 터였다.

“생각해 보렴, 윌 헨리.” 플라자 호텔에 묵고 있을 때 그는 이렇게 말했다. 생전 처음으로 나한테 잘 자라는 인사를 하기 전에, 내가 잠긴 방과 상자에 관한 꿈을 꾸기 전에, 그의 그림자가 벽에 걸리기 전의 일이었다.

“우리 선조들은 대서양을 건너는 데 두 달이나 걸렸다. 그리고 그 두 달 동안 굶주림과 질병, 괴혈병과 이질, 탈수증에 시달려야 했지. 그런데 이젠 일주일도 걸리지 않아. 그동안에도 왕처럼 호화로운 생활을 할 수 있고 말이다. 세상은 점점 작아지고 있다, 윌 헨리. 기적이 일어나지도 않았는데 말이다. 우리가 기적이라는 단어의 의미를 수정하지 않는다면 또 모르겠지만.”

아련한 눈빛, 왠지 모르게 서글픈 목소리. “세상은 점차 작아지고, 인류의 등불은 조금씩 그림자를 몰아내겠지. 그리하여 마침내 온 세상에 밝은 빛이 미치게 되면 우리는 또다시 새로운 질문을 던져야 할 거다. ‘그래, 드디어 여기까지 왔어. 그렇지만 이제부턴…… 어떻게 해야 하지?’” 그는 나지막이 웃었다. “어쩌면 그냥 집으로 돌아가는 게 나을지도 모르겠다.”

“네?”

“마그니피쿰의 발견은 과학사에 길이 남는 것은 물론, 나 개인에게도 부수적인 이득을 안겨 줄 거다. 만일 내가 그것을 정말로 찾아낸다면 나는 불멸의 명성을 얻게 되겠지. 인간이 불멸을 얻을 수 있는 유일한 방법 말이다. 하지만 내가 정말로 성공한다면 우리와 뭐라 형용할 수 없는 것들 사이의 거리가 조금 더 줄겠지. 그것은 우리가 과학자로서는 갈구하되, 인간으로서는 두려워하는 것이다. 우리 안에는 늘 형언할 수 없는 것, 손에 넣을 수 없는 것, 보이지 않는 것에 대한 갈망이 존재하지."

그러더니 그는 갑자기 조용해졌다.

다음 날 아침, 그가 사라졌다.

뭔가가 잘못되었다. 나는 아침에 눈을 뜨자마자 알아차렸다. 즉시 이해했다. 머리로 깨달은 것도 아니고 본능으로, 마음으로 알았다. 변한 것은 없었다. 내가 누운 침대와 그가 앉아서 나를 지켜보던 의자, 커다란 화장대와 옷장, 탁자 위에 놓인 그의 찻잔마저 모든 게 그대로였다. 아무것도 변하지 않았다. 하지만 모든 것이 변했다. 나는 침대에서 뛰어내려 복도를 내달려 텅 빈 응접실에 도착했다. 아무것도 변하지 않았다. 모든 것이 변했다. 나는 창가로 다가가 커튼을 열어젖혔다. 여덟 층 아래에서 센트럴 파크가 반짝이고, 청명한 하늘 아래 웅장한 풍경이 하얗게 작렬했다.

그의 트렁크. 그의 가방. 그의 도구 주머니. 나는 옷장으로 달려가 왈칵 문을 열었다. 텅 비어 있었다.

모든 것이 변했다.

옷을 입는데 문 두드리는 소리가 났다. 몸에 옷을 꿰기 시작한 지는 한참이 지났지만 바지 단추를 채우는 데 애를 먹고 있던 참이었다. 예전에는 옷을 입는 데 손가락이 이토록 중요한 역할을 하는지 몰랐다. 이성적인 판단 능력을 잃은 탓에, 나는 순간적으로 워스롭 박사가 나를 데리러 다시 돌아온 줄만 알았다.

아, 일어났구나. 잘 됐다. 길을 떠나기 전에 아침식사를 하러 내려갔었다. 왜 그러느냐, 윌 헨리? 내가 정말로 너를 놔두고 혼자 갈 줄 알았니?

아니면 이런 식이겠지.

냉큼 서둘러라, 윌 헨리! 지금 뭘 하고 있는 거냐? 왜 그렇게 바지 앞섶을 열어 놓고 있는 거지? 혼자서 옷도 못 입는 열세 살짜리 사내애 때문에 내 생애에서 가장 중요한 순간을 망칠 순 없어! 냉큼 서둘러라, 윌 헨리. 냉큼!

하지만 문을 두드린 건 박사가 아니었다. 독자 여러분은 이미 짐작했을 것이다.

"구텐 모르텐, 윌! 늦어서 미안하구나. 오는 길에 마차 차축이 떨어져 버렸지 뭐냐. 그런데 우리 마부는 둠코프*거든. 바보같이 실실거리는 얼굴하고는. 해고를 하고 싶어도 먹여 살려야 할 딸린 식구가 있는 사람이라, 그것도 하필 그 식구가 내 친척이지 뭐냐. 육촌인지 팔촌인지도 모르겠구먼……."

"워스롭 박사님은 어디 있어요?" 나는 다짜고짜 물었다.

"워스롭은 어디 있냐고? 너한테 말해 주지 않았어? 말하지 않았을 리가 있나."

나는 벽에 걸려 있던 목도리와 코트, 모자를 황급히 움켜쥐었다. 그가 선물한 모자였다. 그가 내게 준 유일한 물건이었다.

"박사님한테 데려다주세요."

"그럴 수는 없다, 윌."

---

* 독일어로 '멍텅구리'라는 뜻.

"전 박사님이랑 같이 갈 거예요."

"워스롭은 여기 없다……."

"여기 안 계신 건 저도 알아요! 그러니까 박사님 계신 곳에 데려다 달라고요!"

"아니, 여기 없다는 말이 아니다, 윌. 벌써 한 시간 전에 배가 떠났단다."

나는 폰 헬룽의 다정한 얼굴을 오도카니 올려다보았다. 그리고 있는 힘을 다해 그의 둥그스름한 배에 주먹을 날렸다. 그가 작게 끙 하고 신음했다.

"난 너한테 말을 한 줄 알았지." 그가 숨 막힌 소리로 말했다.

"데려다주세요."

"어디로?"

"항구로요. 전 박사님한테 가야 해요."

그는 두껍고 통통한 손을 내 어깨에 올리고 나와 눈을 맞췄다.

"그는 영국으로 떠났다. 윌, 배가 벌써 떠났어."

"그럼 다음 배를 타면 되죠!" 나는 소리를 빽 질렀다. 그의 손을 뿌리치고 빠른 걸음으로 옆을 지나쳐 복도를 걸으며 목도리를 두르고 모자를 눌러쓰고 손가락으로 코트 단추를 더듬어 채웠다. 쿵쿵거리며 바닥을 울리는 폰 헬룽의 발소리가 나를 엘리베이터 앞까지 뒤쫓아 왔다.

"그만 가자꾸나, 클라이너, 아이야, 집에 데려다주마."

"전 집에 가고 싶지 않아요. 제가 있을 곳은 박사님 옆이라고요."

"그는 네 안전을 생각해서……."

"전 안전하고 싶지 않아요!"

"자신이 돌아올 때까지 널 안전하게 보살펴 달라고 나한테 맡기고 갔단다, 윌. 펠리노어는 떠났어. 네가 따라갈 수 없는 곳으로 갔단다."

나는 거세게 도리질했다. 나라는 존재의 의미 자체가 뿌리째 흔들리는 것처럼 혼란스러웠다. 눈 깜박할 사이에 태양이 사라지고 우주가 붕괴했다. 세상의 중심이 무너져 내렸다. 나는 해답을 찾아 폰 헬룽의 상냥한 눈동자를 마주 보았다.

"절 두고 간 거예요?" 나는 작게 속삭였다.

"걱정 마라, 윌. 그는 곧 돌아올 거야. 펠리노어한테는 너밖에 없잖니."

"그럼 왜 저를 데리고 가지 않은 거죠? 이제 박사님한텐 정말 아무도 없는 거잖아요."

"오, 아니야, 그렇지 않단다. 마이스터 아브람이 설마 그렇게 내버려 뒀겠니? 나인! 토마스가 그와 같이 갔단다."

말문이 턱 막혔다. 토머스 아크라이트라고? 이건 정말 너무하잖아. 어젯밤에 박사가 마차에서 한 말이 기억났다. 대단한 젊은이야. 언젠가는 굉장히 뛰어난 괴물학자가 될 수 있을 거다. 마침내 그날이 온 모양이었다. 나를 제물 삼아 말이다. 나는 버림받았다. 왜? 내가 무슨 짓을 했다고?

폰 헬룽이 자기 품에 내 얼굴을 꾹 눌렀다. 조끼에서 시가 연기 냄새가 났다.

"미안하다, 윌." 그가 중얼거렸다. "적어도 너한테는 인사를 하고 갔어야 했는데 말이다."

나를 걱정하는 건 네가 할 일이 아니다.

"하셨어요." 내가 대답했다. "그렇지만 제가 못 들었죠."

그렇게 나는 추방되었다.

"자, 여기가 네 방이다. 침대가 아주 편안할 거야. 네가 평소 쓰던 것보다 크기도 훨씬 크고. 그리고 여길 보렴. 난롯가에서 이 의자에 앉아 있으면 정말 좋겠지? 굉장히 아늑하단다. 책을 읽을 때에는 이 등을 사용하면 돼. 여긴 네 옷을 정리할 옷장이란다. 월, 저길 좀 봐라! 저 아래가 5번로야. 항상 사람들이 북적거리고 온갖 재미난 사건들이 벌어지지. 저 자전거 탄 남자가 보이니? 저러다간 손수레에 부딪치겠구나! 그러고 보니 배가 고프겠구나. 뭐가 먹고 싶니? 가방은 여기 침대 위에 놔두자꾸나. 침대에 앉겠니? 깃털 베개와 깃털 매트리스란다. 그래서 아주 푹신하지. 배 많이 고프지? 응? 우리 집 요리사 솜씨가 아주 기가 막혀. 프랑스인인데 영어는 한마디도 못 하지. 독일어도 모르고. 그렇지만 요리에 관해서만큼은 진짜 전문가란다!"

"배 안 고파요."

"그럴 리가 있나! 가방은 내려놓지 그러니? 곧 요깃거리를 올려 보내마. 방에서 먹어도 돼. 여기 불 옆에서 먹으면 아주 좋을 거다. 나중에 서고도 보여 주마."

"아무것도 읽고 싶지 않아요."

"그래, 네 말이 맞다. 집 안에 앉아 있기엔 날이 너무 좋지. 그럼 공원에 나가 볼까? 아니면…….”

“박사님은 왜 아크라이트를 데리고 가신 거죠?”

“왜냐고? 글쎄다, 당연하지 않니? 아크라이트는 젊고 건강하고 꽤 총명하거든.” 그는 화제를 바꿨다. “자자, 넌 뭘 좀 먹어야 해. 그러다 몸이 반쪽이 되겠다, 윌.”

“전 배고프지 않아요.” 나는 재차 말했다. “배도 안 고프고, 책도 읽고 싶지 않고, 공원에 산책도 가고 싶지 않아요. 아무것도 하고 싶지 않아요. 왜 박사님이 저를 두고 가게 내버려 두신 거예요?”

“펠리노어 워스롭이 뭔가를 하게 ‘할’ 수 있는 사람은 없다, 윌. 보통 다른 사람에게 뭘 하게 ‘만드는’ 사람은 네 스승님 쪽이지.”

“아크라이트 씨가 따라가지 못하게 막을 수도 있었잖아요.”

“하지만 그건 나도 바라는 바였단다. 펠리노어를 혼자 보낼 수는 없었거든.”

그것은 폰 헬룽이 저지른 최악의 말실수였고, 그도 그 사실을 잘 알고 있었다.

“난 그만 나가 보마.” 그는 쭈뼛거리며 말했다. “그렇지만 식당에 내려와서 점심을 먹도록 해라. 프랑수아에게 널 위해 특별한 디저트를 만들어 놓으라고 하마. 트레 마그니피크!*”

폰 헬룽은 서둘러 방을 나갔다. 나는 여행용 가방을 바닥에 떨어뜨리고, 침대에 엎드려 얼굴을 이불에 파묻었다. 그러곤 지금 당장 죽었으면 좋겠다고 기도했다.

---

* 프랑스어로 “아주 근사한 걸로!”

박사가 나를 버리고 떠난 데 대한 충격이 수치심으로(아크라이트는 젊고 강하고 꽤 총명하거든.), 수치심이 혼란스러움으로(이 아이를 과소평가하지 마십시오, 폰 헬룽. 난 피에르 르브로크 열 명이 와도 윌리엄 제임스 헨리 한 명과 바꾸지 않을 겁니다.), 그리고 백열 같은 분노로 바뀌는 데에는 그리 오래 걸리지 않았다. 어떻게 단 한마디도 없이, 심지어 작별인사도 없이 몰래 떠날 수가 있지? 내가 아는 한 세상에서 제일 용감한 사람이 실은 형편없는 겁쟁이였다니! 우리가 그동안 얼마나 많은 일을 같이 겪었고, 또 내가 그의 목숨을 구한 적은 또 얼마나 많은가 말이다! 너는 나를 인간으로 지탱해 주는 유일한 존재다. 그래요, 저는 그런 존재였어요, 워스롭 박사님. 당신이 나를 대신할 사람을 찾기 전까지는요. 나는 망연자실했다. 그 생각은 내 실존의 의미를 바닥까지 뒤흔들었다. 그가 돌아올 것이라고 약속한 것 따위는 전혀 중요하지 않았다. 그가 나를 버렸다. 그것만이 중요했다.

너무 많은 시간이 지났다. 나는 그의 곁에 너무 오래 있었다. 지난 2년 동안 그는 나를 종속된 존재로, 목성의 거대한 중력에 잡힌 티끌 같은 존재로 만들었다. 나는 워스롭이라는 렌즈를 끼지 않고서는 세상이 어떤 모습인지 볼 수 없었다. 그리고 이제 그는 사라졌고, 나는 장님이 되었다.

"아크라이트가 얼마나 오래 버틸지 두고 보라지." 나는 신랄한 만족감을 느끼며 중얼거렸다. "'냉큼 서두르게, 아크라이트 군! 냉큼 서둘러!' 어디 한번 하는 일마다 비웃음을 사고, 꾸짖음을 듣고, 조롱받고, 막노동꾼처럼 부려져 보라지. 실컷 즐겨 보라고, 아크라이트 군!"

나는 식사를 거부했다. 잠도 자지 못했다. 어떻게든 나를 방 밖으로 꾀어내려는 폰 헬룽의 시도는 전부 실패했다. 나는 벽난로 옆 의자에 앉아 하루하루가 나 없이도 용맹하게 흘러가는 동안 천막에 틀어박힌 아킬레우스처럼 부루퉁해 있었다. 사흘째 되는 밤, 폰 헬룽이 핫초콜릿과 페이스트리, 체스 판이 담긴 쟁반을 들고 나를 찾아왔다.

"체스 한 판 어떠냐, 윌? 설마 펠리노어가 체스를 가르쳐 주지 않았다는 말은 하지 마라. 절대 그럴 사람이 아니니까."

사실이었다. 체스는 괴물학자가 무척 좋아하는 기분 전환 중 하나였다. 그리고 체스 실력이 좋은 수많은 사람들처럼 그 역시 상대방에게, 즉 나에게 굴욕을 안겨 주는 것에 결코 질리지 않는 것 같았다. 우리가 처음 같이 살게 된 1년 동안, 그는 내게 점점 더 복잡한 전략과 공격과 반격, 방어술을 가르치는 데 여러 시간을 투자했지만 나는 단 한 번도 그를 이기지 못했다. 가끔은 한두 번쯤 내가 이길 수 있게 너그러움을 베풀어 자신감을 키워 줄 수도 있었으련만, 박사는 강한 비위 외에 내게 다른 것을 키워 주는 데에는 전혀 관심이 없었다. 더구나 열한 살짜리 꼬마를 단 여섯 수만에 격퇴하는 것은—소년이 이제껏 한 번도 그보다 더 오래 해 본 적이 없는 게임에서—저녁식사에 곁들이는 맛 좋은 와인처럼 그의 기분을 고양시켰다.

"두고 싶지 않아요."

폰 헬룽은 벌써 체스 판을 준비하고 있었다. 녹색 비취로 조각된 말은 용의 형태를 띠고 있었다. 킹과 퀸은 왕관을 쓰고 있고 비숍은 커다란 발톱에 양치기를 쥐고 있었다.

"아니, 아니, 아니야. 우린 체스를 둘 거다. 펠리노어를 가르쳤을 때처럼 너도 가르쳐 주마. 그가 돌아오면 네가 펠리노어를 이길 수 있게 해 주지." 그는 흥겨운 듯 콧노래를 흥얼거렸다.

나는 손을 휘둘렀다. 체스 판이 벽으로 날아가 부딪쳤다. 폰 헬룽이 작게 비명을 질렀고, 바닥에서 킹을 주워 들며 맥 빠진 신음을 흘렸다. 머리에 씌워져 있던 왕관이 사라지고 없었다. 바닥에 부딪쳤을 때 깨진 모양이었다.

"폰 헬룽 박사님…… 죄송해요……."

"아니야, 아니다. 신경 쓰지 마라. 옛날에 내 아내가 선물해 준 것일 뿐이야. 부디 그녀가 평화로운 안식을 취하고 있기를."

폰 헬룽은 훌쩍거렸다. 어떻게 위로해야 할지도 모르겠고 방금 저지른 유치한 행동이 너무 부끄러워서 나는 어색하게 그의 어깨에 손을 얹었다.

"나도 걱정이 많이 된단다, 윌. 그가 향하고 있는 길은 무척 어둡고 위험하단다. 아쉽게 느껴질 때면 그 점을 기억하렴."

"그건 저도 알아요. 그래서 제가 같이 갔어야 한다는 거예요. 그분한테 전 요리나 청소를 하거나 편지를 대필하거나 말을 돌봐 주기 위해 필요한 게 아니에요. 그런 건 아무나 할 수 있는걸요. 제가 정말로 필요한 때는 그런 어두운 곳에 갈 때예요."

이레째 되는 날 아침, 런던에서 전보가 도착했다.

무사히 도착. 계속 연락하겠음. PXW.

"네 단어? 이게 다야?" 폰 헬룽이 탄식했다.

"대륙 간 전보문은 단어당 1달러예요. 박사님은 구두쇠거든요."

내 스승만큼 부자는 아니지만 덜 인색한 폰 헬룽은 이런 답신을 보냈다.

뭐든 알게 되면 즉시 연락할 것. 워커는 만났나? 회신을 간절히 기다림.

그에 대한 답신이 돌아오는 데에는 아주 오랜—매우 오랜—시간이 걸렸다.

2주일이 지나도 내 상태가 나아지지 않자 폰 헬룽은 결국 그의 주치의인 존 시워드 박사를 호출해 나를 진찰해 달라고 부탁했다. 나는 한 시간에 걸쳐 이곳저곳을 찔리고 눌리고 꼬집힘을 당했다. 심장과 폐의 소리는 좋았다. 눈동자도 맑았다.

"흠, 체중이 좀 미달이긴 하지만 원체 나이에 비해 작은 편이라서요." 시워드가 폰 헬룽에게 말했다. "그리고 치과 진찰을 받는 게 좋겠군요. 난 이 아이보다 더 깨끗한 치아를 가진 염소를 본 적도 있습니다."

"난 심각하게 걱정이 된다네, 존. 우리 집에 온 뒤로는 거의 먹지도 자지도 않았거든."

"잠을 못 잔다고요? 흠, 도움이 될 만한 걸 조제해 보지요." 그는 내 왼손을 응시했다.

“네 손가락은 어쩌다 그렇게 된 거니?”

“펠리노어 워스롭 박사님이 고기 써는 칼로 잘라 버렸어요.” 내가 대답했다.

“정말이냐? 왜 그런 짓을 한 거지?”

“위험을 감수할 수가 없어서요.”

“상처에 괴저가 생길 위험 말이냐?”

“푸드레 세르요.”

시워드가 당혹스러운 표정으로 폰 헬룽을 쳐다보자, 폰 헬룽은 어색한 웃음을 띠면서 손으로 머리에 동그라미를 그리며 상황을 무마하려 들었다.

“애들이란, 야, 그래, 상상력이 참 풍부하지!”

“제 손가락을 잘라서 유리병에 보관했어요.” 시워드의 뒤에서 폰 헬룽이 고개를 마구 저었다.

“그랬어? 그건 또 왜 그런 거지?” 시워드가 물었다.

“검사를 하려고요.”

“네 손에 붙어 있을 때 하면 안 됐던 거냐?”

“내 부친은 농사를 지었지.” 갑자기 폰 헬룽이 큰 소리로 내 말을 잘랐다. “그런데 어느 날 병에 걸린 암소 한 마리가 바닥에 드러누워 버렸다네. 아무리 어르고 달래도 꼼짝도 안 하는 게야. 그러자 부친이 말씀하셨네. ‘방법이 없겠구나, 아브람. 동물이 저렇게 체념했다는 건 더 이상 살 의욕이 없다는 뜻이란다.’”

“그래서?” 시워드가 내게 물었다. “너도 더 이상 살 의욕이 없는 거냐?"

"전 지금 여기 살아요. 그렇지만 여기 있고 싶지 않아요. 그럼 그거랑 같은 뜻인 걸까요?"

"우울증일지도 모르겠군요." 젊은 의사가 결론지었다. "우울감이 있고, 식욕도 없고 불면증도 있고." 그가 다시 내게 물었다. "자살을 생각해 본 적은 있니?"

"아뇨. 하지만 가끔 다른 사람을 죽이고 싶다는 생각은 들어요."

"흠, 정말이냐?"

"아니, 거짓말일세!" 폰 헬룽이 끼어들었다. "나인!"

"그리고 또……."

"그리고 또?"

"진짜 사람을 죽인 적도 있어요. 존 챈러라는 사람요. 박사님의 가장 절친한 벗이었죠."

"설마!"

"이 애가 그런 게 아니야!" 폰 헬룽이 거의 비명에 가까운 소리를 내질렀다. "나쁜 꿈을 꾼 거야. 아주 나쁜 꿈이지. 끔찍한 악몽이었어. 아악! 이 애는 꿈 이야기를 하는 걸세. 그렇지, 윌?"

나는 시선을 내리깐 채 아무 말도 하지 않았다.

"흠, 어쨌든 신체적인 이상은 찾을 수가 없습니다, 아브람. 정신과 의사를 부르는 게 나을 것 같은데요."

"사실을 말하자면, 그 분야 최고의 전문가를 부를까 고려 중이네."

이튿날 오후, 폰 헬룽이 말한 "전문가"가 5번로 저택을 찾아왔다.

현관문을 가볍게 두드리는 소리가 나고, 폰 헬룽이 풍성한 백발을 방으로 들이밀더니 고개를 돌려 복도에 있는 누군가에게 말했다. "구트, 좋아, 만날 수 있을 것 같구나."

그 말에 대꾸한 것은 여성의 목소리였다. "그래야 할 거예요! 제가 온다는 얘기는 하셨겠죠?"

폰 헬룽이 문 옆으로 비켜서자 온몸을 라벤더 색으로 두르고 최신 유행 보닛과 거기에 어울리는 우산을 든 누군가가 거침없이 방 안으로 들어왔다.

"네가 윌리엄 제임스 헨리구나." 그녀는 우아한 동부 억양으로 말했다. "안녕? 만나서 반갑다."

"윌, 내 조카딸 내서니엘 베이츠 부인을 소개하마." 폰 헬룽이 말했다.

"베이츠요?" 내가 놀라 물었다. 그것은 내가 아는 이름이었다.

"베이츠 부인이라고 부르렴." 그녀가 말했다. "네 이야기를 워낙 많이 들었더니 옛날부터 알고 지낸 사이처럼 느껴지는구나. 하지만 우선, 내가 좀 볼 수 있게 일어서 주겠니?"

그녀는 장갑을 낀 손으로 내 양쪽 손목을 붙들고 양옆으로 팔을 활짝 펼쳤다. 그러곤 못마땅하다는 듯 입술을 삐죽거렸다.

"너무 말랐구나. 이 아이가 몇 살이죠, 삼촌? 열두 살인가요?"

"열세 살이란다."

"흠……. 그리고 나이에 비해 키도 작네. 영양결핍 때문이려나." 그녀는 고개를 쳐든 채 시선을 내려 내 얼굴을 뚫어져라 쳐다보았다. 그녀는 삼촌과 마찬가지로 맑고 밝은 푸른 눈을 갖고 있었고, 그것은 폰 헬룽의 눈과 마찬가지로 감정이 풍부하고 통찰력이 넘치며, 다소 수심에 잠긴 듯한 상냥함으로 빛나고 있었다.

"신사분에 대해 나쁜 말을 하고 싶진 않지만." 그녀가 입을 열었다. "펠리노어 워스롭 박사의 양육 능력에는 좋은 점수를 줄 수가 없군요. 삼촌, 이 애가 목욕을 한 지는 얼마나 됐죠?"

"나도 모른다. 윌, 목욕한 지 얼마나 됐니?"

"모르겠는데요." 내가 대답했다.

"그거 보렴. 이게 바로 문제란다, 윌리엄. 언제 목욕을 했는지 기억을 못 한다면 그게 바로 목욕을 할 때가 됐다는 뜻이지. 네 의견은 어떠니?"

"전 목욕하고 싶지 않아요."

"그건 네가 바라는 것이지 의견이 아니야. 네 짐은 어디 있니? 아브람 삼촌, 아이의 짐은 어디 있지요?"

"저, 왜 그러시는 건데요?" 나는 폰 헬룽에게 간청하듯이 물었다.

"에밀리가 아주 너그럽게도 너를 며칠간 자기 집에 초대했단다, 윌."

"하지만…… 하지만 전 저분 집에 가고 싶지 않아요. 여기서 박사님이랑 같이 있고 싶어요."

"그런데 여기서는 별로 잘 지내는 것 같지가 않구나, 그렇지?"

에밀리 베이츠가 말했다.

"앞으로는 밥도 잘 먹을게요. 진짜로요. 적어도 노력한다고 약속할게요. 그리고 시워드 박사님이 제가 잠을 잘 자게 약도 주셨는걸요. 네? 제발요."

"윌리엄. 아브람 숙부님은 굉장히 많은 능력을 지닌 분이시지. 그중에는 매우 훌륭한 것도 있고, 또 내가 생각조차 하고 싶지 않은 것들도 있지. 하지만 아이를 키우는 일에 관해서 이분은 완전히 문외한이셔."

"하지만 전 그게 익숙한걸요." 나는 고집했다. "그리고 저는 정말 신경 쓰지 않으셔도 돼요. 그럴 필요가 없으니까요. 박사님이 금방 돌아오실 테고 그러면……."

"그래, 그가 돌아오면 널 돌려보낼 거야. 무탈하게, 그리고 청결한 상태로 말이지. 어서 따라오너라, 윌리엄. 짐도 다 챙겨 오고. 별로 많진 않은 것 같지만 그 문제도 곧 해결할 수 있을 거야. 나는 아래층에서 기다리마. 여긴 정말 덥구나. 넌 안 그러니?"

"내가 데려다주마."

폰 헬룽은 어떻게든 나와 함께 있는 것을 피하고 싶은 것 같았다.

"아니, 전 괜찮아요. 안녕히 계세요, 아브람 삼촌." 베이츠 부인이 그의 두 볼에 입을 맞추고는 덧붙였다. "옳은 일을 하신 거예요."

"제발 그랬으면 좋겠구나." 그가 중얼거렸다.

그러곤 우리 둘만 남겨졌다.

"어떻게 된 건지 설명해 주마……." 그는 입을 열었지만 이내 어깨를 으쓱했다. "저 애 말이 맞아. 난 애들에 대해선 아무것도 모른다."

"전 안 가요."

"너와…… 같은 상황에는 여성의 손길이 필요하단다, 윌. 넌 너무 오랫동안 그런 보살핌을 받지 못했어."

"그건 제 탓이 아니에요."

폰 헬룽의 눈에 불길이 일었다. 처음으로 그의 인내심이 바닥났다. "그게 누구 탓이라느니 잘못이라느니 하는 게 아니야. 나는 대책을 말하는 거다. 그래, 난 펠리노어에게 그가 없는 동안 너를 보살펴 주겠다고 약속했다. 하지만 내게도 이 이상은 소홀히 할 수 없는 다른 책무가 있어!" 그가 가슴을 불쑥 내밀었다. "나는 괴물과학연구발전협회의 회장이지, 애 보는 보모가 아니야!"

그는 신랄한 말에 상처를 입은 내 표정을 보고는 금세 마음이 누그러졌다. 폰 헬룽이 손바닥으로 내 어깨를 감싸며 말했다.

"뉴욕에서 뭐라도 소식이 오면 즉시 네게 알려 주마. 전갈을 듣자마자 너한테 연락할 테니 걱정 말렴."

"전 가고 싶지 않아요. 전 박사님 옆에 있고 싶어요. 박사님 조카딸 가족들이랑 같이 사는 건 싫어요. 그리고…… 목욕도 하고 싶지 않아요."

폰 헬룽이 빙긋 웃었다. "너도 저 애를 좋아하게 될 거다. 에밀리는 아주 당찬 아이거든. 네가 아는 누구처럼 말이다."

14장

“보이지 않는 것.”

그리하여 열세 살이 되는 해 겨울, 나는 내서니엘 베이츠 가족과 함께 맨해튼 어퍼웨스트 사이드에 위치한, 허드슨 강이 내려다보이는 3층짜리 주택에서 살게 되었다. 내서니엘 베이츠는 “금융권”에서 일했다. 한 집에 살면서도 나는 그에 대해서는 아는 것이 별로 없다. 그는 과묵한 사내로 파이프 담배를 태웠고, 늘 넥타이를 매고 있었으며, 모자를 쓰지 않고서는 결코 외출하지 않았고, 신발은 항상 눈이 부실 정도로 반짝거렸으며 머리카락 한 올 흐트러짐 없이 단정했다. 그리고 늘 겨드랑이에 신문을 끼고 있었다. 막상 신문을 읽는 것을 본 적은 한 번도 없었지만 말이다. 내가 아는 한, 그는 주로 못마땅한 듯한 흠 소리와 얼굴 표정(가령 뭔가가 마음에 안 들 때면 코안경 너머로 쏘아보며 오른쪽 눈썹을 치켜 올린다든지), 그리고 때때로 무서울 정도로 무표정한 얼굴—함부로 웃었다가는 큰일이 날 것 같은—로 던지는 재기 넘치는 발언으로 의사소통을 했다.

베이츠 내외에게는 딸과 아들이 있었는데, 아들은 아홉 살 난 레지널드로 가족들은 대개 레지라고 불렀다. 레지는 나이에 비해 작은 몸집에 혀짤배기소리를 냈는데, 현관에 들어선 나를 보고는 신이 나서 정신을 못 차리는 것 같았다. 아마 나는 이 집에서 꽤 유명한 모양이었다.

"형아가 윌 헨리구나!" 레지가 말했다. "괴물 사냥꾼!"

"아니야." 나는 사실대로 설명했다. "하지만 괴물 사냥꾼을 위해 일해."

"펠리노어 워스롭! 세계에서 제일 유명한 괴물 사냥꾼!"

이번에는 그의 말이 옳다고 말해 주었다. 레지는 실눈을 뜨고 두꺼운 안경알 너머로 나를 빤히 응시했다. 내가 반향하는 위대한 분의 휘황찬란한 명성의 영향으로 그의 얼굴이 발갛게 달아올랐다.

"손은 어쩌다 그렇게 됐어? 괴물이 물어뜯은 거야?"

"그렇게 말할 수도 있겠다."

"그렇지만 죽였지? 그치? 머리를 잘라 버렸지?"

"그것도 비슷해. 워스롭 박사님이 머리를 쏴 버렸거든."

순간 레지가 너무 흥분한 나머지 정신을 잃고 까무러칠지도 모른다는 생각이 들었다.

"나도 괴물 사냥꾼이 되고 싶어. 나 가르쳐 줄 수 있어, 윌?"

"그건 안 될 것 같아."

레지는 그의 어머니가 등을 돌릴 때까지 기다렸다가, 내 정강이를 있는 힘껏 걷어찼다.

* * *

딸 쪽은 이미 구면인 사이였다.

"어머, 왔구나! 어머니 말씀이 옳았네. 손가락 하나가 없잖아."

릴리언 베이츠가 말했다. 나는 방금 목욕을 마친 까닭에—몇 주일 만의 목욕이었다.—온몸은 녹진녹진하고 두피는 양잿물 때문에 쓰라렸다. 내가 입은 로브는 릴리 부친의 것이었는데 너무 커서 온몸이 묻힐 정도였고, 머리는 어지럽고 졸려서 혼미했다. 릴리는 그 사이에 키가 더 크고 늘씬해졌고 외모에 자신감을 느끼고 있는 것 같았다. 헤어진 지 겨우 몇 달밖에 안 됐는데도, 소녀들은 소년보다 훨씬 빨리 성숙한다. 나는 그녀가 화장을 하고 있다는 것을 깨달았다.

"손가락은 어쩌다 그렇게 된 거야?" 그녀가 물었다.

"장미를 가지치기하다가." 내가 대답했다.

"창피해서 거짓말을 하는 거야, 아니면 웃기려고 그런 거야?"

"둘 다 아니야. 사실을 말하는 게 너무 힘들어서 거짓말을 하는 거야."

"어머니가 그러는데 너희 박사님이 널 버리고 갔다며?"

"다시 돌아오실 거야."

릴리가 콧잔등을 찡그렸다. "언제?"

"내가 바라는 만큼 금방은 아냐."

"어머니는 네가 아주 오랫동안 우리 집에 있을지도 모른다던데."

"그럴 순 없어."

"우리 어머니가 그런다면 그러는 게 좋을걸. 어머닌 원하는 게 있으면 뭐든 귀신 같이 얻어 내거든." 릴리는 그 사실이 그리 마음에 들지 않는 것 같았다. "내가 보기에 넌 우리 어머니의 새로운 연구 과제야. 어머니는 늘 뭔가를 하고 계시거든. 사회운동도 몸소 실천해야 한다고 믿는 분이고. 여성참정권 운동도 하셔. 그거 알았니?"

"난 그게 뭔지도 몰라."

릴리가 까르르 웃음을 터뜨렸다. 은쟁반 위에 구슬이 굴러가는 듯한 맑고 청량한 웃음소리였다.

"하긴 넌 별로 똑똑한 편은 아니었지."

"그리고 넌 별로 착한 편이 아니고."

"너희 워스롭 박사님이 어디 갔는지는 말 안 해 주시더라."

"너희 어머니도 모르시거든."

"너는 알고?"

"알아도 말 안 해 줄 거야."

"내가 키스해 줘도?"

"특히 나한테 키스하면."

"흠, 어쨌든 너한테 키스할 생각은 없어."

"그리고 난 너한테 알려 줄 생각 없어."

"그러니까 넌 알고 있는 거구나!" 릴리가 의기양양한 웃음을 띠며 말했다. "거짓말쟁이." 그러곤 어쨌거나 내게 키스했다.

"정말이지 아쉬워, 윌리엄 제임스 헨리. 넌 너무 어리고 소심하고 조그맣거든. 그것만 아니면 너도 꽤 괜찮을 텐데."

릴리가 옳았다. 나는 그녀 모친인 에밀리의 다음번 과제였다. 괴물 사냥 이야기를 들려 달라며 시끄럽게 졸라 대다가 밤이 되면 속이 부글거리는 이상한 체질을 지닌 레지와 한 방에서 길고 괴로운 밤을 보낸 후, 베이츠 부인은 나를 꽁꽁 싸매 이발소로 데려갔다. 그런 다음에는 옷가게에 들렀고, 그다음에는 신발가게에, 그리고 마지막으로는 그녀가 다니는 교회 목사에게 데려갔는데 — 그녀는 꼼꼼하고 치밀한 만큼이나 단호했다. — 그는 내게 한 시간이 넘게 질문 세례를 퍼부었다. 그동안 베이츠 부인은 신도석에 앉아 눈을 감고 기도를 드리고 있었는데 아마 내 불쌍한 영혼을 구원해 주십사 빌고 있었을 것이다. 나는 친절하게 말을 거는 목사에게 부모님이 돌아가신 후에는 교회에 간 적이 없다고 털어놓았다.

"너를 데리고 있는 사람…… 직업이 뭐라고 했지? '이상생물학 박사?' 여하튼 그분은 그리 독실한 신자는 아닌 모양이구나."

"이상생물학을 하는 사람들은 대부분 그럴걸요."

나는 그가 나를 버리고 가기 전에 한 말을 기억하고 있었다.

우리 안에는 늘 형언할 수 없는 것, 손에 넣을 수 없는 것, 보이지 않는 것에 대한 갈망이 존재하지.

"그래, 그 사람들이 하는 일을 생각해 보면 그럴 것 같구나."

나는 반박하지 않았다. 할 말이 없었기 때문이다. 그때 내 눈앞에, 머릿속에 떠오른 것은 해부대 옆에 놓여 있는 텅 빈 양동이였다.

"어머나, 세상에!" 리버사이드 드라이브에 있는 베이츠 가에 도착하자 릴리가 외쳤다. 그녀 역시 막 집에 도착한 참이었다. 그래서 아직 교복을 갈아입을 틈도 없었고 화장을 하지도 않았다. 내가 기억하는 모습 그대로의 릴리였다. 내 또래의 아직 나이 어린 소녀. 왠지 손바닥이 근질거렸다. "못 알아볼 뻔했다, 윌리엄 헨리! 너 완전……." 그녀는 적당한 단어를 찾아 고심했다. "달라 보여."

그날 밤, 매우 늦은 시간에—베이츠 가에서는 혼자 있을 시간을 내기가 무척 힘들었다.—욕실 거울을 들여다본 나는 그 안에 비친 소년을 보고 깜짝 놀랐다. 다소 수심에 잠긴 눈빛을 제외하면, 그는 어두운 골목길에서 동강 난 사체를 태우며 몸을 녹이던 소년과는 닮은 곳이 전혀 없었다.

모든 것이 변했다.

나는 매일 아침 배부르게 아침을 먹었다. 우리는 아침 6시 정각에 식탁에 앉아 있어야 했다. 베이츠 씨가 포크를 들기 전에는 누구도 아침식사를—또는 어떤 식사도—시작할 수 없었다. 식사를 마치면 릴리와 레지는 학교에 갔고 베이츠 씨는 "금융권" 직장으로 출근했으며 집 안에는 나와 베이츠 부인만 남았다. 그녀는 올바른 유년기의 형성에 대한 나의 무지와 방치 상태에 깊은 충격을 받았다. 나는 공연이나 흑인 쇼, 발레를 보러 가거나, 박물관은 물론 심지어 동물원에도 가 본 적이 없었다. 강의를 듣거나 연극을 보거나 마술쇼를 보거나 서커스를 구경하거나 자전거를 타거나 허레이쇼 앨저* 책을 읽거나 스케이트를 타거나 연을 날리거나 나무에 오르거나 정원

* 가난한 소년이 열심히 노력하여 부를 거머쥐는 내용의 소설을 주로 발표한 미국의 아동 문학가.

을 돌보거나 악기를 연주해 본 적도 없었다. 심지어 나는 거실에서 옹기종기 둘러앉아 하는 실내용 오락 게임을 해 본 적도 없었다! 몸짓 놀이, 까막잡기는 그나마 들어 봤지만 '사슴과 사냥꾼', '큐피드가 오네', '운(韻) 찾기 놀이' 같은 건 들어 본 적도 없었다.

"그럼 저녁 시간에는 무엇을 했니?" 베이츠 부인이 물었다.

나는 대답하고 싶지 않았다. 그녀가 워스롭을 아동학대로 고발할까 봐 진심으로 겁이 났다.

"박사님을 도와 드렸어요."

"무엇을 도왔는데?"

"그분이 하시는 일요."

"일이라고? 아니야, 난 일이 끝난 후를 말하는 거란다, 윌리엄. 할 일이 끝나고 나면 뭘 했니?"

"일은 끝나지 않아요."

"그렇다면 공부는 언제 했니?"

나는 고개를 저었다. 나는 그게 무슨 뜻인지 이해할 수 없었다.

"학교 공부 말이다, 윌리엄."

"전 학교에 안 다녔는데요."

처음에 그녀는 어리둥절해했다. 그리고 내가 2년이 넘게 학교에 가지 않았다는 사실을 알게 되었을 때에는 격분했다. 얼마나 화가 났는지 남편에게 털어놓았을 정도였다.

"윌리엄은 부모님이 돌아가시고 나서 학교에 간 적이 없대요."

그날 저녁 베이츠 부인은 남편에게 말했다.

"흠! 굉장히 놀란 것 같구려."

"미스터 베이츠, 난 분해서 눈물이 날 지경이에요. 그 애는 지금까지 그 사람이 연구하는 끔찍한 표본만도 못한 취급을 받았고 살았다고요."

"그보다는 도구에 가깝겠지. 그가 괴물을 사냥할 때 쓰는 도구 말이오."

"우리가 나서서 뭔가 해야 해요!"

"흠, 당신이 어떻게 하고 싶은지는 알겠지만 우리한테는 그럴 권리가 없어요, 에밀리. 그 아이는 우리 손님이지, 우리의 의무는 아니잖소."

"윌리엄 헨리는 전능하신 하느님이 우리한테 보낸 가엾은 영혼이에요. 강도를 당해 길가에 쓰러져 있는 유대인이라고요. 당신은 레위인이 되고 싶어요, 사마리아인이 되고 싶어요?*"

"난 성공회교도가 되고 싶은데."

베이츠 부인은 그 문제를 일단 접어 두었지만 그것은 잠정적 후퇴에 불과했다. 에밀리 베이츠는 종기가 곪도록 내버려 두는 부류의 "전문가"가 아니었다.

평일에는 릴리를 볼 기회가 별로 없었다. 그녀의 오후 시간은 피아노와 바이올린, 발레 수업과 쇼핑, 살롱 모임, 그리고 친구들과의 만남에 할애되어 있었다. 그녀를 만날 수 있는 시간은 아침식사와 저녁식사, 그리고 모든 식구가 응접실에 모여 내가 베이츠 집안

* 성경에 나오는 길가에 쓰러진 유대인을 도운 선한 사마리아인에 대한 비유. 레위인은 다친 이를 보고도 그냥 지나쳤다.

에서 즐겨 하는 놀이들을 배울 때뿐이었다. 나는 몸짓을 보고 단어를 맞히는 몸짓놀이는 질색이었는데, 내 실력이 형편없기 때문이었다. 나는 그 놀이에 자주 사용되는 문화적 맥락이나 배경을 전혀 알지 못했다. 하지만 카드 게임은 좋아했고(노처녀 노총각 게임, 아워 버드 게임, 닥터 버스비 게임), '나에게 바구니가 있는데' 게임은 아주 잘했다. 내 순서가 되면 어떤 알파벳으로 시작하는 단어를 대야 할 차례든 내 "바구니" 안에 무엇이 들어 있는지 전부 말할 수 있었다. A는 아주 쉬웠다. '안트로포파기.' V? 내 바구니에는 '바스타루스 호미니스(Vastarus hominis)'가 있었다. X? 보통 사람들에게는 까다로운 알파벳이지만 나한테는 별로 어렵지 않았다. 이걸 봐, '크시피아스(Xiphias)'가 들어 있네!

주말은 완전히 다른 이야기였다. 나와 릴리는 한시도 떨어지지 않았다. 우리는 공원에서 자전거를 타고(오후 내내 자전거를 배웠지만 나는 지금도 자전거를 잘 타지 못한다.), 화창한 날에는 강가로 소풍을 나갔으며, 브로드웨이와 22번가 모퉁이에 있는 협회 도서관에서 시간을 보내기도 했다(우리가 몰래 빠져나갈 수 있을 때의 이야기였다. 베이츠 부인은 괴물학과 관련된 것이라면 무조건 못마땅해했다.). 그리고 물론 릴리의 종조부 댁에서도 많은 시간을 보냈다. 릴리는 아브람 할아버지를 숭배했다.

그녀는 최초의 여성 괴물학자가 되겠다는 꿈을 아직 포기하지 않았다. 실제로 릴리는 괴물학의 다채로운 역사에서부터 그보다 더욱 다양한 괴물학자들의 갖가지 일화, 온갖 해로운 생물들의 기나긴 목록에서부터 괴물학 협회의 복잡한 정관에 이르기까지 모르는 것이 없었다. 그녀가 독학으로 터득한 괴물학에 관한 지식은 내가 지난 2년간 바크빌 드라포트리 이래 가장 위대한 괴물학자라 일컬어지는 이에게서 배운 것을 훨씬 능가했고, 그녀가 틈만 나면 그 사실을 지적하며 뽐내는 것은 내게는 매우 거북한 일이었다.

"흠." 어느 토요일 오후, 낡은 오페라하우스 4층 바닥에 쌓여 있는 먼지투성이 책 더미 속에서 내가 입을 열었다. 내 인내심도 차츰 바닥나고 있었다. "내가 그냥 멍청한가 보지."

"그런 생각이 자주 들긴 해."

"직접 부딪치는 거랑 책을 읽는 거랑은 달라." 나는 쏘아붙였다.

"책을 읽는 거랑 똑같은 건…… 책을 읽는 것뿐이야!" 릴리가 웃음을 터뜨렸다. "만약에 네가 책을 읽었더라면 아직 손가락이 붙어 있었을걸."

릴리는 그녀의 모친처럼 아브람 폰 헬룽과 똑같은 눈을 갖고 있었다. 맑고 화창한 가을날 새파란 호수처럼 빛나는 눈동자. 그 푸르른 수면 아래 한번 몸을 담그면 영원토록 머물고 싶어지는 색.

"워스롭 박사님은 어디 가신 거야?" 그녀가 불쑥 물었다. 릴리는 일주일에 최소한 네 번은 허를 찌르듯이 이렇게 불쑥 물어보곤 했다. 그리고 나는 그때마다 똑같은—그리고 사실인—대답으로 일관했다.

"나도 몰라."

"뭘 찾고 계신데?"

나는 그것의 그림을 찾아 도서관을 뒤진 적이 있다. 워스롭이 집필에 참여한 『괴수 백과사전』에서 찾아낸 '티포에우스 마그니피쿰'

항목에는 아주 긴 설명이 붙어 있긴 해도 그림이나 생김새에 대한 묘사는 없었다. 다만 보이지 않는 존재에 대한 다양한 상상 속 모습—즉 입증할 수는 없다는 의미다.—에 대한 서술이 있을 뿐이었다. 그것은 폰 헬룽이 말했듯이 전설 속 용과 같은 존재로, 먹잇감을 낚아채 "산꼭대기보다 높은 창공 위로 데려가 갈기갈기 찢어발겼다." 그것은 거대한 트롤 같은 괴물이었고 엄청난 힘으로 먹잇감을 흔들어 찢어 희생자가 잡혀간 곳에서 수 킬로미터나 떨어진 장소에 피와 살점을 하늘에서 비처럼 내리게 했다. 그것은 커다란 벌레처럼 생긴 무척추동물로—어쩌면 몽골리언 데스웜의 사촌인지도 모른다.—강력한 힘과 놀라운 속도로 독을 뱉어, 거기에 맞으면 사람의 몸이 산산조각 났고 그로 인해 미세한 안개처럼 기화된 시체와 피가 이른바 "붉은 비" 현상을 만들었다.

또 그 책은 1851년에 락샤드위프 니두스가 발견된 상황과 배경, 그리고 마그니피쿰의 서식 범위(대부분의 괴물학자들은 인도양의 외딴 섬들과 동아프리카 일부, 소아시아라는 데 의견이 일치했지만, 명백한 과학적 증거보다는 원주민들의 전승이나 설화에 기반하고 있었다.), 얼굴 없는 존재를 찾으러 떠났으나 빈손으로 돌아온 이들과 다시는 돌아오지 못한 이들의 비화를 담고 있었다. 후자 중에서 특히 가슴 아픈(그리고 경각심을 주는) 이야기는 피에르 르브로크의 일화였는데, 매우 명망 높은 이상생물학자였던—그러나 그리 규율을 잘 지키는 편은 아니었던—그는 아낌없는 비용을 들여(그의 탐험대는 코끼리 다섯 마리와 쿨리 29명, 그리고 술탄을 매수하기 위한 금화 상자로 구성되어 있었다.) 다섯 달이나 탐험을 떠났지만 결국에는 미치광이가 되어 돌아왔다.

가족들은 그를 정신병원에 입원시키는 가슴 아픈 결정을 내려야 했고, 그는 여생을 좁은 방에 갇혀 무한한 고통에 몸부림치며 "눌리테*! 눌리테! 그게 전부야! 아무것도 없어! 아무것도! 아무것도 없어!"라는 말만을 끊임없이 되뇌었다.

"그 사람은 퀘스팅 비스트를 찾고 있어." 나는 릴리에게 말했다.

아마도 어쩔 수가 없었을 것이다. 우리 모두는 사냥꾼이다. 우리 모두는 괴물학자다. 우리는 나이와 성별, 관심사와 역량에 따라 다양한 사냥감을 뒤쫓는다. 어떤 이들은 단순하고 한심한 것들을 쫓아다닌다. 최신식 첨단기기나 직장에서의 승진, 학교에서 제일 잘생긴 남자아이나 여자아이. 어떤 이들은 부나 명성, 권력을 추구한다. 보다 고상하고 고매한 자들은 신성한 존재나 지식, 인류의 발전을 좇는다. 1889년 겨울, 나는 한 인간을 추적하고 있었다. 독자들은 필시 펠리노어 워스롭 박사라고 짐작할 것이다. 틀렸다. 그 사람은 바로 나였다.

어서 열어 보렴! 박물관장이 말했다. 그는 네가 안을 봤으면 한단다.

매일 밤 똑같은 꿈을 꿨다. 잠긴 방, 열쇠 꾸러미를 짤랑거리는 노인, 그리고 상자. 상자와 소년과 굳게 닫힌 뚜껑과 안에서 꿈틀대는 보이지 않는 존재와 노인의 꾸짖음. 바보 천치 같으니! 자고 있으니까 열지를 못하지!

---

* 프랑스어로 '무효' 또는 '무가치'의 뜻.

그러면 멍청한 꼬마는 화들짝 놀라 잠에서 깨어나 추운 방 따뜻한 이불 아래에서 식은땀을 흘리며 다스 웅게오이어, 잡을 수 없는 것, 슬금슬금 풀려난 나의 가장자리에 매달려, 내가 아닌 나가 눈을 뜨고 "눌리테! 눌리테! 그게 전부야! 아무것도 없어! 아무것도, 아무것도!"라는 광인의 울부짖음을 흉내 냈다.

때때로 복도 끝에서 자던 여인이 소년의 괴로운 울음소리를 듣고 아무리 늦은 시간에도 아랑곳하지 않고 잠자리에서 일어나 로브를 걸치고 그의 방으로 찾아왔다. 그녀는 소년의 옆에 앉아 달랬다. "쉬이. 괜찮다, 얘야. 괜찮아. 그냥 꿈일 뿐이야. 쉬이이이이, 다 괜찮아질 거야." 어머니들의 단골 문구. 그녀에게서는 라일락과 장미수 내음이 났고, 소년은 가끔 깜박 잊고 그녀를 어머니라고 부르기도 했다. 그녀는 지적하지 않았다. "괜찮단다, 쉬이이이. 그냥 꿈일 뿐이야."

아니면 그가 이해할 수 없는 낯선 언어로 노래를 불러 주기도 했다. 그녀의 목소리는 감미로웠다. 풍성한 벨벳 커튼처럼, 악마가 쫓아올 수 없는 너른 강물처럼. 그는 그처럼 아름다운 천상의 목소리를 들어 본 적이 없었다.

"내 노래가 마음에 안 드니, 윌리엄?"

"아뇨, 괜찮아요. 목소리가 너무 좋아요."

"내가 릴리만 한 나이였을 때는 오페라 가수가 되어 무대에 서는 게 꿈이었지."

"꿈을 이루셨어요?"

"아니."

"왜요?"

"베이츠 씨와 결혼을 했거든."

나는 내가 잃어버린 누군가를 쫓고 있었다. 그와 함께 살기 전에 평범한 소년이었던 나. 한동안—실은 아주 오랫동안—나는 내가 괴물학자를 쫓고 있다고 생각했다. 어쨌든 그야말로 내 눈앞에서 사라진 사람이었으니까.

한번은 오페라에서 그를 봤다고 생각했다. 베이츠 부인이 나와 릴리를 지난달에 메트로폴리탄 오페라하우스에서 초연을 한 바그너의 「라인의 황금」*에 데려갔을 때였다.

"난 오페라가 싫어." 릴리가 투덜거렸다. "어머니는 왜 날 그런 데 끌고 가려는지 모르겠어." 우리는 오케스트라 바로 위에 있는 높은 박스석에 앉아 있었다. 그때, 퍼뜩 아래층 관객들 사이에서 박사가 보인 것 같았다. 나는 그라는 것을 알고 있었다. 왜 괴물학자가 오페라를 보러 왔는지에 대해서는 의문조차 품지 않았다. 그런 건 상관없었다. 어쨌든 그가 여기 있었으니까. 박사님이 돌아왔어! 내가 자리에서 일어서려는 순간 릴리가 재빨리 나를 뒤로 끌어당겨 다시 의자에 앉혔다.

"워스롭 박사님이야!" 나는 흥분해서 속닥였다.

"말도 안 되는 소리 하지 마." 릴리도 작은 목소리로 말했다. "그리고 어머니 앞에서는 그 사람 이름도 꺼내지 말고!"

---

* 「니벨룽겐의 반지」 4부작 중 1부.

두 번째로 워스롭 박사를 발견했을 때 그는 센트럴 파크에서 커다란 그레이트데인 개를 산책시키고 있었다. 하지만 점차 우리 사이의 거리가 줄자 나는 그 사람이 박사보다 스무 살은 많고 10킬로그램은 더 나간다는 사실을 깨달았다.

나는 폰 헬룽을 만날 때마다 늘 똑같은 것을 물었다.

"박사님한테는 아무 소식도 없나요?"

17일째 되는 날에도, 27일째 되는 날에도 그의 대답은 똑같았다.

"아무 소식도 없구나, 윌."

내가 유배 생활을 시작한 지 37일째 되는 날에도 또다시 "아니, 아무 소식도 없구나, 윌."이라는 대답을 들었을 때, 나는 그에게 말했다. "뭔가 잘못된 게 틀림없어요. 지금쯤은 편지가 도착해야 한다고요."

"무슨 일이 생겼을 수도 있겠지……."

"그럼 우리가 뭐든 해야죠, 폰 헬룽 박사님!"

"아니면 다 잘 되고 있다는 뜻인지도 모른다. 만약에 펠리노어가 마그니피쿰의 단서를 발견했다면 단 두 마디를 쓰는 시간도 아까워할 거다. 너도 그와 오래 지냈으니 내 말이 맞는다는 걸 알지 않느냐."

그랬다. 일단 사냥의 열정에 사로잡히면 그를 목표로부터 한눈팔게 할 수 있는 것은 아무것도 없었다. 하지만 나는 불안했다.

"영국에 박사님 친구분들이 있죠. 그분들한테 워스롭 박사님이 어디 있는지 물어보시면 안 돼요?"

"당연히 그럴 수 있지. 그리고 그렇게 할 거다. 상황을 봐서 말이다. 하지만 지금은 아니야. 내가 어쩌다 비밀을 누설하기라도 하면 펠리노어는 평생 나를 용서하지 않을 테니까."

바람이 휘몰아치는 4월 초에 나는 그에게 부탁을 하나 했다.

"몬스트러마리움에서 일하고 싶어요."

"몬스트러마리움에서 일하고 싶다고?" 나이 든 괴물학자가 눈살을 찌푸리며 난색을 표했다. "에밀리는 뭐라고 하더냐?"

"그분이 뭐라고 하든 상관없어요. 베이츠 부인은 제 보호자도 아니고 우리 엄마도 아니에요. 그분 허락은 필요 없어요."

"얘야, 윌, 태양이 하늘에 뜰 때도 그 아이의 허락이 필요하단다. 왜 몬스트러마리움에서 일을 하려는 게냐?"

"왜냐하면 도서관에 앉아 있는 건 진절머리가 나니까요. 책이라면 너무 많이 읽어서 피눈물이 날 것 같아요."

"그동안 책을 읽었어?"

"꼭 베이츠 부인처럼 말씀하시네요. 네, 저도 책을 읽을 줄 알아요, 마이스터 아브람. 어쨌든 어떻게 생각하세요? 에인스워스 교수님도 일손이 필요하잖아요."

"윌, 에인스워스 교수는 애들을 별로 좋아할 것 같지 않구나."

"저도 알아요. 그리고 저는 그중에서도 각별히 좋아하지 않으시죠. 그래서 박사님을 찾아온 거예요. 박사님은 협회 회장이시잖아요. 그러니까 박사님 말은 듣겠죠."

"그래, 듣기야 하겠지. 하지만 내 말을 듣고 따르느냐는 완전히 다른 문제다!"

폰 헬룽은 크게 기대하지 않았지만 그래도 나를 위해 한 번 시도해 보기로 했고, 우리는 지하에 있는 에인스워스의 사무실을 찾아갔다. 과정은 어찌 됐든 결과는 그리 나쁘지 않았다. 그 외의 나머지는 재앙에 가까웠다. 아돌퍼스가 금방이라도 지팡이로 폰 헬룽의 머리를 후려칠 것 같아 덜컥 겁이 난 순간도 있었다. 난 도움 따윈 필요하지 않아! 저 애는 내가 정리해 놓은 체계적인 방식을 전부 망가뜨려 버릴 거야! 몬스트러마리움은 애들이 올 곳이 아니야! 다칠 거라고! 저 애 때문에 내가 다칠 거야!

폰 헬룽은 매우 훌륭한 참을성을 지니고 있었다. 그는 침착하고 다정했다. 정중했다. 미소를 띠고 고개를 주억거리며 에인스워스 교수에게 몬스트러마리움 관장으로서 그가 성취한 업적과 세계에서 가장 방대한 괴물학 관련 소장품, 뿐만 아니라 서반구에서 가장 독특한 분류 체계에 대해 무한한 칭송과 경의를 표했다. 그러곤 다음 총회에 그의 공적을 기려 몬스트러마리움의 한 구획에 그의 이름을 붙이자고 제안하겠다고도 했다. 아돌퍼스 에인스워스 별관.

교수는 넘어가지 않았다.

"멍청하긴! 너무 길잖아! 그냥 에인스워스 별관이 낫지. 아니면 에인스워스 컬렉션이라거나."

폰 헬룽은 '원하시는 대로.'라고 말하는 것처럼 두 팔을 크게 벌렸다.

"난 애들은 질색이야." 몬스트러마리움의 관장이 안경알 너머로 나를 노려보며 말했다. "특히 무서운 걸 모르고 어두운 곳을 활개치고 다니는 애들은 딱 질색이지!" 그는 앙상한 손가락으로 폰 헬룽을 가리키며 말했다. “대체 이 애는 정체가 뭔지 모르겠군. 내가 볼 때마다 다른 괴물학자와 함께 있으니. 워스롭한테 무슨 일이 생겼나?”

“급한 일이 생겨서 불려갔네.”

“아니면 죽었겠지.”

폰 헬룽이 황급히 눈을 끔벅이더니 말했다.

“그건 잘 모르겠군. 그럴 것 같진 않네.”

“생각해 보면 그것만큼 급한 일이 어디 있던가.” 아돌퍼스가 내게로 고개를 돌려 말했다. “죽음 말이다. 나는 여기 앉아서 열심히 일을 하다가도 문득 죽음에 대해 생각한다. 그러면 의자에서 벌떡 일어나게 되는 거야. ‘서둘러, 아돌퍼스. 서두르라고! 빨리 뭔가 해야 하지 않겠나!’”

“그런 걱정은 하지 말게.” 폰 헬룽이 말했다.

“내가 걱정스럽다는 말을 했나? 하! 난 장장 46년 동안이나 죽음에 둘러싸여 있었네, 폰 헬룽. 내가 걱정하는 건 죽음이 아니야.”

아돌퍼스가 나를 돌아보며 두 눈을 부릅뜨고 큰 소리로 외쳤다.

“무슨 일을 할 줄 아느냐?”

“서류도 정리할 줄 알고요…….”

“절대 안 돼!”

“파일을 관리한다거나…….”

“그럴 일은 없다!”

“하시는 말씀을 받아 적는 건…….”

“난 할 말이 없어!”

“우편물도 정리하고…….”

"죽어도 그럴 순 없지!"

"그럼……." 나는 의기소침하게 말했다. "비질을 잘하는데요."

봄이 왔다. 대지가 깨어나고 꽃이 피었다. 하늘은 웃음 지었다. 나무는 부끄러워하며 파릇한 색으로 갈아입었고, 하늘에는 별이 무성했다. 시간을 구원하라. 별들은 노래했다. 꿈을 구원하라.

그리고 소년은 험난한 바위투성이 대지에서 깨어나, 메마른 땅이 봄비로 촉촉이 젖을 때, 두 개의 꿈이 교차하는 곳에서 눈을 떴다. 씨앗에 싹이 터서 황금나무가 자라는 꿈과 아무리 열어도 열리지 않는 상자의 꿈.

"너한테 말하면 안 된다는 거 아는데……." 릴리가 말했다. "있지, 진짜로 말하면 안 되는 거 아는데……."

내가 천 개의 돛대를 단 배가 되어 주마.

"어젯밤에 두 분이 네 이야기를 하는 걸 들었거든?"

어서 열어 보렴! 그는 네가 안을 봤으면 한단다.

"아버지는 그러자고 하진 않으셨지만 그렇다고 안 된다고 하지도 않으셨어."

저도 가고 싶어요, 아버지. 저도 가고 싶어요.

"하지만 나는 싫어." 릴리가 말했다. "너랑 세 번이나 키스했잖아."

별들은 노래한다. 시간을 구원하라, 꿈을 구원하라. 두 개의 꿈이 교차하는 바위투성이 땅에서.

"생각만 해도 싫단 말이야. 남동생이랑 키스를 했다니!"

전 집에 가고 싶지 않아요. 제가 있을 곳은 박사님 옆이라고요.

"어떠니, 윌리엄? 어떻게 생각하니?" 베이츠 부인이 물었다.

"박사님이 돌아오시면 좋아하지 않으실 거예요."

"워스롭 박사는, 만약 돌아온다고 해도, 아무 말도 못 할 거다. 법적으로는 너에 대해 아무 권리도 없으니까."

"워스롭 박사님은, 곧 돌아오실 테지만, 법적 권리 같은 건 상관 안 하실걸요."

"흠!" 베이츠 씨가 툴툴거렸다. "까부는구나."

"나도 그 점에 대해서는 의심하지 않는단다, 윌리엄. 그렇지만 그 분은 네가 하고 싶다는 대로 할 거야. 너는 어떻게 하고 싶니?"

내가 쫓는 것이 바로 눈앞에 있었다. 그저 손을 뻗어 붙잡기만 하면 됐다. 사과 파이 냄새가 가득한 부엌에서 우유 한 잔을 앞에 놓고 식탁에 앉아 있는 소년. 어둠도 없고, 어떤 어둠도 없고, 커다란 쓰레기통 속에서 타는 시체 조각도, 피 묻은 구두 밑창도, 한밤중에 이름이 불려 깨어나는 일도, 혐오스럽고 소름 끼치는 그 슬금슬금 풀리는 것, 내가 있다고 외치는 그것도 없었다. 해맑게 웃는 하늘과 황금색으로 치장된 나무들, 노래를 지저귀는 별들, 그리고 우유 컵을 쥔 소년과 코끝에서 감도는 사과 냄새처럼 짙고 풍성한 흙 내음뿐이었다.

15장

"지금 당신이 보는 것이 신이 보는 것이다."

몬스트러마리움 관장은 음흉하게 웃고 있는 지팡이 머리로 내 가슴을 쿡쿡 찌르며 말했다. "아무것도 손대지 마라. 먼저 물어봐. 반드시 먼저 물어봐야 해!"

나는 그의 뒤를 따라 굽이굽이 도는 어두컴컴한 복도를 지났다. 아직 한 번도 열리지 못한 채 분류될 날만을 기다리는 궤짝들이 천장까지 높이 쌓여 있고, 벽은 50년 묵은 더께와 거미줄로 덮여 있었다. 나는 에인스워스의 지팡이가 먼지투성이 바닥을 두드리는 따각, 따각, 따각 소리와 보관액 냄새와 혀끝에 아릿하게 느껴지는 죽음의 기미, 검고 깊은 그림자, 노란 가스등의 희미한 휘광, 그리고 이 넓고 방대한 공간에 존재하는 유일한 어린애라는 끔찍한 외로움 속을 걸었다.

"언뜻 보면 이해가 잘 안 갈지 몰라도 모든 것에는 규칙이 있고,

다 규칙에 따라 제자리에 정리되어 있다. 혹시나 회원들이 뭔가를 도와 달라고 부탁하더라도 절대로 도와주면 안 된다! 그럴 때는 나를 불러. 알겠지? 나를 찾기는 별로 어렵지 않아. 보통은 내 책상에 앉아 있을 테니까. 내가 사무실에 없거들랑 나중에 다시 오라고 해. '아돌퍼스가 자리에 없어요. 몬스트러마리움을 순찰하고 계시거나, 집에 갔거나, 아니면 죽은 겁니다.'라고 전해라."

우리는 아무 표식도 없는 문 앞에 멈춰 섰다. 코데쉬 하코다쉼. 그는 습관처럼 열쇠 꾸러미를 빙빙 돌리고 있었다. 내 꿈과 똑같았다. 짤랑거리는 열쇠들.

"여긴 아무도 들어가선 안 된다. 절대로, 아무도 안 돼!"

"저도 알아요."

"말대꾸하지 마라! 아예 입을 열지 마! 나는 시끄러운 애들은 질색이야."

조용한 애들도 질색이시겠지. 나는 속으로 중얼거렸다.

"니두스 때문이지?" 아돌퍼스 에인스워스가 불쑥 물었다. "'급한 일'이라고! 하! 워스롭은 마그니피쿰을 찾으러 간 거야. 저런, 저런. 별로 놀랍지도 않구나. 돈키호테가 풍차와 싸우겠다고 덤비는 꼴이지. 그런데 넌 왜 여기 있는 거냐, 산초 판사*? 너는 왜 같이 안 간 게야?"

"다른 사람한테 제 자리를 빼앗겼어요."

"다른 사람?"

"폰 헬룽 박사님의 새 제자요. 토머스 아크라이트(Arkwright)라는

* 『돈키호테』에서 주인공 돈키호테를 따라다니는 시종.

사람요."

"엉덩이닦개(Arse Wipe)?"

"아크라이트요!" 나는 큰 소리로 말했다.

"누군지 모르겠구나. 누구 제자라고?"

"폰 헬룽 박사님이 소개해 주지 않으셨어요?"

"그 노친네가 왜 그런 짓을 하겠니? 어제 반년 만에 본 거였는데. 박사는 웬만해선 여기 내려오지 않아. 어쨌든 난 폰 헬룽의 제자든 뭐든 손톱만큼도 관심 없다. 내가 뭐 하나 말해 줄까, 헨리 군. 괴물학자들하고는 친해지면 안 돼. 왜 그런지 알려 줄까? 왜 그런지 알고 싶냐?"

나는 고개를 끄덕였다. "네, 알고 싶어요."

"왜냐하면 어차피 오래 머물지를 못하거든. 다 금방 죽어 버리지!"

"사람은 모두 죽어요, 에인스워스 교수님."

"괴물학자들처럼 빨리 죽진 않아. 자, 날 봐라. 나도 저들처럼 될 수 있었어. 젊었을 적 제자가 되어 달란 말도 많이 들었지. 하지만 난 항상 거절했다. 그 이유를 알려 주랴? 왜냐하면 괴물학자는 다 죽거든. 다 죽어요! 추수감사절 칠면조처럼 우수수 죽어 나가지! 평범하게 죽는 것도 아니야. 내가 무슨 말을 하는지 너는 알 게다. 보통 사람은 물에 빠져 죽을 수도 있고 말발굽에 차여 머리가 깨져 죽을 수도 있지. 그런 건 다 사고야. 자연스러운 일이란 말이다. 하지만 제발로 찾으러 간 뭔가에 사지가 뽑혀 죽는 건 부자연스러운 일이야. 그게 바로 괴물학자다운 죽음이지."

몬스트러마리움의 잠긴 문 앞에서 짤랑거리는 열쇠 꾸러미.

“참 안타까운 일이야.” 아돌퍼스가 상념에 잠겨 말했다. “별로 좋아하진 않았어도 그럭저럭 참을 만한 친구였는데. 자기가 어떤 인간인지 제대로 아는 사람은 드물지. 워스롭은 그런 사람이었어. 자기 자신을 변명하려 들지도 않았고. 대부분의 사람들은 세상에 보여 주는 얼굴과 오직 신만이 볼 수 있는 얼굴을 따로 가지고 있지. 하지만 워스롭은 뼛속까지 똑같은 사람이었다. ‘지금 당신이 보는 것이 신이 보는 것이다.’가 그의 좌우명이었지.” 그는 한숨을 길게 내쉬며 시들어 빠진 정수리를 가로저었다. “참 안타까운 일이야.”

“그런 말씀 마세요. 박사님한테 아무 소식도 못 듣긴 했지만 그렇다고 그게…….”

“마그니피쿰을 찾으러 갔지? 아니냐? 그리고 그 사람은 펠리노어 워스롭이고, 그렇지? 펠리노어 워스롭이 꼬리를 말고 낑낑거리며 돌아올 작자냐? 뭐든 자기가 하던 일을 단념하고 돌아올 인간이냐? 아니지, 워스롭은 그럴 사람이 아니야. 아니, 절대 아니지. 넌 네 스승님을 다시 보지 못할 게다, 얘야.”

신성하고도 신성한 지성소 앞에서, 짤랑거리는 열쇠 꾸러미.

폰 헬룽은 2층에 있는 그의 사무실에 있었다. 괴물학협회 회장인 그는 낡은 슬리퍼를 신고 먼지 쌓인 창가에 놓여 있는 필로덴드론 화분에 물을 주고 있었다.

“아, 헨리 군! 아돌퍼스가 벌써 너를 해고한 거냐?”

“폰 헬룽 박사님.” 내가 말했다. “아크라이트 씨를 몬스트러마리움에 데려가신 적이 있나요?”

"내가 뭐라고?"

"아크라이트 씨를 몬스트러마리움에 데려가신 적이 있냐고요."

"아니, 없을 거다. 그래, 그런 적은 없다."

"거기 심부름 같은 걸 보낸 적도 없고요?"

그는 고개를 저었다. "왜 그런 걸 묻니, 윌?"

"에인스워스 교수님은 그 사람을 만난 적이 없대요. 이름을 들어본 적도 없고요."

그는 물뿌리개를 내려놓고 책상에 몸을 기대더니 가슴 앞에서 팔짱을 끼었다. 그러곤 성성한 눈썹 사이에 깊은 고랑을 만들며 나를 지그시 바라보았다.

"그게 왜 중요한지 모르겠구나." 그가 말했다.

"우리가 처음 만났을 때요, 아크라이트 씨가 냄새 때문에 우리가 몬스트러마리움에 다녀왔다는 걸 알아차렸다고 말했잖아요. '거기 냄새가 꼭 고약한 향수처럼 배어 있다'고 그랬어요. 기억나세요?"

폰 헬룽이 고개를 끄덕였다. "그래."

"그럼 아크라이트 씨는 거기 가 본 적도 없는데 그런 냄새가 난다는 걸 어떻게 아는 걸까요?"

내가 던진 질문은 한참 동안 공중에, 몬스트러마리움과는 다른 종류의 수상쩍은 냄새 속에 맴돌았다.

"지금 그가 거짓말을 했다고 말하는 거냐?"

폰 헬룽은 얼굴을 찡그렸다.

"전 그 사람이 거짓말을 했다는 걸 알아요. 워스롭 박사님한테 제자가 되고 싶다는 편지를 보냈다는 게 거짓말이라는 것도 알고요,

이제는 우리가 몬스트러마리움에 갔다는 걸 안 방법에 대한 말도 거짓말이라는 걸 알고요."

"그렇지만 너희가 몬스트러마리움에 간 건 사실이잖니."

"그건 상관없어요! 중요한 건 그 사람이 거짓말을 했다는 거라고요."

"그건 확실치 않아, 윌. 아돌퍼스는—부디 주님의 은총이 함께 하길—나이가 아주 많은 사람이야. 기억력도 예전 같지 않고, 책상 앞에서 자주 꾸벅꾸벅 졸곤 하지. 토머스가 여가 시간에 몬스트러마리움을 혼자 기웃거리고 다녔을지 누가 알겠느냐. 에인스워스 교수는 그 사실을 까맣게 모르고 있고 말이야."

폰 헬룽은 손바닥으로 내 뺨을 감싸 쥐었다.

"너한테 힘든 일이라는 건 안다. 너한테 세상 전부나 다름없던 사람, 네가 알고 의지할 수 있다고 여겼던 사람이 눈 깜짝할 사이에 사라져 버렸으니 말이다! 네가 걱정을 하고 있다는 것도 안다. 최악의 사태가 일어날까 봐 무서워하고 있다는 것도 알고. 아무 연락도 없는 침묵의 공간을 어떤 심정이 채우고 있는지도 알아."

"뭔가 잘못됐어요." 나는 속삭였다. "벌써 넉 달이 거의 다 됐다고요."

"그래." 그는 엄숙하게 고개를 끄덕였다. "이제 너도 최악의 상황에 대비할 때가 됐다. 마음을 단단히 먹으렴, 윌. 토머스 아크라이트에 대한 생각이나 지나친 의심으로 스스로를 괴롭히지 말고. 으슥한 골목마다 악당이 튀어나올 거라고 상상하긴 쉬워도 사람들을 좋게 생각하기는 어렵다. 특히 괴물학 같은 학문을 연구할 때는 말이다. 우리가 연구하는 것들이 워낙 그렇다 보니 유독 세상을 편향된 눈으로 보게 되거든. 하지만 희망도 절망만큼이나 합리적인 것이지. 빛 속에서 살 것인지 아니면 어둠에 굴복할 것인지는 우리의 선택에 달려 있단다."

나는 고개를 끄덕였다. 그러나 그의 위로의 말은 아무 도움도 되지 않았다. 내 불안은 도리어 깊어만 갔다.

그때 내가 얼마나 거대한 불안감에 떨고 있었는지를 확연히 알려주는 증거가 있다면, 절대로 비밀을 지킬 리 없는 인물에게 내가 가장 두려워하는 것을 털어놓았다는 점이리라. 우리는 어느 날 오후 워싱턴 스퀘어 파크에서 체스를 하던 중이었다. 사실 체스를 두자는 것은 내 생각이었다. 나는 연습을 많이 하면 박사님이 돌아올 즈음에는 그를 이길 수 있을지도 모른다는 희망을 품었다. 그렇게만 된다면 정말 굉장한 일이 될 터였다! 릴리는 내 도전을 받아들였다. 그녀는 경쟁심이 강했고, 할아버지인 아브람에게서 체스를 배운 터였다. 그녀의 체스 스타일은 매우 공격적이고 저돌적이고 직관적이라, 릴리 자신의 성격과 별반 다르지 않았다.

"넌 너무 오래 걸려." 내가 룩을 어떻게 움직여야 할지 고심하는 사이, 그녀가 구시렁거렸다. 내 룩은 그녀의 퀸과 폰 사이에 갇혀 있었다. "그냥 하면 안 되니? 고민 같은 거 안 하고 그냥 무조건 해 본 적이 있기는 해? 너한테 비하면 햄릿도 충동적으로 보일 정도야."

"난 지금 생각 중이야." 내가 대답했다.

"오, 넌 항상 생각 중이잖아, 윌리엄 제임스 헨리. 넌 생각이 너무 많아. 너 생각이 너무 많은 사람이 어떻게 되는지 알아?"

"너는 알아?"

"하하. 방금 그거 농담이라고 한 거겠지? 넌 농담을 하면 안 돼. 사람은 자기 자신을 알아야 하는 법이라고."

나는 룩에게 작별을 고하고 비숍을 릴리의 나이트를 위협할 수 있는 자리로 보냈다. 그녀는 퀸을 이용해 내 룩을 잡았다.

"체크."

나는 한숨을 내쉬었다. 다시 체스 판을 들여다보는데 나를 응시하는 릴리의 시선이 따갑게 느껴졌다. 나는 고개를 들지 않았다. 산들바람이 나뭇잎을 간질였다. 공기는 상쾌했고 그녀가 사용하는 라벤더 비누 냄새가 났다. 릴리는 노란색 옷을 입고 노란 리본과 커다란 노란 챙이 달린 하얀 모자를 쓰고 있었다. 새 옷을 입고 머리까지 단정하게 잘랐는데도, 그녀의 옆에 있으면 왠지 내가 초라하게 느껴졌다.

"아직도 너희 박사님한테서는 아무런 연락도 없어?"

"제발 그런 식으로 말하지 마." 나는 여전히 고개를 숙인 채 대꾸했다. "박사님은 '내' 박사님이 아니야."

"그 사람이 너희 박사님이 아니라면 누구네 박사님인지 궁금하네. 그리고 말 돌리려고 하지 마."

"생각을 많이 할 때의 한 가지 이점은 사소한 걸 눈치챌 수 있다는 거야. 다른 사람들은 놓치는 것들 말이야. 넌 일부러 '너희 박사님'이라고 말한 거잖아. 내가 그걸 싫어한다는 걸 아니까."

"내가 왜 그러고 싶어 하겠어?"

그녀의 목소리에서 웃음기가 느껴졌다.

"왜냐하면 넌 날 괴롭히는 걸 좋아하니까. 그리고 네가 왜 나를 괴롭히는 걸 좋아하겠느냐고 나한테 묻기 전에 먼저 너 자신에게 물어보지그래. 나는 모르겠으니까."

"너 오늘 기분이 별로인가 보구나."

"난 지는 게 싫거든."

"체스를 하기 전부터 그랬잖아."

나는 킹을 피신시켰다. 그녀는 체스 판을 제대로 보지도 않고 맹렬하게 덤벼들어 내 마지막 남은 비숍을 채어 갔다. 나는 속으로 신음했다. 이제는 시간 문제였다.

"기권해도 되는데."

"목숨이 다할 때까지 싸울 거야."

"오, 그렇게 말하니까 윌 헨리답지 않은데! 방금 그건 꽤 용감하게 들렸어. 테르모필레 전투의 레오니다스*처럼 말이야."

뺨이 화끈거렸다. 하지만 나는 너무 의기양양해하면 안 된다는 것을 익히 알고 있었다.

"난 지금껏 네가 페넬로페인 줄 알았거든."

"페넬로페!" 뺨이 아까보다도 더욱 뜨겁게 달아올랐다. 이번에는 완전히 다른 이유 때문이었다.

"신방에 틀어박혀서 오디세우스가 돌아오기만을 오매불망 기다리는 페넬로페 말이야."

"넌 사람들한테 못되게 구는 걸 좋아하는 거니, 아니면 그게 천성

---

* 기원전 480년 페르시아군이 그리스를 침공하자 스파르타의 왕 레오니다스와 정예군 300명은 테르모필레에서 결사항전을 벌이다 전멸한다.

이라서 너도 어쩔 수가 없는 거니?"

"나한테 그런 식으로 말하면 안 되지, 윌리엄." 그녀가 깔깔거리며 말했다. "얼마 있으면 네 누나가 될 사람인데."

"박사님이 반대하지 않으시면 말이지."

"내 생각엔 오히려 너희 박사님도 한시름 놓을 것 같은데. 잘은 모르지만 박사님이 널 별로 안 좋아한다는 느낌을 받았거든."

그녀는 도를 넘었고, 자신도 알고 있었다.

"미안. 말이 너무 심했다. 미안해, 윌 헨리. 가끔은 나도 내가 왜 이러는지 모르겠어."

"신경 쓰지 마." 나는 성치 않은 손을 내저었다. "이제 네 차례야, 릴리."

그녀는 나이트를 움직여 내 폰에게 퀸을 노출시켰다. 폰에게! 나는 그녀를 슬쩍 올려다보았다. 그녀의 짙은 색 머리칼 위에서 햇살이 일렁이고 있었다. 모자에서 삐져나온 머리카락 한 가닥이 부드러운 봄바람 속에서 간혹 그림자를 드리우며 팔랑거렸다.

"왜 아무 연락도 없다고 생각해, 윌?"

릴리의 목소리는 이제 봄바람처럼 부드럽고 따스하게 바뀌어 있었다.

"뭔가 끔찍한 일이 생겼다고 생각해." 나는 진심을 털어놓았다.

우리는 한참 동안 서로의 눈을 들여다보며 그렇게 앉아 있었다. 잠시 후, 나는 벤치에서 일어나 총총걸음으로 공원 반대쪽으로 향했다. 화창한 봄기운이 사라지고 세상이 부옇고 젖은 회색으로 변했다. 5번로로 이어지는 입구에 들어서기 전에 릴리가 나를 붙잡더니 몸을 돌려 얼굴을 마주 보았다.

"그럼 네가 어떻게든 해야지!" 그녀가 부아를 내며 다그쳤다. "네가 지금 얼마나 무섭든 쓸쓸하든 뭐가 어떻게 됐든, 생각만 하지 말고 뭔가를 해야 할 거 아냐? 정말로 박사님한테 끔찍한 일이 생겼다고 생각해? 왜냐하면 만약에 나라면, 만약에 내가 사랑하는 사람한테 끔찍한 일이 생긴 것 같으면 난 생각 따윈 안 할 거니까! 난 그 즉시 유럽으로 가는 배를 탈 거야. 표를 살 돈이 없으면 밀항이라도 할 거야. 밀항을 못 한다면 헤엄이라도 쳐서 갈 거야!"

"난 그 사람을 사랑하지 않아. 난 그 사람이 싫어. 난 펠리노어 워스롭이 세상 누구보다도 싫어. 너보다도 훨씬 더 싫어. 너는 몰라, 릴리. 넌 그 집에 산다는 게 어떤 건지 모른다고. 그 집에서 일어나는 일들과 내가 그 집에서 겪은 일들을 생각하면……."

"이런 거?" 그녀가 내 왼손을 잡고 들어 올렸다.

"그래, 이런 거. 그리고 이게 다가 아니야. 이게 다가 아니라고!"

"그 사람이 널 때리는구나!"

"뭐? 아니야, 박사님은 날 때리지 않아. 그는…… 그는 나를 보지 않아. 며칠 동안이나, 어쩔 때에는 몇 주일이나 말이야. 그렇다고 도망칠 수도 없어. 난 그 사람한테서 벗어날 수가 없어. 꼭 그 사람이 나를 밧줄로 묶어 연결해 놓은 것처럼. 박사님이랑 나랑 밧줄로 묶여 있는데, 그걸 풀 수가 없는 거야. 넌 이해 못 해. 너희 엄마도 이해하지 못하고. 아무도 이해 못 해. 박사님의 몸은 여기서 아주 멀리에 있고 어쩌면 죽었을지도 모르지만, 그런 건 상관없어. 그는 여기 있어. 바로 여기 있다고." 나는 손바닥으로 내 이마를 짝 때렸다. "그래서 달아날 수가 없어. 너무 꽉 묶여 있어서. 너무 꽉 묶여 있다고."

무릎이 후들거렸다. 릴리가 내 몸에 팔을 두르고 일으켜 세웠다. 내가 다시 쓰러지지 않게 받쳐 주었다.

"그럼 노력하지 마, 윌." 그녀가 내 귀에 대고 속삭였다. "도망치려고 하지 마."

"넌 이해 못 해, 릴리."

"그래, 난 못 해. 그렇지만 그걸 이해해야 할 사람은 내가 아니야."

16장

"잠자코 듣기나 해라."

나는 괴물학 협회의 웅대한 도서관을 습격했을 때, 아무도 들춰 보지 않아 표지에 먼지가 쌓인 얇은 책을 한 권 발견했다. 몇 부분은 책장이 아직 잘리지도 않았고* 책등도 갈라진 곳 하나 없이 멀쩡했다. 1871년에 처음 출간된 후로 아무도 읽은 적이 없는 것 같았다. 1만 6000권이나 되는 장서 중에 어쩌다 그 작은 책에 끌리게 되었는지는 나도 모른다. 다만 처음 표지를 펼쳐 저자의 이름을 봤을 때 가슴이 덜컹 내려앉던 그 느낌만은 아직도 기억하고 있다. 그것은 흡사 사람들이 북적대는 대도시에서 길모퉁이를 돈 순간 오래전에 헤어져 늘 그리워하던 오랜 벗과 마주친 것과 비슷한 기분이었다.

내가 그 책을 발견했을 때는 이미 시간이 늦어 있었다. 도서관 문

* 옛 책들은 종이를 접어서 제본했기 때문에 처음 읽을 때 책장을 잘라 가며 읽어야 했다.

이 닫히기 전에 책을 읽을 시간도 없었고 협회 도서관은 회원이 아닌 이들에게는 절대로 책을 대여하지 않는다는 규칙을 매우 엄중하게 준수하고 있었다. 그래서 나는 그것을 훔쳤다. 코트 뒷자락에 숨겨 도서관장인 베스터가드 씨를 지나 걸어 나왔다. 괴물학자들 사이에서 도서관장의 별명은 책 도둑이라는 뜻의 '서적(書賊)'이었는데, 별로 기발한 것 같지는 않았다. 원래 괴물학자의 유머 감각이란 어딘가 섬뜩하고 잔인한 데가 있다. 그들은 조금이라도 웃기거나 분위기를 가볍게 해 보려고 노력할 때마다 예외 없이 처참하게 실패하곤 했다.

내가 가져온 얇은 책은 워스롭이 열여덟 살에 쓴 것으로—그것을 발견했을 때 내 나이보다 고작 다섯 살 많았다.—괴물학 협회에 가입하기 위한 최종 단계에 제출하는 일종의 논문으로서 지극히 난해하고 지적이었지만 동시에 그답게 매우 장황했다. 제목부터 내 눈을 게슴츠레하게 만들었다. 『불확실한 기원: 데카르트부터 현재까지 정론적 원칙 발전에 대한 주석을 첨부한, 이상생물학을 비롯하여 박물학 전 분야에 걸친 학제 간 개방 및 지적 집단주의에 관한 연구』.

하지만 나는 그 책을 읽었다. 적어도 대부분을 읽는 데에는 성공했다. 내가 정말로 알고 싶었던 것은 책의 내용이 아니었기 때문이다. 그가 쓴 글을 읽는 것은 그의 목소리를 들을 수 있는 가장 가까운 수단이었다. 거기에는 워스롭이 자주 사용하는 단어와 그의 권위적인 어조와 엄격한—혹자는 '무자비하다'고까지 일컬을—논리적 사고가 있었다. 책의 문장 하나하나가 모두 워스롭의 목소리로 울리고 있었고, 그것을 읽고 있노라면—온 집 안이 고요하게 잠든 한밤중에 내 방에서 홀로 깨어, 오직 나와 워스롭의 말만이 존재할 때—그가 나를 찾아와 잠시나마 같이 대화를 나누는 기분을 느낄 수 있었다. 가끔은 책을 읽다가 무심코 이렇게 중얼거리기도 했다. "정말로요, 박사님?" "그게 진짜인가요, 워스롭 박사님?" 마치 우리가 지금 해링턴 레인 집에 있는 서고에 앉아 있고, 그가 나는 듣도 보도 못한 사람이 백 년 전에 쓴 신기한 이야기를 늘어놓으며 몇 시간짜리 정신적 고문을 가하고 있는 것처럼 말이다.

워싱턴 스퀘어 파크에서 거의 쓰러질 뻔했던 그날 밤, 나는 그 책을 집어 들었다. 잠을 이룰 수가 없었기 때문이다. 그 책을 불면증 치료용으로 홍보했더라면 꽤 많은 독자를 확보할 수 있었을 거라는 다소 심술궂은 생각이 들었다. 내키는 대로 아무 데나 펼치자 다음과 같은 단락이 눈에 들어왔다.

> 무언가는 진실(사실)이거나 거짓이다. 과학에 반쪽 진실이라는 개념은 존재할 수 없다. 과학적 명제는 양초와 같다. 양초는 오직 두 가지 상태만이 존재한다. 촛불이 켜져 있거나, 켜져 있지 않거나. 다시 말해 양초는 전자 또는 후자의 상태만을 지닐 수 있을 뿐, 동시에 두 가지 상태에 있을 수는 없다. "반만 불이 붙어 있을" 수는 없다는 얘기다. 만일 어떠한 것이 사실이라면, 평범한 표현을 빌리자면 그것은 하나부터 열까지 사실이다. 만일 거짓이라면, 그것은 하나부터 열까지 거짓이다.

"정말로 그런가요, 워스롭 박사님?" 나는 그에게 물었다. "만약에 양쪽 모두 심지가 나와 있는 양초가 있다면요? 한쪽 심지에는 불이 켜져 있고 반대쪽 심지는 꺼져 있다면요? 그럼 이론상 이 양초는 반만 불이 붙어 있다고 말할 수 있는 거고, 박사님의 주장은 하나부터 열까지 틀린 거 아닌가요?" 나는 배시시 웃었다.

비유의 핵심 요소를 뒤틀어 거짓으로 만들 수는 없다, 윌 헨리. 귓전에서 그의 목소리가 울리는 것 같았다. 그래서, 왜 이런 케케묵은 논문을 읽고 있는 거냐? 나를 이용해서 기분 전환을 하려고? 내가 이제껏 너한테 해 준 게 얼만데!

"그리고 저한테 한 짓도 있죠, 박사님. 그걸 잊으시면 안 돼요."

내가 어떻게 그런 걸 잊을 수가 있겠니? 늘 그 생각을 하는데.

"전 이제 끝장이에요. 켄달 씨처럼 돌이킬 수가 없다고요."

그게 무슨 뜻이냐?

"박사님이 돌아가신대도 전 박사님한테서 벗어날 수가 없어요."

그게 켄달 씨하고 무슨 상관인지 모르겠구나.

"그저 손만 한번 댔을 뿐인데도 감염된 거잖아요. 만약에 박사님이 진짜로 돌아가신 거면, 제발 저한테 말해 주세요. 박사님이 돌아가신 거라면 저한테도 아직 희망이 있는 거니까요."

난 여기 있다. 어떻게 내가 죽을 수가 있니? 정말이지, 윌 헨리, 어릴 적에 내가 모르는 사고라도 당했던 거냐? 계단에서 굴러떨어지기라도 했어? 갓난쟁이 시절에 너희 어머니가 너를 바닥에 떨어뜨렸다거나 네가 배 속에 있을 때 크게 넘어지기라도 했다더냐?

"왜 항상 저한테 그런 심한 말을 하세요? 저를 괴롭히면 기분이 좋아지기라도 해요? 그동안 제가 박사님을 위해 한 게 얼만데요!"

네가 날 위해서 뭘 해 줬는데?

"모조리 다요! 온갖 잡일을 다 했잖아요. 빨래도 하고 요리도 하고 청소도 하고 심부름도 하고…… 똥구멍을 닦아 주는 거 빼곤 다 했잖아요!" 나는 웃음을 터뜨렸다. 갑자기 마음이 가벼워졌다. 모래 한 알갱이도 안 될 정도로. "엉덩이닦개."

윌 헨리, 너 방금 나를 욕한 거냐?

"전 박사님 욕은 절대로 안 해요. 적어도 박사님 앞에서는요. 그냥 아돌퍼스가 한 말이 기억나서요. 아크라이트를 '엉덩이닦개'로 잘못 듣더라고요."

아, 아크라이트. 내 양초 비유를 대체할 수 있는 완벽한 예시로구나.

"무슨 뜻인지 모르겠어요."

잠자코 듣기나 해라. 설명해 줄 테니. 토머스 아크라이트는 양초다. 그는 자신이 주장하는 것과 같은 사람이거나 그렇지 않거나 둘 중 하나지. 둘 다가 될 수는 없어. 폰 헬룽이 옳거나 네가 옳거나 둘 중 하나다. 너희 둘 다 옳을 수는 없어.

"그건 알겠어요."

내가 30초 전에 가만히 듣기나 하라고 하지 않았더냐? 맙소사, 윌 헨리. 진짜로 마구간에서 사고라도 당했느냐? 성질이 고약한 암소 젖을 짜다가 차이기라도 한 게야? 먼저 폰 헬룽이 옳다는 가정을 해 보자. 토머스 아크라이트는 그 자신이 주장하는 대로 괴물학에 대한 열정으로 가득한 총명하고 비범한 젊은이다. 그리고 한 박물학 박사를 경애하는데, 너무나도 존경하고 흠모한 나머지 한 번도 아니고 두 번도 아니고 세 번도 아니고 자그마치 열세 번이나 우리 시대의 프로메테우스, 학문의 지평 위에 우뚝 선 괴물학의 거장의 밑에서 수학하게 해 달라고 빌었을 정도야.

이 명제가 진실이 되려면 어떤 뒷받침이 필요할까? 너, 일명 프로메테우스의 엉덩이닦개인 네가 조수로서의 임무에 해이한 나머지 그의 편지를 한 번도 두 번도 세 번도 아니고 자그마치 열세 번이나 못 보고 넘어가야 하지. 만약에 네가 지독한 거짓말쟁이고, 너보다 훨씬 유능하고 명랑하고 학문에 대한 열의가 가득한 것은 물론이고 훌륭한 엉덩이닦개답게 자기 일을 진지하게 생각하고 그분의 엉덩이를 보송보송하고 깨끗하게 닦는 것이야말로 보람찬 임무라고 생각하는 엉덩이닦개에게 자기 자리를 빼앗기지 않으려고 그의 편지를 모두 파기하지 않았다면 말이다.

자, 하지만 너는 네가 형편없는 조수도 아니고 거짓말쟁이가 아니라는 것도 안다. 양초는, 막대기만큼이나 차갑게 식어 있지. 이게 무슨 뜻일까? 그건 바로 아크라이트가 거짓말쟁이라는 거다. 의도 자체는 순수할지도 몰라. 다시 말해, 그가 우리의 박사님을 너무나도 숭배한 나머지 거짓말을 했을지도 모른다는 뜻이다. 그렇다고 그가 꿍꿍이가 음흉한 인간이라는 의미는 아니야. 그는 이아고*보다는 퍽**에 가깝지. 지금까지 잘 따라왔느냐? 아니면 좀 더 천천히 길게 설명해 주랴?

"아뇨, 괜찮아요, 박사님. 이해했어요."

훌륭해! 그럼 더욱 최근에 발생한, 그리고 그보다도 더 신경 쓰이는 문제로 들어가 보자. 두 번째 양초라고 부르면 되겠구나. 아크라이트, 아돌퍼스, 그리고 몬스트러마리움의 "고약한 냄새" 말이다. 이번에는 이 두 번째 양초에 불

* 셰익스피어의 「오셀로」에 나오는 음험하고 간계를 꾸미는 인물.

** 셰익스피어 「한여름 밤의 꿈」에 나오는 장난꾸러기 요정.

이 켜져 있다고 가정해 보자. 다시 말해서 네 말이 옳고 폰 헬룽이 틀렸다고 말이지. 아크라이트는 거짓말을 하고 있다. 그는 에인스워스 교수의 영토에 발을 들여놓은 적이 없지. 그러니 장님이 파란색이 뭔지 모르는 것만큼이나 거기 특유의 "고약한 냄새"가 뭔지도 몰라. 표면상으로는 그저 사소한 실수에 불과하다. 아무 해도 되지 않지. 실은 알지도 못하는 냄새를 알은척한다고 해서 뭐가 문제겠니? 그저 존경하는 우상에게 자신의 관찰력을 뽐내서 좋은 인상을 주려는 것일 수도 있어. 그 전에도 제자가 되고 싶다고 서신을 몇 통이나 보냈다면서 어떻게든 잘 보이려고 했으니까……. 자, 이쯤 하면 되겠지? 더 이상 고민할 필요가 없을 거다. 그러니 너는 잠을 자고, 나는 가 봐도 되겠느냐?

"전 졸리지 않아요. 가지 마세요."

그래, 알았다. 여기 있으마. 하지만 그래도 넌 안심이 되지 않겠지. 네가 불안해하는 데에는 다 이유가 있다. 다만 그걸 어떻게 설명해야 할지 모를 뿐이란다.

"하지만 왜 설명을 못 하는 거죠?" 두 눈 가득 눈물이 고였다. "전 이게 중요하다는 걸 알아요. 그렇지만 폰 헬룽 박사님을 설득하지는 못하죠. 이유를 설명할 수가 없으니까요."

바로 그거다, 윌 헨리! 넌 지금까지 잘못된 질문에만 매달려 있었어! 넌 "그 사람이 왜 거짓말을 하지?"에만 집중한 나머지 "그가 거짓말을 했다는 게 무슨 의미지?"라는 질문을 간과했다. 자, 그게 무슨 의미냐, 윌 헨리?

"그게 무슨 의미냐면……." 나는 그 거짓말이 무슨 뜻인지 전혀 알지 못했다. "아, 난 정말이지 이런 제가 너무 싫어요. 너무 멍청해서……."

그만해라. 자기연민은 자기학대와 같아. 그 순간에는 기분이 나아질지 몰라도 결국엔 모든 게 엉망진창이 되지. 내가 단서를 줬잖니. 그럼 하나 더 알려 주마. 아크라이트 군은 모래 위에 성을 세운 어리석은 바보와 똑같다.

"그래서 비가 내리자 집이 떠내려가 버렸죠. 그러니까 냄새에 대한 거짓말이…… 그게 비고……."

이런 맙소사! 아니다, 아니야, 윌 헨리! 비가 아니다. 비 얘기는 대체 왜 나온 거냐? 난 그런 말은 하지 않았어! '네'가 바로 비다. 적어도 네가 머리를 모자걸이 외에 다른 용도로 사용할 줄 안다면 그렇게 되겠지!

나는 두 눈을 감고 생각에 집중하기 위해 귀를 막았다. 내가 비라면, 아크라이트는 뭐지? 집인가? 집을 지은 기반? 그냥 끝까지 다 모조리 설명해 주면 안 돼? 워스롭은 내가 바보 천치처럼 우왕좌왕하는 걸 보는 게 좋은 거야? 언젠가 그는 이렇게 말했다. 대부분의 사람들은 생각하는 걸 좋아하지 않는다, 윌 헨리. 그랬더라면 지금처럼 세상에 변호사가 넘쳐나진 않겠지.(그는 방금 누군가 자신을 고소했음을 알게 된 차였다. 그건 그에게 꽤 일상적인 일이었는데, 그의 직업상 따라붙는 위험수당이었다.)

이런, 윌 헨리. 너를 어떻게 해야 좋을까. 넌 꼭 뇌가 우리 가슴에 있다고 믿은 고대 이집트인 같구나. 집의 기반은 네가 시기하는 상대가 아니다.

"아크라이트가 아니야." 나는 어둠 속에서 중얼거렸다. 마침내 깨달음의 휘광이 비쳤다. "거짓말이야! 그의 거짓말이 집의 기반인 거야! 그리고 집은……." 생각해 봐, 열심히 생각해 봐라! 인간은 생각한다. 그는 늘 이렇게 말했다. 그러니 인간처럼 생각해 봐. "집은 거짓말에 기반한 결론이야. 니두스. 니두스가 집이야! 그 사람은 우리가 니두스를 갖고 있다는 결론을 내릴 수가 없었어. 왜냐하면 그의 추측

자체가 처음부터 거짓말에 기반하고 있었으니까. 우리가 몬스트러 마리움에 갔다 왔다는 것 말이야! 그 사람은 우리를 만나기 전에 이미 우리가 니두스를 갖고 있다는 걸 알고 있었던 거야!"

나는 허리를 벌떡 일으켜 침대에서 빠져나왔다. 그러곤 침대 옆 탁자의 서랍을 뒤져 성냥을 찾았다.

"그리고 그 사람이 그걸 알 수 있었던 방법은 두 가지밖에 없어. 폰 헬룽 박사님이 말했거나……."

하지만 그는 말한 적이 없다고 부인했지. 그가 거짓말을 할 이유도 없고.

"……아니면 잭 컨스가 말해 준 거지." 나는 성냥불을 켠 다음 양초에 불을 붙였다.

"아크라이트는 컨스와 한패야!"

아니면 컨스가 나한테 무엇을 보냈는지 알고 있는 사람이거나. 또다시 워스롭 박사의 목소리가 울렸다. 컨스가 누군가에게 정보를 흘렸을 수도 있다. 그러나 누구에게, 무슨 이유로 그랬는지는 알 수가 없구나.

나는 이제 바지를 다리에 꿰고 있었다. "어느 쪽이든 그 사람은 가짜예요. 하지만 왜? 속셈이 뭘까요?" 나는 창틈으로 불어온 외풍에 펄럭이는 촛불을 바라보았다. 코끝에 강 냄새가 느껴졌고, 저 멀리서 예인선이 털털거리는 소리가 들렸다. 내 안의 목소리는 입을 다물었다.

"그 사람이 우릴 속였어요, 워스롭 박사님. 박사님을 속인 거라고요! 박사님이랑 같이 컨스를 찾으러 가고 싶어서 박사님한테 달라붙어서는 달콤한 말로 한껏 치켜세운 다음에 자기야말로 완벽한 조수감이라고 여기게 한 거라고요." 나는 셔츠를 뒤집어쓰고 신발을 찾았다. 대체 내 신발은 어디 있는 거야?

"늦기 전에 폰 헬룽 박사님한테 말해야 해요."

그때 목소리가 말했다.

벌써 늦었다.

17장

"너무 늦었어."

나는 맨발로 리버사이드 드라이브를 달렸다. 72번가를 따라 남쪽으로, 그런 다음 동쪽으로 돌아 브로드웨이 가를 따라 달렸다. 마치 악마가 내 뒤꽁무니에 붙어 있기라도 한 듯 온 힘을 다해. 내가 질주하는 좁은 산길의 양쪽에는 심연이, 다스 웅게오이어, 굳게 웅크리고 있다가 풀려난 것이 도사리고 있었고, 머릿속에서는 끝없이 돌아가는 테이프처럼 똑같은 문장이 계속해서 반복되다 끝내 알아들을 수도 없는 기괴한 울부짖음으로 변했다. 너무 늦었어 너무 늦었어 너무 늦었어 너무 늦었어 너무 늦었어 너무 늦었어 너무 늦었어. 보도에 깔린 화강암이 아무것도 걸치지 않은 내 발바닥을 잡아 긁고 할퀴었고, 새벽안개 속에 떠 있는 희미한 얼룩에 불과한 가로등, 몸을 덥히기 위해 죽은 자의 뼈를 태우고 있는 거리 곳곳의 쓰레기통에서 새어 나온 지옥의 불빛, 내 뒤를 따라오는 피 묻은 발자국. 드디어 눈에 들어온 공원, 나무와 수풀, 이슬을 머금은 바위 사이에 숨은 검은 그림자, 나뭇잎이 스치며 속살대는 소리, 그리고 그 사이사이에 존재하는 적막감, 다시 브로드웨이, 도시의 심장을 관통하는 화려한 검신(劍身), 그 시끄럽고 번쩍거리는 칼날 위로 늘어선 어두운 문들 사이로 터져 나오는 날카로운 웃음소리와 김빠진 맥주 냄새, 문 앞에 쭈그리고 앉은 부랑자들, 사창가 2층 창문 밖으로 몸을 내밀고 손님을 유혹하는 매춘부들, 댄스홀에서 들리는 자그마한 음악 소리, 술에 취한 선원들의 고함 소리, 미화원들의 하얀 옷자락, 슬금슬금 풀리는 것이 흡사 탯줄처럼 나를 끌어당기고, 내 핏자국은 헨젤과 그레텔이 남긴 빵 부스러기처럼 길 위에 흔적을 남기고, 그렇지만 이제 돌아갈 길이 없어. 너무 늦었어 너무 늦었어 너무 늦었어 너무 늦었어 너무 늦었어 너무 늦었어 너무 늦었어 너무 늦었어. 51번가를 건너, 김이 모락모락 나는 거름 더미를 피해, 분칠한 얼굴들이 엿보이는 풍자극장의 불빛, 파란 코트를 입고 야경봉을 휘두르는 순찰대원, 불 꺼진 가게들, 텅 빈 과일 가판대. 불의 강이 흐른다. 가슴 가득 들이켠다. 화강암이 뼈를 올려친다. 팽팽하게 잡아당기는 탯줄, 하늘 위에서 노래하는 별들, 좁다란 석조 보도, 별들의 노래, 시간을 구원하라, 꿈을 구원하라. 노래, 노래가 들리고, 칠흑의 중심에서, 양쪽에는 무한의 허공만이 존재할 뿐, 50번가로 내닫자 브로드웨이의 번쩍번쩍한 불빛이 사라지고 어두컴컴한 건물들이 나타나고 개 한 마리가 피 냄새에 광분하여 짖어 댄다. 피 묻은 뼈에 닿는 피 묻은 돌바닥, 으르렁거리며 굽이치는 불의 강. 나는 그것을 들이마시고, 그 위를 달리고, 불은 피를 마시고, 불의 강, 피의 강, 동요하는 목소리, 탯줄, 너무 늦었어 너무 늦었어 너무 늦었어 너무 늦었어 너무 늦었어 너무 늦었어 너무 늦었어 너무 늦었어. 부디 우리가 화염 속에 불타 죽지 않길 기도하며, 쓰레기통 속으로 자취를 감춘 이처럼 동강 나지 않기를 기도하며, 자비로우신 주님, 부디 제 기도가 불길을 뚫고 당신께 도달하게 하소서. 부디 제 기도가 심연을 가르는 불길을 피해, 틈새 길을 타고 당신께 도달하게 하소서. 5번로에 들어서, 여섯 블록만 더 가면, 냉큼, 냉큼, 냉큼 서둘러! 피로 번들거리는 발바닥이 단단한 보도를 박차고, 노란 가로등 불빛 아래 검게 빛나는 붉은 핏자국, 부디 우리가 구원받지도 못하고 갈라진 채 고통받게 내버려 두지 마시옵소서. 우리의 생이 쓰레기통 속에서 끝나지 않기를, 내가 따라 뛰고 있는 불의 강, 상류에서 살이 지글거리며 녹고 뼈가 하늘에서 노래 부르는 별들에게 화답한다. 그리고 이 모든 것이, 우리의 유배가 끝났을 때, 강물이 저택의 현관 계단 앞에서 소용돌이치는 순간 나는 강둑 위로 뛰어올랐고, 집은 눈부신 빛을 내뿜으며 창문이라는 창문이 눈(目)처럼 이글거린다. 현관문을 주먹으로 쾅쾅 두드리자 커튼을 열어젖히듯 문이 활짝 열렸고, 다음 순간, 나는 안에 들어와 있었다.

나는 문지방을 넘자마자 육지에 올라온 물고기처럼 배를 움켜쥐고 헐떡였고, 피에 젖은 맨발이 마룻바닥 위에서 꿈틀거렸다. 폰 헬룽의 다정한 얼굴이 시야에 들어왔다. 그는 나를 부축해 세우고는 한참 동안 나를 꽉 끌어안았다.

"윌, 윌, 어떻게 된 거냐? 여긴 웬 일이니?" 그가 중얼거렸다.

"워스롭 박사님 말이에요." 나는 몇 번이나 시도한 끝에야 가까스로 말을 뱉을 수 있었다. "뭔가…… 뭔가가 어…… 잘못됐어요." 그는 이번에는 내 말을 들을 것이다. 듣게 하고야 말 것이다.

놀랍게도 나이 많은 괴물학자는 고개를 끄덕였다. 나는 그의 뺨이 축축하게 젖어 있음을 보았다. 푸른 눈에는 눈물이 가득 고여 있었고, 부드러운 머리칼은 여기저기 엉켜 있었다.

"너무 늦은 시간이라 너한테는 아침에 말해 줄 생각이었다. 내일까지 기다리려고 했지. 그런데 주님께서 너를 여기로 보내셨구나. 야, 그래, 그게 그분의 뜻이었다. 그분이 원하신 거였어. 그리고 그분의 뜻은 이루어질 게다!"

폰 헬룽은 혼잣말을 웅얼거리며 나를 현관 복도에 내버려 둔 채 주정뱅이처럼 기우뚱한 걸음걸이로 멀어져 갔다. "야, 야, 그분의 뜻이 이뤄질 거다." 내 발바닥과 허파는 불이라도 붙은 양 뜨거웠다. 온몸이 덜덜 떨리고 진땀이 흘렀다. 그의 손에서 구겨진 종이 한 장이 떨어졌다. 그는 그것을 집으려 들지도 않았다. 손에서 떨어진 것도 모르는 것 같았다.

그것은 웨스턴 유니온에서 온 전보였다. 노란색 종이를 알아볼 수 있었다. 폰 헬룽이 한 시간 전에 서명한 것으로, 그때 나는 5킬로미터 떨어진 리버사이드 드라이브에서 머릿속 괴물학자로부터 한창 수업을 받고 있었다.

전보의 내용은 다음과 같았다.

친전.

내일 리버풀에서 출발.

목요일에 뉴욕 도착. 참담한 소식.

총체적 실패. 워스롭 사망.

그리고 “아크라이트”의 서명이 있었다.

18장

"우리 중에 최고."

제이콥 토랜스는 위스키 잔을 기울이며 단정하게 정돈된 콧수염을 쓰다듬었다. 그러곤 조바심을 내듯 의자 팔걸이를 손가락으로 두드렸다. 협회의 신조("아무것도 두려워 말라.")가 새겨진 붉은색 인장 반지가 손가락 위에서 번쩍였다. 신발은 반지만큼이나 반짝였고, 그에게는 바지 주름을 제외하고는 구김살이라곤 전혀 없었다. 토랜스는 대리석으로 빚은 조각상 같았다. 완벽하게 재단된 양복을 걸친 고대 그리스 석상. 그의 얼굴 또한 석상 같았다. 혹은 석상의 모델이라고 해야 할지도 모르겠다. 강인하고 각진 턱, 곧게 뻗은 콧대, 감정이 풍부한 커다란 눈, 두 눈이 조금만 더 좁게 붙어 있었더라면 언제라도 울화통을 터뜨리며 얼굴을 바싹 붙이고 맹렬한 비난을 퍼부을 듯한 늘 화가 난 표정이 만들어졌을 것이다.

제이콥 토랜스는 스물아홉 살로, 괴물학자들이 "마법의 서른"이라고 부르는 나이를 고작 1년 남겨 두고 있었다. 서른 살은 이상생물학에 종사하는 학자들의 평균 기대수명이었다(당시 미국의 평균 기대수명은 42세를 약간 웃돌았다.). "마법의 서른"에 도달한다는 것은 희박한 가능성을 달성했음을 뜻했고, 괴물학자 동료들은 축하연을 열어 주었다. 괴물학자들의 흥청망청한 축하연은 "마법의 30대"라고 불렸는데, 며칠 동안이나 계속되고 고대 로마의 칼리굴라 황제가 즐기던 방탕한 연회에 견줄 만하다는 평이 있을 정도였다. 괴물학자들이 인간을 죽음으로 모는 신기한 생물들만큼이나 좋아하는 것이 있다면 바로 죽음의 천사를 속이는 일이었다. 워스롭은 내가 그와 함께 살기 전에 이미 마법의 서른을 축하했다. 소문에 의하면 그 전까지의 축하 파티는 창피해서 명함을 내밀지도 못할 정도로 굉장했다고 한다. 사실 그 뒤로 몇 년 동안 그의 동료들은 경찰에게 체포될까 두려워 보스턴에 발도 들여놓지 못했다고 했다.

나는 폰 헬룽에게 젊고 신체적으로도 뛰어난 토랜스를 추천했다(그는 괴물학계에서 나름 전설적인 인물이었다. 동료들은 그에게 미국의 전설적인 장사로 유명한 철도 노동자의 이름을 따서 "존 헨리"라는 별명을 붙였다. 한번은 워스롭이 토랜스가 클루니스 포에디두스(Clunis foetidus)를 주먹 한 방으로 단숨에 때려 죽였다는 이야기를 해 준 적도 있다.). 내가 토랜스를 추천한 또 다른 이유는 워스롭이 좋아하는 몇 안 되는 괴물학자 중 한 명이었기 때문이다. 비록 토랜스의 지나친 술 사랑이나 구제불능의 바람둥이 기질은 질색했지만 말이다. "참으로 애석한 일이다, 윌 헨리." 그는 내게 이렇게 말했다. "비범한 재능에는 항상 그만큼 커다란 단점이 수반되는 것 같으니 말이다. 그는 세속적 욕망을 자제할 수만 있다면 우리 중에 최고가 될 수 있을 거다."

폰 헬룽은 불이 꺼진 시가만 애꿎게 빽빽 빨고 있었다. 매우 초췌한 모습이었다. 눈은 수면 부족으로 퀭했고, 사흘 내리 면도를 하지 않아 턱에는 수염이 덥수룩했는데 통통한 손바닥으로 끊임없이 그것을 어루만지고 있었다.

폰 헬룽은 상당한 세월을 살아왔지만, 이번 주는 그에게 그리 즐거운 시기가 아니었다. 아직 짧은 생밖에 살지 못한 나도 마찬가지였다.

"위스키 한 잔 더 들겠나, 제이콥?" 폰 헬룽이 권했다.

"그래야 할까요? 그러면 안 될 것 같긴 합니다만." 토랜스가 문장 끝을 자르며 남은 말을 커다란 이로 씹어 삼켰다. 마치 단어에 맛이 있다면 그 맛이 마음에 든다는 양. 그는 손가락으로 잔과 그 안에 든 얼음을 빙빙 돌렸다. "에이, 까짓 거 그러죠, 뭐."

폰 헬룽이 술병이 들어 있는 진열장으로 다가갔다. 셰리주와 브랜디가 담긴 디캔터와 와인, 독주들 사이에 작은 파란 병이 보였다. 시워드 박사가 처방해 준 수면제였다. 그는 부스스한 흰 눈썹이 거의 맞닿을 정도로 한데 모으며 잠시 그것을 응시하더니, 토랜스의 잔에 위스키를 채우고 뒤로 물러났다.

"감사합니다." 정교하게 조각된 잘생긴 머리가 뒤로 젖혀지고, 목울대가 한 번 꿀떡이더니 다시금 빈 잔에 얼음 조각만 남아 짤랑거렸다.

"이 정도면 되겠지." 토랜스가 혼잣말처럼 중얼거렸다. 그는 손가락에 끼워진 반지를 돌리면서 말했다. "제가 여기 있으면 안 될 것 같은데요. 그가 의심을 할지도 모르잖습니까."

"그가 오지 않을 수도 있네." 폰 헬룽이 말했다. "여기로 온다는 말은 없었거든. 그저 오늘 목요일에 도착한다고만 했을 뿐이지." 그는 주머니에서 회중시계를 꺼내 재빨리 시간을 확인했다.

몇 초 후면 또다시 못 참고 시계를 꺼내 볼 것이다.

"그럼 우리가 그 자식을 찾아가야죠." 토랜스가 말했다. "전 지금도 놈을 추격할 준비가 되어 있습니다. 넌 어떠냐, 윌?"

"그 사람은 올 거예요. 와야 하니까요."

폰 헬룽이 기가 막힌다는 표정으로 고개를 가로저었다. 이미 애초에 나와 토랜스가 몇 번이고 봤던 모습이었다.

"나는 영 마음에 들지 않네. 방금도 말했지만, 다시 말하지. 전혀 마음에 들지 않아. 아악! 이건 내가 믿는, 아니 믿었던, 혹은 내가 믿었다고 믿었던 모든 걸 위반하는 행위야. 선량한 기독교인 신사가 할 행동이 아니란 말일세!"

"저도 그 말씀을 믿습니다, 마이스터 아브람." 토랜스가 메마르게 응수했다. "그런 사람을 많이 만나 보지도 못했고, 내가 만나 본 사람들은 별로 선량한 기독교인답게 행동하지도 않았지만요."

토랜스가 콜트 리볼버를 꺼내 들자 폰 헬룽이 빽 소리를 질렀다. "지금 뭐 하는 건가! 저리 치우게!"

"실비아라는 아이인데요." 토랜스가 백치에게 설명하는 것처럼 천천히 말했다. "알겠습니다. 말씀대로 하지요."

"그 녀석을 믿는 게 아니었어." 폰 헬룽이 신음했다. "난 머저리야. 그것도 최악의 머저리, 늙어 빠진 머저리야."

"왜 그런 말씀을 하십니까? 훌륭한 추천서에, 신원도 확실해 보였잖습니까. 그리고 자기 입으로 롱아일랜드에서 가장 유서 깊은 가문 출신이라고 주장했고요. 그러니 박사님이 믿지 않을 도리가 있나요."

"왜냐하면 나는 괴물학자니까!" 폰 헬룽이 가슴을 통통 두드리며 외쳤다. "그것도 연륜이 있는 괴물학자가 아닌가. 매사에 건전한 의심을 품지 않으면 괴물학자는 내 나이까지 절대 살아남을 수가 없어. 눈과 귀는 믿을 게 못 돼! 평생을 대자연의 가면을 벗기는 데 바쳤는데, 다른 사람은 몰라도 나라면 그놈의 음흉한 계략을 꿰뚫어 봤어야지! 그런데 내가 알아차렸나? 아닐세, 그걸 간파한 건 이 어린 애였지."

"너무 자책하지 마십시오, 마이스터 아브람. 놈은 워스롭도 속아 넘겼지 않습니까. 그리고 워스롭은 결코 바보가 아니고요."

그는 경주마가 질주하듯 손가락으로 팔걸이를 초조하게 두드렸다.

박사의 이름이 나오자 폰 헬룽이 울부짖는 듯한 울음소리를 내며 의자 위로 무너졌다.

"펠리노어, 펠리노어, 나를 용서하게. 자네가 죽은 건 다 내 탓이네!"

"박사님이 진짜로 죽었는지는 아무도 몰라요." 내가 나섰다. "그것도 거짓말일지 모르잖아요."

"아크라이트가 그런 말을 한 이유는 하나뿐이다. 그게 사실이기 때문이지!"

"하지만 박사님이 그러셨잖아요." 내가 반박했다. "희망도 절망만큼 합리적이라고요. 전 박사님이 살아 계시다고 생각해요."

"그러길 바라는 거겠지."

"워스롭 박사가 살아 있을 가능성은 있습니다." 토랜스가 끼어들었다. "저도 윌의 말이 옳다는 데 걸죠. 펠리노어 워스롭이 없는 세상은 상상하기도 싫으니까요. 얼마나 재미없는 곳이 되겠습니까."

토랜스가 자리에서 일어나—180센티미터가 훨씬 넘는 키 때문에 이상하게 시간이 오래 걸리는 것 같았다.—강인한 팔을 늘리며 기지개를 켰다.

"전 뭣 좀 먹어야겠는데요. 프랑수아는 집에 갔나요?"

"야, 그리고 다른 고용인들도 전부." 폰 헬룽이 씁쓸하게 덧붙였다. "증인이 있으면 안 되잖나, 안 그런가?"

"그 말씀을 하시니 생각났는데, 전 적당한 때가 될 때까지 안 보이는 곳에 있는 게 좋겠습니다. 그 쥐새끼 같은 놈이 눈치채면 곤란하니까요. 참 아쉽군요. 제 말은 프랑수아 말입니다. 그 친구 크레페는 제가 먹어 본 것 중 최고인데."

"미안하구나, 윌." 토랜스가 자리를 뜬 후에 폰 헬룽이 말했다. "내가 네 말에 귀를 기울였더라면……."

그는 현관 종 소리에 입을 다물었다. 눈을 지그시 감고 심호흡으로 마음의 준비를 다졌다.

"우리 사냥감이 도착했다. 이제 마음 단단히 먹고 계획을 단행해 보자꾸나. 내 표현이 어떠냐, 헨리 군. 이쯤 되면 파리도 나를 거미로 알고 피해 가겠지?"

그는 현관에 걸린 거울 앞에서 옷매무새를 정돈하고 두 손으로 헝클어진 백발을 단장했다. 그러곤 곁눈질로 내가 현관 쪽으로 다가가는 것을 발견했다.

"뭘 하는 게냐?" 그가 나지막이 속닥였다. "아니, 안 돼. 너는 응접실에 가 있어야지." 폰 헬룽이 응접실 입구를 향해 손바닥을 파드닥 흔들었다. "긴 소파 위에 누워 있어라! 넌 슬픔을 주체하지 못해 쓰러진 거야! 방금 스승님을, 네 모든 걸 잃었잖니. 우는 척은 할 수 있겠지? 눈을 문질러라. 아주 세게 문질러서 빨갛게 만들어."

현관 종이 두 번째로 울렸다. 나는 날래게 응접실로 돌아가 긴 소파에 몸을 던지고 우는 소리를 연습했다. 내 딴에는 조용히 흐느꼈다고 생각했지만 실은 그렇지 않았던 모양이다. 폰 헬룽이 목소리를 낮춰 다급하게 외쳤기 때문이다. "그게 뭐냐? 맙소사 그게 뭐야? 소리를 죽이고 흐느끼듯이 울어야지. 애도의 눈물을 흘려야 해. 지금은 꼭 도살장에 끌려가는 돼지 새끼 같구나!"

그리고 다음 순간, 이어진 말소리.

"토머스! 무사해서 다행이네. 굉장히 걱정했다네."

"폰 헬룽 박사님, 마이스터 아브람. 제가 돌아올 수 있었던 건 기적이나 다름없습니다."

"꼴이 아주 엉망이구만. 많이 피곤해 보이는군. 자, 가방은 이리 주고, 오늘은 하인들이 다 자리를 비웠거든. 응접실로 가지. 길고 위험했던 여행의 여독을 좀 풀게나."

그들이 응접실로 들어섰다. 아크라이트가 나를 보고 깜짝 놀라 몸을 돌렸다. "아이는 안 됩니다, 제발요, 박사님……." 그는 손에 낡은 가죽 가방을 들고 있었다. 나는 한 눈에 그것을 알아봤다. 심장을 찌르는 듯한 통증이 느껴졌다. 그것은 박사가 현장조사 도구를 담는 가방이었다. 그의 부친이 물려준 것으로, 그의 부친도 부친에게서 물려받은 유서 깊은 물건이었다. 워스롭은 그 가방이 없이는 절대로 아무 데도 가지 않았다.

"나는 윌이 동석했으면 좋겠네." 폰 헬룽이 딱딱하게 말했다. 그의 턱에 절로 힘이 들어갔다. 금방이라도 아크라이트의 멱살을 부여잡고 몽둥이찜질이라도 할 것 같은 기세였다. 폰 헬룽의 연기 실력은 빈말로라도 칭찬할 수 없었다.

"자네가 양해해 주게, 토머스. 이 아이는 지금은 가고 없는 우리 친구와 함께 아주 많은 시간을 보냈어. 그러니 그에게 무슨 일이 있었는지 직접 들을 권리가 있다고 생각하네."

아크라이트는 멍청하게 고개를 끄덕이고는 제이콥 토랜스가 앉아 있던 의자에 털썩 몸을 맡겼다. 그러곤 어린아이가 아끼는 장난감을 껴안는 것처럼 무릎 위에 박사의 도구가방을 놓고 꼭 끌어안았다. 그는 내 존재를 깡그리 잊어버렸다. 이제 그의 관심은 온통 이 사기극의 "표적"인 폰 헬룽 박사에게 쏠려 있었다.

폰 헬룽은 담배 상자에서 새 시가를 꺼내 끝을 잘랐다. 잘린 담배 끝을 혀 위에서 굴리고는 성냥불을 댕겼다. 불꽃이 순간적으로 그의 얼굴에 새겨진 세월의 고랑을 쫓아내자 갑자기 10년은 젊어 보였다.

"처음부터 찬찬히 말해 보게. 하나도 빠뜨리지 말고 전부 얘기해 줘야 하네." 푸른 담배 연기가 그의 머리 주위를 감돌았다.

"워스롭이 죽었다고?"

"그건 시작이 아닌데요." 아크라이트가 말했다. "그건 이야기의 결말입니다. 아주 끔찍한 결말이기도 하고요. 몇 달간 박사님과 지내면서 그분이 제가 생각했던 것처럼 모든 면에서 대단한 분이라는 걸 알고 무척 기뻤지요. 열 배는 더 훌륭한 분이셨어요! 그분을 잃은 건 우리 학계에 크나큰 손실입니다…… 저 개인적으로도 그렇고요…… 물론 박사님께도 그렇겠지만…… 인류 전체에 헤아릴 수 없는 손실입니다. 펠리노어 워스롭 같은 분은 정말 백 년에 한 명 있을까 말까 할 텐데 이런 절정의 나이에, 그분의 능력이 최고조에 이른 때 허무하게 잃다니 아직도 실감이 나지 않아요."

"아아, 토머스 군." 폰 헬룽이 그를 위로했다. "그것이 수많은 위인들의 운명이지 않던가. 특히 괴물학 분야에서는 더더욱 그렇지. 최소한 그가 모세처럼 죽기 전에 주님이 약속한 땅을 봤다고 말해 주게. 그가, 그리고 자네가 보이지 않는 존재를 발견했나? 그가 최후를 맞이하기 전에 얼굴 없는 존재와 대면할 수 있었나? 아니면 모든 게 부질없는 짓이었나?"

아크라이트는 느릿느릿 고개를 저었다. "그분은 잡혀갔습니다, 폰 헬룽 박사님. 한밤중에 캠프에서 붙들려 갔지요. 마치 하느님의 손이 내려와 그를 움켜쥔 것처럼 그렇게……." 그는 구역질을 하는 것처럼 목멘 소리를 냈다. "그러더니 비가 내렸어요! 비가요!" 그의 몸이 반으로 접히며 배 위에 올려 있던 가방을 짓뭉갰다. 가방 안에 들어 있던 도구들이 부딪쳐 희미하게 짤그랑 소리가 났다. "피의 비가…… 그 붉디붉은……." 그가 간신히 알아들을 수 있는 목소리로 속닥였다. "그분의 비가요."

"뭐라고?" 폰 헬룽이 진심으로 경악한 목소리로 외쳤다. "펠리노어의 몸이 하늘에서 흩뿌려졌다는 겐가?"

아크라이트는 입을 열었지만 아무 소리도 내지 못했다. 그는 힘없이 고개를 끄덕였다. 폰 헬룽이 한숨을 깊게 내쉬더니 나를 쳐다보았다.

"그렇다면 펠리노어 워스롭 박사가 일곱 번째가 된 거로군." 그가 조용히 말했다. "아니, 여덟 번째라고 해야겠네. 자네가 가져온 소식이 이 늙은이의 마음을 갈가리 찢어 놓았으니까. 그는 나한테 친아들과도 같았네, 토머스. 할 수만 있다면 기꺼이 그와 자리를 바꾸련만. 아, 이럴 수가. 이럴 수가." 그는 손바닥으로 이마를 문질렀다. 아무도 선불리 입을 열지 않았다. 이윽고 폰 헬룽이 아크라이트를 바라보았다. 그의 시선은 차가웠다. "하지만 자네는 탈출했지. 어떻게 그럴 수 있었나?"

"간단히 대답하자면, 도망쳤습니다."

"그걸 보지는 못했고? 무엇이 그를 잡아갔는지 보지 못했어?"

"그분이 망을 볼 차례였거든요." 아크라이트가 다소 변명하듯 대답했다. "전 자고 있었습니다. 텐트 천이 찢어지는 소리에 눈을 떴지요. 그러더니 갑자기 하늘에서 돌개바람이 몰아쳐 텐트 기둥이 부러졌고, 다음 순간 이 세상 것이 아닌 것 같은 무시무시한 포효가 들려왔습니다. 천둥소리 같기도 하고, 수천 파운드의 폭탄이 터지는 것 같기도 했어요. 곧이어 머리를 절반으로 쪼갤 것 같은 높고 날카로운 괴성이 들렸고요. 전 잽싸게 장총을 집어 들고 텐트 밖으로 기어 나왔습니다. 그때 본 게 공중에 떠 있는 그의 다리였죠. 그의 몸이 하늘 위로 끌려 올라갔는데, 그 위에는 별빛을 온통 깜깜하게 가린 거대한 그림자가, 집채만 한 그림자가 있었고, 워스롭은 마치 심판의 날에 주님의 부름을 받은 이처럼 하늘 위로 올라가고 있었습니다……. 그게 제가 목격한 겁니다, 마이스터 아브람. 그리고 전 앞으로 살아 있는 한 다시는 그 광경을 보지 못할 거라는 데 만족하고 있고요!"

"만족해?" 폰 헬룽이 아크라이트의 뺨에 줄줄 흘러내리는 눈물을 쳐다보며 말했다. "아니, '만족'한 사람은 아무도 없을 걸세, 토머스. 결국 자기를 잡아먹을 존재를 보기 위해 모든 것을 무릅쓴 사람일지라도 말일세!"

"모든 게 너무 순식간에 일어났단 말입니다! 눈 깜짝할 새에 일어났다고요! 그러곤 잠시 후에 그는 돌아왔지요…… 잘게 갈려서 말입니다. 고개를 들어 하늘을 보자 제 얼굴이 온통…… 그분으로 뒤덮였지요. 워스롭 박사의 잔해로요! 그런데 저를 그걸로 비난하시겠다고요? 박사님은 거기 안 계셨잖아요. 박사님은 인간의 잔해로 넘실대는 해안가에 서 있어 본 적이 없잖습니까!"

그는 다시 몸을 웅크리고 천천히 앞뒤로 흔들었다. 무릎에 놓인 박사의 가죽 가방을 움켜쥐고 어루만지면서.

"용서하게, 토머스." 폰 헬룽이 다정하게 말했다. "자네의 행동을 비난하려는 게 아니네. 심판의 날에 주님 앞에서 대답할 사람은 내가 아니니까. 그렇지만 자네는 지금 여기 있고, 그는 돌아오지 못했네. 한편으론 다행한 일이지만 다른 한편으로는 화가 나고, 안도하면서도 가슴 한켠은 무겁네. 자네도 나와 마찬가지겠지. 하지만 자네는 아직 이야기를 끝마치지 않았어. 나는 자네가 아는 걸 전부 듣고 싶네. 어떻게 잭 컨스를 찾았고, 어떻게 니두스를 만든 주인의 둥지를 찾았는지, 전부 다 말일세. 그렇지만 우선은 마음을 진정하는 게 좋겠구먼. 한잔하겠나? 야? 윌 헨리, 얘야, 가서 아크라이트 씨가 마실 술을 가져오렴. 뭘 마시겠나, 토머스?"

"위스키가 있으면 좋겠군요. 얼음을 넣어서요."

내가 진열장으로 술을 가지러 간 사이 폰 헬룽은 아크라이트를 마주 보고 앉았다. 그는 마치 대사제가 신에게 제물을 바치듯 두 손으로 가방을 들어 올려 폰 헬룽에게 내밀었다. "동이 트자마자 그곳으로 돌아갔더랬습니다. 그리고 이걸 발견했지요. 박사님이 갖고 싶어 하실지도 몰라서 가져왔습니다. 그분이 남긴 건 이게 전부니까요."

"전부라고?"

아크라이트는 마른침을 꿀꺽 삼키고는 속닥였다. "다른 건 바닷물로 닦아 냈습니다."

그가 마실 것이 준비되었다. 폰 헬룽이 내 손에서 술을 받아 아크라이트에게 건넸고, 그는 단숨에 잔을 비우고는 부르르 몸서리쳤다.

"아아아."

"한 잔 더 들겠나?" 폰 헬룽이 물었다.

"정말로 도움이 되네요."

"그럼 한 잔 더 마시게. 그럴 자격이 충분하니까. 마시고 싶은 만큼 마시게, 토머스. 쭉 들이켜."

한 시간 뒤에 토머스 아크라이트는 5번로에 있는 아브람 폰 헬룽의 아늑한 응접실에 앉아 있지 않았다. 그가 눈을 뜬 곳은 아늑하지도 않았고, 5번로도 아니었다.

나는 그가 가장 먼저 무엇을 알아차렸는지 궁금하다. 화학약품 냄새가 나는 축축한 공기와 그 아래 느껴지는 미묘한 썩은 내? 아니면 온통 회색으로 변한 세상—회색 벽, 회색 천장, 회색 바닥—과 그 위에 덕지덕지 붙어 있는 기름등잔의 더러운 찌꺼기였을까? 혹은 아직 벽에 내려앉지 못하고 느릿하게 허공을 떠돌고 있는 미세한 먼지였을지도 모른다. 하지만 나는 그가 제일 먼저 눈치챈 것은 그를 묶고 있는 밧줄이었을 것이라고 생각한다.

"오, 좋아. 드디어 왕자님이 잠에서 깨어나셨군." 제이콥 토랜스가 중얼거렸다.

아크라이트가 의자에서 버둥거렸다. 손과 발이 단단하게 동여매져 있는 탓에 하마터면 의자째 넘어질 뻔했다. 그는 토랜스의 등 뒤에서 비쳐 오는 희끄무레한 등불 빛에 눈을 가늘게 떴다. 토랜스는 그의 정면에 서 있었다. 180센티미터가 넘는 거대한 그림자, 광원을 등지고 있어 보이지 않는 얼굴, 그리고 복수의 천사들에게 악의 응징을 명하는 신과 같은 목소리의 소유자.

그리고 내 안에서는 나 아닌 내가 빠른 속도로 풀려나고 있었다. 토머스 아크라이트의 눈 속에 공포심이 떠오르는 것을 보자, 오싹할 정도로 가슴이 설레기 시작했다.

"당신 누구요?" 아크라이트가 놀랍도록 차분하게 물었다. 땅 밑 깊숙한 몬스트러마리움의 미궁 속에서, 소리는 신기한 재주를 부릴 수 있다. 그의 목소리는 벽을 따라 미끄러지고 뱀처럼 구불구불한 통로에 비틀비틀 부딪치며 천장에서 바닥으로, 다시 벽에서 벽으로 방황하다가 제자리로 돌아왔다. 잠깐, 그런데 방금 롱아일랜드 사투리가 흔적도 없이 사라져 있지 않았나?

"널 죽일 사람이지." 토랜스가 무미건조하게 대꾸했다. "윌이 그 영광을 차지하지 않는다면 말이지만."

"윌!" 아크라이트는 암흑 속을 한참 주시하다가 마침내 나를 발견했다. 나는 그의 시선을 피하지 않고 받아치기 위해 안간힘을 써야 했다.

"폰 헬룽 박사님은 어디 있지?"

"내가 죽였다." 토랜스가 대답했다. "아니, 그랬던가? 과연 어땠을 것 같나?"

"여기가 어디지? 왜 나를 의자에 묶어 둔 거요?" 그의 혈관에는 아직 약기운이 돌고 있을 터였다. 그는 약기운에 저항하며 잘 움직이지도 않는 혀로 단어를 발음하려고 애쓰고 있었다.

"왜, 이 냄새를 모르겠나? 난 자네가 여기 와 본 줄 알았는데. 그리고 네가 의자에 묶여 있는 이유는 스스로도 잘 알고 있을 거야. 이제는 짝이 맞는군. 이미 답을 알고 있는 것에 대해 두 번 물었고, 답을 모르는 것에 대해서도 또 두 번 물었으니. 하지만 물을 수 있는 기회는 다섯 번뿐이지. 그러니 마지막 질문은 첫 번째 범주에서 고르는 게 좋을 거야."

"마지막이라니…… 무슨 소리지. 내가 무슨 답을 안다는 거야. 뭐…… 도대체 이게 무슨 일이지? 난 도무지 이해가……. 윌, 도대체 뭐가 어떻게 된 거니?"

"흠, 내 대답이 마음에 들지 않아서 저 애에게 묻는 건가? 그게 내 잘못은 아니야."

"좋소! 그럼 당신한테 묻지! 왜 나를 죽이려는 거요?"

"난 널 죽이고 싶지 않아. 죽일 거라고 했지. 난 괴물이 아니야. 괴물을 연구할 뿐이지." 토랜스가 어깨를 으쓱여 재킷을 벗더니 내게 건네주었다. 그는 주머니에서 콜트 리볼버를 꺼냈다.

"이건 내 총이다. 실비아라고 하지. 어쩌다 그런 이름을 붙였는지는 사연이 기니까 그건 관두고."

그는 실린더를 가볍게 밀어 돌출시킨 다음 아크라이트의 귀족적으로 생긴 코에서 30센티미터도 떨어지지 않은 곳에 가져다 댔다.

"탄창이 비어 있지. 보이나?" 그는 조끼 주머니에 손을 넣어 총알 하나를 꺼냈다.

"이건 총알이야." 그는 총알을 들어 보여 주었다.

그런 다음 약실에 밀어 넣고 실린더를 닫았다. 그는 가타부타 이렇다 할 설명 하나 없이 다가가 아크라이트의 잘생긴 이마에 총구를 들이댔다.

포로는 눈썹 하나 까딱하지 않았다. 회색 눈을 깜짝하지도 않고 토랜스의 얼굴을 노려보았다. "어디 해보시지. 방아쇠를 당겨. 난 겁나지 않으니까."

"너를 겁 줄 생각은 없어." 토랜스가 대답했다. 그는 의자에 묶여 있는 사내의 무릎에 총을 떨어뜨리고 말했다. "이야기를 하나 들려주지. 내가 아주 좋아하는 이야기야. 내 친구가 들려준 건데, 공교롭게도 핫도그 먹기의 세계 챔피언이지. 60초 안에 핫도그를 두 개 반이나, 빵까지 모조리 먹어 치울 수 있거든. 사실 핫도그 먹기 대회로 그럭저럭 먹고 살기란 녹록지가 않아. 그래서 그 친구는 작가가 되었지. 수입은 늘었어도 1분간 핫도그 두 개 반을 먹는 데 따라오는 영광은 반도 달성하지 못했지만 말이야. 아, 그래 빵도. 빵을 빠뜨리면 안 되지. 이건 꽤 유명한 이야기라네. 자네도 한 번쯤은 들어 봤을걸.

옛날 옛적에 성질이 아주 못되고 심술궂은 왕이 살았어. 왕한테는 아름다운 딸이 있었는데, 아무리 못되고 심술궂어도 자기 딸만큼은 지극정성으로 사랑했지. 그런데 이 아름다운 공주님이 그만 신분이 낮은 남자와 사랑에 빠진 거야. 간단히 말해서 평민하고 말이야. 못된 왕은 아주, 아주, 아주 화가 많이 났지. 그렇게 되면 자네라도 그 공주의 연인이 되고 싶지는 않을걸. 왕은 그 불쌍한 친구를 아주 깊고 어둡고 축축한 지하 동굴에 처넣었지. 여기와 별반 다르지 않았달까. 왕은 그 남자를 죽일 작정이었어. 하지만 자기 딸한테는 꽤 너그러웠는데, 공주는 줄리엣처럼 제 연인이 맞이할 운명을 알고 무척 상심해 있었지. 어쨌든 남자의 잘못은 평민이라는 것뿐이었으니까.

그래서 못된 왕은 그를 죽이지 않기로 했어. 그렇지만 그에게는 다른 수가 있었지. 왕은 커다랗고 둥근 경기장에, 고대 로마인들이 투기장으로 사용하던 콜로세움처럼 말이야, 그를 세웠어. 남자의 앞에는 똑같이 생긴 두 개의 문이 있었지. 한쪽 문 뒤에는 아리따운 여인이 기다리고 있었어. 공주님만큼 아름답진 않아도 평범한 여자들에 비하면 발군일 정도로 아리따운 여인 말이야. 그리고 다른 한쪽 문 뒤에는 사나운 식인 호랑이가 버티고 있었지. 자, 죄수는 무조건 이 두 문 중 하나를 선택해야 했어. 어떤 문을 고를지는 순전히 그에게 달려 있었고 말이야. 만약에 그가 아리따운 여인이 기다리고 있는 문을 연다면 무조건 그녀와 혼인해야 해. '죽음이 우리를 갈라 놓을 때까지'라고 맹세하는 그런 결혼 말이야. 결혼을 거부하면 못된 왕이 죽인다고 했거든. 그리고 호랑이가 있는 문을 연다면……. 흠, 너도 그 결과가 어떨지는 알겠지.

자, 너도 지금쯤 이런 생각을 하고 있을지도 모르겠군. '어느 쪽 문을 열어야 할지 뻔하잖아!' 하지만 잠깐, 막 문을 열기 직전에 남자는 공주님을 올려다봐. 오, 참된 사랑은 승리하리라! 선은 악을 이기리라! 왜냐하면 그녀는 양쪽 문 뒤에 뭐가 있는지 알고 있거든. 연인이 공주를 쳐다보자, 그녀는 손가락으로 오른쪽 문을 가리켜. '오른쪽 문을 열어! 나를 믿어!'라는 의미였지.

그녀의 연인은 평민이기 때문에 왕족이나 귀족의 사고방식이 어떤지는 몰라. 그렇지만 그는 바보가 아니었지. 그래서 속으로 머리를 굴려. 사랑하는 연인이 평생 다른 여자의 품 안에서—아무리 자기보다 못났다고 해도—살아가는 것을 봐야 하는 공주의 심정은 어떨까? 혹시 질투가 난 나머지 연인에게 '사자 밥이 되는' 문을 알려 준 건 아닐까? 오, 아니야, 그럴 리가 없어. '사랑은 오래 참고 사랑은 온유하며 시기하지 아니하며…….'* 설마 공주가 왕과 대신들과 그녀 앞에서 그가 사자한테 잡아먹히는 걸 바라지는 않을 거야! 그런 건 있을 수 없는 일이야! 그러니까 저 문 뒤에는 아리따운 여인이 있을 거야.

---

* 「고린도전서」 13장 4절.

그런데 잠깐! 내가 그 여인이 누군지 말했던가? 공주는 그 여인을 아주 잘 알고 있었어. 하필이면 공주가 싫어하다 못해 혐오하고 경멸하는 여자지. 그래서 만약에, 오른쪽 문 뒤에 있는 게 그 여인이라면, 공주는 남은 평생 동안 억지로, 그 증오스러운 여자가 세상에서 가장 고귀한 여인인 자신도 손에 넣지 못한 것을 소유하는 것을 지켜봐야 해. 그리고 가엾은 연인은 그 사실을 알고 있었지.

'하지만 그렇다 할지라도 그녀는 저기 가만히 앉아 내가 사자에게 잡아먹히는 것을 지켜보지는 않을 거야.' 그 불쌍한 사내는 생각하지. '그러니까 그녀는 가슴이 찢어지는 한이 있더라도 내 목숨을 구할 수 있는 문을 가리켰을 거야.' 그는 오른쪽 문의 손잡이를 돌리기 시작해.

'하지만 잠깐!' 그는 생각하지. '만약에 그녀가 내가 그녀를 믿지 않을 거라고 생각했다면 어쩌지? 그래서 일부러 사자가 있는 문을 가리켰다면? 그걸 본 내가 다른 쪽 문을 선택할 거라고 생각했다면? 그러니까 난 왼쪽 문을 열어야 할지도 몰라!'

그래서 다시 그는 왼쪽 문 쪽으로 다가가. 그렇지만 막 문을 열려는 순간 그는 또다시 생각해. '기다려 봐! 나는 그녀를 믿어야 해. 그녀라면 사자가 엉망진창이 된 내 시체를 흙바닥에 질질 끌고 다니면서 사방을 피범벅으로 만든다는 건 상상하는 것조차 싫을 거야. 여인이 기다리는 문은 오른쪽 문이야. 만약에…… 만약에 내가 그녀를 믿지 않는다면 말이지. 사랑이 아무리 오래 참을 수 있다고 해도 평생은, 끔찍할 정도로 "길고" 길다고. 오른쪽 문 뒤에 있는 건 호랑이야. 그러니까 왼쪽을 열어야 해!'

두 개의 문. 한쪽 문 뒤에는 아리따운 여인이 있고, 다른 문 뒤에는 호랑이가 있네. 그는 어느 쪽을 열어야 할까?"

토랜스가 이야기를 마쳤다. 아크라이트는 그가 미친놈이라는 확신이 들었는지 처음에는 아무 대답도 하지 않았다. 그러다가 더 이상 긴장감을 참지 못하고 불쑥 말했다.

"좋아요. 답이 뭡니까? 어느 쪽 문을 열어야 하죠?"

"나도 몰라! 그 나쁜 자식이 거기서 끝냈지 뭔가. 60초 동안 핫도그 두 개 반을 먹어 치우는 녀석이 빌어먹을 동화 하나 마무리 짓지 못했다고. 어쨌든 질문이 틀렸어. 올바른 질문은 네가 어느 쪽을 선택할 것인가지. 그래, 여인을 택할 건가, 호랑이를 택할 건가?"

토랜스가 내게 고개를 끄덕여 보였다. 나는 복도로 나가 손수레를 밀고 돌아왔다. 처음 세상에 나온 이래 바퀴에 기름칠을 한 적이 한 번도 없는지 작은 방 안으로 밀고 들어가는 내내 바퀴에서 끽끽거리는 소리가 났다. 아크라이트의 시선이 손수레와, 안에 놓여 있는 커다란 단지로 향하더니 이내 눈길을 돌려 버렸다. 그의 어깨가 한 번 들썩이더니 축 처졌다. 오른쪽 다리가 꿈틀거렸다.

"이게 뭔지 알지?" 토랜스가 호박색 액체 속에 담겨 있는 것을 향해 손가락을 가볍게 튀기며 말했다. 아크라이트는 대답하지 않았다. 그의 얼굴이 땀으로 번들거렸다. 오른쪽 눈 아래가 경련을 일으키고 있었다.

"내가 장갑을 어디 뒀더라?" 토랜스가 중얼거렸다. "오, 저기 탁자 위에 있군. 윌, 너도 장갑을 껴라." 그는 수레에서 메스를 집어 들고 병 입구를 봉인하고 있던 왁스를 빙 둘러 그었다. "잠깐 들고 있어라, 윌." 그러곤 내게 메스를 건네주었다. 그가 뚜껑을 비틀어 열었다. 소리가 유난히 크게 울렸다.

"알았어요!" 아크라이트가 소리쳤다. "알았다고요! 진짜 짜증나네. 지금 당장 폰 헬룽 박사와 얘기를 해야겠습니다."

토랜스가 뚜껑을 옆에 내려놓고 병 안에 손을 집어넣어 니두스를 꺼냈다. 그는 미간을 찌푸렸다. 그것이 두렵기 때문이라기보다는 팔이 너무 두툼해서 병에 잘 들어가지 않기 때문인 것 같았다. 그는 인간의 유해를 엮어 만든 둥지를 꺼내 조심스럽게 병 옆에 내려놓았다. 등불 빛 아래서 매끈한 표면이 번들거렸다.

"설압자를 다오, 윌." 토랜스가 지시했다. 나는 그에게 평평한 날이 달린 도구를 건네주었다. 그는 그것을 이용해 니두스를 구성하고 있는 끈적끈적한 물질을 동전만큼 덜어 냈다. 티포에우스 마그니피쿰의 타액이었다.

"뭐 하는 겁니까?" 아크라이트가 외쳤다. "그거 뭐 하는 거예요?"

"내가 뭘 하는지 너도 알 텐데."

"당신은 모르겠지만, 이봐요, 당신 지금 엄청난 실수를 저지르고 있는 겁니다. 엄청난 실수라고요!"

"내가? 내가 엄청난 실수를 저질렀다고?" 토랜스가 설압자를 치켜들며 말했다.

"그걸로 나한테 협박하려고요?" 아크라이트가 빈정대듯 말했다. "당신은 못 할걸요. 절대로 못 할 거라고요."

"내가 못 한다고?" 토랜스는 진심으로 어리둥절해하는 것 같았다.

"그래요. 못 해요. 왜냐하면 난 뭐든 간에 당신한테 말할 필요가 없거든요. 날 풀어 주지 않으면 아무것도 말해 주지 않을 겁니다. 하! 이제 당신이 선택해 보지그래요? 나한테 그런 짓을 하면 아무것도 알아낼 수 없을 겁니다."

"뭘 알 수가 없는데? 난 어차피 아무것도 안 물어봤는데."

아크라이트는 웃으려고 했다. 그러나 그의 입에서 나온 것은 목이 막힌 듯한 딸꾹질 소리였다. 의자 뒷다리 주위에 묶여 있는 손은 떨리고 있었고, 이제는 의자도 함께 덜덜 떨리고 있었다. 토머스 아크라이트를 에워싼 공기 전체가 떨리고 있었다. 그의 공포심에 공명하여, 온 사방의 먼지 입자가 진동하고 있었다.

토랜스가 말을 이었다. "흡수율은 노출 지점에 따라 달라지지. 가령 상부 진피의 경우에는 증상이 더디게 나타나는 편이야. 이를테면, 그래, 입이나 눈, 코에 비하면 말이지. 귓구멍이나 항문처럼 외부로 열린 구멍에 닿으면 확실히 빨리 작용한다네."

무미건조한 말투였다. 워스롭 박사가 자주 사용하던, 학생에게 강의를 하는 듯한 어조였다.

"당신 미쳤어." 아크라이트가 감정 없이 응수했다.

"아니." 토랜스가 말했다. "난 괴물학자일 뿐이야. 물론 그 둘을 구분하기가 쉽진 않지만."

그러더니 그는 강의를 이어 갔다. "증상에 대해서는……. 흠, 굳이 그걸 전부 설명할 필요는 없겠지. 혹여 궁금하다면 여기 있는 윌이 설명해 줄 수 있을 거야. 향후 몇 시간 내에 어떤 증상을 겪게 될지 말이야. 윌은 그런 사람을 아주 가까이서 본 적이 있거든."

나는 고개를 끄덕였다. 머리가 어지러웠다. 귓가에 피가 쏠리는 게 느껴졌다. 그리고 가슴속에서는…… 단단히 감겨 있던 것이 슬금슬금 풀리고 있었다.

"윌……." 아크라이트가 불렀다. "윌! 윌! 이러지 마. 이러면 안 돼. 저 사람이 이런 짓을 하게 내버려 두면 안 돼! 윌! 가서 폰 헬룽을 찾아와! 어서! 어서 가!"

"나라면 헨리 군에게 호소하지 않을 거야." 토랜스가 말했다. "사실을 말하자면 애초에 이게 다 이 아이 생각이었거든."

아크라이트가 얼빠진 사람처럼 멍하니 나를 쳐다보았다. 나는 과감하게 그의 시선을 맞받아쳤다. 나는 고개를 돌리지 않았다.

"네가 고약한 거짓말쟁이라는 걸 알아차린 것도 윌이고. 그러니 나라면 윌 헨리에게 이래라저래라 하지 않겠어, 그건 아니지!"

토랜스가 의자에 묶여 있는 사내를 향해 한 발짝 내딛자, 아크라이트가 격렬하게 몸부림치기 시작했다. 의자 다리가 콘크리트 바닥 위를 난폭하게 치댔고, 그의 무릎에서 종이 떨어졌다.

"하느님 맙소사, 난 당신이 뭘 원하는지도 모른다고!" 그가 울부짖었다. 마침내 아크라이트의 허세가 무너지기 시작한 것이다.

"저 말 들었니, 윌?" 토랜스가 물었다. "네 귀엔 저게 롱아일랜드 억양처럼 들리냐? 나한텐 전혀 그렇게 들리지 않는데. 꼭 영국 억양 같구나."

"난 영국 신민이자 빅토리아 여왕님의 왕실을 섬기는 충실한 종복이오. 그리고 당신을 반드시 교수형에 처할 거요!"

"과연 그럴까." 토랜스가 같잖다는 듯 응수했다. 그는 의자 옆을 돌아 아크라이트의 뒤에 붙어 섰다. 그런 커다란 몸집의 사내치고는 놀랍도록 민첩한 동작이었다. 그는 잠시도 주저하지 않았다. 죄수가 고개를 돌릴 틈도 주지 않았다. 그는 빈손을 내밀어 아크라이트의 코를 틀어쥐었다.

아크라이트가 즉각적으로 반응했다. 그는 밧줄에 옥죄인 몸을 뒤틀고 들썩이고 목이 빠질 듯이 고개를 도리질하며 토랜스의 강철 같은 손아귀에서 벗어나려 했지만 모두 헛된 시도였다. 그는 토랜스의 솥뚜껑 같은 손이 덮쳐 오기 전에 토랜스의 다른 손에 들려 있는 번쩍이는 설압자를 본 게 틀림없다. 입술은 꼭 다물려 있었지만, 그도 토랜스도 그것이 그리 오래가지 못하리라는 것을 알고 있었다. 까무러칠 때까지 숨을 참을 수도 있을 테지만, 그래 봤자 무슨 소용이 있을까? 그저 토랜스만 수월하게 해 줄 뿐이다.

아크라이트에게는 선택의 여지가 없었다. 아리따운 여인인가, 호랑이인가. 그건 정말 형편없는 비유였다.

그는 입을 열고 헐떡였다. "내 이름은 아크라이트가 아니오." 코가 틀어막혀 있다 보니 심한 감기에 걸린 양 코맹맹이 소리가 났다.

"네 이름은 관심 없어."

"당신들은 교수형을 당할 거야!" 그가 절규했다. "당신과 폰 헬룽! 그리고 당신의 저 빌어먹을 꼬마 조수 새끼도!"

"윌은 내 꼬마 조수 새끼가 아니야. 펠리노어 워스롭의 꼬마 조수 새끼지."

"워스롭? 그거야? 워스롭이 어떻게 된 건지 알고 싶었던 거였어? 워스롭은 죽었어. 마시라 섬에서 죽었지. 아라비아 해에 있는 빌어먹을 마시라의 피의 섬에서, 내가 폰 헬룽에게 다 말했잖아!"

토랜스가 건너편에 있는 나를 바라보았다. 나는 고개를 가로저었다.

"그 말은 못 믿겠는데." 그가 아크라이트에게 말했다. "윌, 손 좀 빌려 다오. 저자가 계속 이렇게 발광하다간 설압자를 떨어뜨릴 것 같구나."

나는 도구를 받아 든 채 토랜스가 우람한 팔로 아크라이트의 목을 감아 조르는 모습을 지켜보았다.

"넌 이제 끝났어." 토랜스가 속닥였다. "나는 주저할지도 몰라. 그나마 나는 교수형이라는 소리를 들으면 조금 주춤할 나이거든. 그렇지만 윌은 다르지. 저 앤 아직 어린애야. 그리고 아이들은 자기가 영원히 살 수 있다고 생각한단 말이야. 윌은 네가 워스롭을 죽였다고 아주 굳게 믿고 있어. 그리고 나는 그 말이 옳을지도 모른다고 생각하고."

"난 안 죽였어!"

"흠, 하지만 적어도 네가 말한 대로 죽진 않았을 테지. 난 컨스에게 걸겠어. 컨스가 그를 죽였을 거야."

"아무도 안 죽였어. 워스롭을 죽인 사람은 아무도 없다고. 맹세하는데 아무도 그런 짓을 하지 않았어!" 아크라이트의 시선이 내게 향했다. 나는 죽음 그 자체를 손에 들고 있는 사람이었고, 다시 말해 그의 목숨 줄을 쥐고 있는 장본인이었다.

"그는 살아 있어요." 아크라이트가 숨을 헐떡이며 말했다. "살아 있다고! 됐어요? 이제 만족했습니까?"

"아깐 죽었다더니 이젠 또 살아 있다고 하네." 토랜스가 말했다. "다음번엔 그가 극장에서 민스트럴 쇼를 공연하고 있다고 하겠군."

토랜스가 아크라이트의 목에서 팔을 풀고 내게 손가락을 튀겼다. 그는 푸드레 세르를 원했다.

아크라이트가 울부짖었다. "전부 사실이라고요! 그리고 다른 것도 말해 주지. 내가 아니었으면 그 자식은 지금 살아 있지도 않을 거요. 우스운 일이지. 워스롭은 나한테 목숨을 빚졌는데 당신들은 그 보답으로 나를 죽이려고 하고 있으니."

"목숨을 빚졌다고." 토랜스가 그의 말을 되풀이했다.

"그래요, 내가 그 사람 목숨을 살렸지. 그들은 그를 죽이고 싶어 했거든. 우리를 둘 다 죽이려고 했지. 하지만 내가 말렸다고요. 내가 그들이 그러지 못하게……."

"그들이란 말이지." 토랜스가 말했다.

"아니, 그건 말할 수 없어요. 제발, 그건 안 돼."

"그들이 그가 죽길 바랐단 말이지."

"날 죽일 거요. 그들이 날 개 잡듯이 잡아 죽일 거라고요."

"'그들'이라."

"내 말 좀 들어 봐요!" 아크라이트가 빽 소리를 질렀다. 그의 눈동자가 정신없이 방황하고 있었다. 내게로, 토랜스에게로, 그리고 다시 내게로 돌아왔다. 누구에게 애원해야 할까? 이 한 편의 연극을 지휘한 어린아이? 아니면 그것을 연기하고 있는 주연 배우?

"그걸 말하면 난 죽은 목숨이라고요."

"말 안 해도 죽은 목숨이야."

여인인가, 호랑이인가. 어쩌면 이건 꽤 괜찮은 비유였는지도 모르겠다.

더 이상 참을 수가 없었다. "워스롭 박사님은 어디 있어요?" 나는 불쑥 물었다.

그는 말해 주었지만, 그 대답은 내게 아무런 의미도 없었다. 나는 들어 본 적도 없는 곳이었다. 그러나 토랜스는 알고 있었다. 그는 아크라이트를 노려보더니 돌연 너털웃음을 터뜨렸다.

"그렇군……. 좋아! 마음에 드는군. 그건……. 흠, 미친 짓이긴 하지만 그래도 말은 되는군. 회의적 믿음 쪽으로 마음이 기우는구먼, 아크라이트."

"다행이군요! 그럼 그가 어디 있는지 알았으니 이제 나를 놔주시죠, 네?"

그러나 토랜스의 볼일은 아직 끝나지 않았다. 그는 가장 중요한 쟁점, 즉 똑같이 생긴 두 개의 문에 도달했다.

"'그들'이라고 했지. '그들이 그를 죽이고 싶어 했다'고 말이야. 컨스와 자네와 그들인 건가, 아니면 컨스와 자네, 그리고 그들인 건가?"

"뭔 소리를 하는지 도통 모르겠군요. 하느님 맙소사, 살려 줘요!" 그의 눈길이 내 쪽으로 향했다. "오오, 제발, 살려 줘." 그는 간절하게 속삭였다.

나는 그의 심정을 이해할 수 있을 것 같았다. 그래서 토랜스의 통역사가 되기로 했다. "존 컨스를 알아요?"

"난 존 컨스가 누군지 전혀 몰라. 만난 적도 없고 본 적도 없어. 이 빌어먹을 일이 있기 전에는 맹세코 들어 본 적도 없는 이름이라고! 젠장, 평생 몰랐더라면 좋았을 텐데!"

"아하!" 토랜스가 외쳤다. "그럼 컨스, 그들, 그리고 자네로군. 자네와 컨스가 아니야. 자네는 컨스와 함께 일하는 게 아니야. 그들과 함께 일하는 것도 아니고. 자네는…….” 그는 발을 굴렀다. 한시라도 빨리 갇혀 있는 칸막이를 벗어나 경주장을 질주하고 싶어 조바심이 난 사나운 수말 같았다. “영국 왕실의 충성스러운 종복! 왕실의 종복이라고 했겠다! 이제야 알겠군. 잘 됐어.”

그러더니 사방이 고요해졌다. 공중을 떠돌던 먼지 입자들마저 발작적인 발레를 멈춘 것 같았다. 의자에 묶여 있는 아크라이트, 그 뒤에 서 있는 토랜스, 그리고 벽에 기대 있는 나, 등불과 니두스, 설압자, 그 위에 묻어 있는 푸드레 세르, 인간의 몸을 부패시키는 별의 부패물, 우리 각자의 내면에 숨어 있는 다스 웅게오이어, 꽁꽁 뭉쳐 있다 슬금슬금 풀려나는 것, 세상을 두 쪽으로 갈라 놓을 수도 있는 힘으로 내가 있다고 속삭이는 것, 내 안에 있고 당신 안에 있고 토머스와 제이콥의 안에 도사리고 있는 그것, 그리고 두 개의 문, 우리 각자의 앞에 놓인 두 개의 문.

제일 먼저 문을 선택한 것은 제이콥이었다. 그는 손을 내밀어 아크라이트의 손을 묶고 있는 밧줄을 풀었다. 아크라이트는 추운 겨울날 아침 막 현관문을 연 사람처럼 부르르 몸을 떨었다. 제이콥은 자신의 문을 선택해 아크라이트의 손을 풀어 주었고, 손이 풀린 아크라이트는 얼굴에 상쾌한 바람이 닿는 것을 느끼며 자신이 드디어 자유의 몸이 되었음을, 심문을 이겨 냈음을 알았다. 그때 제이콥이 아크라이트의 머리를 뒤로 힘껏 잡아당겨 젖히자 그의 입에서 기다란 울부짖음이 새어 나왔다. 아크라이트의 손이 반사적으로 올라왔지만 때는 이미 늦었다. 제이콥은 이미 문을 열었다. 문이 활짝 열렸고, 아크라이트의 입안으로 설압자가 침투했다. 목구멍 깊숙이 쑤셔 넣자 아크라이트가 숨이 막혀 웩웩거렸다.

토랜스는 뒤로 물러나 아크라이트가 몸을 앞으로 구부리며 의자에서 일어나려고 하는 모습을 지켜보았다. 그러나 그의 다리는 여전히 의자에 묶여 있었고, 그래서 차가운 바닥으로 곤두박질쳤다. 그의 비명 소리는 인간이 아니라 도살장에 끌려가는 짐승의 그것이었다. 그는 다리에 의자를 매단 채로 바닥을 가슴으로 쓸며 질질 기었다. 밧줄에서 빠져나오려고 다리를 앞뒤로 밀고 당기다 돌연 멈췄다. 그의 등이 둥그렇게 휘면서 속에 든 것을 게워 냈다.

그다음 일이 일어나는 데에는 1분도 걸리지 않았다.

"윌! 윌!" 토랜스가 외쳤다.

손바닥이 내 뺨을 후려 갈겼다. 순간적으로 몸이 뒤로 밀려날 정도로 강력한 타격이었다.

"나가라. 지금, 당장."

나는 들썩이고 있는 아크라이트의 몸뚱이를 피해 잽싸게 문 밖으로 뛰쳐나갔다.

흐느낌과 욕지거리가 방과 벽 사이에 갇히고, 벽을 타고 울리는 메아리가 다시 반향이 되어 돌아와 나를 뭉개고, 후려쳤다. 세상이 반으로 쪼개지는 소리.

황급히 뛰쳐나가다 수레에 부딪치는 바람에 병에 들어 있던 호박색 액체가 철벅거렸다. 등 뒤에서 설압자가 바닥에 툭 하고 떨어지는 소리가 나더니 토랜스가 반항하듯 기우뚱거리는 수레를 밀며 다가왔다.

이제 니두스는 복도로 나왔고, 그 뒤에는 토랜스가 있었다. 그는 문을 쾅 밀어 닫고 걸쇠를 걸었다. 커다란 주먹으로 잠긴 문을 내려쳤다. 격렬한 분노를 해방시키며 거칠게 포효했다.

그러나 문 반대쪽에 있는 사람은 그의 목소리를 듣지 못했을 것이다.

"멍청이, 멍청이, 멍청이!" 텅! 텅! 텅! "바보 머저리, 멍청한 영국인 자식!" 텅!

나는 벽에 등을 기대고 밑으로 스르르 미끄러졌다. 손으로 귀를 틀어막았다. 슬금슬금, 내 안에서 그것이 계속해서 끝없이 풀리고 있었다. 그것은 시작도 끝도 없고, 위도 아래도 없었다. 이 우주에 속한 것도 아니고, 우주가 존재하기 전부터 존재하는 것이며, 우주가 한 줌의 먼지로 화할 때도 여전히 거기 있을 것이다. 내 안에, 그리고 당신의 안에 존재하는 다스 웅게오이어, 우리들의 심연.

"계획이랑 다르잖아요! 정말로 그런 짓을 할 건 아니었잖아요!" 나는 잠긴 문을 세차게 두드리고 있는 토랜스의 등에 대고 절규했다. "그 사람한테 그냥 겁만 주면 됐다고요!"

그가 몸을 돌려 나를 바라보았다. 어두운 복도, 침침한 불빛 아래서 나는 그의 눈을 똑바로 보았다. 새까만…… 오쿨루스 데이. 신의 눈.

"닥치고 들어!" 그가 고함을 질렀다. "그 입 닥치고 귀나 쫑긋 세우라고!"

이제 문 건너편은 고요했고, 갇혀 있는 사내 앞에는 두 개의 문이 놓여 있었다. 그의 두 개의 문. 그리고 그는 스스로에게 물을 것이다. 어느 쪽일까. 여인인가, 호랑이인가. 그리고 그는 손을 내밀어…….

총소리가 울린 순간 제이콥 토랜스의 몸이 빳빳이 굳었다. 그는 낮은 천장을 향해 고개를 들더니 두 눈을 지그시 감았다.

"여인을 선택했군." 그는 중얼거렸다.

19장

"전혀 좋을 게 없을 거다."

아브람 폰 헬룽은 뒷짐을 지고 창밖을 내다보았다. 위대한 도시가 잠에서 깨어나고 있었다. 화강암 도로에서는 우람한 회색 짐말이 곡물 자루가 잔뜩 실린 짐마차를 끌며 따각따각 지나갔다. 인도 위에서는 자전거를 탄 남자가 바람을 가르며 쌩 하고 지나간다. 머리에 빨간 리본을 매단 어여쁜 여자아이 둘이 팔짱을 낀 채 무릎을 총총 올리며 길을 건넌다. 아이들의 높고 흥겨운 웃음소리가, 다리를 저는 풍선 장수의 휘파람 소리와 함께 점차 멀리 사라져 갔다.

"양치기여 가라, 저 언덕에서 그대를 부르나니."* 폰 헬룽이 중얼거렸다. "어서, 양치기여, 탐험을 시작하세!"

그는 몸을 돌려 창을 등진 채 말했다. "내가 열 살 때, 아버지가 나

---

* 영국 시인 매튜 아널드의 시 「도버 해변」의 한 구절.

와 여동생을 데리고 우리 집이 있는 레히에서 슈트벤바흐까지 간 적이 있네. 집시 유랑단을 구경하러 간 거였지. 우리 셋뿐이었어. 어머니는 가고 싶지 않다고 했거든. 그러면서 아버지에게 우리한테서 눈을 떼면 안 된다고 단단히 일렀지. 집시들이 어린애들을 훔쳐 갈지도 모르니까. 어머니는 집시들을 '악마 숭배자'라고 불렀네. 그렇지만 가난한 농부인 아버지는 용맹하고 씩씩한 모험자의 기상을 갖고 있었고, 그래서 우리는 아랑곳 않고 그들을 구경하러 갔지. 곡예사와 댄서, 점쟁이 들, 그리고 특히 그 음식이라니! 마인 고트, 그렇게 맛난 건 생전 처음 먹어 봤다네! 오후가 되자 두 사내가 우리에게 접근했지. 한 명은 나이가 아주 많고 다른 한 명은 훨씬 젊었어. 아마도 아들이었겠지. 그들은 우리에게 돈을 조금 내면 텐트 안을 엿볼 수 있게 해 주겠다고 했네. '뭣 때문에?' 아버지가 물었지. '당신들 텐트에 뭐가 있는데 그러오?' 그러자 나이 든 사내가 대답했네. '직접 보시구려.' 그래서 아버지는 돈을 냈고, 내가 텐트 안에 들어갔지. 아버지도 아니고 내 동생도 아니고, 내가 말일세. 젊은 집시가 아버지에게 그랬거든. '여자애는 안 돼요. 여자애는 밖에 있어야 해요.' 아버지는 동생을 혼자 있게 하고 싶지 않았고—납치라도 당했다간 어머니한테 경을 칠 테니까—그래서 나 혼자서 안으로 들어갔네. 커다란 나무 궤짝이 놓여 있었지. 꼭 관처럼 생겼다는 생각이 들었어. 그리고 그 안에는 엄청나게 징그럽고 섬뜩한 게 누워 있었지. 어찌나 징그러운지 보자마자 몸이 얼어붙을 정도였어. 쳐다보고 싶지 않았지만 이상하게 눈을 돌릴 수가 없었지. '저게 뭐예요?' 나는 나이 든 사내에게 물었네. '괴물이야. 이집트에서 내 친척이 죽인 거지. 그리핀이라고 한단다. 이건 새끼인데, 다 자란 건 태양을 삼킬 수도 있을 만큼 어마어마하게 크단다. 근사하지 않니?'

그건 사자의 몸에 독수리의 머리, 그리고 뱀의 꼬리를 가지고 있었네. 당연히 가짜였지. 그것도 조잡한 가짜였어. 여러 동물들의 신체 부위를 검고 두꺼운 실로 꿰매서 붙여 놓은 거지. 물론 그 사실을 알아차리기까지는 수년이 걸렸지만 말일세. 난 그때 아직 어렸거든. 나는 어린아이의 눈으로 괴물을 보았고, 그러면서도 결코 눈을 돌리지 않았네. 저렇게 생긴 괴물은 대체 뭘까. 어떻게 저럴 수가 있지? 어떻게 저런 게 세상에 존재할 수가 있는 거야? 그때 가슴이 꽉 조여 오던 느낌을 아직도 기억하네. 마치 커다란 손이 내 심장을 쥐어짜는 것 같았지. 나는 그때 달아날 수도 있었고, 원한다면 머무를 수도 있었어. 고개를 돌릴 수도 있었고, 가까이 다가가 더 자세히 살펴볼 수도 있었지……. 그것은 내 마음을 사로잡았어. 내가 감히 이해하는 척할 수도 없는 아주 기묘한 방식으로 말이네. 그래서 나는 그것을 움켜쥐었지. 나는 지금도 그것을 가지고 있고, 그것도 역시 지금까지 나를 붙들고 있네."

폰 헬룽은 다시 몸을 돌려 창밖을 내다보았다. 햇살이 동쪽 건물의 꼭대기에 스쳐 부서지며 도로 위에 금빛 줄무늬를 뿌렸다.

"그게 시작이었지."

"전 열다섯 살이었죠. 제가 생전 처음 잡은 괴물은 저와 같은 이름을 갖고 있었습니다." 제이콥이 말했다. "어느 날 밤 애인과 외박을 하고 싸구려 술에 잔뜩 취해 들어와서는 나무망치로 어머니를 두들겨 패더군요. 그래서 무작정 손에 잡히는 걸 집어 들고—그게 하필이면 스프링필드 장총이었지요. ―그 자식 뒤통수에 순무만 한 구멍을 내 줬습니다. 그 후로 줄곧 괴물을 사냥하고 있고요."

폰 헬룽이 얼굴을 찡그렸다. "토머스 아크라이트는 괴물이 아니었네. 자네가 그렇게 만들었지."

"토머스 아크라이트는 영국 정보부의 첩자였어요."

"그걸 자네가 어떻게 아나? 아크라이트가 말해 주든가? 아닐세! 자네는 추측을 한 것뿐이야. 자네의 짐작에 지나지 않는단 말일세!"

"컨스를 빼더라도 이 포커 테이블에는 적어도 두 팀의 플레이어가 있습니다, 마이스터 아브람. 우리까지 치면 세 팀이죠. 아크라이트는 자기 손에 든 패를 보여 주면 자기가 죽을 거라고 했어요. 그리고 자기 머리카락 하나라도 다치게 하면 우리가 교수형을 당할 거라고도 했죠. 첫 번째는 누군지 몰라도 전 두 번째 팀이 영국 정부라는 데 내기라도 걸 수 있습니다. 이제야 이해가 갑니다. 내가 컨스고, 마그니피쿰이 어디 있는지 안다면 상당히 두둑한 사례금을 부를 수 있겠죠. 니두스만으로도 주머니를 빵빵하게 채울 수 있지만, 침 한 방울로 인간의 뇌를 젤리처럼 흐물흐물하게 만들 수 있는 마그니피쿰에 비하면 니두스는 아무것도 아닐 테죠. 그러니 왕의 몸값―아니 여왕의 몸값이라고 해야 할까요?―정도의 어마어마한 사례금을 노렸을 겁니다."

"컨스가 마그니피쿰에 대한 단서를 갖고 있다면 왜 협회에 첩자를 심는단 말인가?" 폰 헬룽이 물었다.

"그건 좀 있다 말씀드리죠. 아크라이트는 니두스가 워스롭의 수중에 있다는 걸 알고 있었어요. 윌이 혼자 추리해 낸 거지만요. 그리고 아크라이트가 그 사실을 알 수 있는 유일한 방법은 컨스밖에 없습니다. 그게 아니라면 정체 모를 첫 번째 팀이 그에게 말해 줬을 수도 있고요. 혹은 우리가 아직 모르는 또 다른 관계자가 있을지도 모릅니다. 하지만 전 그럴 가능성은 희박하다고 봅니다. 컨스가 그에게 알려 줬을 겁니다. 뭐, 그에게 개인적으로 말해 줬다기보다는 영국 정보부에 알린 거겠죠. 그리고 그들이 아크라이트를 파견한 건 워스롭이 필요했기 때문일 거고요."

"필요하다니…… 뭣 때문에?" 폰 헬룽은 어리둥절한 듯 보였다.

"저도 모르죠. 하지만 잭 컨스가 니두스는 갖고 있었을지 몰라도 그것이 어디서 왔는지는 알지 못했다는 게 분명합니다. 그래서 우리가 필요했겠죠. 마그니피쿰이 어디 있는지 이미 알고 있다면 전문 괴물 사냥꾼이 왜 필요하겠습니까? 자기들끼리 알아서 놈들을 찾으러 가기면 하면 되는데. 하지만 니두스가 어디서 났는지 모른다면, 잭과 콩나무에 나오는 강낭콩 줄기부터 찾아야겠죠. 그러니까 우리의 용감한 소년 잭은 황금알은 갖고 있는데 황금알을 낳는 거위는 없는 겁니다. 자, 그럼 어떻게 해야 할까요? 거위를 구해 올 거위 사냥꾼이 필요하죠. 그것도 평범한 거위 사냥꾼으론 안 됩니다. 왜냐하면 그건 평범한 거위가 아니니까요. 전설적인 거위죠. 거위 중에 제일. 왕중왕인 거위라고요. 그러니 평범한 거위 사냥꾼도 아니고 세계 제일의 거위 사냥꾼이 필요한 겁니다. 역사상 가장 뛰어난 사냥꾼요. 그렇지만 그에게 사실을 전부 털어놓을 순 없지요. 거위를 손에 넣고 싶어 하는 이유를 밝힐 수가 없으니까요. 사냥꾼은 자기만의 원칙과 괴물학적 윤리관을 갖고 있거든요."

폰 헬룽은 잠시 곰곰이 생각해 보더니 기가 막힌다는 듯이 콧방귀를 뀌었다.

"그래서 아크라이트는 워스롭이 마그니피쿰을 추적하는 것을 감시하기 위해 접근했단 말인가? 말도 안 되는 소리 말게, 토랜스. 펠리노어가 마그니피쿰의 서식지를 찾아낸다면 영국 정부가 컨스에게 돈을 지불할 이유가 없잖나."

"거기서 첫 번째 팀이 등장하지요. 컨스가 다른 놈들에게, 아니면 다른 나라로 간 겁니다. 어쩌면 프랑스일 수도 있고. 워낙 영국과 으르렁거리는 사이잖습니까. 그러곤 양쪽을 교묘하게 조종한 겁니다."

"어떻게?"

"그거야 저도 모르죠. 워스롭이라면 알지도 모르겠군요. 이제부터 그걸 알아내야겠지요. 그러니까 시간 낭비는 그만합시다. 놈들은 아크라이트가 돌아오길 기다리고 있을 겁니다. 그리고 아크라이트는 돌아가지 않을 거고요……. 아무리 오래 기다려도 말입니다."

"왜냐하면 당신이 그를 죽였으니까요." 내가 핀잔을 주었다. 나는 아직도 그에게 화가 나 있었다. "그렇게까지 할 필요는 없었잖아요!"

"그렇게 생각하냐? 그리고 엄밀히 말하자면 그를 죽인 건 내가 아니다."

"왜 아크라이트를 죽인 건가, 제이콥?" 폰 헬룽이 조용히 물었다. "뭐가 두려웠던 거지?"

처음에 토랜스는 아무 말도 하지 않았다. 그는 손가락에 끼워져 있는 인장을 만지작거렸다. 닐 티멘듐 에스트.

"날 교수형에 처하겠다고 협박하긴 했죠. 이제는 신경 쓸 필요가 없지만요. 그건 집시의 텐트에 들어가는 것과 비슷한 겁니다, 마이스터 아브람. 일단 그를 납치한 순간에, 알레아 이악타 에스트, 주사위는 던져진 겁니다. 윌의 계획대로 했다면 우린 영국 첩보요원을 납치하고 고문한 죄로 체포됐겠죠. 그리고 워스롭은 박사님보다 더 호호백발이 될 때까지 지금 갇혀 있는 곳에서 썩을 거고요."

"만약에 박사님이 거기 없으면요!" 나는 그에게 소리 질렀다. "만약에 아크라이트가 거짓말을 한 거면요? 그 사람을 죽일 필요는 없었다고요. 그리고 죽여서도 안 됐어요! 이제 우린 박사님을 영원히 못 찾을 거예요!"

토랜스는 돌처럼 딱딱한 얼굴로 한참 동안 나를 바라보더니 어깨를 으쓱 치켜 올렸다. 그게 무슨 상관이냐는 듯이! 나는 그를 향해 달려들었다. 맨손으로 그를 때려 죽이고 싶었다. 목을 졸라 죽여 버릴 작정이었다! 그의 목숨을 구한 건 폰 헬룽이었다. 그가 내 팔을 붙잡고 끌어당기더니 내 머리를 가슴에 대고 누르며 다정하게 쓰다듬었다.

"그래서, 자네는 그의 자기 파괴 행위에 대해 아무 느낌도 없나?" 폰 헬룽이 토랜스에게 물었다. "자네가 그렇게 유도했잖나."

"그런 상황에서는 누구나 선택을 해야 하지요. 네, 전 오늘 밤에도 편안하게 잘 잘 겁니다."

"그것만큼은 부럽군, 제이콥. 나는 안 될 것 같으이."

나는 토랜스가 손님방으로 물러갈 때까지 기다렸다가 폰 헬룽에게 다가가 내가 바라는 바를 부탁했다. 부탁이라지만 실은 명령에 가까웠다.

"저도 같이 갈래요." 내가 말했다.

"너무 위험하다." 그는 짐짓 매정하게 거절하지는 않았다.

"이번에도 혼자 남진 않을 거예요. 절 두고 가시려고 하면 밀항을 해서라도 배에 탈 거예요. 밀항을 못 하면 헤엄을 쳐서라도 갈 거예요. 그 사람 음모를 밝혀낸 건 저잖아요. 전 그럴 권리가 있어요."

그가 내 어깨를 짚었다. "권리보다 네 어깨가 얼마나 무거워질지가 더 염려된다, 마인 프로인드 윌 헨리."

그날 오후에 나는 아돌퍼스 에인스워스에게 작별인사를 하러 갔다. 그는 유독 심기가 불편한 상태였다. 평소보다도 훨씬 말이다.

"누가 뭐라고 하든 상관없다." 그는 울분을 터뜨리며 틀니를 덜덜거리면서 내게 으르렁거렸다. "잠긴 방에 들어간 사람이 있어! 난 항상 열쇠 바깥쪽을 안쪽으로 걸어 놓는데 오늘 아침에 와 보니 어떻게 되어 있었는지 아느냐?"

"바깥쪽을 향해 있었나요?"

"네놈이 가져간 거지?"

"아니에요, 에인스워스 교수님. 전 안 그랬어요." 나는 정직하게 대답했다. 잠긴 방에 들어갔던 것은 토랜스였다.

"그래? 내가 그 말을 믿어야 할까? 너는 어린애다. 그리고 어린 것들은 타고난 거짓말쟁이지. 어떤 놈들은 천성을 거스르기도 하지만 어떤 놈들은 끝까지 극복하질 못해! 그리고 그건 또 뭔 소리냐? 그만두겠다니?"

"내일 아침에 폰 헬룽 박사님과 같이 영국에 가거든요."

"폰 헬룽 박사! 폰 헬룽 박사가 영국엔 뭐 하러 간다더냐? 그리고 너는 또 왜 가는데?" 그는 나이가 무척 많았지만 세월과 함께 지성마저 시든 것은 아니었다. 그는 순식간에 퍼즐 조각을 전부 맞췄다. "마그니피쿰! 그걸 찾은 게로구나!"

"아니에요. 하지만 워스롭 박사님을 찾았어요."

"워스롭을 찾았다고?"

"네, 워스롭 박사님을 찾았어요."

"죽진 않았고?"

나는 고개를 끄덕였다. "네."

"넌 왜 그렇게 실실거리고 있는 게냐?" 그는 죽은 아들의 치아를 드러내며 내 웃음을 흉내 냈다. "흠, 너희 둘이 재회하는 그 흥겨운 장면을 못 보다니 아쉽구나. 그 친구한테 좋은 거면 나도 좋은 거지."

"네?"

"그 친구한테 좋은 거면 나한테도 좋다고!" 그는 책상에 몸을 기댄 채 내 얼굴을 향해 일갈했다. "귀가 먹은 건 나인 줄 알았는데! 어쨌든 잘 다녀오너라!"

그는 책상 위에 놓여 있는 서류 위로 고개를 숙이고는 나더러 빨리 사라지라며 문을 향해 주름투성이 손을 휘저었다.

나는 문 앞에서 발을 멈췄다. 문득 다시는 그를 못 볼지도 모른다는 생각이 들었다.

"그동안 도와 드릴 수 있어서 즐거웠어요, 에인스워스 교수님."

내가 말했다.

그는 고개를 들지 않았다. "계속 움직이렴, 윌리엄 제임스 헨리. 멈추지 말고 항상 움직여야 해. 구르는 돌에는 이끼가 끼지 않는다는 말도 있잖느냐. 자칫하다간 아돌퍼스 에인스워스처럼 이끼투성이 돌이 될 게다."

내가 복도에 발을 내디뎠을 때, 그가 뒤에서 불렀다.

"너는 무슨 노예라도 되느냐? 적어도 너는 그렇게 여기고 있나 보구나. 보수를 달란 소리도 안 하다니. 자, 받아라." 그는 툴툴거리면서 구겨진 1달러 지폐 두 장을 책상 위에 올려놓았다.

"하지만 교수님……."

"가져가라! 돈 문제만큼은 무조건 철저해야 한다. 다른 모든 건 바보처럼 굴어도 돼. 종교, 사랑, 정치…… 그렇지만 돈에 있어서만큼은 멍청하게 굴면 안 된다. 잠시나마 힘든 일을 해 줬으니 덤으로 충고까지 해 주는 게다!"

"감사합니다, 에인스워스 교수님."

"닥치고 빨리 가려무나. 잠깐, 그런데 네가 왜 간다고 했지?"

"워스롭 박사님을 구하려고요."

"구해? 누구한테서? 어디서?"

"그분이 처해 있는 곤경으로부터요. 전 그분의 제자니까요."

그날 저녁, 방에서 짐을 싸고 있는데 릴리가 부탁을 하러 왔다. 아, 그래, 좋다. 인정하겠다. 그것은 부탁이 아니었다.

"나도 같이 갈래."

나는 폰 헬룽이 나한테 한 대답을 선택하지 않았다. 나는 지치고,

조바심이 났고, 신경이 날카롭게 곤두서 있었기에, 말다툼은 내가 지금 가장 바라지 않는 것이었다.

"너희 어머니가 허락하지 않을걸."

"어머니는 네가 가는 것도 허락 안 하실 거라던데."

"하지만 에밀리는 내 어머니가 아니야."

"벌써 아브람 할아버지를 뵈러 가셨어. 난 어머니가 그렇게 화가 머리끝까지 난 건 처음 봤어. 그러다 진짜로 머리가 터지는 건 아닌지 무서웠다니까. 어떻게 될지 궁금해 죽겠어."

"너희 어머니 머리가 진짜로 터지진 않을 거야."

"그거 말고 너 말이야, 너. 난 어머니가 자기 뜻을 관철시키지 못하는 걸 한 번도 본 적이 없거든."

릴리는 침대에 풀썩 주저앉아 내가 작은 가방에 옷을 쑤셔 넣는 것을 지켜보았다. 너무나도 빤히 쳐다보고 있어서 당황스러웠다. 그녀는 항상 그랬다.

"그 사람을 어떻게 찾은 거야?" 릴리가 물었다.

"다른 괴물학자가 찾았어."

"어떻게?"

"나는…… 나는 잘 몰라."

그녀가 웃었다. 메마른 흙바닥에 내리는 봄비처럼.

"네가 왜 거짓말을 하는지 모르겠어, 윌리엄 제임스 헨리. 넌 정말 거짓말 솜씨가 형편없거든."

"박사님은 거짓말이 가장 저열한 종류의 허풍이라고 그러셨어."

"그럼 넌 형편없는 허풍쟁이구나."

나는 웃음을 터뜨렸다. 조금이나마 기분이 나아졌다. 마지막으로 웃었던 게 언제인지도 기억나지 않았다. 웃는다는 것은 기분 좋은 일이다. 릴리의 눈을 마주 보고 머리카락에서 풍기는 재스민 향을 맡는 것도 기분 좋은 일이었다. 갑자기 그녀에게 입을 맞추고 싶다는 생각이 들었다. 전에는 한 번도 그런 충동을 느낀 적이 없었는데. 그것은 마치 완전히 다른 종류의 심연의 가장자리에 서 있는 것과 비슷했다. 가슴속에서 매듭이 풀리고 있는 것도 아니었다. 변하고 있는 것은 공기, 내 주변의 공기 그 자체였다. 나를 에워싼 공기가 비현실적인 속도로 한없이 팽창했다. 이럴 때는 뭘 어떻게 해야 할지 알 수가 없었다. 어쩌면 그녀에게 입을 맞춰야 할지도 모른다. 하지만 릴리 베이츠에게 입을 맞추려면…… 그러니까, 그녀와 키스를 해야 했다.

"나 보고 싶어 할 거야?" 그녀가 물었다.

"노력은 할게."

그녀는 내 대답이 꽤나 재미있다고 생각했고, 침대 위를 구르며 폭소를 터뜨렸다. 나는 그 반응에 뿌듯함을 느껴야 할지 아니면 마음이 상해야 할지 몰라 얼굴을 붉혔다.

"맞다!" 그녀가 갑자기 침대에서 일어나 앉더니 지갑을 뒤졌다. "하마터면 깜박 잊을 뻔했네. 자, 너한테 줄 게 있어."

그것은 그녀의 사진이었다. 미소가 다소 어색해 보였지만 머리 모양은 마음에 들었다. 코르크 따개처럼 곱슬곱슬하게 말려 있었는데, 얼굴 표정보다 더 신경을 많이 쓴 것 같았다.

"어때? 행운을 비는 의미로 주는 거야. 그리고 외롭지 말라고 주는 거기도 하고. 너는 말한 적이 없지만, 자주 외로워하는 것 같아."

그렇지 않다고 쏘아붙일 수도 있었다. 우리는 늘 티격태격 언쟁을 벌였으니까. 하지만 나는 떠날 예정이고, 그녀는 내게 사진을 주었고, 방금 전까지 나는 그녀에게 입을 맞출까 생각했었다. 그래서 나는 고맙다고 말하고는 다시 짐을 싸기 시작했다. 다시 말해 방금 싸 놓은 짐을 다시 풀어 헤쳐 처음부터 다시 정리하기 시작했다는 뜻이다. 나는 릴리랑 같이 있을 때면 손을 어디다 둬야 할지 모르는 풋내기 배우가 된 것 같은 기분이 들었다.

"나한테 편지 써야 해." 그녀가 말했다.

"뭐?"

"편지, 엽서, 전보. 뭐든 좋으니까 영국에 가면 꼭 연락해야 해."

"그래."

"거짓말."

"약속할게, 릴리. 꼭 뭐든 써서 보낼게."

"시를 써 줘."

"시?"

"음, 꼭 시일 필요는 없을 것 같아."

"다행이네."

"왜 다행인데? 넌 시 쓰는 게 싫어?"

그녀가 입술을 삐죽였다.

"한 번도 써 본 적이 없거든. 박사님은 써 봤지만. 박사님은 괴물학자가 되기 전에 시인이었대. 너도 그건 몰랐지?"

"내가 알았다는 거 너는 몰랐지? 난 그가 쓴 시를 읽어 본 적도 있다고."

"순 거짓말. 박사님이 다 태워 버렸다고 했는걸."

거짓말을 들켰는데도 릴리언 베이츠는 끄떡도 하지 않았다. 그녀는 부끄러운 기색도 없이 돌연 화제를 바꿨다. "왜 그랬대?"

"별로 좋은 작품이 아니라서 그랬대."

"말도 안 돼." 그녀가 깔깔 웃었다. "만약에 사람들이 형편없는 자작시를 몽땅 태워 버렸다면 온 세상이 연기에 뒤덮여서 한 일주일은 해가 나지도 않았을걸."

그녀는 내가 벽장 제일 위쪽 선반에서 모자를 꺼내 손 안에서 굴리는 모습을 바라보았다. 안쪽에 수놓인 'W.J.H'라는 글자를 손가락으로 매만지는 내 표정을 살펴보았다.

"그게 뭐야?" 릴리가 물었다.

"내 모자."

"모자라는 건 나도 알아. 하지만 너한테 너무 작지 않니?"

"안 작아." 나는 대꾸하고는 가방 안에 모자를 욱여넣었다. 그것은 그가 내게 처음으로, 아니 유일하게 준 것이었다. 나는 다시는 새 모자를 사지 않을 것이다.

"아직 잘 맞는다고." 내가 말했다.

그날 밤, 나는 꿈을 꿨다. 뉴욕에서의 마지막 밤은 내가 그 꿈을 꾼 마지막 밤이었다.

잠긴 방. 아돌퍼스가 열쇠 꾸러미를 손가락으로 뒤적인다.

박사가 네가 이걸 보고 싶어 한다고 했다.

탁자 위에 놓여 있는 상자. 열리지 않는 뚜껑.

못 열겠어요.

상자가 덜커덩 움직였다. 내 심장박동에 맞춰 약동했다. 안에 뭐가 든 거지?

바보 천치 같으니! 뭔지 뻔히 알잖니. 너는 저 안에 뭐가 들었는지 항상 알고 있었어. 박사가 네가 봤으면 하는 건 상자 '안'에 든 게 아니야. 바로 그 '상자'지!

나는 그것을 집어 들었다. 상자가 내 손바닥 위에서 덜커덩거렸다. 내 심장박동에 맞춰 약동했다. 나는 틀렸다. 그것은 박사의 것이 아니었다. 그것은 내 것이었다.

나는 다음 날 아침 6시 정각에 아침식사를 하러 내려가지 않았다. 베이츠 부인이 나를 만나러 올라왔기 때문이다. 계단을 올라오는 그녀의 다급한 발소리가 들렸고, 침실 문이 벌컥 열리더니 숨을 몰아쉬는 그녀가 문 앞에 서 있었다. 손에는 봉투가 쥐여 있었다.

"윌리엄! 오, 감사합니다. 네가 벌써 떠난 줄 알았지 뭐니."

"가더라도 인사를 드리고 가야죠, 베이츠 부인. 그게 맞는 일이잖아요."

그녀의 얼굴이 환하게 밝아졌다. "그렇지! 그래야 맞지. 넌 지금 여기 있고, 네 물건이 전부 담긴 짐 가방도 있구나. 결심이 바뀌진 않았겠지?"

나는 그렇다고 대답했다. 어색한 침묵이 흘렀다.

"어, 그럼." 나는 헛기침을 하며 목청을 가다듬었다. "전 그만 가볼게요."

"베이츠 씨한테도 인사를 하고 가야지. 지금까지 해 주신 일에 감사한단 말도 잊지 말고."

"네, 부인."

"그리고 맙소사, 윌리엄. 네가 그런 까치집 같은 머리를 하고 나가는 걸 내가 허락할 거라고 생각하는 거니?"

그녀는 세면대 옆에 놓여 있던 빗을 찾아 내 머리를 몇 번 빗겨 주었다. 그렇지만 결과에 그리 만족스러워하는 것 같지 않았다.

"모자는 있니?"

"네."

나는 가방에서 내 머리글자가 새겨진 모자를 꺼냈다. 갑자기 상처 입은 짐승처럼 조그만 외침이 들려 고개를 들어 그녀를 쳐다보았다.

"윌리엄, 정말 미안하구나. 네게 줄 선물을 준비하지 못했어. 하지만 굳이 변명을 하자면, 네가 떠날 거라고 생각하지 못했거든. 마지막 순간에야 실감이 났단다."

"선물 같은 건 안 주셔도 돼요, 베이츠 부인."

"그렇지만…… 그게 관례인걸."

그녀는 침대에 걸터앉았다. 나는 내 작은 여행 가방 옆에 서서 손에 모자를 들고 있었다. 그녀는 손에 든 봉투를 무릎에 대고 톡톡 두드리고 있었다.

"네가 이걸 선물이라고 생각하지 않는다면 말이다." 그녀가 고갯짓으로 봉투를 가리키며 말했다.

"그게 뭔데요?"

"엑시터 아카데미의 합격 통지서란다. 우리나라에서 가장 유명한 명문 사립학교 중 하나지. 베이츠 씨가 여기 졸업생이거든. 널 위해 힘써 주셨지."

"뭘요?"

"네 입학 말이다! 가을에 학기가 시작돼."

나는 고개를 가로저었다. 이해할 수가 없었다. 손가락 위에서 모자가 뱅글뱅글 돌았다. 봉투가 무릎에 탁탁 부딪쳤다.

"우리랑 같이 살자." 그녀가 말했다. 그러더니 이내, 말이 잘못 나왔다는 듯이 서둘러 덧붙였다. "나랑 같이 살자꾸나. 널 '아들'이라고 부르는 건 좀 이를지 모르지만, 네가 우리와 함께 산다면 널 친아들처럼 아끼고 사랑할게. 안전하게 보살펴 주고 보호해 주마. 약속할게. 아무도 너한테 해를 끼치지 못할 거다."

나는 그녀의 옆에 앉았다. 내 손에는 모자가, 그녀의 무릎에는 봉투가, 그리고 우리 두 사람 사이에는 이 자리에 없는 사람이 있었다.

"제가 있을 곳은 박사님 곁이에요."

"네가 있을 곳이라고? 윌리엄, 네 자리는 주님께서 결정하는 거야. 그건 생각해 봤니? 사람의 삶에는 서로 주고받는 소소한 선물도 있지만, 그보다 더 중요한 진짜 선물도 있단다. 속세의 가치로는 따질 수 없는 아주 귀한 선물이지. 네가 나한테 온 건 우연이 아니야. 하느님의 뜻이지. 난 그렇게 믿는단다. 진심으로 그렇게 믿어."

"만일 그게 하느님의 뜻이라면." 내가 입을 열었다. "주님께서 온갖 방법을 다해 제가 떠나지 못하게 막지 않을까요?"

"넌 그분의 가장 큰 선물을 잊고 있구나, 윌리엄. 그분은 우리를 속박하지 않으셔. 오히려 자유롭게 하시지. 난 네가 가지 못하게 막을 수 있어. 변호사를 고용하거나 경찰을 부를 수도 있고, 추수감사절 칠면조처럼 꽁꽁 묶어서 이 방에 가둬 놓을 수도 있지. 하지만 난 그렇게 하지 않을 거야. 너에게 강요하지도 않을 거고. 난 네게 가지 말라고 부탁할 거란다. 너만 괜찮다면, 윌리엄, 난 네 앞에 무릎을 꿇고 비는 한이 있더라도 가지 말라고 애원할 거야."

베이츠 부인이 흐느끼기 시작했다. 그녀는 울음을 터뜨릴 때조차 평소와 똑같이 우아했다. 눈물에는 위엄이 스며 있었고, 평범함을 초월하는 당당함이 있었다. 굳이 표현하자면 오페라적이라고도 할 수 있을 것이다. 긍정적인 의미로 말이다.

나는 모자를 내려다보았다. 소소한 선물. 그녀는 그것을 그렇게 불렀다. 궁극적인 선물에 비하면 이건 정말로 소소하게 보일지도 모른다. 어떤 선물이든 그렇지 않겠는가? 그리고 이 모자에, 그리고 이것을 준 사람에게 애착을 느끼는 내가 바보인지도 모른다. 전혀 좋을 게 없을 거다, 윌 헨리. 나는 내 손가락이 있던 자리를 응시했다. 이 정도는 아무것도 아니었다. 제일 사소한 일에 불과했다. 따뜻하고 아늑한 부엌에서 여인은 어린 아들에게 사과 파이를 구워 주었다. 마룻바닥에서는 한 남자가 두 팔을 양옆으로 넓게 펼치고, 천 개의 돛이 달린 배가 되어 둥둥 떠간다.

똑같이 생긴 두 개의 문이 있지.

베이츠 부인이 팔을 뻗어 내 뺨을 어루만졌다. 그녀는 알고 있었다. 그녀는 의심을 해야 할 때조차도, 내가 어떤 문을 고를지 한 치도 의심하지 않았다.

20장

"나는 빛을 섬기기로 했다."

제이콥 토랜스는 대서양을 횡단하는 엿새 내내 대부분의 시간을 세 가지로 때웠다. 술, 여자와 시시덕거리기, 그리고 포커였다. 설명을 붙이자면 비중도 정확하게 그 순서대로였다. 때때로 지루함을 달래기 위해 폰 헬룽 박사와 언쟁을 벌이기도 했다. 물론 잠도 조금 잤겠지만, 나와 같은 방이 아니라 알 수 없었다. 나는 오스트리아인 괴물학자와 같은 객실을 썼는데, 일단 잠옷으로 갈아입고 나자 그도 대부분의 사람들처럼 평상시의 근엄함을 모두 잃어버렸다(폰 헬룽 박사는 안짱다리에 올챙이배를 갖고 있었다.).

여행 초반에는 두 사람의 접전을 한두 번쯤 놓쳤다. 자유의 여신상이 수평선 너머로 사라지자마자 나는 육지인의 골칫거리인 끔찍한 뱃멀미에 시달렸고, 그 배에서 화장실과 가장 친밀한 관계를 맺었다. 폰 헬룽은 나를 침대로 데려가 소금 크래커를 건네며 뱃멀미를 해결하는 제일 좋은 방법은 춤을 추는 것이라고 매우 진지한 어조로 조언했다.

"멀미에 즉효는 올리브죠." 토랜스가 반박했다. "아니면 생강 뿌리도 괜찮고요. 생강을 씹으면 된다, 헨리 군."

"내 아내도 배를 탈 때마다 윌과 똑같은 증세로 고생했다네." 폰 헬룽이 즉시 쏘아붙였다. "그럴 때면 우린 늘 춤을 추러 갔어. 그러고 나면 괜찮아졌고."

"그래서 윌을 댄스홀에 데려가시려고요?"

"생강 뿌리를 씹느니 춤을 추는 게 더 이치에 맞지."

"아니면 둘 다 하는 건 어떨까요. 춤을 추면서 생강을 씹는 겁니다."

"전 춤을 추고 싶지도 않고 뭘 먹고 싶지도 않아요." 나는 헛구역질을 하며 말했다. "다시는 아무것도 먹고 싶지 않은걸요."

둘째 날이 되자 기분이 조금 나아졌다. 적어도 흔들거리는 갑판에 익숙해져 객실을 벗어나 배 안 이곳저곳을 탐험할 수 있을 정도로는 말이다. 미로처럼 복잡한 통로와 기다란 갑판을 한 시간 정도 배회한 후에, 나는 2층에 있는 산책용 갑판에서 폰 헬룽과 토랜스를 발견했다. 그들은 흔들의자에 앉아 있었는데, 토랜스의 팔꿈치 옆에는 언제나 그의 곁을 떠나지 않는 스카치 잔이 놓여 있었다. 그는 술을 한 모금 홀짝일 때마다 완벽하게 다듬어진 콧수염을 한 번씩 매만지는, 신경에 거슬리는 습관을 갖고 있었다.

"……전혀 일관적이지 않아. 전혀 아니잖나, 제이콥." 폰 헬룽은 그의 옛 제자를 꾸짖고 있었다. 토론에 열중한 나머지 두 사람 모두 내 존재를 알아차리지 못한 것 같았다.

"정말로 거기 있다는 얘기가 아닙니다, 마이스터 아브람. 그러니까 조사해 봐야 한다는 뜻이죠."

"다시 묻겠네만, 왜 아크라이트가 다른 모든 것에 대해서는 거짓말을 했으면서 가장 중요한 것에 대해서는 사실을 말했다고 생각하는 건가?"

"워스롭에 대해서도 거짓말을 하지 않았잖습니까." 토랜스가 지적했다. "어쨌든 세 번째로 물어봤을 때는 말이죠."

우리가 뉴욕을 떠난 날 아침, 폰 헬룽은 전보를 한 통 받았다. 그의 소식통이 워스롭 박사가 아크라이트가 말한 곳에 있다는 사실을 확인해 주었다. 그는 살아 있었고, 무사했다. 적어도 당신이 펠리노어 워스롭이고, 어느 날 갑자기 워스롭에게 전혀 어울리지 않는 곳에서 눈을 떴을 때의 심정을 감안한다면 그리 잘 지내고 있다고는 할 수 없을 테지만 말이다. 그 소식에 폰 헬룽은 기뻐서 정신을 잃을 뻔했다. 실제로 전보를 읽고 나서 너무 기쁜 나머지 신이 나서 부두에서 춤을 췄을 정도였다. 어쩌면 그는 내 차분한 반응을 보고 이상하게 여겼을지도 모르겠다. 하지만 나는 지금껏 그에 대한 희망을 잃거나 진짜로 포기한 적이 없었다. 뭐라 설명할 수 없는 신비한 예감 때문일 수도 있고, 어린애 특유의 마법적 사고 때문인지도 모른다. 그러나 육감이든 신념이든, 혹은 어린애들의 순진한 믿음이든, 나는 워스롭이 정말로 죽었다면 내가 알았을 것이라고 믿었다. 나는 그의 죽음을 감지했을 것이다. 그의 생사에 대한 두려움이 피와 불의 강을 따라 달리게 했는지는 몰라도, 폰 헬룽의 집 현관에서 워스롭 사망이라는 문구를 읽었을 때 나는 그것이 거짓말이라는 것을 알았다. 오직 하느님의 도움으로 어린아이만이 알 수 있는 방법으로, 나는 진실을 알고 있었다.

"하지만 왜 하필 그곳이지?" 기쁨의 춤을 마친 후, 폰 헬룽이 의아해했다.

"완벽하잖습니까!" 토랜스가 탄성을 질렀다. "그보다 더 완벽한 장소는 없어요. 탈출은 불가능하고, 거의 시적인 의미까지 있지요. 틀림없이 컨스의 생각이었을 겁니다. 그 점만은 인정해 줘야겠어요. 비열한 자식이긴 해도 배짱 하나는 끝내주는군요."

"아니야. 그것도 속임수일 걸세. 마시라일 리가 없어." 폰 헬룽이 주장했다. "그럴 리가 없네. 너무 북쪽으로 치우친 데다 본토에 너무 가깝잖나. 겨우 15킬로미터 서쪽에 오만이 있는데."

하지만 토랜스도 쉽사리 물러나지 않았다. 제이콥 토랜스를 설득하는 것은 어려운 일이었다. 나는 그가 진심으로 자기 주장을 전부 믿는 것인지 아니면 어린애 같은 유치한 기질 때문에 폰 헬룽에게 일부러 사사건건 반대하는 건지 궁금했다.

"하지만 논리적으로는 그럴싸하지 않습니까, 마이스터 아브람. 땅은 넓지만 인구는 적고, 빠르고 거친 해류에 둘러싸여 있는 데다 험하고 들쑥날쑥한 바위투성이 해안에, 기후도 지형도 험난하지요. 충분히 가능합니다." 그는 술잔을 돌려 얼음을 흔들었다. "대략적인 지역도 크게 보면 맞아떨어지고요. 놈의 활동 영역이 확장됐거나 북쪽으로 이동했다고 볼 수 있죠. 락샤드위프가 발견된 지 벌써 40년이나 됐잖습니까. 마시라가 아가티에서 얼마나 떨어져 있죠?

1500킬로미터? 대충 1년에 40킬로미터씩 이동한다고 가정하면 적절하지 않나요? 특히 날개가 달린 종류의 마그니피쿰이라면 말입니다."

"괴물학적 관점에서 틀렸다고 하는 게 아니네, 토랜스." 폰 헬룽이 잽싸게 받아쳤다. "자네 말이 옳고 정말로 영국 정보부가 개입하고 있다면 왜 가장 숨기고 싶은 정보는 털어놓고 나머지는 숨겼냐는 거지. 그들이 펠리노어가 운명을 맞이할 장소로 마시라를 택한 이유는 겉으로는 상당히 타당해 보이면서도 실제 서식처와는 멀리 떨어져 있기 때문일 걸세."

폰 헬룽이 어두운 표정으로 덧붙였다.

"자네가 몬스트러마리움에서 이성적으로 행동했더라면 이런 문제를 고민할 필요도 없었을 걸세."

"그런 건 애초에 아크라이트에게 물어보지도 않았습니다, 마이스터 아브람. 그럴 필요가 없었으니까요." 토랜스가 반박했다.

"아하! 자네는 고문만큼이나 독심술에도 대가인 모양이지?"

"제 화를 돋울 작정이신가 본데, 뭐, 괜찮습니다. 제가 아크라이트에게 묻지 않은 건 워스롭 때문입니다. 본인 입에서 직접 들을 수 있는데 뭐 하러 아크라이트에게 물어봅니까."

"왜 그렇게 생각……."

"여우를 이미 잡은 게 아니라면 사냥개를 가둘 필요가 있나요? 워스롭은 그들의 목적을 달성했어요. 마그니피쿰의 서식처를 찾은 겁니다. 그러니 이제 정말로 흥미로운 질문은……."

문득 토랜스의 고개가 돌아갔다. 시야 바깥쪽에 있던 나를 발견한 것이다.

"아, 거기 있었구나! 꼭 사흘 만에 부활한 나사로 같구나. 하지만 나사로도 너보다는 더 혈색이 좋았겠다. 이리 오너라, 헨리 군. 속이 다시 울렁거리면 저기 난간 밖에다 해결하렴. 방금 구두에 광을 냈거든. 접객 담당은 어디 있지? 잔이 비었는데 휘파람이 안 나오는군."

토랜스가 실례한다고 말하고는 흔들림 없는 걸음새로 갑판 위를 성큼성큼 멀어져 갔다. 그는 술이 들어가면 들어갈수록 더욱 활기가 도는 것 같았다.

폰 헬룽이 토랜스가 앉아 있던 의자를 두드렸고, 나는 거기 앉았다. 어째서 사람들은 파도에 흔들리는 배에서 기우뚱거리는 갑판 위에 놓인 흔들의자에 앉아 있는 걸 좋아하는 걸까.

"토랜스 박사님은 가끔 그분과 비슷한 말을 해요." 내가 말했다.

"워스롭 말이냐?"

"컨스요."

폰 헬룽은 고개를 끄덕였다. 그는 서글픈 표정을 하고 있었다. "안타깝지만 나도 동감이다, 마인 프로인드 윌. 젊었을 때 나는 괴물학이 인간의 내면에 있는 어둠을 이끌어 내는 건지 아니면 원래부터 심성이 어두운 사람들에게 유독 매혹적으로 비치는 건지 궁금했지. 지금은 괴물학이 아니라 인간의 본성 쪽이 더 중요하다는 생각이 들지만 말이다. 진실은 우리를 불편하게 만들지. 대개가 그래. 모든 사람의 마음속에는 잭 컨스가 살고 있단다."

박사님도 저 사람이랑 똑같은 괴물이에요. 나는 괴물학자에게 이렇게 말했었다.

배에서 보낸 마지막 밤, 잠도 오지 않고 더 이상 룸메이트의 배에서 나는 천둥소리를 참을 수도 없어(폰 헬룽은 시시때때로 소화가 안 된다며 투덜거리곤 했다.) 객실을 빠져나와 앞간판으로 향했다. 북대서양은 밤에도 쉬지 않았다. 매서운 남서풍에 내몰린 파도가 이물에 부딪쳐 잘게 부서졌다. 갑판은 물 위에서 솟았다 꺼졌다 솟았다 꺼졌다, 구름이 잔뜩 낀 하늘 위로 치솟았다 다시 어둠 속으로 추락했고, 우리가 탄 배는 시소에 올라탄 것처럼 천당과 지옥 사이를 오르락내리락했다. 활공하는 갈매기 두 마리가 항해등 아래에서 깜박깜박 나타났다 사라졌는데, 그것이 내 눈에 보이는 유일한 불빛과 유일한 생명체였다. 수평선은 보이지 않았다. 세상은 하늘 꼭대기에서부터 밑바닥까지 온통 시커멨다. 이 광활한 공간에 서 있노라니 나라는 존재가 아찔할 정도로 미미하고 초라하게 느껴졌다. 마치 태양이 탄생하기도 전, 빛이 어둠을 밀어내기 전, 끝없는 원시 우주에 떠다니는 한 톨의 먼지처럼.

세상은 참으로 크고도 넓단다, 윌. 그리고 우리는, 아무리 그렇지 않은 척한들, 미물에 불과하지.

다음 날이 되면 마침내 내 유배 생활이 끝난다. 그러나 제대로 끝난 것은 그것뿐이었다. 만일 토랜스의 말이 옳고 워스롭이 진실로 마그니피쿰의 둥지가 어디 있는지 안다면, 워스롭의 구출은 끝이 아닐 것이다.

나는 빛을 섬기기로 했다. 비록 그 빛이 어둠과 깊은 관계를 맺고 있지만 말이다.

지금은 빛과 어둠이 평형을 이룬 상태였다. '전(前)'과 '후(後)'의 사이에 존재하는 시간.

나는 뭔가를 뒤에 남겨 두고 떠나왔다. 그것은 내 손이 닿는 곳에 있었다. 손을 내밀어 붙잡기만 하면 됐다. 하지만 나는 대신에 그것이 리버사이드 드라이브에 있는 내 방 벽난로에서 활활 타는 모습을 지켜보았다. 칠흑 같은 밤, 감겨 있던 것이 슬금슬금 풀릴 때 나를 품에 안고 노래를 부르며 달래 주던 여인이 그 봉투를 불꽃 속으로 던져 넣었다.

나는 뭔가에 점차 다가가고 있었다. 나는 그것이 뭔지 알고 있다고 생각했다. 제가 있을 곳은 박사님 곁이에요. 나는 말했다. 그것은 사실이자, 서약이었다. 나는 우리, 박사와 나의 유배 생활 끝에 무엇이 놓여 있는지 알고 있었다. 혹은 알고 있다고 믿었다. 괴물학자를 따름으로 인해 어떤 대가를 치러야 하는지 알고 있다고 믿었다. 나는 손을 씻을 때마다 그것을 상기하고 또 상기했다.

그날 밤 갑판에서, 별 하나 없는 하늘 아래서, '전'과 '후'의 사이에서, 나는 고개를 들어 어둠 속을 보았다. 그는 빛을 섬기기 위해 어둠 속으로 들어갔다. 그리고 나는 그를 따를 것이다.

나는 어둠 속을 걷는 이를 섬김으로써 치러야 할 대가가 무엇인지 안다고 생각했다.

나는 몰랐다.

그는 자신이 어둠 속에서 무엇을 발견할지 안다고 생각했다.

그는 몰랐다.

그것의 이름은 티포에우스 마그니피쿰, 위대한 아버지, 고개를 돌려 마주할 수밖에 없는 얼굴 없는 존재이다. 그것은 천 개의 얼굴을 가지고 있고, 우리가 그것을 보면 그것도 우리를 마주 본다.

그것이 마그니피쿰이다. 공간과 공간 사이, 우리의 시야에서 1만분의 1센티미터 밖에 살고 있는 것. 우리는 그것을 볼 수 없다. 그것은 우리를 본다. 그리고 그것이 우리를 볼 때, 그것은 당신을 보지 않는다. 그것은 '당신'이라는 개념을 알지 못한다. 세상에는 오직 마그니피쿰뿐, 그 외에는 아무것도 존재하지 않기 때문이다.

당신은 둥지다. 당신은 새끼다. 당신은 번데기다. 당신은 자손이다. 당신은 별에서 떨어진 부패물이다.

내 말이 무슨 뜻인지 이해하지 못할지도 모른다.

그러나 곧, 이해하게 되리라.

21장

"만나서 반갑소."

런던에 도착하자 혈색이 안 좋은 작달막한 사내가 우리가 묵을 패딩턴 역 그레이트 웨스턴 호텔 로비에서 기다리고 있었다. 그는 캐시미어 양복 위에 해리스 트위드* 코트를 입고 있었는데 내가 본 중 최악의 머리 모양을 하고 있었다. 무딘 칼로 아무렇게나 썽둥썽둥 잘라 낸 것 같았다. 나중에 나는 히람 워커 박사가 이상생물학 분야에 발을 담그기 전에 한때 이발사였다는 사실을—그 외에도 수많은 직업을 거쳤는데 양 목장을 운영하기도 했다고 한다.—알게 되었다. 그는 한 명을 제외하고 모든 고객들에게 작별을 고했는데, 그 고객이란 바로 자기 자신이었다. 그는 파이프 담배를 태웠고 항상 지팡이를 가지고 다녔으며 끊임없이 콧노래를 부르면서 궁지

* 스코틀랜드 지방에서 생산되는 값비싼 트위드 천.

에 몰린 쥐를 닮은 작고 교활한 눈으로 세상을 관찰했다. 그의 시선이 제이콥 토랜스의 인상적인 체구에 닿자 노골적인 불쾌감으로 번득였다. 분명히 못마땅한 기색이었다.

"토랜스." 비음이 가득한 영국 억양이 말했다. "자네가 오는 줄은 몰랐군."

"알았더라면 소소한 애정의 표시라도 준비했을 텐데 말입니까?"

"흐응……." 워커가 커다란 콧구멍 새로 가느다란 소리를 냈다. 그러곤 이번에는 나를 포착했다. "이건 누구지?"

"이 아이는 윌 헨리라네. 워스롭의 옛 조수인 제임스의 아들이지." 폰 헬룽이 내 어깨에 손을 얹으며 말했다.

"전 워스롭 박사님의 제자예요." 내가 말했다.

"아, 그래, 그렇지. 지난번 총회에서 본 것도 같다. 네 스승님을 모시러 왔구나?" 그는 내 대답을 기다리지도 않고 폰 헬룽을 향해 몸을 돌렸다. "처음 보고를 드렸을 때보다 상황이 다소 복잡해졌습니다, 폰 헬룽 박사님. 병원에서 그를 풀어 주길 거부하고 있어요."

숱이 무성한 흰 눈썹이 이마 꼭대기까지 치솟았다.

"그게 무슨 뜻인가?"

워커의 눈이 군중으로 가득한 로비를 재빨리 훑었다.

"보는 눈이 없는 곳을 찾아야겠습니다. 박사님 전보를 받은 후부터 왠지 누가 제 뒤를 쫓고 있다는 느낌을 떨칠 수가 없어서요."

우리는 3층에 위치한 방으로 올라갔다. 창밖으로 프레이드 가가 내다보였고, 폰 헬룽이 홍차를 주문했다. 토랜스는 차보다 더 강한 것을 마시고 싶어 했지만 그의 옛 스승은 제자가 정신을 똑바로 차리고 있기를 원했다.

"그게 위스키가 하는 일인데요." 토랜스가 항의했다. 그는 워커에게 한쪽 눈을 찡긋해 보였다. "왕성한 종마를 가둬 놓는 마구간 같은 역할이랄까요."

히람 워커는 한심하다는 듯한 콧방귀로 대답을 대신했다. "자네는 볼 때마다 놀라지 않을 수가 없네, 토랜스."

"정말인가요? 그건 왜 그렇습니까, 히람 경?"

"술집에서 패싸움에 휘말려 죽지 않고 아직까지 살아 있는 게 용하니까. 그리고 제발 그렇게 부르지 말게." 그는 차를 홀짝이며 폰 헬룽에게 말했다. "치안판사의 명령이나 담당의의 추천 없이는 직계 가족이 아닌 다른 사람에게 환자를 인도하는 건 병원 절차에 어긋난답니다."

"그의 상황이 어떤 건지 설명하지 않았나?" 폰 헬룽이 물었다. "애초에 그가 갇힌 게 거짓 주장 때문이잖나."

워커가 고개를 저었다. "전 아무것도 설명하지 않았습니다. 가장 기본적인 정보만 알아봤을 뿐이죠. 일단 저부터 정확히 어떤 상황인지 모르니까요. 그를 입원시킨 사람은 조카인 노아 보트맨이라는 젊은이인데……."

토랜스가 껄껄거리며 웃음을 터뜨렸다. "노아 보트맨! 보트맨! 아크라이트가 보트맨이라, 기발하군!"*

* 아크라이트(Arkwright)라는 이름에는 노아의 방주를 의미하는 'Ark'가 들어가 있고, 노아 보트맨(Noah Boatman)에는 노아(Noah)와 배를 뜻하는 보트(boat)라는 단어가 들어가 있다.

“이야기를 계속해도 되겠나? 고맙네. 어쨌든 이 노아 보트맨이라는 사람은 자기 ‘숙부’가 얼마 전에 부인이 호랑이한테 물려 죽은 뒤에 완전히 정신이 나가 버렸다고…….”

“어떻게 죽었다고?” 폰 헬룽이 끼어들었다.

“호랑이요. 벵갈 호랑이랍니다. 인도에 사는 여동생 집을 방문했다가 변을 당했다더군요. 어쨌든 그 조카의 말에 따르면 숙부는 자기가 펠리노어 워스롭이라는 미국인 괴물 사냥꾼이라고 믿고 있답니다. 그의 진짜 이름은 윌리엄 제임스 헨리인데, 잠깐만, 토랜스 제발 잠자코 좀 있게! 폰 헬룽, 차라리 이 친구가 원하는 대로 위스키를 주는 게 어떻겠습니까? 4리터쯤 마시면 알아서 기절할 텐데요. 그건 그렇고 제가 어디까지 이야기했지요?”

“충분히 얘기했네.” 폰 헬룽이 한숨을 무겁게 내쉬며 말했다. “나머지는 대략 짐작이 가는군. 마인 프로인드는 그 교활한 술책에 휘말려 자신이 펠리노어 워스롭이라는 미국인 괴물 사냥꾼이라고 주장했겠지. 그래서 진실을 주장하면 주장할수록 거짓말을 뒷받침하는 모양새가 됐을 테고!”

“그게 다가 아닙니다, 폰 헬룽 박사님. 그보다 더…… 으음, 기이한 건, 워스롭이, 에, 또 제 소식통에 의하면 자기 ‘조카’가 러시아 비밀경찰에 포섭된 영국의 이중첩자라고 주장했답니다.”

“바로 그거야!” 토랜스가 의자에서 펄쩍 뛰어오르며 외쳤다. 워커는 불시에 공격이라도 받은 듯 흠칫 놀랐다. 그가 들고 있던 찻잔에서 차가 벌컥 흘러넘쳤다. “그가 ‘그들이 날 개 잡듯이 잡아 죽일 거라고요.’라고 했지요.” 토랜스가 말을 이었다. “그 사람들이 바로 첫 번째 팀이었던 겁니다, 폰 헬룽!"

"누가?" 폰 헬룽이 물었다. "누가 첫 번째 팀인데?"

"오흐란카요! 오, 존 컨스, 이 악마 같은 놈! 당연히 그랬겠지. 그걸 몰랐다니 제가 멍청했습니다. 아크라이트가 잡혔을 때 그렇게 겁에 질린 것도 무리가 아닙니다. 그가 두려워한 이유가 이해가 가요. 그리고 처음에 허세를 부렸던 것도 이중첩자였기 때문이고요. 영국은 니두스가 존재한다는 것도 몰라요. 음모를 꾸민 건 바로 러시아였어요."

"니두스?" 워커가 어안이 벙벙하여 되물었다. 그의 작은 눈이 커다랗게 뜨였다.

"이런, 실수했군." 토랜스가 당황한 표정으로 폰 헬룽을 돌아보며 말했다. 폰 헬룽의 뺨은 화가 나서 붉게 달아올라 있었다.

"러시아가 니두스 엑스 마그니피쿰을 손에 넣었다고요?" 워커가 물었다.

"그건 아직 모르네." 폰 헬룽은 신중하게 대답했다. "아직 답을 알 수 없는 질문이 너무 많아."

"그런 것 같군요, 박사님. 대부분은 제가 묻고 싶은 질문이지만요. 이 보트맨인지 아크라이트인지 하는 사람은 누구입니까? 왜 워스롭 박사를 가두려고 그런 희한한 수고를 들인 거지요? 아니, 애초에 워스롭이 왜 영국에 와 있는 건데요? 잭 컨스는 누구고 그 사람과 러시아 비밀경찰은 또 뭔 관계랍니까?

폰 헬룽이 토랜스를 무시무시한 눈초리로 노려보았다.

"왜요?" 토랜스가 물었다. "그게 비밀이란 말씀은 안 하셨잖습니까."

"펠리노어는 이 문제에 대해……." 그는 적절한 표현을 찾아 고심했다. "독자적으로 접근하길 바랐지."

"아, 당연히 그렇겠죠!" 토랜스가 대꾸했다. "워스롭답지 않습니까. 영광을 독차지하고 싶었을 테니까요."

"영광이라 함은……." 워커가 폰 헬룽을 쳐다보며 물었다.

폰 헬룽이 한숨을 내쉬었다. 천장을 올려다보며 턱을 긁었다.

"니두스는 러시아인들에게 없네." 이윽고 그가 입을 열었다. "우리가 갖고 있지. 우리가 니두스를 갖고 있고, 영국은 워스롭을 데리고 있고, 러시아에는 잭 컨스가 있지."

"3분의 2만 맞았습니다, 폰 헬룽." 토랜스가 말했다. "러시아가 컨스를 포섭했는지는 확실치 않아요. 그렇지만 그들이 마그니피쿰을 갖고 있다는 데 히람 경의 헤어스타일을 걸지요."

이 시점에서 폰 헬룽이 할 수 있는 선택은 영국인 괴물학자에게 전후 사정을 모두 설명하는 길뿐이었다. 2월의 어느 추운 날 아침에 워스롭의 집에 도착한 니두스, 자신이 어떤 일에 연루되었는지도 알지 못한 채 섬뜩한 모양새로 죽어 간 배달원과 워스롭의 실종, 그리고 그것을 조종한 배신자의 결말에 이르기까지. 그는 토랜스를 향해 눈썹을 추켜세운 채, 나머지는 어림짐작일 뿐이라고 강조했다. 예를 들어 우리는 러시아가 정말로 티포에우스 마그니피쿰의 서식처를 찾았는지 알지 못했다.

"흠, 사건이 시작된 지 얼마나 됐죠?" 토랜스가 물었다. "대략 4개월쯤 됐나요? 워스롭이 올바른 결론에 도달하기 충분한 시간이죠.

그리고 그라면 분명히 해냈을 테고요."

"그걸 자네가 어떻게 아는 건가, 제이콥?" 폰 헬룽이 물었다. 그는 토랜스를 우리 구출 작전에 끌어들인 것을 후회하고 있는 듯했다.

토랜스는 어깨를 으쓱했다. "워스롭이니까요."

"그가 성공했길 빕시다." 워커가 말했다. "살아 있는 마그니피쿰을 발견하기만 한다면 학계 최고의 왕좌에 앉게 될 테니까요."

"차르라면 자기가 앉아 있는 왕좌 말고는 전혀 신경도 안 쓸걸요." 토랜스가 웃음을 터뜨렸다. "만일 러시아가 그걸 손에 넣는다면 앞으로 몬스트러마리움에서는 그걸 볼 일이 없을 겁니다!"

폰 헬룽이 고개를 끄덕였다. 매우 심각한 표정이었다. "토랜스 박사 말이 맞네. 적어도 그 부분은 부인할 수가 없군. 만일 마그니피쿰이 잘못된 이들의 손에 넘어간다면……." 그는 부르르 몸을 떨었다. 생각만으로도 참을 수 없는 일이었다.

그러나 토랜스는 달랐다. 그는 그러한 가능성에 흥미를 느낀 것 같았다. "그렇게 되면 모든 게 바뀌겠죠. 유럽의 세력 판도가 완전히 바뀔 겁니다. 어쩌면 전 세계가 변화할 거고요. 알렉산더는 세상의 절반을 지배했어요. 알렉산더 대왕이 그 괴물의 콧물에 담근 화살을 사용했다고 상상해 보십쇼!"

"꼭 그런 비유를 해야겠나, 토랜스?" 워커가 구시렁거렸다. "그건 그렇고, 자네는 왜 괴물학자가 된 건가?"

"글쎄요……. 죽이는 걸 좋아해서요……?"

"그만!" 폰 헬룽이 고함을 질렀다. 그는 포동포동한 손으로 탁자를 내리쳤다. "우리가 여기 모인 목적을 잊은 건가? 가장 먼저 펠리노어를 거기서 데리고 나오는 게 급선무일세. 괴물의 콧물에 대해서는 나중에 걱정함세." 그는 워커에게 힘주어 말했다. "치안판사에게 갈 수는 없네. 의사를 설득할 수도 없고. 그렇다면 우리에게 남은 방법은 뭔가?"

"아까도 말했지만, 그가 자기 자신이나 남들에게 위험하지 않다는 게 증명되면 가족에게 인도될 수 있습니다."

"흐으으으음." 토랜스가 콧소리를 냈다. "그의 조카가 죽은 게 유감이군요."

"의심받지 않게 조심해야 해. 자칫하다간 우리도 펠리노어의 옆방에 묵게 될지 모르니 말일세." 폰 헬룽이 말했다. "그들은 그가 정말로 미쳤다고 여기고 있을 걸세. 그게 아니었다면 진작 퇴원을 시켰겠지. 꾀를 내면 어떻게든 될 수도 있겠지만 그에게 우리 계획을 알릴 방도가 없잖나. 우리 계획이 뭔지 모른다면 그가 어떻게 우리한테 장단을 맞출 수 있겠나?"

"못 할 겁니다. 하지만 꼭 그래야 할 필요도 없죠." 토랜스가 워커에게 말했다. "우리 신원을 보증해 줄 사람이 필요합니다. 병원장이 믿고 신뢰할 수 있는 사람, 우리 연극에서 조연을 맡아 연기해 줄 인물 말입니다. 누구 적당한 사람이 없을까요?"

워커가 불 꺼진 파이프를 빨며 생각에 잠겼다. 그러더니 돌연 그의 쥐새끼 같은 눈동자가 짓궂게 반짝였다.

"한 명 있는 것 같군."

워커가 데려온 사람은 30대 초반에 옹골차고 강인한 몸매의 사나이로 짧게 자른 검은 머리와 그보다도 더 어둡고 짙은 눈동자를 지니고 있었다. 우리가 그를 만난 것은 다음 날 아침 런던에서 서쪽으로 수 킬로미터 떨어진 곳에 위치한 한웰 정신병원의 정문 앞이었다.

워커는 그에게 폰 헬룽과 나를 소개한 후(토랜스는 폰 헬룽의 정성어린 설득 덕분에 결국 뒤에 남았다. 내 생각에 마이스터 아브람은 그의 존재가 미묘하고 민감한 상황을 위험하게 만들지도 모른다고 우려한 것 같았다.), 우리가 워스롭을 퇴원시키기 위해 하루 만에 급조한 계획을 재차 검토했다. 그의 친구는 우리의 대본에 약간의 수정안을 내놓았지만 전체적으로는 꽤 만족한 것 같았다.

"저도 워스롭을 한 번 만난 적이 있습니다." 그는 우리에게 솔직하게 털어놓았다. "77년인가 78년이었을 겁니다. 제가 에든버러 대학에 있을 때였는데, 그가 벨 박사님에게 뭔가 상의하러 왔던가 그랬을 겁니다. 정확히는 잘 모르겠군요. 벨 교수님은 그 일에 관해서만큼은 이상하게 말씀을 잘 안 하시거든요. 여하튼 대단히 인상적인 사람이었죠. 아직도 기억납니다. 마르고 큰 키에, 눈빛만으로 사람을 꿰뚫어 볼 수 있는 것 같은 강렬하고 매서운 검은 눈을 갖고 있었어요. 내 손을 잡고 악수를 하면서 마치 날씨 얘기를 하듯이 태연하게 '만나서 반갑소. 한데 최근에 런던에 다녀오셨군요.'라고 하는 겁니다. 전 정말 깜짝 놀랐지요. 그걸 대체 어떻게 알았지? 벨 박사님은 그 사람에게 아무 말도 안 했다고 하셨거든요. 솔직히 말해 전 교수님 말을 안 믿었습니다. 그래서 그 뒤로 늘 워스롭에게 그걸 어떻게 알았느냐고 물어보고 싶었죠……."

폰 헬룽이 점잖게 수다쟁이 스코틀랜드인의 말을 자르고 말했다.

"그리고 우리는 당신이 이번 일에 동참해 주어서 대단히 기쁘오! 펠리노어라면 당신과의 만남을 기억하고 있을 거요. 관찰력과 추리력만큼이나 기억력도 아주 비상한 친구니까! 그가 여기 갇혀 있다는 건 구역질이 날 정도로 부당한 일이오. 장담하지만, 그는 나나 당신만큼이나 멀쩡해요. 저 벽 뒤에 외로이 갇혀 있는 그가 지체 없이 풀려날 수 있도록 우릴 도와준다면 평생 그 은혜를 잊지 않겠소! 자, 앞장서시지요, 우리가 그 뒤를 따르리다!"

그래서 그는 정문을 통과해, 문지기의 안내에 따라 본관에 위치한 접수실로 향했다. 3층짜리 건물은 웅장하면서도 단순했는데, 널찍한 경내 한쪽에 자리 잡고 있었다. 자갈이 깔린 길을 걸어가는데 가슴은 두근대고 눈은 쉴 새 없이 박사를 찾아 헤맸다. 나는 들떠 있었고 한편으로는 불안했으며, 약간 겁이 나기도 했다. 우리가 즉석에서 세운 계획이 실패하기라도 한다면 그는 살아 있는 동안 다시는 저 문으로 나오지 못할 것이다.

괴물학자는 눈에 띄지 않았다. 하지만 다른 환자들이 전정가위와 물뿌리개를 들고 정원의 덤불을 다듬고 있는 것이 보였다. 세탁소와 부엌에서 가져온 빨래 바구니와 빵 바구니를 들고 있는 사람도 있었고, 어떤 환자들은 잘 다듬어진 잔디밭을 느긋하게 거닐며 두런두런 얘기를 나누거나 근심 걱정 하나 없는 행복한 웃음을 터뜨렸다. 정신병원에 입원한 환자들이라기보다는 휴가철을 맞아 놀러 온 여행자나 주일 나들이를 나온 사람들 같았다. 당시에는 몰랐지만 한웰은 정신질환자에게 매우 선구적인 치료를 하는 병원으로 이름 높았다. 블랙웰 섬 같은 미국의 정신병원에 있다가 한웰로 송치된 불쌍한 영혼들은 자신이 죽어 천국에 왔다고 여길 것이다.

하지만 워스롭은 내 의견에 동의하지 않겠지.

우리의 공모자는 현관 접수대에서 방문객의 이름을 적었다.

"히람 워커 박사, 에이브러햄 헨리, 그리고 그의 손자가 원장을 만나러 왔소." 그는 직원에게 말했다. "원장에게 코난 도일 박사가 같이 왔다고 전해 줘요."

22장

"기꺼이 죽겠소."

"아서 코난 도일! 진심으로 영광입니다!" 한웰 병원의 원장이 우리를 원장실로 안내하며 말했다. "제가 선생님 작품을 열렬하게 숭배한다는 사실을 고백하지 않을 수 없군요. 제 집사람도 마찬가지랍니다. 제가 셜록 홈즈의 창조주를 만났다고 하면 질투로 얼굴이 새파래질걸요!"

코난 도일은 찬사를 매우 겸허히 받아들였다. 어찌 보면 거의 무안해하는 듯 보였는데, 그래선지 재빨리 화제를 돌렸다.

"오늘 아침에 제가 보낸 메시지를 받으셨습니까?"

"그럼요, 여기 있습니다." 원장이 책상 위에 가득 쌓인 종이 더미를 뒤적이며 말했다. "제가 이 쪽지를 보관해도 될까요? 물론 선생님만 괜찮으시다면 기념으로……. 아, 여기 있군요. 찾았습니다. 윌리엄 헨리. 아주 흥미로운 환자죠."

“이분은 워커 박사인데, 저와 아주 가까운 사이입니다. 헨리 씨의 주치의이기도 하지요.” 코난 도일이 말했다. “이쪽은 윌리엄의 부친인 에이브러햄 헨리 씨이고, 이 아이는 손자입니다. 윌리엄의 큰아들인 윌리엄 주니어지요.”

“보통 빌리라고 부르오.” 폰 헬룽이 끼어들었다. “집에서는 빌리라고 부르지요, 헤르 닥터.”

“독일인이십니까, 헨리 씨?”

“나는 오스트리아인이지만 아들인 윌리엄은 미국에서 태어났소이다.”

원장은 다소 놀란 것 같았다. “하지만 보트맨은 선생님 아드님이 영국인이라고 하던데요.”

“그 말도 맞소.” 폰 헬룽이 재빨리 대응했다. “노아가 거짓말을 한 게 아니오, 헤르 닥터. 윌리엄은 미국에서 태어났지만 스무 살에 의학을 공부하러 이 나라로 건너왔지요. 무슨 대학인가 하면…….” 그는 순간 말문이 막혔다. 대본을 너무 서둘러 급조한 탓에 워스롭의 가짜 인생에 대해 치밀하게 준비하지 못했기 때문이다.

“에든버러 대학이지요.” 코난 도일이 말했다. “제가 졸업하고 1년쯤 후일 겁니다.”

“그러다 한 여인과 사랑에 빠져 결혼을 하고 이곳 국민이 되었다오.” 폰 헬룽이 커다랗게 탄식하며 말했다.

“아, 애너벨.” 원장이 말했다.

“누구요?”

“애너벨 말입니다. 헨리 씨의 부인요. 선생님 며느리 말이지요.”

"악! 이 늙은이의 기억력이 형편없는 걸 용서하시오. 당신이 다른…… 다른 이야기를 하는 줄 알았지 뭐요. 그래요, 불쌍한 애너벨! 그는 그녀를 너무나도 사랑했지. 사랑 이상으로 사랑했다오, 이 바닷가 왕국에서.*"

"그랬지요." 원장이 슬쩍 이맛살을 찌푸리며 맞장구를 쳤다. "보트맨 씨가 자녀가 있다는 얘기는 안 하던데요. 사실, 어, 보트맨 씨의 말에 따르면 자신이 윌리엄의 유일한 가족이라고 했습니다."

"흠, 내 손자 노아의 말이 맞긴 하오. 어떤 면에서는 말이지."

"어떤 면에서라니요?"

"내가 설명하리다."

"그래 주시면 감사하겠군요." 원장이 코난 도일을 향해 당혹스러운 시선을 보내며 말했다. 코난 도일은 어정쩡한 미소를 띤 채 손가락으로 중산모를 초조하게 두드리고 있었다.

폰 헬룽은 나름 최선을 다했다. "노아의 모친, 그러니까 윌리엄의 유일한 동기는 스물두 살에 세상을 떴는데, 그때 노아가 겨우 세 살이었지. 폐결핵이었소. 그 아이가 유일한 혈육이었고. 그때 나는 아내인 헬레나와 함께 매사추세츠에 살고 있었는데, 윌리엄과 거트루드가 자란……."

"거트루드요?" 원장은 이제 종이에 받아 적기 시작했다. 좋은 징조는 아니었다.

"야, 그래, 윌리엄의 누이 말이오. 노아의 모친이자 내 사랑하는

---

* 에드거 앨런 포의 시 「애너벨 리」의 일부.

딸인 헬레나는…….”

“헬레나요?”

“거트루드! 거트루드를 말한 거요. 그 아이는 내 아내를 쏙 빼닮았거든. 그래서 가끔 헬레나라고 잘못 부르곤 했지요.” 그는 머리를 긁적이고 어깨를 으쓱하며 한숨을 내쉬었다. “어디까지 얘기했는지 기억이 안 나는구먼.”

워커가 친절하게 도움의 손길을 건넸다. “거트루드가 죽은 데까지요.”

“거트루드, 그래.” 폰 헬룽이 침울하게 고개를 끄덕였다. “너무 빨리 갔지, 너무 빨리 갔어!”

“그리고 노아는 그의 아버지, 그러니까 선생님 사위가 키웠고요?”

“한동안은 그랬다오. 한데 노아가 열일곱 살 때 그 친구가 세상을 떴지.”

“어쩌다가 그렇게 됐나요?”

“물에 빠졌지.”

“물에 빠졌다고요?”

“어느 날 술에 취해서는 배를 타다 템스 강에서 떨어졌지 뭐요. 헬레나의 죽음을 극복하지 못했던 거요…….”

“거트루드요.” 워커가 그의 말을 고쳐 주었다. “헬레나는 아직 안 죽었습니다.”

“윌리엄의 모친이 아직 살아 계시다고요?”

“아니, 아니요. 아직 얘기를 거기까지 안 했다는 거요. 내 사랑하는 아내는 작년에 수종병으로 세상을 떴다오. 그게 시작이었지.”

"시작이었다니…… 뭐가요?"

"윌리엄이 서서히 어둠에 물들어 간 것 말이오. 그 아이는 어미와 아주 가까웠거든. 보통 아들들보다 훨씬 가까웠지요. 그러다 호랑이가 사랑스러운 애너벨의 사지를 갈가리 찢어 버리는 통에!" 폰 헬룽의 아랫입술이 바르르 떨렸다. 어떻게든 눈물을 흘리려고 애쓰고 있었다. "오, 하느님, 부디 내 아들에게 자비를 베풀어 주소서. 이제 그 애를 봐도 되겠소, 헤르 닥터?"

"제가 약간 헷갈립니다만, 헨리 씨. 방금 하신 얘기 말입니다. 이거 보이시죠? 이게 당신 손자가 성서에 선서를 하고 작성한 입원 서류인데, 헨리 씨에게는 자기 말고는 생존해 있는 친척이 아무도 없다고 적었단 말입니다. 정보가 이렇게 일치하지 않을 때에는 명확히 확인하지 않고서는 헨리 씨를 퇴원 조치할 수가 없습니다."

"흐으음, 잠시 실례합니다." 워커가 폰 헬룽의 팔에 손을 올려놓았다. "노아 보트맨은 수년 동안 친척들과 교류가 없었어요."

"우리 가문의 검은 양이었지." 폰 헬룽이 눈물을 머금고 덧붙였다.

"보트맨 씨를 비난할 의도는 아닙니다만." 워커가 말을 이었다. "그는 에이브러햄 씨를 오랫동안 만나지도, 소식을 듣지도 못했기에 자신이 유일한 친척이라고 믿었을 겁니다."

"하지만 윌리엄에게 자녀가 있다는 사실 정도는 알았을 것 아닙니까." 원장이 나를 쳐다보았다. 나는 의자 위에서 꼼지락거렸다.

"내가 애들을 키우고 있었소. 미국에서." 폰 헬룽이 재빨리 설명했다.

"당신이 아이들을 양육하셨다고요? 왜요?"

“왜냐하면 그 애들은…….” 폰 헬룽은 이제 발작을 일으키기 직전이었다.

“그게 좀 민감한 문제라서요. 이해해 주셨으면 합니다.” 워커가 빈틈을 파고들었다.

“이해하려고 매우 열심히 노력 중입니다, 워커 박사.”

“내 손주들은 윌리엄이 첫 번째 결혼에서 얻은 애들이라오.” 폰 헬룽이 말했다. 옆에서 워커가 누군가 등 뒤를 몽둥이로 내려치기라도 한 것처럼 흠칫 굳었다.

“첫 번째 결혼요?” 원장이 물었다.

“미국에서 말이오. 여기 건너와서 이자벨을 만나기 전에 있었던 일이지.”

“애너벨요.” 워커가 고쳐 주었다.

“야, 그래서 애들이 우리와, 음 나와 같이 살게 된 거요. 내 아내는 수종병으로 죽었거든.” 폰 헬룽이 내 어깨에 통통한 팔을 두르면서 말했다. “수종병 말이오.”

“그렇다면.” 원장이 천천히 입을 열었다. “이 문제를 해결할 방도는 보트맨 씨와 직접 얘기를 나누는 것밖에 없을 것 같군요.”

“아아, 마인 고트!” 폰 헬룽이 갑자기 울부짖었다. 그는 의자에 털썩 주저앉았다.

“설마 보트맨 씨도 죽었다고 하시려는 건 아니겠죠?” 원장이 물었다.

나중에 나는 그것이 얼마나 아이러니한지 생각했다. 수많은 거짓말 중에서 오직 그것만이 유일한 진실이었기 때문이다.

우리가 원장의 문학적 우상을 섭외하지 않았더라면, 계획부터 허술했을 뿐만 아니라 실행은 더더욱 허술했던 우리의 연극은 결코 성공하지 못했을 것이다. 우리가 당장 쫓겨나지 않거나 유능한 의사가 검진을 하러 올 때까지 병실에 갇히지 않은 것은 오로지 코난 도일 덕분이었다.

"윌리엄 헨리가 지금 같은 상황에 처하게 된 데에는 저에게 다소 책임이 있는지도 모르겠습니다." 코난 도일이 말했다.

"당신이 말입니까, 도일 박사?"

"워커 박사가 내게 말한 내용으로 추측컨대, 그의 망상 중 일부는 내 소설에서 기인한 것 같으니까요."

"어떤 부분이 말입니까? 저는 그 환자와 아주 긴 면담을 해 봤습니다만 그런 느낌은 전혀……."

"일단 그의 직업을 들 수 있겠지요. 사립 탐정과 괴물 사냥꾼은 본질적으로 크게 다르지 않아요. 다르다기보다는 차이가 약간 있을 뿐이지요. 그리고 물론……." 그는 건장한 어깨를 무심하게 으쓱 치켜 올렸다(코난 도일은 뛰어난 크리켓 선수이자 열성적인 골프 선수였다.). "이름을 보십시오."

"누구 이름을요?"

"헨리 씨 말입니다. 그의 진짜 이름 말고 그가 고른 이름, 펠리노어 워스롭 말입니다."

"죄송합니다만, 도일 박사. 그 이름과 당신 작품이 무슨 관계인지 모르겠군요."

"미국인이 아니니 모르시겠지요. 미국에서는 홈즈가 아니라 워스롭이랍니다."

"그래요?"

"소설 속 등장인물 이름을 독자들의 문화적 배경에 맞게 바꾸는 것은 그다지 드문 일이 아니지요."

원장은 놀라움을 표명했다. 그는 대영제국의 셜록 홈즈가 미국의 펠리노어 워스롭이 될 수 있으리라는 생각은 전혀 해 본 적이 없었다. 그것은 그의 상식을 뼛속까지 뒤흔들었다. 홈즈가 홈즈가 아니라면 어떻게 홈즈일 수가 있단 말인가!

"이제 내 아들을 만나 봐도 되겠소?" 폰 헬룽이 애원했다. "약속하오, 박사, 그 아이는 날 알아볼 거요. 부친이니까. 그리고 설사 나를 못 알아보더라도 제 아들인 빌리는 알아볼 거요. 우린 그 아이를 미국으로 데려가고 싶어요. 하지만 당신이 안 된다면 안 되는 거겠지요. 부디 자비를 베풀어 최소한 작별인사라도 할 수 있게 해 주시구려!"

그제야 원장은 다소 누그러졌다. 나는 그가 우리의 황당한 이야기를 한마디도 믿지 않았을 거라고 생각한다. 그러나 그는 이 희한한 연극의 결말이 어떻게 끝날지 호기심이 일었다. 그것도 아주 강력한 호기심이었다. 그가 종을 울려 워스롭의 병실 담당자를 부르자 잠시 후에 직원이 나타났다.

"헨리 씨는 지금 어디 있나?" 원장이 물었다.

"여느 때처럼 자기 방에 있습니다, 원장님. 아침식사 후에 정원을 산책하겠느냐고 물었는데 이번에도 거절하더군요."

"오늘 아침에는 식사를 했나?"

"제 머리에 집어던지던데요."
"오늘 아침은 그런 상태군."
"네, 심기가 고약한 날인 것 같습니다."
"어쩌면 오늘 오신 손님들이 기분을 좀 북돋워 줄지도 모르겠네. 환자에게 손님이 왔다고 전해 주게. 우리도 곧 가도록 하지."
원장이 우리에게 몸을 돌리고 말했다.
"헨리 씨는 지난주부터 단식 투쟁을 시작했습니다. 한웰에 도착한 후로 세 번째 단식이지요. '난 기꺼이 굶어 죽겠소. 하지만 당신들을 기쁘게 해 주진 않겠어!'라고 하더군요. 이 말만큼은 꼭 해야겠습니다, 워커 박사. 당신 환자는 대단히 복잡하고 정교한 망상을 가지고 있어요. 제가 이제껏 본 중에 가장 자세하고 세밀합니다. 스스로를 '이상생물학을 연구하는 자연과학자'라고 부르더군요. 전 세계에 수백 명밖에 존재하지 않는, 특정한 종류의 유해생물을 연구하고 박멸하는 데 종사하는 '괴물학자'라고요. 그러면서 자기가 그 중에서도 제일 뛰어나고 탁월한 학자라고 주장하고 있습니다. 그 괴물학자들이라는 사람들이 모여 만든 무슨 '협회'에 속해 있는데, 그 협회는 뉴욕에 있고 회장은……."
"나라오." 폰 헬룽이 애처로운 말투로 문장을 받아 끝냈다. "나도 다 들었다오, 헤르. 안타깝게도 수백 번이나 들었지요. 윌리엄에게 나는 슈트벤바흐 출신의 평범한 구두 수선공인 에이브러햄 헨리가 아니라 실제로 존재하지도 않는 괴물학자 협회의 회장인 아브람 폰 헬룽이지요. 그리고 여기 있는 어린 윌리엄은, 아니 윌리엄이 아니지! 윌 헨리는 전설 속의 괴물들을 사냥하는 것을 돕는 충성스러운 조수고 말이오."

"그의 환상 속에는 나도 있습니다." 워커가 끼어들었다. "나로 말하자면, 그 괴물학 협회의 또 다른 회원이랍니다. 어찌 보면 경쟁 상대이기도 하고요. 뛰어난 업적과 연구 성과로 그의 지위를 위협하고 있는……."

폰 헬룽이 큰 소리로 헛기침을 하며 말했다. "아들을 집으로 데려가고 싶소이다. 그 아이는 아무한테도 해를 끼치지 않아요. 당신이 머리 세 개 달린 용이 아니라면 말이오. 내 손자 놈에게, 부디 그의 영혼에 안식이 있기를, 부친이 져야 할 부담을 대신 지울 수는 없어요. 난 그 아이가 여기 있다는 말을 듣자마자 급히 달려왔다오. 아들을 보고 나면 당장 떠나겠소. 그러니 내 아들을 보게 해 주시오, 원장님. 그 아이와 나의 짐을 덜게 해 주시오!"

우리는 3층으로 안내되었다. 가장 병세가 심각하고 위험한 환자들이 수용되는 곳이었다. 문에는 창살이 달려 있지 않았지만 크고 튼튼한 자물쇠가 달려 있고, 가구는 바닥에 못질을 해서 고정했다. 어떤 방은 환자 자신을 보호하기 위해 벽에 두껍고 푹신한 패드를 둘러 놓았다. 하지만 쇠사슬을 차거나 구속복을 입은 환자는 없었다. 한웰이 인도주의적 철학에 따라 운영되고 있다는 또 다른 증거였다. 만약에 워스롭이 다른 정신병원에 갇혔더라면 훨씬 더 끔찍한 고통을 겪었을 거라는 생각이 들었다. 물론 그에게는 이 모든 것이 고문이었을 것이다. 제정신이기 때문에 더욱 괴롭고 자신이 제정신이라는 사실이 외려 그가 미쳤다는 증거로 작용했으므로 더욱 답답했을 것이다. 하지만 그는 살아 있었다. 그는 살아 있었다.

병실지기가 복도에서 우리를 기다리고 있었다. 원장이 그에게 고개를 끄덕이자, 빗장을 풀고 문을 활짝 열어젖혔다. 작은 침대 끝에서 내 스승이 흰 가운과 슬리퍼를 걸치고 앉아 있었다. 등 뒤 창문에서 비쳐 들어오는 빛줄기 속에서 그의 모습이 밝게 빛나고 있었다. 낯빛은 파리하고 말라빠지고 초췌해 있었지만, 살아 있었다. 마침내 그의 유배 생활이 끝났고, 괴물학자는 살아 있었다.

M

9권

다스 웅게오이어

나는 내가 지옥에 있다고 믿는다.
그러므로 나는 지옥에 있다.
— 아르튀르 랭보

23장

"내 이름은 펠리노어 이그재비어 워스롭."

나는 대사를 잊어버렸다. 머릿속이 백지장처럼 텅 비어 버렸다. 다리는 후들거리고, 나도 모르게 하마터면 '워스롭 박사님!'이라고 외칠 뻔했다. 그랬더라면 보잘 것 없는 연극은 삽시간에 막을 내렸을 것이다. 그의 얼굴을 다시 보자 무한한 기쁨이 밀려왔지만—그 사실은 부인하지 않겠다.—동시에 두려움의 전율이 일기도 했다. 지금까지 괴물학자가 이 세상에 내게 남은 전부였을지도 모른다면, 이제 그는 진실로 내게 남은 전부가 되었다.

내가 다가가자 그가 침대에서 벌떡 일어났다. 핼쑥한 얼굴에 거의 우스꽝스럽기조차 한 놀란 표정이 떠올랐다. 크고 퀭한 검은 눈에는 배고픈 사람 특유의 멍한 눈빛이 어려 있었다.

"윌 헨리?" 그가 속삭였다. 도저히 믿을 수가 없다는 말투였다.

나는 그제야 내 대사를 기억해 냈다. "아빠! 아빠!" 나는 앞으로 달려 나가, 그의 몸이 뒤로 밀려나리만큼 격렬하게 그의 가슴에 몸을 던지고 있는 힘을 다해 두 팔로 꼭 껴안았다.

"아빠! 아빠! 살아 계셨군요!"

"당연히 살아 있지. 세상에 윌 헨리……. 폰 헬룽, 당신 맞습니까? 잘 됐군요! 슬슬 당신이 그 말도 안 되는 소리를 진짜로 믿는 건 아닌…… 그 옆에 있는 건 누구죠? 설마 워커는 아니겠지요. 아니, 왜 워커를 데려온 겁니까? 워커에게 다 말했어요? 오, 제발, 윌 헨리, 나 좀 놔줘라. 허리 부러지겠다."

"오, 내 아들! 아들아!" 폰 헬룽이 흐느꼈다. 이제는 그가 내 스승의 허리를 부러뜨릴 차례였다. "윌리엄, 네 아비가 왔다!"

"그게 진짜면 큰일이게요! 제 부친은 15년 전에 돌아가셨단 말입니다, 폰 헬룽."

"뭐라고? 나를 못 알아보는 게냐? 당연히 알아볼 텐데! 네 아비잖느냐!" 폰 헬룽은 의아한 얼굴을 한 원장과 워스롭 사이에 끼여 있었다. 그는 그 새를 틈타 워스롭에게 최대한 크고 과장되게 한쪽 눈을 찡긋해 보였다. "네 아비란다, 마인 손!*"

그러나 워스롭은 단서를 포착하지 못했다. 어쩌면 너무 갑작스럽게 무대 위로 불려 나온 탓인지도 모른다. 어쩌면 세 번의 단식 시도로 체력이 고갈되어 있었기 때문인지도 모른다. 혹은 태양을 병안에 가두려고 한 것처럼 펠리노어 워스롭 같은 인물을 병원에 가둔 데 따른 필연적 결과일지도 모른다. 어쨌든 이유가 뭐든 간에, 그

---

* 독일어로 '내 아들'이라는 뜻.

는 우리의 연극에 동참하기를 거부했다.

"아니야." 워스롭의 언동은 차분해져 있었다. 마침내 문이 열린 것이다. 이제 그가 할 일은 저 열린 문으로 걸어 나가는 것뿐이었다. "당신은 아브람 폰 헬룽 박사요. 괴물과학연구발전협회 회장이지. 당신 뒤에 서 있는 건 히람 워커 박사로, 그저 그런 범상한 수준의 학자인데 왜 여기 데려왔는지 모르겠군요. 부디 이 저주받은 곳에서 나갈 수 있게 일시적인 도움을 요청한 것에 불과하길 바랍니다. 워커 옆에 서 있는 사람은 누구인지는 모르겠지만 묘하게 낯이 익은 얼굴이군요. 내가 보기에 직업은 의사고, 골프를 즐겨 칠 것 같소. 그리고 너는……." 그는 내게로 몸을 돌렸다.

"너는 윌리엄 제임스 헨리지. 내게 없어서는 안 될 조수이자, 내가 진 십자가이자 방패지. 하지만 대개는 십자가야."

그는 원장을 쳐다보았다.

"봤지요? 난 이제까지 진실을 말했던 겁니다! 내 말은 다 진실이라고요!"

"헨리 씨." 원장이 말했다. "이 사람들이 누군지 모르겠습니까?"

"당연히 누군지 알지요. 방금 이 사람들이 누군지 다 설명해 주지 않았소!" 그는 폰 헬룽에게 으르렁거렸다. "내가 지난 100일 하고도 26일 일곱 시간 12분 동안 어떤 취급을 감내해야 했는지 아시겠습니까? 내가 사실을 말하면 말할수록 나더러 미쳤다고들 하니!"

그는 원장에게 버럭 고함을 질렀다. "내 이름은 펠리노어 이그재비어 워스롭, 주소지는 매사추세츠 주 뉴예루살렘 해링턴 레인 425번지요. 서기 1853년에 매사추세츠 뉴예루살렘에서 앨리스테어 워스롭과 마거릿 워스롭의 유일한 자식으로 태어났지! 나는 이제껏 대영제국의 신민이었던 적이 없고, 그러고 싶은 마음도 없소. 당신은 내 의사에 반해 나를 여기 잡아 둘 권리가 없소! 영국 법이든 국제법이든, 또는 그 모든 것을 초월하는 지고한 법이나 모든 문명인을 지배하는 이성적 사고에 근거해도 말이오!"

"실례합니다만." 워커가 목소리를 낮춰 원장에게 속닥였다. "원장실로 돌아가는 게 어떨까요. 환자가 조금 흥분한 것 같습니다만……."

"다 들었어!" 괴물학자가 포효했다. "폰 헬룽! 이 어리석은 바보천치들한테서 구해 준다면 평생 당신 은혜를 잊지 않을 겁니다. 하지만 이 일에 히람 워커를 끌어들인 것 역시 평생 용서하지 않을 거요!"

"아까 말했지요?" 워커 박사가 은근한 웃음을 띤 채 원장에게 말했다.

내 스승은 그 대사를 막이 내리기 직전, 마지막 클라이맥스의 아리아를 부르라는 신호로 받아들였다.

"이 세상 모든 신성한 것의 이름으로, 워커, 이 사람들이 억지로 빼앗아 가지만 않았다면 지금 당장 내 리볼버를 꺼내 자네를 쏘아 버렸을 걸세. 그 가식적이고 교활한 두 눈 사이에 대고 주저 없이 방아쇠를 당겼을 거야. 하느님 맙소사, 난 정말 영국이 싫어! 여러분, 영국에서 나온 것 중에 하나라도 괜찮은 게 있으면 어디 이름을 대 보시지! 윌리엄 셰익스피어와 찰스 디킨스, 그리고 팁트리 잼은 빼고! 영국은 세상에서 가장 따분하고 시시한 인간들이 사는 곳이야!"

그는 이글거리는 눈으로 워커를 노려보았다.

"그중에서도 자네가 완벽한 본보기지. 자네 고향과 맞춘 듯이 어울리는 따분하고 시시한 작자거든. 그리고 당신들의 여왕에 관해 말할라치면……."

"자, 윌리엄……." 원장이 급히 끼어들었지만 아무 효과도 없었다.

"자연선택설로, 다윈의 이론으로도 해석할 수 있지. 텍사스만 한 크기의 작은 섬이 수천 년 동안 고립되어 있다 보면 어쩔 수 없이 동종교배를 하게 되니까. 여기 있는 히람만 봐도 알 수 있어. 저 기괴하게 형성된 턱을 보라고. 그뿐만이 아니지. 영국민의 지성을 모두 합쳐도 찻잔 하나를 채울까 말까일걸? 증거가 필요한가? 어떤 문명국이 공정한 재판도 없이 사람을 이런 방에 가둔단 말이오! 고발한 자를 대면할 기회도 주지 않고, 주장의 진위를 뒷받침하는 증거를 확인하려는 노력도 없이!" 그는 부들부들 떨리는 손가락으로 원장의 얼굴을 가리켰다. "당신을 해고시켜 버릴 거야. 당신이 병원이라고 부르는 이 가증스러운 곳을 잿더미로 만들고 그 위에 침을 뱉어 줄 테다! 왜냐하면 내 이름은 윌리엄 제임스 헨리가 아니니까!" 그는 나를 힐긋 쳐다보았다.

"내 이름은 펠리노어 워스롭이오!" 그가 일갈했다. "무덤에 묻힐 때 그 사실을 반드시 기억하시오. 왜냐하면 내가 반드시 당신을 그렇게 만들고야 말 테니까! 그렇게 만들고야 말 거요!"

만일 누군가 윌리엄 "펠리노어 워스롭" 헨리의 이상한 사건에 관해 순수한 진실을 알려 줬다 하더라도 과연 한웰 정신병원의 원장이 흡족해했을지는 의문이다. 그러나 나는 이 경우에, 126일 하고도 여덟 시간째에, 그가 진심으로 이 모든 소동에 진절머리가 난 나머지 두 손 두 발을 들고 이 일에서 빠지고 싶어 했다고 생각한다. 자칭 괴물학자는 다른 누군가의 골칫거리가 되어야 했고, 마침 우리는 그 골칫거리를 넘겨 달라고 문자 그대로 애원하고 있었다. 그리하여 거침없이 서류 작업이 진행되었다(내 스승의 퇴원 서류에 서명한 것은 우리 일당에서 코난 도일을 제외하고 유일하게 거짓 이름을 쓸 필요가 없는 워커 박사였다.). 아홉 시간째가 되었을 때, 우리는 패딩턴행 열차를 타고 있었다.

"옛 말처럼 끝이 좋으면 다 좋은 거지!" 폰 헬룽이 약간 어색한 기미가 도는 목소리로 활기차게 외쳤다. "자네는 이제 자유일세, 마인 프로인드 펠리노어!"

워스롭은 축하할 기분이 아니었다. 그는 우리 맞은편에 앉아 있는 두 영국인을 노려보았다. 워커는 싸늘한 눈초리를 견디지 못해 고개를 돌렸지만 코난 도일은 명랑한 미소로 대응했다.

"아서 코난 도일입니다." 작가가 말했다. "그동안 잘 지내셨습니까? 몇 년 전에 에든버러에서 벨 박사님과 함께 뵌 적이 있지요."

"아, 그래, 도일. 아직도 그 재주 좋은 경찰물 부업으로 푼돈을 벌고 있소?"

"자문 탐정인데요."

"흐으으으음." 그는 폰 헬룽에게로 주의를 돌렸다. "내 아버지 행세를 하는 건 누구 의견이었습니까?"

"그렇게 물어보니 기억나지가 않는군." 폰 헬룽이 쭈뼛거리며 그의 시선을 피했다.

"토랜스 박사님 생각이었어요."

"토랜스?" 괴물학자의 뺨이 붉게 타올랐다. "제이콥 토랜스도 이 일에 참여했단 말입니까?"

"토랜스 박사를 끌어들이자는 건 윌의 의견이었네." 폰 헬룽이 워스롭의 비난을 피하려는 듯이 변명했다. 그러더니 이내 내 공을 치하했다. "윌이 있었길래 망정이지! 토랜스가 그……." 그는 코난 도일이 귀를 기울이고 있음을 깨닫고는 입을 다물었다.

"히람 경, 제이콥 토랜스, 괴물학이 전문도 아닌 소설가……. 근 40년 만에 처음으로 찾아온 이 민감한 사안에 또 누구를 연루시켰습니까, 폰 헬룽? 설마 우리 호텔 방에서 조지프 퓰리처가 기다리고 있는 건 아니겠지요?"

"나라면 감사를 표할 때 보다 정중한 표현을 사용하겠네." 워커 박사가 충고했다. "토랜스가 아니었다면 자네는 아직도 그 미친 사람들 속에서 가엾은 익명의 환자로 남아 아무것도 아닌 존재로 무시당하거나 세상에서 완전히 잊혔을 걸세. 그리고 내가 아니었다면……."

"자네는 입을 열지 않는 게 좋겠네." 박사가 싸늘하게 쏘아붙였다. "내가 영국에서 별로 좋아하지 않는 것들 중에서도 자네는 특히 안 좋아하는 축에 속하니까, 히람 경."

"제발 그렇게 좀 부르지 말라고!"

"이름 하니까 말인데." 워스롭이 폰 헬룽에게 말했다. "도대체 무슨 배짱으로 오스트리아인 주제에 헨리라는 이름이 통할 거라고 생각한 겁니까?"

"자네가 우리의 작은 연극을 알아차리길 바랐네." 오스트리아인이 공격을 슬쩍 회피하며 다소 무뚝뚝하게 대꾸했다.

"자네가 우둔하게 구는 바람에 죄다 망칠 뻔하지 않았나!"

"우둔하다고요? 난 귀머거리가 아닙니다, 마이스터 아브람. 아니면 아버지라고 불러 드릴까요? 그리고 장님도 아니고요. 당연히 당신의 그 '작은' 눈짓을 봤지요. 제가 맞장구를 쳐야 한다는 것도 이해했고요. 하지만 제가 그렇게 했더라면 도리어 문제가 됐을 겁니다. 그 즉시—물론 그 전부터 그랬겠지만—원장이 의심을 했을 테니까요. 뭔 놈의 정신병이 고작 윙크 한 번에 씻은 듯이 낫는답니까? 제가 당신을 '아버지'라고 부르거나 윌 헨리에게 '아들아'라고 했더라면 지금 이 기차 안에 앉아 있지도 못했을 겁니다. 아마 나와 당신, 우리 모두 스코틀랜드야드에서 나온 경관들과 진지한 대화를 나누고 있었겠지요. 정말로 아이러니한 건 나를 정신병원에 갇히게 만든 바로 그 진실이 나를 해방시켰다는 거겠죠!"

"우리의 작은 도움을 받아서 말이지."

워커가 무심하게 중얼거렸다.

"내가 리볼버를 돌려받았다는 사실을 일깨워도 되겠나, 히람 경? 바로 여기 있네만……."

"자자, 펠리노어." 워스롭의 옛 스승이 타일렀다. "지난 몇 달간 힘든 일을 겪었다는 거 아네. 하지만……."

박사가 너털웃음을 터뜨렸다.

"안다고요? 나라면 '힘든 일'이라는 표현은 안 쓸 겁니다. 아니, 오해는 하지 마십시오. 사실 그 병원은 꽤 괜찮은 곳이었어요. 음식도 놀랄 만큼 맛있고, 직원들도 전체적으로 매우 인간미가 넘쳤지요. 침대도 깨끗하고 일주일에 두 번 목욕도 할 수 있었고요. 마치 영국 시골에서 긴 휴가를 보내는 것과 비슷했습니다. 아주 사소한 점을 제외하면 말입니다. 바로 내 마음대로 나갈 수가 없다는 거였죠. 나도 탈출하려고 해 봤어요. 여섯 번이나요! 그렇지만 그때마다 딱딱한 시트와 푹신한 벽이 있는 아늑한 방으로 돌아와야 했습니다. 그때마다 내가 '손님'으로서의 특권을 악용하고 있다는 부드러운 경고를 들었고요. 그래요, 그 사람들은 우리 정신병자들을 그렇게 불렀죠. '손님'이라고. 차라리 악마가 지옥에 떨어진 죄인들을 '하숙생'이라고 부르는 게 더 어울리지! 하!"

코난 도일이 폭소를 터뜨렸다. "우와, 이거 정말 굉장한데요! 엄청나게 재미있어요!"

워스롭이 위쪽으로 눈동자를 굴리더니 내게 말을 걸었다.

"그리고 너! 문이 열렸을 때 너를 보게 되리라고는 상상도 못 했다. 도대체 왜 네가 여기 와 있는 거냐, 윌 헨리?"

"윌이 고집했다네." 폰 헬룽이 나 대신 대답했다. "그 애라면 손발을 쇠사슬로 꽁꽁 묶은 다음 지하 감옥에 던져 놨어도 어떻게든 여기 올 방도를 찾아냈을 걸세, 펠리노어."

괴물학자는 두 눈을 질끈 감았다.

"넌 오지 말았어야 했다, 윌 헨리."

나는 대답했다.

"저를 버리고 가지 말았어야죠, 박사님."

24장

"맹목적인 신념."

코난 도일은 패딩턴 역에서 우리에게 작별을 고한 다음에도 워스롭 옆에서 한 발짝도 움직이려 하지 않았다. 그는 워스롭과 헤어지고 싶지 않은 것 같았다. 나는 예전에도 그와 비슷한 장면을 수도 없이 목격했다(그러한 현상에 대해 남몰래 '워스롭 효과', 또는 '워스롭 중력'이라는 이름도 붙였다.). 워스롭 박사의 거대한 에고는 무거운 질량을 지닌 물체처럼 그보다 작고 나약한 영혼들에게 저항할 수 없는 엄청난 인력(引力)을 발산했다.

"이젠 정말 가 봐야 하는데." 갖가지 질문으로 ("내가 골프를 친다는 건 어떻게 알았습니까?") 이미 지칠 대로 지친 내 스승을 한참 동안이나 괴롭힌 끝에 마침내 코난 도일이 말했다. 그는 우리가 부산한 역내를 이리저리 부대끼며 인파를 가로지르는 동안 한두 발짝 뒤에서 쫓아오고 있었다. "투이가 기다리고 있거든요."

"투이가 뭐요?" 워스롭이 물었다.

"내 부인 루이자를 말하는 겁니다. 지금 딸과 같이 집에 있어요. 메리 루이즈는 1월에 태어났죠. 우리 딸 사진 한번 보시겠습니까? 정말 예쁘답니다."

워스롭이 우리가 묵고 있는 호텔 앞 계단에서 우뚝 멈췄다.

"도일, 지금 내가 바라는 건 따뜻한 홍차 한 잔과 아늑하고 편안한 잠자리요. 나중이라면 또 모를까……."

그는 문득 자기보다 키가 약간 작은 도일의 어깨 너머를 힐긋 쳐다보았다. 그러고는 재빨리 형식적인 미소를 띠며 도일의 팔짱을 끼고 그를 계단 위로 끌어당겼다.

"하지만 생각해 보니, 우리가 이렇게 만난 것도 운명인 것 같군요. 나도 젊었을 때 작가 지망생이었다는 걸 압니까? 산문은 아니고, 시를 썼지요. 하지만 도일, 당신은 내게도 좋은 귀감이 되었소. 모자 두 개를 한꺼번에 쓰지 못하리란 법은 없다는 걸 보여 주었지. 어쩌면 나도 다시 펜을 들어 보는 것도……."

나는 괴물학자가 너무 갑작스레 태도를 바꾼 데 놀라, 플랫폼을 내려다보았다. 중앙 기둥 근처에 두 명의 사내가 보였다. 한 명은 키가 크고 건장한데 눈을 찌를 정도로 새빨간 머리칼을 갖고 있었고, 다른 한 명은 키가 훨씬 작고 대머리에 동료와는 달리 빼빼 말랐지만 강단만은 그에 못지않아 보였다. 40미터쯤 떨어져 있는 데다 기차 매연으로 주변이 온통 뿌연 와중에서도 붉은 머리 사내의 눈이 무서울 정도로 형형하게 빛나는 게 보였다. 나는 그처럼 맹렬한 눈빛을 가진 사람은 평생에 단 한 명밖에 알지 못했다. 그것은 오직

한 가지 목적만을 추구하며 삶을 살아가는 인간의 눈이었다. 펠리노어 워스롭이 추구하는 것이 어둠 속의 괴물들이라면, 마치 망치로 못을 박듯 나를 계단 위에서 미동도 하지 못하게 온몸을 마비시킨 사내의 인광은 전혀 다른 것을 추구하고 있었다.

"왜 그러느냐, 마인 프로인드, 윌?" 폰 헬룽이 속삭였다. 그는 내 어깨에 팔을 두르고 계단을 올랐다. "꼭 유령이라도 본 것 같구나."

"유령이 아닙니다." 워커의 높고 가느다란 목소리가 긴장감으로 떨리고 있었다. 그 역시 우리를 쏘아보고 있는 붉은 머리 사나이를 발견한 것이다. "저 기둥 옆에 덩치 큰 빨간 머리와 대머리가 보입니까? 맙소사, 쳐다보지는 말고요, 폰 헬룽! 어제도 저 둘을 봤어요. 아무래도 우리를 미행하고 있는 것 같습니다."

"고백하자면, 개업을 하긴 했는데 별로 잘 되지가 않았지요." 우리가 3층 복도에서 가까스로 그들을 따라잡았을 때, 코난 도일은 박사에게 고백하고 있었다. 그는 내 스승의 빠르고 큼지막한 걸음걸이를 뒤쫓느라 받은 숨을 내뱉고 있었다. "그렇지만 불평은 안 합니다. 덕분에 글을 쓸 시간을 낼 수 있었으니까요. 그리고 앞으로는 더 많이 써야겠죠. 먹여 살려야 할 입이 늘었으니까요."

워스롭이 우리 방 앞에서 갑자기 발을 멈췄다. 그것을 보지 못한 코난 도일이 박사의 등에 얼굴을 부딪쳤다.

"아! 죄송합니……."

워스롭이 조용히 손을 들어 올렸다. 손가락 끝이 공중에서 피아노를 치듯 옴지락거렸다. 전에도 이런 동작을 본 적이 있는 나는 거의 반사적으로 재빨리 그의 옆에 붙어 섰다.

"폰 헬룽." 워스롭이 속닥였다. "무기 갖고 있습니까?"

"아니."

"워커?"

"나도 없네. 왜 그런 걸……."

"도일, 당신 총 가지고 다닙니까?"

"아니요."

괴물학자가 코트 주머니에서 리볼버를 꺼냈다. "윌 헨리, 다른 사람들과 같이 여기서 기다려라." 그는 문을 열고 방 안으로 들어갔다.

그리 오래 걸리지는 않았다. 이삼 분도 안 되어 들어와도 좋다는 목소리가 들렸다.

"문을 닫고 빗장을 걸어라, 윌 헨리." 그가 방 안쪽에서 지시를 내렸다. 워스롭은 문을 등진 채 쪼그리고 앉아 바닥에 놓인 무언가를 굽어보고 있었다. 총이 들린 손은 아래로 늘어져 있고 어깨는 가볍게 웅숭그렸다. 그 모습이 얼마나 지치고 피곤해 보였는지, 얼마나 나이 들어 보였는지 아직도 생생하게 기억난다.

그의 앞에 누워 있는 것은 제이콥 토랜스였다.

"마인 고트!" 폰 헬룽이 중얼거렸다. "펠리노어, 설마……."

"죽었습니다." 박사가 대답했다.

폰 헬룽이 자그맣게 욕지거리를 뱉었다. 워커는 손으로 입을 틀어막았다.

"조명이 있어야겠습니다." 워스롭이 말했다. "윌 헨리, 커튼을 열어라. 도일, 당신은 의사요. 당신이 살펴보는 게 좋겠소."

도일이 워스롭의 옆으로 다가가 시신을 꼼꼼히 들여다보는 사이, 나는 그 옆을 돌아 창가로 다가갔다. 바닥에 흥건한 제이콥 토랜스의 피가 구두 밑에서 기포를 만들며 찌걱거렸다. 나는 쳐다보지 않을 것이다. 쳐다보고 싶지도 않고 쳐다볼 생각도 없었다. 하지만 늘 그렇듯이, 나는 그것을 쳐다보았다. 커튼을 열고, 고개를 돌려, 내 등을 덥히는 밝고 따스한 금빛 햇볕 아래 제이콥 토랜스의 시신을 보고야 말았다.

"상처가 아주 깊군요." 코난 도일이 말하고 있었다. "척주(脊柱)까지 자국이 남았어요. 거의 참수당했습니다."

토랜스의 목은 한쪽 귀에서 반대쪽 귀에 이르기까지 경동맥과 경정맥이 완전히 절단되어 있었고—작은 도끼나 손도끼를 사용했을 가능성이 있다.—피로 흠뻑 젖은 카펫 위에는 작은 웅덩이가 고여 있었다……. 그의 옷도…… 30센티미터쯤 떨어진 곳에 있는 린넨 테이블보도…… 그리고 긴 의자의 뒷부분도…… 모두 축축하게 젖어 있었다. 다마스크 천으로 만든 커튼은 그의 심장에서 뿜어져 나온 핏방울로 얼룩졌고, 방 안은 뜨거운 피가 풍기는 비릿한 쇠 냄새로 가득했다.

"시신이 아직 따뜻합니다." 코난 도일이 전문가다운 말투로 설명했다. "죽은 지 얼마 안 됐어요. 한 시간도 안 됐을 겁니다."

"그보다도 더 안 됐을 거요." 괴물학자가 말했다. 그는 찌푸린 표정으로 다리를 펴고 일어났다. 무릎에서 뚝 하는 소리가 났다. 폰 헬룽은 문간에서 서성이고 있고 워커는 그 옆에서 벽에 몸을 기댄 채 입가에 손수건을 대고 누르고 있었다. 얼굴은 백지장처럼 하얗게 질렸다. 그가 헛구역질을 하는 소리가 작은 방 안에 유독 크게 울렸다.

"경찰을 불러야 합니다." 그가 손수건으로 입을 가린 채 말했다. 그렇지만 아무도 그의 말을 들은 척도 하지 않았다.

워스롭은 토랜스의 시신 주위를 찬찬히 돌았다. 피 칠갑이 된 마룻바닥과 핏줄기가 튄 벽과 가구, 창가와 창틀 위로 날카로운 시선이 맴돌았다. 한번은 시신에서 1.5미터쯤 떨어진 곳에 바닥에 손과 무릎을 짚고 사냥개처럼 코를 킁킁거리기도 했다.

"두 명이 있었군." 그는 조사를 마친 뒤 말했다. "한 명은 키가 아주 커. 신장이 180센티미터가 넘고 오른손잡이에 시가를 피우며, 빨간 머리요. 다른 한 명은 그보다 작은 약 165~170센티미터에, 한쪽 다리를 절고 있소. 오른쪽 다리가 반대쪽보다 짧은 걸 보니……."

코난 도일로 말하자면, 얼마나 흥분했는지 연구 대상이 될 수 있을 정도로 완연한 주홍색 얼굴*을 하고 있었다. 마치 생전 처음 영원한 짝사랑의 고통을 앓는 젊은이처럼 마구 얼굴을 붉혔다.

"믿을 수가 없군요. 정말 믿을 수가 없어요."

그가 갈라지는 목소리로 말했다.

"아주 기초적인 겁니다, 도일."** 워스롭이 말했다. "살인자는 예술가와 비슷해요. 자신의 흔적을 남기지 않고서는 못 견디지요. 우리가 할 일은 작품과 그것을 창조한 자를 분리하는 방법을 알아내는 것뿐이오."

---

* 코난 도일의 단편 「주홍색 연구」의 패러디.

** 셜록 홈즈의 유명한 대사.

"제 말은, 그러니까, 지금 제가 느끼는 이 강렬한 감정은 정말이지 뭐라 말로 형용할 수 없……."

"나도 마찬가지요!" 방 반대쪽에서 워커 박사가 외쳤다. "난 지금 토할 것 같거든!"

코난 도일은 워커의 방해에도 굴하지 않았다. 그는 그윽한 눈빛을 뿜으며 말했다.

"한 남자가 잔인하게 살해되었습니다. 그건 정말 끔찍한 일이죠! 그런데 저는 이 와중에 역겹고 끔찍하면서도 동시에 경이롭고 신비한 기분을 느끼고 있단 말입니다. 마치…… 마치 마법의 문을 열어 내 이야기 속으로 들어온 것만 같아요! 게다가 여기, 바로 내 눈앞에 그 사람이, 내가 창조한 인물이 살아 숨 쉬고 있어요! '보라 이 사람이로다!'"*

"그래요, 당신이 쓴 이야기 중 하나와 비슷하군. 이게 당신이 쓴 이야기가 아니라는 점을 제외하면 말이오. 그리고 당신이 지금 실제로 생명의 위협을 받고 있을 가능성도 상당하다는 걸 잊지 마시오." 괴물학자가 말했다.

"정말인가요?" 코난 도일은 그 말에 기뻐하는 것 같았다.

"당신만이 아니오." 워스롭이 폰 헬룽을 돌아보았다. "지금 당장 여기서 나가야 합니다."

폰 헬룽이 고개를 끄덕였다. "제이콥은 어쩌고?"

괴물학자는 선뜩한 미소를 지으며 대답했다. "그는 여기 있을 겁

* 「요한복음」 19장 5절. 빌라도가 예수를 가리키며 한 말.

니다."

우리는 서둘러 짐 가방을 챙겨 아래층으로 내려갔다(괴물학자는 내가 그의 실험도구가 담긴 가방을 가져온 걸 보고 몹시 기뻐했다. "이걸 다시는 못 볼 줄만 알았다. 복 받아라, 윌 헨리. 그리고 그 배신자 아크라이트 자식은 평생 저주나 받으라지!") 호텔 앞 도로변에는 손님을 기다리는 삯마차들이 길게 줄지어 서 있었다. 무작정 탈출을 감행하기에 앞서, 나는 다른 사람들이 로비에서 기다리는 동안 정찰 임무를 부여받았다. 무엇을 찾아야 하는지 박사가 말해 줄 필요도 없었다. 패딩턴 역에서 나도 봤으니까. 눈을 찌르는 듯한 빨간 머리와 형형하게 빛나는 음침한 눈.

"어떠냐?" 내가 숨을 헐떡이며 돌아가자 박사가 물었다.

"안전해요, 박사님."

그는 무뚝뚝하게 고개를 끄덕였다. "마차 두 대, 한 대에는 나와 폰 헬룽, 윌 헨리가 탑니다. 도일, 당신은 히람 경과 같이 가시오."

"제발 나 좀 그렇게 안 부르면 안 되나?" 워커가 하소연했다. "유치한 데다 잔인하단 말일세." 영국인 괴물학자의 별명은 몇 년 전에 워스롭이 붙인 것이었다. 당시에 워커는 한 연회에서 왕실의 먼 친척이라는 젊은 아가씨를 보고 홀딱 반하고 말았는데, 옳지 못하게도 그만 자신을 세습 귀족이라고 소개하고 말았다. 그 후로 동료 괴물학자들은 그가 무슨 바보 같은 짓을 했는지 결코 잊어버리지 않으려 꾸준히 노력하고 있었다.

워스롭은 그의 말을 못 들은 체하고 코난 도일에게 말했다.

"최대한 멀리 돌아가는 길을 택하시오. 빨간 머리와 그의 대머리 친구가 보이지 않는지 살펴보고. 우리를 본다면 우리 마차를 따라올 것 같긴 하지만, 둘이 흩어질 수도 있소. 부디 대머리가 쫓아오길 바라시오."

그는 두 손으로 코난 도일의 손을 쥐고는 빠르고 단호하게 흔들었다. "당신을 다시 만나 진심으로 반가웠소. 다음에는 이보다 차분하고 평온한 상황에서 만날 수 있길 빕시다!"

"저야말로 다시 봬서 영광이었습니다, 워스롭 박사." 코난 도일이 진심 어린 목소리로 말했다. "오늘 내가 무슨 일을 겪었는지 말해도 투이는 안 믿겠죠!"

"나라면 너무 자세히 말하지는 않을 거요." 박사가 검은 눈을 반짝이며 말했다. "당신이 술에 취했다고 생각할 테니까."

"기분만큼은 정말 그런 것 같습니다." 작가가 대답했다. "박사님이 종교적으로 얼마나 독실한 분인지는 잘 모르지만……."

"별로 독실하지 않소." 괴물학자가 코난 도일을 로비 문 쪽으로 밀면서 말했다. "그랬던 적도 없고. 아니, 딱 한 번 있군. 세 살인가 네 살 때 어머니가 내가 하느님과 아주 진지하게 대화를 나누고 있는 걸 봤다고 했지요." 그는 어깨를 으쓱했다. "난 기억나지 않지만. 하느님이라면 기억하고 있을지도 모르지."

5분 뒤, 우리는 삯마차 안에 앉아 하이드파크로 가고 있었다. "왜 하필 하이드파크인가?" 폰 헬룽이 궁금한 듯 물었다.

워스롭은 어깨를 으쓱했다. "안 될 이유는 뭡니까?"

“그들이 도일을 따라가지 않았으면 좋겠군요.” 워스롭이 말했다. “왜 그를 이 구출 작전에 끌어들였는지는 모르겠지만, 그가 이타적 행위 때문에 너무 큰 대가를 치르는 건 보고 싶지 않으니까요. 그리고 물론, 문학계에 있어서도 커다란 손실이 되겠지요. 난 소설을 좋아하지 않는데도 그의 작품은 사람을 매료시키는 데가 있어요. 웅장한 소박함이랄까, 마치 대영제국처럼 말입니다, 합리적 사고에 대한 가히 맹목적인 신념이 무지에 대항해 늘 승리를 거두지요. 인간의 지성이 늘 악을 이기고요.”

폰 헬룽은 내 스승의 말에 깜짝 놀란 것 같았다. 어쩌면 자신이 생각만큼 펠리노어 워스롭을 잘 알지 못하고 있음을 깨달았는지도 모른다.

“방금 호텔 방에서 우리 동료가 처참하게 살해되었는데, 자네는 지금 문학 비평을 하겠다는 건가?”

워스롭은 고개를 주억거렸다. 폰 헬룽이 그렇게 물은 의도를 이해하지 못했거나 혹은 알더라도 개의치 않는 것 같았다. 아마도 전자는 아니었을 것이다. “정말 애석한 일이죠. 단점이 많은 친구긴 해도 꽤 마음에 들었었는데. 저라도 토랜스를 선택했을 겁니다. 누군가를 반드시 골라야만 했다면 말이지요. 그러니 너무 자책하지 마십시오, 마이스터 아브람. 이 일로 자책할 사람이 있다면, 그게 누군지는 응접실 탁자 위에 있던 빈 위스키 병만 봐도 분명해요. 토랜스는 살인자가 찾아왔을 때 곤드레만드레 취해 있었습니다. 그렇게 쉽게 당한 이유는 그것밖에 없어요.” 그는 나를 바라보았다. “사람이 죽는 데에는 세 가지 원인이 있다. 첫째는 사고지. 질병이나 기아, 전쟁, 또는 네 부모님을 덮친 것과 같은 일을 말한다. 두 번째는 노화다. 그리고 세 번째는 바로 우리 자신이다. 우리 스스로 자기 자신을 서서히 죽여 가는 거다. 욕구를 자제하지 못한다는 것은 스스로에게 사형선고를 내린 채 살아가는 것이나 마찬가지야."

폰 헬룽은 고개를 절레절레 흔들고 있었다. "자네가 원인일세, 펠리노어. 자네가 원흉이야. 토랜스가 잘못한 게 아닐세. 부디 그의 영혼에 안식이 있기를. 하지만 코난 도일은 어쩔 건가. 만일 그가 오늘 목격한 것 때문에 목숨을 잃게 된다면, 그건 자네의 충동적인 행동이 부른 결과네. 왜 그를 우리 방에 들였나? 원래는 역에서 헤어져야 할 사람이야. 그런데 자네는……."

"네, 그랬지요." 워스롭이 쏘아붙였다. "어쩌면 제가 그 사람 목숨을 구한 건지도 모릅니다. 짧은 시간에 불과할지도 모르지만 말입니다. 하지만 적어도 그가 투이와 갓 태어난 딸과 함께 보낼 수 있는 시간을 벌어 줬어요. 당신은 플랫폼에 있던 두 사내가 어떤 인간들인지 모릅니다, 폰 헬룽. 그들은 무자비하고 잔인해요. 양심의 가책 따위 아랑곳하지 않고 사람을 서슴없이 죽이는 작자들입니다. 난 생각할 틈도 없이 행동해야 했고, 그런 아슬아슬한 상황에서 최선의 선택을 한 겁니다."

"그렇다면 호텔 방 안에서 그 괴상하고 유치찬란한 연극은 뭔가? 거기에 대해서는 무슨 변명을 할 텐가? 자네는 범인이 우리가 기차역에서 본 사내들이라는 걸 알고 있었어. 그러면서 전부 머리로만 추리한 것처럼 살인자의 머리색이 어떻다느니 하는 소리를 늘어놓다니. 도대체 무슨 생각으로 그런 건가, 펠리노어! 도일을 그렇게 조롱한 건 죽은 사람을 조롱한 것이나 마찬가질세!"

박사의 얼굴이 어두워졌다. 그는 몸을 기울이더니 폰 헬룽의 가슴을 손가락으로 쿡쿡 찔렀다.

"나한테 조롱한다는 게 뭔지 설교할 생각일랑 마십시오, 폰 헬룽. 온전한 정신을 유지한다는 게 어떤 건지, 그리고 바로 그 온전한 정신에 손발을 꽁꽁 묶여 있는 기분이 어떤 건지 압니까? 작고 무해한 장난을 쳤다고 나를 비난하기 전에 그것부터 한번 생각해 보시지요!"

말다툼을 벌인 뒤에, 마차 안에는 한동안 정적이 감돌았다. 목적지에 다다르자 박사가 마차 지붕을 쾅쾅 두드리더니 마부에게 이번에는 피카델리 서커스로 가자고 말했다. 날카로운 채찍 소리가 공기를 갈랐고, 마차가 다시 움직이기 시작했다.

"지금 어디 가는 건가?" 폰 헬룽이 물었다.

"피카델리 서커스에 갑니다."

폰 헬룽이 두 눈을 감고 지친 듯이 한숨을 내쉬었다. "내 말이 무슨 뜻인지 알잖나."

박사가 마차 뒤를 훔쳐보더니 좌석 깊숙이 기대앉았다. "알지요."

"무자비한 자들이라고 했지. 양심의 가책 따위는 아랑곳하지도 않고, 서슴없이 살인을 할 작자들이라고 말일세. 한데 그들이 누구고 왜 우리 뒤를 쫓는지는 말하지 않았네."

"이유는 명백하니 굳이 말할 필요가 없을 것 같고, 그들의 정체에 대해서는…… 덩치 큰 빨간 머리는 루릭이라고 합니다. 동료인 대머리는 플레섹이라고 하고요. 그들은 오흐란카입니다, 마이스터 아브람. 러시아 비밀경찰이죠."

폰 헬룽은 풀 죽은 얼굴로 이 소식을 받아들였다. 그는 토랜스가 틀렸기를 바랐다. 내 생각에 그는 내심 잭 컨스와 공모한 것은 오직 하나, 즉 변절자인 토머스 아크라이트뿐이고 나머지는 모두 제이콥 토랜스의 근거 없는 상상에 불과하다는 희망을 품고 있었던 것 같다. 진실은 그를 상심하게 만들었다. 그는 과학자였고, 과학의 정수는 진실을 탐구하는 것이었다. 그것은 그 자체로 고상한 일이었다. 그러나 인간은 스스로 얼마나 애를 쓰든 혹은 얼마나 고상하든, 순수함을 오랫동안 지킬 수 있는 경우는 매우 드물다. 괴물학은 타락한 자연을 연구하는 학문이었다. 우리들 인간은 그중 일부였다.

"우리는 이용당했습니다." 내 스승이 불쑥 말했다. "우리만 바보 취급당한 게 아니라는 데서 작은 위안을 얻을 수도 있겠지만 말입니다. 아크라이트가 우리를 갖고 놀았다면 러시아인들도 그를 갖고 놀았죠. 그리고 잭 컨스는, 제가 보기에 우리 모두를 갖고 놀았고요."

"제이콥은 컨스와 영국, 거기에 러시아가 우릴 이용해 마그니피쿰을 찾으려고 술책을 부리고 있다고 생각했네. 황금알, 즉 니두스를 갖고 있지만 황금알을 낳는 거위는 없다고 말이야. 어쨌든 제이콥의 표현에 따르면 그랬네."

워스롭이 딱딱한 미소를 지었다. "제이콥이 그리워질 것 같군요. 다채로운 비유를 사용할 줄 아는 친구예요. 부분적으로는 그의 말이 옳습니다. 하지만 전반적으로는 틀렸어요. 네, 우리는 이용당했습니다. 하지만 우리를 이용한 건 컨스도 러시아도 아닙니다. 그들은 원하는 것을 이미 가지고 있거든요. 롱아일랜드 출신의 토머스 아크라이트는 순전히 영국의 작품입니다. 아크라이트는 영국의 비밀첩보요원이었어요."

폰 헬룽이 한숨을 내쉬었다. "그럼 영국도 연루되어 있군……. 그리고 러시아도. 또 누가 있나?"

"그게 답니다. 음, 우리를 빼면 말이지요. 그리고 전 아직 거기서 우리를 제할 생각은 없습니다." 워스롭이 진중한 목소리로 말했다. "믿고 싶지 않았지요. 한웰에 끌려갈 때만 해도 전 순진하게도 아크라이트가 러시아와 같이 일하고 있다고 생각했습니다. 조국을 배신한 이중첩자라고 말입니다. 그러곤 그 허황된 생각에 꽤 오랫동안 매달렸어요. 정신병원에 처음 갇혔을 때, 한 달 동안 편지를 40통이 넘게 썼습니다. 하지만 그중 단 한 통도 가야 할 곳에 도착하지 않았죠. 누군가 중간에서 가로챈 겁니다. 난 오흐란카가 영국이나 미국으로 가는 편지에 그렇게 쉽게 손을 댈 수 있다는 걸 이해할 수가 없었어요. 그중에서 특히 여섯 통은 내가 원장에게 직접 몰래 전달하기까지 했단 말입니다. 물론 그가 러시아 황제나 오흐란카 요원에게 포섭되었다고 가정할 수도 있겠지만, 우리는 때가 되면 어린 시절의 순진함을 포기해야 하지요. 그리고 마그니피쿰 같은 것이 연관된 일이라면 사람이든 국가든 한없이 추악해질 수 있고요. 한웰의 원장이나 대영제국 같은 국가라도 말입니다."

"맙소사, 펠리노어, 이때껏 이 나이가 되고도 아무것도 눈치채지 못하다니 난 헛살았나 보이!"

마차가 천천히 속력을 줄였다. 마부가 큰 소리로 외쳤다. "도착했습니다, 손님들! 피카델리 서커스입니다!"

"패딩턴 역에 있는 그레이트 웨스턴 호텔로 갑시다! 최대한 빨리!" 워스롭이 대꾸했다. 마차를 출발시키며 마부가 나지막이 욕설을 뇌까리자 워스롭의 얼굴에 미소가 떠올랐다.

"다시 돌아가는 건가?" 폰 헬룽이 말했다.

"네." 박사가 대답했다. "하지만 이젠 그것도 끝입니다! 왜냐하면, 나의 옛 스승이시여, 드디어 오늘 밤으로 황무지에서 보낸 나날들이 끝날 테니까요. 유배 생활은 끝났습니다. 저는 해답을 알고 있어요. 저는 바람이 불어오는 곳을 압니다. 성배가 숨겨진 장소를 찾았으니까요."

25장

"드비파 수크하다라."

폰 헬룽이 언짢은 표정으로 박사에게서 고개를 돌렸다.

"그걸 그렇게 부르지 말게."

"왜요?" 괴물학자는 진심으로 어리둥절한 것 같았다.

"그렇게 불러서는 안 돼." 나이 든 괴물학자가 고집을 부렸다. 그의 눈에는 눈물이 맺혀 있었다.

"그게 어디예요?" 내가 물었다. "니두스가 발견된 곳이 어디예요?" 너무도 오랫동안 비밀에 싸여 있던 가장 중요한 질문.

워스롭의 얼굴은 승리감에 도취되어 있었다. "니두스 엑스 마그니피쿰은 소코트라 섬에 있다."

폰 헬룽이 주위를 두리번거리더니 박사를 뚫어져라 응시했다. "소코트라!" 그가 조그맣게 속닥였다. "피의 섬이란 말인가."

"피의 섬요?" 내가 물었다. 내 심장의 고동 소리에 맞춰 내 안에 굳게 말려 웅크려 있는 것이 진동하는 것이 느껴졌다.

"네가 생각하는 것과는 다르다, 윌 헨리." 괴물학자가 말했다. "소코트라가 피의 섬이라고 불리는 이유는 거기 자생하고 있는 용혈수 때문에 붉게 보이기 때문이야. 네가 이름을 그렇게 중요하게 생각한다면 그보다 훨씬 아름다운 다른 이름들도 있다. 마법의 섬, 불사조 섬, 고요의 섬 등으로도 불리지. 산스크리트어로는 드비파 수크하다라, 즉 '축복의 섬'이라고 한다. 최근에는 동양의 갈라파고스라고도 부르는데, 외부와 오랫동안 고립된지라 용혈수처럼 다른 지역에서는 찾아볼 수 없는 생물종이 많기 때문이란다……."

"소코트라는 영국 보호령이지." 폰 헬룽이 말했다.

"그렇죠." 워스롭이 대답했다. "그렇지 않았다면 런던 이스트엔드에 있는 존 컨스 박사의 손에 니두스가 들어갈 일도 없었을 겁니다. 영국은 76년에 술탄과 조약을 맺은 후부터 작은 주둔지를 두고 인도와 서아프리카를 잇는 해상 운송로를 보호하고 있어요."

"그래서, 니두스를 컨스에게 가져다준 사람이 영국 군인이나 선원일 것이다?" 폰 헬룽이 물었다.

"컨스에게 니두스를 가져다준 사람은 없습니다. 어떤 사람이 컨스에게 갔고, 그가 컨스를 니두스에게 데려다준 거죠. 말하자면 말입니다. 그 사람이 누군지 밝혀내고 나니 해답이 보이더군요. 제 말은, 우리의 해답 말입니다."

"그리고 컨스의 해답도 되겠지. 그의 고객인 러시아 차르에게 줄 수 있는 해답 말일세! 자네한테 이런 걸 묻는 걸 용서하게, 그리고 부디 이런 질문을 하는 나와 똑같은 호의로 대답해 주게. 그 나쁜 놈들이 원하는 걸 줬다면 자네를 죽이는 편이 훨씬 간단하지 않았겠나? 어째서 자네를 정신병원에 가두는 위험을 무릅쓴 거지?"

"아크라이트가 말해 주지 않았나요? 그래서 절 찾아낸 줄 알았는데요. 아크라이트가 제 죽음에 관해 한 얘기가 거짓인 걸 눈치채고 말입니다."

"말해 주지 않았네."

"물어보지도 않았습니까?"

"그럴 수가 없었네." 폰 헬룽은 워스롭의 눈길을 피했다.

"왜 못 한 겁니까?" 박사는 단념하지 않았다. 그러곤 이내 정답을 깨달았다. "아크라이트가 죽었군요. 그렇죠?"

폰 헬룽은 대답하지 않았다. 그래서 내가 대신 말했다. "토랜스 씨가 그를 죽였어요, 박사님."

"죽여?"

"말하자면요." 내가 말했다.

"어떻게 '말하자면' 사람을 죽일 수 있는 거냐?"

"우리가 하는 어둡고 지저분한 일, 우리가 연구하는 '과학'이라는 게 그렇지 않나?" 폰 헬룽이 씁쓸하게 내뱉었다. "푸르 앵시 디르, 말하자면 말일세."

삯마차는 처음 우리의 여정이 시작된 바로 그 지점에 정확하게 멈춰 섰다. 패딩턴 역 그레이트 웨스턴 호텔의 정문이었다. 마부가 물었다. "각하께서는 이제 만족하십니까?"

"5분만 기다려 주면 5파운드를 더 얹어 주겠소." 워스롭이 대답했다. 그는 폰 헬룽에게로 시선을 돌렸다. 나는 그의 눈 속에서 아주 오래전 5번로에서 본 것과 같은 형형한 안광이 불타오르는 것을 보았다. 저는 선택받은 사람입니다. 내가 바로 그 사람이라고요! 두 시간 전에 생전 처음 보는 사람의 눈에서 본 것과 똑같은 불꽃이었다. 무자비하고, 양심의 가책 따위 아랑곳하지 않고 서슴없이 사람을 죽이는 작자들.

“전 소코트라로 갑니다.” 그가 거칠고 갈라진 목소리로 속삭였다. “도버까지 기차로 가서 제일 빠른 배를 잡아탈 겁니다. 2주일이면 아덴 항에 도착할 테고, 거기서 소코트라로 가면 되겠죠. 거기까지 가는 수단만 구할 수 있다면요. 길이 없다면 헤엄쳐서라도 갈 겁니다. 헤엄을 칠 수 없다면 하늘을 나는 기계라도 만들어서 이카로스처럼 하늘 높이 날아오를 겁니다!”

“하지만 이카로스는 하늘로 오르지 못했네, 마인 프로인드.” 폰 헬룽이 중얼거렸다. “이카로스는 추락했지.”

노인은 그날 두 번째로 고개를 돌려 외면했다. 그는 오랜 친구의 눈에서 이글거리는 이상하고도 차가운 불꽃을 도저히 쳐다볼 용기가 없었다.

“나는 같이 못 가네.” 폰 헬룽이 말했다.

“같이 가자고 부탁할 생각도 없습니다.”

“제가 갈게요.”

“안 된다, 안 돼!” 폰 헬룽이 비명을 질렀다. “윌, 넌 모른다…….”

“다시는 혼자 남지 않을 거예요.” 내가 말했다. 나는 몸을 돌려 괴물학자에게 재차 말했다. “다시는 혼자 남지 않을 거예요.”

워스롭은 좌석 등받이에 머리를 기대고 눈을 감았다. “피곤하구

나. 몇 달간이나 잠을 제대로 자지 못했어."

"펠리노어, 윌에게 나와 같이 집으로 돌아가라고 하게. 어서 그렇게 말해."

"절 버리고 가지 마셨어야죠." 나는 워스롭에게 말했다. "왜 저를 버리고 가셨어요?" 더 이상 주체할 수가 없었다. 그것은 한꺼번에 터져 나와 나를 텅 비웠고, 내 안이 텅 비자 다시 나를 가득 채웠다. "제 말을 들었더라면 애초에 이런 일은 생기지도 않았을 거라고요! 왜 내 말은 안 듣는 건데요? 왜 한 번이라도 제 말을 들으면 안 되는 건데요! 제가 그 사람이 거짓말쟁이라고 했잖아요! 가짜라고 조심하라고도 했잖아요! 근데도 늘 똑같은 말만 하죠. '냉큼 서둘러라, 윌 헨리! 내 도구를 가져와라, 윌 헨리! 내가 밤새 질질 짜면서 한심하게 구는 동안 내 옆에 앉아 있어라, 윌 헨리! 윌 헨리, 착한 아이처럼 켄달 씨가 몸속에서부터 썩어 가는 걸 잘 보고 있지 않으련! 가만히 있어라, 윌 헨리, 그래야 내가 식칼로 네 손가락을 자르지! 냉큼 서둘러라, 윌 헨리! 윌 헨리! 윌 헨리!'"

그는 눈을 떴다. 아무 말도 하지 않았다. 그는 내 눈물을 지그시 바라보았다. 발갛게 달아오르고 불퉁한 내 얼굴을 바라보았다. 그는 나이며 내가 아닌 것이 슬금슬금 풀리는 것을 지켜보았고, 그렇게 할 수 있었기에, 개미가 제 몸무게보다 다섯 배나 나가는 뭔가를 들어 올리기 위해 낑낑대는 모습을 구경하는 사람처럼 무감정하게 나를 응시했다. 왜냐하면 나는 그를 살리기 위해 사력을 다했기 때문이다. 왜냐하면 내가 끔찍한 거짓말을 간파해 제이콥 토랜스를 진실로 안내했기 때문이다.

"그런데도 나와 같이 가겠다니, 참 이상하구나."

마이스터 아브람, 내 스승에게 괴물학에 관한 모든 것을 가르치고도 자기 자신이 가장 잘 아는 것에 대해서는 가르치지 못한 그가 나를 품에 안고 어르며 머리를 쓰다듬었다. 나는 그의 양모 조끼에 얼굴을 묻고 가슴 깊이 시가 내음을 들이켰다. 나는 그때 아브람 폰 헬룽을 사랑했다. 그의 옛 제자를 증오하는 것만큼이나 그를 열렬하게 사랑했다. 이게 뭐지? 그 혼란스럽고 당혹스러운 와중에서도 이렇게 생각했던 게 기억난다. 이게 뭐야? 왜 이 사람을 따라가고 싶은 거지? 도대체 괴물학자가 나를 어떻게 만들었길래? 대체 어떤 악마가 내가 유다라도 되는 양 저 깊은 지옥 구덩이에서 내 영혼을 갉아먹고 있는 거야? 그건 어떻게 생겼을까? 어떤 얼굴을 하고 있을까? 만일 이름 없는 존재에 이름을 붙일 수 있다면, 얼굴 없는 존재의 얼굴을 알게 된다면, 어쩌면 나는 그 허기지고 걸신들린 포옹으로부터 벗어날 수 있을지도 모른다.

우리는 모두 사냥꾼이다. 우리는, 우리 모두는 괴물학자다.

26장

“우리가 하는 일의 본질.”

워스롭은 우리를 두고 마차 밖으로 나가 버렸다. 도로에 내려 문을 닫고는 말 한마디 없이, 뒤도 돌아보지 않고 성큼성큼 멀어져 갔다. 나는 폰 헬룽의 포근한 배를 밀어냈지만 그는 나를 놓아주지 않았다. 내가 서럽게 흐느끼는데도 놓아주지 않았다. “쉬이, 진정해라, 윌. 곧 돌아올 거야. 나쁜 놈들이 없는지 확인하러 간 것뿐이란다……. 돌아올 거야.”

그리고 그는 정말로 돌아왔다. 폰 헬룽이 옳았다. 그는 돌아왔다. 그러곤 내게 눈물을 닦고 호들갑 좀 그만 떨라고 나무랐다. 다른 사람들의 관심을 끌면 곤란하다고도 했다.

“로비에는 경찰이 보이지 않습니다. 접수직원은 수다를 떠느라 정신이 없고요. 토랜스의 시체가 아직 발견되지 않았거나, 아니면 영국인들은 내가 생각하는 것보다도 더 이상한 사람들인가 봅니다.

러시아 친구들도 안 보이는군요. 잠복을 중단했거나, 우리가 떨쳐 내는 데 성공한 모양입니다. 냉……. 그만 가자, 윌 헨리."

우리는 로비를 지나 누구의 방해도 받지 않고 기차역 입구까지 가는 데 성공했다. 우리는 크게 튀지 않는 평범한 일행이었다. 할아버지와 아버지와 한 소년이 기차를 놓치지 않으려고 종종걸음으로 걸어가는 모습. 틀림없이 삼대가 함께 휴가를 보내는 것이리라.

"30분 후에 리버풀행 열차가 출발합니다." 워스롭이 폰 헬룽에게 말했다. "승차는 3번 플랫폼이고요. 자, 기차표 받으시죠."

"윌의 표는 어디 있나?"

괴물학자가 말했다. "윌 헨리는 저와 함께 갑니다. 제가 소코트라에서 무엇을 발견할지는 저도 몰라요. 어쩌면 이 아이의 도움이 필요할 수도 있지요. 윌이 아직 저와 같이 갈 생각이 있다면 말입니다."

폰 헬룽이 나를 내려다보았다.

"네가 같이 가게 된다면…… 그게 무슨 뜻인지 아느냐, 윌?"

나는 고개를 끄덕였다. "항상 알고 있었어요."

폰 헬룽은 마지막으로 나를 포옹해 주었다.

"누구를 위해 더 기도해야 할지 모르겠구나." 그가 속삭였다. "그가 너를 보살피길 빌어야 할지, 네가 그를 보살피길 빌어야 할지 모르겠다. 주님께서는 결코 우리가 질 수 없는 짐은 지우시지 않는다는 걸 기억하렴. 그리고 절대적인 어둠이란 존재하지 않지만, 여기에……."

그는 손바닥을 펼쳐 내 가슴에 댔다. "절대적인 빛이 있음을 기억하렴. 반드시 기억하겠다고 약속해 주려무나."

나는 약속했다. 그는 고개를 끄덕인 다음, 워스롭에게도 고개를 끄덕여 보였다.

"그럼 나는 가 보겠네." 그가 말했다.

"자, 윌 헨리." 폰 헬룽이 인파에 완전히 녹아들자, 괴물학자가 내게 말했다. "다시 우리 둘뿐이구나." 그러곤 몸을 홱 돌려 역시 눈길 한 번 주지 않고 걸어갔다. 나는 서둘러 그의 뒤를 쫓았다. 나는 항상 허둥지둥 그의 뒤를 쫓아다니는 것만 같다.

호텔을 가로질러 정문으로, 다시 삯마차를 탔다. 우리가 몇 분 전에 내린 바로 그 마차였다. 마부가 외쳤다. "패딩턴에 있는 그레이트 웨스턴으로 갈깝쇼?" 그 말에는 워스롭도 허가 찔린 모양인지 저도 모르게 웃음을 터뜨렸다.

"채링크로스 역으로 부탁하오. 20분 안에 도착하면 웃돈을 후하게 얹어 주겠소!"

"워스롭 박사님!" 나는 마차에 올라타는 박사의 등에 대고 외쳤다. "우리 짐은요!"

"벌써 다 처리해 두었다. 도버 항에서 기다리고 있을 거다. 자, 빨리 타려무나, 윌 헨리. 1분 1초가 귀중하니까."

우리는 겨우 10분 차로 칼레로 가는 증기선을 놓쳤다. 워스롭은 부두에 서서 수평선으로 통통거리며 멀어져 가는 배를 향해 욕설을 퍼부었다. 그는 허공에 주먹을 휘두르며 폭풍우에게 저주를 퍼붓는 리어 왕처럼 고래고래 소리를 질렀고, 나는 그러다 그 유명한 화이트 클리프가 둘로 쪼개져 바다로 무너져 내리는 건 아닌지 걱정이 됐다.

결국 다음 날 아침까지 기다리는 수밖에 없었다. 우리는 항구에서 가까운 민박집을 찾았다. 워스롭은 차를 마셨다. 창밖을 내다보았다. 침대에 누웠지만 너무 작아서(대부분의 침대가 그에게는 너무 작았다. 그는 신발을 벗고도 185센티미터가 넘었다.) 등이 배기고, 우리 둘이 자기에는 너무 좁다고 불평을 늘어놓았다. 그는 내게 더 큰 방이나 큰 침대가 있는 방은 없는지 알아보라고 내려보냈지만 둘 다 없다는 답변을 얻었다.

밤이 깊었다. 방이 점점 갑갑하게 느껴졌다. 창문을 열자 상쾌한 바닷바람과 파도 소리가 흘러들었고, 우리는 잠자리에 들었다. 그는 몸을 뒤척이고 꼼지락거리고 내 머리를 팔꿈치로 찌르고 내 숨소리가 너무 시끄럽고 내가 자리를 너무 많이 차지하고 "사춘기 특유의 이상한 냄새"가 난다고 구시렁거렸다. 마침내 그가 한계에 달했다. 워스롭은 이불보를 젖히고 침대에서 일어나 겉옷을 걸쳤다.

"도저히 못 자겠다. 산책이라도 다녀오마."

"저도 같이 갈래요."

"안 그랬으면 좋겠다만." 그는 코트를 입었다. 오른쪽 주머니가 무거웠다. 리볼버 권총이 들어 있었다. 덕분에 문득 뭔가 떠오른 모양이었다.

"흠, 좋다." 그가 부루퉁하게 대답했다. "꼭 그래야겠다면 따라오렴. 하지만 조용히 해야 한다. 난 생각을 좀 해야겠으니까!"

"네, 박사님." 나는 옷을 입으며 대답했다. "박사님한테 쓸데없는 짐이 되지 않게 조심할게요."

그 말에, 이번에도 뭔가 떠올랐는지 그가 내 왼손을 붙잡더니 등불 아래에서 내 상처를 꼼꼼히 살폈다.

"잘 아물고 있구나. 움직이는 건 어떠냐?"

나는 주먹을 쥐어 보였다. 손바닥을 활짝 펼쳤다.

"보셨죠? 일부가 사라졌어도, 여전히 제 손이에요."

우리는 해변을 거닐었다. 달은 높고 별은 밝았으며 북동쪽을 향해 우뚝 솟은 절벽은 진주색으로 하얗게 빛나고 있었다. 우리 왼쪽에는 불빛 환한 도버 해협이 반짝이고 있었다. 오른쪽에는 검은 어둠에 잠긴 바다가 있었다. 바닷바람은 방 안에서 느꼈던 것보다 더 차고 거셌다. 나는 부르르 몸을 떨었다. 불행히도 재킷을 방에 두고 온 차였다.

괴물학자가 불현듯 몸을 돌려 물가로 걸어갔다. 어두워서 잘 보이지도 않는 수평선을 하염없이 응시했다. 검은색과 회색의 중간쯤 되어 보이는 가느다란 선.

"푸르 앵시 디르." 그가 나지막하게 중얼거렸다. "어떻게 하면 사람을 '말하자면' 죽일 수 있는 거냐, 윌 헨리?"

나는 토머스 아크라이트에게 어떤 일이 있었는지 털어놓았다. 워스롭은 경악했다. 그는 내가 낯선 사람이라도 되는 양 놀란 눈으로 쳐다보았다.

"푸드레 세르를 사용한 건 네 생각이었느냐?"

"아뇨. 제 생각은 그에게 겁을 주자는 거였어요. 그걸 실제로 사용한 건 토랜스 박사님 생각이었고요."

"하지만 푸드레 세르가 인간에게 어떤 위해를 가할 수 있는지 정말로 알고 있던 사람은 그 방에 한 명뿐이었다."

"네, 박사님. 그래서 그걸 이용하자고 한 건데요."

"그래서 그걸……." 그는 가슴속 깊이 숨을 들이켰다. "심연과 우리를 가르는 경계는 아주 약하고 가늘다, 윌 헨리." 그가 말했다. "저기 보이는 하늘과 바다가 만나는 선과 비슷하지. 우리는 저것을 볼 수 있다. 눈으로 보이는 증거를 부인할 수는 없지. 하지만 저것을 건널 수는 없어. 저 선을 넘는 것은 불가능하다. 천 년이 넘는 세월을 뒤쫓아도, 저 선은 늘 저 자리에 있을 거다. 우리 인류가 그 단순한 사실을 깨닫는 데 만 년이 넘게 걸렸다는 걸 아니? 우리는 결코 저 선에 닿을 수 없고, 우리가 살고 있는 세상은 평평한 접시가 아니라 둥근 공이라는 사실 말이다. 적어도 대부분의 사람들은 깨달았지. 하지만 제이콥 토랜스와 존 컨스 같은 이들은…… 그들은 아직도 접시 위에 산다. 내 말이 무슨 뜻인지 알겠느냐?"

나는 고개를 끄덕였다. 나는 그의 말이 무슨 뜻인지 안다고 생각했다.

"아이러니한 점은, 내가 너를 두고 간 건 그래야 네가 그들처럼 접시 위에 살게 되지 않을 거라고 생각했기 때문이라는 거다."

나는 제이콥 토랜스의 손가락에 끼워져 있던 반지를 떠올리며 반항하듯이 턱을 치켜들었다. "전 두렵지 않아요."

"그러냐?" 그는 두 눈을 감고 가슴 깊이 바다 냄새를 들이마셨다.

우리는 다음 날 아침 일찍 첫 배를 탔다. 워스롭의 불안감도 거의 가셔 있었다. 비록 아직도 드디어 궤도에 올랐다는 안도감의 가장자리에서 초조하게 서성이고 있긴 했지만 말이다. 그는 배가 떠나는 마지막 순간까지도 멀어져 가는 영국 해안은 쳐다보지도 않은 채 앞갑판에서 배회하고 있었다.

하지만 나는 달랐다. 나는 그동안 무슨 일이 있었는지, 어떻게 니두스 엑스 마그니피쿰의 보금자리를 찾아냈고 또 어떻게 존 컨스를 찾아냈는지, 그리고 특히 어떻게 토머스 아크라이트에게 배신을 당했는지 궁금해서 죽을 지경이었다. 하지만 내가 얘기를 꺼낼 때마다 워스롭은 고개를 모로 저으며 화제를 전환하거나 아니면 들은 체 만 체 내 간청을 무시했다. 나는 그것이 수치심 때문이라는 것을 눈치챘다. 그 사건은 그의 자존심에 상처를 입혔고, 그는 아무리 상처가 작다 한들 자존심을 다치면 쉽게 회복하는 사람이 아니었다. 우리는 칼레에 있는 마리팀 역에서 루체른까지 침상이 있는 침대칸을 빌렸다. 루체른에 도착하면 열차를 갈아타고 아드리아 해의 항구도시인 브린디시로 향할 계획이었다. 거기서부터 소코트라까지 남은 길은 모두 선박으로 이동할 예정이었는데, 내게는 그리 달가운 소식이 아니었다. 영국에 오는 길에 겪은 뱃멀미에 대한 기억이 아직도 생생했기 때문이다.

열차는 만원이었다. 그야말로 바퀴 달린 바벨의 도시라 해도 과언이 아니리라. 영국인, 프랑스인, 독일인, 이탈리아인, 스페인인, 거기에 얼마간의 이집트인과 페르시아인, 힌두인도 섞여 있었다. 긴 휴가를 즐기는 부유한 영국인 가족에서부터 오랫동안 만나지 못한 가족들을 보러 봄베이로 돌아가는 가난한 인도 출신 이민자들에 이르기까지 온갖 인종과 종교, 계급이 혼재해 있었다. 사업가와 집시가 있었고 군인과 행상인이 있었고 챙 넓은 모자를 쓴 노인과 보닛을 쓴 갓난아기가 있었다. 객차 안은 담배 연기와 땀 냄새, 고함 소리와 왁자지껄한 웃음소리, 노래와 음악—커다란 아코디언과 바이올린, 하모니카와 시타르—으로 가득했다. 다양한 인종의 표본. 이 바퀴 달린 지구촌 마을은 매혹적이면서도, 한편으로는 낯설고 두려운 곳이었다. 여행 내내 객실에만 틀어박혀 하루 세 번 식사 때를 제외하고는 두문불출하던 워스롭과는 달리, 나는 날마다 열차의 구석구석을 누비고 돌아다녔다. 짙은 먹구름처럼 그의 주변을 휘감고 있는 묘한 침묵을 감내하는 것보다 이편이 훨씬 좋았다. 워스롭은 내 종잡을 수 없는 방랑에 대해 불평하지 않았다. 그저 희귀한 전염병이나 옮아오지 않도록 조심하라고 말했을 뿐이다. "열차는 움직이는 세균배양기다, 윌 헨리. 인간이라는 고기가 널린 뷔페식당이라 할 수 있지. 메뉴에 올라가지 않게 조심해라."

때로는 차와 페이스트리(기차에서 스콘을 판매하지 않는다는 사실을 알게 되었을 때 박사가 보여 준 낙담한 반응은 거의 우스꽝스럽기까지 했다. 물론 내가 그의 불평불만을 받아 줘야 하는 당사자만 아니었다면 말이다.), 신문(구할 수만 있다면 어떤 언어로 되어 있든 상관없었다. 괴물학자는 20개 이상의 언어를 읽고 쓸 줄 알았다.) 같은 것들을 구해 오는 임무를 띠고 파견을 나가기도 했다. 그는 신문을 읽고, 엄청난 양의 다즐링 차를 마시고, 우리에 갇힌 호랑이처럼 객실 안을 어슬렁거리거나 창밖을 내다보며 입술이 퉁퉁 부어오를 때까지 잘근잘근 씹거나 만지작거렸다. 그는 뭔가를 중얼거리다가도 내가 문을 열면 화들짝 놀라 코트 주머니에 손을 쑤셔 넣곤 했다. 주머니에는 권총이 들어 있었다. 그는 몸에서 총을 떼어 놓는 법이 없었다. 잠을 잘 때도 항상 불을 켜 놓았고, 턱수염을 기르기 시작했으며, 끼니때마다 엄청난 양의 음식을 먹었다. 2000킬로미터를 달려 이탈리아 반도의 끝자락으로 향하는 사이 그는 체중이 불었다. 그가 한 번에 비프스테이크 두 조각과 빵 반 덩어리, 파이 한 판, 그리고 버터밀크 네 잔을 해치우는 것을 본 적도 있다. 내가 그 위대한 성과에 놀라 눈이 둥그레지자 그가 말했다. "만약의 사태에 대비해 축적해 두는 거다." 나는 그 말에 잠시 어리둥절해졌다. 만약의 사태라니, 앞으로 무슨 일이 일어나는데? 굶는 건가? 설마 소코트라 섬에는 먹을 게 하나도 없는 걸까?

이탈리아 알프스에 도착했을 무렵에는 그의 자존심에 난 상처도 진정 단계에 들어섰다. 어느 날 밤늦은 시각, 내가 잠이 들락 말락 몽롱한 상태로 막 빠져들려는 바로 그 찰나, 그가 이때를 위해 아껴두었던 질문으로 나를 깨웠다.

"윌 헨리, 자느냐?"

"아뇨, 워스롭 박사님, 아직 안 자요." 지금은 안 돼!

"나도 잠이 안 오는구나. 토랜스 생각을 떨쳐 버릴 수가 없어. 스물아홉이었으니 마법의 서른을 고작 1년 남겨 두고 있었는데. 괴물학자들이 스물아홉 살이 되면 거의 티베트의 수도승처럼 은둔하다시피 한다는 걸 아느냐? 현장 조사를 나가지도 않고, 혹시나 서른 살 생일을 맞이하지 못하게 만들 가능성이 있는 일에는 절대 손을 대지도 않지. 내 동료 한 명은 서른이 되기 전에 마지막 6개월 동안은 자기 방에서 꼼짝도 하지 않았어. 창문에는 판자를 못질하고, 심지어 방 안에 책도 한 권 들이지 않았다. 책장에 손가락을 베었다가 병균에 감염되어 죽을까 봐 말이다."

"토랜스 박사님은 죽이는 걸 좋아해서 괴물학자가 됐다고 했어요."

"그가 그런 유일한 사람도 아니다. 다만 그는 그것을 인정할 용기가 있었을 뿐이지. 하지만 토랜스는 훌륭한 학자였고, 지적으로도 대담무쌍한 인물이었다. 자기보다 현명한 이들도 주저하는 길을 과감히 밟고 지나갈 줄 알았어. 토머스 아크라이트를 압박해 정보를 얻고자 했다면 토랜스가 최선의 선택이었을 거다."

워스롭이 침대에서 일어나는 소리가 들렸다. 나는 고개를 들었다. 창가에 어른거리는 그의 인영(人影)과 유리창에 비친 얼굴이 보였다. 그의 얼굴은 예전과 많이 달라졌다. 뺨은 통통해졌고 턱에는 새로 기른 짙은 턱수염이 무성했다. 오로지 그의 눈만이, 예전과 똑같이 형형하게 빛나는 눈빛만이 변함없었다.

"전 그분이 그런 짓을 할 줄 몰랐어요." 나는 항변했다. "일이 너무 빨리 일어나서……."

워스롭이 손을 들어 내 말을 멈췄다. 그러곤 손을 떨어뜨렸다. "그게 우리가 하는 일의 본질이다, 윌 헨리. 아크라이트가 하는 일…… 토랜스가…… 그리고 우리가 하는 일 말이다. 결국에 운이 바닥난 거지. 아크라이트가 어떻게든 나를 살리려고 애쓰지만 않았다면 나도 이렇게까지 착잡하진 않았을 게다."

"그 사람도 그렇게 말했어요. 토랜스 박사님이 그를 죽이기 전에요. 그 사람이 어떻게 박사님을 구한 건데요?"

괴물학자는 뒷짐을 지고 유리창에 비친 내 모습을 향해 대답했다. "내가 죽은 것보다 살아 있을 때 더 쓸모가 많다는 매우 설득력 있는 주장을 펼쳤지."

"패딩턴 역에서 본 그 러시아 요원들한테요? 맞죠? 루릭이랑……."

"플레섹. 그래. 놈들은 우리가 런던에 도착한 순간부터 우리 뒤를 밟았다. 내가 그걸 눈치채지 못한 건 별로 부끄러운 일이 아니다. 그러나 아크라이트는 알아차렸어야 했어. 그는 프로였으니까. 그 둘만큼 눈에 띄는 스파이가 어디 있겠니. 루릭의 산만 한 덩치와 새빨간 머리, 그리고 플레섹의 작고 빛나는 대머리를 봐라."

그는 눈을 지그시 감았다.

"아크라이트는 최악의 순간은 넘겼다고 생각했을 거다. 남은 건 폰 헬룽을 설득해서 내가 죽었다고 믿게 하면 그만이었지. 게다가 폰 헬룽을 속이는 건 지금까지 식은 죽 먹기였으니까. '롱아일랜드 아크라이트 집안의 토머스 아크라이트입니다!'"

"그 사람 거짓말을 간파한 건 저였어요. 아크라이트가 몬스트러마리움에 대해 거짓말을 했다는 건 다른 것도 다 거짓말이었다는 뜻이니까요. 그건 즉 그가 박사님을 만나기 전부터 니두스에 대해 알고 있었다는 뜻이고, 그렇다면……."

그가 눈을 번쩍 뜨더니 유리창에 비친 내 모습을 노려보았다.

"네가 의심했다고? 폰 헬룽이 아니라? 토랜스도 아니고? 네가?"

나는 고개를 끄덕였다.

"폰 헬룽 박사님은 처음에 제 말을 안 믿으셨어요. 하지만 그때 박사님이 돌아가셨다는 전보가 도착했고, 전 도저히 그걸 믿을 수가 없더라고요. 제가 설명을 한 다음에는 토랜스 박사님도 이해하셨고요. 그분은 제가 훌륭한……."

"그래, 나도 수상쩍다 싶긴 했다. 켄달 씨가 우리 집을 찾아온 것과 마침 비슷한 시기에 아크라이트가 마이스터 아브람의 문 앞에 나타났다는 우연의 일치 말이다. 아크라이트가 무심결에 내비친 작은 실수들을 보고도 알아차리지 못했다니 정말 한심한 일이야. 하지만 그때는 나도 다른 일에 정신이 팔려 있었으니까 그럴 만도 하지. 잭 컨스와 마그니피쿰의 보금자리를 찾아내는 일 말이다."

"찾으셨어요? 제 말은 컨스 박사요."

그는 고개를 가로저었다.

"컨스는 켄달 씨에게 그 특별한 배달물을 맡기고는 다음 날 곧장 사라졌다. 제일 먼저 들른 곳이 어딘지는 모르겠다만—아마도 필요한 준비를 하러 상트페테르부르크에 갔겠지.—지금은 어디 있는지 확신할 수 있다. 소코트라 섬에 가면 우리의 옛 친구를 만날 수 있을 것 같구나."

27장

“흥미로운 딜레마.”

런던에 도착한 워스롭과 아크라이트는 호텔에 짐을 내려놓자마자 흩어졌다. 아크라이트는 컨스가 실수로 남겨 놓았을지도 모를 단서를 찾아 화이트채플 도싯 가에 있는 컨스의 플랫으로 향했고, 워스롭은 런던 왕립병원을 방문해 컨스의 상사와 동료 의사들을 만나볼 계획이었다. 워스롭은 컨스가 병원에서 인기가 좋았으며 직원들 사이에서, 특히 여직원들 사이에서 호감을 샀고 많은 다른 의사들로부터 선망의 대상이 될 정도로 유능했으며, 원장이 아는 한 가장 뛰어난 외상 전문의였다는 정보를 수집했다. 아니요, 컨스 박사는 병원을 그만둔다는 통보도 하지 않았고 어디로 간다는 말도 하지 않았습니다. 전날까지 평소와 똑같이 일했는데 갑자기 다음 날부터 나타나질 않더군요. 내 스승은 자신을 미국에서 온 컨스의 오랜 지기라고 소개하며 컨스가 아주 희귀한 환자에 대해 자신의 의견을 구했다고 말했다. 원장이 기억할 정도로 대단히 희귀한 증세를 보였을 것이라고도 덧붙였다.

"처음 켄달 씨를 만났을 때부터 줄곧 그 생각이 뇌리에서 떠나질 않았지." 워스롭이 내게 말했다. "'열대병'에 시달렸다는 해군 말이다. 원장이 아주 잘 기억하고 있더구나. '무척 희한하고도 비극적인 일이었지요.' 그가 말했다. 그 사람이 뱃사람인지 아닌지는 기억하지 못했지만 말이야. 그러곤 환자의 증상을 설명하기 시작했는데 그제야 나는 니두스의 전 주인을 찾았다는 걸 알 수 있었다."

"푸드레 세르였군요." 내가 속닥였다.

"그래. 병원에 실려 왔을 때, 그는 마지막 단계에 있었다. 일관된 사고나 말을 하는 것이 불가능한 상태였지. 신원을 확인할 소지품도 없었고, 이름을 밝히기도 거부했다. 아마 기억이 나지 않았겠지. 원장이 기억하는 건 그가 이런 말을 했다는 것뿐이다. '둥지! 피투성이 인간 둥지!' 그게 컨스의 호기심을 부추긴 게 틀림없다. 그는 괴물학자가 아니야. 그가 어디서 니두스 엑스 마그니피쿰에 관해 들었는지는 모르겠다만, 환자의 고통스러운 비명과 특이한 증상을 보고는 그게 괴물학과 관련된 사건이라는 걸 알았을 테지."

환자는 병원에 도착한 지 몇 시간 뒤에 숨을 거뒀다. 시신의 화장을 허가하는 서류에 서명한 것은 컨스였는데, 그것은 병원이 환자의 질병이 뭔지 모를 때 흔히 취하는 일반적인 예방 조치였다.

"그런 다음 그는 내가 했을 법한 일을 했다." 괴물학자가 말했다. "나도 그날 오후에 그와 똑같은 과정을 거쳤지. 그게 뭔지는 너도 짐작이 가겠지?"

천만의 말씀이었다. 하지만 일단 시도는 해 보기로 했다.

"해운부에 가서 최근에…… 죽은……."

"맙소사, 윌 헨리! 이제까지 대체 뭘 들은 거냐? 컨스도 원장도 그가 해군이라는 건 몰랐다고 하지 않았니!"

"하지만 컨스가 켄달 씨에게 그랬……."

"그래, 그 사람이 누구인지 알아낸 후에 말이지! 그게 내가 궁금한 부분이었다. 컨스는, 그리고 나는 어떻게 그 사람의 신원을 알아냈을까?"

나는 숨을 깊이 들이 마신 다음 입을 열었다.

"그 사람은 자기 이름을 밝히지 않았어요. 병원에 왔을 때 신분증도 없었고요. 아……. 혹시 누군가 다른 사람이 그를 병원에 데리고 왔나요?"

워스롭이 싱긋 웃었다. "이제야 좀 알아듣는구나. 그래, 그를 병원에 데려온 건 메리 엘리자베스 마크스라는 여자였다. 자기가 사는 플랫에서 한 블록 떨어진 하수구에 쓰러져 있는 걸 발견해 데려왔다고 했지. 그녀는 머스베리 가 212번지, 병원에서 1킬로미터도 채 떨어지지 않은 곳에 살고 있었다. 그리고 그와는 전혀 모르는 사이고, 그때까지 한 번도 본 적이 없으며, 그저 친절을 베풀었을 뿐이라는 등의 소리를 늘어놓았지. 컨스는 그녀를 추적해 찾아냈고—몇 달 뒤에 내가 그런 것처럼—그도 나도 그녀를 구슬려 사실을 알아내는 건 별로 어렵지 않았다. 환자는 그녀의 손님이었다. 마크스 양은, 너도 알겠지만, 음, 그러니까 젊은, 뭐 때로는 그다지 젊지 않은 뱃사람들을 즐겁게 해 주는 일로 생계를 유지하고 있었단다. 수

병이나…… 아니면 해군이 아닌 다른 군인이나…… 평범한 시민이나…… 음, 그러니까 손님들을 즐겁게 해 주는 여성들의…… 접대를 즐기는 사람들을 말이다."

그는 흠흠 목을 가다듬었다.

"그게 뭔지는 난 별로 알고 싶지 않구나. 그래, 그녀는 밤에 일하는 여성이었다. 처음에는 한사코 사실을 말했다고 고집했지만 내가 컨스와 아는 사이라고 하자 갑자기 태도가 돌변했다. 처음엔 지독할 정도로 무례하게 굴더니 이번엔 어린 소녀처럼 쑥스러워하는 거야."

"'아, 컨스 박사님 말씀이시군요. 그분 참 매력적인 분이죠.' 그러곤 키득거리면서 덧붙였다. '아주 잘생기기도 했고요!'"

"'나는 그의 오랜 지기요.' 내가 말했지. 그러자 그녀가 내 팔에 손을 올리며 말했다. '아, 컨스 박사의 친구라면야…….'"

"그녀는 문제의 환자가 실은 단골손님이었다고 털어놓았다. 군에서 제대한 후 머스베리 가에 있는 그녀의 플랫에 머무르고 있었지. 그러다 한 일주일 후부터 앓기 시작했는데 사실대로 말했다간 집주인이 신성한 혼인서약도 맺지 않고 남자와 함께 살고 있었다며 쫓아낼까 봐 입을 다물었다고 했다. 결혼 이야기가 나오자 그녀는 울음을 터뜨렸지. 그녀는 팀을 사랑했고, 결혼하자는 이야기가 오갔던 모양이야. 그녀는 인생이라는 게 왜 자기한테만 이렇게 고달프고 가혹한지 모르겠다고 토로했다. 그녀의 아버지는 어머니를 수시로 구타했을 뿐만 아니라 끝내 버렸고, 어머니가 폐결핵으로 죽고 혼자 남겨진 메리는 길바닥에서 구걸을 하다가 나중에는 몸까지 팔아야 했지. 티모시가 그녀의 구세주였는데 이제 그녀의 구세주마저 죽어 버린 거야."

박사는 고개를 절레절레 저었다. 그의 검은 눈동자가 번득였다.

"그녀는 그의 소지품을 트렁크에 아직 보관해 두고 있었다. 특히 그가 외국에서 모은 특이한 물건들과 기념품까지 전부 말이야. 컨스도 그걸 보고 싶어 했다고 하더구나. 그는 그녀에게 티모시가 그렇게 의문스럽게 사망한 원인을 조사하기 위해서라고 설명했다. 그가 트렁크에서 뭘 발견했는지는 너도 짐작이 가겠지?

'어디 보자, 이게 뭐지?' 그가 물었다. '이건 마치……. 메리, 그가 병원에서 계속 뭐라고 중얼거렸는지 압니까? 둥지! 피투성이 인간 둥지!' 메리 마크스는 겁에 질렸다. 그녀는 니두스를 한 번도 본 적이 없다고 우겼지. 티모시가 그런 건 언급한 적도 없다고 말이야. 그래서 컨스는 내가 그녀에게 물은 것과 똑같은 것을 물었다."

박사는 말을 멈췄다. 나는 그가 무엇을 기다리고 있는지 알고 있었다.

"그 사람이 제대하기 전에 마지막으로 들른 항구가 어디예요?"

나는 과감하게 용기를 냈다.

"아, 이제야 희미하게나마 광명이 비치는구나. 드디어 구름 사이로 한 줄기 빛이 비치고 있어! 그래, 그 대답은 너도 이미 알고 있을 게다. 물론 상세한 부분은 알 리가 없지만 말이다. 티모시 스토는 영국 해군 소속 구축함인 HMS 아케론의 2등 수병이었다. 그리고 그가 탄 배는 아라비아 해에서 소코트라 영국 보호령에 있는 주둔군에게 보급을 마친 후 막 귀환한 참이었지."

워스롭은 이 소식을 아크라이트에게 전하기 위해 서둘러 호텔로 돌아갔다. 그러곤 그의 동행이 아직 돌아오지 않은 것을 알고 깜짝 놀랐다.

"내가 볼일을 마치는 데에는 몇 시간이 걸렸고, 그가 맡은 일은 그만큼 시간이 필요하지 않았을 터였다. 나는 한 시간이 넘게 기다렸다. 해가 질 때가 됐는데도 아크라이트는 여전히 돌아오지 않았어. 그쯤 되자 내가 컨스에 대해 잘못 생각했던 건 아닐까 걱정이 되기 시작했지. 어쩌면 그는 영국을 떠나지 않았고, 아크라이트가 호랑이굴에 제 발로 걸어 들어간 거라고 말이다. 나중에 생긴 일을 생각하면 그만큼 정확한 비유도 없을 거야! 밖이 어둑해지자 그가 돌아올 거라는 희망도 점차 사라지기 시작했다. 그래서 결국 직접 그를 찾으러 가야겠다는 생각이 들었지. 그 말인즉슨 도싯 가에서부터 수색을 시작해야 한다는 의미였어. 밝은 대낮에도 그리 유쾌한 동네가 아닌데 하필 안개가 자욱한 밤중에 말이다."

박사는 한숨을 내쉬며 아랫입술을 지그시 깨물었다. "놈들이 내 뒤를 밟은 게 틀림없어. 아크라이트도 그런 식으로 미행했겠지. 아니면 내가 그를 찾으러 올 거라는 걸 미리 예상했든가. 마차에서 내려 20미터도 채 가기 전에 안개 속에서 거대한 그림자가 나타났다. 가로등에 빨간 머리가 스쳐 지나가는가 싶더니 누군가의 팔이 위로 훽 젖혀졌고, 권총의 총신이 번득임과 동시에 암흑이 찾아왔다. 주위가 온통 깜깜해졌지."

괴물학자는 하수구의 악취와 멀리서 규칙적으로 똑똑 떨어지는 물방울 소리에 눈을 떴다.

벽에는 등불 빛이 만든 그림자가 불안정하게 어른거리고, 차갑고 축축한 돌이 그의 등을 누르고 있었다. 손과 발은 묶여 있었다. 손은 등 뒤에 고정되어 있고, 거기에 연결된 짧은 밧줄이 그의 목에 둘려 있었다.

"개줄과 개목걸이처럼 아주 조금만 움직여도 목이 조였지. 날 꼼짝도 못 하게 굴욕적인 자세로 고정시켜 놓은 거야."

그의 옆에는 아크라이트가 워스롭과 똑같은 자세로 꽁꽁 묶여 쓰러져 있었다. 역시 박사처럼 의식이 돌아온 상태였는데, 워스롭이 보기에는 이런 상황에서도 신기하리만치 차분해 보였다. "아침에 눈을 뜨면 지저분한 하수구에 누워 목에는 밧줄이 걸려 있고 한 발짝 떨어진 곳에서는 험악한 빨간 머리 러시아인이 노려보고 있는 게 꼭 날마다 일어나는 평범한 일인 것처럼 말이다."

"안녕하시오, 펠리노어 워스롭 박사." 악한이 강한 슬라브 억양으로 말했다. "카크 우 바스 델라?"*

워스롭이 대답했다. "타크 세베."**

"하하! 방금 들었나, 플레섹? 이 친구 러시아어를 하는군!"

"들었네, 루릭. 발음은 괜찮은데 억양은 형편없군."

박사는 고개를 돌려 다른 납치범의 얼굴을 보려 했지만 밧줄이 목을 급격히 파고들었다. 그의 말에 따르면 목울대에 멍이 들 정도

---

* 러시아어로 "기분이 어떻소?"

** 러시아어로 "그저 그렇군."

였다고 했다. 옆에서 아크라이트가 속닥였다. "신중하세요, 박사님."

그 즉시 루릭이 반응했다. 그는 스미스앤드웨슨 리볼버의 검고 길쭉한 총신을 들어 아크라이트의 이마에 가져다 대고는 공이치기를 뒤로 당겼다. 찰칵 하는 섬뜩한 소리가 커다랗게 울려 퍼졌다.

"규칙을 까먹었나 보군. 첫째, 너희는 우리가 말을 걸 때만 대답한다. 둘째, 반드시 사실만을 말한다. 첫 번째 규칙을 어기면 내 총알 맛을 보게 될 거야. 두 번째 규칙을 어기면 여기 있는 플레섹이 네 놈들 배를 따서 시궁쥐 먹이로 던져 줄 거고."

플레섹이라는 불린 키 작은 대머리 러시아인이 워스롭의 시야에 들어왔다. 그는 조그만 손으로 보위나이프를 빙글빙글 돌리고 있었는데, 그것은 바로 몇 달 뒤 제이콥 토랜스의 목을 긋는 데 사용될 칼이었다.

"잭 컨스를 찾고 있지?" 루릭이 박사에게 말했다. 괴물학자는 정말로 몰라서 묻는 질문이 아니라고 생각했기에 대답하지 않았다. "너는 병원에 갔고." 그는 아크라이트를 보았다. "너는 그의 플랫에 갔지. 목적이 뭐야?"

"오랜 친구니까." 워스롭이 대답했다. "그가 실종되었다는 소문을 들었소, 그래서……."

"두 번째 규칙을 못 들은 걸 보니 귀머거리인가 보군. 아니면 두 번째 규칙이 뭔지 이해를 못 할 정도로 멍청하거나. 어디 말씀해 보시지, 워스롭 박사. 당신은 귀머거리요 머저리요?"

"양쪽 다 아니오. 도대체 이게 무슨……."

갑자기 아크라이트가 그의 말을 자르고 끼어들었다. "우리가 컨스 씨의 행방을 수소문한 이유는 그가 워스롭 박사에게 아주 진귀한 물건을 보냈기 때문입니다."

"그래서?"

"그래서 그를 찾아 직접 물어보고 싶었죠."

"존 컨스를 찾고 있다면 너는 왜 영국 정보부 요원들을 만난 거지, 미스터 아크라이트? 그가 어디 있는지, 아니면 어디서 그 '진귀한 물건'을 얻었는지 그들이 알 거라고 생각한 건가?"

워스롭은 저도 모르게 고개를 돌려 아크라이트를 쳐다보았다. 평정을 유지하고 있는 아크라이트를 제 눈으로 직접 확인하는 것만으로도 그 행동에 수반된 고통을 겪을 가치가 충분했다.

"오늘 아침에 당신들이 본 두 사람이 호텔에 내 앞으로 전갈을 남겼어요. 워스롭 박사와 내가 런던에 왔다는 걸 알고 질문을 몇 개 하고 싶다더군요. 솔직히 당신들보다 훨씬 신사적……."

루릭이라 불린 사내가 아크라이트의 머리칼을 우악스럽게 움켜쥐고는 목에 걸린 밧줄이 팽팽해지도록 홱 잡아채 무릎으로 그의 이마를 찍었다. 그 충격에 아크라이트의 머리가 뒤로 튕겨 나갔고, 갓 만들어진 붉은 자국 아래 눈물이 맺혔다.

"네놈은 스파이야." 루릭이 그를 쏘아보며 으르렁거렸다. "너희는 마그니피쿰을 찾고 있지."

아크라이트는 아무 말도 하지 않았다. 움직이지도 않았다. 그는 러시아인의 시선을 정면으로 받아치면서 눈 하나 깜짝하지 않았다.

"우리는……." 그가 입을 열었다.

"아크라이트, 안 돼." 워스롭이 속삭였다.

"하지만 난 스파이가 아닙니다. 영국이든 어디든 누굴 위해 일하고 있는 것도 아니에요. 내가 말했듯이, 내 이름은 토머스 아크라이트요. 롱아일랜드 출신의 미국인이고 워스롭 박사와 함께 그의 친구 잭 컨스 씨의 실종사건을 수사하려고 영국에 건너온 것뿐이란 말입니다."

"내가 손 좀 봐줘도 돼?" 플레섹이 루릭에게 말했다. "저 자식이 우리를 바보로 알잖아."

괴물학자가 입을 열었다. "우린 마그니피쿰을 찾고 있소. 컨스가 내게 아무런 설명도 없이 니두스를 보냈고, 그래서 그를 찾아 여기로 왔지만 알다시피 그는 벌써 자취를 감췄더군. 하지만 당신들은 그 사실을 이미 다 알고 있는 것 같은데. 심문이라고 해야 할지 아니면 처형의 전주곡이라고 해야 할지 지금 당신들이 하고 있는 행위의 목적이 뭔지 상당히 혼란스럽군."

플레섹이 입을 빼끔거렸다. 그는 루릭을 쳐다보았다. "이건 첫 번째 규칙이야, 두 번째 규칙이야?"

"첫 번째지, 당연히 첫 번째잖아." 루릭이 대답했다. 그가 한 발짝 다가서더니 리볼버 총구를 박사의 이마에 댔다. 방금 전 아크라이트를 겨냥했을 때와 정확히 같은 위치였다. 두툼하고 털이 복슬복슬한 손가락이 방아쇠 위에서 움찔거리며 서서히 힘을 가하기 시작했다.

"멍청하게 굴지 마, 루릭. 어디 당겨 보시지. 그럼 남은 평생을 시베리아 수용소에서 시시껄렁한 도박꾼과 소매치기들과 부대끼며 살아야 할걸. 너도 알고 나도 알잖아. 그러니까 이런 유치한 게임은 집어치우고 신사답게 대화를 나눠 보자고."

그것은 아크라이트의 목소리였다. 그리고 의심할 여지도 없이, 완벽한 영국인의 억양이었다. 괴물학자는 눈을 질끈 감았다. 어째서 진작 진실을 알아차리지 못했는지 자책했다. 화려한 미래의 영광에 눈이 먼 나머지 그동안의 갖은 의혹과 불안감을 무시한 자신을 나무랐다.

"그 방법밖에 없었다." 워스롭이 내게 말했다. "그는 자신의 정체를 밝히지 않으면 우리 둘 다 죽을 거라는 걸 알고 있었지. 위장 신분을 계속 고집하다 보면 결국 궁지에 몰리게 될 테고 그렇게 되면 결말은 하나뿐이었어. 우리 머리에 총알이 박히는 거지. 플레섹이 갖고 있던 칼을 생각하면 두 가지일 수도 있겠다만. 어쨌든 그래서 그는 루릭에게 아는 것을 죄다 털어놓았다. 그가 롱아일랜드 아크라이트 가문의 토머스 아크라이트가 아니라는 것, 실은 영국 정보부의 첩보요원이고 나는 그 사실을 전혀 모른다는 것. 그는 납치범들에게 특히 그 점을 강조했지. 그의 말에 따르면, 그는 우리 협회에 침투해 잭 컨스 박사의 호의로 내게 전달된 니두스 엑스 마그니피쿰의 출처가 어딘지 알아올 것을 지시받았다."

"영국은 니두스의 존재에 대해 어떻게 알았지?" 루릭이 물었다.

"어떻게 알았을 것 같나? 당연히 컨스가 말해 줬지." 아크라이트가 대답했다.

"니두스에 대해서는 알려 주고 그게 어디서 났는지는 안 알려 줬다고?"

"그래, 전혀. 그게 어디서 난 건지 자신도 모르겠다고 했어. 우리는 그가 니두스를 갖고 있다는 것을 알았고, 그것을 워스롭에게 보냈다는 것도 알았어. 그리고 그가 실종되었다는 것도 알았지. 하지만 우리가 아는 건 그게 다야."

"그렇다면 너희는 워스롭을 사냥개로 고용한 건가?"

"아니, 우리가 알기로 워스롭 박사는 돈에 명성을 팔지 않는 아주 드문 인사들 중 한 명이었지. 그래서 다른 방법을 쓰기로 한 거다. 자존심을 높이 치켜세워 주니 조종하기가 별로 어렵지 않더군. 내 임무는 그가 니두스의 출처가 어딘지 밝혀낼 때까지 옆에 붙어 감시하는 거였고."

"아하, 그러곤 그를 죽인다?"

"아니야." 아크라이트는 침착하게 대답했다. "우린 영국인이야. 어쩔 수 없는 상황이 아니면 함부로 살인을 하지 않는다고. 살인은 대가가 너무 크고 위험하고 대개 의도치 않은 결과가 따르지. 내가 너희들한테 이해시키고 싶은 것도 이 부분이야, 루릭. 우리를 죽이면 문제가 해결되기보다 더 많은 문제가 생길걸."

"너희들이 벌써 마그니피쿰을 찾아냈다면 다르지." 루릭은 넘어가지 않았다. 그는 워스롭을 돌아보았다. "그게 어디 있는지 알고 있나?"

괴물학자는 우리의 모습이 반사되던 창에서 몸을 돌려 내 침대 옆에 있는 의자에 앉았다. 기차의 진동에 맞춰 그의 어깨가 덜컹덜

컹 흔들거렸다. 기차 경적이 상처 입은 들짐승처럼 거의 발작에 가까운 절규를 내질렀다.

"몹시 흥미로운 딜레마였다, 윌 헨리." 그가 착 가라앉은 목소리로 말했다. 마치 해링턴 레인의 안락한 벽난로 앞에서 그가 좋아하는 철학가인 제논의 역설에 관해 강의를 하고 있는 듯한 말투였다. "질문 그 자체보다도 더 복잡한 의미가 내포되어 있었지. 만일 내가 모른다고 거짓말을 할 경우, 러시아인들이 취할 수 있는 가장 현명한 조치는 나를 죽이는 것이었다. 그게 아니라면 나를 풀어 주고 해답을 찾게 하는 수밖에 없는데, 그건 루릭과 그의 조국에 있어 너무 위험부담이 컸으니까. 반대로 내가 알고 있다고 진실을 털어놓는다면 훨씬 간단해질 거야. 루릭은 러시아의 경쟁 상대인 영국 정부가 마그니피쿰의 위치를 모른다는 걸 알고 있었고, 어떤 대가를 치르고라도 그 위치를 비밀에 부치고 싶었지. 그러니 그 경우에도 그는 우리를 죽여야 해. 진실을 말하든 거짓을 말하든 나는 살아서 나갈 수가 없었지."

"여인이냐 호랑이냐네요." 내가 말했다.

"여인…… 뭐?"

"아무것도 아니에요. 토랜스 박사님이 해 주신 옛날이야기예요."

"토랜스 박사가 너한테 옛날이야기를 해 줬어?" 그는 도저히 상상이 안 된다는 듯이 말했다.

"상관없는 이야기예요."

"그럼 왜 내 말에 끼어든 거냐?"

"루릭은 박사님도 아크라이트도 죽이지 않았잖아요. 그렇다는 건 다른 방법을 생각해 내셨다는 거죠?"

"맞았다, 윌 헨리. 하지만 그 말은 사과가 떨어졌을 때 뉴턴이 한 말과 비슷하구나. 사과가 떨어졌으니 바닥에 놓여 있는 게 틀림없어! 내 문제는 아크라이트가 영국 첩보원이라는 사실 때문에 더욱 복잡해졌다. 만일 내가 진실을 털어놓았는데 기적 같은 일이 일어나 여기서 목숨을 부지하더라도 나중에 영국 정부는 마그니피쿰이 어디 있는지 알게 될 테고, 그건 내가 목숨을 잃는 것만큼이나 비극적인 일이 될 테지."

그가 "흥미로운 딜레마"에 대한 해답을 떠올리는 데에는 1초도 걸리지 않았다. 아무 말도 하지 않는 것은 첫 번째 규칙에 위배된다. 거짓말을 하는 것은 두 번째 규칙에 위배된다. 사실을 말하면 두 규칙을 위반하는 것은 아니지만 그의 필요성에 어긋난다. 결과는 똑같을 것이다.

얼굴에 루릭의 고약한 입 냄새가 느껴졌다. 또옥 또옥 멀리서 희미하게 들리는 물소리, 발 아래쪽에 흐르는 시궁창에서는 욕지기를 일으키는 분뇨 냄새가 올라왔다. 그는 고개를 들어 바닥이 보이지 않는 검은 눈을, 살인자의 눈을, 그 자신과 똑같은 사냥꾼의 눈을, 번득이는 그의 눈을 마주 보며 그가 할 수 있는 유일한 말, 즉 자신의 목숨을 구할 수 있는 유일한 말을 내뱉었다.

"내가 알고 있소. 얼굴 없는 존재는 오만 연안의 마시라 섬에 있소."

"마시라 섬요?" 내가 물었다.

"그래, 마시라! 오랫동안 마그니피쿰의 서식지로 의심받던 지역이지. 그건 완전히 허풍이었다, 윌 헨리. 하지만 다른 대답을 내놓았다면 내 짐작대로 우리 둘 다 죽었을 거야. 우리가 살 유일한 희망은 러시아인들이 이미 니두스가 소코트라에서 왔다고 예측하고 있을 경우뿐이었어. 내가 니두스의 출처를 잘못 짚고 있다고 생각하면 우리를 놓아줄 수도 있겠지. 그럴 경우에는 실제로도 우리를 놔주는 편이 그들에게 이득이고. 우리가 마그니피쿰이 마시라 섬에 없다는 걸 알게 될 무렵이면 그들은 이미 소코트라에서 임무를 완수했을 테니까 말이다. 다른 면에서도—부차적인 관점이긴 하지만—그건 완벽한 대답이었어. 만약에 내 판단이 옳았고 우리가 살아 나가게 된다면 아크라이트는 영국 정보부로 돌아가 상관에게 이렇게 보고하겠지. '티포에우스 마그니피쿰은 마시라 섬에 있습니다!'"

"하지만 마그니피쿰이 어디 있는지 안다면 왜 굳이 박사님과 아크라이트 씨를 납치했겠어요? 전 이해가 안 가는데요."

워스롭이 내 어깨를 토닥이더니 의자에서 일어나 다시 창가로 걸어갔다. 그는 유리창에 비친 길게 자란 턱수염을 뿌듯하게 쳐다보았다.

"정치에 있어서, 윌 헨리, 민주주의국가든 독재국가든 모든 정부가 최우선으로 여기는 것이 두 가지 있다. 그들이 보호해야 하는 정보를 얻는 것과, 이미 보유하고 있는 정보를 보호하는 것이지. 루릭은 '마그니피쿰은 어디 있지?'라고 묻지 않았다. '마그니피쿰이 어디 있는지 알고 있나?'라고 물었지. 그 말이 번개처럼 뇌리에 꽂히

더구나. '마그니피쿰을 어디서 찾을 수 있는지 털어놔'가 아니라 '마그니피쿰이 어디 있는지 알고 있나?' 그 말 덕분에 그가 손에 쥔 패를 짐작할 수 있었고, 그래서 약간의 허세를 부렸고, 우리는 목숨을 구했단다."

방아쇠를 당기던 루릭의 손가락에 힘이 빠졌다. 그가 대머리 파트너를 돌아보자, 그의 짝패가 얇은 입술을 끌어 올려 히죽 웃더니 고개를 끄덕였다.

"마시라 섬이라는 게 확실해?" 루릭이 박사에게 물었다.

워스롭이 고개를 들었다. 밧줄이 허용하는 곳까지 최대한 머리를 꼿꼿이 쳐들고 자신 있게 말했다.(오, 그 모습이 눈에 보이는 것처럼 선하다!) "난 과학자요! 난 진실을 추구하는 사람이고, 오직 진실만을 위해 진실을 추구하지. 국가나 정부의 이권도, 종교적 신념이나 문화적 편견도 나한테는 아무 의미도 없소. 과학자로서 나는 내가 가진 모든 정보와 자료를 바탕으로 도출한 가설을 말한 것뿐이오. 사실로 증명되기 전까지는 모든 게 가설에 불과하지. 다시 말해, 누군가 마그니피쿰이 실제로 마시라 섬에 존재함을 입증하기 전까지는 아직 가설일 뿐이라는 의미요."

루릭은 이맛살을 찌푸린 채 그의 원시적 뇌로 박사의 대답을 이해해 보려고 노력했다.

"그러니까…… 마시라에 있는지 없는지 모른다고?"

"그럴 가능성이 높다고 생각하오."

"이런 젠장, 워스롭!" 아크라이트가 울부짖었다. "작작 좀 하란 말입니다. 놈이 우리 머리를 날려 버리기 전에, 빌어먹을 니두스가 마시라 섬에서 온 게 확실해요?"

"나는 그렇다고 생각한다니까!"

루릭과 플레섹은 가능한 선택지를 놓고 궁리하기 시작했다. 결론은 두 가지뿐이었다. 워스롭은 기회를 틈타 마음을 가다듬었다. 목숨의 위협을 마주한 게 처음은 아니건만, 이런 상황만큼은 아무리 많이 겪어도 도저히 익숙해지지가 않았다. 두 러시아인이 빠르고 다급한 목소리로 쑥덕거리는 사이—루릭은 아직도 가장 쉽고 간단한 해결책은 살인이라고 여겼지만 그의 동료는 두 사람을 놓아주는 것이 더 현명하다고 생각하는 것 같았다.—아크라이트가 워스롭 쪽으로 몸을 틀고 나지막하게 말했다.

"우리 목숨을 구할 방법이 있어요. 하지만 당신이 내가 하는 말에 무조건 맞장구를 쳐줘야 합니다."

"미안하지만 아크라이트, 그 말은 마치 나더러 자네를 믿고 따르라는 것 같군."

"당신은 이 인간들이 누군지 몰라요, 워스롭. 하지만 나는 압니다. 저 둘은 오흐란카, 러시아 비밀경찰들이에요. 더구나 우크라이나에서 저 둘보다도 더 잔인한 놈들도 없을 겁니다. 우린 놈들을 벌써 1년이 넘게 추적하고 있어요. 루릭은 피에 굶주린, 잔학무도한 살인마입니다. 작년에 화이트채플 살인사건 때문에 스코틀랜드야드에 벌써 두 번이나 불려갔어요. 저치는 논리로는 설득이 불가능합니다. 당신을 죽이라는 명령을 받았다면 반드시 당신을 죽일 거예요."

괴물학자는 여전히 자신의 추리가 옳다는 가정을 포기하기를 거부했다. 그는 자신의 말대로 과학자였고, 논리와 이성이 그의 신앙이었다. 루릭이 방아쇠를 당기기를 주저했다는 사실 또한 그의 판단에 대한 의구심을 지우기에 충분했다. 러시아인들은 소코트라가 마그니피쿰의 서식지임을 알고 있었다. 그러나 그는 어떤 사고 과정에 따라 그런 결론을 도출했는지 아크라이트에게 설명할 수가 없었다. 그랬다간 이 게임에서 영국에게 질 게 뻔했으니까.

"그렇다면 자넨 어떤 걸 제안하는 건가, 아크라이트?"

영국인 스파이가 한쪽 눈을 찡긋했다. "저한테 맡겨 주시죠."

워스롭은 창문에 비친 모습에 대고 한숨을 내쉬었다. "그다음은 너도 알 거다. 아크라이트는 그들에게 내가 마그니피쿰의 둥지가 어딘지 알아내고 나면 영국이 나를 어떻게 처리할 계획인지 '밝혔지.' 그는 왕가에 '방해가 되는 이들'이 인생을 정신병원에서 마감하는 게 처음 있는 일이 아니라고도 했어. 루릭은 마뜩잖아했지만—어쩌면 단순히 이해를 못 한 건지도—플레섹은 단번에 무슨 뜻인지 눈치채고는 상당히 기발하고 재미있다고까지 생각했지. 30분도 안 돼 우리는 한웰로 향했다. 정문 앞에서 루릭은 아크라이트를 붙잡아 갈비뼈에 스미스앤드웨슨을 들이대고는 그의 가족이 어디 살고 있는지 뻔히 알고 있으니 잔재주 부릴 생각 말고 끝까지 계획에 따르는 게 좋을 거라고 협박했지. 그건 즉 폰 헬룽에게 내가 마그니피쿰의 뒤를 쫓던 중 창조주의 품으로 돌아가게 되었다고 믿게 해야 한다는 뜻이었어. 그렇게 되면 모두가 만족할 테지. 물론 평생 정신병원에서 썩어야 할 나는 제외하고 말이다. 아크라이트는 찾던 정보를 얻어 무사히 머리가 붙은 채로 빠져나갈 수 있어 좋고, 러시아는 소코트라의 비밀을 지킬 수 있어 좋고. 양쪽 진영 모두 더 이상 걱정할 거리가 없으니까."

토머스 아크라이트가 맞이한 불행한 최후를 떠올리자 불현듯 서글픔과 함께 가슴이 사무칠 정도로 깊은 죄책감이 밀려왔다. 나는 그의 말을 믿지 않았고, 그가 워스롭을 내게서 떼어 놓았다는 이유만으로 지극히 미워했다. 오직 내 머릿속에서만 존재하는 죄를 들먹이며 그를 비난하고 재판에 회부했다. 그를 마지막 시험에 들게 한 것은 "피에 굶주린 잔학무도한 살인마"도 아니고 토랜스의 우화에 나오는 "나쁜 왕"도 아니었다. 범인은 시기심과 독선적 정의감에 도취된 열세 살 소년이었다. 소년은 그를 버리고 생판 모르는 낯선 이를 선택한 사람, 자신의 고고하고 심원한 중력권에서 소년을 추방시킨 이를 보호하고 심지어 그를 위해 복수하겠다는 다짐만으로 그 같은 일을 벌였던 것이다.

28장

“베네치아의 문제.”

박사는 괴물학에서 최고로 추앙받는 보물을 찾기 위한 그의 성배 탐색이 선박의 중간 기착지인 베네치아에서 여섯 시간이나 지연되어야 한다는 사실에 불만을 표출했다. 비록 그곳이 라 세레니시마*, 아드리아 해의 여왕이자 지구 상에서 가장 아름다운 도시는 아닐지언정 최소한 가장 아름다운 도시 중 한 곳인 베네치아일지라도 말이다.

우리가 베네치아에 도착한 것은 오후 3시 즈음이었다. 온화하고 화창한 늦은 봄날, 서쪽으로 기운 해가 갈래갈래 흐르는 운하들을 황금색으로 물들이고, 동쪽 강둑에 선 건물들은 보석처럼 반짝이고 있었다. 곤돌라에서 들려오는 감미로운 세레나데가 좁은 수로와 뒷

* ‘고요한 도시’라는 뜻으로 베네치아의 별칭.

골목을 미끄러지며 우리 뒤를 따라왔고, 작은 상점들과 레스토랑의 둥근 아치들과 금속 난간 뒤에서 굽어보는 발코니에는 황금색 빛줄기가 고여 있었다.

아, 베네치아! 그대는 속세의 근심 걱정을 모두 벗어던지고 탐스러운 팔을 하얗게 드러낸 채, 순결한 빛으로 채워진 심장을 두근거리며 연인의 품에 안긴 아름다운 여인과도 같아라! 그대의 촉촉하고 풍만한 가슴이라면 여섯 시간의 육십 배가 넘는 시간 동안이라도 기꺼이 안겨 있을 텐데! 소년은 메마른 흙먼지와 하얗게 바랜 뼈다귀, 부서진 바위 더미와 매서운 바람만이 남은 황량한 땅을 방황한다. 건조한 대지의 비탄과 뜨거운 바람에 깎이고 쓸린 해골과 모래와 부서진 바위가 내뿜는 통렬한 흐느낌. 이곳이 그의 고향이고, 그가 물려받은 것이었다……. 그러다 소년은 돌아보았다. 고개를 돌려 베네치아가 황금빛 햇살 속에서 노래를 지저귀는 것을 보았다. 그는 그 광경에 넋을 잃었다. 그가 물려받은 것을 생각한다면 그녀의 사랑스러움은 가슴을 더욱 찢어지게 만들 뿐이었다.

괴물학자는 이 수중도시의 모든 뒷골목과 작은 수로, 자그만 상점들과 길거리 카페를 속속들이 알고 있는 것 같았다. "유럽에서 지낼 때 여기서 한두 번 여름을 난 적이 있지."라는 게 그의 설명이었다. 어쩌면 그는 시인을 꿈꾸던 시절을 회고하고 있는지도 몰랐다. 과학자라기보다는 예술가가 할 법한 말처럼 들렸기 때문이다. '유럽에서 지낼 때.' 우리는 베네치아 석호 근처에 있는 산마르코 광장 카페에서 이른 저녁을 먹었다. 거의 두 시간 동안이나 특별한 이유도 목적지도 없이 — 내가 보기에는 그랬다. — 도시를 거닐다 맛본 반가운 휴식이었다. 박사는 커피를 주문하고 편안한 자세로 의자에 기대앉아 부드러운 산들바람과 아리따운 여인들—베네치아에는 차고 넘치는—을 감상했다. 여인들의 청량한 웃음소리가 마치 광장 분수대에서 뿜어 나오는 물줄기처럼 산마르코 도서관과 조폐국 사이를 시원하게 적셨다.

그는 에스프레소를 홀짝이며 주변의 매혹적인 풍경을 나른한 표정으로 둘러보았다. 카날라소*를 흐르는 물처럼 잔잔하고 애수에 찬 눈빛이었다.

"베네치아는 이게 바로 문제야." 그가 말했다. "베네치아를 한번 보고 나면 다른 곳은 전부 시시하게 느껴지거든. 그래서 어딜 가든 거기가 베네치아가 아니라는 사실만 깨닫게 되지." 그는 팔짱을 끼고 선창가를 산책하는 두 어여쁜 아가씨를 바라보았다. 바닥에 깔린 돌이 반짝이는 햇빛을 반사하며 푸른 물 위로 금빛 광채를 뱉어냈다. "사람들도 그렇고."

그는 생각에 잠겨 수염을 쓰다듬었다. "괴물학도 그렇다. 방식만 조금 다를 뿐이야. 너도 나와 꽤 오래 지냈으니 내 말이 무슨 뜻인지 알 거다. 괴물학이 없다면 삶이 지독하게……. 흠, 그러니까 지루하게 느껴지지 않겠느냐? 괴물학이라는 게 항상 즐겁거나 심지어 만족감을 주는 건 아니지만 그게 사라진다면 세상이 얼마나 시시하고 단조로운 회색으로 보일지 상상해 봤느냐?"

"실은 상상해 봤는데요."

---

* 베네치아의 한가운데를 관통하는 대운하.

박사는 나를 유심히 바라보았다. "그런데?"

"저는…… 사실은……." 나는 감히 그를 쳐다보지 못했다. "박사님이 안 계신 동안 폰 헬룽 박사님의 조카딸, 그러니까 베이츠 부인의 집에서 살게 되었는데요, 그분이…… 저를 입양하고 싶다고 하셨어요……."

"너를 입양한다고?" 그는 진심으로 충격을 받은 것 같았다. "뭐 하러?"

얼굴이 화끈 달아올랐다. "저를 위해서요. 제 생각에는요."

그는 코웃음을 치더니 내 상처 입은 표정을 보고는 커피 잔을 내려놓았다. "그런데 넌 거절했구나."

"제가 있을 곳은 박사님 옆이니까요."

그는 고개를 끄덕였다. 그게 무슨 뜻일까? 내가 있을 곳이 그의 옆이라는 말에 긍정한다는 뜻일까? 아니면 자신의 의견이 어떻든 내 결정을 존중한다는 뜻일까? 그는 말하지 않았고 나도 묻지 않았다.

"나도 그때 있었다." 그가 입을 열었다. "네가 태어났을 때 말이다. 네 어머니는 우리 집 손님방에 묵고 있었다. 그쪽이 편했으니까. 내 말은 나한테 편했다는 뜻이다. 새로운 표본이 갓 도착했는데, 그걸 해부하려면 네 아버지 도움이 필요했거든. 네 어머니가 진통을 시작했을 때 우리는 지하실에 있었다. 네 어머니는 2층에 있었는데 몇 시간 후에 우리가 지하실에서 올라오기 전까지는 그녀의 비명 소리도 듣지 못했지. 제임스가 헐레벌떡 계단을 달려 올라가더니 잠시 후에 내려왔다. 그러고는 나를 그녀의 침대 곁으로 끌고 갔지."

나는 도저히 믿을 수가 없었다. "제가 해링턴 레인에서 태어났어요?"

"그래. 부모님이 말해 주지 않더냐?"

나는 고개를 저었다. 그런 건 부모님한테 물어볼 생각도 하지 못했다. "그럼 박사님이 저를 받으신 거예요?"

"내가 언제 그런 말을 했느냐? 내가 방금 뭐라고 했지? 당황한 네 아버지가 나를 침대 옆으로 끌고 갔다고만 말했잖아. 네 어머니가 이렇게 말한 게 기억나는구나. '저 사람 내 옆에 오지 않게 해 줘요!'" 그는 낮은 소리로 킬킬거렸다. "네 어머니가 나를 별로 좋아하지 않는다는 인상을 받았지."

"아버지한테는 언젠가 박사님이 하시는 일 때문에 아버지가 죽을 거라고도 했어요."

"그런 말을 했어? 흠, 그건 꽤 선견지명이 있는 말인데. 물론 간접적 영향에 의해 발생한 결과긴 하지만 말이다." 그는 턱수염을 매만지며 화강암 기둥 위에서 거대한 용을 무찌르고 있는 성테오도르의 조각상을 바라보았다.

"진짜 그랬나요, 워스롭 박사님?"

"뭘?"

"저를 받으셨어요?"

"나는 산파가 아니다, 윌 헨리. 의사도 아니고. 나는 생물을 죽이고 자르고 보존하는 방법만 알지. 그런 내가 어떻게 세상에 새 생명을 데려오는 일을 할 수 있겠느냐?" 그러나 그는 나를 보려 하지 않았고, 나 역시 그를 쳐다보기가 겁이 났다. 그는 다리를 꼬고 그 위에 두 손을 포개 올리고는 마주 잡고 손가락을 얽었다. 혹시 저게 어머니의 배 속에서 나온 나를 처음으로 안아 든 손일까? 혹여 저 눈이 세상에 난 나를 처음으로 보고 내가 세상에서 처음으로 마주친 눈일까? 그런 생각을 하자 갑자기 머리가 어지러웠다.

"왜 지금까지 아무 말씀도 안 하셨어요?" 내가 물었다.

"대화 중에 쉽게 나올 화제는 아니잖니. 왜 그렇게 충격을 받은 표정이냐, 윌 헨리? 나도 그 집에서 태어났다. 그런다고—적어도 내가 아는 한—네 이마에 카인의 낙인이 찍히는 건 아니야."

우리는 해가 질 때까지 피아체타에서 시간을 보냈다. 박사는 에스프레소를 연거푸 네 잔이나 마셨고, 마지막 잔은 한 모금에 들이켜고는 의자에서 일어났다. 카페인 때문인지 옷 안에서 온몸이 진동하고 있는 것 같았다. 그는 뒤따르는 나는 돌아보지도 않고 성큼성큼 인파를 헤치며 아름다운 산마르코 대성당을 지나 레온치니 소광장으로 들어섰다. 거기서 나는 그만 사람들에게 밀려 그의 모습을 놓치고 말았는데, 잠시 후에 그가 광장에서 빠져나와 칼레 데 카노니카를 따라 운하를 향해 동쪽으로 걸어가는 것이 보였다.

워스롭은 한 열려 있는 문 앞에서 우뚝 멈추더니 한참 동안 그렇게 서 있었다. 방금 전까지 격렬할 정도로 바삐 움직이다가 부드러운 땅거미 속에서 석상처럼 꼼짝도 않고 서 있는 모양새가 무척 기묘했다. 그가 중얼거리는 소리가 들렸다. "혹시…… 이게 얼마 만이더라?" 그는 회중시계를 꺼내 보더니 탁 소리가 나게 닫고는 내게 들어가자고 손짓했다.

낮은 천장과 어두침침한 공간이 우리를 반겼다. 가득히 놓은 나무 테이블은 대부분 비어 있고, 안쪽에는 조그만 공연 무대가 설치

되어 있었다. 무대 위에는 벽에 기대 세워진 낡은 업라이트 피아노 밖에는 아무것도 없었다. 박사는 무대에서 가까운 테이블에 앉았다. 댄스홀 포스터가 회반죽이 거의 바스러진 벽 위에 용케도 붙어 있었다. 지저분한 행주치마를 걸치고 바셋하운드처럼 처진 얼굴을 한 중년 사내가 우리에게 무엇을 마시겠느냐고 물었다. 워스롭은 이번에도 커피를 주문했다. 오늘 하루에만 다섯 잔째였다. 카메리에레* 가 대답했다. "노 카페, 비노. 비노 오어 스프리츠."** 괴물학자는 한숨을 내쉬고는 스프리츠를 주문했다. 하지만 술은 손도 대지 않은 채 고스란히 남을 것이다. 워스롭은 술을 마시지 않았다. 그는 슬픈 얼굴의 웨이터에게 베로니카 소란초가 지금도 여기서 노래를 부르냐고 물었다. "시, 부릅니다." 그는 이렇게 대답하고는 무대 오른쪽에 있는 문으로 사라졌다.

박사가 자세를 고쳐 앉더니 벽에 머리를 기대고 눈을 감았다.

"워스롭 박사님?"

"그래, 윌 헨리."

"이제 역으로 가야 할 시간 아닌가요?"

"난 기다리는 중이다."

"기다려요?"

"오랜 벗들을 말이다. 정확히 말하자면 세 명의 오랜 벗이지."

그는 한쪽 눈을 슬그머니 떴다가 다시 감았다.

---

* 이탈리아어로 '웨이터'라는 뜻.

** 이탈리아어로 "커피는 안 됩니다. 와인이나 칵테일을 시키세요."

"첫 번째 친구가 방금 도착했구나."

나는 몸을 돌렸다. 커다란 체구에 구부정한 어깨의 사내가 문간을 가로막고 있었다. 주름진 오버코트는 오늘처럼 따뜻한 날씨에 너무 더워 보였고 머리에는 펠트 모자를 썼다. 그를 알아볼 수 있었던 건 머리카락이 아니라—대부분 모자 아래 숨겨져 있었다.—그의 눈빛 덕분이었다. 나는 놀라 숨을 들이켜며 눈을 깜박였고, 다음 순간 그의 모습은 사라지고 없었다.

"루릭이에요!" 나는 속삭였다. "우릴 여기까지 따라온 거예요?"

"우리가 역에서 나왔을 때부터 계속 쫓아오고 있었다. 루릭과 그의 대머리 친구인 꼬맹이 고스포딘* 플레섹은 오늘 우리와 함께 하루 종일 베네치아를 돌아다녔지. 오후에 우리가 피아체타에서 음료를 홀짝이는 동안에는 산마르코 성당 앞 계단에 앉아 있었단다."

"그럼, 이제 어떻게 하죠?"

워스롭은 여전히 두 눈을 지그시 감은 채 평온한 얼굴이었다. 전혀 개의치 않는다는 표정이었다. "아무것도."

갑자기 왜 이러는 거지? 루릭은 피에 굶주린, 잔학무도한 살인마입니다. 아크라이트는 말했다. 워스롭은 이 구질구질한 술집에서는 안전하다고 생각할지 몰라도 영원히 이곳에 있을 수는 없다.

"그들이 바로 내가 말한 두 오랜 친구다." 박사가 입을 열었다. "루릭이 가게 앞쪽에 있으니 플레섹은 뒷문을 지키고 있겠구나." 그가 눈을 뜨고 허리를 곧추세웠다. 벽의 회칠이 부스러져 그의 의자

---

* 러시아어에서 성인 남자에 대한 경칭.

뒤로 비가 내리듯 후드득 떨어져 내렸다.

"그리고 저기 세 번째가 오는구나!" 워스롭은 몸을 앞으로 기울이고 무릎 위에 두 팔을 얹었다. 침침한 가스등 아래 그의 눈빛이 잘게 반짝였다.

구겨진 흰 셔츠와 검은 조끼를 입은 사내가 무대 옆문에서 등장해 몇 안 되는 관객들을 향해 허리를 깊숙이 숙여 절한 다음 피아노 앞에 앉았다. 그는 건반 위로 두 손을 높이 쳐들고 극적인 효과를 내기 위해 잠시 멈췄다가, 갑자기 힘 있게 내려치며 빠르고 흥겨운 가락을 연주하기 시작했다. 오페라 「미카도」에 나오는 「나는야 떠돌이 음악가」였다. 건반의 음정은 들쑥날쑥했고 연주자의 실력도 엉망이었지만 체력 하나는 발군인지 그는 온몸을 던져 연주에 매진하고 있었다. 엉덩이는 삐걱대는 의자 위에서 리듬에 맞춰 들썩거리고, 인간 메트로놈처럼 온몸을 좌우로 격렬하게 흔들며 마치 피아노가 그를 연주하는 것처럼 악기를 연주하고 있었다.

그러고는 불쑥, 아무 중간 단계도 없이 갑자기 음악이 「라트라비아타」의 비올레타의 아리아로 바뀌더니 문 앞에 색 바랜 붉은 드레스를 입은 여인이 나타났다. 치렁치렁한 검은 머리칼이 하얗게 드러난 어깨 위에서 야성적으로 휘날렸다. 얼굴에 무대용 분을 짙게 칠했지만 깜짝 놀랄 정도로 아름다운 여인이었다. 중년의 절정에 달한 나이로, 무수한 이탈리아 여인들과 마찬가지로 감미로운 초콜릿색 눈동자가 무언의 긍정만큼이나 위험한 징조를 품은 채 반짝였다. 한편 그녀의 목소리가 그녀의 미모에 견줄 만했다고는 차마 말할 수가 없다. 솔직히 노래를 그리 잘 부르는 편은 아니었다. 괴물학자를 힐끗 쳐다보니 그는 완전히 넋을 잃고 푹 빠져 있었다. 도대체 무엇에 그렇게 홀렸는지 알 수가 없었다. 절대 그녀의 노래에 반했을 리는 없었다.

여가수의 노래가 끝나자 워스롭은 열렬히 탁자를 두드리며 "브라보! 브라비시모!"라고 흥분해서 외쳐 댔지만, 다른 손님들은 점잖게 한두 번 박수를 보낸 뒤 재빨리 다시 술잔으로 관심을 돌렸다. 여자가 무대 위에서 내려와 우리를 향해 곧장 다가왔다.

"펠리노어! 세상에, 사랑스럽고 소중한 나의 펠리노어!" 그녀가 그의 뺨에 가볍게 입을 맞췄다. "차오, 아모레 미오. 미 세이 만카토 탄토."* 그녀가 워스롭의 수염이 무성한 뺨을 매만지며 덧붙였다. "그런데 이건 뭐지?"

"마음에 들지 않나? 더 근엄해 보이기도 하고. 베로니카, 이 애는 윌 헨리요. 제임스의 아들이지. 내가 가장 최근에 얻은 아퀴시치오네**요."

"아퀴시치오네!" 그녀의 갈색 눈이 기쁨에 춤을 췄다. "차오, 윌 헨리. 코메 스타?*** 난 네 아버지를 잘 알았단다. 에 몰토 트리스테. 몰토 트리스테!**** 그런데 펠리노어, 페르케 세이 퀴 아 베네치아? 라보로 오 피아체레?"***** 그녀는 의자를 끌어와 그의 옆에 가까이 앉았

* 이탈리아어로 "안녕, 내 사랑. 그동안 보고 싶었어."

** 이탈리아어로 '얻은 것'이라는 뜻.

*** 이탈리아어로 "잘 지내니?"

**** 이탈리아어로 "정말 애석한 일이야, 애석하고말고."

***** 이탈리아어로 "베네치아엔 무슨 일로 온 거지? 일 때문에 아니면 즐기러?"

다. 그때 웨이터가 박사의 스피리츠를 가지고 왔고, 베로니카가 그에게 손가락을 튀기자 금세 와인 잔을 갖고 다시 돌아왔다.

"베네치아를 방문하는 건 언제나 즐거운 일이지." 괴물학자가 대답했다. 그는 베로니카에게 잔을 들어 보였지만 마시지는 않았다.

그녀의 명랑한 눈동자가 이번에는 나를 향했다. "파라부토* 같은 얼굴로 폴리티코**처럼 말하네!"

"내 수염이 마음에 든다는 얘기다."

내가 어리둥절한 표정을 짓자 박사가 설명했다.

"수염 때문인지 지치고 늙어 보여."

그녀가 코를 찡그리며 말했다.

"문제는 수염이 아닐지도." 워스롭이 대꾸했다. "내가 정말로 지치고 늙은 것일지도 모르지."

"지친 건 맞아, 시, 하지만 늙었다고! 말도 안 돼! 당신은 내가 마지막으로 봤을 때하고 똑같은걸! 그게 언제지? 3년쯤 됐나?"

"6년." 그가 대답했다.

"그럴 리가 없어! 벌써 그렇게 됐다고! 내가 그렇게 쓸쓸했던 것도 당연하네!" 그녀가 나를 바라보았다. "네가 한번 말해 보렴. 위대하신 펠리노어 워스롭이 이제 와서 베네치아까지 찾아온 이유가 뭐지? 골치 아픈 문제에 휘말린 거지? 맞지?" 그러곤 다시 박사에게 고개를 돌렸다. "이번에는 또 어디야, 펠리노어? 독일?"

---

* 이탈리아어로 '악당'을 뜻한다.

** 이탈리아어로 '정치가'를 뜻한다.

"실은, 러시아야."

그녀는 한참 동안 그를 응시하다가 폭소를 터뜨렸다.

"그리고 영국도." 워스롭이 목소리를 낮추며 덧붙였다. "적어도 그쪽은 잠시 해결해 놓은 상태지만."

"시도로프?" 그녀가 물었다.

그는 어깨를 으쓱했다. "중간에 끼여 있겠지."

"그럼 일 때문이구나. 날 보러 온 게 아니라."

"시뇨라 소란초, 여기까지 왔는데 어떻게 당신을 만나지 않고 그냥 갈 수가 있겠소? 당신은 내게 베네치아 그 자체인데!"

그녀가 눈을 가늘게 떴다. 그의 찬사는 별 효과를 보지 못했다.

"당신 말대로 골치 아픈 문제에 휘말렸다고도 할 수 있을 것 같군." 그는 서둘러 털어놓았다. "문제는 두 가지야. 첫 번째는 아주 크고, 중무장을 했고, 칼레 데 카노니카 밖에서 어슬렁거리고 있지. 두 번째는 내 생각에 건물 뒤쪽 골목에 있을 것 같군. 별로 크진 않지만 칼을 가지고 다니지. 거기에 한 시간 반 후면 내가 타야 할 기차가 떠난다는 점이 상황을 더욱 복잡하게 만들고 있고."

"그래서?" 그녀가 물었다. "페르케 펜시 디 아베레 운 프로블레마?* 둘 다 죽여 버리면 되잖아." 그녀는 마치 두통약을 먹으라는 듯이 태연하게 말했다.

"그랬다간 문제가 더 심각해질 거야. 범죄자가 되어 쫓겨 다니지 않아도 이미 충분히 어려운 일을 하는 중이니까."

---

* 이탈리아어로 "문제 될 게 뭐 있어?"

그때 베로니카가 워스롭의 뺨을 손바닥으로 후려갈겼다. 그는 꿈쩍도 하지 않았다. 시선을 돌리지도 않았다.

"바스타르도."* 그녀가 내뱉었다. "무대에 나와 당신이 앉아 있는 걸 봤을 때, 내 마음이 어땠는지……. 소노 스투피도.** 그 정도는 짐작했어야 했는데. 6년이나 당신을 못 만났어. 편지 한 통도 없었고. 그래서 죽은 줄만 알았지. 그게 아니라면 당신이 날 찾아오지 않을 리가 없으니까. 그게 아니라면 편지 한 장 쓰지 않을 리가 없으니까! 당신은 죽음을 다루는 일을 하니까 당연히 죽었을 줄만 알았지!"

"난 한 번도 당신한테 솔직하지 않은 적이 없소, 베로니카." 괴물학자가 딱딱하게 대답했다. "늘 솔직하게 있는 그대로 대했지."

"작별인사도 안 하고 베네치아를 떠났잖아. 쪽지 한 장 남기지도 않고, 꼭 한밤중에 도주하는 도둑놈처럼. 그걸 솔직하다고 할 수 있어?" 그녀는 턱으로 그를 가리켰다. "펠리노어 워스롭, 세이 운 카르다르도, 당신은 사내가 아니야. 겁쟁이지."

"윌 헨리에게 물어보지. 그게 내가 작별인사를 하는 방식이니까."

"나 결혼했어." 별안간 그녀가 통보했다. "바르톨로메오랑."

"바르톨로메오가 누군데?"

"피아노 주자."

워스롭은 안도한 건지 아니면 상처를 입은 건지 알 수가 없었다. "정말인가? 흠, 그는 무척…… 기운이 넘치는 사람 같더군."

---

* 이탈리아어로 '나쁜 놈'이라는 뜻.

** 이탈리아어로 "멍청하기도 하지."

"그이는 여기 있었으니까." 그녀가 쏘아붙였다.

"지금은 나도 그렇지. 그럼 다시 내 문제로 돌아오게 되는데."

"내 말이! 일 프로블레마.* 러시아인들이 당신 심장에 칼을 꽂아 넣었으면 좋겠네!"

그녀는 몸을 휙 돌리며 화려한 동작으로 의자에서 일어났지만, 그가 재빨리 손을 뻗어 손목을 붙들었다. 그는 그녀를 가까이 끌어당겨 귀에 대고 뭔가를 다급히 속닥였다. 그녀는 고개를 숙이고 바닥에 시선을 못 박은 채 한참 동안 그의 말에 귀를 기울였다. 그녀의 갈등이 여기까지 느껴졌다. 윈스롭의 궤도에 한번 가까이 접근하면 아무리 의지가 강한 사람이라도—특히 여성들은 가장 강인한 사람들이다.—거기서 빠져나올 수가 없다. 그녀는 그를 사랑하면서 증오했고, 갈망하면서 거부했으며, 그 같은 감정을 느끼는 자신을 저주했다. 사랑은 그를 도와줘야 한다고 말하고 있었고, 증오는 그를 파멸시키라고 말하고 있었다.

괴물학자는 말했다. 사랑의 가장 잔인한 측면은 완전한 진실성에 있지.

베로니카와 바르톨로메오는 나이트클럽 바로 위층에 있는 좁고 가구가 별로 없는 아파트에 살고 있었다. 그녀는 싱싱한 꽃과 다채로운 색깔의 덮개 천, 그리고 포스터 등으로 집 전체에 밝고 산뜻한 분위기를 살려 놓았다. 작은 발코니에서는 칼레 데 카노니카가 훤히 내려다보였다. 우리가 아파트에 들어갔을 때에는 마침 발코니

* 이탈리아어로 "그 문제 따위."

문이 열려 있었다. 온화한 봄바람에 흰 커튼이 넘실거리고, 아래쪽 거리에서 들리는 소음들이 집 안까지 들어왔다.

바르톨로메오가 우리와 합류했다. 셔츠 앞자락이 땀에 흠뻑 젖어 있었다. 그는 예술가들에게서 흔히 볼 수 있는, 그리고 광인들에게나 어울리는 현세와 동떨어진 공상적이고 산만한 눈빛을 갖고 있었다. 그는 워스롭이 오랫동안 만나지 못한 친우라도 되는 양 뜨겁게 포옹하고는 자신의 연주가 마음에 들었느냐고 물었다. 박사가 당신 같은 예술가에게는 더 좋은 악기가 필요하다고 대답하자 바르톨로메오는 그를 꼭 껴안고는 뺨에 얕은 입맞춤을 날렸다.

괴물학자는 우리가 어떤 처지에 있는지 설명하고 작금의 상황을 타파할 해결책을 제시했다. 바르톨로메오는 박사를 포옹할 때와 똑같은 열정으로 계획을 반겼지만 두 사람의 키 차이가 곤란함을 초래하지 않을까 우려했다.

"여기 불을 끌 거요." 워스롭이 말했다. "그리고 베로니카가 중간에서 당신을 가려 줄 거고. 완벽한 변장은 아니지만 시간을 벌 수는 있겠지."

워스롭 박사가 옷을 갈아입기 위해 침실로 들어갔다. 바르톨로메오는 그 자리에서 옷을 훌러덩 벗어 던졌는데 빅토리아 시대의 예의범절을 무시하는 그 모습에 경악하는 내가 우스운지 얼굴 가득 빙글거리는 웃음을 달고 있었다.

침실 문이 열리고 베로니카가 워스롭 박사의 옷가지를 들고 나타나더니 남편과 이탈리아어로 뭔가 시끄럽게 말을 주고받은 다음 다시 침실로 들어가 문을 쾅 닫았다. 바르톨로메오가 어깨를 으쓱하고는 내게 말했다. "라 시뇨라 에 우나 티그레, 마 레이 에 라 미아 티그레."* 괴물학자의 옷은 그에게 너무 컸다. 바르톨로메오는 키가 큰 편이 아니었다. 그러나 거리에서, 밤중에, 흐릿한 조명 아래서라면……. 나는 박사의 생각이 옳길 바랐다.

몇 분이 더 지나 침실 문이 다시 열리고 베로니카가 나왔다. 그 뒤를 이어 등장한 다른 여인은—혹은 P.T. 바넘이 기꺼이 자신의 쇼에 구경거리로 내보낼 만한 여성스러운 존재—몇 분 전 베로니카 소란초가 보다 풍만하고 여성적인 몸매에 걸치고 있던 색 바랜 붉은 드레스를 입고 있었다. 어떻게든 여자처럼 보이려고 서툴게 칠해 놓은 화장에서부터 뒤꿈치가 삐져나와 달랑거리는 부인용 신발에 이르기까지 어쨌든 정성을 다해 꾸며 놓은 그 우스꽝스러운 모습을 보고는 바르톨로메오가 포복절도했다.

"부인, 제 생각엔, 면도를 하셔야 할 것 같은뎁쇼."

바르톨로메오가 워스롭에게 농을 던졌다.

"그럴 시간이 없소." 워스롭은 진지하게 대답했다. "모자가 필요한데."

"금색이 좋겠군." 바르톨로메오가 말했다. "그래야 당신 눈 색깔이 돋보일 테니까."

그가 박사의 재킷 주머니에서 꺼낸 리볼버를 내밀었다.

"윌 헨리에게 주시오. 난 넣을 곳이 없으니."

"더 작은 권총을 갖고 다녔다면 가터벨트에 끼울 수 있었을 텐데

* 이탈리아어로 "호랑이 같은 여자야. 그렇지만 내 여자지."

말이오."

"당신 남편 정말 마음에 드는데." 괴물학자가 베로니카에게 말했다. 그녀는 그의 머리에 챙이 넓은 모자를 눌러 씌우고 있었다.

"저 사람은 바보야." 그녀가 말하자 바르톨로메오가 웃음을 터뜨렸다. "봤지? 내가 이렇게 말하는데도 웃기만 한다니까."

"그러니까 좋은 남편이지." 바르톨로메오가 대답했다.

베로니카가 잇새로 날카로운 바람 소리를 내더니 남편의 손목을 붙들고 발코니로 나갔다.

"당신은 아무 말도 하면 안 돼, 알겠어? 문 옆에서 얌전히 가만있으라고. 말은 내가 할 테니까."

"하지만 연기를 해야 한다고 하지 않았어?"

그녀는 커튼을 들추고 거리를 내려다보았다.

"펠리노어, 당신이 말한 사람, 안 보이는데."

"있을 거야." 워스롭이 거울 앞에서 모자를 고쳐 쓰며 말했다.

그녀는 밖으로 나왔다가, 멈춰 서서, 등을 돌렸다가, 다시 그녀의 남편을 뒤로하고는—괴물학자의 옷을 입고 그의 축소판으로 변신한—박사의 옆으로 다가왔다.

"다시는 당신을 보지 못할 거야."

"그건 알 수 없지."

그녀는 고개를 내저었다. "논 시 카피셰.* 당신도 저이랑 똑같이 바보야. 남자들은 하나같이 바보 멍청이지. 내 말은, 내가 다시는 당

* 이탈리아어로 "이해를 못 하는군."

신을 안 볼 거라는 뜻이야. 다시는 날 찾아오지 마. 저이를 볼 때마다 저이가 당신이 아니라는 것만 실감하게 될 테니까."

베로니카는 그에게 키스했다. 사랑. 그러고는 그의 따귀를 때렸다. 증오. 바르톨로메오는 얼굴에 미소를 가득 머금은 채 그 광경을 지켜보고 있었다. 무엇 하러 신경을 쓰겠는가? 워스롭이 그녀의 마음을 얻었을망정, 어쨌든 그녀를 손에 넣은 것은 바르톨로메오였다.

그들은 발코니로 나갔다. 넓은 공간에서 크게 울리도록 훈련된 그녀의 목소리가 거리로 퍼져 나갔다. "어떻게 날 찾아올 수가 있어? 그렇게 오래도록 소식 하나 없다가! 난 이제 유부녀야. 바르톨로메오와 결혼했다고. 난 떠날 수 없어, 펠리노어. 난 같이 못 간다고! 뭐? 방금 당신 뭐라고 했어, 펠리노어 워스롭? 아모레? 당신 입으로 사랑을 말하다니!" 그녀는 잔인하게 웃었다. "난 당신을 절대로 사랑하지 않을 거야, 펠리노어 워스롭. 다시는 남자를 사랑하지 않을 거라고!"

"자, 윌 헨리." 여장을 한 내 스승이 한숨을 내쉬며 말했다. "저 정도면 된 것 같구나. 그만 가자꾸나."

우리는 앞문으로 나갔다. 워스롭은 (몸집이 크고 지나치게 차려입은) 가정교사처럼 나를 보호하듯이 어깨에 손을 얹고, 뒤뚱거리는 걸음걸이가 허락하는 한 최대한 빠른 속도로 칼레 데 카노니카를 따라 대운하로 향했다. 박사는 고개를 푹 숙인 채 걸었지만 나는 충동을 참지 못하고 주변을 두리번거리며 러시아 암살자를 찾았다. 그는 길 건너편에 있는 아치 밑을 서성거리며 머리 위에서 들리는 베로니카의 고함 소리를 모른 척하고 있었다. 그녀의 연기 실력은 노래보다 약간 나은 정도에 불과했지만 분명히 효과가 있는 것 같았다. 루릭은 그 자리를 뜨지 않았다.

우리는 무사히 리오 디 팔라초에 도착해 곤돌라에 올라탔다. 뱃사공은 그야말로 신중함의 화신이라 부를 만한 인물이었다. 그는 흉하다고밖에 할 수 없는 여인—혹은 아주 괴상한 남자—이 자신의 곤돌라에 타는 것을 보고도 눈에 띄게 동요하거나 무례한 말을 하지 않았고, 심지어 태연한 얼굴로 우리에게 노래를 듣고 싶으냐고 물었다.

거리의 소음들이 희미해졌다. 어두운 물은 별이 수놓인 하늘처럼 반짝거렸고, 우리가 수면 위로 미끄러질 때마다 상현달 밑에서 뼈다귀처럼 하얗게 빛나는 석회암 다리 아래로 물결이 소리 없이 퍼져 나갔다.

"폰테 데이 소스피리다." 괴물학자가 가만히 속삭였다. "일명 탄식의 다리지. 창에 덧댄 창살이 보이느냐, 윌 헨리? 죄수들이 아름다운 베네치아를 마지막으로 볼 수 있는 곳이란다. 폰테 데이 소스피리 밑에서 키스를 하는 연인은 사랑이 이뤄진다는 속설이 있단다."

"시, 시뇨르…… 시뇨리나…… 시, 그런 얘기가 있지요."

뱃사공이 그를 뭐라고 불러야 할지 몰라 다소 당황해하며 맞장구를 쳤다.

"내가 여기서 그녀와 키스를 했던가." 펠리노어 워스롭, 도망자이자 죄수가 말했다. "기억이 안 나는구나."

29장

“네가 있기 전에도 나는 존재했고.”

얼굴 없는 존재를 쫓는 추격전이 재개되었다. 그리고 그것을 쫓는 우리 또한 다른 사냥꾼들에게 쫓기고 있었다. 이 같은 반전된 상황에 대해 박사는 어린 제자보다 더 빨리 적응했다. 소년은 아직도 추격자의 눈에 담겨 있던 차가운 불꽃을 머릿속에서 떨쳐 버리지 못하고 있었다. 스승의 눈에서 이글거리는 불꽃과 똑같은, 모든 포식자들의 눈에 담긴 꺼지지 않는 열망, 머나먼 태곳적 원시의 들불이 남긴 희미한 불씨를. 1분 1초가 지날 때마다, 목적지까지의 거리가 조금씩 줄어들 때마다, 괴물학자의 눈에 담긴 불꽃은 더욱 차갑고 밝게 빛났다. 그것은 그를 실제보다 더 나이 들게 만들었다. 그것은 생명만큼이나 오래되고 그만큼 냉혹했다. 그것은 그를 불사르며 소모시켰다. 그는 사냥꾼이자 사냥감이었다.

“우리를 어떻게 찾았을까요?” 그날 밤 내가 잠자리에 들 채비를 하며 물었다.

"내 생각엔 애당초 우리를 '놓친' 적이 없었던 것 같다. 칼레에서부터 같은 열차를 탔거나 적어도 루체른부터 우리를 줄곧 따라왔을 거야. 놈들이 베네치아에서 우릴 덮치려고 한 건 그게 최초이자 최상의 기회였기 때문이지."

"무슨 기회요?"

"우리한테 반갑다고 인사를 할 기회겠느냐? 맙소사, 윌 헨리."

"하지만 박사님을 벌써 놔줬는데 왜 이제 와서 박사님을 죽이려고 하는 건데요?"

"그들은 날 놔준 적이 없다. 네가 사람을 정신병원에 처넣는 것을 무사히 놔주는 거라고 생각한다면 모르겠지만."

"그렇지만 박사님이 마그니피쿰이 어디 있는지 모른다고 생각한다면 왜 박사님을 죽이려는 건데요?"

"내 생각을 모를 때 날 죽이고 싶어 했던 것과 같은 이유에서지."

그는 간이침대에 드러누워 말했다. "그들에게는 내가 하수도에서 부렸던 작은 속임수에 관해 골똘히 생각해 볼 시간이 수개월이나 있었다. 루릭처럼 그리 똑똑하다고는 말할 수 없는 작자도 내가 거짓말을 했을지도 모른다는 결론에 도달하기에 충분한 시간이지. 아니면 그저 나를 죽이는 편이 낫다고 판단했을지도 모르고."

그가 메마르게 웃었다. "그 작자들만 그런 생각을 하는 것도 아니지!"

"베로니카 소란초는 어떤 사람이에요, 박사님?"

"별로 얘기하고 싶지 않은 사람이다."

"혹시 두 분이……." 나는 어떤 표현을 사용해야 할지 몰라 망설였다.

하지만 그는 아는 것 같았다. "그래…… 그리고 또 아니기도 하다. 그게 무슨 상관이냐?"

"없죠."

"그럼 왜 그 얘기를 하는 거냐?" 그는 옆으로 픽 돌아누워 신경질적으로 시트를 끌어 올리며 말했다.

"전 한 번도……."

"뭐가? 한 번도 뭘 어쨌다는 건데? 범위가 너무 넓구나. 내가 추측하게 만들지 마라. 왜? 네가 우리 집에 오기 전에는 나한테 삶이라는 게 없었을 것 같으냐? 난 너 때문에 땅에서 불쑥 솟아난 사람이 아니다, 윌 헨리. 네가 있기 전에도 나는 존재했고, 그것도 꽤 오래 이 세상에 있었다. 베로니카 소란초는 그때 그 시절에 속하는 사람이다. 나는 현재만큼이나 과거에도 신경을 쓰려고 노력하는 중이고. 자, 이제 그만 조용히 해라. 생각을 해 봐야겠다."

몇 시간 뒤에 눈을 떴을 때 나는 잠시 몽롱한 상태에서 내가 지금 해링턴 레인에 있는 작은 다락방에 누워 있고 내 이름을 부르는 그의 간절한 호출에 잠이 깼다고 생각했다. 차양을 쳐 놓아 칠흑처럼 깜깜한 객실 안에 박사의 목이 메인 듯한 흐느낌이 들려왔다. 나는 그를 향해 손을 뻗었다. 내 손에 닿은 그의 몸이 움찔했다.

"워스롭 박사님?"

"아무것도 아니다. 아무것도 아니야. 꿈을 꿨어. 그게 다다. 다시 자렴."

"정말요?" 나는 물었다. 아무것도 아닌 것 같지가 않았다. 그가 그토록 겁에 질린 소리를 내는 것은 처음 들었다.

"그가 그녀를 죽였으면 어떻게 하지, 윌 헨리?" 그가 흐느끼며 말했다. "우리 연극을 눈치채고 그녀를 찾아갔다면? 그래, 사실을 알고는 길길이 날뛰었을 게다. 그녀에게 분풀이를 했을지도 몰라. 오, 내가 무슨 짓을 저지른 거냐, 윌 헨리. 내가 무슨 짓을 한 거지?"

"다시 돌아가야 할까요?"

"돌아간다고? 뭐 하러? 그녀를 땅에 묻으러 말이냐? 지금 내가 한 말을 뭘로 들은 거냐, 윌 헨리? 네가 지금 무슨 말을 하고 있는지 아느냐? 나는 나 대신 그녀를 희생양으로 바친 거다, 윌 헨리. 내가 그녀를 죽인 거라고!"

"그건 모르는 일이잖아요, 박사님. 진짜로 그런지는 모르는 거잖아요." 그의 공포와 불안감은 전염성이 있었고, 나는 떨리는 어깨 위로 이불을 당겨 둘렀다. 불현듯 객차 안이 무척 춥고 비좁게 느껴졌다. 그의 얼굴을 볼 수가 없었다. 그의 얼굴은 암회색 세상 속에 그려진 그보다 더 짙고 어두운 그림자에 불과했다.

"내 눈을 보지 마라." 그는 달뜬 목소리로 중얼거렸다. "내가 곧 바실리스크*로다. 내 손길을 두려워하라. 내가 곧 모든 것을 멸절시키는 미다스**로다." 그는 어둠 속에서 더듬거리며 내 손을 찾았다.

---

* 유럽 신화 속 상상의 괴물. 수탉의 머리에 뱀의 몸통을 가졌으며 맹독이 있어 접촉만으로 사람을 죽인다.

** 그리스 로마 신화에 나오는 손에 닿는 모든 것이 황금으로 변하는 능력을 가진 왕.

나는 그가 위안을 구하는 것이라 여겼지만, 틀렸다. 그는 증거를 구하고 있었다. "제임스와 메리, 에라스무스와 말라키, 존과 뮤리엘, 다미앵, 토머스, 제이콥, 베로니카, 내가 잊은 이름들과 내가 이름조차 몰랐던 이들……." 그는 내 손가락이 있어야 할 자리를 지그시 눌렀다. "그리고 너, 윌 헨리. 너는 하 마쉬히트를, 파괴자를, 신이 첫째 날에, '빛이 있어라.'라고 말한 날과 같은 날에 창조한 죽음의 천사를 섬기고 있는 것이다.

그리하여 내가 피의 섬에 발을 디디고 승리의 깃발을 꽂을 때, 심연의 정상을 차지했을 때, 우리 모두가 두려워하고 또한 추구하는 그것을 발견했을 때, 얼굴 없는 존재의 얼굴을 대면했을 때, 나는 과연 누구의 얼굴을 보게 될 것인가?"

어둠 속에서 그는 내 손을 잡아 자신의 뺨에 대고 지그시 눌렀다.

지금 내가 회상하는 그의 얼굴은 지고지순한 행복감에 젖어 있다. 고대 그리스 영웅의 석상처럼—헤라클레스?—또는 카피톨리니 박물관에 있는 아우구스투스 황제의 흉상처럼. 내 기억 속 워스롭의 얼굴은 돌처럼 고정되어 있고 그 눈은 석상처럼 하얗게 비어 아무것도 보지 못한다. 내 기억이 잘못된 것이 아니다. 나는 그 눈을 너무나도 잘 기억하고 있다! 그것은 내 자신에게 베푸는 자비, 내가 그에게 선사하는 선물이다. 그의 맹목적인 무지(無智)를 사하는 행위다.

그는 조용했다. 베네치아에서 브린디시까지 가는 길 내내 그는 내게 세 마디도 채 하지 않았다. 딱 한 번 우리의 언어적 가뭄이 깨진 것은 포트사이드로 가는 배편을 구하기 위해 페닌슐러앤드오리엔탈 해운회사의 매표소 앞에 줄을 서 있을 때였다.

"우린 지금 그들보다 몇 시간 앞선 상태다, 윌 헨리. 예기치 못한 일로 중간에 지체되지만 않는다면 아덴에 그들보다 먼저 도착할 수 있을 거야. 하지만 거기서부터는 그들도 우리를 따라잡을 수 있게 되지. 소코트라로 갈 수단을 찾는 데 시간이 얼마나 걸릴지 모르겠다."

그는 나를 내려다보았다. "물론 네가 돌아가고 싶지 않을 경우의 얘기다."

"돌아가요?" 나는 헛것을 들었다고 생각했다. 괴물학자가 진심으로 단념할 생각을 하고 있다고? 내가 아는 그와는 너무나도 어울리지 않는 말이라, 혹여 그가 제정신을 잃은 건 아닌지 걱정이 될 정도였다. 아크라이트가 넉 달 전에 그를 한웰 정신병원에 가둔 게 그저 조금 성급한 행동에 불과했던 건 아닐까?

"폰 헬룽에게 전보를 보내 런던으로 너를 마중 나오라고 하면 된다."

"그리고 박사님은 혼자 가게 하고요? 싫어요."

그는 애석하다는 듯 고개를 저었다. "그 싫다는 대답이 무엇을 허락하는 의미인지 잘 모르는 것 같구나."

"그런 건 옛날부터 상관없었어요. '싫다'는 게 실은 허락의 의미라는 걸 몰랐을 때도요."

괴물학자는 웃었다.

총 1만 1000킬로미터에 달하는 지중해 여행이 시작되고 몇 시간

동안, 나는 대서양을 건널 때처럼 지독한 뱃멀미가 찾아오지 않을까 겁을 먹었다. 뱃멀미는 저녁식사 때 통보도 않고 불쑥불쑥 찾아오는 달갑지 않은 친척 어른과 비슷하다. 시달릴 게 뻔해 질색이지만 그렇다고 돌려보낼 수도 없는 것이다. 괴물학자는 내가 갑판 아래 선실에 머무르는 것을 금지했다. 석탄 먼지는 물론 "4개 대륙의 악취"—내 짐작에는 다른 승객들을 가리키는 말 같았다.—까지 더해져 공기가 탁하기 때문이라고 했다. 그는 나를 선수부로 데려가 먼 앞쪽을 가리켰다.

"수평선에 시선을 고정해라, 윌 헨리. 멀미를 방지하려면 그 방법밖에 없어. 속이 안 좋을 때에는 거의 항상 통하는 방법이지."

"폰 헬룽 박사님은 춤을 추라고 하시던데요."

박사가 진지한 표정으로 고개를 끄덕였다. "춤을 추는 것도 나쁜 생각은 아니다."

그는 난간에 팔을 기대고 섰다. 남쪽에서 불어온 바람이 긴 검은 머리카락을 치댔고 몸에 걸친 재킷이 수신호 깃발처럼 펄럭였다. 그는 눈을 감고 바람을 향해 고개를 쳐들었다. "아직 아냐, 아직 아니야." 그가 중얼거렸다. 의아해하는 내 표정을 보고는 그가 설명했다. "아프리카 말이다. 가까워지면 냄새를 맡을 수 있거든."

"어떤 냄새가 나요?"

"설명하기 힘들다. 그건 날 때부터 맹인이었던 사람에게 파란색이 뭔지 설명하는 것과 비슷해." 하지만 그는 펠리노어 워스롭이었고, 그래서 시도했다. "오래된 냄새. 아프리카는…… 아주 오래된 냄새가 난다. 썩거나 상한 냄새하곤 다르다. 오래되었다는 말의 가장 긍정적인 의미라고 할까……. 아프리카가 오래되었다고 말하는 것은 우리가 그것을 아직 '새롭게' 정립하지 못했기 때문이다. '오래됐다'는 건 그 세계가 우리가 이해할 수 있는 이미지로 재구성되지 않았다는 뜻이다. 우리의 쟁기로 땅을 갈아엎고, 도끼로 숲을 베어 내고, 강에 둑을 쌓고, 땅속 깊이 구멍을 파고 우리가 필요로 하는 것보다 훨씬 더 많이 착취했다는 것을 깨닫고 몸을 세우기까지, 아직 그 과정을 거치지 못한 종류의 오래된 것이다. 그제야 우리는 아프리카도 새것 같은 냄새가 난다고 말하겠지."

워스롭이 다시 고개를 돌려 수평선을 바라보았다.

"나는 몸과 정신이 최악의 상태일 때, 베개에서 고개를 치켜드는 것이 고작일 때, 세상 전체가 어둡고 삶이라는 것이 어리석음 그 자체로밖에 보이지 않을 때면 아프리카를 떠올린다. 그러면 검은 물결도, 두려움도 물러가지. 아프리카에는 그것들도 대적하지 못하거든."

"'검은 물결'요?"

그는 세차게 고개를 도리질했다. 말을 꺼낸 것을 후회하는 것 같았다.

"그것은 내가 이름 붙일 수 없는 것을 부르는 이름이다. 혹은 너무 두려워서 이름을 붙이지 못하는 것이라고 해야 할지도 모르겠구나. 그것은 나 자신의 일부이자 동시에 그렇지 않은 것이다. 물결과 비슷하지. 천천히 물러갔다가, 격렬하게 밀려온다. 파도처럼 예측이 불가능하고. 대체로 커다란 규칙이 존재하긴 한다. 달의 이지러짐이 조수간만을 결정하는 것처럼……."

그는 설명하기가 어렵다는 듯이 고개를 저었다. 그는 이처럼 추상적이고 애매모호한 말을 하는 것에는 익숙지 않았다.

"내 상태가 좋을 때에는 검은 물결을 몰아낼 수 있다. 반면에 좋지 않을 때에는 거기 휩쓸리게 되지. 그것이 나를 조종하게 되는 거다. 도망치려고 해도 나 자신의 일부이니 도망칠 수가 없다. 신경 쓰지 말렴. 이게 뭔지 정확하게 설명하는 건 불가능하니까."

"괜찮아요, 박사님. 저도 알 것 같아요."

나는 눈을 감고 뜨거운 지중해 바람을 향해 코를 치켜들었다. 아프리카의 냄새란 어떤 건지 몹시 궁금했다.

수에즈 운하의 북단인 포트사이드에서 우리가 머문 시간은 짧았다. 선박에 석탄과 물자를 보충하고 새로운 탑승객들을 싣는 데 걸리는 시간은 두 시간 남짓이었다. 증기선에 석탄을 채워 넣는 대대적인 작업은 대부분의 승객들을 육지로 쫓아내기에 충분했고, 내 스승과 나도 그들에게 합류했다. 비록 그의 목적은 탈출이라기보다는 구출 작전을 준비하는 데 더 가까웠지만 말이다.

우리가 가장 먼저 들른 곳은 전신국이었다. 워스롭은 폰 헬룽에게 짧은 전보를 보냈다.

이집트 도착. 19일 아덴에 도착 예정. 소식이 있으면 즉각 그곳으로 연락할 것.

그런 다음 베네치아에서 그의 목숨을 구해 준 사람에게 다음과 같은 전신을 보냈다.

이 전보를 받은 즉시 아덴 항만 위원회에 연락 줄 것. 펠리노어.

전신국은 무덥고 답답하고 사람들로 혼잡했는데 대부분 유럽인이었다(전신 담당원마저 독일인이었다.). 그리고 대다수는 인도에서 집으로 귀환하는 길이라 이국땅과 외국 여행에 대한 낭만이 한껏 충족되어 있는 상태였다. 밖은 별로 답답하지도 혼잡하지도 않았지만 훨씬 무더워서 거의 용광로에 들어와 있는 것 같았다. 뉴잉글랜드 출신의 나로서는 처음 겪는 열기였다. 허파가 서서히 찌부러지고 있다는 느낌마저 들었다.

"모자는 어디다 뒀느냐, 윌 헨리?" 박사가 물었다. "아프리카에서는 모자 없이는 아무 데도 못 다닌다."

"배에 놔두고 왔어요, 박사님." 내가 헉헉거리며 말했다.

"그럼 따라오너라. 하지만 서둘러야 한다. 만날 사람이 있으니까."

그의 뒤를 따라 좁고 구불구불한 길을 한참 동안 걸었다. 울창한 수풀 속 샛길만큼이나 복잡해서 머리가 핑핑 돌 것 같았는데, 다만 이곳의 나무는 가늘고 가지가 없었으며 발밑에서 뜨거운 흙먼지가 날린다는 점만 다를 뿐이었다.

우리는 모퉁이를 돌아 '수크'라고 불리는 재래시장으로 들어갔다. 말 그대로 없는 것이 없는 시장이었다. 사탕과 희귀하고 별난 골동품들(말린 머리를 파는 잡상인만도 한둘이 아니었다.), 술, 담배, 커피, 옷, 다양한 밀짚모자까지, 그렇지만 가장 작은 모자도 나한테는 세 치

수 이상 컸다. 상인들한테서 뜨거운 햇빛에 내 머릿속 수분이 지글지글 끓어 모조리 증발해 버렸을 거라는 말도 들었다. 나는 개의치 않았다. 커다란 모자챙은 내 눈썹까지 닿았고 조금이라도 머리를 움직일라치면 불편할 정도로 기우뚱거렸지만, 적어도 새 모자는 가증스러운 햇볕을 가려 주었다.

우리는 시장을 나와 항구에서 그리 멀지 않은, 담배 연기가 자욱한 카페로 들어섰다. 카페 안에는 손님들이(모두 남자였다.) 군데군데 둘러앉아 화려하게 장식된 물담배로 시샤(과일향이 나는 담배)를 돌려 피우고 있었다. 내 스승을 발견한 가게 주인이 허겁지겁 달려 나오더니 기쁘게 손뼉을 치며 우렁찬 목소리로 외쳤다. "미호스! 미호스!"

그는 갈비뼈가 으스러지도록 박사를 꽉 껴안았다.

"이 사막에 무슨 바람이 불었나! 그동안 잘 지냈나, 친구!"

그는 외국어 억양이 거의 없는 유창한 영어로 외쳤다.

"파딜, 이렇게 다시 만나니 정말 반갑군." 워스롭도 정답게 인사를 건넸다. "가게는 잘 되나?"

"늘 똑같지."

"그렇게나 안 좋단 말인가?"

"나빠! 최악일세! 하지만 항상 최악이니 무슨 불평을 하겠나. 그런데 저 커다란 흰 우산 속에 숨은 건 누구신가?"

"이 아이는 윌 헨리라네."

"헨리! 제임스의 아들이군. 그런데 제임스는 어디 있지?"

"그는 없네."

"없다고?"

"돌아가셨어요." 내가 설명했다.

"죽었다고! 아, 저런. 이리도 애석할 데가. 애석한 일이로고!" 그의 진흙 색 눈에 눈물이 맺혔다. "언제? 어떻게? 네가 그의 아들이라고?"

나는 고개를 끄덕였다. 열기 때문에 쪼그라든 내 머리 위에서 헐렁한 모자가 앞뒤로 덜렁거렸다.

"그럼 네가 부친의 자리를 물려받은 게로구나. 책임이 아주 무거운 자리지, 어린 윌리엄 헨리 군. 아주 무거운 자리야!"

"그건 사실이지." 워스롭이 말했다. "파딜, 한 시간 후면 내가 탄 배가 떠나네. 그런데 그 전에 반드시 해야 할……."

"이런, 하지만 거참 아쉬운걸! 자넨 우리 집에서 식사를 해야 하네, 미호스. 다음 배를 타게. 제발 그러겠다고 말해. 거절했다간 내가 상심할 걸세."

"그렇다면 안타깝게도 자네 마음에 상처를 줄 수밖에 없겠군. 어쩌면 돌아오는 길에 들르는 건 괜찮을지도 모르겠지만…… 만약에 내가 돌아올 수만 있다면 말일세……."

"돌아올 수만 있다면? 만약에? 그게 무슨 뜻인가? 만약에라니?"

박사는 향기롭고 부연 연기로 가득한 실내를 둘러보았다. 파딜의 손님들은 우리 존재를 거의 무시하고 있었다. 그럼에도…….

"설명해 주겠네. 좀 더 조용한 곳에서 말일세."

우리는 파딜을 따라 뒷방으로 갔다. 도박장의 축소판처럼 생긴 그곳에서는 굉장히 뚱뚱한 남자가 초조한 기색으로 진땀을 뻘뻘 흘리고 있는 (판돈을 죄다 날린 게 틀림없는) 두 명의 벨기에인과 주사위 놀이를 하고 있었다. 그들은 탁자에 은화를 내려놓았고, 뚱뚱한 사내의 나무 상자에서 주사위가 데굴데굴 구르는 것을 보았고, 이내 자신들의 돈이 사라지는 것을 보았다. 워스롭이 못마땅하다는 듯이 툴툴거렸다. 파딜은 그의 투덜거림을 무시했다.

"벨기에 사람들이야, 미호스. 어떤 일에도 신경 쓰지 않는다고. 자, 앉게, 앉아. 이 구석진 자리가 좋겠지. 여기서는 저들의 괴롭고 서러운 흐느낌도 들리지 않을 걸세. 맙소사, 이게 무슨 짓이람. 도대체 내 정신을 어디다 판 게야? 차를 깜박했군! 다즐링 차가 있다네! 그리고 윌리엄에게는 라씨*를 대접해 주지!"

"우린 정말로 차 마실 시간조차 없다네, 파딜."

내 스승이 정중하게 말했다.

"뭐라고? 차를 마실 시간도 없어? 자네 미호스가? 그럼 이집트에서 자네 볼일이라는 게 내 가게처럼 정말 최악의 상태에 있나 보구먼."

괴물학자가 고개를 끄덕였다. "어느 모로 보나 그렇다네."

"이번엔 또 뭔가? 또 밀수업자들이야? 내가 쓰레기 같은 작자들이니 조심하라고 했잖나."

"이번에는 밀수업자들과는 완전히 다른 부류의 쓰레기 같은 작자들과 관련이 있다네, 파딜. 차르의 비밀경찰인 오흐란카지."

"러시아라고? 맙소사, 이렇게 끔찍할 데가! 자네 차르에게 무슨

---

* 인도의 요구르트 음료.

짓을 한 건가?"

워스롭이 싱긋 웃었다. "그저 나와 이해관계가 일치하지 않았다고만 해 두지."

"오, 그거 안 좋은 소식인데. 물론 차르에게 말이야, 하!"

파딜은 테이블에 팔뚝을 대고 몸을 앞으로 기울였다. 그의 눈이 즐겁다는 듯 반짝이고 있었다.

"그럼 파딜이 친구 미호스를 위해 뭘 해 주면 되겠나?"

"오흐란카 두 명이 있네." 박사는 루릭과 플레섹의 생김새를 설명했다. "런던과 베네치아에서는 놈들을 떨치는 데 성공했는데, 몇 시간 후면 다시 내 뒤를 쫓아올 거야."

"그리고 그들이 탄 배가 여기 들러 석탄과 물자 보급을 받을 테고." 파딜이 엄숙하게 고개를 끄덕였다. "나한테 맡기게, 미호스. 그 둘은 두 번 다시 아침 해를 못 보게 될 걸세!"

"죽이면 안 돼, 파딜."

"죽여 달라는 거 아니었나?"

"그들을 죽이면 자네가 곤경에 처할 걸세. 일주일도 안 돼 포트사이드가 온통 또 다른 루릭과 플레섹 같은 무리들에게 시달리게 될 테니까."

파딜이 콧방귀를 치더니 주먹으로 반대쪽 손바닥을 힘 있게 내리쳤다. 아라비아에서 경멸을 의미하는 몸짓이었다.

"어디 올 테면 와 보라지. 러시아인들 따위는 두렵지 않으니까"

"자네는 그들이 어떤 놈들인지 몰라. 그들은 파괴의 신 세크메트의 아들들이라네."

"그리고 자네는 수사자 미호스, 지평선의 수호자이고 나는 전쟁의 신 멘투지!" 그가 반짝이는 갈색 눈을 내게로 향했다. "그럼 너는 누가 될까, 제임스 헨리의 아들? 네 아버지는 아누비스였단다. 죽은 자의 심장을 저울질하는 신이지. 그의 아들인 오포이스는 어떠냐? 승리의 길을 여는 신이란다."

워스롭이 말했다. "내게 필요한 건 시간일세, 파딜. 2주일 정도면 충분할 거야. 한 달이면 더 좋고. 넉 달이면 그보다 더 좋을 수 없지! 내게 시간을 벌어 줄 수 있겠나?"

"죽이는 걸 허락해 준다면야 영겁의 시간이라도 벌어다 줄 수 있네! 하지만 뭐, 내가 포트사이드에 아는 친구가 있는데 그 친구는 카이로에 아는 친구가 있고, 그 친구는 또 타우피크 궁정에 아는 사람이 있지. 할 수 있을 것 같네. 하지만 비용이 만만치 않을 거야, 미호스."

"폰 헬룽이 필요한 만큼 보내 줄 걸세." 괴물학자가 시간을 확인했다. "한 가지 더 있네." 그가 기운차게 덧붙였다. "우리는 아덴으로 가는 길인데, 거기서 마지막 목적지까지 가는 교통 수단을 구해야 해."

"목적지가 어딘데?"

"말할 수 없네."

"엥? 그게 무슨 소린가, 알려 줄 수가 없다니. 날세, 나야, 친구 파딜이라고!"

"다소 위험한 일에도 겁을 먹지 않고 입이 무거운, 믿을 수 있는 사람이 필요해. 빠른 배도 있으면 좋고. 아덴에 아는 사람이 있나?"

"아는 사람이야 많지. 하지만 믿을 만한 친구는 몇 명 안 돼. 한 명 있군. 별로 나쁘지 않은 친구야. 빠른 배는 갖고 있지 않지만 그걸 가진 사람을 알 걸세……. 지금 뭘 사냥하고 있길래 러시아 차르가 관심을 가진 데다 자네의 오랜 친구인 파딜도 믿질 못하는 건가? 이번엔 무슨 괴물인가?"

"나도 몰라." 박사는 정직하게 대답했다. "하지만 꼭 알아내고야 말 걸세. 그러다 목숨을 잃더라도 상관없어."

파딜은 우리를 배웅하겠다고 고집했는데, 인파로 가득한 혼잡한 거리에서도 모두가 그를 알고 있는 것 같았다. 카페를 출발해 배의 트랩을 오르기까지 "파딜! 파딜!" 하고 그를 부르는 외침이 끊임없이 우리 뒤를 따라왔다. 박사는 누군가 "파딜!"이라고 부를 때마다 몸을 흠칫거렸다. 그는 가급적 포트사이드에서 눈에 띄고 싶지 않았다.

"말해 줄 수 없는 최악의 일을 끝내고 정체 모를 것의 사냥을 마치고 나면, 여기로 돌아와서 차르는 알지만 파딜은 모르는 것에 대해 죄다 말해 줘야 하네! 파시크*와 코프타**로 성찬을 즐기세! 그런 다음 내 딸들을 윌리엄에게 소개해 주지. 이젠 오포이스라고 불러야 하나? 하하!"

그는 손바닥으로 내 등을 찰싹 내리치고 주위를 슬그머니 둘러보

* 소금에 절여 말린 생선.

** 고기와 채소를 다져 둥글게 빚은 요리.

더니 바지 주머니에서 뭔가 조그마한 것을 꺼냈다. 설화석고로 조각한 스카라베* 목걸이였다. 그는 그 부적을 내 손에 쥐여 주며 말했다. "케페르란다, 어린 친구. 10왕조 때 물건이지. 고대 이집트어로 '재생'이라는 뜻인데, 너한테 행운을 가져다줄 거야."

"그리고 갖고 있다가 경찰한테 들키면 몇 년은 감옥에서 썩어야 할 테고." 박사가 감정 없는 목소리로 덧붙였다.

"우연히 내 손에 들어온 거야, 정말일세. 술 취한 헝가리 자작과 주사위 게임을 하다 땄지. 그 사람은 알렉산드리아의 한 부랑아한테서 샀다고 하더군. 자, 내 선물을 거절해서 날 모욕하지 말렴."

그는 워스롭을 힘껏 껴안고 입을 맞췄고(이집트에서는 우정의 표시였다.) 나한테도 입술 위에다 똑같이 키스했다. 내 놀란 반응이 우스웠는지 그의 커다란 웃음소리는 우리가 트랩을 건너 배에 승선할 때까지도 멈추지 않았다.

"그걸 받지 말았어야 했다." 워스롭이 내게 말했다. "이제 그의 행운이 네게 넘어온 셈이니까."

그는 가냘픈 미소를 지었다. 아마도 반쯤은 진심인 것 같았다.

프랑스가 수에즈 운하를 건설하는 데 10년이 걸렸다면, 그 150킬로미터를 가로지르는 데에도 그만큼 오랜 시간이 걸리는 것 같았다. 우리가 탄 배는 지렁이가 기듯이 느릿느릿 나아갔고, 주변 풍경은—그걸 풍경이라고 부를 수 있는지 모르겠지만—기분을 북돋는

---

* 고대 이집트의 쇠똥구리 문양.

데 아무런 도움도 되지 않았다. 왼쪽도 사막, 오른쪽도 사막, 그리고 머리 위 뜨거운 하늘에서는 손을 뻗으면 닿을 법한 지척에서 태양이 이글거리고 있었다. 배 바깥세상에 존재하는 유일한 생명체는 파리 떼로, 우리가 갑판에 나갈 때마다 온몸을 잔인하게 물어뜯었다.

내가 그것들에게 욕설을 퍼붓는 것을 들은 박사가 말했다. "고대인들에게 파리는 전장에서 악랄함과 끈기의 상징이었다. 승리를 거둔 전사들에게는 용맹의 상징이었지."

해링턴 레인에 있는 우리 집 거실에서라면 꽤 흥미로웠을 역사적 주석이었지만 그때 당시에는 용맹보다는 광기의 상징 같았다.

우리는 해가 넘어갈 때까지 파리 떼의 배를 불려 주었다. 하늘이 파란색에서 노란색을 지나 주황색을 거쳐 보드라운 쪽빛으로 바뀌자, 샛별이 머뭇거리며 얼굴을 드러냈다. 그제야 우리는 우리 자신의 배를 불리려 아래층으로 잠시 내려갔다가—'잠시'라고 말한 까닭은 갑판 위의 열기는 사막 한가운데서 증기엔진이 만들어 낸 찜통에 비하면 가소로운 수준이었기 때문이다.—다시 갑판으로 올라와 시원한 밤공기를 음미했다. 운하 주변에는 마을이 없었기에 사방에는 아무런 불빛도, 소리도, 문명이 존재한다는 증거 자체가 존재하지 않았다. 오로지 별과 물과 우리 눈에는 보이지 않는 생명 없는 대지만이 존재했고, 뱃머리는 마치 새까만 어둠을 가로지르는 카론*의 배처럼 고요한 수면 위를 조용히 미끄러질 뿐이었다. 나 자신이 마시고 내뱉는 한 숨 한 숨을 정확히 인지하면서도 마치 몸뚱

* 그리스 신화에 나오는 망자를 저승으로 건네 준다는 뱃사공.

이로부터 빠져나와 생령이 되어 부유하고 있는 듯한, 저승으로 가는 뱃사공에게 이미 뱃삯을 치른 그림자에 불과한 듯한 끔찍하고도 아찔한 기분이 엄습했다. 나는 뭔가 안심하고 매달릴 것을 찾아 옆에 선 사람을 올려다볼 수도 있었다. 그가 브린디시행 기차에서 나를 찾았듯이, 과거에 무수히 나에게 의지했듯이, 그가 "검은 물결"이라는 부르는 것에 휩쓸렸을 때 간청했듯이, 나도 그에게서 위안을 구할 수 있었으리라. "워스롭 박사님, 저 무서워요."

그러나 나는 그렇게 하지 않았다. 감히 그러할 수 없었기에. 그의 역정을 살까 봐 두려워서 그런 게 아니었다. 그가 나를 한심해하거나 꾸짖을까 봐 무서워서가 아니었다. 나는 그의 그런 반응에는 이미 이골이 나 있었다.

내가 입을 다문 것은 그가 다시 나를 버릴까 봐 두려웠기 때문이다.

머리 위에는 별들이, 발밑에는 물이, 그리고 양옆에는 황량한 대지가 있었다. 그리고 보이지 않는 저 수평선 너머에는 우리가 그 무엇보다 갈구하면서도 두려워하는 것, 마그니피쿰, 다스 웅게오이어, 심연의 절정이 우리의 심장이 약동할 때마다 시시각각 가까워지고 있었다.

30장

“다시 데리러 오마.”

아덴 항에서 두 통의 전문이 워스롭 박사를 기다리고 있었다. 첫 번째 전보는 뉴욕에서 온 것이었다.

> 조용함. 존 불이 잃어버린 개를 찾았냐고 물어봄. 이반에게 물어보라고 대답함. 에밀리가 사랑을 보냄. 행운이 있길. A.V.H.

“존 불이 누구예요?” 내가 물었다.

“영국을 말하는 거다. 잃어버린 ‘개’는 아크라이트를 뜻하고. ‘이반’은 러시아인들이지. 영국 정보부가 실종된 요원을 찾으러 폰 헬룽을 찾아온 모양이구나. 그리고 그는 오흐란카를 지목했고. 그런데 에밀리는 누구길래 사랑을 보낸다는 거냐?”

괴물학자는 아랫입술을 깨문 채 이 수수께끼 같은 문장을 고민했다.

"에밀리는 베이츠 부인이에요. 폰 헬룽 박사님 조카딸요."

"그래? 그것 참 이상하구나. 왜 그녀가 나한테 사랑을 보낸다는 거지? 난 만난 적도 없는데."

"제 생각엔……." 나는 목청을 가다듬었다. "제 생각엔 저한테 보낸 것 같아요."

"너한테?" 그는 이해할 수 없다는 듯 고개를 절레절레 흔들었다.

두 번째 전보는 포트사이드에서 온 것이었다.

세크메트의 아들들이 나타나지 않음. 그들을 위해 항상 문을 열어 둘 예정. 멘투.

"이건 또 뜻밖이구나. 기뻐해야 할 일인지 걱정해야 할 일인지 모르겠다."

"어쩌면 놈들이 포기한 걸지도 몰라요."

워스롭은 고개를 가로저었다. "나는 루릭 같은 작자들이 어떤지 알아. 포기할 놈들이 아니다. 상트페테르부르크로 소환되었거나 아니면 베네치아에서 실패한 일 때문에 다른 요원들이 투입되었을 수도 있다. 그래, 그럴 가능성이 크지. 그게 아니라면 다른 경로를 택했다거나……. 파딜의 친구들이 그들을 놓쳤는지도 모른다. 흠, 어쨌든 우리가 걱정해 봤자겠지. 정신 바짝 차리고 좋은 쪽이길 빌자꾸나."

워스롭은 나를 안심시키려는 듯 웃어 보였지만 그래 봤자 이른바 워스롭스러운 미소에 그치는 게 고작이었다. 다시 말해, 얼굴을 찌푸리는 것과 별반 다를 바 없었다는 얘기다. 그는 그를 기다리고 있던 포트사이드발 전보와 그를 기다리고 있지 않는 베네치아발 전보 때문에 속을 태우고 있었다. 베로니카 소란초한테서는 아무 소식도 오지 않았다.

우리는 전신국 밖으로 나왔다. 아직 오전 10시밖에 안 됐지만 기온이 벌써 거의 30도까지 올라(오후가 되면 37도에 육박할 것이다.) 숨이 막힐 정도였다. 부둣가는 소말리아 짐꾼들과 예멘 상인들, 영국의 식민지 개척자들과 군인들로 시끌벅적했다. 아덴은 영국의 지배하에 있는 도시로, 여러모로 중요한 정박지이자 영국의 아프리카 식민지와 인도 사이에 있는 연료 보급지였다. 소매가 긴 전통 튜닉인 토브를 입고 당나귀 고삐를 쥔 토박이 소년들이 관광객들을 가까운 크레이터 마을로 데려가기 위해 바닷가에서 길게 줄지어 대기하고 있었다. 주머니 사정이 더 넉넉한 사람들은 미국식 승합마차와 비슷한 개리, 즉 말 한 마리가 끄는 인도의 마차를 빌릴 수도 있었다.

박사는 당나귀도 마차도 타지 않았다. 우리의 목적지는 부둣가에서 그리 멀지 않은 곳에 있었다. 파딜이 소개한 사람은 프린스 오브 웨일스 크레상트(1874년에 영국 왕세자의 방문을 기리기 위해 붙은 이름)에 있는 그랑 오텔 드뤼니베르에 묵고 있었는데, 그 호텔로 가려면 바닷가에서부터 부드럽게 휘어 해안가를 품고 있는 메마른 회갈색 언덕을 향해 난 길을 따라가야 했다. 별로 먼 거리는 아니었지만 찜통 같은 더위 때문에 유난히 멀게 느껴졌다. 우리는 중간에 커다란 저탄장(貯炭場)을 지나쳤다. 웃통을 벗은 사나이들이—대부분 소말리아인이었다. ―땀에 젖은 검은 피부를 흑요석처럼 반짝이며 시끄럽게 짤랑거리는 탬버린 소리에 맞춰 무거운 석탄 부대를 등에 져 나르고 있었다. 때때로 석탄 가루가 땀을 흡수하도록 줄에서 벗어나 검게 변한 나무판자 위에서 몸을 굴리는 일꾼들도 있었다. 그들의 몸뚱이나 바닥에 붙지 않은 석탄 가루는 짙은 안개처럼 공중을 부옇게 떠다녔다. 지옥도와 같은 풍경이건만 그럼에도 아름다웠다. 뜨겁게 내리쬐는 햇빛이 거칠게 회전하는 검은 먼지 구름 사이를 비집고 내리치자 커다란 알갱이들이 반짝거리며 황금빛 줄기를 반사했다.

괴물학자가 중얼거렸다. "나는 내가 지옥에 있다고 믿는다. 그러므로 나는 지옥에 있다." 그는 걸음을 내디딜 때마다 탬버린 소리에 맞춰―그는 자신의 허벅지를 악기로 사용하고 있었다. ―손에 든 봉투로 넓적다리를 툭툭 두드렸다. 박사가 든 봉투에는 아덴에서 만나게 될 우리의 연락책에게 보내는 파딜의 소개장이 들어 있었다. 파딜이 그의 이름을 언급했을 때 워스롭은 굉장히 흥분한 반응을 보였다.

"그가 예멘에 있는지는 전혀 몰랐군!" 그가 탄성을 질렀다. "에티오피아에서 총기 사업을 하고 있는 줄만 알았는데."

"별 재미를 못 봤다네." 파딜이 대답했다. "실은 최악이었지! 메넬리크 왕이 자길 속였다고 하던데. 죽도록 고생하고도 고작 6000프랑밖에 못 받았다지 뭔가. 그래서 예멘으로 돌아와 하라드에서 커피와 상아 교역을 하고 있네. 크레이터를 자주 드나드는데 아마 지금 거기 있을 거야. 그랑 오텔 드뤼니베르에 가면 그를 만날 수 있을 걸세. 크레이터에 오면 항상 거기 묵거든."

"부디 그랬으면 좋겠네, 파딜." 내 스승이 대답했다. "그의 도움이 절실한 상황이기도 하지만 그를 만난다는 것 자체가 나 개인적으로 엄청난 즐거움이 될 걸세."

그랑 오텔 드뤼니베르는 전체적으로 매우 길고 나지막했으며 석조 아치와 파티오가 딸려 있고 창문에는 격자무늬 덧문이 달린, 아덴이나 인도에서 흔히 볼 수 있는 건물이었다. 실내로 들어가자마자 기온이 일이 도 정도 미세하게 떨어진 듯한 느낌이 들었다. 왼쪽에 있는 기념품 가게는 온갖 이국적인 물건과 아프리카 및 아시아에서 건너온 모피, 봄베이산 비단, 아라비아의 장검과 단도, 그리고 엽서와 문구류, 햇빛 차단용 모자와 식민지 주민들의 비공식적 제복이나 다름없는 흰 면 양복 같은 평범한 물건들이 전시되어 있었다. 로비는 호텔 소유주의 제국에 대한 자부심을 한껏 드러내고 있었다. 짙은 색 목재와 고급 벨벳이 가득했지만 높은 열기와 습기 때문에 나무는 비틀리고 갈라졌고, 벨벳은 우리 앞날에 대한 불길한 전조처럼 구멍이 숭숭 뚫려 있었다.

"무슈 아르튀르 랭보를 뵈러 왔소." 괴물학자가 접수직원에게 말했다. 아랍 직원이 입고 있는 흰 셔츠는 오늘 아침에만 해도 빳빳하게 풀이 서 있었을 것이다. 그러나 지금은 사막의 꽃처럼 더위에 데쳐져 후줄근하게 처져 있었다. "여기 묵고 있소?"

"무슈 랭보는 우리 호텔에 묵고 계십니다." 직원이 말했다. "누구라고 전해 드릴까요?"

"펠리노어 워스롭 박사요. 여기 소개장이 있소만……."

직원이 손을 내밀었지만 박사는 편지를 놓지 않았다. 그는 편지를 랭보 씨에게 직접 전해야 한다고 고집했다. 직원은 어깨를 으쓱하더니—언쟁을 벌이기엔 날씨가 너무 더웠다.—어린 소년을 불렀고, 소년은 우리를 기념품 상점 건너편에 있는 식당으로 안내했다. 식당은 바다가 내다보이는 테라스로 연결되어 있었는데, 저 멀리 플린트 섬이 눈에 들어 왔다. 콜레라가 발생할 때마다 영국이 환자들의 격리소로 사용하는 바위섬이었다.

테이블 하나에 워스롭과 비슷한 연배로 보이는 호리호리한 사내가 앉아 있었다. 아주 짧게 잘린 검은 머리칼에 관자놀이는 약간 희끗희끗했고, 여기서 흔히 볼 수 있는 흰색 면 양복을 입고 있었다. 그가 우리 쪽으로 고개를 돌렸을 때, 나는 순간 숨이 턱 막혔다. 그를 아는 대부분의 사람들이 그렇듯이, 그의 눈빛에 압도된 까닭이었다. 처음에는 회색이라고 생각했지만 나중에 자세히 보니 월장석과 비슷한 옅은 하늘색에 가까웠다. 인도인들은 월장석을 '몽환석'이라고도 부르는데 그것이 우리가 밤에 접하는 몽롱하고 아름다운 환상을 만들어 낸다고 믿기 때문이다. 그의 눈빛은 매우 강렬했고, 왠지 모르게 사람을 쩔쩔매게 만드는 데가 있었다. 장 니콜라 아르튀르 랭보는 그런 인물이었다.

"뭡니까?" 그가 물었다. 상냥한 기색이라고는 조금도 없는 말투였다.

워스롭 박사는 재빨리, 그리고 왕족을 알현한 시골 농부라도 되는 것처럼 약간 숨을 헐떡이면서 자기소개를 했다. 그는 랭보에게 파딜의 편지를 건넸다. 우리는 그동안 의자에 앉지도 않고 랭보가 편지를 다 읽을 때까지 기다렸다. 사실 편지는 별로 길지 않았지만, 저 밖에서는 푸르른 바다가 감질나게 반짝이는데 겨우 몇백 미터밖에 떨어지지 않은 곳에서 아라비아의 맹렬한 폭염 속에 우두커니 서 있노라니 엄청나게 긴 시간이 지나는 것처럼 느껴졌다. 랭보는 해초를 연상케 하는 초록색 액체가 담긴 크리스털 술잔을 집어 들고 우아하게 홀짝였다.

"파딜이라." 그가 천천히 말했다. "파딜을 못 본 지 8년은 된 것 같군. 용하게도 아직 안 죽었나 보군." 그는 종이에서 눈을 들어, 박사가 뭔가 흥미로운 말이라도 하길 기다리는 듯이 그를 쳐다보았다. 재치 있는 대꾸를 하거나, 그의 농담에 웃음을 터뜨리거나(정말로 농담인지는 모르겠지만) 파딜에 대해 새로운 소식을 들려주길 기대하는 듯이 말이다. 그러나 워스롭은 아무 말도 하지 않았다. 랭보가 의자를 향해 손을 까딱하자 우리는 기껍게 자리에 앉았다. 그는 조금 떨어진 곳에 조용히 서 있는 아랍 소년에게 압생트를 주문하고는 박사에게도 뭔가를 마시겠느냐고 물었다.

"홍차가 있으면 좋겠군요."

"아이는요?" 랭보가 물었다.

"물이면 돼요." 나는 깔깔한 목소리로 대답했다. 건조한 공기를 들이마실 때마다 목구멍이 타들어 가는 것 같았다.

"물은 안 돼." 랭보가 말했다. "이 사람들 말로는 물을 끓인다고 하지만……." 그는 어깨를 으쓱하고는 진저에일을 주문했다.

"무슈 랭보." 워스롭이 몸을 바짝 기울여 무릎에 팔을 괴며 말했다. "먼저 이렇게 만나 뵙게 되어 영광이라는 말을 하지 않을 수가 없습니다. 젊은 시절에 선생과 같은 분야에 잠시 기웃거렸던 나로서는…….”

“같은 분야에 기웃거렸다고요? 커피 사업 말입니까?”

“아니요, 내 말은…….”

“왜냐하면 그게 내가 하는 일이니까 말입니다, 워스롭 박사. 그게 내 레종데트르, 존재 이유죠. 나는 사업가요.”

“그렇지요!” 워스롭은 이 프랑스인과 또 다른 공통점을 발견했다는 듯이 탄성을 질렀다. “저도 마찬가지입니다. 저도 시작(詩作)에서 손을 놓았지요. 비록 당신이 하는 일과는 매우 다른 종류의 일을 하고 있긴 합니다만.”

“그래요? 그 매우 다른 종류의 일이란 뭘 말하는 건가요, 워스롭 박사?”

“나는 과학자입니다.”

랭보는 술잔을 입술로 가져가는 중이었다. 그러나 “과학자”라는 말을 듣자마자 몸이 바짝 굳었고, 압생트에는 입도 대지 않고 잔을 천천히 내려놓았다.

“파딜은 편지에 당신이 그런 박사라는 말은 하지 않았는데요. 난 당신이 내 다리를 진찰해 줄 수 있지 않을까 바라고 있었습니다. 요즘 아주 골치를 앓고 있거든요. 그리고 캠프 아덴의 의사들은…… 죄다 영국인이라서요. 아, 내 말에 마음 상하지 않았길 바랍니다.”

지난 몇 달간 영국 의사들의 보살핌을 받았던 워스롭은 그 말에 열렬히 고개를 끄덕였다. “이해합니다, 완벽히 이해하고말고요, 무슈 랭보.”

소년이 음료를 가지고 돌아왔다. 랭보는 남은 압생트를 단숨에 들이켜고—마치 오늘 처음 마시는 술이라도 되는 것처럼. 하지만 나는 아닐 것이라고 확신했다.—아직 시작도 하지 않은 박사를 따라잡으려고 서두르는 양 소년에게서 새 술잔을 받아 들었다. 욕구를 자제하지 못한다는 것은 스스로에게 사형선고를 내린 채 살아가는 것이나 마찬가지다. 괴물학자는 말했다.

랭보는 새 술을 조금 홀짝여 보더니 방금 전에 마신 것보다 더 마음에 든 모양인지 또다시 한 모금을 삼켰다. 월장석을 연상케 하는 눈빛이 내 손 위로 떨어졌다.

"손가락은 어쩌다 그렇게 된 거냐?"

나는 박사를 올려다보았다. 박사가 대답했다. "사고가 있었지요."

"이거 보입니까? 이게 내가 당한 '사고'요." 랭보가 손목을 들어 불그스레하고 주름이 잔뜩 져 있는 손상된 피부를 내보였다. "절친한 친우가 총을 쐈지. '사고'로 말이오. 그는 지금 유럽에 있소. 나는 아덴에 있고. 그리고 내 상처는 여기 있지요."

"『일뤼미나시옹』에 내가 제일 좋아하는 시구가 나오지요." 내 스승이 말했다. 왠지 이 상황이 거북한 모양이었다. "그리고 그 거대한 육체를 조금이나마 느꼈다. '조금이나마'와 '거대한'의 대조가…… 정말이지 감동적이었습니다."

"난 내 시에 대해서는 얘기 안 합니다, 워스롭 박사."

"그래요?" 워스롭은 깜짝 놀랐다. "그렇지만……."

"그게…… 왜요? 내 시가 뭐란 말입니까? 렝쉬르, 구정물, 찌꺼기지요. 시인은 죽었소. 수년 전에 죽었지. 물에 빠져서, 바브엘만데브 해협에서 눈물의 문에 빠져 죽었어요. 내가 그의 시신을 거둬 저 뒤에 보이는 산에 묻었소. 크레이터의 침묵의 탑에, 까마귀밥이 되게 내버려 두었지. 그의 더러운 타락의 독이 얼마 남지 않은 내 영혼마저 부패시킬까 봐."

랭보는 자기가 한 표현이 꽤나 마음에 들었는지 경직된 미소를 지었다. 시인은 절대로 죽지 않아, 나는 생각했다. 그들은 결국 죽는 데 실패한다.

"이제 당신이 아덴에 무슨 일로 왔는지 말해 보시오." 랭보가 퉁명스럽게 물었다. "난 아주 바쁜 사람이에요, 봐서 알겠지만."

방금 전까지 신나게 들떠 있던 박사는 랭보의 거만한 태도에 풀이 죽어 ―평소와는 완전히 역전된 상황이었다.―우리가 압생트를 음미하는 그의 귀한 오전 시간을 방해한 이유에 대해 설명했다.

"미안하지만." 랭보가 갑자기 워스롭의 말을 잘랐다. "지금 어디로 가고 싶다고 했지요?"

"소코트라입니다."

"소코트라! 하, 하지만 소코트라에는 지금 못 가요."

"왜 안 됩니까?"

"뭐, 갈 수는 있겠지. 하지만 거긴 당신이 지금 가장 가고 싶지 않을 곳일 거요."

"괜찮다면 이유를 물어도 될까요, 무슈 랭보?" 박사는 초조하게 대답을 기다렸다. 혹시 마그니피쿰에 대한 소문이 아덴에도 도착한 걸까?

"몬순이 왔기 때문이오. 제정신이 박힌 사람이라면 1년 중 이맘때에는 소코트라에 가지 않아요. 10월까지 기다려야 할 거요."

"10월이라고요!" 괴물학자는 귀에 뭐가 묻은 사람처럼 격렬하게 고개를 가로저었다. "난 용납할 수 없습니다, 무슈 랭보."

랭보는 고개를 으쓱했다. "난 날씨를 조종할 수 없어요, 워스롭 박사. 불평은 신한테나 가서 하시오."

당연하지만, 괴물학자는 살인괴물 같은 루릭과 마찬가지로 쉽게 단념하는 사람이 아니었다. 그는 랭보를 압박했다. 애원했다. 나중에는 거의 협박하기에 이르렀다. 랭보는 워스롭의 그 모든 시도를 어리둥절한 태도로 받아들였다. 어쩌면 속으로 이런 생각을 하고 있는지도 모른다. 이 워스롭이라는 작자 정말 미국인답구먼!

그리고 마침내, 두 잔의 압생트를 비우고 나서야 전직 시인은 마음이 약해졌다. "아, 좋아요, 좋아. 그렇게나 자살을 하고 싶다면야 당신이 시를 쓰는 것만큼이나 내가 말릴 길이 없지. 자, 이거 받아요."

그는 자신의 명함 뒷면에 주소를 갈겨썼다. "이걸 개리를 모는 마차꾼에게 주시오. 어디로 가야 하는지 알 거요. 가서 무슈 바르디에게 물어봐요. 당신이 나한테 한 말을 그대로 해 주고, 그가 문 앞에서 쫓아내지 않는다면 운이 따라 줄 수도 있을 거요."

워스롭은 고맙다는 인사를 한 다음 의자에서 일어났고, 내게도 일어나라고 손짓했다. 그걸 본 랭보가 말했다. "그런데 지금 어딜 가는 거요?"

"무슈 바르디를 만나러 갑니다." 박사가 의아해하며 대답했다.

"하지만 아직 10시 반도 안 됐는데? 아직 침대에서 일어나지도 않았을 거요. 앉아요, 앉아. 차를 마시지도 않았잖소."

"이 주소는 크레이터지요? 내가 거기 도착할 즈음이면……."

"뭐, 그렇다면야. 하지만 금세 돌아올 수 있을 거라곤 기대하지 말아요." 그는 나를 바라보았다. "애를 데려가지도 말고."

워스롭이 순간 몸을 굳히더니 거짓말을 했다. 고의는 아니었겠지만, 거짓말은 거짓말이다. "난 어딜 가든 이 아이를 같이 데리고 갑니다."

"거긴 별로 좋은 동네가 아니오. 크레이터에는 변변한 신발 때문에 살인도 불사하는 인간들이 있어요. 저 애가 입은 옷도 괜찮지. 좋긴 해도 아덴에서는 별 쓸모도 없는데 말이오. 아이는 나한테 맡겨 놓고 가요."

"당신한테 말입니까?" 박사는 잠시 생각에 잠겼고, 나는 충격을 받았다.

"전 같이 가고 싶어요, 박사님." 내가 말했다.

"나는 그러지 말라고 충고하겠소." 랭보가 경고했다. "하지만 내가 상관할 바도 아니니까. 당신 마음대로 하시오."

"워스롭 박사님……." 나는 빌기 시작했다. 그러곤 가냘픈 목소리로 끝맺었다. "제발요, 네?"

"랭보 씨 말이 맞다. 넌 여기서 기다려라." 박사는 결정을 내리고 나를 한쪽으로 데려가 속닥였다. "괜찮을 거다, 윌 헨리. 날이 저물기 전에 돌아오마. 그리고 호텔은 안전할 거야. 마을에 뭐가 있을지는 모르지만 우린 아직 루릭과 플레섹이 어디 있는지 모르잖느냐."

"그런 건 상관없어요. 전 다시는 박사님 곁을 떠나지 않겠다고 맹세했는걸요."

"넌 맹세를 깨뜨리는 게 아니다. 내가 너를 떠나는 거니까. 그리고 무슈 랭보가 친절하게도 너를 돌봐 주겠다고 하지 않느냐." 그는 검지로 내 턱을 들어 올리고 내 눈을 깊숙이 응시했다. "너는 영국에서 나를 데리러 왔다, 윌 헨리. 나도 반드시 너를 다시 데리러 오마."

그 말과 함께, 그는 떠나갔다.

31장

“버림받은 거냐?”

랭보가 또다시 압생트를 주문했다. 나는 진저에일을 주문했다. 우리는 음료를 마시며 땀을 흘렸다. 숨쉬기가 버거울 정도로 덥고 뜨거웠다. 배들이 항구에 들어왔다. 출항하는 배도 있었다. 아지랑이처럼 흔들리는 공기 속에서 탄광지기들의 탬버린이 희미하게 딸랑거렸다. 소년이 다가와 점심식사로 뭘 들겠느냐고 물었다. 랭보는 살타*와 압생트를 주문했다. 나는 배가 고프지 않다고 대답했다. 랭보가 어깨를 으쓱하더니 손가락 두 개를 들어 올렸다. 소년이 사라졌다.

“뭐든 먹어야 해.” 랭보가 무심하게 말했다. 박사가 떠난 후로 내게 처음으로 건네는 말이었다. “이런 날씨에 음식을 먹지 않는 건

* 중동의 고기 수프 요리.

수분 보충을 하지 않는 것만큼이나 몸에 나쁘다. 아덴은 마음에 드느냐?"

나는 좋고 싫음을 판단하기에는 아직 아덴을 충분히 보지 못했다고 대답했다.

"난 싫어한다. 경멸하지. 언제나 경멸했어. 아덴은 바위산이다. 풀 한 포기, 물 한 방울 없는 끔찍한 바위산이지. 저수지는 절반이 말랐고. 저수지를 본 적이 있니?"

"저수지요?"

"그래, 크레이터 위쪽에 있는 타윌라 저수지 말이다. 물을 저장하는 거대한 웅덩이지. 아주 오래되고, 아주 깊고, 아주 인상적인 곳이야. 솔로몬 왕 시대에 마을이 물에 잠기는 걸 방지하려고 건설한 거다. 어쨌든 전해 오는 이야기에 따르면 그래. 영국이 그걸 발굴해서는 반짝반짝하게 다듬어 놨는데, 매우 영국인들다운 짓이라고 할 수 있지. 여하튼 홍수에는 별 도움이 안 된다. 여기 애들은 여름에 거기 수영을 하러 갔다가 콜레라에 걸려 오지. 몸을 식히러 갔다가, 죽는 거야."

랭보는 시선을 먼 곳으로 던졌다. 바다는 그의 눈보다 더 푸르렀다. 릴리의 눈은 바다색에 더 가깝지만 훨씬 더 예쁘다. 갑자기 왜 릴리 생각이 났는지 모르겠다.

"소코트라에 뭐가 있지?" 그가 물었다.

하마터면 불쑥 털어놓을 뻔했다. 티포에우스 마그니피쿰이 있어요. 나는 시간을 끌려고 미적지근해진 진저에일을 열심히 쪽쪽 빨며 — 어쨌든 그 터무니없는 더위 속에서 최선을 다해 — 적당한 대답을 궁리했다. 마침내 마차에서 들었던 박사의 강의 내용 중에 한 가지를 기억해 냈다. "용혈수요."

"용혈수? 나무 말이냐?"

나는 고개를 끄덕였다. 진저에일은 김은 빠졌지만 어쨌든 마실 것이었고, 내 입은 바싹 말라 있었다. "워스롭 박사님은 식물학자예요."

"그래?"

"네." 나는 최대한 당당해 보이려고 애썼다.

"그 사람이 식물학자라면, 너는 뭐냐?"

"저는…… 저는, 저는 초보 식물학자예요."

"그래?"

"네."

"흠. 그리고 나는 시인이지."

소년이 김이 올라오는 스튜 접시 두 개와 '카미라'라고 부르는 납작한 빵이 담긴 접시 하나를 들고 왔다. 먹을 수 있는 스푼 같은 거라고 랭보가 설명했다. 나는 기름이 둥둥 떠다니는 갈색 살타를 보고는 미안하다며 사양했다. 전혀 먹고 싶지 않았다.

"나한테 미안해할 필요 없다." 랭보가 어깨를 으쓱하며 대답했다. 그는 스튜에 열심히 달려들었지만 그의 턱은 엄숙하게 움직이고 있었다. 어쩌면 그는 아덴을 싫어하는 것처럼 살타도 싫어하는지 모른다.

"여기가 싫다면서 왜 떠나지 않으세요?" 내가 물었다.

"내가 어딜 가겠니?"

"저야 모르죠. 여기 말고 다른 데요."

"말이야 쉽지. 그리고 아이러니한 일이구나. 사실 그러다 여기까지 온 것이거든!"

그는 카미라를 한 조각 떼어 입에 구겨 넣고는 입을 다물지도 않고 씹었다. 마치 그가 경멸하는 이 땅의 가장 대표적인 음식에게 최대한 많은 고통을 주고 싶다는 듯이.

"초보 식물학자라. 그래서 손이 그렇게 된 거냐? 나무를 잡고 있었는데 박사가 도끼로 내려치기라도 했어?"

나는 왠지 마음을 불편하게 만드는 그의 시선을 피해 눈을 돌렸다. "비슷해요."

"비슷하다니, 그 대답 마음에 드는구나. 다음번에 누가 손목이 어쩌다 그렇게 됐느냐고 물으면 그렇게 대답해야겠어. '비슷합니다.'" 그는 미소 띤 얼굴로 내가 그렇게 물어보길 기다렸다. 나는 묻지 않았다. 그는 말을 이었다. "사고는 일어나게 되어 있지. 세라비*. 어때, 보고 싶으냐?"

"뭘요?"

"저수지 말이야. 보고 싶으면 데려다주마."

"박사님이 여기로 오실 텐데요?"

"박사님은 네가 나와 같이 있길 바랄 거다. 내가 저수지를 보러 가면 넌 여기 있으면 안 돼."

"저수지는 저도 본 적 있어요."

"이런 건 못 봤을걸."

---

* 프랑스어로 "그것이 인생이다."라는 뜻.

"보고 싶지 않아요."

"나를 못 믿겠다는 거냐? 안에 빠트리지 않으마, 약속할게."

랭보는 접시를 옆으로 치우고 빵 조각으로 입 주위를 닦은 다음 라임 색 음료를 들이켰다. 그러곤 자리에서 일어났다.

"가자. 볼 만한 가치가 있을 거야. 내 약속하지."

그는 뒤도 돌아보지 않고 성큼성큼 식당으로 들어갔다. 누구처럼 남들이 당연히 자기를 따라올 것이라고 믿는 부류의 사람이었다. 나는 파도 위에서 물고기를 낚아채는 제비갈매기와 플린트 섬을 지나는 배들을 바라보았다. 여자인지 어린 소년인지, 누군가의 가냘픈 노랫소리가 들렸다. 무슨 언어인지는 알 수가 없었다. 호텔로 돌아왔는데 내가 없다면 워스롭 박사는 그다지 좋아하지 않을 것이다. 완곡한 표현으로 말하자면 그렇다. 박사의 노기 어린 눈빛이 눈앞에 선했다. 이내 또 다른 눈 한 쌍이 떠올랐다. 태곳적의 차가운 불길을 담은 눈동자. 나는 진저에일을 마저 마시고 무슈 랭보를 찾으러 갔다.

그는 정문 앞에 있었다. 마차가 호텔 앞에 멈추자 우리는 고개를 숙여 안으로 들어갔다. 햇볕에서는 벗어났지만 마차 안은 여전히 더웠고, 랭보가 소말리아인 게리왈라에게 우리의 목적지를 말하자 마차가 덜컥거리며 그림자를 앞세운 채 항구 쪽으로 달리기 시작했다.

도로는 작은 어촌 마을을 가로질러, 바닷가에 늘어선 초가지붕들을 지나, 내륙 쪽으로 방향을 틀어 언덕을 오르기 시작했다. 우리 앞에는 벌거숭이 바위와 높이 솟은 절벽, 그리고 거대한 폭발로 아덴

항을 창조한 화산의 잔재가 놓여 있었다('창조'보다는 오히려 그 반대를 더 연상시켰지만). 나무도, 덤불도, 꽃도, 이른바 생명체라고는 눈을 씻고 봐도 보이지 않았다. 당나귀와 인간, 까마귀, 그리고 때때로 지나가는 시궁쥐를 끼워 넣는다면 또 모르겠다. 아덴은 온통 회색과 갈색, 그리고 빛바랜 붉은색이었다. 유린된 대지에서 삐져나온 울퉁불퉁한 회색의 바위 골격과 상처에서 흘러나와 굳은 붉은색의 용암.

그것이 아덴이었다. 피와 뼈의 땅. 신의 주먹이 대지에 내리쳐 지져진 상처, 그 무시무시한 위력에 부서지고 쪼개진 바위 조각들이 하늘 높이 솟구쳐 만들어진 산맥, 그 아래 가이아의 산산조각 난 회색 뼈와 말라붙은 피를 제외하면 아무런 색조도 없는 음침하고 황량한 땅.

크레이터는 이 반도에서도 가장 역사가 깊고 인구가 많은 마을이었다. 어떤 작가는 이곳을 가리켜 "악마의 주발"이라고 묘사했는데, 괜히 크레이터*라는 이름이 붙은 게 아니었다. 이곳은 문자 그대로 크레이터였다. 사화산이 폭발했던 구멍으로, 삼면이 삐쭉삐쭉한 산으로 둘러싸여 있다. 이곳에는 영국군이 주둔하고 있는 캠프 아덴과 함께 상당수의 아랍인과 페르시아인, 소말리아인, 유대인, 말레이시아와 인도네시아인이 살았다.

오래된 아랍인 거주지를 지나는 데만도 한 시간이 넘게 걸렸다. 좁다란 도로는 당나귀 수레와 삯마차, 바삐 걸어 다니는 행인들로

---

* 화산 분화구, 깊은 구멍.

북적거렸다. 물론 뉴욕이나 런던 같은 대도시의 번잡함과는 달랐지만 말이다. 크레이터는 끊임없이 많은 사건들이 벌어지는 곳임에도 그리 역동적이지는 않았다. 오후가 되면 마을 전체가 주발 안에서 뜨겁게 익어 갔다. 태양이 머리 꼭대기에 오르고 그림자가 발밑에 딱 달라붙을 즈음이면 건물들은 변두리 시골만큼이나 적막해지고 더위에 지쳐—새로 지은 식민지풍 건물들도—축 늘어졌는데, 내 눈에는 마치 햇볕 아래에서 말라 썩어 가는 조롱박들 같았다.

뜨겁고 흙먼지가 풀풀 날리는 길을 따라 한참을 덜거덕거린 끝에, 마침내 뜨겁고 흙먼지가 풀풀 날리는 길이 급작스럽게 끝났다. 와디 타윌라, 즉 타윌라 계곡의 수원지에 도착한 것이다. 굳은 용암과 그 위에 쌓인 화산재가 무자비한 하늘을 향해 반들거리는 머리를 우뚝 쳐들고 있었다. 그곳은 문명의 끝자락이자 우리의 마차 여행이 끝나는 곳이기도 했다. 저수지를 보려면 좁다란 계곡 길을 따라 직접 돌계단을 걸어 올라가야 했다. 마차꾼이 랭보에게 프랑스어로 무어라 말을 걸었다. '로'*라는 단어가 귀에 들어왔다. 랭보가 고개를 저으며 말했다. "누 세롱 비엥, 메르시."**

"문제가 뭔지 알겠지?" 랭보를 따라 돌계단을 오르는데 그가 어깨 너머로 돌아보며 말했다. "뒤를 봐라. 저 아래 펼쳐진 영광스러운 불모의 대지가 크레이터 마을이다. 아덴은 1년 강우량이 10센티미터도 안 되지만 일단 비가 오기 시작하면 양동이로 물을 퍼붓

---

* 프랑스어로 '물'이라는 뜻.

** 프랑스어로 "우린 괜찮을 거야, 고맙네."

듯이 쏟아지지! 그래서 물이 범람하는 걸 막기 위해 저수지를 건설했는데, 수천 년 뒤에 영국이 그걸 사용하게 된 거다. 거의 다 왔다…… 저기서 돌면…….”

그는 조심스럽게 돌출된 바위를 피해 모퉁이를 돌더니 갑자기 발을 멈추고 아래쪽을 가리켰다. 우리는 단단한 바위를 파내어 만든 커다란 고깔 모양의 구멍 가장자리에 서 있었다. 너비는 15미터 가량, 깊이도 그만큼 될 법한 구덩이가 햇빛 속에서 대리석처럼 희게 반짝이고 있었다.

“감상이 어떠냐?” 그가 물었다. 얼굴은 땀으로 번질거렸고 셔츠 앞쪽은 흠뻑 젖었으며 흥분해서인지 힘든 육체노동을 해서인지 뺨이 벌겋게 달아 있었다.

“그냥 구덩이잖아요.”

“아니지, 몹시 커다란 구덩이다. 그리고 몹시 오래된 구덩이기도 하고. 꼭 대리석처럼 반짝이지? 하지만 대리석이 아니야, 회반죽이지.”

“가물었네요.”

“사막이니까.”

“제 말은 물이 없다고요.”

“이건 그중 하나일 뿐이야. 근방에 이런 게 열 개가 넘게 있다.”

“그걸 저한테 전부 보여 주실 거예요?”

그는 나를 물끄러미 쳐다보았다. 밝은 햇빛 속에서 눈동자가 거의 하얗게 보였다.

“내가 아덴에서 가장 좋아하는 곳을 보여 주랴?”

“그늘에 있나요?”

"별로 안 멀다. 200미터가량만 더 가면 돼. 그늘도 조금 있을 테고."

"호텔로 돌아가야 하지 않을까요? 박사님이 걱정하실 텐데."

"왜?"

"우리가 거기서 기다릴 줄 알고 계시니까요."

"그가 무섭니?"

"아뇨."

"널 때리느냐?"

"아뇨, 절대로요."

"알겠다. 그럼 그냥 손가락만 자른 거구나."

"그런 말은 안 했는데요."

"그 비슷한 말을 했지."

"호텔로 돌아가야 할 것 같아요." 나는 조심스럽게 몸을 돌리며 말했다. 저 깊은 구덩이 속으로 굴러떨어지고 싶진 않았다.

"기다려 봐라. 별로 안 멀다니까. 거기서 좀 쉬다가 내려가도 되잖니."

"뭐 하는 덴데요?"

"신성한 곳이지."

나는 의심스럽다는 듯이 눈을 가늘게 뜨고 그를 노려보았다. 하지만 눈 위로 땀방울이 떨어져 세상이 어룽거렸다.

"교회인가요?"

"내가 그런 말을 했더냐? 아니, 나는 '신성한 곳'이라고 했다. 자, 가 보자. 별로 안 멀다니까. 장담하마."

이번에도 길고 긴 돌계단을 올랐다. 낮은 돌담을 따라 이어지는 계단이었다. 왼쪽을 내려다보니 우리 발밑에 넓게 펼쳐진 크레이터가 보였다. 지독한 열기 속에서 하얗게 바랜 건물들이 일렁였다. 랭보는 벽이 끝나는 곳에서 오른쪽으로 돌았고, 우리는 구름 한 점 없는 하늘을 향해 가파르게 솟아 있는 넓고 메마른 길을 따라 계속해서 걸었다. 신발 아래 밟히는 화산재의 버스럭 소리, 힘들게 가슴을 들락거리는 날숨과 들숨, 꼭대기까지 오르는 동안 우리 귀에 들리는 소리라고는 그게 전부였다. 우리가 걷는 길의 끝은 푸른색이 전부 실종된 듯한 하얀 하늘과 만나고 있었다. 산마루에 오르자 크레이터에서 150미터쯤 솟아 있는 작은 고원이 나타났다. 이번에도 돌계단이 고원의 정상으로 이어지고 있었다.

"얼마나 더 가야 해요?" 나는 랭보에게 물었다.

"거의 다 왔다."

마지막 계단을 오른 후에 우리는 그늘에서 잠시 휴식을 취했다. 둥그렇게 구부러져 양쪽 끝이 보이지 않는 2미터 높이의 돌담이 태양과 바위, 그리고 침묵을 지키는 파수석(把守石)으로 구성된 바다 위 신성한 장소를 에워싸 보호하고 있었다.

우리는 서늘한 돌담에 등을 기대고 앉았다. 랭보는 무릎을 세워 가느다란 팔로 감싸 안고는 사화산 분화구 속에 자리 잡고 있는 마을을 나른하게 굽어보았다.

"어떻게 생각하니? 아덴에서 최고의 전망이지."

"그래서 절 여기까지 데려오신 거예요? 전망이 얼마나 좋은지 보여 주시려고요?" 내가 대꾸했다. 이 꼭대기까지 올라오느라 기진맥

진한 데다 온몸에 열이 올라 화끈거리고 목도 타는 듯이 말랐다. 내가 왜 따라온다고 했지? 호텔에서 기다렸어야 했는데.

"아니. 네가 좋아할 것 같았다. 너는 지금 '투르 뒤실렌스', 즉 침묵의 탑의 입구에 와 있는 거란다. 파시교도*들은 '다흐마'라고 부르지. 아까도 말했지만 여긴 신성한 장소다. 외부인들에게는 금지되어 있고."

"그럼 왜 저를 여기 데려오신 건데요?"

"너한테 보여 주려고." 랭보는 백치에게 설명하듯이 천천히 또박또박 말했다.

"하지만 우린 외부인이잖아요."

랭보가 자리에서 일어났다. "난 어떤 외부에도 속하지 않아."

파수꾼은 없었다. 다흐마에 들어가지 못하게 가로막거나 근처를 순찰하는 사람도 없었다. 다흐마는 산 자들에게 속해 있지 않다. 우리는 침입자였다. 탑에 접근하는 우리를 본 유일한 목격자는 까마귀와 매, 과열된 공기 속을 여유 있게 활공하는 커다란 흰 새들뿐이었다.

"저거 독수리예요?" 내가 물었다.

"예멘의 흰대머리독수리다." 랭보가 대답했다.

다흐마는 고원 꼭대기 안쪽에 자리 잡고 있었다. 구조는 아주 단순했다. 2미터가 조금 넘는 두께의 두꺼운 돌벽이 세 개의 원을 그리고 있는데, 가장 안쪽에 있는 제일 작은 원 안에 움푹한 구덩이가

* 이슬람교도의 박해를 피해 이주한 조로아스터교도의 후손.

파여 있고 위쪽은 지붕 없이 환히 뚫려 있었다.

"조로아스터 교도들이 죽은 자를 데려오는 곳이다." 랭보가 조용히 설명했다. "그들은 시체를 화장할 수 없다. 불을 더럽힐 테니까. 묻을 수도 없지. 대지를 더럽힐 테니까. 죽은 자들은 '나수', 즉 부정한 존재거든. 그래서 그들은 시신을 이곳으로 가져와서 돌 위에 올려놓지. 남자는 가장 바깥쪽 원 위에, 여자는 두 번째 원에, 그리고 아이들은 가장 안쪽에 있는 중심에서 가장 가까운 돌 위에 놓지. 그러곤 시신이 썩을 때까지 내버려 두는 거야. 새들이 살점을 모두 쪼아 먹고 햇볕에 뼈가 하얗게 바래고 나면 남은 뼈는 저 아래 납골당으로 가져간다. 거기서 비바람에 한 줌 재로 바스라지지. 그게 '다흐마나쉬니', 조로아스터교의 장례 의식이다."

그는 내게 안으로 들어가 보라고 손짓했다.

"아무도 없으니까 걱정하지 말렴. 죽은 자들은 어차피 상관하지 않을 테고."

"전 보고 싶지 않은 것 같아요."

"보고 싶지 않은 것 같다고? 흠, 거참 흥미롭구나. 네가 말하는 방식 말이다. 네 의견인데도 별로 확신이 없나 보지?"

"전 보고 싶지 않아요."

불현듯 불어온 산들바람이 우리의 뺨에 입을 맞추고 지나갔다. 죽음의 냄새는 우리가 있는 곳까지 미치지 못했다. 그것은 우리의 머리 위로 높이 피어올라 방금 뺨에 입을 맞추고 흰대머리독수리와 매와 까마귀들을 실어 나른 바로 그 바람에 불려 날아갔다. 새들의 그림자가 풀 한 포기 나지 않은 바위 위로 질주했다.

"왜 여기를 좋아하세요?" 내가 물었다.

"왜냐하면 나는 방랑자니까. 나는 세상 곳곳을 발 닿는 데로 돌아다니다 여기에 이르렀다. 더 이상 너머에 아무것도 없는 곳, 삶의 끝에 도달한 거다. 그래서 나는 이곳을 애정하면서도 경멸한다. 모든 것의 중심에는 아무것도 없어. 뼈다귀로 가득한 구덩이뿐이지. 이곳은 세상의 중심이다, 무슈 윌 헨리. 중심에 당도한 자가 더 이상 어디에 갈 수 있겠니?"

나는 그랑 오텔 드뤼니베르에 도착하면 당연히 박사가 기다리고 있을 것이라고 생각했다. 내가 전갈도 남기지 않고 프랑스인과 외출을 한 데 대해 불같이 화를 낼 것이라고도 확신했다. 적어도 나는 내가 그런 짓을 했다는 데 화가 나 있었고, 왜 그랬는지조차 이해할 수가 없었다. 아르튀르 랭보는 이상하게도 사람들의 무책임한 면모를 부추기는 데가 있었다. 집시들이 텐트 안으로 '한번 들어와서 보라고' 말할 때 저도 모르게 '좋아요'라고 대답하게 만드는 비도덕적인 부분 말이다.

그러나 오후 3시가 다 되어 우리가 호텔로 돌아갔을 때에도 괴물학자는 아직 귀환하지 않았다. 종업원은 랭보에게 워스롭을 보지 못했다고 대답했다. 우리는 식당 밖 테라스에 있는, 오전 나절을 보냈던 바로 그 테이블에 앉았다(랭보의 전용 자리인 듯싶었다.). 커피 수입업자로 변신한 전직 시인은 다시 압생트를 주문했고, 우리는 가만히 앉아 박사가 돌아오기를 기다렸다.

"거 봐라. 걱정할 필요 없었잖니." 그가 말했다.

“지금쯤 돌아오셨어야 하는데요.” 내가 말했다.

“아까는 그가 와 있을까 봐 걱정하더니 이번에는 안 왔다고 걱정을 하는구나.”

“박사님은 어디에 가신 거예요?” 내가 물었다.

“소코트라로 갈 배편을 구하려고 마을에 갔지. 기억 안 나느냐? 내가 너무 이른 시간이라고 했잖아. 바르디는 오후 5시까지는 일어나지도 않을 거다. 야행성이거든. 꼭 박쥐처럼. 왜 그렇게 불안해하는 거지? 무슨 문제라도 있는 거냐? 그 사람 무슨 골치 아픈 일에 휘말린 거라도 있어?”

“선생님이 별로 좋은 동네가 아니라고 하셨잖아요.”

“왜냐하면 여긴 좋은 동네라는 게 없거든. 캠프 아덴이나 영국인 거주지가 아닌 이상 여기 그런 곳은 없어. 그리고 너도 영국인 거주지가 어떤지는 잘 알 테고.”

“박사님을 찾으러 가야 하지 않을까요?”

“우리도 방금 왔잖아. 술도 이제야 나왔고.”

“선생님은 안 오셔도 돼요.”

“저런, 미안하구나. 방금 네가 ‘우리’라고 하길래 당연히 ‘우리’가 가야 한다는 뜻인 줄 알았는데. 네 마음대로 하렴. 나는 여기 앉아 마시던 거나 마실 테니까. 그런 다음엔 내 방에 올라가서 낮잠이나 자련다. 등산을 해서 그런지 피곤하구나.”

오후 밀물이 들어왔다. 상쾌한 바닷바람이 불었다. 태양은 샴 산 뒤로 숨어 들어갔고, 조금씩 늘어지는 산 그림자가 크레이터 위로 느릿느릿 기어왔다. 랭보가 잔을 비웠다.

"난 자러 가련다." 그가 말했다. "너는 어떻게 할래?"

"여기서 박사님이 오시길 기다릴게요."

"내가 일어날 때까지 돌아오지 않으면 그때는 같이 시내에 가서 그를 찾아보자."

랭보는 나를 산들바람과 계속해서 다가오는 그림자, 그리고 끊임없이 귓전에서 아른거리는 탬버린 소리와 함께 버려 두고 자리를 떴다. 아랍 소년이 다가와 랭보의 빈 술잔을 정리하며 내게 진저에일을 더 마시겠느냐고 물었다. 나는 두 잔을 시킨 다음 두 잔 모두 재빨리 비웠다. 여전히 목이 말랐다. 이 죽은 땅이 내 몸의 수분을 마지막 한 방울까지 전부 빨아들이기라도 한 양.

5시가 다 되었을 즈음 등 뒤에서 문이 열렸다. 나는 박사의 얼굴을 기대하며 —아니, 박사의 얼굴을 보게 되리라는 것을 알면서—돌아보았다.

두 명이 테라스로 들어오고 있었다. 한 명은 우람한 체구에 불타는 듯한 빨간 머리였고, 그의 동료는 훨씬 작고 날렵했지만 머리카락이 한 가닥도 없었다. 루릭이 내 오른쪽에 앉았다. 플레섹은 왼쪽에 앉았다.

"도망치진 않겠지?" 루릭이 말했다.

나는 고개를 끄덕였다. 나는 도망치지 않을 터였다.

32장

“윌 헨리에게 주시오.”

“워스롭은 어디 있지?” 그가 물었다.

그 질문은 도리어 내 공포심을 다소 덜어 주었다. 그것은 박사가 아직 살아 있음을 의미했다. 그가, 그리고 내가 앞으로 얼마나 오랫동안 그 상태를 유지할 수 있을지가 관건이었다. 그들이 나를 어떻게 찾아냈는지 궁금했지만 지금 같은 상황에서는 그런 걸 알아 봤자 아무 쓸모도 없을 것 같았다. 어떻게는 중요하지 않았다. 왜는 이미 알고 있었다. 문제는 만약인가 언제인가였다. 그것이 제일 중요했다.

“저도 몰라요.” 나는 대답했다.

뭔가 뾰족한 것이 내 배를 꾹 눌렀다. 플레섹이 내 쪽으로 몸을 기울이고 있었고, 오른손은 테이블 상판 아래 가려져 있었다. 그가 싱긋 웃자 앞니 한 개가 빠진 빈 공간이 드러났다.

"여기서 네 배때기를 갈라 버릴까 보다." 플레섹이 말했다. "왜, 내가 못 할 것 같으냐?"

"이 호텔에 묵고 있냐?" 루릭이 물었다.

"아니요. 네."

"내가 지금부터 규칙을 설명해 주마." 루릭이 참을성 있게 설명했다. "첫 번째 규칙은 진실만을 말해야 한다는 거다. 두 번째 규칙은 내가 먼저 말을 걸 때만 말을 하는 거고. 이 정도 규칙은 너도 알겠지? 넌 어린애야. 어린애들은 다 이런 규칙을 알잖냐."

나는 고개를 끄덕였다. "네."

"착한 애다. 예의도 바르고. 마음에 들어. 자, 그럼 다시 시작해 볼까? 워스롭은 어디 있냐?"

"시내에 가셨어요."

"하지만 곧 돌아오겠지. 널 데리러."

"네, 절 데리러 오실 거예요."

"언제?"

"그건 저도 몰라요. 말씀 안 하셨어요."

루릭이 구시렁거렸다. 그가 플레섹을 쳐다보자 플레섹이 고개를 끄덕이고 칼을 치웠다.

"그럼 너랑 같이 여기서 기다려야겠군." 루릭이 결정을 내렸다. "그늘 밑에 있으니 천국이구먼. 바람도 선선하고, 생선 비린내도 안 나고."

그것은 희망이 전무한 상태에서 내가 바랄 수 있는 최선의 상황이었다. 어쩌면 랭보가 낮잠에서 일어나 아래층으로 내려올지도 모른다. 나는 난간을 뛰어넘어 루릭이 내 뒷머리에 총알을 박아 넣기 전에 항구로 도주할 수 있는 가능성이 얼마나 될지 생각해 봤다. 그러곤 이내 성공 가능성이 거의 없다는 결론을 내렸다. 하지만 여기서 탈출하지 않는다면, 아무것도 하지 않고 우두커니 앉아 있다 박사가 돌아오기 전에 랭보가 낮잠에서 깨지도 않는다면, 그런다면 워스롭은 죽을 터였다.

두 개의 문. 한쪽 문 뒤에는 여인이 있고, 다른 하나의 문 뒤에는 호랑이가 있다. 어느 쪽을 택해야 할까.

제비갈매기가 쏜살같이 수면 밑으로 하강하더니 이내 격렬하게 몸부림치는 은빛 물고기를 부리에 물고 올라왔다. 나는 먼 곳으로 시선을 돌려 세상의 끝을, 바다와 하늘이 맞닿는 선을 바라보았다.

그게 우리가 하는 일의 본질이다, 윌 헨리. 결국에 운이 바닥난 거지.

해안가에 파수꾼처럼 서 있던 갈매기가 솟구쳐 올랐다. 긴 그림자가 햇볕을 반사해 금빛을 내뿜는 모래사장 위를 잽싸게 지나갔다. 나는 세상의 중심에 있는 휑뎅그렁한 바위 위를 지나던 새들의 그림자를 떠올렸다.

모든 것의 중심에는 아무것도 없어. 뼈다귀로 가득한 구덩이뿐이지.

"뭐야?" 루릭이 물었다. "왜 우는 거냐?"

"저는 박사님을 기다리고 있는 게 아니에요." 나는 자백했다. "박사님이 절 기다리고 계세요." 나는 거짓말을 했다.

죽은 자의 시간. 다흐마나쉬니의 시간.

열네 번째 시간, 한 주의 두 번째 날에 콜레라에 걸렸던 소년이 어미의 품에서 숨을 거뒀다. 어미의 흐느낌은 비통했다. 소년은 외동아들이었다.

소년의 영혼이 어미의 눈물에 얽매여 현세를 떠나지 못하고 주위를 배회한다. 그는 큰 소리로 어머니를 부르지만 그녀는 대답하지 않는다.

어미는 아들의 시신을 품에서 놓지 못하고, 차갑게 식은 후에야 그를 내려놓는다. 마침내 때가 되었기에 아들을 떼어 놓는다. 사악한 정령들이 그의 몸을 차지하기 위해 접근하고, 이제 그녀는 더 이상 아들을 만질 수 없다.

새로운 게흐*가 시작된다. 그는 이제 나수, 부정한 존재다. 드디어 나세살라르**를 위한 시간이 왔다. 둘째 날의 열여섯 번째 시간이다.

"이해가 잘 안 되는데." 루릭이 말했다. "왜 박사랑 여기서 만나기로 한 거냐?"

"왜냐하면 박사님이 여기서 토랜스 박사님이랑 만나신다고 했거든요."

"토랜스 박사가 누군데?"

"워스롭 박사님의 친구요. 우리를 도와주고 계세요."

"뭘 도와줘?"

"섬에 갈 수 있게요."

"무슨 섬?"

"마그니피쿰이 사는 섬 말이에요."

---

* 조로아스터교에서 하루 다섯 번 가지는 기도 시간.

** 조로아스터교의 장례 의식에서 시신을 운반하고 염을 하는 사람.

그는 숨을 헐떡이고 있었다. 길은 몹시 가팔랐고, 그는 폭염에 익숙지 않았다.

"저 구덩이들은 뭐지?" 그가 궁금한지 물었다.

"마을이 물에 잠기지 않게 방지하는 거예요."

메마른 저수지에 짙고 깊은 그림자가 흘러넘쳤다. 바닥이 없는 것 같았다. 그 속에 떨어진다면 영원히 바닥에 닿지 못하리라.

시신을 운반하는 자들이 소년을 데려가 흰 수소의 오줌인 '타로'로 몸을 씻긴다. 소년에게 '수드레 쿠스티', 즉 수의를 입힌다. 이제 밖으로 드러난 것은 소년의 얼굴뿐. 그는 나수, 부정한 존재다. 소년의 영혼은 그들을 지켜보지만, 그들의 행위를 이해하지 못한다. 자신이 보고 있는 것이 그 자신의 죽은 몸임을 이해하지 못한다. 영혼은 갓난아이와 같아 아무런 기억도 없다. 지금은 셋째 날, 여섯 번째 시간이다.

"얼마나 더 가야 하는 거야?" 플레섹이 물었다.

"바로 저 언덕 뒤예요." 내가 대답했다.

"거짓말이 아닌 게 좋을 거다."

"저기 맞아요."

"거짓말을 하는 거면 배때기를 쑤셔 줄 거다. 배를 갈라 내장을 꺼내서 산 밑으로 던져 버릴 거야."

"저기가 맞는다니까요." 나는 재차 말했다.

게사르나*의 시간이 왔다. 다스투르**가 망자를 앞에 두고 아베스타의 경문을 읊는다. 영혼이 앞으로 있을 긴 여정을 마칠 수 있게 힘을 북돋우기 위하여. 기도가 끝나면 시신은 다흐마로 옮겨져 돌 위에 누인다. 셋째 날, 열두 번째 시간이다.

"이상한데." 루릭이 말했다. "아무도 없잖아."

"저한테는 여기로 오라고 했어요."

"너 첫 번째 규칙이 뭔지는 알지?"

"박사님이 여기서 기다릴 거라고 했어요."

"여기라고?" 플레섹이 내 말을 따라 했다. "하지만 '여기'가 어딘데? 여기가 대체 뭐 하는 데야?"

"여긴 다흐마예요." 내가 대답했다.

루릭이 손바닥으로 입을 틀어막았다. "이 냄새는 또 뭐고?"

나는 루릭을 먼저 해결해야 한다고 판단했다. 그는 총을 가지고 있었다. 나는 재킷 주머니에 손을 집어넣었다.

윌 헨리에게 주시오. 난 넣을 곳이 없으니.

더 작은 권총을 갖고 다녔다면 가터벨트에 끼울 수 있었을 텐데 말이오.

"여긴 뭔가 이상해." 플레섹이 말했다. 그는 루릭에게 다시 말했다. "뭔가 이상하다고."

소년은 내측 원에 누워 있다. 버석하게 마른 뼈와 그 뼈들의 잔재가 가득한

---

* 조로아스터교의 경전인 아베스타 경문 중 한 부분인 '가타스'를 읊는 의식.

** 파시교의 고승.

구덩이 위에. 소년은 이제 태양과 파리 떼와 날짐승의 제물이다. 새들은 가장 먼저 아무것도 볼 수 없는 그의 눈알을 앗아 간다. 넷째 날의 첫 번째 시간, 구덩이 위, 심연의 정상에서.

루릭의 눈이 휘둥그레졌다. 입이 쩍 벌어졌다. 그의 뇌가 총알에 산산조각나기까지, 그는 자신이 마지막으로 본 것을 이해할 수가 없었다. 그토록 확신에 넘치던 사내는 어안이 벙벙한 상태로 죽었다.

플레섹이 덤벼들었다. 그의 손에 들려 있는 칼날이 조금씩 죽어 가고 있는 햇빛 속에서 번득였다. 그의 공격에 내 셔츠 앞섶이 찢어졌다. 그의 칼끝이 내 목에 걸려 있던 파딜의 선물에 박혔다. 스카라베가 정말로 내게 행운을 가져다준 것이다. 다음 순간 나는 그의 배에 총구를 들이대고 방아쇠를 당겼다.

그는 내 발밑에 고꾸라졌다. 나는 주춤거리며 뒤로 물러났다. 탑의 하얀 벽이 등에 닿는 게 느껴졌고, 힘 빠진 무릎이 후들거리며 더 이상 몸을 지탱하기를 거부했다. 나는 플레섹이 누워 있는 돌바닥 위로 무너져 내렸다. 그는 아직 죽지 않았다. 플레섹은 피를 철철 흘리며 나를 향해 조금씩 기어오고 있었다. 그의 몸에서 흘러나온 피가 돌바닥을 흥건히 적시며 부들부들 경련하며 움직이는 다리 뒤로 흔적을 남겼다.

나는 박사의 리볼버를 그의 눈높이로 들어 올렸다. 두 손으로 총을 꼭 쥐고 있는데도 팔이 떨려 총구를 고정시킬 수가 없었다.

플레섹이 움직임을 멈췄다. 그의 몸이 옆으로 굴렀다. 한 손으로 피투성이 배를 부여잡고 다른 한 손을 내 쪽으로 한껏 뻗었다. 나는 움직이지 않았다. 그는 나수, 부정한 자였다.

나는 그의 뒤쪽을 바라보았다. 돌벽의 아치형 구멍 사이로 엿보이는 널따란 바다, 물과 하늘이 만나는 아득한 선. 세상은 둥글지 않다. 나는 깨달았다. 세상은 평평했다.

"제발." 그가 중얼거렸다. "안 돼."

루릭과는 달리, 플레섹은 어안이 벙벙한 상태로 죽지 않았다.

소년의 영혼은 친바토 페레투, 즉 두 세계가 만나는 탄식의 다리로 향한다. 그곳에서 그는 아름다운 여인의 모습을 띤 또 다른 자신, 그의 카이니니 케헤르파를 만나고, 그녀는 그가 생전에 한 일과 하지 못한 일을 심판받으러 미스라로 안내한다.

나는 파리 떼와 새, 태양과 바람에게 뒷일을 맡겼다. 침묵의 탑 너머의 침묵 속에, 나는 그들을 버려 두었다. 얼굴 없는 죽은 자들이 하늘을 올려다보는 곳에, 세상의 중앙에, 나는 그들을 버려 두었다.

M

10권

티포엔스

저 소리는 무엇인가 하늘 높은 곳
어머니의 비통한 탄식
저들은 누구인가 얼굴을 가리고 몰려다니는 무리
끝없는 평원 너머, 갈라진 대지에 비틀거리며.

— T. S. 엘리엇 「황무지」

33장

“우리의 유일한 희망.”

내가 그랑 오텔 드뤼니베르에 도착했을 때, 아르튀르 랭보는 깨끗한 셔츠를 입고 냉소적인 미소를 띤 채 현관 앞 첫 번째 계단 위를 어슬렁거리고 있었다.

“어땠느냐?” 그가 물었다.

“뭐가요?” 나는 그가 내 눈에서 볼 수 있음을, 내 몸에서 피어오르는 냄새를 맡을 수 있음을 믿어 의심치 않았다. 조로아스터교 신도들은 죽은 자들이 세상을 즉시 뜨지 않는다고 믿는다. 죽은 자들은 어찌할 바를 모른 채 비참하고 허망한 기분으로 사흘 동안 자신의 시체 옆을 배회한다. 그들은 세상에서 추방되었지만 그 이유를 이해하지 못한다.

“워스롭 박사님은 오셨어요?” 내가 물었다.

“그래. 그렇지만 막 다시 나가려던 참이었다. 널 찾으러 말이다.”

"지금 어디 계세요?"

"저기." 그는 고갯짓으로 로비를 가리켰다. 나는 한 번에 두 칸씩 계단을 뛰어 올라갔다. "그럴듯한 변명거리가 있어야 할 거다. 그 사람은 너한테 그럴듯한 할 말이 있는 것 같으니까."

괴물학자는 방 한가운데 영국 식민지 경찰복을 입은 무리에게 둘러싸여 있었다. 무장을 갖춘 세포이도 있었다. 나를 제일 먼저 발견한 것은 그중에서도 가장 경험 많은 사냥꾼인 워스롭이었다. 그는 허겁지겁 앞을 가로막고 있는 사람들을 밀치고 달려와 내 머리를 다짜고짜 찰싹 갈겼다.

"도대체 어딜 갔던 거냐, 윌 헨리?" 박사는 버럭 고함을 질렀다. 그의 얼굴은 노여움과 한껏 억누른 걱정으로 일그러져 있었다. 전에도 이런 모습을 본 적이 있다. 네가 죽는 건 용납할 수 없다!

그는 내 어깨를 잡고 거칠게 흔들었다. "말해라! 어서 말해 봐! 왜 너 혼자 돌아다녔던 거냐? 내가 무슈 랭보와 같이 있으라고 했잖아! 왜 얌전히 나를 기다리지 않은 거지? 왜? 변명도 못 하겠느냐? 말을 해 봐!"

"죄송해요, 박사님……."

"죄송해? 죄송해?" 워스롭은 기가 막힌다는 듯이 고개를 저었다. 그는 내 어깨에 손을 얹은 채—혹여 손을 놓으면 내가 날아가기라도 할까 봐—수색대에게 길 잃은 어린 양이 집으로 돌아왔다며 그의 신고에 신속하게 대처해 준 데 대해 감사를 표했다.

박사는 사람들이 모두 사라진 후에야 입을 열었다. "마음에도 없는 죄송하단 소리 같은 건 집어치우고 아무 말도 없이 몰래 나간 이유나 어디 설명해 봐라."

나는 그의 눈길을 피해 고개를 돌렸다. "박사님을 찾으러 갔어요."

"윌 헨리……."

"무슈 랭보에게도 같이 가자고 했어요. 그렇지만 그분은 피곤하다면서 낮잠을 자러 갔어요."

"그리고 네가 날 찾으러 간 이유는……."

"제 생각엔……." 말이 나오지 않았다.

"그래그래, 듣고 싶구나. 네 생각이 정말 절실하게 듣고 싶다. 도대체 무슨 생각이었던 거냐? 나한테 불운한 사고가 일어났다고 생각했다면서 어째서 너 혼자 나간 거고? 적어도 랭보 씨를 깨워서 네가 어디 가는지 정도는 말해야 한다는 생각은 안 들더냐?"

"아뇨, 안 들었어요."

"흐으으으음." 그의 얼굴에서 노여움이 다소 가셨다. "어쨌든." 워스롭이 긴장을 풀며 말했다. "오늘 하루는 그럭저럭 잘 끝난 것 같구나. 너는 나를 찾았고, 나는 소코트라에 갈 방법을 찾았으니까. 내일 아침 동이 트자마자 피의 섬으로 출발한다."

우리는 둘 다 피곤하고 배가 고팠지만, 박사는 그래도 먼저 전신국부터 들러야 한다고 우겼다. 그는 폰 헬룽에게 전보를 송신했다.

내일 최종 목적지로 출발. PXW.

워스롭에게 온 전갈도 있었다. 그는 전보를 읽은 후 내게는 보여 주지도 않고 주머니에 집어넣었다. 근심이 가득한 표정으로 미루어 볼 때 베네치아에서 온 것이 아니라는 짐작만 할 수 있었을 뿐이다. 돌아오는 길에도 워스롭은 묘하게 조용했다.

우리는 그날 밤 호텔에 방을 잡고 재빨리 옷을 갈아입은 다음 저녁식사를 하러 갔는데—우리는 둘 다 쓰러질 것처럼 배가 고팠다.—어쩌다 보니 랭보와 같은 테이블에 앉게 되었다. 그는 우리가 함께 갔던 크레이터 위 샴 산 관광에 대해 아무 이야기도 꺼내지 않았다. 대신에 그가 처음 아덴에 왔을 때 겪었던 일과 유럽으로 수출하는 커피콩을 손질하고 실어 보내는 여성 일꾼들의 "하렘"을 감독했던 경험담에 대해 늘어놓았을 뿐이다. 워스롭 박사는 점잖게 귀를 기울였지만 말은 거의 하지 않았다. 그는 다른 곳에 정신이 팔려 있었다.

그날 밤 늦은 시각, 한밤중에 무심코 눈을 뜨자 침실에 나 혼자밖에 없었다. 창밖에서 움직이는 그림자가 보였다. 나는 나무 널 사이로 베란다 밖을 내다보았다. 은빛으로 일렁이는 바다를 배경으로 동쪽의 소코트라를 바라보며 서 있는 괴물학자의 인영(人影)이 보였다.

그가 불현듯 몸을 돌려 항구가 있는 해안가를 바라보았다. 몸이 갑자기 빳빳하게 경직되더니 코트 주머니로 들어간 손이 권총을 찾아 더듬었다. 그의 손은 아무것도 발견하지 못할 것이다. 나는 알았다.

그에게 말해. 머릿속 목소리가 속삭였다. 그에게 털어놓아야 해.

나는 침대 밖으로 나와 어둠 속에서 옷을 걸쳤다. 별로 춥지 않은데도 부르르 몸서리가 쳐졌다. 나는 이제껏 그에게 어떤 것도 숨긴 적이 없다. 시도조차 한 적이 없었다. 왜냐하면 나는 모든 것을 환히 간파하는 그의 능력을 신봉했기 때문이다.

신발을 신는데 밖에서 바닥이 삐걱대는 소리가 들렸다. 화들짝 놀란 나는—내 신속한 대처 능력은 이게 한계인 듯싶다.—황급히 침대로 뛰어들어 턱까지 이불을 잡아당겨 덮었다. 나는 실눈을 뜬 채 그가 방으로 돌아와 내가 재킷을 걸쳐 놓은 의자 쪽으로 걸어오는 것을 지켜보았다. 혹여 그가 리볼버의 약실을 확인하기라도 한다면, 내가 무슨 짓을 저질렀는지 들통 나고 말리라. 그러나 그게 무슨 상관이란 말인가? 어차피 내 스스로 고백할 작정이 아니었던가?

워스롭은 방금 전까지 내가 그를 엿보던 창가로 다가가 나를 등진 채 한참 동안 서 있었다. 이내 그의 목소리가 들렸다.

"윌 헨리." 그는 한숨을 푹 내쉬었다. "윌 헨리. 네가 깨어 있는 것 안다. 잠옷은 바닥에 널브러져 있고 신발도 안 보이잖니."

나는 슬그머니 눈을 떴다. "박사님이 밖에 계시길래요……."

"그리고 내가 들어오는 소리를 듣고는 옷을 입은 채 침대로 뛰어들었단 말이냐."

나는 고개를 끄덕였다.

"그게 이상하게 보일 거라는 생각은 안 들더냐?"

"어떻게 해야 할지 몰랐어요."

"그러니까 네 머릿속에 가장 먼저 떠오른 합리적인 대처 방안이라는 게 자는 척하는 거였단 말이지?"

그가 내 쪽으로 몸을 돌리고 말했다.

"나는 네가 왜 오늘 오후에 혼자 나갔는지 안다."

나는 마른침을 꼴깍 삼켰다. 그의 놀라운 능력에 대한 내 믿음은 잘못되지 않았다. 내가 고백할 필요도 없었다. 그는 이미 알고 있었다.

“나를 믿느냐, 윌 헨리?”

“물론이죠.”

“하지만 오늘 네가 한 행동은 네 말과 다르구나. 왜 내가 다시 돌아올 거라고 믿지 않았느냐? 내가 그럴 거라고 약속하지 않았던? 그런데도 넌 나를 찾아 나섰지. 그리고 지금은 내가 침대에 없는 걸 보고 옷을 입고 날 쫓아오려고 했고. 뉴욕에서 있었던 일 때문이지? 뉴욕에서 있었던 일 때문에 내가 널 다시 버릴 거라고 생각했던 거지? 뉴욕과 오늘 오후의 상황이 많이 다르다는 사실을 지적해야겠구나. 뉴욕에서 난 아무 약속도 하지 않았다.”

나는 틀렸다. 괴물학자는 진실을 알지 못했다. 다시금 어깨를 무겁게 짓누르는 힘이 느껴졌다.

“우리가 소코트라에서 무엇을 발견하게 될지는 나도 모른다, 윌 헨리. 컨스와 러시아가 우리를 제치고 보물을 먼저 찾을 수도 있어. 그리고 그 귀한 발견이 우리 손가락 사이를 빠져나갈 수도 있다. 나는 그러지 않기를 빈다. 너무 늦지 않았기를 기원한다. 그리고 만일 그렇게 된다면, 너와 나는 그 누구보다도 무거운 짐을 지게 되는 거다. 우리의 희망은 우리의 능력이나 숫자, 혹은 무력에 있는 게 아니다. 아니, 우리를 구할 것은 바로 여기에 있어.”

그는 내 왼손을 붙잡고 꼭 쥐었다.

“미국에서 너의 목숨을 구한 것도, 영국에서 나를 구한 것도 바로 이것이었다! 내가 철저하게 신뢰하는 것, 내가 이 세상에서 유일하게 이해할 수 없는 것! 내가 지금 뒤쫓고 있는 가공할 존재, 내가 고개 돌려 마주 볼 용기를 내기조차 힘든 그 괴물보다도 더 두려운 것. 우리는 서로에게 절대로 없어서는 안 되는 존재이며, 전에도 그러했고 앞으로도 그러할 것이다, 윌 헨리. 그러지 못한다면 너도 나도, 우리 둘 다 패배할 거다. 내 말 알아듣겠느냐?"

그는 내 손을 놓아두고, 일어나 등을 돌렸다.

"네가 태어난 날 밤, 네 아버지가 나를 불러 눈에는 눈물이 맺힌 채로 엄숙하게 선언했지. 네 이름을 펠리노어라고 짓겠다고 말이다. 그는 아마도 감사와 호의가 담긴 그 제안에 대해—네 어머니는 전혀 모르고 있을 게 뻔한—내가 그런 반응을 하리라고는 짐작도 못했을 것이다. 나는 그를 호되게 꾸짖었다. 어떻게 내가 그의 선택을 영광으로 받아들일 것이라고 생각했느냐고 호통쳤다. 왜 그렇게까지 역정을 내는지 나 자신도 어리둥절할 정도로 말이다. 나는 네가 내 이름을 갖게 된다는 생각에 어째서 그렇게 맹렬히 분노했는지 알지 못했다. 우리는 너무나도 자주 두려움이라는 감정을 분노로 표출하곤 하지. 나는 화가 난 게 아니라 겁이 났던 거다, 윌 헨리. 어마어마하게 겁이 났던 게지."

고해성사를 해야 할 순간이었다. 그날 내가 저지른 일이야말로 나에 대한 그의 믿음이 잘못되지 않았다는 부동의 증거가 아닌가? 나는 노력했다. 내 입이 벌어졌다. 그러나 루릭이 죽어 갈 때 그랬던 것처럼, 입 밖으로 아무 소리도 나오지 않았다. 나는 우리 두 사람의 목숨을 구했고 우리의 유일한 구원이 놓여 있는 문을 선택했지만,

그때 나는 도버 해협에서 그가 토로했던 조용한 탄식을 기억해 냈다. 아이러니한 점은, 내가 너를 두고 간 건 그래야 네가 그들처럼 접시 위에 살게 되지 않을 거라고 생각했기 때문이라는 거다. 내가 그에게 사실을 털어놓는다면, 나는 죄의 사함을 받지 못할 것이다. 나는 나수가 될 것이다.

그리고 그도 그렇게 될 것이다. 나로 인하여 그는 부정해질 것이다. 침묵의 탑에서 거둔 나의 "성공"은 그의 실패가 될 것이며, 그가 가장 두려워하던 것이 현실이 되리라. 그는 내가 그의 목숨을 구함으로써 나를 영원히 잃었음을 극명히 깨닫게 될 것이다.

34장

"말하지 않는 게 더 나은 것들도 있단다."

화물선 다그마르 호의 선장인 줄리어스 러셀은 키가 크고 붉은 얼굴에 애꾸눈의 외지인이었다. 영국 기병대의 장교였지만 2차 영국-아프가니스탄 전쟁이 끝나고 전역했다. 84년에 아덴에 이주해 커피 사업에 뛰어들기로 결심하고 한때 영국 함대의 동급 선박들 가운데 가장 빠르기로 이름났던 낡은 고물 기선에 전 재산을 투자했다. 하지만 그는 거래처를 찾는 데 어려움을 겪었고—대부분의 커피 수입업자들은 자기 소유의 선박을 이용해 유럽으로 상품을 실어 날랐다.—중간상인을 배제하고 커피 재배업자로부터 직접 상품을 구매해 저렴한 가격에 판매하겠다는 그의 야심은 아덴에서 랭보와 일하는 회사처럼 시장을 거의 독점하고 있는 거물들에게 밀려 수포로 돌아갔다.

"더위 때문이오." 러셀이 내 스승에게 말을 걸었다. "너무 더워서

도리 따위도 다 저버리게 만드는 거요. 세관원들이 얼마나 부패했는지 아라크* 한 병과 6펜스면 자기 어머니도 팔아넘길 정도라니까."

빈털터리가 된 러셀은 커피보다 수익성이 높은 상품을 다루기 시작했다. 바로 다이아몬드였다. 한 달에 두 번, 그는 다그마르 호를 몰고 아프리카 해안에 있는 소팔라에서 부패한 포르투갈 관리들로부터 밀수품을 받은 다음 그것을 다시 포트사이드에 있는 중개인에게 전달했다. 다이아몬드는 주로 커피 자루에 숨겼는데 세관원을 속이기 위한 것이라기보다는 모잠비크와 바브엘만데브 해협 사이에 있는 밀수 루트에서 어슬렁거리는 소말리아와 이집트 해적들의 습격에서 지키기 위한 것이었다. 아덴 만과 홍해가 만나는 '눈물의 관문'은 후에 아르튀르 랭보가 세상을 떠난 곳이기도 했다.

우리는 선장과 1등 항해사인 거구의 소말리아인 아왈리와 호텔 식당에서 만나 아침식사를 함께 했다. 아왈리는 내가 한눈에 마음에 든 모양이었다.

"네 이름은 무슨 뜻이냐?" 그가 완벽한 영어로 물었다.

"무슨 뜻이냐뇨?"

"내 이름은 아왈리다. 우리말로 '행운'이라는 뜻이지. 네 이름은 무슨 뜻이냐?"

"제 이름에 무슨 뜻이 있을 것 같지는 않은데요."

"모든 이름엔 의미가 있어. 네 부모님은 왜 네 이름을 윌리엄이라고 지었지?"

---

* 물을 섞으면 우유처럼 불투명해지는 술.

"부모님한테 물어본 적 없어요."

"하지만 이제 물어보겠지." 그의 눈이 즐거운 듯 흔들리더니 얼굴 가득 함박웃음을 지었다.

나는 시선을 돌렸다. 박사와 러셀 선장이 소코트라까지의 운임을 놓고 열띤 논쟁을 벌이고 있었는데, 전날 두 사람이 처음 만났을 때부터 지금까지 계속 이어지는 중이었다. 러셀은 전액을 선불로 받길 원했고 여느 때처럼 깐깐한 박사는 절반만 선불로 지불하고 나머지 절반은 우리가 무사히 돌아온 후에야 지급하겠다고 주장했다.

"네 부모님은 어떻게 된 거니?" 아왈리가 물었다. 내 반응이 무슨 의미인지 정확하게 읽은 것이다.

"불이 나서 돌아가셨어요." 내가 대답했다.

"내 부모님도 돌아가셨단다." 그가 내 손을 커다란 손으로 덮었다. "아직 어릴 때였지. 너와 똑같이 말이야. 너는 '왈랄로.' 나의 형제란다, 윌. 우린 형제야."

아왈리는 러셀을 힐끔 보았다. 선장의 불그스레했던 얼굴은 이제 짙은 자줏빛으로 불타오르고 있었다. 그가 싱긋 웃으면서 말했다.

"줄리어스 선장이 어쩌다 한쪽 눈을 잃었는지 아니? 칸다하르 전투에서 말에서 떨어졌단다. 그런데 바닥에 부딪쳤을 때 총알이 발사되고 말았지. 그는 전투에 참가하지 못했어. 그런데도 사람들에게는 전투 중에 부상을 입었다고 말한단다. 전쟁에 관한 수많은 일화들처럼, 사실은 사실인데 완전한 사실은 아니지!"

"나도 위험수당을 챙겨야 할 거 아니오, 워스롭." 러셀이 격하게 주장했다. "말했잖소. 1년 중 이맘 때 소코트라에 가겠다는 사람은 아무도 없어요. 10월까지는 아무리 큰 영국군 구축함도 섬에서 150킬로미터 이내로는 접근하지도 않을 거요. 몬순 기간에는 하디부도 폐쇄돼요. 그리고 하디부는 그 빌어먹을 섬에서 그나마 유일하게 수심이 안전한 항구란 말이오."

"그렇다면 남쪽에 있는 기슈브나 스테로로 가야겠군."

"거기서 상륙을 시도할 수는 있지. 하지만 섬 남쪽의 해류는 정말 고약하오. 특히 요맘때엔 말이오. 다시 말하는데, 박사, 난 당신이 배에서 내려서 해안에 무사히 닿을 수 있을지도 장담할 수가 없소이다."

아왈리가 내게 몸을 기울이더니 낮은 목소리로 물었다.

"왜 소코트라에 가려는 거니, 왈랄로? 그곳은 수마토*야, 사악하고…… 저주받은 곳이지……."

"박사님이 거기 중요한 볼일이 있어요." 나도 같이 속닥였다.

"저 사람 닥타르, 의사야? 거기 이상한 식물들이 많다고는 하더라. 약을 만드는 데 필요한 약초를 모으러 가는 거니?"

"닥타르 맞아요." 내가 말했다.

우리는 8시 15분에 다그마르 호에 승선했다. 나는 생전 처음으로 어서 빨리 바다로 나가고 싶어 안달했다. 부둣가는 영국 병사와 헌병 들로 가득했고 나는 누군가가 갑자기 나를 붙들고 세상의 입구에서 새 떼가 쪼아 먹고 있을 시체 두 구에 대해 심문하지는 않을까

* 소말리아어로 '나쁘다'라는 뜻.

무서웠다. 지금쯤은 그들의 시체가 발견되었을 것이다.

러셀은 초조해하는 내 스승에게 좋은 시간을 보내게 될 것이라 장담했다. 소코트라 섬까지는 닷새 반밖에 걸리지 않을 터였다. 다그마르는 얼마 전 새로운 보일러를 달았고(다이아몬드 밀수를 하고 있다면 매우 훌륭한 투자였다.) 화물칸도 비어 있으니 평소보다 두 배는 더 속도를 낼 수 있었다.

"마지막으로 확실히 해 두고 싶은 게 있소." 워스롭이 누가 엿듣지는 않는지 주위를 두리번거리며 말했다. "우리가 브린디시로 돌아올 때 주의해야 할 특별 사항에 대해서는 이해했지요?"

러셀이 고개를 주억거렸다. "내가 브린디시까지 당신들을 데려다줄 거요, 박사. 그리고 내키지는 않지만 당신이 가져올 특별 화물도 거기까지 같이 운송할 거고. 부디 우리가 서로를 신뢰할 수 있기만을 바랄 뿐이오, 신사 대 신사로 말이오."

"당신이 하는 일처럼 내가 몸담은 일에도 신사보다는 악당이 더 많다오, 선장. 하지만 곧 내가 가져올 특별 화물이 뭔지 알게 될 거고, 이 일에 대한 충분한 보상도 받게 될 거요. 약속하지요."

괴물학자와 내가 이물을 향해 걸어가는 동안 다그마르는 증기를 뿜어내며 항구에서 해상으로 천천히 나아가기 시작했다. 왼쪽으로 우뚝 솟은 붉은 녹물색의 아덴 산과 저탄장의 검은 먼지 구름, 프린스 오브 웨일스 크레상트의 우아한 만곡과 피곤에 지친 듯한 그랑 오텔 드뤼니베르의 정면이 보였다. 그리고 베란다에 앉아 초록색 액체가 담긴 술잔을 무심하게 어루만지고 있는 흰색 양복의 남자도 보였다. 방금 그가 건배를 하듯이 잔을 들어 올린 건가?

"그래서, 윌 헨리." 박사가 운을 뗐다. "위대한 아르튀르 랭보한테서는 뭘 배웠느냐?" 박사도 그를 본 게 틀림없었다.

모든 것의 중심에는 아무것도 없어. 뼈다귀로 가득한 구덩이뿐이지.

"제가 뭘 배웠냐고요?" 미풍이 기분 좋게 내 얼굴을 어루만졌다. 바다 냄새가 났다. "더 이상 시를 쓰지 않는 시인이라도 시인이 아닌 건 아니라는 걸 배웠어요."

워스롭은 무척 복잡한 이유로, 내 대답이 꽤 재치 있다고 느꼈는지 내 등을 내려치며 껄껄 웃었다.

등 뒤로 육지가 점점 멀어지더니 이윽고 수평선이 육지를 삼켰다. 그다음에는 한 무리의 배들이, 정기선과 화물선, 더운 열기를 피해 나온 식민지 이주민들로 채워진 가벼운 여객선, 커다란 삼각돛이 성난 듯이 바람에 휘날리는 아랍인들의 낚싯배가 나타나더니 역시 얼마 후 수평선이 봉곳이 올라 그것들을 모두 삼켜 버렸다. 한참 동안 우리 뒤를 따라오던 갈매기와 제비갈매기 떼는 마침내 추격을 포기하고는 플린트 섬의 사냥터로 귀환했다. 이제 남은 것은 다그마르와 구름 한 점 없는 하늘 아래 잔잔한 대양, 거품 이는 항적 위로 그림자를 드리우는 태양, 그리고 텅 빈 수평선뿐이었다. 배의 엔진이 쿨럭거리는 소리, 아래층에서 들려오는 석탄 인부들의 노랫소리, 갑판 위로 울려 퍼지는 게으른 선원들의 웃음소리. 그들 모두는 소말리아인이었고 아왈리를 제외하고 누구도 영어는 한마디도 하지 못했다. 그들은 우리 계획에 대해 아무것도 몰랐으며 개의치도 않는 것 같았다. 그저 해적과 귀찮은 세관 관리들로부터 벗어날 수 있다는 게 기쁜지 놀러 나온 어린 학생들처럼 웃고 떠들고 농을 주고받았다.

선실은 두 개뿐이었다. 하나는 선장이 사용하고 다른 하나는 아왈리의 것이었지만 그는 흔쾌히 박사에게 방을 내주었다. 하지만 그조차 한 사람이 겨우 빠듯하게 쓸 만한 공간이었다.

"너는 나랑 같이 선원들과 같이 자면 돼." 아왈리가 말했다. "아주 재미있을 거다! 밤마다 우리가 겪은 모험 이야기를 나누자꾸나. 네가 세상을 돌아다니면서 뭘 보고 들었는지 궁금하구나."

박사가 나를 따로 불러 단단히 일렀다. "네가 보고 들은 것들에 대해 얘기할 때 신중하게 굴 것을 믿어 의심치 않는다, 윌 헨리. 때로는 말하지 않는 게 더 나은 것들도 있단다."

보일러실 옆에 있는 선원들의 숙소는 좁고 시끄럽고 더워서 여름철에는 거의 비어 있었다. 불침번을 빼면 다들 갑판에 일렬로 나란히 설치한 해먹에서 잠을 잤다. 처음에는 이틀 밤 동안 잠을 제대로 이루지 못했다. 끊임없이 좌우전후로 흔들리는 해먹과 지붕도 없이 머리 위에 적나라하게 떠 있는, 가만히 멈춰 있기를 거부하는 밤하늘 때문이었다. 눈을 감으면 상태가 더 나빠질 뿐이었다. 하지만 사흘째가 되자 나는 이 잠자리가 꽤나 편안하다는 사실을 깨달았다. 몸은 공중에서 부드럽게 흔들렸고, 온화한 바닷바람이 뺨을 어루만지고, 새까만 하늘에서는 별들이 춤추며 감미로운 노래를 불렀다. 그리고 옆에 누운 아왈리는 니두스 엑스 마그니피쿰만큼이나 복잡하게 얽힌 허무맹랑한 이야기를 들려주었다.

사흘째 되는 밤 그가 말했다. "줄리어스 선장이 왜 나를 항해사로 고용했는지 아니? 왜냐하면 내가 옛날에 해적이었거든. 그래서 놈들이 어떤 식으로 행동하는지 알지. 정말이야, 왈랄로. 난 6년이나 해적질을 했단다. 희망봉에서부터 마다가스카르에 이르기까지 나는 7대양을 장악한 재앙이었지! 다이아몬드, 황금, 비단, 우편물, 때로는 사람들까지……. 그래, 나는 사람들도 납치했단다. 부모님이 돌아가신 뒤에 해적선에 탔지. 그러곤 선장한테서 배울 수 있는 걸 모조리 배웠어. 그러다 어느 날 선실에 몰래 들어가서는 그의 목을 그어 버렸지. 그를 죽이곤 선원들을 한데 모아 놓고 말했다. '선장은 죽었다. 이제 새 선장을 환영해라!' 내가 선장이 되었을 때 가장 먼저 한 일이 뭔 줄 아느냐? 선장실에 커다란 자물쇠를 달았단다!" 그가 킬킬거렸다. "그때가 고작 열일곱 살이었어. 그러곤 2년도 안 돼 나는 인도양에서 가장 악명 높은 해적 선장이 되었지. 폭군 아왈리, 사람들은 나를 그렇게 불렀어. 악마 아왈리.

나는 진짜 악마였어. 해적질을 당한 놈들보다도 내 부하들이 더 나한테 벌벌 떨었지. 명령을 듣지 않으면 가차 없이 쏴 버렸거든. 그때 나는 모든 걸 가졌단다, 왈랄로. 돈, 권력, 존경심. 하지만 이젠 다 사라지고 말았지."

"왜요? 무슨 일이 있었는데요?" 내가 물었다.

그가 한숨을 내쉬었다. 과거에 대한 기억이 그를 침울하게 만들었다. "내 2등 항해사가 한 소년을 데려왔다. 자기가 보증을 설 테니 일자리를 달라고 말이야. 그리고 난 바보처럼 그러마고 했고. 그 아이는 내가 해적질을 시작했을 즈음의 나이였던 데다 나처럼 고아라 딱해 보였거든. 머리도 좋고 힘도 좋고 겁도 없었지. 해적이 되고 싶어 하는 딱 그 나이 또래의 아이였어. 우린 금세 가까운 사이가 되었단다. 소년은 내게 충성했고 나도 그 아이에게 정성을 다했지. 이 일이 지겨워지면 해적 생활을 청산하고 그 아이에게 내 자리를 넘겨 줘야겠다고도 생각했어."

그러던 어느 날, 한 선원이 아왈리에게 가슴 아픈 소식을 가져왔다. 소년과, 소년을 배에 데려온 1등 항해사가 나누는 이야기를 엿들었는데 어느 날 밤 그 둘이 선장이 너무 독선적이고 불공평하며 특히 선원들의 노동으로 손에 넣은 재물을 공정하게 나눠 갖지 않는다며 불평을 늘어놓았다는 것이다.

"그는 너를 신뢰하잖니." 1등 항해사가 소년에게 말했다. "네 칼에 자기 목이 날아갈 때까지도 널 의심하지 않을걸!"

아왈리는 주저하지 않았다. 그는 고자질을 듣고 두 음모자를 곧장 잡아들였다. 두 사람은 암살 계획을 부인했고 그들을 고발한 자가 선장의 환심을 사서 자기 몫을 늘리기 위해 자신들을 모함한 것이라고 주장했다. 아왈리의 판결은 무자비하고 신속했다. 그는 세 명을 모두 죽였다. 고발한 이와 고발을 당한 이들. 그가 사랑하는 소년까지도. 그것이 자신에게 얼마나 힘든 일인지 시인하면서도 말이다. 그는 손수 세 사람의 목을 자른 다음 그 배와 선원들의 주인이자 지배자가 누구인지 알리기 위해 그들의 머리를 뒷돛대에 달아 놓았다.

"이해가 안 가요." 내가 말했다. "첫 번째 사람이 사실을 말한 거라면 왜 그 사람도 죽인 거예요? 반란이 일어날 거라고 알려 준 거잖아요."

"나는 그의 말이 진실인지 아닌지 알지 못했다, 왈랄로. 누구의 말을 믿어야 할지 몰랐지."

"그럼 세 명 중에 적어도 한 사람은 사실을 말했겠네요."

"나는 선택의 여지가 없었어." 그가 갈라진 목소리로 흐느끼며 말했다. "잘못된 사람을 살려 줬다간 내가 죽었을 테니까! 결백한 이의 피를 흘리느냐 아니면 죄책감 때문에 내 피를 흘리느냐의 문제였지. 너는 몰라, 왈랄로. 넌 아직 어린애잖니. 넌 얼굴 없는 존재의 얼굴을 아직 본 적이 없으니까."

"얼굴 없는 존재요?"

"내가 붙인 이름이지. 그의 심장에 칼을 박아 넣었을 때 난 눈물을 흘렸다. 내가 사랑하는 소년을 위해 슬퍼했지. 그의 핏물이, 델 것처럼 뜨거운 피가 내 손가락 사이로 흘렀다. 그리고 나는 눈물을 흘리면서도, 희열을 참지 못하고 껄껄 웃었어. 내가 웃었던 건 뭔가로부터 자유로워졌기 때문이고 내가 울었던 건 뭔가에 구속되었기 때문이었다. 나는 구원받았다. 그리고 동시에 저주받았지. 넌 네가 얼마나 행운아인지 몰라, 왈랄로. 너는 그 얼굴 없는 것을 마주한 적이 없잖니. 너는 몰라."

해방되는 동시에 구속되었다. 아왈리는 그 무리한 선택을 한 후 머지않아 해적 생활을 청산했다. 그는 다르에스살람*에서 자신의 배를 버렸다. 그 도시의 이름은 아랍어로 "평화의 항구"라는 뜻이다. 연고 하나 없는 외국 땅에서, 그는 빈털터리가 되어 아프리카 내륙

* 탄자니아의 옛 수도. 인도양의 항만 도시.

을 깊숙이 방황하다 부간다*에 이르렀고 그곳에서 영국 성공회 선교사들을 만났다. 그들은 그에게 영어를 읽고 쓰는 법을 가르치고 날마다 그의 가엾은 영혼을 위해 기도해 주었다. 아왈리는 그들과 함께 기도했다. 왜냐하면 그들의 신과 특별한 유대감을 느꼈기 때문이다.

"그들의 신에게는 결백한 이가 피를 흘리는 게 전혀 생소한 일이 아니었지. 전혀 아니었어!" 아왈리가 말했다. "신의 아들이 스스로 피를 흘리고 죽었다면 나도 그를 경배할 수 있을 것 같았어. 내 생각에 이 신은 '어쩌면'과 '반드시' 사이에 있는 공간을 이해하고 있는 것 같았거든. 그는 얼굴 없는 존재의 얼굴을 본 자였지!"

나는 한동안 아무 말도 하지 않았다. 머리 위에서 별들이 좌우전후로 흘러가다 다시 제자리를 찾아갔다. 파도가 뱃머리에 부딪치며 찰싹거렸나. 가슴속에서 심장이 두근거렸다.

"나도 봤어요." 마침내 내가 입을 열었다. "나도 그 공간을 알아요." 그것은 해링턴 레인에서 워스롭과 켄달 사이에 존재하던 것, 몬스트러마리움에서 토랜스와 아크라이트 사이에 존재하던 것, 세상의 중심에 있는 침묵의 장소에서 루릭과 나 사이에 존재하던 것이었다.

"어디서, 왈랄로?" 그가 놀란 듯이 물었다. "넌 그걸 어디서 봤는데?"

"여기서요." 나는 이렇게 말하며 손바닥으로 내 가슴을 꽉 눌렀다.

* 아프리카 동부 우간다의 남부 지역.

35장

“자비로우신 주님의 진노.”

나흘째 되는 날, 수평선이 검은색으로 변하더니 바닷물이 상승했다. 강풍이 몰고 온 파랑(波浪)이 거인의 손처럼 다그마르의 가슴을 거세게 짓눌렀다. 러셀 선장은 폭풍우의 가장 우악스러운 지점을 둘러 가기 위해 뱃머리를 남쪽으로 향했지만, 괴물학자는 그 결정을 탐탁해하지 않았다. 그는 이를 갈고 아랫입술을 짓씹으며 앞갑판을 하릴없이 서성거렸다. 바람이 그의 몸을 거의 절반으로 접고 머리카락을 광인처럼 헤집었다. 나는 그가 언제고 이물을 넘어온 파도에 휩쓸려 바다로 떨어질지도 모른다는 걱정에 비바람에 맞서 싸우면서까지 제발 선실 안으로 들어오라고 애원했다.

“폰 헬룽이 뭐라고 할지 알고 있니?” 그는 호되게 휘몰아치는 바람과 미쳐 날뛰는 파도 소리에 저항해 힘껏 외쳤다. “자비로우신 주님의 진노라고 할 거다! 하지만 나는 그가 가진 모든 전조와 경이를 어디 마음껏 펼쳐 보라고 할 거다! 어디 나한테 천상의 힘을 쏟아부어 보라지! 그러면 나도 내 존재를 다해 대항할 테니!"

갑판이 격렬하게 흔들리더니 갑자기 위로 솟구쳤다 떨어지며 나를 바닥에 내동댕이쳤다. 괴물학자의 손이 불쑥 튀어나와 내 팔을 붙잡고는 갑판 가장자리에서 황급히 나를 끌어당겼다.

"넌 여기 나와 있으면 안 돼!" 그가 호통쳤다.

"박사님도 그렇죠!" 나도 똑같이 응수했다.

"나는 절대로 퇴각하지 않을 거다! 절대로!"

박사는 나를 고물 쪽으로 밀쳐 내고는 등을 돌리고 팔다리를 넓게 펼치며 신의 진노를 정면으로 맞이하겠다는 듯 우뚝 섰다. 번쩍하고 무시무시한 번개가 떨어지고 뒤이어 천둥이 널빤지를 뒤흔들자 워스롭이 웃음을 터뜨렸다. 괴물학자는 웃었다. 그의 웃음소리가 바람과 폭우와 천둥을 집어삼키고, 그 무적의 발꿈치 아래 혼잡한 소용돌이를 짓뭉갰다. 이런데도 그가 내게 행사하는 힘에 의심을 품는가? 그는 대부분의 평범한 이들과 달리 자기 자신의 악마로부터 도망가지 않고 오히려 그것을 포용하여 제 안에 가두는 자였다. 자신의 악마를 부인하지도 않고 달래지도 않고 타협하지도 않는 자였다. 그는 그것이 사는 곳, 우리 대다수가 몰래 숨겨 놓는 비밀의 장소에서 그것을 마주했다. 워스롭이 뼛속까지 워스롭일 수 있었던 것은 그라는 존재가 그의 악마에 의해 규정되었기 때문이다. 그것이 그에게 생명의 숨결을 불어넣었고 그것이 없다면 그는 침몰할 것이다. 우리 대부분이 그렇듯이, 실현되지 못한 삶이라는 연옥 속으로.

그를 미쳤다고 할 수도 있다. 그가 어리석고 이기적이며 오만하고 인간적인 감정 따위는 눈곱만큼도 없다고 비난할 수도 있다. 제 허황된 야망과 자만심에 눈이 멀었다고 비하할 수도 있다. 그러나 펠리노어 워스롭이 마침내, 완전히, 치열하게 살아 있다는 것만큼은 그 누구도 부인할 수 없으리라.

나는 결국 선교로 후퇴했다. 적어도 거기서는 물보라가 치고 시냇물처럼 줄줄 물줄기가 흘러내리는 유리창 너머로 그를 계속 볼 수 있었기 때문이다. 그는 머리에 흰 모자를 쓴 잿빛 파도와 바다 위로 어른거리는 유령 같은 그림자에 불과했다. 그사이에 선교에서는 아왈리가 조타키를 잡았다. 커다란 바퀴처럼 생긴 키와 주도권을 다투는 그의 우람한 근육이 꿈틀거렸다.

"저 사람 저기서 뭘 하는 거지?" 그가 외쳤다. "혹시 바다로 뛰어들려는 거냐?"

"걱정돼서 저러는 거예요." 내가 대답했다.

"뭐가?"

나는 대답하지 않았다. 얼굴 없는 존재를 만나는 게요. 나는 그렇게 대답할 수도 있었다. 그렇지만 아무 말도 하지 않았다.

폭풍우는 밤이 될 때까지 우리를 쫓아왔고, 다그마르 호는 애초에 의도한 진로에서 수 킬로미터나 벗어나야 했다. 우리는 북쪽에서 내려오는 몬순을 타고 섬의 남쪽으로 향하고 있었다. 바다가 잠잠해지자 러셀은 소코트라 서쪽으로 항로를 잡았다. 그는 그것이 그나마 고려할 수 있는 유일한 경로라고 했다.

"남쪽으로 접근할 수는 없소. 특히 바람이 이런 상태에서는."

"그러면 적어도 하루는 더 걸릴 텐데." 괴물학자가 말했다. 부아를 억누르지 못해 그의 턱 근육이 꿈틀거렸다.

"그보다도 더 걸릴 거요." 러셀이 냉정하게 선언했다.

"얼마나 더 걸릴 것 같소?"

"이틀, 아니면 이틀하고도 반."

워스롭이 손으로 테이블을 쾅 하고 내리쳤다. "용납할 수 없소!"

"아니요, 워스롭 박사. 이런 건 '불가피하다'고 하는 거요. 내가 아덴에서 그랬잖소. 이맘때에는 아무도 소코트라에……."

"그럼 왜 애초에 가겠다고 한 거요?" 박사가 으르렁거렸다.

러셀은 그의 영국적 기질을 최대한 긁어모아, 최대한 침착하고 차분한 말투로 설명했다. "당신이 해안가에 닿을 수 있을 만큼 섬에 가까이 다가가려면 서쪽으로 접근하는 게 유일한 방법이오. 이 바람을 거슬러 북쪽으로 간다면 시간도 더 오래 걸릴 뿐만 아니라 위험부담도 배로 늘 거요."

워스롭이 다소 마음을 진정시킨 듯 길게 한숨을 내쉬었다. "당연히 당신 의견에 따르겠소, 선장. 그러나 내가 얼마나 시간이 촉박한 상황에 있는지 이해해 주기 바라오."

"흠, 난 이해 못 하겠는데. 당신은 섬에 가는 목적이 뭔지 지금까지 신기할 정도로 제대로 알려 주지 않았거든. 당신 목숨과 몸뚱이를 걸고라도—거기에 내 목숨과 몸뚱이까지—저 외딴 바윗덩어리에 가는 게 왜 그렇게 빌어먹도록 중요한지 나한테 털어놓는 게 도움이 될 거라는 생각을 할 때도 되지 않았소?"

박사는 한동안 아무 말도 하지 않았다. 그는 머릿속으로 뭔가를 저울질하듯 바닥을 물끄러미 내려다보았다. 그러더니 한참 뒤에 고개를 들고 말했다. "난 식물학자가 아니오."

"나도 세상을 돌면서 온갖 어두운 것과 해괴망측한 것들을 봤지." 박사의 고백이 끝난 후 선장이 말했다. "그렇지만 방금 당신이 이야기한 것만큼 희한한 건 없었소. 나도 흐물거리는 그 이상한…… 아까 뭐라고 했지? 광기와 죽음을 불러오는 물질에 대해 들어 본 적이 있어요. 그렇지만 그게 진짜로 존재한다고는 한 번도 생각해 본 적이 없었소. 그리고 성경에 나오는 재앙 같은 붉은 비에 대해서도 들어 봤지만 뱃사람들 사이에 내려오는 전설이나 허풍 같은 거라고만 생각했지. 당신이 정말로 미친 사람인지도 모르겠군. 하지만 그건 내가 상관할 바가 아니지. 당신이 발작을 일으켜서 내 배와 선원들의 안전을 위협하지만 않는다면 말이오."

"그건 장담하리다, 러셀 선장. 나는 미친 것도 아니고 순진한 것도 아니오. 내가 한 이야기는 모두 사실이며, 이 여행을 무사히 마치고 돌아오면 그 증거를 보여 주겠소. 일단 우리가 섬에 도착할 수만 있다면 말이오!"

"내가 데려다주지요, 워스롭. 그렇지만 먼저 어떻게 그 러시아인들을 따돌리고 괴물을 잡겠다는 건지부터 들어야겠소. 양쪽 다 당신을 죽이려고 하는 것 같은데 당신한테는 옆에 붙어 다니는 꼬마 녀석 하나와 주머니 속 권총 한 자루밖에 없잖소."

러셀과 나는 워스롭의 대답을 기다렸다. 그는 아덴에서 내게 한 말을 되풀이할 것 같지 않았고—우리를 구할 것은 바로 여기에 있어.—실제로도 그러지 않았다.

"배에 관한 문제는 전부 당신한테 맡기겠소, 러셀 선장." 워스롭이 말했다. "괴물학에 관한 문제는 나한테 맡기시오."

"그 이야기 들었니, 윌랄로?" 그날 밤 선창 위 해먹에 누워 있는데 아왈리가 말을 걸었다. 엔진 소리가 시끄러워 그는 목소리를 다소 높여야 했다. "나도 너랑 같이 갈 거다."

나는 깜짝 놀랐다. "그게 무슨 뜻이에요?"

"줄리어스 선장이 한번 생각해 보라고 하더구나. '저 빌어먹을 양키 놈은 내가 아는 중에 제일 멍텅구리야. 3월 모자 장수처럼 미친 걸지도 모르지만 그렇다고 섬에 내려 주고 그냥 잊어버릴 수도 없고, 원.' 그러곤 내 급여를 두 배로 올려 주겠다고 했어. 그래서 나도 좋다고 했지. 돈 때문에 그런 게 아니야. 너 때문에 가겠다고 한 거란다, 윌랄로. 너하고, 내가 몇 년 전에 목숨을 빼앗은 아이 때문에 그런 거야. 난 주님께서 내 영혼을 구원하기 위해 널 나한테 보내셨다고 생각해."

"무슨 뜻인지 모르겠어요, 아왈리."

"너는 나의 구원이야. 나를 죄의 감옥에서 풀어 줄 열쇠지. 너를 구하면 나도 심판의 날에 구원받을 수 있을 거야."

아왈리가 어둠 속에서 내 팔을 쓰다듬었다. "너는 주님이 내게 주신 선물이야, 윌랄로."

심연에는 영혼들이 산다. 오늘 밤, 기나긴 밤의 행렬이 지난 마지막 밤, 광활한 바다 위로 그들의 목소리가 들린다. 흰 포말과 바람, 그리고 찰싹찰싹 이물에 부딪히는 파도 소리 속에서 그들의 목소리가 들린다. 산 자와 죽은 자의 목소리, 죽음을 부르는 사이렌의 유혹처럼 하늘과 바다가 맞닿는 곳을 마주할 때마다 그들의 불길한 비가(悲歌)가 들린다. 그리고 그때, 둥그렇게 뜬 당신의 눈앞에서 수평선이 갈라지고 뾰족뾰족한 돌기들이 솟아나 별들을 덮는 것이다.

목소리가 말한다.

눌리테! 눌리테! 그게 전부야!

산스크리트어로는 드비파 수크하다라, 즉 '축복의 섬'이라고 한다.

기나긴 밤의 행군이 끝나는 마지막 밤이었다. 우리 집 문 앞에 켄달 씨가 나타난 밤. 괴물학자가 나와 자신의 손목을 동여매고 울부짖던 밤. 네가 죽는 건 용납할 수 없다! 나를 버리고 떠난 밤. 내가 그를 구하기 위해 피와 불의 강을 내달린 밤. 제이콥 토랜스가 토머스 아크라이트에게 두 개의 문을 보여 준 밤. 내 스승이 절망하고 좌절한 밤—너는 하 마쉬히트, 죽음의 천사를 섬기고 있는 것이다.—그리고 내가 세상의 중심에서 절망하고 좌절한 밤.

검은 밤이 흘러내리는 하늘을 찢어발기며, 칠흑같이 까만 섬이 우리 눈앞에 서서히 솟아난다. 절규하는 강풍이 당신의 몸뚱이를 위로 밀치고, 끝없는 풍경 속 찢어진 구멍이 당신을 끌어당기고, 드넓은 바다가 바닥없는 심연으로 빨려 들어가듯 당신도 함께 끌려 들어간다. 배는 남쪽과 동쪽으로 몸을 돌리고, 당신의 왼쪽에서 거대한 어둠 덩어리가 미끄러진다. 흡사 당신은 그 자리에 가만히 있고 섬이 움직이는 것처럼, 검은 너벅선이 묵묵히 바다를 가로지른다.

그것은 티포엔스, 마그니피쿰, 심연의 군주, 괴물 중에 괴물, 공간과 공간 사이에 도사린 존재, 우리의 시야가 미치는 범위에서 1만분의 1센티미터 밖에 살고 있는 것. 당신이 지금 당장 몸을 돌려 도망치고 싶대도 이해할 수 있다. 그것을 원한다면, 말리지 않겠다. 그 또한 당신에게 부여된 축복이므로.

괴물학자와 나는 그런 호사를 누리지 못한다. 당신은 빛 속에서 살지만 우리는 어둠 속에서 일한다.

36장

"굉장한 일이 아니냐?"

워스롭의 고집 때문에 다그마르 호는 소코트라 남쪽 해안에서 800미터 정도 떨어진 곳에 닻을 내렸다. 러셀이 그나마 섬에 최대한 가까이 접근할 수 있는 거리였다. 그는 1년 중 이맘때에는 섬 주변의 조류가 너무 거세고 위험하다고 설명했다. 해류가 소코트라 주위를 카리브디스처럼 무시무시하게 휘감고 있어 몬순 기간이면 해안가에 너무 가까이 접근한 배들의 잔해들이 산처럼 쌓여 썩어 간다고 한다. 6월에는 아프리카에서 불어오는 성층권 바람이 해발 1500미터 높이의 하기어 산 밑으로 내려와 북쪽 해안을 따라 극성을 부린다고도 했다. 바람은 석 달 동안 쉼 없이 맹위를 떨치는데 풍속이 시속 100킬로미터에 가깝고 돌풍은 거의 150킬로미터에 이른다. 소코트라의 6월은 또한 비바람의 달로, 머리 위에서 양동이로 퍼붓는 듯한 폭우가 내륙과 남부 지방에 쏟아지는데, 하필이면 그곳이 우리가 상륙하려는 지역이었다.

박사와 나는 러셀을 따라 선수루(船首樓)로 향했다. 선장은 소형 망원경으로 북쪽을 주시하며 현재 우리의 위치에서 북쪽으로 약 1.5킬로미터 정도 떨어진 곳에 있는—혹은 있어야 하는—작은 어촌 마을인 기슈브를 찾고 있었다. 그러나 그는 당혹스러웠다. 우리가 정확히 올바른 장소에 와 있음에도 기슈브의 존재를 나타내는 불빛이 눈에 보이지 않았던 것이다.

"완전히 깜깜하군." 그가 중얼거렸다. "이거 이상한데. 주민들이 마을을 버린 것 같소." 그가 망원경을 건네주자 워스롭은 재빨리 받아 들고 주위를 두리번거렸지만 한참 후에는 그마저 침침한 바위 그림자 말고는 아무것도 보이지 않음을 시인할 수밖에 없었다.

"12시 방향을 보시오." 러셀이 말했다. "해변에 낚싯배가 떠 있는 게 보일 거요. 그런 다음 그 뒤쪽을 보면…… 토착민들의 돌집이 보이오? 이 섬은 나무가 귀하거든. 집이란 것도 잘 만들지도 않고. 상당수가 무미와 호크 마을에 있는 동굴에 살지."

"안 보이는…… 아, 찾았소. 이제야 보이는군. 당신 말이 맞아요, 선장. 창이 모두 어둡군. 촛불 하나, 등불 하나도 없소."

"동쪽으로 15킬로미터쯤 더 가면 스테로라고 마을이 하나 더 있긴 하오. 다그마르 호를 거기 정박할 수도 있어요."

"아니." 워스롭이 단호하게 말했다. "저길 조사해 봐야겠소, 선장. 우린 여기 상륙할 거요."

"아침에 조류가 빠지고 나면 섬까지 가기가 좀 수월해질 텐데." 우리가 선수루에서 내려가는데 러셀이 말했다.

"나는 지금 가고 싶소." 괴물학자가 말했다. "지금, 당장."

배와 구명보트를 연결하고 있던 매듭이 풀렸다. 매듭이 지어져 있던 밧줄이 밖으로 던져졌다. 우리는 조그만 보트 가장자리를 부여잡고 비좁게 붙어 앉았다. 보트가 급작스럽게 흔들리다가, 밑으로 떨어지다가, 다시 이가 덜걱거릴 정도로 갑자기 수면에 부딪치며 물보라를 일으켰다. 다그마르 호의 난간 위로 러셀 선장의 얼굴이 나타났다. 손에 들고 있는 등불 때문인지 한쪽 눈만 형형하게 빛나고 있었다.

"3주 후에 봅시다, 워스롭! 그리고 우리 1등 항해사를 몸성히 돌려주시오!"

"걱정 마세요, 줄리어스 선장님." 아왈리가 대답했다. "내가 잘 보호해 줄 테니까요!" 그는 노 끝으로 다그마르 호의 선체를 밀었다. 어깨와 팔 근육을 불룩하게 부풀려 빛 한 점 보이지 않는 소코트라의 어렴풋한 그림자 속으로 배를 젓기 시작했다. 다그마르 호의 불빛이 어두운 밤 속으로 서서히 사라져 갔다.

워스롭은 온몸의 근육을 팽팽하게 긴장시킨 채 몸을 앞으로 내밀고 두 눈을 매섭게 번득이고 있었다. 그가 지나온 길에는 망자들의 시신이 즐비했다. 피와 축복의 섬에서 처음으로 니두스를 가져온 젊은 선원, 니두스를 우리에게 가져온 와이먼드 켄달, 그것을 맛본 토머스 아크라이트, 그것을 그에게 먹인 제이콥 토랜스, 수천 개의 얼굴을 가진 얼굴 없는 존재를 찾아 떠났지만 결국 실패하고 만 피에르 르브로크를 비롯한 수많은 탐험가들. 그의 앞에는 어둡고 험난한 미지의 길이 놓여 있었다. 내가 바로 그 사람이라고요! 그는 가슴 깊숙한 곳에서부터 우러나오는 진심을 담아 포효했다. 내게 "내 눈을 보지 마라."라고 외쳤을 때, 내가 곧 바실리스크다!'라고 말했을 때처럼 바닥없는 우물에서 뛰쳐나온 절실한 고백. 무슨 차이가 있을 것인가. 괴물학자의 욕망은 곧 펠리노어 워스롭의 절망이었다.

내 옆에서는 아왈리가 동쪽에서 서쪽으로 쏜살같이 지나며 우리를 옆으로 데려가려는 강력한 해류에 맞서 고전하고 있었다. 그는 어떻게든 앞으로 나아가려고 안간힘을 썼지만 보트는 거의 제자리걸음에 그치고 있었다. 워스롭이 낙담한 나머지 손바닥으로 난간을 찰싹 때리며 신경질을 내자 아왈리가 툴툴거렸다. "미안합니다, 닥타르. 조류가 너무 세요."

"그럼 노를 더 세게 저으시오!" 워스롭이 사납게 핀잔을 줬다.

아왈리가 이를 악물더니 완고한 바다에 필사적으로 대항하기 시작했다. 우리를 쫓아내려는 거야. 나는 생각했다. 이 섬은 우리가 오는 것을 원치 않아. 나는 바다라는 괴수가 우리를 망망대해로 끌고 가 한 입에 꿀떡 집어삼키는 모습을 상상했다. 소코트라는 우리를 조롱하고 있었다. 유혹하듯이 잡아당겼다가 다시 밀쳐 내기를 반복하면서. 워스롭은 숨을 몰아쉬며 욕지거리를 뇌까렸고 아왈리는 기도문을 읊었다.

"저어, 빌어먹을, 저으라고!" 괴물학자가 버럭 고함을 질렀다. 그는 아왈리를 옆으로 밀치더니 손수 노를 붙잡고 검고 거센 물살을 미친 듯이 휘저으며 조류를 거슬러 가기 시작했다. 아왈리는 워스롭이 노를 뺀을 때마다 내게 걱정스러운 눈길을 보냈다. 아직 섬에 발을 던지도 못했는데 박사는 벌써부터 이성을 잃은 것 같았다.

"아왈리가 훨씬 힘이 세요, 워스롭 박사님." 나는 부드럽게 말을 걸었다. "그러니까 그한테 맡……."

"그리고 너는 입을 다무는 게 좋겠고." 워스롭이 으르렁거렸다. "그 고생을 하고 여기까지 왔는데……. 내가 희생시킨 게 얼만데……. 더 이상 희생을 늘릴 순 없어……. 더 이상 참지 않겠어……."

해안가가 10여 미터쯤 남았을 때 아왈리가 물속으로 뛰어내리더니 우람한 팔뚝에 밧줄을 둘러 감고는 남은 거리 동안 보트를 끌었다. 그리고 마침내, 구명보트의 선체가 바닥에 닿는 게 느껴졌다.

잠시도 지체할 틈이 없었다. 기뻐할 시간도 없었다. 아왈리가 밀려오는 너울을 피해 보트를 끌어 올렸고 우리는 서둘러 짐을 내렸다. 커다란 배낭에는 무기와 식량(러셀 선장은 친절하게도 아왈리에게 장총을 빌려 주었다.), 어둠 속에서 길을 밝힐 등불과 가죽으로 만든 박사의 도구 주머니가 들어 있었고 뒤의 두 가지는 내가 책임져야 할 몫이었다. 우리는 보트에서 내리자마자 기슈브를 향해 걷기 시작했다. 딕삼 고원을 이루는 깎아지른 듯한 절벽 기슭에 자리 잡고 있는 작은 석조 건물들 몇 개로 이뤄진 마을이었다.

"윌 헨리, 좀 더 앞에서 걸어라. 등은 낮게 들고." 박사가 지시를 내렸다. "아왈리, 발밑을 조심하시오. 해파리처럼 보이는 게 있다면 절대로 해파리가 아닐 테니까. 마을에 도착하거든 장갑을 끼지 않고서는 아무것도, 다시 말하지만 절대로 아무것도 만져선 안 돼."

"장갑요, 닥타르?"

“기슈브는 버려진 게 아니라면 장악된 걸 테니까. 다른 가능성은 없어.”

아왈리가 나한테 속닥거렸다.

“장갑이라고, 왈랄로?”

“푸드레 세르를 막으려고요.” 내가 대답했다.

“푸드레 세르?”

“별의 부패물 말이에요.” 내가 대답했다.

“죽음이지.” 괴물학자가 설명했다.

길은 가팔랐고 바닥은 딱딱했다. 첫 번째 건물을 100미터가량 남겨 두고 나는 냄새를 맡았다. 아왈리도 마찬가지였다. 그는 코와 입을 막으며 구역질을 했다. 기슈브는 버려진 게 아니었다. 그것은 장악당했다.

“수마토!” 아왈리의 커다란 손 뒤에서 목소리가 들려왔다. 그는 다른 한 손으로 재빨리 십자가를 그었다.

워스롭이 돌연 앞으로 뛰쳐나갔다. 그는 마을의 서쪽 끝에 있는 집으로 향하며 내게 등불을 들고 따라오라고 지시했다. 집 앞에 높이 쌓인 돌무더기가 문을 막고 있었다. 주변에는 살 썩는 냄새가 진동했고, 그것은 서툴게 쌓아 올린 돌벽 틈새로 새어 나오고 있었다. 괴물학자가 손에 장갑을 끼고 돌덩어리들을 치워 내기 시작했다. 조악하게 쌓은 임시 방벽이 반쯤 무너지자, 워스롭이 내 손에서 등불을 받아 들고 안쪽을 비췄다.

그것은 생선을 건조하는 창고였다. 아직도 낮은 천장 아래 생선이 대롱거리고 있었고, 죽은 생선의 텅 빈 눈동자가 등빛에 유령처럼 노랗게 빛났다. 바닥에는 시체들이 흩어져 있었다. 내가 센 것만 열네 구였고 각각 다양한 부패 단계에 있었다. 그곳은 더 이상 건조 시설이 아니었다. 그곳은 시체 안치소였다.

박사가 내게 장갑을 끼고 등불을 들고 따라오라고 말했다.

"당신은 거기서 기다리시오." 그는 건물로 들어가기 전에 아왈리에게 말했다. "뭐든 움직이는 게 보이면 쏴 버리고."

이 임시 공동묘지에 어쩌다 시체들이 놓이게 되었는지에는 의심의 여지가 없었다. 내가 옆에서 등불을 비추는 동안 괴물학자는 시신의 눈을 뒤집어 검사했고—아직 눈이 붙어 있었다!—그들의 생명 없는 눈동자, 동전처럼 커다란 홍채가 그를 마주 보았다. 오쿨루스 데이, 움직이지 않는 신의 눈. 켄달 씨의 시신이 그러했던 것처럼 뾰족한 골편이 백지장 같은 피부를 뚫고 돌출되어 있었다. 불룩하고 투명한 근육과 노랗고 돌처럼 단단한 손톱. 박사는 몸 안에서 폭탄이 터진 것처럼 손상된 시체들과 벽과 지붕에 붙어 있는 자잘한 내장 조각들을 보며 골똘한 생각에 잠겼다. 한 여자의 얼굴은 구더기가 들끓고 있었고 우리의 머리 주변에서는 파리 떼가 시끄럽게 윙윙거렸다. 박사가 허리를 굽히고 살점이 흘러내리는 미소 띤 해골을 자세히 들여다보았다. 새끼손가락으로 구더기를 밀쳐 내자 그녀의 카우사 모르티스, 죽음에 이르게 된 원인이 드러났다. 광대뼈가 산산조각 나 있었다. 두개골은 박살 났고 턱은 절반으로 쪼개졌다. 그녀는 푸드레 세르 때문에 죽은 게 아니었다. 그녀는 맞아 죽었다.

그 옆에는 한 남자가 품에 어린아이를 안고 옆으로 누워 있었다.

무척 감동적인 모습이었다. 그의 긴 손톱이 아이의 등에 깊숙이 박혀 있고 가늘고 긴 이에 말라빠진 살점이 덜렁거리는 것을 보지 못했다면 말이다. 품에 안긴 아이에게는 증상이 없었다. 남자가 껴안기 전까지만 해도 소녀는 건강했다.

"굉장하지 않으냐, 윌 헨리." 괴물학자가 정신이 혼미해질 것 같은 파리 소리를 가르며 말했다. "나는 우리가 틀렸을까 봐 두려웠다. 소코트라가 로쿠스 엑스 마그니피쿰(locus ex magnificum)이 아닐까 봐 두려웠지. 하지만 우리는 찾아냈어. 그렇지? 정말이지 굉장한 일이 아니냐?"

나는 그의 말에 찬성했다. 정말이지 굉장한 일이었다.

워스롭은 마을 전체를 집집이 샅샅이 조사해 봐야 한다고 고집했다. 우리가 집 안에 들어간 동안 아왈리는 문 앞에서 감시를 맡았다. 어떤 집은 잠시 외출을 했을 뿐 언제라도 가족들이 금방 돌아올 것처럼 차분하게 정돈되어 있었고 또 어떤 집은 격렬한 다툼과 폭력이 있었던 것처럼 흐트러져 있었다. 탁자는 뒤집어져 있고 취사도구는 바닥에 흩어져 있었으며, 옷들은 널브러져 있고 벽에서부터 천장까지 선혈이 낭자했다.

그러던 중 역시 사람들이 버리고 떠난 듯 보이는 집에 도달했다. 우리가 조사를 마치고 나가려고 막 몸을 돌린 순간, 구석에 쌓여 있는 넝마 더미가 가볍게 들썩이더니 작은 손 하나가 불쑥 삐져나와 빛을 향해 힘없이 허공을 긁었다.

박사가 리볼버를 꺼내 들었다. 내게 가만히 있으라고 손짓하면서 천천히 움직이고 있는 넝마 더미를 향해 다가갔다. 작은 손가락이 꿈틀거리다 바닥으로 떨어지더니, 소름 끼치는 소리를 내며 단단한 돌바닥을 긁작였다. 워스롭은 멀리서 손만 내밀어 천으로 둘둘 말아 만든 임시 고치를 조심스럽게 들췄다. 안에서 나타난 것은 어린 아이였다. 다섯 살도 되어 보이지 않은 남자아이로, 마지막 단계의 증상을 보이고 있었다. 인간보다는 유대류처럼 보이는 커다란 검은 눈동자, 가시 같은 뼈가 울쑥불쑥 자라난 얼굴은 갈라지고 곪아 있다. 소년은 누더기나 다름없는 바지를 제외하고는 헐벗고 있었다. 가슴을 가로질러 기다란 열상이 나 있었는데 호랑이가 발톱으로 긁은 것과 비슷한 모양새였다. 상처에는 아직도 선홍색 피가 괴어 있고 입술은 피에 젖어 붉게 번들거렸으며 손톱에는 핏방울이 주렁주렁 맺혔다. 그제야 나는 박사가 해 준 말이 떠올랐다. 그러곤 소년이 이 마을의 마지막 생존자이며, 이제껏 자기 자신을 공격하고 있었음을 깨달았다. 아이는 제 몸뚱이를 산 채로 먹고 있었던 것이다.

그리고 빛이 강타한 순간 소년의 몸뚱이가 격렬하게 꿈틀거리며 입에서는 거품 섞인 비명이 흘러나왔다. 소년이 핏덩이가 섞인 투명하고 끈적이는 액체를 토했다. 아이는 빛의 근원을 향해 달려들었지만 너무 허약했다. 몸뚱이를 지탱하지 못해 앞으로 풀썩 쓰러져 돌바닥을 깨드득 긁어 댔다. 등이 둥글게 휘면서 척추를 따라 일렬로 자라난 돌기 위로 피부가 팽팽하게 당겨지더니 목에서 허리까지 마치 지퍼가 열리듯이 피부가 반으로 쫙 갈라졌다.

내 비명 소리를 들은 아왈리가 헐레벌떡 뛰어온 순간에 맞춰, 괴물학자가 그 역겹고 뒤틀린 몸뚱이로 다가가더니 작은 머리통에 리볼버를 대고 재빨리 손가락을 당겨 소년의 남아 있는 뇌에 총알을 박아 넣었다.

전직 해적(헤아리지도 못할 정모로 많은 사람을 죽인 악마 아왈리)은 넋이 나간 표정으로 워스롭을 멍하니 쳐다보았다. 그러곤 박사의 발치에 죽어 나뒹굴고 있는 어린아이를 내려다보았다. 작은 손이 워스롭의 발 위에 놓여 있었다. 가장 좋아하는 장난감인 양 그 발을 굳게 움켜쥐고 있었다. 상처에서 흘러나온 피가 작고 둥근 머리 아래 고여 반달 모양의 웅덩이를 만들었다. 비잔틴 시대의 아기 예수 그림이 연상되는 모습이었다.

아왈리는 아무 말도 없이 문을 향해 주춤주춤 뒷걸음질 쳤다. 박사의 어깨에서 긴장이 풀리더니—아왈리의 갑작스러운 등장은 어린애를 쏘는 것보다도 더 긴장되는 일이었다.—나더러 도구 주머니를 가져오라 일렀다.

"견본을 조금 채취해서 가져가자꾸나. 여기서 처음으로 발견한 싱싱한 표본이니까. 넌 없어도 된다, 윌 헨리. 가서 아왈리와 같이 있어 줘라."

"네, 박사님."

"그리고 이걸 가져가는 게 좋겠다." 그는 내 손에 권총을 쥐여 주었다. "사용하는 법은 잘 알지?"

"네, 박사님."

"그럴 줄 알았다."

아왈리는 문 왼쪽 벽에 등을 기대고 흙바닥에 앉아 바다 쪽을 물끄러미 응시하고 있었다. 나는 그 옆에 앉았다. 고작 1.5킬로미터밖에 떨어져 있지 않았는데도 바닷바람은 여기까지 닿지 않았다. 공기는 먼지가 그득하고 정체되어 있었고, 우리 뒤에는 딕삼 고원의 회색 절벽이 거대한 흉벽처럼 우뚝 서 있었다.

"저 사람은 누구냐?" 아왈리가 물었다. "저 닥타르 말이다."

"박사님은 괴물학자예요."

"괴상한 이름이구나, 왈랄로. 그게 무슨 뜻이니?"

"괴물을 연구하는 사람이라는 뜻이에요."

"무슨 괴물?"

"연구할 가치가 있는 괴물요."

"저 안에 있던…… 아무리 봐도 어린아이 같던 그…… 그것도 괴물이냐?"

"그 아이는 아팠던 거예요, 아왈리. 아주 많이 아팠어요. 박사님은 그분이 할 수 있는 유일한 일을 한 거예요. 그는…… 그분은 그 아이를 도운 거예요."

"도운 거라고? 그 괴물학이라는 건 참으로 희한한 학문이구나!" 그는 나를 바라보았다. "저 사람과 얼마나 오래 지냈니?"

"이제 2년이 다 되어 가요." 나는 그의 재는 듯한 시선을 마주 보지 못했다. 나는 보이지 않는 바다를 응시했다.

"그럼 너한테는 저런 것……." 그는 작은 돌집 안에서 일어난 일을 가리키는 것이었다. "저런 일이 낯설지 않아?"

"네, 아왈리." 내가 대답했다. "낯설지 않아요."

"오." 그가 탄식했다. "오, 왈랄로." 그의 커다란 손이 내 손을 감쌌다. "미안하구나. 난 몰랐어. 넌 정말로 보이지 않는 존재의 얼굴을 본 게로구나. 그렇지?"

그는 두 눈을 감고 입술을 달싹였지만 아무런 소리도 들리지 않았다. 터무니없을 정도로 오랜 시간이 흐른 뒤에야, 나는 그가 기도를 하고 있음을 깨달았다.

37장

“아직 늦지 않았어.”

박사가 집 밖으로 나왔다. 아왈리와 나는 재빨리 바닥에서 일어섰다. 우리는 한시라도 빨리 기슈브에서 벗어나고 싶었다. 이 마을은 나수였다. 하지만 괴물학자의 생각은 달랐다.

“오늘 밤은 여기서 묵는다.” 그는 차분하게 선언했다. “여러모로 미뤄 보건대 마그니피쿰은 야행성 포식동물이고, 그러므로 우리 역시 놈의 활동 시간대에 맞춰 움직여야 할 필요가 있다. 하지만 그러자면 심각한 위험 요소가 수반되지. 푸드레 세르에 노출되면 빛에 고도로 민감해질 뿐만 아니라 사람 고기에 대한 욕구에 시달리게 된다. 참으로 기발하지 아니하냐, 자신의 먹잇감을 감염시켜 자신이 활동하는 시간에 맞춰 활동하게 만들다니 말이다. 생존자들을 정찰병으로 이용하는 거다. 진정한 오쿨루스 데이인 거야!”

우리는 그나마 제일 깨끗하고 정돈된 집에서 밤을 나기로 했다.

아왈리가 첫 번째 불침번을 서겠다고 나섰지만 박사가 반대했다. 그는 피곤하지 않다면서 네 시간 뒤에 아왈리를 깨우겠다고 말했다.

"내가 장총을 들지. 윌 헨리, 리볼버를 아왈리에게 줘라. 그리고 최대한 잠을 자 둬! 내일은 긴 행군을 해야 할 테니까."

침대는 없고 취침용 깔개뿐이었다. 우리는 딱딱한 흙바닥에 깔개를 펼쳤다. 열린 문 밖으로 괴물학자가 바닥에 앉아 있는 것이 보였다. 박사를 거치지 않고서는 그 무엇도 우리에게 접근하지 못할 것이다.

"왈랄로." 아왈리가 속닥였다. "네 손은 어쩌다 그렇게 된 거냐?"

나는 박사가 듣지 못하게 최대한 작게 속삭였다. "놈은 둥지를 만들어요. 그리고 그걸 만드는 데 자기 침을 사용하죠. 그걸 푸드레 세르라고 하는데…… 그걸 만지면…… 오늘 아저씨가 본 그런 걸로 변해요."

"그래서 손이 그렇게 된 거냐? 너도 그 둥지를 만진 게야?"

"아뇨, 전…… 어, 간접적으로 만졌다고 할 수 있겠네요, 네."

그는 잠시 입을 다물었다. "그래서 그가 자른 거구나. 그렇지? 닥타르가 네 손가락을 자른 거야."

"네, 저를 구하려고요."

"그 애를 구한 것처럼."

"네, 그때 전 아직 시간이 있었거든요."

그는 아주 오랫동안 침묵을 지켰다. "도대체 그게 뭐냐? 그 마그니피큠이라는 거 말이다."

"그게 뭔지는 아무도 몰라요. 본 사람이 한 명도 없거든요. 그래서 우리가 여기 온 거예요."

"그걸 보려고?"

"아니면 죽이거나요. 아니면 잡아가든가요. 박사님은 생포하길 원하시는 거 같아요. 할 수만 있다면요."

"왜?"

"왜냐하면 그분은 괴물학자니까요. 그게 그분이 하는 일이니까요."

우리는 문밖에서 미동도 하지 않고 앉아 있는 박사의 형체를 쳐다보았다. "모든 게 너무 이상하구나, 왈랄로." 아왈리가 말했다. "꼭 꿈만 같이 느껴져. 널 만나기 전에 나는 깨어 있었는데 지금은 꼭 꿈을 꾸고 있는 것만 같다."

부엌에서 일하는 여인과 커다란 우유 잔과 따뜻한 사과 파이 냄새.

"저도 알아요."

그들은 한밤중에 자리를 교대했다. 나는 내내 잠들어 있었다. 나는 꿈을 꿨다. 내가 콜레라로 죽어 나세살라르가 천으로 감싼 내 시신을 가장 안쪽 돌 위에 눕혔다. 수의 밖으로 드러난 내 얼굴이 맑은 하늘을 올려다봤다. 내 영혼은 부정한 육신 안에 갇혀 있었다. 응당 그래야 하듯이 죽은 몸에서 빠져나와 주변을 맴돌고 있지 않았다. 내 영혼은 갇혀 있었고, 내 눈에 보이는 것이라고는 주변을 어슬렁거리는 까마귀와 흰 대머리독수리들뿐이었다. 놈들의 작고 교활한 눈동자가 검게 반짝거렸고, 내 눈을 쪼아 먹으려고 머리를 수그리자 크고 뾰족한 부리가 얼어붙은 시야를 가득 메웠다.

새벽녘, 불현듯 들려온 고함 소리에 퍼뜩 잠에서 깨었다. 그림자

하나가 내 옆을 스치고 열린 문 사이로 날듯이 뛰쳐나갔다. 괴물학자였다. 나도 정신 없이 일어나 그를 따라 뛰어나갔다. 아왈리가 건물 옆에서 조금 떨어진 곳에, 해변에서 주워 온 유목으로 피운 모닥불 앞에 서 있었다. 박사가 접근하자 깜짝 놀라 장총을 집어 들었지만 괴물학자가 그는 안중에도 없는 듯 모닥불을 습격해 미친 듯이 짓밟고 모래를 끼얹는 것을 보고는 뒤로 주춤 물러났다.

"불은 안 돼! 알겠나?" 워스롭이 어안이 벙벙해 있는 아왈리의 얼굴에 대고 으르렁거렸다. "그랬다간 한 놈도 빠짐없이 우리를 쫓아올 테니까!"

"알겠습니다, 닥타르." 아왈리가 양손을 들어 올리며 대답했다. 어쩌면 그도 지금쯤은 미친놈을 따라왔다고 후회 중인지도 몰랐다.

"당신이 본 건 마지막 단계에 있던 놈이었소." 괴물학자가 말했다. "놈들은 몹시 강하고, 빠르고, 허기져 있지. 내 말을 못 믿겠다면 윌 헨리에게 물어보시오."

박사는 타다 남은 붉은 나뭇조각이 검게 변할 때까지 발을 굴러 불을 꺼뜨렸고, 내게 안으로 들어가라 일렀다.

"내가 아왈리와 있으마. 또 바보 같은 짓을 할지도 모르니까."

모든 괴물의 아버지를 사냥하러 온 괴물학자와 동행하는 것처럼 말이죠. 나는 속으로 생각했다.

우리는 동이 트자마자 동녘 하늘에 뜬 태양을 향해 길을 떠났다. 울퉁불퉁한 길 위로 길고 가는 그림자가 우리 등 뒤로 늘어졌다. 오른쪽 땅은 바닷가를 향해 은근 비스듬하게 기울어졌고 왼쪽에는

300미터가 넘는 절벽이 우뚝 솟아 있었는데 이른 아침의 희미한 햇살 아래에서는 그 우락부락한 얼굴을 헤아리기가 힘들었다. 바람이 날카로운 휘파람 소리를 내며 산악지대와 고원의 뾰족한 입술 사이를 지나갔다. 산 아래에는 바람이 불지 않았다. 바람이 내는 소리만 들릴 뿐이었다. 그리고 그 소리는 결코 멈추는 법이 없었다. 보이지 않는 코러스처럼 항상 우리 주위를 맴돌았다.

오전 10시쯤 수직으로 선 바위 표면에 난 커다란 틈새에 도달했다. 몬순이 일으킨 홍수가 수백 년에 걸쳐 만든 상흔이었다. 좁은 길 안쪽의 바위 표면은 습기로 축축하게 젖어 있고, 실개천이 자신들의 고향, 즉 바다를 향해 우리 앞길을 가로지르며 졸졸 흐르고 있었다. 개천 양쪽에 흩어진 바위에서는 몸통 색깔이 희멀건 이상한 식물이 자라고 있었는데, 줄기는 구근처럼 불룩하고 가느다란 가지는 매끈매끈한 진녹색 나뭇잎으로 장식되어 있었다.

괴물학자가 그것을 가리키며 설명했다. "저것은 지구 상 어떤 다른 지역에서도 나지 않는다. 소코트라에 있는 많은 종이 그래. 그래서 이 섬을 동양의 갈라파고스라고 부르지."

"정말로 그렇게 부르나요?" 아왈리가 작은 소리로 물었다.

괴물학자는 그의 말을 듣지 못했거나 혹은 못 들은 체했다. 그는 구불거리며 절벽 안쪽으로 사라지는 길을 가리키며 말했다. "어떻게 생각하오? 저길 올라가기 전에 아침을 먹어야 할까?"

말린 쇠고기와 딱딱한 비스킷으로 아침 끼니를 때우는 동안 워스롭은 막대기로 바닥에 지도를 그렸다. "우리는 여기 있소. 기슈브와 스테로의 중간 즈음이지. 여기, 하디부는 북서쪽으로 50킬로미터쯤 너머에 있고."

"50킬로미터?" 아왈리가 말했다. "그 정도면 괜찮은데요."

"직선거리가 50킬로미터란 얘기요." 박사가 말했다. "우리와 하디부 사이에는 하기어 산맥이 있지. 이맘때에는 넘기가 거의 불가능하고. 불어난 물, 강풍, 산사태…… 그러니 먼저 북쪽으로 갔다가 나중에 하디부 쪽으로 방향을 틀어야 하오."

"거기에 당신이 찾는 괴물이 있나요? 하디부에요?" 아왈리가 물었다.

박사는 고개를 저었다. "그건 나도 모르겠소. 탐색을 시작하기에 가장 합리적인 장소긴 하지. 하디부는 이 섬에서 가장 큰 정착지니까. 호랑이를 찾으려면 사슴부터 찾아야 하지 않겠소."

우리는 고원을 오르기 시작했다. 바닥이 가파르고 젖어 있어 나는 몇 번이나 발을 헛디뎌 미끄러졌다. 그때마다 아왈리가 나를 붙잡고—손목이든 셔츠 끄트머리든—끌어 올려 주며 키득거렸다.

"그냥 내가 너를 업고 가는 게 어떻겠니. 목동이 양을 지는 것처럼 말이다, 왈랄로." 그가 나를 놀려 댔다.

"당신과 윌 헨리가 입을 다물고 할 일만 제대로 한다면 훨씬 낫겠군." 괴물학자가 차갑게 쏘아붙였다. 그의 눈 속에 담긴 불꽃은 시간이 갈수록 점점 밝고 냉철해졌다. 그는 고원을 반쯤 올라갔을 무렵, 협곡에 돌풍이 휘몰아쳤을 때에야 비로소 발을 멈췄다. 워스롭은 두 눈을 감고 팔을 넓게 벌린 채 고개를 들고 얼굴을 바람에 흠뻑 적셨다. 바람이 간지러운 수준으로 잦아들자 다시 빠른 걸음으로 등반을 시작했다. 마치 바람 속에서 희망적인 조짐에 대한 냄새를 맡기라도 한 듯이.

꼭대기에 이르자 소코트라의 광활한 중심부가 드넓게 펼쳐졌다. 하지만 희망적으로 해석될 만한 것은 전혀 보이지 않았다. 중앙 고원지대는 평평했고 아무 특색도 없었으며, 커다란 우산을 안팎으로 뒤집어 놓은 듯한 녹색 왕관을 인 나무들이 가시덤불과 엇갈려 교차된 무늬를 이루고 있었다. 처음에는 복잡하게 얽힌 가지들이 버드나무로 엮은 바구니를 생각나게 했지만 나는 이내 고개를 저었다. 아니, 저건 오히려 니두스 엑스 마그니피쿰과 비슷해. 그중 두 그루가 강둑의 바위에 들러붙어 있길래 얼마 안 되는 그 그늘 아래서 잠시 쉬어가기로 했다. 건조한 바람이 불어오는데도 날은 점점 더 더워지고 있었다.

"아왈리." 박사가 입을 열었다. "잠깐 칼 좀 빌립시다. 윌 헨리에게 보여 줄 게 있소."

워스롭이 나무줄기에 칼날을 쑤셔 넣더니 아래쪽으로 길게 칼자국을 냈다. 밝은 붉은색의 끈끈한 나뭇진이 틈새에 고이기 시작했다.

아왈리가 작게 신음했다. "피 흘리는 나무잖아? 왜 이걸 몰랐지?"

"이게 용혈수란다, 윌 헨리." 박사가 말했다. "소코트라의 여러 별명 중 하나도 이 나무 때문에 생겼지. 고대에는 아주 귀한 물건이었어. 클레오파트라가 이걸 연지로 사용했다는 설도 있다. 앞에서 봤던 것들처럼 이 나무도 지구 상에서 오직 여기에서만 서식한다."

"이렇게 생긴 나무는 처음 봅니다." 아왈리가 칼날을 바지에 조심스럽게 문질러 닦으며 말했다. "하지만 이 섬에는 내가 처음 보는 것들이 넘쳐나네요. 나도 세상을 돌아다니면서 별별 것들을 다 본 인간인데 말이지요."

워스롭이 오른쪽을 가리켰다. "하기어 산맥, 그리고 그 건너편이 하디부요."

한낮의 열기에 풍경이 흐물흐물 어그러져 보였다. 150미터가 넘는 제일 높은 산봉우리가 톱날 같은 머리를 하늘 위로 쳐들고, 들쑥날쑥한 어깨에는 뭉게구름이 씌워져 있었다. 갈라지고 부서진 하얀 뺨이 불룩하게 입김을 부풀어 날린 강한 돌개바람이 괴물학자의 검은 머리칼을 흐트러뜨렸다.

"자, 서두릅시다." 그가 말했다. "폭풍우가 올 것 같으니까."

세찬 산바람이 우리의 머리칼과 옷깃을 팔락이며 갖고 놀았다. 바람은 건조했지만 하늘은 맑고 태양은 높고 뜨거웠다. 이삼 킬로미터쯤 지나자 깔쭉깔쭉한 소코트라의 거대한 이빨이 우리의 오른쪽으로 미끄러지듯 서서히 다가왔고, 바람은 장난을 거는 게 지겨워졌는지 그 강한 힘으로 우리를 밀고 당기며 흔들기 시작했다. 가끔은 거의 50킬로미터에 달하는 풍속이 우리의 의지를 시험하기도 했다. 내가 우악스러운 돌개바람에 떠밀려 바위투성이 바닥에 넘어진 적도 있다. 아왈리가 나를 일으켜 세우며 박사에게 말했다. "계곡을 타고 가면 바람을 피할 수 있을 텐데요."

"계곡을 타고 가면 위쪽 골짜기에서 물이 밀어닥쳐 바다로 휩쓸려 갈 수도 있소." 박사가 퉁명스럽게 대꾸했다. 두 사람 모두 대화를 하려면 언성을 높여야 했다. "하지만 당신은 원하는 대로 하시오."

"내가 원하는 대로 할 수가 없는 게 문제죠. 왜냐하면 내가 원하는 건 이 빌어먹을 섬에서 빨리 나가는 거니까!"

"당신에게 동행해 달라고 부탁한 적 없소!" 박사가 버럭 소리를 질렀다.

"난 당신 때문에 따라온 게 아닙니다, 닥타르. 나는……."

"그래요?" 괴물학자가 몸을 획 돌려 그를 바라보았다. "어디 말해 보시지. 그럼 왜 온 거요?"

아왈리가 나를 힐끔 쳐다보았다. "아직 더럽혀지지 않은 해안을 보호하려고요."

어색한 분위기 속에서, 워스롭은 한참 동안 그를 뚫어져라 응시했다. 뭔가를 말하고 싶은 듯했지만 그가 입을 연 순간 갑자기 바람이 뚝 그쳤다. 갑작스러운 정적이 우리를 압도했다.

그때 하늘에서 뭔가가 툭 떨어지더니 괴물학자의 발치로 굴러왔다. 뭔가 얇고 쪼글쪼글하고 누리끼리한 회색 물체로, 선혈이 묻어 있었다. 그것은 사람의 손가락이었다.

박사의 조심스러운 시선을 따라, 우리는 고개를 들어 하늘을 올려다보았다. 맑고 푸른 하늘 점점이 검은 그림자가 떨어지고 있었다. 엄청난 양의 피와 뼛조각과 살점이었다. 제일 먼저 움직인 것은 박사였다. 그가 제일 먼저 한 일은 나를 있는 힘껏 옆으로 밀치면서 다급한 목소리로 외치는 것이었다. "달려라, 윌 헨리! 어서 달려!" 그는 두 달음에 아왈리와 나를 앞질러 우리가 걷고 있던 골짜기 입구, 용혈수가 빽빽하게 군집해 있는 곳을 향해 질주했다. 아왈리가 나를 들어 올려 우람한 팔뚝 사이에 끼우더니 그 뒤를 허겁지겁 쫓았다. 그가 겁에 질린 목소리로 외쳤다. “뭡니까? 저게 뭐예요?”

혈우(血雨)가 바닥으로 내리꽂히면서 사방에 핏방울이 튀었다. 커다란 사람의 내장 조각이—아마도 간인 것 같았다.—아왈리의 발 앞에 떨어지자 그는 절박감에서 비롯된 우아한 동작으로 그것을 폴짝 뛰어넘었다. 우리는 나무 아래에서 괴물학자와 합류했다. 그는 판초를 찾아 배낭을 미친 듯이 뒤지고 있었다.

“두 사람 다 저기 닿진 않았겠지?” 워스롭이 숨을 헐떡이며 물었다. 하지만 대답을 기다리지는 않았다. 그의 눈이 희열로 번득이고 있었다. “붉은 비! 이게 무슨 뜻인지 알겠니? 우린 아직 늦지 않았어!”

“늦어도 한참 늦은 것 같은데요.” 아왈리가 그의 얼굴에 대고 소리치며 판초를 뒤집어썼다.

괴물학자가 껄껄 웃었다. 그러곤 피 흘리는 하늘을 향해 고개를 쳐들었다.

38장

"그분이 하시는 일을 충실히 기록하는 자."

붉은 비는 처음 시작되었을 때처럼 급작스럽게 그쳤다. 이제 평원 위에는 커다란 그림자가 내달리며 하늘을 검게 덮었고, 앙심을 품은 바람이 비명을 내지르며 돌아왔다. 곧이어 잇따른 우레 소리와 함께 하늘이 쩍 열렸다. 증오에 찬 찬바람이 몰고 온 회색 커튼이 닫히면서 억수 같은 비가 퍼부었다.

"여기 있어라!" 괴물학자가 소리치고는 격렬한 혼돈 속으로 뛰쳐나가 회색 소용돌이 속으로 사라졌다. 그러곤 잠시 후에 돌아와 안도의 한숨을 내쉬며 바닥에 주저앉았다. 용혈수가 만들어 준 미흡한 지붕이 고마워서가 아니었다.

"비가 증거를 대부분 쓸어가 버렸구나. 하지만 이걸 건졌다." 워스롭이 손바닥을 펼쳐 사람의 손가락 끄트머리를 보여 주었다. 그는 그것을 담을 용기를 찾아 도구 주머니를 뒤졌다. 아왈리는 무표정한 얼굴로 그를 바라보았다. 무슨 생각을 하는지 알 길이 없었다. 아왈리의 냉랭한 표정이 나를 불안하게 만들었다.

하지만 괴물학자는 그렇지 않은 모양이었다. "이상생물학자의 탐험에 동행하겠다고 나서기 전에 이상생물학이 무슨 학문인지 아는 게 좋겠소." 그가 아왈리에게 말했다.

"나를 가르친 선교사들이 교육을 소홀히 한 모양입니다, 닥타르." 아왈리가 냉담한 목소리로 응수했다. 그에게는 판초가 너무 작았다. 후드가 커다란 머리에 씌워지지도 않아 물줄기가 넙적한 얼굴을 고스란히 덮쳐 턱 밑으로 물방울이 뚝뚝 떨어지고 있었다. 머리 위에서는 용혈수의 엉킨 가지에 가로막힌 통통한 물방울들이 사방으로 튀어 올랐다.

"별로 놀랍지도 않군." 워스롭이 말했다. "신을 두려워하는 사람들이 생각할 만한 게 아니니까."

"그럼 당신은 신을 두려워하지 않는다는 겁니까?"

"두려움을 느낄 정도로 신에 대해서 잘 알지 못하니까."

박사가 긴 팔로 무릎을 감싸 안고 멀리 동쪽을 내다보았다. 폭풍우와 그 끔찍한 비가 시작된 곳이었다.

"경로를 바꿔야겠소, 여러분. 길은 우리 동쪽에 있소."

"동쪽이라고요?" 아왈리가 물었다. 그는 어깨 너머를 돌아보았지만 세차게 쏟아지는 회색 빗줄기 속에서는 아무것도 보이지 않았다. "하지만 이맘때에는 산을 넘기가 거의 불가능하다면서요. 산사태에 강풍에 또……."

"흠, 그럼 윌 헨리를 보내 마그니피쿰에게 하디부에서 만나자는 정중한 초대장을 보내 볼까?" 괴물학자가 전혀 웃음기가 담기지 않은 웃음소리를 내더니 갑자기 진지하게 말했다.

"방금 그 인간의 유해는 바람을 타고 하기어 산맥 쪽에서 온 거요. 그러니 나는 하기어 산으로 가야겠소. 당신이 따라오든 말든 상관없어!"

괴물학자는 흥분을 주체하지 못하고 어린애처럼 재잘거렸다. "이게 무슨 뜻인지 알겠느냐, 윌 헨리? 러시아인들이 나한테서 궁극의 보물을 빼앗아 가려고 부단히 노력하고도 결국 실패했다는 뜻이다. 마그니피쿰은 아직 자유의 몸인 거야!"

"러시아인들?" 아왈리가 물었다. "무슨 러시아인 말이에요?"

박사는 그의 질문을 무시했다. "놈들이 시도로프를 너무 믿은 게야. 아주 무능한 과학자지. 베들로 섬에 떨어뜨려 놔도 자유의 여신상을 찾지 못할 작자거든!"

박사는 잘린 손가락이 담긴 용기를 톡톡 건드렸다. "어쩌면 이것도 내 옛 동료에게 속해 있던 것인지도 몰라. 그런 수치스러운 경력에 어울리는 최후지!"

아왈리는 천천히 고개를 가로저었다. 그는 일평생 괴물학자 같은 사람은 한 번도 본 적이 없었다. 심지어 그는, 기억할지 모르겠지만, 평생을 잔학무도한 해적들과 살아온 사람인데도 말이다. 피를 갈구하는 워스롭의 욕망은—물론 그가 원하는 피의 종류는 정해져 있었지만—이 소말리아인에게 너무 낯선 것이었다. 싸구려 술과 고급 와인만큼이나 동떨어져 있었다.

박사는 손가락이 든 용기를 도구 주머니에 끼워 넣고 진흙탕에 미끄러지지 않도록 용혈수 가지를 꽉 잡은 채 바닥에서 일어났다. 요란스러운 빗소리 속에 숨어 있는 단서를 찾듯 고개를 한쪽으로 삐딱하게 기울였다. 골짜기 아래쪽에는 모여든 빗물이 벌써 얕은 시내가 되어 바위 사이를 경주하고 있었다.

"저길 건너야 해." 워스롭이 불쑥 말했다. 그는 도구 주머니를 어깨 위로 던져 걸치고는 계곡 아래로 내려가기 시작했다.

하마터면 늦을 뻔했다. 거의 1.5미터 높이에 육박하는 물의 장벽이 휘어 돌아오고 있었다. 온갖 잡동사니를 머리에 인 물살이 폭주 기관차처럼 우리를 향해 포효하며 달려왔다. 물을 반쯤 건넜을 때 나는 발이 미끄러져 넘어지고 말았는데, 겁에 질린 내 울음소리마저 우렁찬 빗소리에 묻혀 사라져 버렸다. 이미 건너편에 도착한 아왈리가 무릎까지 찬 물살을 힘겹게 헤치며 달려왔다. 그는 저탄장의 석탄 노동자처럼 유려한 동작으로 내 팔을 잡아 자신의 어깨 위로 끌어 올렸다. 그러곤 힘찬 포효와 함께 나를 박사에게 건네주었고, 박사는 미끄덩거리는 바위가 나를 다시 넘어뜨리기 전에 내 옷깃을 잡는 데 성공했다. 나는 비탈길을 오르는 게처럼 바위 위로 발뒤꿈치를 누르며 뒤로 휘청거렸다. 내 아래에서는 아왈리가 떠내려가지 않기 위해 바위를 붙잡고 용을 쓰고 있었고, 그의 아래에서는 빗물로 불어난 흙탕물이 산을 타고 휩쓸려 온 지저분한 건더기와 구토물을 품은 채 휘돌고 있었다.

어떻게 그랬는지는 모르지만, 워스롭은 그것의 접근을 감지했다. 그런 게 틀림없었다. 왜냐하면 반대쪽 강둑 꼭대기에 이르러서도 마땅히 쉴 곳을 찾지 않았기 때문이다. 그는 협곡 입구에 쪼그리고 앉아 모자챙을 깊숙이 잡아당겨 비를 가린 다음, 기다렸다. 손을 들고 한 손가락을 세우자, 마치 신호라도 떨어진 듯 머리 없는 몸통이 물굽이를 따라 천천히 떠내려왔다. 몸통 중앙에는 커다란 구멍이 뚫려 있고, 그 뒤에서는 길고 구불거리는 내장이 붉은 거품을 타고 질질 따라오고 있었다.

무수한 찌꺼기들이 그 뒤를 따랐다. 몇몇 큼지막한 조각들은 정체를 쉽게 짐작할 수 있었다. 저건 머리, 저건 손. 다른 것들은 뭐가 뭔지 알아볼 수도 없을 정도로 잘게 다져졌다. 빗발이 차츰 잦아들었다. 물살도 느려졌다. 삼라만상을 지휘하는 무대 감독이 이 침통하고 장중한 광경에 맞춰 행렬의 속도를 늦추기라도 한 것 같았다. 물은 진흙 섞인 갈색에서 우중충한 붉은색으로 바뀌었다. 소코트라 섬의 파열된 심장에서 흘러나온 피의 강이었다.

괴물학자는 인간의 잔해로 이뤄진 파도를 내려다보고, 황홀경에 빠져 중얼거렸다.

"네가 이로 말미암아 나를 여호와인 줄 알리라. 볼지어다, 내가 내 손의 지팡이로 나일 강을 치면 그것이 피로 변하고."*

"이건 주님이 하시는 일이 아닙니다." 아왈리가 작게 중얼거렸다. 목소리를 낮출 필요가 전혀 없건만 어쩐지 그래야만 할 것 같았다. "당신은 그분의 말씀을 곡해하고 있어요."

"아니, 그 반대요." 괴물학자가 대답했다. "나는 그분의 충직한 종이오, 그분이 하시는 일을 충실히 기록하는 자이지."

* 「출애굽기」 7장 17절.

* * *

그의 시간이 왔다. 그가 야기한 모든 죽음과 피를 정당화할 시간, 업보를 갚고 빌린 것과 빌려 준 것의 균형을 맞출 시간. 제임스와 메리, 에라스무스와 말라키, 존과 뮤리엘, 다미앵, 토머스, 제이콥, 베로니카, 내가 잊은 이름들과 내가 이름조차 몰랐던 이들……. 마그니피쿰을 찾는 것은 그 시간을 구원하고 그 꿈을 구원해 줄 것이다. 욕망이 절망을 만나는 시간, 그의 시간이었다. 나는 그의 눈 속에서, 차갑고 채워지지 않는 불꽃 속에서 그것을 보았다. 그 지옥불과 같은 열화(烈火)를 부추기는 것은 무엇일까. 욕망일까, 절망일까?

비는 떠나갔지만 구름은 여전히 머리 위를 흐르고 있었다. 날은 평소보다 일찍 저물 것이다. 산은 여전히 우리 앞에 우뚝 서서 들쑥날쑥한 이빨을 안개와 그림자 속에 숨기고 있었고, 발아래 갈라진 대지는 다흐마 납골당의 뼈다귀들처럼 부서지고 허물어졌다. 길 위에는 커다란 바윗덩이들이 오래전에 죽은 성난 신(神)들이 내동댕이친 자리에 어질러져 있었다. 산맥의 발치에는 몇 센티미터에 불과한 작은 금에서부터 거의 1.5미터에 이르는 깊고 어두운 틈새들이 거대한 괴물이 뻗은 촉수처럼 산개해 있었다. 바닥은 파도처럼 울퉁불퉁한 굴곡을 그렸고 봉우리는 오를 때마다 점점 더 높아졌으며, 협곡은 점점 더 얕아졌고 바람은 괴물학자의 의지를 시험이라도 하겠다는 듯이 세차게 불어왔다. 바람은 평원을 가로질러 쏜살같이 질주해 오건만, 워스롭은 그 바람의 벽을 향해 우리를 무자비하게 몰아붙였다. 그것은 우리의 허파에서 숨결을 앗아 가고, 우리의 입에서 나온 말을 땅바닥에 붙잡아 매고, 우리의 눈에 흙먼지를 뱉었으나, 그럼에도 그는 흔들림 없이 앞으로 나가고 또 나갔다. 바람에 밀리지 않도록 몸을 앞으로 구부정하게 말고, 허리까지 물에 잠긴 사람처럼 앞으로 내딛는 한 발짝 한 발짝이 힘겨운 승리의 증거인 양.

나는 그의 옆에 붙어 있으려고 애를 썼지만 강풍에 닳고 깎여 나가 종국에는 서서히 뒤처지고 말았다. 하지만 박사는 알아차리지도 못한 채—어쩌면 신경 쓰지 않고—계속 앞으로 걸어갔다. 마침내 아왈리가 멈춰서 워스롭에게 내가 쉬어야 한다고 말했다. 그러나 괴물학자는 그의 말을 듣지 않았다. 아니면 신경 쓰고 싶지 않았는지도 모른다.

"자, 내가 업어 주마, 왈랄로." 아왈리가 시끄러운 바람 소리를 뚫고 외쳤다.

나는 고개를 저었다. 나는 누구의 짐도 되고 싶지 않았다.

바위산 기슭에 이르러서야 비로소 휴식을 취할 수 있었다. 우리는 가방을 내던지고 흙과 풀 위로 드러난 암석에 몸을 던졌다. 바람은 날카로운 소리를 내며 바위틈을 날았고, 구름 사이로 새어 나온 저물어 가는 햇살이 발아래 평원을 황금빛으로 물들였다. 숨이 막힐 정도로 아름다운 광경이었다.

처음에는 해가 바다로 떨어졌다고 생각할지도 몰라. 왜냐하면 그 섬에 있는 나무는 모두 황금으로 되어 있거든. 이파리도 전부 황금이라서 꼭 거기서 빛을 내뿜는 것처럼 반짝반짝한단다. 그래서 그 섬은 아무리 캄캄한 밤에도 넓은 바다에 우뚝 선 등대처럼 환히 빛나지.

"곧 밤이 될 겁니다." 아왈리가 말했다. "잘 곳을 찾아야 해요."

박사는 딱히 반대하지 않았다. 어쩌면 나처럼, 홍채가 거의 보이지 않는 커다란 눈을 생각하고 있었는지도 모른다. 아왈리가 일어나더니 어깨에 총을 둘러메고 좁은 길 양쪽에 파수병처럼 서 있는 두 개의 커다란 바위 사이로, 마그니피쿰의 은신처로 가는 관문으로 사라졌다.

"이렇게 아름다운 풍경은 처음 보는구나." 괴물학자가 황금빛 평원을 내려다보며 말했다. "나도 이제껏 수없이 아름다운 것들을 봤는데 말이다. 그런 아름다운 것들에 대해 꿈꿔 본 적이 있느냐, 윌 헨리?"

보여요, 아버지! 축복의 섬이! 검은 물 위에서 태양처럼 환히 빛나고 있어요!

"아니요, 박사님."

그가 나를 쳐다보았다. 나도 그를 쳐다보았다. 그의 얼굴이 황금빛으로 빛났다.

"내가 아덴에서 받은 전보를 너한테 보여 줬던가? 그렇지 않은 것 같구나." 그가 주머니에서 구겨진 종이를 꺼내 내 손에 쥐여 주었다.

최악의 뉴스. 바보들이 바보짓을 함. 한 명은 작고 뚱뚱하고 한 명은 크고 홀쭉한 두 명의 대머리를 찾고 있었음. 이제야 실수를 알게 됨. 조심하도록, 미호스.

멘투.

박사가 내 얼굴을 주의 깊게 살폈다. 신중하게 굴어야 했다.

"루릭과 플레섹 말이죠?"

워스롭이 고개를 끄덕였다. "파딜의 그물망을 벗어난 모양이다."

그는 리볼버를 꺼내 무릎 위에서 가볍게 쥐고 있었다. 총신이 저녁 햇살의 가벼운 입맞춤을 받고 반짝 빛났다.

"리볼버 약실에 총알이 두 발 남아 있다, 윌 헨리. 그렇지만 내 계산에 의하면 다섯 발이 남아 있어야 하지. 세 발이 비었어. 그리고 러시아인 두 명이 실종되었다."

"선택의 여지가 없었어요."

"오, 윌 헨리." 그가 탄식했다. "윌 헨리! 왜 나한테 말하지 않았느냐!"

"뭐라고 해야 할지……."

"그만둬라."

"어떻게 말을 해야 할지 몰랐……."

"그만해!"

"박사님이…… 저한테 실망하실까 봐 무서웠어요."

"너한테 실망한다고? 무슨 뜻인지 이해할 수가 없구나."

"저를 또 버리고 가실 거라고 생각했어요."

"내가 왜 그러겠니? 네가 그 불한당 같은 놈들에게서 자기 자신을 방어하려 했다고? 우리 둘을 눈 하나 깜짝하지 않고 죽여 버릴 그런 나쁜 놈들한테?"

"아뇨, 박사님. 왜냐하면 제가 그 사람들을 눈 하나 깜짝하지 않고 죽여 버렸으니까요."

그는 고개를 끄덕였다. 그는 이해했다.

"무슨 일이 있었는지 자세하게 알고 싶으세요?" 내가 물었다.

그는 고개를 저었다. "모든 범죄는 다 똑같다, 윌 헨리. 일어나는 장소와 사람들만 다를 뿐이야."

그는 수염이 무성한 턱을 잠자코 문지르더니 발아래 놓인 나뭇가지를 집어 바닥에 뭔가를 그리기 시작했다.

"같은 지붕 아래 태어나……." 그가 생각에 잠긴 채로 중얼거렸다. "정말로 카인의 낙인인지도 모르겠구나." 그는 고개를 들어 뉘엿뉘엿 지는 해를 바라보았다. 나뭇가지 끝으로 흙바닥을 탁탁 두드렸다. "네가 처음 우리 집에 살게 되었을 때가 기억나느냐. 그때는 해부를 할 때마다 네가 토할까 봐 항상 양동이를 옆에 준비해 둬야 했지. 그리고 너는 늘 어김없이 토했어. 적어도 처음에는 그랬다. 하지만 이제는 네가 마지막으로 토한 게 언제인지 기억도 안 나는구나."

괴물학자는 나뭇가지를 멀리 던져 버렸다. 그것은 황금빛 평원으로 날아가 사라졌다.

"우리가 하는 일은 무척 어둡고 지저분하지. 그리고 너는 이 일을 아주 잘 하고 있는 것 같다, 윌 헨리." 그는 손으로 내 무릎을 토닥였다. 칭찬이 아니라 위로의 몸짓이었다. 어딘가 서글프고 씁쓸한 목소리가 말했다. "잘 하고 있어."

아왈리가 돌아와 밤을 보내기에 적당한 장소를 찾았다고 말했다. 우리는 가방을 챙겨 들고 그를 따라 두 개의 암벽 사이로 굽이치는 좁고 가파른 길을 따라 걸었다. 머리 위에는 낮은 먹구름이 맴돌았고 우리가 걷는 길에는 바람의 강이 흘렀다. 100미터쯤 후에 암벽 사이에 갈라진 틈새에 이르렀다. 바닥 근처에서는 1.5미터 정도 너비였는데 위로 올라갈수록 점점 더 좁아졌고, 절벽에 금이 가서 생긴 빈 공간이라 동굴이라고 부르기에는 미흡했으나 비바람을 피하기에는 충분했다. 박사는 불안한 표정으로 깊고 컴컴한 안을 들여다보았다.

"괜찮아요." 아왈리가 박사를 안심시켰다. "전갈이 몇 마리 있었지만 전부 처리했습니다." 그는 환한 미소를 지었다. 자기가 한 일이 자랑스럽다는 듯한 표정이었다.

나는 바닥에 녹초가 된 몸을 던졌다. 아왈리가 먹을 것으로 나를 유혹했지만 그래도 일어나기를 거부했다. 나는 판초를 동그랗게 말아 베개를 만들어 베고 눈을 감았다. 두 사람의 목소리가 허공을 떠돌았다. 누가 먼저 불침번을 설 것인지 다투고 있는 중이었다. 동굴 밖에서는 구름이 바람을 실어 보내고 바람이 불을 꺼뜨렸다. 그리하여 어둠이 마치 커다란 검은 독수리처럼 길 위를 장악했다. 누군가 내 옆에 눕더니 곧 따스한 손이 내 눈썹 위를 지그시 눌렀다. 아왈리였다.

나는 얕은 잠에 빠졌지만, 갑자기 동굴 안을 가로지르는 환한 불빛에 놀라 자리에서 화들짝 일어나 앉았다. 아왈리도 마찬가지였다. 우리는 동시에 벌떡 일어섰다.

"닥타르?" 아왈리가 작은 소리로 물었다. "불은 안 된다면서요!"

워스롭이 동굴 입구에서 한 손에 등불을, 다른 한 손에 권총을 든 채 어둠 속을 노려보고 있었다.

"뭔가 있다. 저 바위 반대쪽에. 아왈리."

워스롭이 권총을 든 손을 까딱였다. 아왈리가 장총을 집어 들고 밖으로 나갔다. 잠시 동안 두 사람은 꼼짝도 하지 않고 그렇게 서 있었다.

"저기!" 워스롭이 속삭였다. "방금 들었소?"

아왈리가 천천히 고개를 저었다. "바람 소리밖에 못 들었는데요."

"저기 간다! 여기 있으시오."

박사가 천천히 길을 따라가다 우리의 시야에서 사라졌다. 나는 앞으로 달려 나갔지만 아왈리가 물러나라고 손짓했다. 그는 장총을 들어 겨냥했다. 박사가 든 등불 빛이 점점 희미해지더니 불어난 어둠은 곧 아왈리를 덮쳐 통째로 삼켜 버렸다.

"아왈리." 나는 조용히 그를 불렀다. "박사님 보여요?"

빛이 돌아왔다. 불안하게 흔들리는 그림자와 함께, 빛이 아왈리의 몸 위로 흘러오더니 곧 틈새의 입구를 환히 밝혔다. 아왈리가 어깨에 장총을 걸고 박사에게서 등불을 받아 들었다. 박사가 이고 있는 짐을 똑바로 부축하려면 두 손이 모두 필요했기 때문이다.

젊은 여인이 괴물학자의 몸에 기대서 있었다. 옷은 누더기처럼 너덜너덜하고 긴 머리카락은 땟국에 절었으며 맨발은 돌과 바위에 찢겨 상처투성이였다. 그는 그녀를 우리의 은신처 안으로 데려와 조심스럽게 바닥에 앉히고, 아왈리에게 등불을 내게 넘겨주라고 손짓했다. 나는 그녀가 혼자가 아님을 깨달았다. 그녀의 품 안에 잠든 아기가 안겨 있었다.

그녀가 뭐라고 말했다. 박사가 고개를 저었다. 그는 그녀의 말을 이해하지 못했다. 그녀가 다시 말했다. 휘둥그렇게 뜬 눈이 겁에 질려 있었다.

"뭐라고 하는 거요?" 워스롭이 아왈리에게 물었다.

"모르겠는데요."

박사가 그를 매섭게 쏘아보았다. "그게 무슨 뜻이지? 여기 말을 할 줄 아는 거 아니었소?"

"소말리아어와 영어와 약간의 프랑스어를 할 줄 압니다만, 소코트라어는 모릅니다."

"소코트라어를 모른다고……?" 워스롭은 방금 아왈리가 살인이라도 자백한 것처럼 그를 멍하니 쳐다보았다. "러셀 선장은 당신이 할 줄 안다고 했는데."

여자가 워스롭의 소매를 잡아당기더니 바깥을 손가락질하며 뭔가를 다급하게 지껄였다. 그러나 박사는 여전히 가엾은 아왈리에게 정신이 팔려 있었다.

"그게 당신을 데려온 유일한 이유란 말이오! 왜 나한테 거짓말을 한 거지?"

"전 거짓말을 하지 않았는데요. 줄리어스 선장님이 거짓말을 한 거죠."

"대체 무슨 이유로?"

"어, 그래야 저를 데려갈 테니까요? 저도 모르겠습니다. 선장님한테 물어보시죠."

"살아서 돌아갈 수만 있다면 반드시 그럴 거요!" 워스롭이 내게 몸을 돌렸다. "도구 주머니를 가져와라, 윌 헨리." 그러곤 여인에게 말했다.

"난 의사요. 의사. 내가 무슨 말을 하는지 알겠소?"

그는 이번에는 프랑스어로 말해 보았다. 아왈리는 소말리아어를 시도했다. 박사가 다시 아랍어로 말을 걸었다. 전부 아무 소용도 없었다. 워스롭이 청진기를 꺼내 들었다. "이거 보입니까? 의사요."

그녀는 알았다는 듯이 고개를 끄덕이더니 방긋 웃었다. 지저분한 입술에 비해 눈부실 정도로 하얀 치아가 드러났다. 그녀는 비교적 금세 마음을 진정시키고는 자신의 운이 믿기지 않은 듯이 고개를 흔들었다. 여기서 의사를 만나다니! 그녀는 순종적으로 박사의 손에 몸을 맡겼다. 심박수, 맥박, 호흡, 마지막으로 눈. 내가 옆에서 빛을 비췄다. 박사가 한숨을 내쉬더니 갓난아기를 가리켰다.

"이 아이도 검사해야 하는데, 괜찮겠소?"

그가 아이의 몸 밑으로 천천히 손을 집어넣자 여자의 눈이 날카로워졌다. 그녀는 격렬하게 머리를 흔들며 아이를 안은 팔에 힘을 줬다. 워스롭이 두 손을 쳐들며 안심하라는 듯 웃어 보였다. "알겠소. 자, 그럼 어머님이 안고 있어요." 그는 신중하게 아이의 손목에 손가락을 댔다. 아이의 심장 소리를 들었다. 한쪽 눈꺼풀을 뒤집어 눈동자를 면밀히 관찰했다. 그는 여자에게 미소를 지으며 아이는 괜찮다고 말하는 듯이 고개를 끄덕였다. 워스롭은 등불을 내려놓고 내게 따라오라고 손짓하며 입구 밖으로 나갔다.

"여자는 감염 초기 단계다." 그가 말했다.

아왈리가 숨을 헉 들이켰다. "아이는요?"

"아기는 감염되지 않았소."

아왈리가 손으로 입가를 문질렀다. 시선을 들었다 다시 내리깔았다. 박사를 바라보았다.

"그럼 어떻게 해야 하죠?"

"아기를 포기하게 해야지." 괴물학자가 속닥였다.

"그런 다음에는요…… 여자를 죽입니까?"

워스롭은 대답하지 않았다. 그의 눈 속에 평소에 보기 힘든 드문 감정이 떠올랐다. 힘든 선택을 해야 할 때의 괴로움이었다.

"그렇게 해야 한다고 생각하는군요." 아왈리가 말했다. "그녀를 죽여야 한다고 생각하는 거군요."

"어차피 그녀의 운명은 정해졌소." 내 스승이 갈라진 목소리로 말했다. "그녀는 결국 죽을 거요. 그리고 그 전에 자식을 감염시키겠지."

"그럼 둘 다 죽여야겠군요."

"그런 말은 안 했어! 잘 들어요! 그녀에게는 아직 몇 시간이 남아 있소. 그리고 아이는 그보다 훨씬 오래 살 수도 있고. 우리가 시간 내에 그녀에게서 아기를 구할 수만 있다면 말이오."

"내가 애를 뺏어 오지요." 아왈리가 굳게 결심한 듯 말했다. "내가 빼앗아 오겠어요. 그런 다음에 박사님은 박사님이 할 수 있는 일을 하세요." 그가 틈새 안으로 발을 옮겼다.

"안 돼!" 워스롭이 그의 팔을 붙들었다. "아기를 억지로 빼앗으려 했다간 그녀가 실수로 감염시킬 수도 있소. 아니면 당신을 감염시킬 수도 있고. 그녀한테 긁히기만 해도 위험하단 말이오."

"그럼 어쩌자는 겁니까?" 아왈리가 맞받아쳤다. 그의 인내심도 한계에 달해 있었다.

"나도…… 나도 모르겠소." 워스롭은 목이 멘 것처럼 헐떡거렸다. "어쩌면…… 내가 조금만 더 접근할 수 있으면, 머리를 쏴서……."

"그렇게 손을 떨면서요?" 아왈리가 지적했다. 사실이 그랬다. 박사의 손은 아주 심하게 떨리고 있었다. "내가 하지요."

"당신은 그녀에게 그만큼 가까이 가지 못할 거요." 박사가 반박했다. "그리고 그녀가 믿는 건 나니까." 그는 씁쓸하게 덧붙였다.

"내가 한다니까요, 워스롭 박사님."

또다시 말다툼이 시작되었다. 내가 옆에 있다는 사실조차 잊은 것 같았다. 내 제안을 들은 워스롭은 진심으로 놀란 것 같았고 아왈리는 경악했다. 나는 총을 달라고 손을 내밀었다. 괴물학자와는 달리, 내 손은 전혀 떨리고 있지 않았다.

"그게 아기를 살리는 유일한 방법이에요." 내가 말했다.

"아니, 안 돼. 난 허락할 수 없다, 윌 헨리."

"왜요?"

"왜냐하면 이건 자기방어를 위해 다른 사람을 쏘는 것과는 완전히 다른 문제니까."

"뭐가 다른데요?" 내가 물었다. "여자를 살려 둘 수는 없어요. 아기가 죽게 내버려 둘 수도 없고요. 전 어린애니까 그녀도 절 의심하진 않을 거예요."

"내가 할 수 있어." 괴물학자는 겉모습과 달리 단호한 목소리였다. "내가 해야 해." 그가 내 어깨를 잡으며 말했다. "너는 아왈리와 있어라, 윌 헨리."

그는 산허리에 난 상흔 속으로 허리를 굽히고 들어갔다. 아왈리가 체념하듯 반대쪽으로 고개를 돌려 외면했다. 나는 박사가 들어간 곳으로 시선을 고정했다.

여자는 고작해야 아직 10대로밖에 보이지 않았다. 머리에서 발끝까지 땟국과 먼지로 뒤덮여 있음에도 여성으로서 만개한 아름다움은 가릴 수가 없었다. 박사가 옆에 무릎을 꿇자 그녀가 반기듯이 미소 지었다. 그가 그녀의 뺨을 어루만졌다. 왼쪽 손목이 위험할 정도로 그녀의 입과 가까운 곳에 있었다. 그의 오른손은 주머니 안에 들어 있었다. 그는 그녀에게 상냥하게 말을 걸었고, 눈빛과 목소리로 그녀를 안심시켰다. 총이 모습을 드러냈다. 그녀가 볼 수 없도록 허벅지 바깥쪽에 총을 숨겼다. 지금이야. 나는 생각했다. 지금 해야 해.

그의 얼굴은 보이지 않았다. 나는 여자가 그의 얼굴에서 무엇을 봤는지 모른다. 그러나 그녀는 여전히 활짝 웃고 있었고, 그는 계속해서 다정한 목소리로 이야기하며 그녀의 뺨을 쓰다듬었다. 그가 무슨 말을 하고 있을지 궁금했다. 아무 말이나 지껄이고 있었을지도 모른다. 왜냐하면 어쨌든 그녀는 무슨 말인지 알아듣지 못할 테니까. 어쩌면 그는 이런 말을 하고 있었는지도 모른다. "당신 아이를 위해 이렇게 할 수밖에 없소. 아이를 살리려면……." 아니면 "내 이름은 하 마쉬히트, 창조주께서 나를 첫 번째 날에 창조하셨나니……."라고 중얼거리고 있는지도 모른다.

그의 손이 뺨에서 떨어졌다. 그러나 반대쪽 손은 올라오지 않았다. 이윽고, 그는 허물어지고 말았다. 주춤주춤 뒤로 물러나더니 벽에 등이 부딪치자 한참 동안 움직이지 않았다. 등은 돌벽에 달라붙고, 고개는 푹 떨구고 양팔은 힘없이 쳐져 있다. 나는 그를 향해 걸어가기 시작했다. 그가 빈손을 치켜들었다. 거기 그대로 있어라.

"어떻게 됐니?" 뒤에서 아왈리가 물었다. 그는 여전히 고개를 돌려 보기를 거부하고 있었다.

"하실 수가 없나 봐요." 내가 중얼거렸다.

아왈리가 신음했다. "박사가 틀렸는지도 몰라. 어쩌면 저 여자가 아픈 데가 없다거나……."

"아니에요. 저 여자 눈을 보면…… 저도 봤는걸요."

"눈에서 뭘 봤는데?"

"오쿨루스 데이. 신의 눈요."

"무슨 소리인지 모르겠구나, 왈랄로. 신의 눈이 뭐냐?"

괴물학자가 고개를 퍼뜩 쳐들었다. 그의 검은 눈이 축축하게 젖어 있었다. 신의 눈이 뭐냐?

"알겠다." 아왈리가 말했다. "여자가 잠들기를 기다리고 있는 거야. 그래서 여자가 잠이 들면……."

"뭘 기다리시는지 전 모르겠어요." 내가 말했다. 시간은 촉박한데 그가 주저하고 있다는 사실이 나를 당혹시켰다. 그는 기슈브에서는 망설이지 않았다. 해링턴 레인의 부엌에서 내 손 위로 고기 써는 칼을 쳐들었을 때에도 망설이지 않았다. 괴물학자는 늘 자신이 해야 할 일을 성실하게 수행했다. 제이콥 토랜스가 손가락에 학회의 신조를 끼고 있었다면 펠리노어 워스롭은 심장에 그것을 새겨 놓고 있었다. 그는 파딜의 말처럼, 미호스이자 사자이자, 지평선의 수호자였다. 그는 왜 주저하는 것일까? 무엇에 묶여 있는 것일까? 그게 아니라면 반대로 그의 안에 있던 무언가가 사라진 것일까?

"난 저 사람이 어떤 사람인지 정말 모르겠다." 아왈리가 말했다. "저 사람은 죽음을 좋아하면서 그걸 두려워하는 것 같아. 광견병에 걸린 사냥개처럼 그걸 쫓아가면서 겁먹은 토끼처럼 도망치려 해. 어떻게 저런 사람이 괴물을 사냥할 수 있는 거지?"

아왈리는 동굴 입구에 앉아 두 무릎 사이에 장총을 내려놓고는 돌벽에 등을 기대고 고개를 젖혔다.

"피곤하구나, 왈랄로." 그가 길게 한숨을 내쉬었다.

"그럼 주무세요. 제가 깨어 있을게요."

"아, 우리가 한 약속을 잊었니? 난 널 돌봐 줘야 해."

"안 돌봐 주셔도 되는데요."

"심판의 때가 되었을 때 대답을 해야 하는 사람은 네가 아니잖니, 왈랄로." 그가 부드럽게 응수했다.

나는 바닥에 앉았다. 박사를 계속 지켜볼 수 있도록 아왈리를 마주 본 채였다. 워스롭은 아직도 움직이지 않고 있었다. 여자와 갓난 아기도 마찬가지였다. 혹시 박사가 틀렸는지도 모른다는 생각이 들었다. 여자가 아니라 아기가 문제인지도 모른다. 어머니는 감염되었는데 어떻게 아기는 무사할 수 있단 말인가? 차라리 지금 두 사람의 고통을 끝내 버리는 게 낫다. 하지만 나는 동료들에게 그런 생각을 말하지 않았다. 그저 혼자 가슴에 품었을 뿐 조용히 기다렸다. 밤이 깊어질 때까지, 내 동료들이 곯아떨어질 때까지. 나는 여자의 눈꺼풀이 무거워지는 것을, 그녀의 머리가 졸음과 싸우며 앞으로 떨어졌다가 다시 화들짝 뒤로 젖혀지는 모습을 묵묵히 지켜보았다. 나는 또렷하게 깨어 있었다. 앞으로 수천 밤 동안이라도 깨어 있을 수 있었다. 내 안에 존재하는, 단단하게 말려 있는 것도 마찬가지였다. 다스 웅게오이어, 나이자 내가 아닌 것, '내가 있다.'라고 속삭이는 그것, 내 안에서, 당신의 안에서 풀려나고 싶어 격렬하게 몸부림치는 그것.

미호스가 잠들면, 오포이스가 깨어난다.

바람의 신음 소리, 지상에 흩뿌려진 뼛조각이 바스러지는 소리, 권총의 차가운 총신과 잠든 여자. 여자의 벌거숭이 가슴에 안겨 있는 갓난아기와 붉은 생채기가 가득한 발바닥. 그녀의 정수리는 마치 자진하여 자신을 바치는 양 나를 향해 있다. 나는 총을 들었다. 그리고 그녀의 머리끝에 가져다 댔다.

세상은 둥글지 않다. 수평선은 심연의 절정, 더 이상 되돌아갈 방법도 없다.

방아쇠 위에 놓인 손가락에 서서히 힘이 들어가는 순간, 갓난아기에게 눈길이 닿았다. 아기가 나를 똑바로 쳐다보고 있었다. 아기는 깨어 있었고, 어미의 젖을 빨고 있었다. 심장이 덜컹 내려앉았다. 나는 총을 내리고 아이를 여자의 품에서 억지로 떼어 냈다.

여자가 눈을 뜨더니 새된 비명을 지르며 내게 덤벼들었다. 하지만 나는 벌써 풀쩍 물러나 동굴 밖으로 달려 나간 참이었다. 밖은 칠흑처럼 어두웠고 나는 얼마 가지 못해 돌에 발부리가 걸려 앞으로 넘어지고 말았다. 그나마 마지막 순간 가까스로 몸을 비틀어 아이를 보호했다. 시간이 얼어붙은 양 온몸에 소름이 돋는 그 끔찍한 순간 그녀의 유령 같은 그림자가 내 몸 위에 드리워졌고, 심장이 멎을 듯한 찰나가 지났을 때 머리 위에서 총소리가 울렸다. 세상에서 가장 소중한 것을 빼앗긴 어미의 몸뚱이가 내 발밑에 털썩 쓰러졌다. 나는 박사나 아왈리의 얼굴을 기대하며 고개를 들었다. 그러나 내가 본 것은 둘 중 누구도 아니었다. 그 웃음 띤 얼굴은 모든 일의 근원이자 우리가 피와 바위와 그림자로 가득한 이 저주받을 섬에 오게 만든 장본인, 내가 지금 자지러지듯 우는 갓난아기를 팔에 안게 된 원인이었다. 그것은 존 컨스의 얼굴이었다.

39장

"어떻게 생겼나?"

존 컨스가 작게 웃으면서 앉아 있던 자리에서 펄쩍 뛰어내렸다. 그는 아왈리와 박사가 등불을 들고 달려오는 것을 보고는 즉시 총구를 내리고 두 손을 들어 올렸다.

"쏘지 말게! 난 아직 말짱하다고!" 그는 특유의 나른하고 뻔뻔스러운 말투로 말했다. "이런!" 그러곤 아왈리를 위아래로 훑어보며 덧붙였다. "아프리카인치곤 정말 큰 친구로군!"

"그를 감시하시오, 아왈리." 내 스승이 말했다. "조금이라도 움직이면 죽여 버리고."

워스롭이 컨스의 희생자 옆에 무릎을 꿇었다. 총알은 여자의 머리 뒤를 깔끔하게 관통했다.

"다친 데는 없느냐?" 워스롭이 걱정스러운 듯 내게 물었다. 나는 고개를 저었다. 그는 재빨리 아기를 진찰한 후, 내 품에서 거둬 갔다.

“이번에도 나한테 목숨을 빚졌구나, 윌 헨리 군!” 컨스가 놀리듯이 말했다. “뭐, 그렇다고 내가 일일이 세고 있었다는 건 아니다. 워스롭, 난 자네가 죽은 줄만 알았네. 아니면 미쳤거나, 아니면 둘 다거나 말이지. 그러니까 내가 반만 맞았거나 반만 틀린 것 같구먼. 세상만사가 다 그렇듯이 어떻게 보느냐의 문제지. 그건 그렇고, 정말로 자네 조수를 구해 준 보답으로 이 덩치 큰 아프리카인한테 날 죽이라고 할 건가?”

“이 사람은 누군가요?” 아왈리가 물었다.

“잭 컨스라고만 알고 있으면 되오. 아니면 내 아프리카 이름인 카시스라고 불러도 되고. 당신 이름은 아왈리로군. ‘행운’이라는 뜻이지.”

아왈리가 고개를 끄덕였다. “그리고 난 당신 이름인 카시스가 무슨 뜻인지 알지요, 잭 컨스.”

“잘 됐군! 자, 그럼 통성명을 했으니 불을 끄고 몸을 숨길 곳이나 찾아보자고 제안하는 바요. 불빛은 촛불에 달려드는 나방처럼 놈들을 불러 모은단 말이야. 자네도 그쯤은 잘 알 텐데, 펠리노어.”

물론 박사도 잘 알고 있었다. 그는 내게 떨어진 장총을 주우라고 지시하고는 컨스를 앞장세워 우리의 은신처로 갈 것을 명했다. 그의 옆에는 아왈리가 붙어 섰고, 워스롭과 나는 그 뒤를 따랐다. 아기는 워스롭의 품에서 칭얼거리고 있었다. 작은 얼굴은 먼지와 눈물 범벅이었고 입은 죽은 어미의 모유가 묻어 번들거렸다. 틈새에 이르자 괴물학자가 등불을 껐다.

“그래도 내 눈엔 당신이 잘 보이니 허튼 수작 마쇼.” 아왈리가 영국인에게 경고했다.

"정말이오? 고양이 눈이라도 갖고 있는 모양이구먼. 아니면 로터* 같은 눈이라고 해야 하나?"

"자네 친구들은 어디 있나, 컨스?" 박사가 물었다.

"무슨 친구들? 아, 러시아인들을 말하는 건가? 죽었다네. 시도로프만 빼고. 그 친구는 아직 안 죽었을지도 모르겠군. 아직은 말이야. 고양이 눈은 아닐지 몰라도 목숨은 아홉 개인 것 같더구먼!"

"자네가 마그니피쿰을 가져다주겠다고 약속한 게 시도로프였군."

"마그니피쿰? 흠, 그럴지도. 난 그저 그 친구에게 놈들의 둥지까지 데려가주겠다고 했을 뿐이야. 그 짐승 자체에 대해서는…… 그와 그의 친구인 차르의 문제였지."

"그래서?" 워스롭이 부드럽게 윽박질렀다. "그걸 찾았나?"

"흠, 그렇다고 해야 할지……. 그것이 그를 찾았다고 해야겠군."

박사가 씨근거렸다. 그는 최고의 보물을 건 경주에서 패배했다. 그것도 최악의 경쟁 상대에게. 괴물학자로서의 자격도 없는 사기꾼 돌팔이 과학자가 모든 괴물들의 아버지를 최초로 발견한 영광을 차지하게 될 터였다.

컨스가 박사의 반응을 읽고 말했다. "나한테 화내지 말게, 펠리노어. 난 자네에게 니두스를 보내 줬다고."

"왜 나한테 그걸 보낸 건가, 컨스? 시도로프에게 자네가 사실을 말하고 있다는 걸 확인시켜 주려고?"

"오, 사실이라." 컨스가 비웃듯이 말했다.

---

* 푸드레 세르에 감염된 자들을 일컫는 말로 '부패한 자'라는 뜻이다.

"그걸 받으면 내가 자네를 찾아 나설 거라는 걸 뻔히 알면서."

"자네가 그럴지도 모른다는 생각이 들긴 했지. 시도로프도 그랬고. 내가 그 물건을 안전하게 보관하려고 자네에게 보냈다는 이야기를 듣고 별로 달가워하지 않더군. '그는 안 돼.'라고 했지. '워스롭은 안 돼.'" 컨스의 러시아어 억양은 흠 잡을 데 없이 완벽했다. "그래서 내가 말했네. '오, 워스롭은 괜찮은 친구야. 훌륭한 과학자인데다 빌어먹을 도덕주의자니까.'"

"그래서 루릭과 플레섹이 날 따라다닌 거로군."

컨스가 웃음을 터뜨렸다. "아, 그래. 그 둘은 정말이지 문자 그대로 자기를 봐 달라고 고함을 지르는 모양새였으니까."

"하지만 아크라이트는 아니었지."

"아크라이트가 누군데?"

"아크라이트가 누군지 모른다고?"

"내가 알아야 하나?"

"영국에도 로쿠스 엑스 마그니피쿰의 존재를 알려 줬잖나."

"거기에 대해 내가 변명이라도 해야 하나? 어쨌든 난 우리 고귀하신 여왕 폐하의 충성스러운 신하가 아닌가." 컨스가 목소리를 높였다. "신이여, 여왕을 지켜 주소서!"

"이야기가 끝나면." 아왈리가 워스롭에게 말했다. "저자를 죽여도 됩니까?"

"저런, 이런 잔인한 아프리카 놈 같으니! 이 친구를 어디서 발굴한 건가, 펠리노어? 해적선에서 납치라도 해 왔나?"

"내가 해적이라는 건 어떻게 알았지?" 아왈리가 물었다.

“그만하시오, 아왈리.” 워스롭이 말했다. “피할 수만 있다면 악마와는 대화를 하지 않는 법이지.”

“그래, 그래 그게 중요하지.” 컨스가 쾌활하게 맞장구를 쳤다. “피하는 거 말이야.”

“그건 어디 있나, 컨스?” 괴물학자가 험악한 말투로 물었다. “마그니피쿰은 어디 있지?”

존 컨스는 한참 동안 대답하지 않고 시간을 끌었다. 그사이 내 눈은 어둠에 익숙해졌다. 그럼에도 그는 어두운 산을 뒤에 업은 밝고 희미한 회색 그림자로만 보일 뿐이었고, 그림자에서 흘러나오는 목소리는 공중에서 윙윙거리는 파리의 날갯짓처럼 낮고 단조로웠다.

“마그니피쿰은 어디 있냐고? 그건 자네 위에 있네. 자네의 옆에, 뒤에, 앞에 있지. 자네의 시야에서 1만 분의 1센티미터 밖의 공간에 살고 있지. 자네 코앞을 자세히 보면 그걸 볼 수 있을 걸세, 펠리노어.”

내 옆에서 박사가 더 이상 못 참겠다는 듯이 씨근덕거렸다. 금방이라도 컨스에게 달려들어 목을 졸라 죽일 것처럼 온몸이 뻣뻣하게 경직되는 게 느껴졌다. 아마도 컨스의 목숨을 구한 것은 그의 품에 안겨 보채고 있는 갓난아기였을 것이다.

“나도 더 이상은 참고 견딜 재간이 없네, 컨스. 자네의 수수께끼 때문에 고생을 너무 많이 했어.”

“자네뿐만이 아니겠지! 나도 꼬마 윌리의 손을 봤어. 저 애도 호기심에 백기를 들었나 보지, 흐음?”

워스롭은 컨스의 비아냥을 무시하고 으르렁거렸다. “마그니피쿰은 어디 있나?"

"그걸 진심으로 보고 싶은 겐가? 그렇다면 좋아. 내가 데려다주지. 하지만 지금은 안 돼. 놈의 자식들은 밤에 움직이고, 그 아비를 대단히 아끼거든. 내 러시아 친구들이 알게 된 것처럼 말이야. 물론 자네는 이미 알고 있었겠지."

컨스는 물을 마시고 싶다고 하더니 워스롭의 물통을 깡그리 비웠다. 그다음에는 지독히도 배가 고프다고 했고, 우리 식량을 게눈 감추듯이 먹어 치웠다.

"며칠째 저 여자를 쫓고 있었지." 그가 입안 가득 비스킷을 우물거리며 말했다. "무미에서부터 말이야. 거기 주민들은 감염된 사람들을 쫓아내거든. 자기들이 살려고 동굴 밖으로 추방하는 거야. 하지만 난 여자가 완전히 잠식될 때까지 기다렸어. 그편이 사냥하는 재미가 있으니까. 여자들이 남자들보다 잡기가 까다로워. 사내놈들은 무작정 달려드는 경향이 있거든. 숨을 생각도 하지 않고 섬세함이라곤 눈곱만큼도 없지. 하지만 여자들은 달라. 아주 똑똑하지. 사냥꾼을 함정으로 유인하질 않나, 똑같은 자리를 빙빙 돌지를 않나, 몇 시간이나 꿈쩍도 않다가 방심했을 때 기습하거든. 나라면 여자로터보다 차라리 아왈리 같은 큼지막한 사내놈과 붙겠네."

"우리가 여기 있다는 걸 알고 있었군." 워스롭이 말했다. 질문이 아니었다.

"불빛을 봤으니까. 자네들이 그녀를 데려갔다는 걸 알았네. 어떻게 해야 할지 감이 안 잡히더군. 자네가 알아서 처리할 줄 알았지,

워스롭. 한데 왜 그러지 않았나?"

워스롭이 품에 안은 갓난아기를 내려다보았다. 아기는 잠들어 있었다. 살짝 벌린 입술이 엄지손가락을 쪽쪽 빨고 있었다.

"언젠간 해야 한다는 거 자네도 알지?" 컨스가 말했다.

괴물학자가 고개를 들었다. "뭘?"

"그 애를 죽이는 것."

"이 아이는 아직 감염되지 않았어."

"불가능해."

"내가 직접 검사했네."

"어미젖을 빨고 있었잖나. 그런데도 감염되지 않았다고?"

워스롭은 한참 동안 아랫입술을 짓씹었다. "아무 증상도 없었어." 그는 끝까지 고집스럽게 우겼다. 나는 그가 누구를 설득하고 있는지 궁금했다. 컨스일까, 아니면 그 자신일까.

"뭐, 좋을 대로 하게. 여기다 버리고 가면 굶어 죽겠지."

"데려갈 걸세."

"마그니피큠을 찾으러 가는 거 아니었나?"

워스롭은 아기를 다정하게 안고 살살 흔들고 있었다. "아왈리가 남아서 돌보면 돼." 그는 결론을 내렸다.

"제가요?" 아왈리가 물었다.

"그래서 애가 배가 고파 울면 저 커다란 검은 젖꼭지를 물리고?"

"여기서 제일 가까운 마을이 어디지?"

"아직 사람들이 살아 있는 곳? 호크에 있는 동굴일 걸세."

"그럼 애를 호크로 데려가면 되겠군."

"뭐 하러? 그 애는 벌써 노출됐어. 그러니 어차피 거기 가도 죽을 걸세. 차라리 지금 곱게 보내서 쓸데없는 수고를 더는 게 낫지."

"난 죽일 수 없어." 박사가 말했다. "난 죽이지 않을 걸세."

"아, 그럼 내가 해 주길 바라나?"

워스롭은 본능적으로 아기를 안은 팔에 힘을 주었고, 곧장 화제를 바꿨다. "자네의 러시아 친구들은 어떻게 된 건가?"

"저 여자와 똑같이 됐지. 별의 부패물을 만지면 다 그렇게 돼. 처음에는 그럭저럭 나쁘지 않았네. 짝짓기 철이 시작된지라 사상자가 한정되어 있었거든. 술탄이 사태를 꽤 잘 관리했고. 멀리 떨어져 있는 마을 몇 개에 감염자들을 가둬 놨네. 여기 사람들은 병이 돌면 병자들을 격리하지. 천연두가 발생했을 때처럼 말이야. 그러곤 전염병이 잦아들 때까지 기다리는 거야. 시도로프와 그 동료들이 역학 조사를 해서 계곡 깊은 곳에 있는 발생지를 추적해 냈는데, 한 멍청이가 바보짓을 저질렀지 뭔가. 문자 그대로 갓 만들어진 신선한 푸드레 세르를 밟아 버린 거야. 그러고는 신발을 깨끗이 씻었으니까 괜찮다고 우겼어! 그래서 결국 전원이 감염되어 버렸지. 나도 아슬아슬하게 빠져나왔어. 그 뒤로는 녀석들과 서로 쫓고 쫓기는 놀이 중이고."

"시도로프는 어떻게 됐나?"

"아, 그 친구도 당했네. 오늘이 무슨 요일이지? 화요일? 흠, 오늘이 무슨 요일인지 별로 중요하지 않다는 게 재미있지 않나? 어쨌든 그 친구는 지난 목요일쯤에 붙잡혀 가지 않았나 싶네."

"붙잡혔다고?"

컨스가 고개를 끄덕였다. "놈의 보금자리에 말이야. 내가 자네를 데려다줄 곳이지. 자네가 아직도 가고 싶어 한다면 말이지만."

"그건 어떻게 생겼나?" 워스롭이 물었다. 그는 존 컨스에게 그런 질문을 하고 싶지 않았다. 답변을 얻을 것이라고도 기대하지 않았다. 그러나 그는 주체할 수가 없었다. 그의 눈앞에서 죽어 간 모든 이들이 그를 떠밀고 있었다. 그가 얼굴 없는 존재의 얼굴을 보기 위해 희생시킨 사람들.

"일단 꽤 크지." 컨스가 진지하게 대답했다. "정확하게 말하자면 아주 거대해. 우리 인간들만큼 오래 살았고, 이 섬에서 저 섬으로 옮겨 다니면서 수십 년 동안 다시 모습을 감추지. 수컷은 별로 똑똑하지 않아. 좀 게으르기도 하고. 수사자처럼 가만히 앉아서 암컷들이 먹이를 가져오길 기다리지."

"외양은? 파충류인가? 조류? 아니면 박쥐처럼 날개 달린 포유류인가?"

"글쎄. 뇌는 아주 작아. 도마뱀이나 새처럼 말일세. 그렇지만 날개는 없네. 온몸이 가시에 덮여 있고—꼭 장미처럼!—거죽은 얇고 희멀겋고, 발톱은 날카롭지. 그리고 손가락을 쓰는 솜씨가 꽤 비상해. 놈들이 엮은 둥지가 얼마나 정교하고 섬세한지 자네도 알잖나."

"그럼 알을 낳는 거군. 새나 파충류처럼 말이야."

컨스가 어깨를 으쓱하며 씩 웃었다. "알을 본 적은 없네. 보고 싶지도 않고. 알을 낳는 장면은 상상도 하기 싫군."

"몇 마리나 있나?"

"소코트라에 말인가? 수백 마리는 될 걸세."

"수백이라고?" 괴물학자가 놀라움이 가득한 목소리로 탄성을 질렀다.

"전 세계적으로는 수천 마리겠지. 수만, 수백만이 될 수도 있어. 이 축복받은 섬의 모래알만큼이나 많다네. 고개를 들어 보게, 펠리노어. 저 밤하늘을 수놓은 별들이 보이나? 마그니피쿰도 저렇게 헤아릴 수 없이 많네. 그리고 놈들이 가진 얼굴도 마찬가지지."

내 스승은 시간 낭비를 하고 있음을 깨달았다. 그는 조용해졌고, 컨스도 조용해졌다. 남은 것은 바람 소리뿐, 한동안 다른 것은 아무것도 들리지 않았다.

"이번에도 네가 허튼 수작을 부리는 거라면, 컨스, 진짜로 죽여 버릴 거야. 내 말 알겠나?" 이윽고 박사가 말했다.

"맙소사, 펠리노어. 난 자네가 그걸 발견하길 바란다네. 내가 왜 애초에 자네한테 니두스를 보냈겠나?"

컨스는 장총을 돌려달라고 말했다. 워스롭은 거절했다.

"놈들이 곧 올 거야. 난 무기가 필요하다고." 컨스는 간곡히 설득했다. "자네도 나한테 총이 있길 바랄걸."

"누구?" 아왈리가 물었다. "누가 온다는 거요?"

"로터들." 컨스가 대답했다. "티포에우스의 자식들. 피가 놈들을 부르지. 수 킬로미터 밖에서도 피 냄새를 맡을 수 있어. 특히 이런 바람이 불면 말이지. 제발 총을 돌려주게."

"난 이 사람을 믿을 수가 없습니다." 아왈리가 말했다. "그의 이름은 진짜예요. 카시스, 사악한 자예요."

"내가 자네들을 죽일 생각이었으면 진작에 그랬지." 컨스가 지적했다. 일리 있는 말이었다.

"윌 헨리." 박사가 입을 열었다. "컨스 박사한테 총을 줘라."

아왈리가 구시렁거렸다. 컨스는 부드럽게 웃었다. 워스롭은 아이를 품에 안고 얼렀다. 아이의 표정이 평온한 것만큼이나 그의 얼굴은 심란해 보였다.

우리는 티포에우스의 자식들이 오길 기다렸다.

40장

"나는 똑바로 서 있네."

워스롭은 갓난아기를 내게 맡기기로 결정했다.

"최악의 사태가 발생하면, 우리가 온 길로 돌아가렴." 그는 내게 말했다. "계곡을 따라 산을 내려가서 남쪽으로, 바다 쪽으로 가라. 다그마르 호가 올 때까지 기슈브는 비교적 안전할 거야."

"아왈리한테 맡기세요." 나는 거부했다. "전 박사님이랑 같이 갈래요."

"넌 용감한 아이야, 윌 헨리. 컨스보다는 토랜스에 가깝지, 적어도 나는 그러길 바란다만……."

"걱정 마세요." 아왈리가 끼어들었다. "왈랄로한테는 지켜야 할 약속이 있습니다. 하지만 네 스승님 말씀이 옳다. 적어도 이 점에 있어서는 말이야. 걱정 마세요. 내가 목숨을 걸고 이 아이를 지킬 테니까요."

컨스는 동굴 입구를 어슬렁거리며 어둠 속에 누워 있는 여자의 시체를 노려보고 있었다.

"완벽한 장소야, 완벽해!" 그가 숨을 내쉬었다. "일부러 작전을 세웠어도 이보다 더 좋을 수가 없겠어! 펠리노어, 나는 저기에 자리를 잡겠네. 동쪽에 있는 저 바위턱 위에 말이야. 자네는 북쪽을 맡게. 그리고 아왈리는 반대쪽에 있는 저 바위를 기점으로 삼고. 오, 그 악마 같은 미노타우로스.* 드디어 놈의 머리를 자를 수 있겠군!"

"미노타우로스?" 박사가 멍하니 되물었다.

"내가 놈한테 붙인 별명이지. 엄청 커다란 놈인데, 여기 있는 해적만큼이나 덩치가 우람해. 며칠째 놈을 쫓아다녔네. 다른 로터들처럼 이성을 잃은 짐승도 아니야. 아주 영특한 친구지. 아마 마을 족장 같은 게 아니었을까 싶네. 힘도 무지막지하게 세고. 척 보면 알 걸세. 이마 한가운데 커다란 뿔이 나 있거든. 우두머리 수사슴처럼 말이야. 놈들은 무리를 지어 이동하는데, 지난번에 봤을 때는 네다섯 마리가 함께 움직이고 있었네. 그렇지만 자네도 알다시피 놈들은 푸드레 세르 때문에 금세 몸이 허물어지지. 새로운 놈들이 합류하지 않았다면 지금쯤은 한두 마리로 줄었을 수도 있어. 총알 한 방으로는 놈을 잡을 수가 없어. 내가 벌써 세 방이나 쏘아 맞혔는데 끄떡도 하지 않고 아직 돌아다니고 있거든. 지난번에 놈을 명중시켰을 때는 꽤 흥미로운 일이 있었지. 피가 상당히 많이 났는데, 보통 놈들은 피를 보면 미쳐 날뛰기 마련이거든. 그런데 그 미노타우로스 자

---

* 그리스 로마 신화 속 황소의 머리와 인간의 몸을 가진 괴물. 미노스의 미궁에 갇혀 있다가 테세우스에게 살해된다.

식은, 주변에 무리의 다른 로터들이 몰려들더니 아첨이라도 하듯이 상처를 핥아 주더라고. 무슨 충성 서약이라도 바친 신하들처럼 말이야. 솔직히 감동스러운 장면이었네. 놈들의 수명이 기껏해야 몇 주일밖에 안 된다는 걸 생각하면 말이야."

컨스가 고개를 번쩍 들었다. 우리는 귀를 기울였다. 그러나 내 귀에 들리는 것이라고는 바위 위로 바람이 스치는 소리뿐이었다.

"뭔가 온다." 그가 속닥였다. "빨리 자기 자리로 가는 게 좋겠어. 내가 신호를 보내기 전에는 선택의 여지가 없다면 모를까, 절대로 성급하게 발사하지 말게. 놈들이 미끼에 정신이 팔릴 때까지 기다려야 해. 그러고 나면 식은 죽 먹기일 걸세. 내 친구 미노타우로스를 조심하게!"

그는 재빨리 샛길로 달려갔다. 워스롭은 몇 발짝 뒤에서 그를 따랐다. 아왈리는 다정하게 내 어깨를 두드린 다음 장총을 집어 들고 반대쪽으로 향했다. 나는 틈새 안에서 벽에 등을 기댄 채 쭈그리고 앉아 무릎 위에 어색하게 아기를 안은 채로 더 이상 도망칠 곳도 없고 방어 수단도 없는 막다른 구석에 짜부라져 있는 것이 얼마나 멍청한 짓인지 생각했다. 내 운명은, 그리고 아기의 운명은 소말리아어로 "사악한 자"라는 이름을 가진 미친 살인자의 손에 달려 있었다.

아기가 잠결에 끙끙거렸다. 나는 손가락 끝으로 가볍게 아이의 얼굴을 매만졌다. 닫혀 있는 눈꺼풀에서부터 작고 통통한 코, 부드러운 뺨까지. 언젠가, 얼마 전에도 한 아기가 있었다. 내가 더럽고 지저분한 공동주택의 복도에 두고 온 아기, 내가 구할 수 있었음에도 버려 둔 아이. 나중에 그 아기는 하수도가 터져 물이 고인 지하실에서 반쯤 먹혀 둥둥 떠다니는 채로 발견되었다. 너는 나의 구원이야. 나를 죄의 감옥에서 풀어 줄 열쇠지. 아왈리는 이렇게 말했다. 너를 구하면 나도 심판의 날에 구원받을 수 있을 거야. 솔직히 고백하자면, 나는 그때 그 말을 들으며 지극히 워스롭스러운 생각을 하고 있었다. 우연한 만남에 불과한 것에 하느님의 뜻이라는 의미를 붙이다니, 얼마나 비논리적인 사고의 비약인가. 하지만 본래 믿음의 도약이란 비논리적인 게 아니던가? 시간을 구원하라. 별들이 노래 부른다. 나는 아이의 얼굴을 어루만지며 별들의 노래를 떠올렸다. 시간을 구원하라. 나는 결심했다. 만일 그래야 할 때가 온다면 나는 아기를 여기 두고 밖으로 뛰쳐나가 내 몸으로 놈들을 유인하리라. 이번에는 죽음이 아니라 삶을 위해 아기를 두고 가갈 것이며, 그것은 저주가 아니라 구원이 될 것이다.

산봉우리 끝에서 북풍이 비명 소리를 싣고 날아왔다. 도살장에서나 들을 수 있을 법한 높고 새된 소리, 도저히 인간의 것이라고는 믿기 힘든 소리. 순간적으로 나는 그것이 티포에우스의 자식들이 아니라 컨스의 "미끼"의 유혹에 걸린 티포에우스 그 자신일지도 모른다는 끔찍한 생각을 떠올렸다. 뾰족하고 기괴한 척추와 창백한 피부를 빛내며 산등성이를 따라 하강하는 마그니피쿰의 모습을 상상했다. 쩍 벌린 입에서는 푸드레 세르가 뚝뚝 떨어지고, 인간보다 두 배는 긴 팔다리와 세 배는 커다란 몸집을 한 검은 베헤못. 그리고 그 얼굴은 텅 비어 있으니, 얼굴 아닌 얼굴, 얼굴 없는 얼굴. 피에르 르브로크가 완벽한 깨달음 속에서 고통 속에 부르짖던 "눌리테! 눌리테! 그게 전부야! 아무것도 없어, 아무것도! 아무것도!"

처음의 비명 소리에 또 다른 목소리가 화답했고, 뒤이어 또 다른 목소리가 서로 다른 방향에서 터져 나오며 점점 더 가까이 다가오고 있었다. 소리의 간격은 줄되 길이는 짧아졌고, 그러다 점점 먹잇감을 사냥하는 하이에나의 격한 울음소리와 비슷해졌다. 그러더니 불현듯 바람 소리만 남았다. 좁은 동굴 안에 갇혀, 밖에서 무슨 일이 벌어지고 있는지 알 도리도 없이 막막하게 기다리고만 있는 것은 고역이었다. 내가 짐작할 수 있는 것이라고는 그들이 바로 밖에 와 있을 수도 있다는 것, 놈들이 안으로 뛰어들기 전에 뭔가 신호를 기다리고 있을지도 모른다는 것뿐이었다. 나는 한 손을 바닥으로 떨어뜨려 돌멩이나 나뭇가지 또는 무기로 쓸 만한 것이 없는지 열심히 더듬었다. 머릿속에서 켄달 씨가 계단을 뛰어 내려오는 모습을, 그의 검은 눈동자가 내 시야를 가득 메우는 것을 보았다.

그때, 소리가 들렸다. 뭔가가 찢어지는 또렷한 소리와 시신에서 다리를 뜯어낼 때처럼 닭다리를 찢는 듯이 우두둑하는 소리였다. 뭔가, 하나 이상의 것이 흐느끼는 소리가 들렸다. 코를 훌쩍이고 딸꾹질하는 끔찍한 소리, 통곡의 눈물, 깊고 깊은 절망이 담긴 통곡. 나는 그들이 그녀를 먹어 치우고 있음을 알았다. 자신의 혀를 삼킬 정도로 게걸스러운 허기에 굴복해, 그녀를 찢고 잘라 피가 뚝뚝 떨어지는 내장을 허겁지겁 입에 넣고 우걱우걱 쩝쩝거리는 모습. 그리고 저 산꼭대기의 왕좌 위에서, 티포에우스 마그니피쿰, 위대한 아버지는 자식들을 내려다보며 미소 짓고 있을 것이다.

컨스가 소리를 질러 대기하던 이들에게 신호를 보냈다. 내가 들은 것은 여섯 발의 총소리였다. 두 발은 컨스의 장총에서 발사됐고,

나머지는 워스롭의 리볼버였다. 메아리 소리가 꼬리에 꼬리를 물며 샛길을 따라 삽시간에 흩어졌다. 틈새 입구에서 커다란 그림자가 퍼덕였다. 나도 모르게 작게 비명을 질렀지만 곧 그것이 학살 장소로 뛰쳐나가는 아왈리라는 것을 깨달았다. 나는 일어서서 바깥으로 나갔다. 이제는 겁나지 않았다. 그저 보이지 않는 것을 보고자 하는, 대부분의 사람들은 보고 싶지 않을지 몰라도 나는 봐야만 하는 것을 보고자 하는 익숙하고 역겨운 호기심만이 있을 뿐이었다.

한 구의 시신이 누워 있던 자리에 네 구의 시신이 누워 있었다. 헷갈릴 정도로 팔다리가 어지러이 뒤엉켜 있었다. 거기까지 가려면 경사를 따라 흐르는 피의 개울을 건너야 했다.

"잘 했네, 워스롭." 존 컨스가 말했다. "내가 두 발을 맞혔는데 자네가 네 발이라니. 그렇게 명사수인 줄은 몰랐는걸."

"어떻게 이럴 수가 있죠?" 아왈리가 혐오감과 놀라움이 뒤섞인 떨리는 목소리로 말했다. "이 여인은 나이가 아주아주 많은데 애를 배고 있어요."

"그건 애가 아니오." 컨스가 웃음 띤 얼굴로 말했다. "뒤로 물러들 나요. 직접 보여 줄 테니."

그는 부츠에서 보위나이프를 꺼내 노파의 몸 위로 허리를 구부렸다. 그녀는 몸을 둥글게 웅크리고 옆으로 누워 있었는데, 회색빛 머리칼 밑으로 피가 흥건히 고여 있었다. 컨스는 그녀를 찌르지 않았다. 그는 재빨리 그녀의 배를 가른 다음 뒤로 펄쩍 물러났다. 상처가 위아래로 요동치는가 싶더니 갑자기 그녀의 배가 펑 소리를 내며 투명하고 미세한 물방울과 고약한 냄새가 나는 피, 그리고 내장을 뿜어냈다. 컨스가 껄껄 웃으며 말했다. "봤나? 이 여자는 임신을 한 게 아니야. 심각할 정도로 배에 가스가 찬 것뿐이라고."

아왈리는 구역질을 하며 눈을 돌렸지만 워스롭은 몹시 흥미를 느낀 듯 이 현상이 해변에 밀려온 고래 시체에 일어나는 일과 비슷하다고 설명했다. 시체가 내부에서부터 부패해 박테리아가 만든 가스로 가득 차면 문자 그대로 배가 폭발한다는 것이다. 이는 우리가 기슈브에서 봤던 배에 구멍이 난 시신과 피투성이 벽과 천장을 설명해 주었다.

"푸드레 세르에 함유되어 있는 물질이 이런 현상을 유발하거나 아니면 감염에 따른 반응일 수도……."

워스롭이 신기하다는 듯 중얼거렸다.

"자네가 좋아할 줄 알았네. 내가 깨끗한 신발에 집착하더라고 말한 러시아인 기억나나? 그 친구 결말도 이렇게 됐지. 그것도 시도로프가 검사를 하는 동안에 말이야. 그걸 두 사람이나 뒤집어썼다네."

워스롭이 멍하니 고개를 끄덕였다.

"자네가 말한 미노타우로스는 안 보이는데."

"그렇군." 컨스가 한숨을 내쉬었다. "이번에도 내 손을 빠져나간 것 같으이. 하지만 나는 아직 놈과 볼일이 끝나지 않았어. 이번 일을 마무리 짓기 전에 반드시 놈의 머리를 손에 넣을 걸세. 내 서재에 걸어 놔야지! 맹세해도 좋아!"

다음으로 어떻게 할 것인가를 두고 컨스와 괴물학자 사이에 길고 격렬한 언쟁이 벌어졌다. 우리는 지치고 고단하고 간절히 잠이 필요했지만, 컨스는 지금 즉시 이곳을 떠나야 한다고 주장했다. 그는 적어도 한 무리 이상의 "로터"들이 주변을 돌아다니고 있기 때문에 우리의 운이 — 혹은 우리의 탄약이 — 바닥날까 봐 걱정스럽다고 했다. 워스롭은 컨스에게 그가 직접 이곳이 "완벽한 장소"라고 했음을 지적하며 기습을 당할 위험을 무릅쓰느니 함정을 준비하는 것이 낫다고 주장했다.

"저 위쪽에 동굴이 하나 있네. 여기서 한 1.5킬로미터쯤 떨어진 곳이야." 컨스가 말했다. "거기라면 괜찮을 거야. 하지만 최선은 놈들과 움직이는 시간을 맞추는 걸세. 놈들은 낮에 자고 밤에 사냥을 하거든."

"알겠네." 워스롭이 말했다. "하지만 첫 번째 조건을 충족시키지 않으면 두 번째는 아무 쓸모도 없겠지! 윌 헨리, 내가 애를 안으마. 너는 우리 짐과 내 도구 가방을 챙겨라. 컨스와 내가 앞장설 테니 너와 아왈리는 뒤를 맡고. 조용히, 그리고 빨리 움직이자꾸나."

우리는 그렇게 산의 심장 속으로 더욱 깊이 들어갔다. 길은 험난했고 온통 바위투성이였는데, 어떤 것들은 사륜마차만큼이나 거대했고 좁고 깊은 균열이 가득했다. 가끔은 길이 너무 비좁아 몸을 옆으로 돌려야 통과할 수 있었는데 수직으로 솟은 절벽에 등을 바짝 대고 모래흙이 무너져 내리는 길 밖으로 발끝이 삐져나온 상태로 수백 미터 위 낭떠러지를 아슬아슬하게 전진해야 했다. 대기는 차갑고 희박했다. 산꼭대기에서 불어오는 바람이 우리를 짓누르고 뺨을 거칠게 할퀴고 지나갔다. 얼얼한 얼굴에는 더 이상 감각이 느껴지지도 않았다.

“우리나라에 이런 속담이 있단다, 왈랄로.” 아왈리가 말했다. “‘두 눈을 환히 뜬 채로 뱀 굴에 들어가지 마라.’ 그게 무슨 뜻인지 항상 궁금했는데 이제야 알 것 같구나!” 그는 부드럽게 웃었다. “저 독사 같은 컨스가 실은 주님께서 보낸 사자가 아닐까?”

너무나도 황당한 말이라서 하마터면 웃음을 터뜨릴 뻔했다. “무슨 소리를 하는 거예요?” 내가 물었다.

“아기 말이다, 아기! 컨스는 아기를 쫓아왔다가 우리를 만났잖니. 그리고 이제 나는 그 아기를 무사히 부족에게 돌려보낼 테고 말이다.”

“하지만 그 사람들이 아기를 죽일 거라잖아요.”

아왈리는 나지막이 욕설을 내뱉었지만 그의 얼굴은 웃고 있었다. “난 그저, 주님께서 나를 여기 보내신 게 네가 아니라 저 작은 아이 때문일지도 모른다는 생각이 들어서 말이다.”

“그렇게 말하니까 일리가 있는 것 같네요. 저는 그 여자를 죽이려고 했어요, 아왈리. 그녀의 머리에 총구를 바짝 들이대고 막 방아쇠를 당기려던 참이었죠…….”

“하지만 넌 쏘지 않았잖니.”

“네. 아기가 젖을 빨고 있는 걸 봤거든요. 그래서 당황했어요.”

“아, 그렇다면 너는 아기를 구하려고 했던 거구나.”

“누구도 구하려고 하지 않았어요!” 내가 쏘아붙였다. 갑자기 화가 치밀어 올랐다. “전 박사님을 도와 드리러 여기 온 거예요. 그리고 박사님은…… 과학 발전을 위해 여기 오신 거고요. 그게 다예요. 그게 전부라고요.”

“오, 왈랄로.” 그가 탄식했다. “넌 어째 나보다도 더 해적 같구나.”

컨스의 동굴은 조그만 토끼 굴 같았다. 몬순과 빗물이 수백 년에 걸쳐 바위벽에 난 틈새를 침식시키고 갉아 먹어 만든 복잡한 미로였다. 자연의 본질은 인고(忍苦)다. 제일 크고 또 제일 안전한 곳은 가장 깊숙한 곳에 있는 방이었지만 컨스는 그곳을 본거지로 삼는 것은 위험하다고 경고했다. 수천 마리의 박쥐 떼가 살고 있는 데다 놈들의 똥이 몇십 센티미터가 넘게 쌓여 있다는 것이다.

다음 날 아침 나를 깨운 것도 박쥐 떼의 날개소리였다. 놈들은 검은색과 갈색의 정신 사나운 춤을 추며 우리 머리 위를 지나 꽥꽥거리며 사냥을 나갔다. 나는 가장 늦게 일어난 사람이었다. 박사와 아왈리는 동굴 밖에 앉아 있고, 워스롭의 무릎 위에서는 업둥이가 꼼지락거리고 있었다.

"컨스 박사님은 어디 갔어요?" 내가 물었다.

"정찰을 나갔다. 적어도 자기 입으로는 그렇게 말했지."

"아기는 어때요?"

"허기졌다." 박사가 대답했다. "허약해지기도 했고." 아기는 괴물학자의 손가락을 깔짝거리고 있었다. "하지만 증상은 없어. 어미의 젖에 노출된 게 확실한데 말이다. 그렇다면 이 아기가 선천적으로 면역력을 갖추고 있을지도 모른다는 얘기다." 그는 옆에 놓여 있는 도구 가방을 향해 고갯짓을 했다. "그래서 혈액을 채취해 뒀다. 어쩌면 여기서 빈손으로 돌아간대도 별의 부패물의 치료법을 발견할 수 있을지도 모르겠다, 윌 헨리."

잠시 후에 컨스가 장총과 작은 가죽 주머니를 어깨에 이고 돌아왔다. 그는 동굴 안에 있던 얼마 안 되는 짐을 뒤지더니 한 줌의 천

쪼가리를 가지고 돌아왔다. 그는 그것을 원뿔 모양으로 만들어 세워 불을 붙였다. 처음에는 뜨겁고 밝은 불꽃이 화르르 붙었지만 이내 연기를 내며 서서히 타오르기 시작했다.

"이 산에는 쓸 만한 땔감이 없군." 컨스가 말했다. 그는 지고 온 자루에서 죽은 거미 세 마리를 꺼냈다. 이제껏 내가 본 중에 제일 큰 거미였다. 아왈리의 커다란 손바닥보다도 더 커다랬다. 그는 거미를 검은 연기를 내고 있는 재 위로 집어던졌다. "이건 낙타거미라고 하네. 꼭 한번 먹어 보게, 펠리노어. 나는 꽤 입맛에 맞더군."

"놈들의 보금자리는 얼마나 먼가?" 내 스승이 컨스의 제안을 무시하고 물었다.

"별로 멀지 않아. 중간에 쉬지 않고, 오늘 산이 기분이 좋다면 반나절이면 될 걸세. 정말일세. 산도 감정을 갖고 있어. 어제는 꽤 화가 나 있었지. 뺨을 잔뜩 부풀리고 발을 동동 구르면서 말이야. 산은 자존심이 강하고 성미도 급하다네. 내가 아는 어떤 과학자하고 꼭 닮았지."

"아기가 배를 곯고 있어." 아왈리가 말했다. 컨스에 관한 한, 그의 인내심도 바닥나고 있었다. "난 지금 당장 호크로 가야겠소. 길을 알고 있소?"

"알지." 컨스가 칼끝으로 거미를 쿡 찍더니 검게 그을린 몸뚱이를 통째로 입안으로 쑤셔 넣었다. 녹황색 액체가 입가로 흘러내렸다. 그는 손등으로 문질러 닦고는 우물거리며 생각에 잠겼다. "하지만 다시 생각해 보는 게 좋을 거요. 당신은 우리한테 큰 도움이 될 거고, 전에도 말했지만 주민들은 아기보다 자기들을 보호하려고 들

테니까. 아기를 죽일 거요……. 그리고 아기를 데려온 사람도 죽일 거고."

아왈리의 몸이 굳더니 딱 바라진 가슴을 불쑥 내밀었다. "내가 그런 걸로 겁을 먹을 것 같나?"

"아니, 난 당신이 바보라고 생각하오."

"희망은 어리석은 게 아니오. 믿음은 어리석은 게 아니오."

"사랑을 빠뜨렸구먼." 컨스가 능글맞게 웃으며 응수했다.

"그만하게, 컨스." 괴물학자가 피곤한 듯이 말했다. "나도 아왈리 말에 찬성일세. 자네 말이 맞아. 아기가 감염되었을 수도 있지. 아왈리가 없으면 우리도 살아남기 힘든 상황인 것도 사실이고. 하지만 다른 대안은 그보다도 더 최악이네. 아니, 실은 대안이라는 게 없지."

워스롭이 자리에서 일어났다. 그는 우리를 굽어보고 있었다. 우리를 에워싼 저 난공불락의 산봉우리들처럼, 대지의 강인한 골격조차 보잘것없게 만드는 피와 살로 만들어진 위대한 거상처럼, 그렇게 우리 위에 서 있었다.

"자네는 이미 오래전에 세상의 끝에서 추락했을지도 모르네, 존. 하지만 나는 아닐세. 적어도 아직까지는 아니야. 자비를 베푸는 것은 순진한 행동이 아니고, 희망을 잃지 않기 위해 최후까지 저항하는 것은 어리석은 것도, 미친 것도 아닐세. 그건 인간적인 거지. 아기는 죽을 걸세. 우리 모두 죽겠지. 우리 모두는 태어난 순간부터 별의 부패물에 감염되었으니까. 그렇다고 우리가 자네처럼 절망이라는 매혹적인 궤변에, 우리를 익사시킬 검은 물결에 굴복해야 한다는 의미는 아닐세. 자네는 내가 어리석다고 생각하겠지. 미쳤다고 해도 좋고 머저리라고 불러도 좋아. 하지만 나는 적어도 이 무너진 세상에서 똑바로 서 있네. 최소한 아직까지는, 자네처럼 심연 속으로 추락하지 않았어.

자, 그러니 이제 나를 그곳에 데려다주게. 내 눈으로 직접 무엇을 봤는지 말할 수 있도록 날 거기 데려다줘. 드디어 시간을 구원할 때가 되었네. 그러니 나를 거기로 데려가라고, 이 빌어먹을 자식아. 나한테 마그니피쿰을 보여 줘."

41장

"죽음의 천사."

그 후로 얼마 지나지 않아 아왈리는 갓난아기를 데리고 우리와 헤어졌다. 겨우 하루 치 식량과 장총 한 자루분의 탄약만을 소지한 채였다.

"서두른다면 해가 떨어지기 전에 굴에 닿을 수 있을 거요." 컨스가 말했다. 그는 종이에 지도를 대충 휼겨 그린 다음 소말리아인에게 건네주었다. "하지만 밤이 먼저 당신을 따라잡거들랑, 그리고 내 미노타우로스와 마주치게 되는 일이 생긴다면…… 명심하시오, 이 작은 무대에서 테세우스는 나고 당신은…… 흠, 당신이 무슨 역인지는 나도 모르겠군."

"닥쳐." 아왈리가 말했다.

"당신은 죽을 거요." 컨스가 명랑하게 말했다. "바보처럼 헛고생만 하다 죽겠지."

"그리고 당신은 심장도 없는 바보고." 아왈리가 응수했다. 그는 나를 옆으로 불러 말했다. "너한테 줄 게 있다, 왈랄로." 그는 길고 무시무시해 뵈는 나이프를 꺼내 내 손바닥에 쥐여 주었다. "이게 너한테 행운을 가져다줄 거라는 얘기는 하지 않으마. 이건 내가 사랑하는 사람을 찌를 때 사용했던 물건이니까. 하지만 누가 알겠니? 어쩌면 사악한 자의 피로 이 칼에 묻은 죄를 씻어 낼 수 있을지도 모르지." 그는 컨스를 힐끔 노려보았다. "아니야, 네가 갖고 있어라. 너한테 선물을 주지 않고서는 발이 떨어지지 않는구나. 머지않아 기슈브에서 다시 만날 테니 작별인사는 하지 않으마, 왈랄로!"

워스롭은 아주 짧은 인사를 건넸다. "실패하지 마시오."

"당신은 참 어려운 사람이에요, 닥타르 펠리노어 워스롭. 이해하기도 어렵고 좋아하기도 어렵죠. 나는 실패하지 않을 겁니다."

그는 장총을 어깨에 메고 워스롭의 짐이었던 갓난아기를 받아 든 다음—그의 커다란 팔 안에 안겨 있는 아기는 말도 안 될 만큼 작아 보였다.—길을 따라 떠났다. 우리는 그가 굽은 길을 따라 자취를 감출 때까지 지켜보았다.

존 컨스는 우리를 꼭대기로, 심연의 정상으로 데려가고 있었다. 가파른 비탈과 어두운 그림자가 드리워진 골짜기를 넘어, 손으로 잡을 곳도 없고 걸음을 디딜 때마다 아찔한 위험을 무릅써야 하는 험준한 바윗길과 벼랑, 쪼개지고 갈라진 돌무더기와 텅 빈 하늘을 반사하는 수정처럼 맑고 깊은 물을 돌아, 딕삼 고원이 내려다보이는 발코니처럼 비죽 솟은 암반을 따라, 우리는 산을 올랐다. 발밑에는 600미터에 달하는 허공과 황량하고 공허한 풍경이 펼쳐져 있었다. 날은 추웠고, 공기는 아왈리의 나이프처럼 우리의 허파를 날카롭게 찔러 댔다.

구름은 오전 느지막이 찾아와 산 정상을 집어삼키고 조용히, 그리고 신속하게 아래로 미끄러지듯 내려와 순식간에 우리의 머리 위로 고작 30미터 위에서 육중한 문처럼 하늘을 하얗게 꽉 닫았다. 그럼에도 우리는 멈추지 않았다. 손에 차가운 구름이 만져질 때까지 계속 올라갔다. 경사가 완만해지자 컨스가 돌연 발을 멈추더니 허리에 손을 얹고 고개를 숙인 채 숨을 크게 들이마셨다.

"왜 그러나? 길을 잃은 건가?"

컨스는 고개를 저었다. "피곤해서 그래. 좀 쉬어야겠네."

그는 바닥에 풀썩 주저앉아 가방을 뒤져 물통을 찾았다. 워스롭은 도무지 진정하지 못했다. 그는 주변을 불안하게 서성거리다 때로는 위험할 정도로 절벽 끝에 가까이 접근하기도 했다.

"얼마나 남았나?" 그가 물었다.

"한 150미터, 200미터 정도?" 컨스가 고개를 저었다. "그 불쌍한 놈들이 어떻게 그러는 건지 아직도 모르겠군. 물론 이유는 궁금하지도 않고."

"누구? 누가 뭘 말인가?"

"로터들 말이야. 원시적인 본능이라도 있나 보지. 제일 높은 봉우리에 올라와서 펑……!" 그가 어깨를 으쓱했다.

워스롭이 고개를 저었다. "무슨 소린지 모르겠군."

컨스가 그를 올려다보며 평소와는 달리 장난기가 전혀 없는 말투로 말했다. "곧 알게 될 걸세."

우리는 구름 속으로 들어갔다. 세상이 새하얀 무(無)의 소용돌이 속으로 사라졌다. 모든 색채는 완벽히 실종되고, 우리는 유령 같은 그림자에 지나지 않았다. 실체 없는 형체, 존재하지 않는 형상. 박사의 옆에 바짝 달라붙어 걸었는데도 이 텅 빈 세상에서는 그를 곧잘 잃어버렸다. 산봉우리 주위를 맴돌며 채찍질하는 바람이 거세게 등을 떠밀었다. 바람에 밀려 절벽 밑으로 떨어질까 무서웠다. 시간 감각도 사라졌다. 여기, 이 심연의 정상에는 시간이라는 것이 존재하지 않았다. 100만 년도 1분과 다를 바가 없었다.

안개 속에서 2미터가 훌쩍 넘는 바위가 불쑥 나타났다. 목적지에 거의 도달한 것이다. 위대한 아버지가 거하는 곳의 입구, 마그니피쿰의 보금자리.

내 스승이 그토록 갈망하고 또한 두려워하던 순간이 왔다. 괴물학자가 빛의 속도로 튀어 나갔다. 컨스가—또는 내가—말리려고 했다면 그는 산 밑으로 몸을 던졌을 것이다. 그는 아주 잠깐 멈춰 서서 새 장갑을 꺼내 끼고는 이내 바위 꼭대기를 잡고 발로 끙끙 벽을 차며 몸을 끌어 올리기 시작했다. 그의 몸이 곧 안개 속으로 사라졌다.

"어떠냐?" 컨스가 내게 부드럽게 말을 건넸다. "너는 안 올라갈 거냐?"

"컨스 박사님." 나는 속삭였다. "마그니피쿰의 정체가 뭐예요?"

"영특한 아이로구나, 윌. 너라면 지금쯤 알아차렸을 테지."

그의 손이 뺨에 닿자 나는 움찔 몸을 떨었다. 그의 잿빛 눈이 번득였다.

"색깔은 다를지 몰라도, 우리는 같은 눈을 가지고 있어, 윌리엄 헨리 군. 너와 나는 말이다, 오쿨루스 데이, 두려움을 모르는 눈, 다른 이들은 보지 못하는 눈을 갖고 있지."

나는 그의 손을 뿌리쳤다. "무슨 말씀을 하시는지 모르겠어요."

"그래? 태초에 인간이 자신의 형상대로 신을 창조하시니 보시기에 심히 좋았더라,* 너도 그 아기에 대해 나와 똑같은 의견이었지? 부인할 생각 마라. 네 눈 속에서 봤으니까. 너도 눈을 뜬 거지? 그렇지 않니? 그래서 그가 너를 옆에 두는 거다. 왜냐하면 너는 그가 두려워하는 어두운 곳을 볼 수 있으니까. 그러니까 마그니피쿰이 뭔지 나한테 묻지 마라. 그건 내 지성을 모독하는 행위야."

컨스는 내 앞에 한쪽 무릎을 꿇더니 두 손을 둥그렇게 모아 내밀었다.

"자, 올라가라. 내가 도와주마. 그는 지금 어두운 곳에 있으니 네가 그의 눈이 되어 주어야 할 거다."

나는 컨스의 손을 밟고 올라섰고, 그는 나를 바위 위로 밀어 올려주었다.

나는 거대한 동굴의 언저리에 서 있었다. 천정과 벽은 천 년의 풍파와 지진에 시달린 태가 역력했다. 바닥에는 주변에서 무너진 거

---

* 「창세기」 1장 27절을 뒤튼 것으로 보인다. "하나님이 자기 형상 곧 하나님의 형상대로 사람을 창조하시되 남자와 여자를 창조하시고."

대한 돌덩어리들이 흩어져 있고 그 사이사이에는 석순의 잔해가 뾰족하게 솟아 있었다. 폭풍우에 갈고 닦여 반질거리는데 어떤 것들은 무자비한 바람에 닳아 30센티미터 정도밖에 되지 않았지만 대부분은 내 키의 두 배에 달했으며 끝은 날카롭고 밑동은 굵었다. 그 모습이 켄달 씨의 얼굴에 길게 자라난 뼈와 돌기들을 연상시켰다.

워스롭은 보이지 않았다. 그는 새하얀 소용돌이 속에 숨어 있었다. 나는 산맥의 번득이는 이빨과 부러진 뼈들을 보았고, 몇 미터 떨어진 곳에서 처음으로 시체를 만났다. 산짐승과 날짐승이 뜯어 먹어 상당히 부패한 시체였는데, 불룩하게 부푼 배가 터진 자국이 커다랗게 벌린 검은 아가리처럼 적나라했다. 얼굴 반쪽은 뜯겨져 나가 없고, 텅 빈 눈구멍 속에는 전갈 한 마리가 아늑하게 자리 잡고 있었다. 돌풍이 불어와 아직 뼈에 붙어 있는 얇고 건조한 피부에 물결을 일으켰다. 바스러진 시체 조각들이 모닥불 위에서 춤추는 재처럼 빙글빙글 공중으로 떠올랐다.

등 뒤에서 컨스의 목소리가 말했다.

"이곳이 그의 입이다. 티포에우스의 자식들은 마지막 순간이 왔다고 느끼면 썩어 부푼 몸뚱이를 그러모아 여기 이 세상의 꼭대기로 올라오지. 그런 다음 몸이 폭발하는 거야. 어떤 놈들은 죽은 뒤에 그렇게 되기도 하고, 어떤 놈들은 죽기 전에 그렇게 되기도 하지. 난 수류탄에 맞은 것처럼 몸뚱이가 다 날아갔는데도 여전히 숨을 쉬던 로터도 본 적이 있다. 그러고 나면 바람이 불어오지. 바람이 피투성이 내장과 부스러기들을 모아서 수 킬로미터 밖에 있는 맑은 하늘에 붉은 비를 내린다."

그는 나를 좀 더 앞쪽으로 데려갔다. 안개 커튼이 걷히면서 죽음의 고통에 얼어붙은 수백 구의 시체들이 드러났다. 바위 사이에 구겨지듯 끼여 있는, 날카롭고 번들거리는 기둥 주위에 널브러져 있는, 앞으로 나가면 나갈수록 점점 더 늘어나는 시체들. 나중에는 시체를 밟지 않고서는 아예 걸을 수도 없는 지경에 이르렀다. 우리는 아주 조심스럽게 마그니피쿰이 거둬 온 이 풍성한 수확물을 피해 걸었다. 희박한 산 공기는 수확물을 타작질 중인 바닥에서 올라오는 썩은 냄새로 가득했다.

우리가 도달한 곳은 옴폭하게 들어간 얕은 구덩이였다. 매우 오래되고 이제는 말라 버린 연못의 흔적. 컨스가 마른 호수 바닥을 빼곡하게 메우고 있는 형체들을 가리켰다. 무릎을 꿇고 등을 구부정하게 구부리고 있는 사람들. 아직 살아 있는 자들이 죽은 형제들 옆에 앉아 무릎 위에서 뭔가를 만지작거리고 있었다. 컨스가 입술에 손가락을 대며 조용히 하라는 신호를 보냈다. 작게 웅크리더니 내게도 몸을 낮추라고 손짓하고는 구덩이 가장자리를 따라 조금씩 앞으로 전진했다. 그는 두개골에서 뿔처럼 튀어나온 뼈 때문에 얼굴이 거의 날아간 사내의 옆으로 나를 바짝—하지만 너무 가까울 정도는 아니었다.—붙였다. 그의 검은 눈은 흰자가 거의 보이지 않았고 크게 벌린 입속에는 단단한 각편들이 마구잡이로 돌출되어 있었다. 그리고 곪아 터진 손가락은 다리 사이에 놓여 있는 매우 정교하고 섬세한 물체를 매우 정교하고 섬세하게 뜯고 고르고 잡아당기고 있었다. 당시에는 몰랐지만, 인간의 찌꺼기에 불과한 그는 한때 시도로프라는 이름을 갖고 있었다.

"저것이 그것의 손이다." 컨스가 내 귀에 대고 속닥였다. "마그니피쿰의 손이지. 정말 희한한 일이야. 나는 왜 저들이 니두스를 잣는지 몰라. 하지만 이들은 며칠 동안 한시도 쉬지 않고 죽을 때까지 저걸 만들지."

니두스를 잣는 자는 울고 있었다. 목구멍 깊은 곳에서부터 뭉개지고 알아들을 수 없는 흐느낌과 신음이 튀어나왔다. 마치 저항할 수 없는 힘이 그를 억지로 움직이고 있고 동시에 그것이 역겨워 견딜 수가 없다는 듯이, 그 둘 사이에 존재하는 힘은—그와 그가 아닌 것 사이의 줄다리기—세상을 두 쪽으로 찢을 수도 있을 것이다.

"들리느냐, 윌?" 컨스가 흥분한 목소리로 속삭였다. "저게 바로 마그니피쿰의 목소리다. 세상의 끝에서 들려오는 최후의 소리지."

한때 시도로프였던 존재가 옆에 웅크려 있는 시체에 손을 뻗더니 그 생명이 빠져나간 왼손을 자신의 가슴께로 잡아당겼다. 그러곤 괴롭게 흐느끼며 집게손가락을 꺾어 부러뜨렸다. 와작 하는 소리와 함께 시체의 손에서 손가락이 떨어져 나왔다. 그는 허리를 굽혀 그 손가락을 무릎 위에 놓인 "둥지"에 엮어 넣기 시작했다.

티포에우스의 자식이 꿀렁 소리를 냈다. 등이 휘어지고, 입이 벌어지더니 맑고 끈적끈적한 액체가 왈칵 솟구쳐 그가 만드는 작품 위로 쏟아졌다. 별의 부패물이 아니었다. 괴물의 침도 아니었다. 푸드레 세르가 아니라 푸드레 더놀리아이스(pwdre ddynoliaeth), 인간성의 부패물이었다.

존 컨스가 다시 귀에 대고 속삭였다. "보이느냐? 네가 바로 둥지다. 네가 바로 놈의 자손이다. 네가 바로 번데기고, 네가 바로 자손이다. 네가 바로 별에서 떨어진 부패물이다. 우리 모두가, 너와 나, 그리고 가엾고 애틋한 펠리노어마저도. 마그니피쿰의 얼굴을 보렴, 아이야. 그리고 절망해라."

그 광경에 구역질이 났지만, 나는 똑바로 바라보았다. 세상의 꼭대기에 있는 괴물의 집에서, 나는 마그니피쿰의 얼굴을 보았고, 고개 돌려 외면하지 않았다.

뒤에서 총소리가 울렸다. 공기가 희박하다 보니 장난감 총 소리처럼 아주 조그맣게 들렸다. 우리는 깜짝 놀라 고개를 돌렸다. 희미한 안개 속에서, 키가 큰 사내가 마른 호수 바닥을 가로질러 걸어가는 것이 보였다. 그는 무릎을 꿇고 있는 한 형체로 다가가 뒤통수에 총구를 바싹 대고는 방아쇠를 당겼다. 그런 다음 쓰러진 시체를 내버려 두고 다음 사람에게 다가가 똑같은 과정을 반복했다. 괴물학자가 멈춘 것은 딱 한 번, 총을 재장전하기 위해서였다. 그는 구덩이 전체를 돌아다녔고 동작은 무척 체계적이었으며 섬뜩할 정도로 일말의 망설임도 없었다. 접근해서 발을 멈추고, 머리를 날리고, 다음 희생자를 찾아갔다.

너는 하 마쉬히트, 파괴자, 죽음의 천사를 섬기고 있는 것이다.

나는 시도로프의 차례가 되었을 때 자리에서 벌떡 일어났지만 워스롭은 나를 지나치면서 아무 말도 하지 않았다. 그는 곧장 아무것도 눈치채지 못한 니두스 장인에게 다가가, 총을 들어 올린 다음, 그의 좌두부에 총알을 박아 넣었다.

워스롭이 몸을 돌려 우리에게 돌아왔다. 안개가 그의 앞에서 녹아

내렸다. 그의 눈 속에서 포효하는 차가운 불꽃에 불타 사라졌다. 그는 낯설었다. 헝클어진 턱수염, 바람에 날리는 긴 머리칼, 그리고 태양도 얼려 버릴 정도로 차고 냉정한 화염을 눈에 담은 이 사내는 누구인가. 나는 우리에게 다가오는 이자를 무엇이라고 불러야 할지 모른다. 그는 펠리노어 워스롭도 아니고 "괴물학자"도 아니며, "박사"도 아니다. 왜냐하면 그는 심연의 정상에 도달하여 로쿠스 엑스 마그니피쿰, 우리의 시야에서 1만 분의 1센티미터 밖에 존재하는 이름 없는 것의 심장을 손에 넣은 자가 아니었기 때문이다. 그 낯설고 생소한 자가 컨스의 옷깃을 움켜쥐고 외쳤다.

"그건 어디 있지? 마그니피쿰은 어디 있어?"

"자네는 눈이 없나? 눈 좀 크게 뜨고 둘러보지그래?"

금속이 찰칵이는 소리가 났다. 공이가 뒤로 당겨지는 소리였다. 나는 검은 것이 번득이는 것을 보았다. 총열이 다가왔다.

컨스는 눈 하나 깜짝하지 않았다. "방아쇠를 당기게. 그럼 이 산을 살아서 못 나갈 테니까."

"그건 어디 있지?" 방아쇠 위에서 떨리는 손가락.

"윌 헨리에게 물어보게. 나이는 아직 어릴지 몰라도 이 아이는 볼 수 있으니까. 자네는 괴물학자네, 펠리노어. 어떻게 자네가 못 볼 수가 있나? 똑바로 보게, 펠리노어. 고개를 돌려 똑바로 보라고! 얼굴 없는 존재, 얼굴 없는 존재, 자네가 찾아 헤매던 그건 처음부터 자네 눈앞에 있었네. 괴물 같은 건 없어. 오직 인간만 있을 뿐이지."

나는 그가 컨스를 죽일지도 모른다고 생각했다. 그는 마침내 이곳에 도달했다. 여기, 세상의 꼭대기, 세상의 중심에. 그리고 나도 거기 있었다. 솔직히 고백하자면, 거기서는 사람을 죽이는 것이 그리 어렵지 않다. 생각할 필요조차 없으니까. 그곳은 '내'가 슬금슬금 풀려나는 장소, 사냥꾼이 괴물을 만나고 그 얼굴 속에서 자신의 모습을 보는 곳이다. 그곳은 욕망이 절망을 만나는 곳이다.

나는 그를 말려야 했다. 내가 말했다. "그 말이 맞아요, 박사님. 우리한텐 이 사람이 필요해요."

그는 나를 쳐다보지 않았다. 하지만 나는 그의 옆에 다가가 섰다. 그는 그곳에서 혼자였다. 나는 그의 팔을 잡아끌었다. 강철처럼 단단했다.

"워스롭 박사님, 제발요. 제 말 좀 들어 보세요. 그러시면 안 돼요. 그러시면 안 돼요."

"거짓말이야!" 그는 컨스의 얼굴에 대고 절규했다. "이번에도 네놈이 그 지긋지긋한 술수를 부리는 거지? 나를 바보 취급 하는 게 재미있는 모양인데……."

"오, 거기에 대해서는 내 도움이 필요하지도 않을걸." 컨스가 낄낄거리며 대답했다. "나도 역겹고 끔찍한 것이라면 무조건 괴물의 얼굴을 덧씌우는 인간들에게 합류하고 싶긴 하네만. 어찌 보면 그건 참 편리한 일이거든. 커다란 용이 사람을 잡아가 공중에서 갈가리 찢는다거나, 커다란 거미가 우리 시체로 집을 짓는다거나, 뭐 그런 거 말일세. 뭔가 크고 거창한 계획에 포함되고 싶다면 이왕이면 굉장하고 인상적인 게 낫지."

박사의 손이 덜덜 떨리기 시작했다. 그러다 실수로 방아쇠를 당길까 봐 걱정이 됐다.

"아무…… 것도 없군." 워스롭이 더듬거리며 말했다. 피에르 르브로크의 비통한 외침. "눌리테!"

"아무것도?" 컨스가 비아냥거리듯이 되물었다. "불쌍한 시도로프에게 그렇게 말해 보게. 아니면 그 옆에 있는 만신창이 시체한테도 아무것도 아니라고 말해 봐. 기슈브에 살던 가엾은 놈들이나 자식 잃은 어미, 또는 어미 잃은 자식에게 그렇게 말해 보라지! 차르와 그와 비슷한 부류들, 마그니피큠을 길들여 세상을 정복하려는 무리들에게도 그렇게 말해 보게! 세상에, 펠리노어, 자네는 무슨 놈의 괴물학자가 그 모양인가? 인류를 통째로 쓸어 버릴 수 있는 전염병이라고. 그런데 그걸 아무것도 아니라고 불러?"

워스롭의 손이 툭 하고 떨어졌다. 자기 자신의 어리석음에 넋이 나가 바닥에 주저앉았다. 검은 물결이 그를 휩쓸어 캄캄한 암흑 속으로 끌고 갔다.

컨스의 말이 옳았다. 단서는 처음부터 박사의 눈앞에 놓여 있었다. 물컹한 젤리로 변한 켄달 씨의 몸뚱이에서부터 기슈브에서 본 배가 터진 시신에 이르기까지. 그러나 그는 고개를 돌리고 외면했다. 진정한 마그니피큠의 얼굴을 보려 하지 않았다. 그리고 이제, 그의 야망이라는 제단 위에 피를 흘리며 죽어 간 이들이 그에게 천벌을 내려 달라 울부짖고 있었다.

나는 그의 옆에 무릎을 꿇었다.

"워스롭 박사님? 워스롭 박사님, 우리 여기 계속 있으면 안 돼요."

"왜 안 되는데?" 그가 절규했다. "저들은 여기 있잖아!" 그는 화산이 폭발해 만든 구덩이를 향해 팔을 휘둘렀다. 그는 나를 바라보았다. 그의 눈 속에 남은 것은 타다 남은 잿더미뿐이었다. 차갑게 이글거리던 화염은 꺼졌다.

"해링턴 레인에서 네가 그랬지. 나도 실상은 저들과 똑같다고. 나와 저들은 형제다, 윌 헨리. 나는 저들의 형제야. 그러니까 나는 저들을 떠나지 않을 거다."

42장

“인간적인 것.”

그는 옴짝달싹도 하지 않았다. 나는 애원하고, 구슬리고, 아무리 검은 물결에 깊이 휩쓸려도 그가 유일하게 놓지 않는 이성에도 호소해 봤지만, 그는 꿈쩍도 하지 않았다. 그보다는 그의 가슴속 깊은 곳에 도사리고 있는 어두운 것이 그를 놓아주지 않았다고 해야 할지도 모른다. 그는 내 말이 귀에 들리지도 않는 것 같았고, 그게 아니면 침팬지들이 깍깍거리는 단순한 소음으로밖에 들리지 않는 것 같았다. 나는 컨스를 돌아보았다. 너무나도 절망적인 상황에서는 그에게라도 도움을 청해야 했기에. 그러나 컨스는 안개 속으로 사라지고 없었다. 나는 천천히, 박사를 놀래지 않기 위해 아직도 덜덜 떨리고 있는 그의 손에서 권총을 빼냈다. 계속 놔뒀다간 실수로 제 발을 쏴 버릴 것 같아서 겁이 났다. 구름의 소용돌이가 점점 더 짙어지고 있었다. 몇 미터 앞도 제대로 보이지 않았고 들리는 것이라고는 부러진 산봉우리의 이빨 사이로 날아드는 날카로운 바람 소리와 나 자신의 불안한 숨소리뿐이었다. 나는 몸을 일으켜, 당황하고 혼란스러운 심정으로 작은 원을 그리며 빙빙 돌았다. 머릿속에서 당혹한 목소리가 중얼거렸다. 컨스는 어디 갔지? 왜 가 버린 거야? 손가락 끝은 끊임없이 방아쇠를 어루만졌다. 저 안개 속에는 뭐가 있는 걸까? 저 하얗고 뿌연 속에서 어른거리는 것은 석순의 그림자일까, 아니면 한때 인간이었던 티포에우스의 자식일까? 나는 총구를 겨누고 조용히 컨스의 이름을 불렀다.

시야의 1만 분의 1센티미터 밖에서 갑자기 뭔가가 홱 하고 날아와 내 등 한가운데를 거세게 강타했다. 나는 얕은 구덩이 안으로, 티포에우스의 무너진 왕좌 안으로 거꾸로 곤두박질쳤다. 갑작스러운 충격에 허파가 찌부러지며 공기가 빠져나가고 박사의 총도 놓쳐 버렸다. 나는 등이 바닥에 닿자마자 재빨리 몸을 굴려 일어났다. 흉측하게 말라빠진 살아 있는 시체의 얼굴, 인간이라는 이름의 독주머니이자 배 속은 별의 부패물로 가득하고 입에는 가시 같은 이빨이 폭발하듯 펴져 나온 얼굴이 숨 막힐 듯 무기력한 햇빛 아래서 빛나고 있었다. 나는 다리를 끌며 뒷걸음질 쳤고, 그것이 내게 달려들었다. 겁에 질린 내 비명 소리와 놈의 포효가 황량하고 거친 바람 소리와 다투며 인고의 세월을 버텨 낸 바위 위로 부딪쳤다. 나는 재킷 주머니에 손을 넣어 아왈리가 준 나이프를 더듬거렸다. 간신히 손잡이를 찾아냈지만 차가운 칼날에 손바닥을 베였다. 내 피 냄새를 맡았는지 괴물의 입이 쩍 벌어졌다. 놈의 검고 깜박이지 않는 눈에 반사된 내 모습이 보였다.

나는 뒤로 물러났다. 놈은 계속 다가왔다. 내 손에는 칼이 들려 있었고 나무로 된 손잡이는 내 손에서 흘러나온 피로 미끈거렸다. 두 방망이질 치는 내 심장박동에 맞춰 상처에서 피가 뿜어져 나오는 게 느껴졌다. 시간이 흔들거리더니 산산조각 났다. 우리는 공간 사이의 공간으로 휩쓸려 들어갔다. 티포에우스의 자식과 나는 벼랑 끝을 향해 함께 미끄러지고 있었다. 우리의 양옆에는 끝없는 허공, 바닥없는 구덩이, 다스 웅게오이어가 입을 벌리고 있었다. 놈의 입이 팽팽하게 벌어지더니 마침내 턱 양쪽이 찢어졌다. 퍽 하는 소리를 내며 두 턱을 연결하고 있던 힘줄이 끊어지자 아래턱 전체가 힘없이 움직거리는 발 아래로 떨어져 조각조각 흩어졌다. 놈이 나를 향해 손을 뻗었다. 구부러진 손가락이 허공을 할퀴고 누르스름한 손톱이 부딪쳐 잘각거렸다. 나는 놈의 왼쪽 얼굴을 향해 나이프를 크게 휘둘렀다. 피로 미끈거리던 나이프가 내 손에서 빠져 휙 날아갔다. 그리고 다음 순간, 놈은 내 위에 있었다.

나는 생각할 새도 없이 움직였다. 지난 2년이 넘는 세월 동안 나는 괴물학자가 시체를 해부하는 것을 보조했다. 인간의 신체 구조에 대해서는 내 스승의 얼굴에 있는 주름살만큼이나 손바닥 보듯 훤히 알고 있다. 나는 인간이라는 엔진을 움직이는 기관들이 몸 안 정확히 어디에 위치해 있는지 알고 있었다. 나는 썩어 문드러진 얇은 거죽 아래 격렬하게 뛰고 있는 심장이 정확히 어디 있는지 훤히 볼 수 있었고, 그것은 공간과 공간 사이에서, 심연의 절정에 있는 아찔한 벼랑 끝에서, 내 심장박동에 맞춰 함께 두근거리고 있었다.

나는 놈의 몸통을, 갈비뼈 바로 아래 지점을 힘껏 강타했다. 그러곤 가슴 한복판까지 주먹을 깊숙이 질러 넣었다. 활짝 벌린 네 개의 손가락이 간을 지나 펄떡이는 두 개의 허파 사이로 향했고, 나는 놈의 가슴에 팔꿈치를 묻은 채 손가락 끝에 심장이 닿는 것을 느꼈다.

그러곤 맨손으로 놈의 심장을 쥐어 으깼다. 손가락 사이로 심장이 터지는 것이 느껴졌다. 괴물의 몸이 내 위로 쓰러지면서 우리는 바닥으로 함께 굴렀다. 내가 만든 구멍에서 피가 콸콸 쏟아져 흐르는 동안 흰자 없는 검은 눈이 내 눈을 깊숙이 바라보았다. 나는 구역질을 하면서 팔을 빼내 옆으로 굴렀다. 놈의 손바닥이 바닥을 쳤다. 한 번, 두 번, 그러고는 고요해졌다.

나는 정신 나간 사람처럼 울었다. 미친 듯이 칼을 찾아 주변을 더듬었다. 오른손은 내 피에 뒤덮여 있고 왼손은 놈의 피로 범벅되어 있고, 끝이야. 끝이야, 너는 이제 끝이야, 끝장났어. 방금 스스로 감염됐잖아. 푸드레 세르, 그걸 뒤집어썼잖아. 끝이야, 끝이야, 넌 이제 끝장이야. 머릿속에선 온통 이 목소리가 맴돌고 맴돌았다.

나는 칼을 찾아 집어 든 다음, 자리에서 일어나 박사의 이름을 불렀다. 그러나 목구멍에서는 아무 소리도 나지 않았고 그나마 가까스로 만들어 낸 작은 소리는 주변에 흩어져 있는 터지고 조각난 희생자들의 잔해처럼 강풍에 실려 날아가 버렸다. 안개 때문에 방향 감각도 완전히 잃어버렸다. 마른 호수 바닥은 끝없이 펼쳐져 있는 듯만 보였고, 미호스가 수호하는 지평선은 어디에도 없었다.

그리고 그때, 몸을 돌렸을 때, 나는 보았다. 놈들이 어기적거리며 나를 향해 다가오고 있었다. 수십 명에 달하는 그들이, 새하얀 배경 속에서 검은 그림자를 움직이며, 도살장에 끌려온 짐승들의 단말마처럼 고통과 분노로 가득 찬 소리를 내지르며 걸어오고 있었다.

피가 놈들을 부르지. 컨스는 말했다. 수 킬로미터 밖에서도 피 냄새를 맡을 수 있어. 이대로 있다간 놈들에게 당하고 말 것이다. 달아난다면 놈들이 피 냄새를 따라 나를 쫓아오겠지.

나는 영원처럼 느껴지는 그 짧은 찰나 동안 망설임 속에서 고뇌했다. 맞서 싸울 방법은 없었다. 도망칠 방법도 없었다. 그것은 이미 내 안에 있다. 나는 이미 그들이나 마찬가지였다. 그러니 그것이 나를 안에서부터 먹어 치우는 것을 기다리기보다 차라리 지금 당장 여기서 먹히는 편이 나을 것이다.

나는 죽은 바다의 언저리에 서 있었다. 내 앞에는 두 개의 문이 놓여 있다. 한 문에서는 나를 찢어발길 수 있는 잔인한 괴물이 기다리고 있고 다른 문 뒤에서는 수천 개의 얼굴을 가진 괴물이 내 얼굴을 그의 일부로 만들 것이다. 그것이 바로 마그니피큠이다. 우리의 얼굴이 곧 그 괴물의 얼굴이다.

닐 티멘둠 에스트. "아무것도 두려워 말라." 내 스승의 신조는 두 가지로 해석될 수 있었다. 하나는 제이콥 토랜스의 해석이고, 다른 하나는 피에르 르브로크의 해석이다. 그러나 우리는 우리가 두려워하는 것들의 합보다도 더 큰 존재다. 우리는 심연의 중력보다도 더 위대한 존재다. 내가 이 끔찍한 곳까지 쫓아 올라온 것은 오직 한 가지 이유, 단 한 가지를 위해서였다.

그런데 네가 왜 간다고 했지?

워스롭 박사님을 구하려고요.

구해? 누구한테서? 어디서?

그분이 처해 있는 곤경으로부터요. 전 그분의 제자니까요.

나는 그의 이름을 소리쳐 부르며 희뿌연 안개를 뚫고 뛰쳐나갔다. 바닥에서 솟아오른 이빨, 부서진 뼈들이 내 발밑에서 부서지고, 안개가 그들을 뱉어 내고, 한때 인간이던 손과 마그니피쿰의 이빨이 튀어나오고, 그들이 팔을 활짝 벌려 나를, 그들의 새로운 형제를 환영했다. 오른쪽에서 총소리를 들은 것 같아 소리가 나는 쪽으로 몸을 틀었다. 팔을 풍차처럼 마구 휘저으면 안개를 몰아낼 수도 있을 것 같았다. 다음 순간, 나는 텅 빈 허공 속에 발을 디뎠다. 나는 절벽 끝, 마그니피쿰의 보금자리로 이어지는 마지막 관문인 2미터 높이의 바위벽 가장자리에 다가와 있었다. 다리가 휘청거리면서 본능적으로 균형을 잡으려 팔을 휘적거렸지만 다음 순간 중력이 나를 끌어내렸다.

나는 반사적으로 어깨를 감싸 안고 둥글게 웅크린 자세로 바닥에 떨어져 굴렀다. 좌절감으로 얼룩진 울음을 내지르며 몸을 일으켜 벽을 향해 뛰어올랐지만 내게는 너무 높았다. 그때 추격자들의 소리가 들렸다. 내 목소리보다 더 깊은, 목구멍에서부터 그렁거리는 고함 소리. 나는 뒤를 돌아보았다. 두 손으로 칼을 꼭 쥐고 우악스럽게 휘둘렀다. 오, 그 모습이 얼마나 우스꽝스럽고 처량했을지!

목소리 역시 같은 생각이었다. 뭘 하는 거야, 윌 헨리? 넌 다시는 그에게 돌아갈 수 없어. 너는 나수야. 너는 그를 감염시킬 거야. 아니면 네 뒤를 쫓아오고 있는 괴물들에게 그를 넘겨주든가. 넌 이제 늦었어. 하지만 그는 아니야.

나는 다시금 그의 이름을 목 놓아 부른 다음 샛길을 따라 산을 내려갔다. 내 몸에 병균을 진 채로, 그로부터 멀리, 멀리.

나는 구름 속에서 뛰쳐나와 발아래 놓인 세상을 내려다보았다. 검은색과 갈색과 회색 그림자. 부디 살아 있는 시체들이 내 피부에서 나는 피 냄새를 따라오기를. 나는 그들이 나를 쫓아오길 빌었다. 그들의 부정한 형제를, 그들과 같은 운명을 지닌 자를 따라오길 빌었다. 갈림길이 나왔다. 나는 일부러 경사가 가파른 길을 골랐다. 그러면 평원까지 더 빨리 내려갈 수 있겠지. 나는 막연히 그들을 기슈브로, 죽은 자들의 마을로 데려가야 한다고 생각했다. 그 길은 우리가 올라왔던 길이 아니었고 군데군데 커다란 바윗덩이가 막고 있어 지나기가 거의 불가능한 곳도 있었다. 내 작은 덩치로도 억지로 빈틈에 끼워 맞춰야 가까스로 통과할 수 있었다. 오른손의 상처가 지독하게 아려 왔고 피도 멈추지 않았다. 왼손은 감각이 사라졌다. 이런 식으로 시작되는구나. 나는 속으로 생각했다. 박사가 켄달 씨에게 들려주었던 강의가 생각났다. 가장 먼저 감각이 사라지고, 그다음에는 관절의 통증, 그러곤 눈, 그다음에는…….

길이 급격히 휘어졌다. 모퉁이를 돌자마자 우뚝 멈춰 섰다. 이렇게 맑은 호수는 처음 볼 정도로 투명한 물로 가득한 웅덩이가 내 앞을 가로막고 있었다. 주위를 높다랗게 에워싼 산봉우리들 덕분에 주변에는 바람 한 점 불지 않고 수면은 자그마한 파문 하나 없이 고요하고 평온하게 하늘 위 회색 구름을 반사하고 있었다.

나는 지쳤다. 나는 마침내 끝에 도달했다. 모든 것의 끝, 세상의 끝. 나는 물가에 쓰러져 흐느꼈다.

드높은 하늘을 가로지르는 구름과 순수하고 정결한 호수.

나는 고개를 들어 맑은 거울을 들여다보았다. 내 얼굴이 나를 똑바로 마주 보았다.

나는 벌떡 일어나 재킷을 벗어 던졌다. 셔츠를 찢어 벗어 던졌다. 그러고는 천천히 물속으로 걸어 들어갔다.

물이 가슴께까지 차오르는 것이 느껴졌다. 나는 수면이 턱 밑에서 찰랑거릴 때까지 계속해서 걸어갔다. 물은 깜짝 놀랄 정도로 차가웠다. 두 눈을 감고, 수면 아래로 머리를 집어넣었다. 바람과 구름과 맑고 투명한 호수와 동요하는 수면 아래 숨은 소년. 그리고 피, 소년과 괴물의 피가 정결한 물을 더럽히고 있었다.

나는 이제 나수다.

나는 물 밖으로 나와 지면에 몸을 던졌다. 몸이 걷잡을 수 없이 바들바들 떨렸다. 왼쪽 팔에는 감각이 없었다. 목은 뻣뻣하고 눈은 건조했다. 날이 지고 있었다.

낮은 죽어가고 있었고, 나도 그랬다.

희망을 잃지 않기 위해 최후까지 저항하는 것은 어리석은 것도, 미친 것도 아닐세. 괴물학자는 이렇게 말했다. 그건 인간적인 거지.

나는 둔덕에 기대앉았다. 아왈리의 칼을 무릎에 올려놓았다.

칼날은 매우 날카로웠다. 그 끝에는 내 피가 묻어 있었다.

이게 너한테 행운을 가져다줄 거라는 얘기는 하지 않으마. 이건 내가 사랑하는 사람을 찌를 때 사용했던 물건이니까. 하지만 누가 알겠니? 어쩌면 사악한 자의 피로 이 칼에 묻은 죄를 씻어 낼 수 있을지도 모르지.

두 개의 문. 나는 죽음이 찾아올 때까지 기다리든가 아니면 직접 그때를 선택할 수도 있었다. 나는 괴물로 죽을 수도 있고, 인간으로 죽을 수도 있었다.

우리는 모두 아담의 자손들이다. 고개를 돌려 얼굴 없는 존재를 대면하는 것이 우리의 본성이지.

낮은 죽어가고 있건만 세상은 눈부실 정도로 밝았고, 내 눈은 섬뜩할 정도로 모든 것을 세세하고 또렷하게 잡아내고 있었다.

그것은 오쿨루스 데이…… 신의 눈.

그것이 마침내 나를 찾아냈다. 티포에우스, 천 개의 얼굴을 가진 얼굴 없는 존재.

나는 둥지였다.

나는 새끼였다.

나는 별이 흘린 부패물이었다.

이제는 당신도 내가 무슨 이야기를 하는지 이해할 것이다.

피의 섬에 밤이 내려앉았지만, 내 눈에는 어둠이 내려앉지 아니했다. 이제 나는 신의 눈을 가지고 있었고, 내 눈에서 숨을 수 있는 것은 아무것도 없었다. 티끌 한 점, 먼지 하나조차 숨을 수 없었다. 나는 지구의 이글거리는 심장을 꿰뚫어 볼 수 있었다. 바람이 구름을 몰고 지나갔고 별들은 지척에 있었다. 원하기만 한다면 손을 내밀어 하늘에서 별을 딸 수도 있을 것 같았다. 온몸이 무감각했지만, 나는 모든 것을 느꼈다. 병균이 내 세포벽을 타고 스멀거리는 것을,

뇌의 시냅스에 똬리를 트는 것을 느꼈다. 나는 그 어떤 소리도 놓치지 않았다. 나는 영국의 냇가에서 나비의 날갯짓을 들었다. 베이츠 부인이 아들에게 불러 주는 감미로운 자장가 소리를 들었다.

내 손에는 아직도 나이프가 들려 있었다. 나는 때가 될 때까지 기다리지 않을 것이다. 다른 사람들이 모두 죽거나 도망가서 혼자 남자, 자기의 고기로 배를 채운 거야…….

"죄송해요, 워스롭 박사님." 나는 훌쩍였다. "죄송해요, 박사님."

나는 그를 실망시켰고, 나는 그를 구했다. 나는 그가 빛 속에서 살 수 있도록 어둠 속으로 떨어졌다.

넌 자주 외로워하는 것 같아.

나는 나이프를 내려놓고 릴리가 준 사진을 찾아 주머니를 뒤졌다.

행운을 비는 의미로 주는 거야. 그리고 외롭지 말라고.

나는 주머니에서 사진을 꺼냈다. 종이는 젖어서 말랑말랑했다. 릴리와 마지막 인사를 나눌 때, 나는 그 애에게 입을 맞추고 싶은 충동이 일었다고 생각했다. 어떤 이들은 충동과 갈구를 구분하지 못한다.

나는 다시 칼을 손에 들었다. 한 손에는 아왈리의 선물, 다른 한 손에는 릴리의 선물.

넌 자주 외로워하는 것 같아.

그들의 모습을 보기보다 소리를 먼저 들었다. 발밑에서 뼛조각이 부러지고 으스러지는 소리, 힘겨운 숨소리와 늑골 사이에서 팔딱이는 심장 소리가 들렸다. 고개를 들었을 때 가장 먼저 눈에 들어온 것은 컨스였다. 그의 목소리가 바로 귀 옆에서 말하는 것처럼 크게 울렸다.

"여기야, 펠리노어! 찾았네!"

그가 장총을 어깨에 걸치고 재빨리 다가왔다. 박사가 물을 첨벙거리며 헐레벌떡 뛰어오더니 손을 내밀어 컨스를 밀어냈다.

"만지지 마요!" 내가 외쳤다. "너무 늦었어요, 박사님. 너무 늦었어요. 저를 만지면 안 돼요! 너무 늦었어요!"

"내가 그 자식들한테 당했다고 말했잖나." 컨스가 말했다.

괴물학자가 욕지거리를 퍼부으며 그에게 닥치라고 소리쳤다.

그는 도구 주머니를 열어 손에 장갑을 끼었다. 그러는 내내 내게 긴장을 풀라고, 침착하라고, 괜찮다고, 자기가 여기 있다고 중얼거렸다. 그리고 약속을 잊지 않았다고도 했다. 나는 그가 무슨 약속을 말하는 건지 궁금했다. 그는 내 맥박을 재고 눈에 불빛을 비췄다. 빛이 느껴지자 입술이 말려 올라가며 분노와 고통이 치솟는 게 느껴졌다. 워스롭이 떨리는 손으로 도구 주머니에서 피가 담긴 유리병을 꺼냈다. 갓난아기한테서 뽑은 피였다. 탁한 노란색의 혈장이 짙은 붉은색 혈액층과 분리되어 위쪽에 둥둥 떠 있었다. 박사는 컨스의 손에 유리병을 쥐여 주고 주사기로 빨아들이는 동안 꼼짝도 하지 말라고 지시했다.

"지금 뭐 하는 건가?" 컨스가 물었다.

"용을 죽이려는 걸세." 괴물학자가 대답했다. 다음 순간, 그는 내 팔에 바늘을 꽂았다.

43장

"내가 의도한 가르침이 아니었다네."

그는 밤새도록 내 옆을 지켰다. 나로 인하여 자신의 인간성을 지탱해 왔던 사람이, 나를 인간으로 유지하기 위해 분투하고 있었다. 그는 그날 밤, 그리고 그다음 날까지도 잠을 자지 않았다. 때때로 나는 고열에 시달리며 발작적으로 잠에 빠지곤 했는데 눈을 뜰 때마다 그가 나를 지켜보고 있었다. 내 꿈은 끔찍했다. 피와 그림자로 뒤덮인 꿈들. 그럴 때마다 그는 나를 거칠게 흔들며 문자 그대로 꿈에서 끄집어냈다.

"냉큼 일어나라, 윌 헨리. 그냥 꿈을 꾼 것뿐이야. 꿈일 뿐이란다."

내 증상은 쉽게 사라지지 않았다. 꼬박 이틀 동안 빛이 닿기만 하면 눈이 화끈거리며 불타올랐고, 그는 차가운 호수에 천 조각을 적셔 내 눈 위에 올려놓았다. 말단 기관의 마비된 감각은 대부분 조금씩 사라졌지만 왼팔은 결국 모든 감각을 잃었다. 음식을 먹기만 하면 속이 뒤집어졌지만 그럼에도 그는 내게 억지로 엄청나게 많은 물을 먹였다.

한번은 좌절감에 사로잡혀 모든 걸 포기하려 했다. 너무 늦었어. 혈청 따위 아무 효과도 없을 거야. 나는 얼굴 없는 존재의 얼굴을 봤고, 그것은 내 얼굴이었다.

그러자 괴물학자가 매섭게 대꾸했다. "내가 아덴에서 한 말 기억하느냐, 윌 헨리? 숫자도, 무기의 힘도 아니다." 그는 내 손을 지그시 잡았다. "이것…… 바로 이것이야."

사흘째 아침이 되자 눈물이 줄줄 흘러내리긴 해도 눈을 약간 뜰 수 있었다. 그리고 입맛도 돌아왔다. 신이 난 내 보호자가 가방을 뒤져 식량을 찾는 동안 나는 두리번거리며 컨스를 찾았다. 앓는 동안 그를 본 기억이 별로 없었다.

"컨스 박사는 어디 있어요?"

박사가 산꼭대기를 손짓했다.

"테세우스 흉내를 내면서 미노타우로스를 찾고 있다. 그놈한테 집착이 꽤 강해. 사냥꾼으로서의 자존심에 상처를 입은 모양이다."

"그럼 우리…… 여기는 안전한 거예요?"

"안전하냐고?" 그는 이맛살을 찌푸렸다. "글쎄다. 그건 항상 정도의 문제지. 이곳이 마이스터 아브람의 집만큼 안전할까? 절대 아니겠지. 하지만 최악의 순간은 지났다고 볼 수 있겠다. 아직 감염자들이 조금씩 돌아다니고 있긴 한데 평원이나 해안가는 깨끗할 것 같다. 원주민들은 티포에우스에 익숙해서, 사태가 발생하면 감염된 마을을 봉쇄하고 동굴에 숨어서 사태가 진정될 때까지 기다리거든. 내가 말한 것 같은데, 푸드레 세르는 시간이 지나면 효력을 잃는다. 그리고 비가 오면 남은 찌꺼기가 전부 바다로 쓸려 나갈 거고. 내 생각엔 기슈브가 근원지였던 것 같다. 컨스는 최초의 감염자가 어부라고 하던데……. 네 나이 또래의 어린 소년이었다고 하더구나. 작은 섬 출신이었겠지. 그 아이가 그 저주받을 물건을 발견해서 스토에게 줬거나 팔았을 거다."

"그러니까 괴물은 없는 거군요. 그런 건 애초에 없었던 거예요."

"맙소사, 윌 헨리. 넌 괴물이라는 게 뭐라고 생각하는 거냐? 거대한 크기? 마그니피쿰은 소코트라 전체를 휩쓸 만큼 거대했고 전 세계로 확산될 잠재력마저 지니고 있었다. 인간의 고기를 탐하는 게걸스러운 식욕? 너도 그게 얼마나 무자비한지 봤잖니. 징그럽고 끔찍한 몰골? 우리가 이 섬에서 본 것보다 더 끔찍한 걸 본 적이 있느냐? 있다면 하나만 대 봐라. 아니야, 마그니피쿰은 과연 그 이름에 걸맞은 괴물이다. 겉모습은 우리가 상상한 것과 달리 용이 아닐지 몰라도, 그것이 저지르는 일과 결과는 본질적으로 똑같다고 할 수 있지."

박사는 갓난아기의 피가 든 도구 주머니를 가볍게 두드렸다. "그리고 나는 용을 해치울 수 있는 수단을 갖고 있고 말이다."

그가 일어나 호숫가 가장자리로 걸어갔다. 맑은 수면 위에 비친 사내가 괴물학자의 눈을 올려다보았다.

"나를 파멸 직전까지 몰고 갔지." 그가 구슬픈 목소리로 말했다. 그것에게 물린 끔찍한 상흔으로부터 회복한 사람의 입에서 나오는 것치고는 묘하다는 생각이 들었다. 나는 그가 다른 괴물에 대해 말하고 있다는 것을 깨닫지 못했다.

"이카로스의 날개와 같은 야망을 품었지." 그가 말했다. "하지만 마그니피쿰에 관한 진실이 날개를 불태웠고, 나는 추락했다. 아주 깊이 곤두박질쳤어. 거기다 혼자 추락하지도 않았다."

그가 나를 돌아보았다.

"네가 공격을 받고 아수라장 속에서 너를 놓쳤을 때, 내 안에서 뭔가가 부서졌다……. 깊은 잠에 빠져 있다가 깨어난 것처럼 말이다. 간단히 말해……." 헛기침을 하며 시선을 돌렸다. "내가 왜 애초에 괴물학자가 되기로 했는지 새삼 떠올리게 됐다."

"왜 괴물학자가 되셨어요?" 내가 물었다.

"이유가 뭘 것 같으냐?" 그가 울컥하며 되물었다. "당연히 세상을 구하기 위해서지! 물론, 어느 정도는 자칭 구세주들이 대부분 그렇듯이 나 자신을 구원하고 싶은 마음도 있었고 말이다. 하지만 두 가지 목표 모두 현실적인 것과는 거리가 멀었어. 나는 세상을 구하지도 못했고, 나 자신을 구하는 것에 대해서는 관심도 없었다. 그렇지만……."

박사가 내 옆에 앉았다. 손에 뭔가가 들려 있었다. 릴리의 사진이었다.

"이제 이것에 대해 이야기해 보자꾸나."

갑자기 진지하고 엄숙한 목소리였다.

"별거 아니에요." 나는 사진을 향해 손을 뻗으며 말했다. 그는 내 손이 닿지 않도록 사진을 높이 들고 있었다.

"눌리테?" 그가 물었다. "아무것도 아니야?"

"네. 그건…… 어, 누가 준 건데요……."

"누가 줬느냐? 언제?"

"릴리요. 릴리 베이츠요. 폰 헬룽 박사님의 종손녀요. 제가 런던을 떠나기 전에요."

"그 애는 왜 너한테 이걸 줬지?"

"저도 모르겠어요."

"모르겠다고?"

"저한테 행운을 가져다줄 거라고 했어요."

"오, 행운이라. 그럼 너는 릴리가 왜 너한테 이걸 줬는지 알겠구나."

"전 개를 그렇게 많이 좋아하지도 않는걸요."

"아, 그렇고말고. 당연히 그렇겠지."

"그거 제가 다시 가져가도 돼요?"

"그러니까 돌려달라고 부탁하는 거냐?"

"돌려주실 거죠?"

"사랑에 빠진 거냐, 윌 헨리?"

"그런 건 바보 같아요."

"뭐가? 사랑이? 아니면 내 질문이?"

"모르겠어요."

"모른다고! 아까도 그렇게 말했잖니. 왜 두 번째에는 통할 거라고 생각하는 거지?"

"전 그 애를 사랑하지 않아요. 절 짜증 나게 만든다고요."

"네가 방금 부인한 것을 아주 정확하게 설명하는 말이구나."

그는 호기심 어린 표정으로 사진 속 릴리의 얼굴을 한참 동안 들여다보았다. 희한하게 생긴 새로운 생물을 발견한 듯한 과학자의 표정이었다.

"흠, 예쁘긴 하구나. 게다가 너도 슬슬 나이가 들고 있으니. 세상에는 치료약이 없는 병도 존재하는 법이지."

박사는 내게 사진을 돌려주었다.

"언젠가 너한테 사랑에 빠지지 말라고 경고한 적이 있었지. 그게 현명한 충고 같으냐 아니면 이기적인 가식 같으냐?"

"모르겠어요."

그는 고개를 끄덕였다. "나도 그렇다."

컨스는 땅거미가 질 무렵에야 뚱한 얼굴로 갓 잡은 낙타거미를 어깨에 인 채 돌아왔다. 그는 부루퉁해 있었다.

"오늘은 겨우 세 마리밖에 못 잡았어. 이건 사냥이 아니야. 과녁 맞히기지."

"그게 과녁도 아니고, 우리가 사냥을 하고 있지도 않다는 점을 빼면 말이지." 박사가 응수했다. "우리는 그 가엾은 사람들의 고통을 끝내고 치명적인 질병이 확산되는 걸 방지하고 있는 걸세."

"오, 자네는 항상 그렇게 고상한 척을 해야 직성이 풀리지?" 컨스가 나를 쳐다보았다. "너는 다 나은 거냐?"

"그런 것 같네." 워스롭이 대신 대답했다. 그는 나와 컨스가 최대한 말을 섞거나 부대끼지 않기를 원했다. 흡사 그가 다른 종류의 전염병이라도 되는 듯 말이다.

"그럼 그걸 이용해서 저들을 치료해야지 소, 돼지처럼 잡아 죽이지 말아야 하는 거 아닌가?"

"인간은 짐승이 아니야." 박사가 옛 스승의 말투로 응수했다. "하지만 남은 혈청이 두 개밖에 없네. 해독제를 만들려면 보관해 둬야 해."

"지금 자네가 한 입으로 두 말을 하고 있는 거 알고 있지, 펠리노어? 여기 있는 자네 조수한테 일이 닥쳤을 때에는 해독제를 만들기 위해 아껴야 한다는 생각 따위는 하지도 않았잖아."

"그리고 자네는 양심의 소리를 흉내 내는 걸 그만둬야 할 걸세, 컨스. 알지도 못하는 언어를 지껄이는 것처럼 공허하기만 하니까."

컨스가 짓궂은 표정으로 씩 웃으며 거미 한 마리를 통째로 입안에 쑤셔 넣었다. 괴물학자는 역겨워하며 고개를 돌렸다.

박사는 섬에서 마그니피쿰을 근절하는 힘든 작업을 끝내기 위해 무자비할 정도로 효율적인 방법을 고안해 냈다. 우리는 유용한 은신처를 찾아 비바람을 막을 수 있는 캠프를 세웠다. 놈들의 보금자리를 에워싸고 있는 산꼭대기 구름 아래로 100미터쯤 떨어진 곳이었다. 그러곤 우리가 뒤쫓는 사냥감들과 같은 시간대에 움직이며 낮에는 자고 밤에는 놈들을 살상 지대로 유인했다.

모닥불이 우리가 사용하는 미끼였다. 불은 놈들을 유인했다. 워스롭과 컨스는 암벽이나 바위 뒤에 숨어 있다가 놈들이 빛무리 안으로 모습을 드러내면 삽시간에 해치웠다. 전날 밤에 수확한 시체들은 다음 날 불을 피우는 데 사용되었다.

그것은 음침하고 불쾌한 작업이었다. 사냥의 스릴 따위는 존재하지도 않았고, 죽음의 손길도 스칠 필요가 없었다. 그저 죽음만이 있을 뿐이었다.

괴물학의 어두운 면모란 이런 것이다. 불쾌하고 껄끄러운 종류의 영웅적 행위, 다른 이들이 빛 속에서 살아갈 때 보이지 않는 어둠 속에서 일어나는 일들. 이 일은 내 스승에게 커다란 타격을 주었다. 그는 더 이상 먹지 않았다. 눈을 붙여 봤자 고작 몇 분에 불과했고 갑자기 벌떡 일어나 뭔가에 홀린 눈빛으로 하염없이 먼 곳을 응시하곤 했다. 마치 도저히 선택할 수 없는 두 개의 문 사이에 갇힌 사람처럼.

컨스도 크게 나을 바는 없었다. 그는 미노타우로스가 아직도 모습을 드러내지 않는다며 끊임없이 투덜거렸고, 이런 나날들은 그가 상상했던 용맹하고 서사적인 모험과는 거리가 멀었다.

"펠리노어, 어떻게든 지금보단 더 재미를 볼 수 있는 방법이 있지 않겠나."

어느 날 밤, 컨스가 말했다. 우리의 함정에 단 한 마리도 걸려들지 않은 밤이었다. "편을 나누는 건 어떨까. 시합을 하는 거야. 더 많은 놈을 해치우는 사람이 이기는 거지."

"마음에 안 들면 언제든 떠나도 좋네, 컨스." 워스롭이 진저리를 치며 말했다. "솔직히 말해 차라리 그래 줬으면 좋겠어."

"그건 너무하잖아, 펠리노어. 이건 내 잘못도 아니라고. 마그니피쿰 전설을 지어낸 건 내가 아니야."

"그래, 하지만 자네는 그걸 이용해 돈을 벌려고 했지."

"그리고 자네는 그걸 이용해서 명성을 얻으려고 했고 말이야. 라이벌들에게도 본때를 보여 주고 싶었겠지. '보라, 이 위대한 과학자를 경배하라! 우리 기독교 왕국에 성배를 찾아 돌아온 훌륭한 기사님, 순수한 펠리노어, 긍지 높은 펠리노어, 위대한 펠리노어!'" 그는 명랑하게 웃었다. "동기만으로 따지자면 차라리 내가 훨씬 더 순수할 걸세."

"박사님을 내버려 둬요!" 내가 폭발했다. 당장이라도 아왈리의 나이프를 꺼내 저 가증스러운 얼굴에서 웃음을 도려내고 싶었다. "모조리 당신 잘못이에요! 다 당신 잘못이라고요! 박사님은 당신 때문에 죽을 뻔했다고요!"

"도대체 무슨 소리를 하는 거냐, 얘야? 러시아인들 말이니? 난 러시아인들에게 펠리노어를 죽이란 소리를 한 적이 없어. 그건 순전히 그놈들 생각이었다고."

"당신이 니두스를 보냈잖아요."

"안전하게 보관해 달라고 보낸 거지. 오히려 나한테 고마워해야 하는 거 아니냐?"

"당신을 죽여 버릴 거야. 죽여 버릴 거라고!"

그의 눈썹이 삐죽 치켜 올라갔다. "오호라! 참으로 피에 굶주린 야만인답구나! 도대체 애한테 뭘 가르친 건가, 펠리노어?"

괴물학자가 슬픈 듯이 고개를 가로저었다.

"내가 의도한 가르침이 아니었다네."

우리는 장장 일주일 동안 죽은 자들의 포도밭을 일구었다. 이틀 연속 놈들이 나타나지 않자, 컨스는 기슈브로 돌아가 다그마르 호를 기다리자는 이야기를 꺼내기 시작했다.

"미노타우로스는 포기해야 할 것 같아." 그가 부루퉁하게 말했다. "하지만 만사에는, 심지어 아무리 좋은 일이라도 다 끝이 있기 마련이니까."

박사의 얼굴에 심란한 표정이 스치고 지나갔다. 그는 나를 컨스의 귀가 닿지 않는 곳으로 데려가 속삭였다.

"내가 끔찍한 실수를 저지른 것 같다, 윌 헨리."

"그런 말씀 마세요." 나도 같이 속삭였다. "다들 마그니피쿰이 진짜라고 생각했잖아요……."

"쉬이! 마그니피쿰 이야기를 하는 게 아니다." 그는 컨스가 숨어 있는 바위턱을 힐끗 쳐다보며 말했다. "저 친구가 뭘 기다리는지 모르겠다. 어쩌면 아직 고민 중인지도 몰라. 약간이나마 남아 있는 인간적인 부분 때문인지도 모르고. 하지만 그런 기색은 안 보이니, 그보다는 아직 적당한 기회를 찾지 못했다고 봐야 할 것 같다."

박사는 내 놀란 표정을 보고는 싸늘하게 웃었다.

"그는 나를 죽여야 한다. 물론 너도 마찬가지고. 우리 둘을 모두 죽여야 해. 그 외에 무슨 방법이 있겠느냐? 그는 몬순이 지나갈 때까지 섬에 갇혀 있어야 하고 그때가 되더라도 탈출하기가 쉽지 않을 거다. 누구에게 도움을 요청하겠니? 섬의 유일한 항구는 영국군 관할 아래 있고 그는 살인과 반역 죄로 수배된 상태야. 러시아인? 그들은 그에게 탐험이 실패한 책임을 묻고 어쩌면 보복도 하려 들 테지. 섬에 남아 있으면 양쪽 모두에게 쫓겨 다녀야 하고 탈출하려고 하면 체포될 거다."

"그럼 더더욱 우리를 죽이면 안 되지 않나요?" 내가 반박했다. "탈출하려면 우리 도움이 필요하잖아요."

"정말로 그럴까? 그는 우리가 언제 어디서 다그마르와 접선하는지 알고 있다. 그게 내가 저지른 실수야. 그걸 저놈에게 말해 줬거든. 컨스가 러셀 선장에게 우리가 실종되거나 죽었다고만 하면 모든 게 해결된다. 그러면 여기서 탈출해 어디든 원하는 곳에 가서 누구든 될 수 있지. 다시 인간의 탈을 쓰고 인간들 사이에 숨어서 멀쩡히 살 수 있는 거야."

나는 그의 말을 곰곰이 곱씹었다. 그의 주장에 허점이 있지는 않은지 따져 보았지만 곧 아무 소용도 없음을 깨닫고 차라리 해결책을 찾는 데 집중하는 게 낫겠다는 결론을 내렸다.

"머리를 때려 기절시킨 다음에 묶어 놓는다거나…… 아니면 잠들 때까지 기다렸다가요……."

박사가 고개를 끄덕였다. "그래, 그래야지. 그게 유일한 방법 같다. 그도 잠을 자기는 해야 할 테니까……." 그가 말꼬리를 흐렸다. 지난 며칠 내내 그의 얼굴에 은근히 맴돌던 불안한 기색이 확 피어올랐다. "하지만 그를 묶어 두고 떠날 수는 없어. 그건 사형선고나 마찬가지일 테니까. 너무 잔인하지 않니."

"그럼 머리를 때려서 기절시킨 다음에 총만 빼앗는 건 어때요?"

"왜 아까부터 계속 기절시키자고 하는 거냐? 그냥 잠든 사이에 몰래 총만 빼앗으면 안 되는 거냐?"

"그럼 그렇게 해요. 밤에 잘 때까지 기다렸다가 총을 빼앗죠."

"그리고 그다음에는…… 어떻게 하지? 포로로 데려갈까?"

"영국군에게 넘기면 되죠."

"그러면 아크라이트의 죽음에 대해 심문할 거다. 네가 살인에 대한 공범으로 체포될 수도 있어. 폰 헬룽도 마찬가지고."

"하지만 자기 입으로 아크라이트를 모른다고 했잖아요."

그는 무서운 눈으로 나를 노려보았다.

"넌 대체 뭐가 문제냐, 헨리. 내가 드디어 네 어깨 위에도 머리라는 게 달렸다고 생각하기 시작할 즈음이면 어김없이 멍청한 소리를 하니."

"그럼 아무한테도 넘기지 마세요. 다그마르 호에 탈 때까지만 잡아 뒀다가 여기다 버리고 가요."

괴물학자는 고개를 끄덕였지만 여전히 고민하는 눈치였다. "그래, 그게 유일한 대안 같구나. 우리 일이 끝나면 그렇게 하자."

무엇에 대한 유일한 대안인데요? 나는 묻지 않았다. 물을 필요가 없었다.

마지막 추수의 밤이 지나고 동이 틀 무렵이었다. 그날 밤 우리의 덫에는 한 마리밖에 걸리지 않았다. 놈을 명중시킨 컨스가 시체를 돌려 눕히고는 얼굴을 살피며 실망스러운 표정을 지었다.

"도대체 놈은 어디 있는 거야?" 그가 말했다. "내 미노타우로스는 어디 있냐고?"

"죽었겠지." 워스롭이 말했다.

"오, 그러지 말게. 놈을 못 잡는다면 내가 이제까지 한 고생이 전부 헛수고였다는 뜻이라고!"

"왜, 이 정도 죽음으로는 충분하지 않나, 컨스?"

"그게 바로 삶의 훌륭한 점이지!" 컨스가 열정적으로 응수했다. "감당하지 못할 정도로 죽음이 차고 넘치거든!"

"자네가 원하는 만큼 충족시켰길 바라네. 내일이면 다그마르가 돌아올 테니까."

"벌써 내일이야? 그럼 오늘 밤에 미노타우로스를 반드시 찾아야겠군. 놈들의 동굴에 가 보는 건 어떻겠나. 어쩌면 거기 있을지도 모르잖아. 뱃가죽이 터지기 직전이라든가."

"이놈 상태를 보게." 워스롭이 발아래 쓰러져 있는 감염자를 가리키며 말했다. "아직 감염되지 않은 사람들이 안전하게 피해 있다면 전염병은 거의 막바지에 이르렀을 거야. 그놈은 벌써 '터졌을' 걸세."

그러나 컨스는 쉽게 단념하지 않았다. 그는 마지막 희생자의 시신을 태우지 않고 피를 내기로 결정했다. 불이 실패했다면 피 냄새는 성공할지도 몰랐다. 그런 다음 그는 우리를 쫓아냈다. "자네들은 좀 쉬지. 내일 아침 일찍 해안가까지 꽤 먼 길을 가야 하니까. 버리고 가진 않을 테니 걱정 말게."

"어쩌면 그게 계획인지도 몰라." 캠프로 돌아간 후 박사가 말했다. "혼자 몰래 빠져나가서 우리가 배를 놓치게 하는 거지."

나는 내 스승이 순진하다고 생각했다. 존 컨스 같은 작자라면 일말의 가능성도 남겨 두지 않을 것이다.

"지금 해치워야 해요." 내가 말했다. "지금 우리가 잠든 줄 알잖아요. 박사님만 괜찮으시면 제가 할 게요."

"네가 한다고? '뭘' 한다는 거냐?"

"머리를 때리는 거요."

"나도 그 행동이 유용해 보이는 이유는 알겠다만……."

"박사님도 들으셨잖아요. 저 사람은 오늘 잠을 잘 생각이 없다고요. 그리고 우린 오늘 다그마르 호와 접선하러 기슈브에 가야 하고요."

"컨스가 휴식을 취할 때까지 기다리면 되지 않을까." 그가 제안했다. "언젠가는 지쳐서 총을 내려놓지 않겠니."

"그 사람이 왜 그러겠어요?" 이젠 답답해서 짜증이 나기 시작했다. 내가, 펠리노어 워스롭한테 말이다! "아침에 해가 뜨자마자 우릴 죽일 작정일 텐데요."

"그래그래, 네가 옳다, 윌 헨리. 틀림없이 그럴 작정일 거다. 그리고 그도 우리를 의심해서 최대한 경계하겠지. 어떻게 해야 그를 방심하게 할 수 있을까?"

나는 그에게 내 계획을 설명했고, 그는 여러 차례 반론했다. 가장 큰 이유는 컨스가 금세 눈치를 챌 것이라는 것이었다.

"그가 조금이라도 낌새를 알아차리면 네가 그 대가를 치르게 될 거다." 괴물학자가 말했다.

그러나 그보다 더 나은 대안은 없었다. 우리는 한시라도 빨리 움직여야 했다. 언제 컨스가 드디어 우리 차례가 되었다고 판단할지 모르니까 말이다.

헤어지기 직전, 괴물학자는 내 어깨를 붙들고 내 눈을 깊숙이 들여다보았다. 나는 그의 눈빛 속에서 질문을 읽었다. 나는 도버에서 했던 말을 되풀이했다. "전 두렵지 않아요, 박사님."

"나도 안다." 그는 침울하게 대답했다. "그래서 나는 두렵구나."

괴물 같은 건 없어. 오직 인간만 있을 뿐이지. 존 컨스는 말했다.

컨스는 내가 그의 은신처에 도착하기 한참 전에 내가 접근하는 소리를 들었다. 그는 재빨리 몸을 돌려 나를 겨냥했다. 나는 발을 멈추고 작은 소리로 그를 불렀다. "컨스 박사님! 컨스 박사님!"

"뭐냐?" 그도 나지막하게 대답했다. "워스롭은 어디 있지?"

"무슨 소리가 나서요…… 저쪽에서요." 나는 산 아래쪽으로 난 샛길을 가리켰다. "박사님이 살펴보러 가셨어요."

"워스롭이 혼자……? 왜 그런 짓을 했다더냐, 윌?"

나는 조금 더 가까이 다가갔다. 그는 총구를 내리지 않았다. 결정적이었다. 만일 그가 총을 내렸더라면 나는 박사와 내가 피해망상에 빠져 있다고 여겼을지도 모른다. 그러나 그는 총을 내리지 않았다. 총구는 정확하게 내 가슴 한복판을 겨냥하고 있었다.

"뭔지 확인하러 가신 거죠." 내가 대답했다.

"그 친구가 정말 정신이 나간 모양이구나. 여기서 나와 함께 놈이 접근하기를 기다리면 될 것을."

"동굴에서 너무 가까웠거든요." 내가 떨리는 목소리로 말했다. "바위 반대쪽이었어요. 방심했다가 당하기라도 하면 안 되잖아요. 너무 가까이 있었단 말이에요. 그런데 아직도 안 돌아오세요. 너무 무서워요……."

"네가?" 그가 물었다. "네가?"

그는 망보던 자리에서 내려와 천천히 내 앞으로 다가왔다.

"네가 무섭다고?" 그가 다시 물었다. 옅은 회색 눈이 차갑게 번득였다. 평소와는 달리 심각한 표정이었다.

"저랑 같이 박사님을 찾으러 가면 안 돼요?" 내가 머뭇거리며 말했다. 가슴이 꽉 죄는, 익숙한 느낌이 파고들었다. 세상을 두 쪽으로 쪼갤 수 있는 무시무시한 힘. 박사의 목소리가 들렸다. 우리는 서로에게 없어서는 안 될 존재가 되어야 한다.

"물론이지. 같이 가자꾸나, 윌. 머릿수가 많을수록 유리하니까, 안 그러냐?"

그는 여느 때처럼 독특한 미소를 띠며 빙그레 웃었고, 장총을 팔꿈치에 걸고는 삼촌이 조카를 귀여워하듯 내 머리를 다정하게 다독였다.

"무서워할 필요 없다."

나는 눈을 들었다. 오쿨루스 데이—컨스는 그것을 그렇게 불렀다.—가 그의 눈을 똑바로 마주 보았고, 그는 그 안에서 자신을 발견했지만, 때는 이미 늦었다. 너무 늦었다. 그가 다시 총을 손에 잡기도 전에, 팔에서 빼내기도 전에, 아왈리의 긴 나이프가 공기를 가르며 그의 목에 깊숙이 박혔다.

그는 바닥에 풀썩 무릎을 꿇으며 허물어졌다. 두 눈이 경악으로 휘둥그레졌다. 장총을 겨냥하려 들어 올렸지만 내가 발로 차 버렸다. 그는 손을 들어 목에서 크게 입을 벌리고 있는 상처로 가져갔다. 죽어 가는 심장이 뛸 때마다 피가 분출했고, 그는 놀란 눈으로 나를 바라보았다. 그러곤 바닥으로 쓰러졌다. 피투성이 손을 내게 뻗었지만, 나는 너무 멀리 있었다. 나는 그의 손이 닿지 못하는 곳에 있었다.

나는 허리를 굽혀 장총을 집어 든 다음 시신 옆으로 들고 갔다. 그의 몸 밑에 총을 밀어 넣었다. 그런 다음 오른손을 집어 손가락을 방아쇠 위에 올려놓았다. 나는 한 발짝 물러나 내가 만든 작품을 감상했다.

괴물 같은 건 없다. 오직 인간만 있을 뿐이다.

나는 나이프를 주워 들고 박사를 데리러 갔다.

44장

"별똥별."

"다시 말해 봐라." 박사가 말했다.

나는 조금도 더듬지 않았다. 내 똑바른 시선은, 내 이야기와 마찬가지로 일말의 어긋남도 없었다. 컨스가 수상한 기색을 눈치챘고 나는 선택의 여지가 없었으며 그래서 스스로를 방어할 수밖에 없었다는 것.

"그가 바로 앞에서 너를 쏘려고 했단 말이지." 괴물학자가 의심스럽다는 듯이 말했다. "윈체스터 장총으로."

"네, 박사님. 제 가슴을 똑바로 겨냥하면서 미안하지만 어쩔 수가 없다고 했어요."

"너랑 똑같이. 선택의 여지가 없었단 말이지."

"네, 박사님."

"그래서 넌 그의 목을 찔렀고? 컨스가 총으로 네 가슴을 겨냥하고 있는데?"

"네, 박사님."

"어떻게 그럴 수가 있었지? 윈체스터 총신만큼 서로 떨어져 있는데 어떻게 그렇게 가까이 다가간 거냐?"

박사는 그 장면을 상상하기가 어려운 모양이었다.

"왼손으로 총을 쳐 내고 오른손으로 칼을 휘둘렀어요."

"맨손으로 총을 쳐 냈다고?"

"밀쳐 냈다고요. 총을 놓치진 않았어요."

"네 손에 칼이 들려 있다는 것도 눈치채지 못했고?"

"등 뒤에 숨기고 있었거든요."

"그러니까, 그가 총을 들어 올려 너를 쏘려고 했을 때." 그가 천천히 읊었다. "너는 등 뒤에 오른손을 숨기고, 왼손으로 총신을 밀어내고, 동시에 반대쪽 손으로 나이프를 꺼내 그의 목을 찔렀단 말이냐?"

"네."

"그래?"

"네, 박사님."

그는 골똘히 생각에 잠겨 턱 밑을 긁적였다. "그것 참 번개 같은 판단이었구나."

"네, 박사님. 제 말은, 어, 감사합니다."

"그리고 반사 신경은 그보다도 더 빠른 것 같고. 나중에 나한테 꼭 보여 주렴."

"전 그를 죽여야 했어요, 워스롭 박사님."

"흠, 그래, 그랬겠지. 자기방어는 절대로 빼앗길 수 없는 권리니까."

"그래야만 했어요." 나는 고집했다. "우리 둘을 위해서요."

"나는 그를 길가로 유인해서 내가 그의 머리를 내리치는 작전이 마음에 들었다만."

"처음부터 그럴 작정은 아니었어요. 그냥…… 그렇게 된 거예요."

"내가 네가 그럴 작정이었다고 말했더냐, 윌 헨리? 만약 그랬다면 넌 완전히 다른 짐승이 되었을 거다. 그건 아덴에서 있었던 일과는 또 다르니까. 우리는 존 컨스를 반드시 죽일 필요가 없었어."

"하지만 죽는 편이 낫잖아요."

박사는 이맛살을 찌푸렸다. 그는 찬찬히 내 눈빛을 살폈지만 나는 그의 시선을 피하지 않았다.

"왜 그렇지?"

"그를 살려 두면 언젠가는 섬에서 빠져나갈 방법을 찾을 테니까요. 그 사람이라면 반드시 그랬을걸요. 그 사람은…… 그 사람은 존 컨스잖아요."

"그래서? 우리가 탈출할 수만 있다면 그게 무슨 상관이냐?"

"당연히 중요하죠! 박사님은 그 사람한테 위험한 존재잖아요. 너무 많이 알고 계시잖아요. 너무 많은 걸 봤고요."

우리 사이에 침묵이 내려앉았다. 그는 나를 쳐다보았고, 나는 그를 마주 보았다. 하늘에 떠 있던 마지막 별이 조용히 시들었다.

"내 생각엔 우리 둘 다 그런 같구나, 윌."

박사가 정적을 깨뜨리며 말했다. 그러나 우리 사이의 그 정적 속에 도사리고 있는 것, 그것은 깨지지 않았다.

피의 섬을 떠나기 열 시간 전, 산맥의 거대한 팔이 열리면서 바다까지 광활하게 펼쳐진 평원이 우리 앞에 모습을 드러냈다. 날씨는 화창하고 더웠으며 바람도 거의 없었다. 다채로운 색깔의 도마뱀이 바위 위에서 일광욕을 즐겼고, 나비 한 마리가 무지갯빛으로 아른거리는 푸른색 날개를 팔랑거리며 주위를 맴돌았다. 괴물학자가 나비를 가리키며 말했다.

"근방에 꽃이라곤 한 송이도 없는데, 길을 잃었나 보다."

우리 아래쪽, 샛길 입구에 난 커다란 바위 사이에 갑자기 커다란 형체가 나타났다. 가슴이 쿵쾅거리기 시작했다. 아왈리야! 나는 생각했다. 발걸음을 재촉했다. 괴물학자가 내 어깨를 붙잡고 뒤로 끌어당겼다. 우리는 우람한 체구가 괴로움에 몸부림치는 동작으로 우리를 향해 다가오는 것을 바라보았다. 몸뚱이를 덮고 있는 누더기가 펄럭거렸다. 헐벗은 발은 날카로운 바위에 난자당한 자국으로 가득했고 지나온 길에 핏자국을 남기고 있었다. 입은 큼지막하게 벌어져 있었다. 검고 커다란 눈동자는 깜박이지 않았다. 넓적한 손은 피범벅이었다. 널찍한 이마 한가운데 커다란 뿔이 솟아 있었다. 마침내 컨스의 미노타우로스가 등장한 것이다.

나는 컨스의 장총을 들어 올렸다. 옆에서 괴물학자가 나지막하게 항의하는 듯한 소리를 내더니 손을 내밀어 총신을 밀어 내렸다.

티포에우스의 자식이 크고 무거운 머리를 치켜들었다. 고통으로 가득 찬 분노로 으르렁거리며 입술이 말려 올라갔고, 오전의 햇살 속에서 피 섞인 푸드레 세르가 빛났다. 놈이 우리 쪽으로 휘청거리며 다가왔다. 돌진하기에는 너무 몸이 너무 약해진 탓이다. 그러다 발을 헛디뎌 넘어졌다. 놈은 커다란 어깨를 부르르 떨며 땅을 밀치고 일어서려 했다. 망가진 얼굴에서 줄줄 흘러내리는 푸드레 세르, 햇빛이 투과할 정도로 투명한 피부. 뼛속까지 환히 보일 정도였다. 놈은 비틀거리면서 일어나다, 다시 고꾸라졌다. 고개가 뒤로 푹 젖혀지고 맑은 하늘을 향한 검은 눈에서 눈물이 흘렀다.

"별똥별을 뒤쫓은들 종국에 발견하는 것은 악취가 진동하는 고약한 물질이라." 괴물학자가 입을 열었다. "지평선 위를 가로지를 때에는 그토록 아름다워 보였건만."

그의 눈가에 연민 어린 눈물이 어룽거렸다. 두 사람은 함께 울고 있었다. 괴물과 인간, 별똥별과 그것을 뒤쫓던 자.

그리하여 내가 피의 섬에 발을 디디고 승리의 깃발을 꽂을 때, 심연의 정상을 차지했을 때, 우리 모두가 두려워하고 또한 추구하는 그것을 발견했을 때, 얼굴 없는 존재의 얼굴을 대면했을 때, 나는 과연 누구의 얼굴을 보게 될 것인가?

인간이 총을 들어 올려 괴물의 미간을 겨냥했다.

기슈브는 우리가 떠났을 때와 전혀 달라진 것이 없었다. 버려진 도시, 죽은 자들의 도시. 삶이 돌아오려면 여러 해가 걸릴 것이다. 죽은 자들은 화장되고 그 재는 그들이 난 흙으로 돌아갈 것이며, 집들은 청소되고 정화될 것이며, 다음 세대는 추수를 위해 바다로 나갈 것이다. 삶은 돌아올 것이다. 늘 그렇듯이.

우리는 아왈리를 기다렸다. 나는 그가 돌아올 것이라 믿어 의심치 않았다. 모든 이름에는 의미가 있다고, 그는 말했다. 우리는 시시

각각 길어지는 용혈수의 그림자 아래 앉아 기다렸다. 태양이 수평선을 향해 기울고, 금빛 햇살이 시야를 가득 메웠다. 햇빛이 머리 위 잔잔한 노래를 부르는 나뭇잎 사이에서 살랑거리며 춤을 췄다. 나는 바다 위에, 세상의 끝에 천 개의 돛이 달린 배가 떠 있는 것을 보았다. 내 아버지는 약속을 지켰다. 가장 그럴 것 같지 않은 인물을 통해.

박사의 손이 내 어깨를 감싸 안았다. 그의 목소리가 내 귀에 대고 말했다.

"다시는 널 혼자 두고 가지 않으마, 윌 헨리. 다시는 널 떠나지 않겠다. 내가 살아 있는 한 너를 보살필 거다. 네가 나를 어둠 속에서 구한 것처럼 나도 어둠이 너를 덮치지 못하게 하겠다. 검은 물결이 너를 집어삼킨다면 내 어깨 위로 너를 밀어 올려 주마. 절대로 네가 그 밑에 잠기도록 내버려 두지 않을 거다."

그것은 그의 승리의 순간이었다. 우리 모두가 두려워하고 우리 모두가 갈구하던 것을 정면으로 직시하는 순간이었다.

승전의 깃발이 바람결에 펄럭이는 소리가 들리는 것 같았다.

땅거미가 지자, 우리는 해안가로 걸어갔다. 젖은 백사장과 수평선 사이에 다그마르 호가 닻을 내리고 있었고, 우리와 다그마르 호 사이에는 소형 보트가 우리를 집에 데려가기 위해 밀물을 타고 달려오고 있었다.

"아왈리는요?" 내가 물었다.

"그는 못 올지도 모른다, 윌." 박사가 말했다. "컨스의 말이 옳았는지도 몰라."

나는 무너진 세계 위에 거상처럼 우뚝 서 있던 사내를, 갓난아기를 품에 안고 천둥 같은 목소리로 포효하던 사내를 떠올렸다. 자비를 베푸는 것은 순진한 행동이 아니고, 희망을 잃지 않기 위해 최후까지 저항하는 것은 어리석은 것도, 미친 것도 아닐세. 그건 인간적인 거지.

"아니에요." 내가 말했다. "박사님이 옳았어요."

나는 동쪽을 가리켰다. 거대한 몸집의 사나이가 파도를 헤치며, 검은 피부 위로 하루의 마지막 햇빛을 빛내며 맨발로 달려오고 있었다. 먼 거리에서도 나는 그의 얼굴에 떠올라 있는 커다란 미소를 볼 수 있었다. 나는 그 미소가 의미하는 바를 알았다. 그리고 그는, 한때 악독한 해적 선장이었던 그는 더 이상 무거운 짐을 이고 있지 않았으며, 어린아이 같은 순수한 기쁨을 발하며 격렬하게 손을 흔들었다.

소코트라에서 아덴, 그리고 아덴에서 다시 포트사이드까지. 파딜은 약속대로 파시크와 코프타로 연회를 베풀었고, 내게 그의 두 쌍둥이 딸인 아스타르테와 덴데라를 소개시켜 주었다. 그는 그들에게 지평선의 수호자인 미호스의 피후견인인 오포이스와 결혼하는 것도 나쁘지 않다고 말했다. 포트사이드를 떠났을 때 나는 그중 한 명과 약혼한 사이였는지도 모른다. 확실치는 않지만.

워스롭은 브린디시행 증기선에 오르기 전 뉴욕에 전보를 보냈다.

마그니피쿰은 우리의 것.

"마그니피쿰은 우리의 것?" 나는 중얼거렸다. 드디어 내 스승이 정신이 어떻게 된 건 아닌지 의아했다.

"어쨌든 러시아에게 넘어가진 않았잖니." 그가 빙그레 웃으면서 말했다. "우린 그 끔찍한 짐승의 '이빨'을 뽑았고 말이다." 그가 도구 주머니를 툭툭 두드리며 말했다. "이게 얼마나 아이러니한 일인지 알겠나, 윌 헨리? 건전한 아이러니는 대개 제정신이 아닌 세상에서 제정신을 유지할 수 있게 해 주지. 상당히 추천하고 싶은 사고방식이란다. 하지만 영웅들을 맞이하는 환영식은 없을 테고 우리의 영광을 기리는 행진도 없을 거다. 우리가 티포에우스와 싸워 승리를 거뒀다는 사실은 결코 알려지지도 않고 찬양받지도 못할 거야. 펠리노어 워스롭의 패배이되, 괴물학의 승리지." 그러더니 이내 말을 고쳤다. "아니다, 인류의 승리라고 해야겠구나."

지중해를 건너 브린디시로. 거기서 베네치아로 가는 기차를 탔다. 박사는 내게 특별한 심부름을 시켰다. 열세 살 소년에게는 쉽지 않은 일이었다.

"일등실 승객들은 신경 쓰지 마라. 곧장 삼등실로 가. 돈은 인간들과 상냥한 기질을 떼어 놓게 만드는 경향이 있단다, 윌 헨리."

나는 봄베이 출신 인도인으로부터 물건을 빌리는 데 성공했다.

"나는 원래 미신을 믿지 않지만, 이러면 행운이 찾아올지도 모르지." 워스롭이 앉으면서 고백했다. 그는 옷깃을 느슨하게 풀고 턱을 치켜 올렸다. 그러곤 내 손에서 빛나는 면도날을 유심히 바라보았다. "자, 이제 침착하게 구는 게 좋을 거다. 네가 상처를 내면 나는 무척 화가 날 테고, 그러면 너한테 저녁밥도 안 주고 침대로 쫓아낼

지도 모르니까."

그는 내 작품을 거울로 살펴보더니 꽤 잘 했다고 말해 주었다.

"베네치아에 가면 이발소에 들러야 할까?" 그가 거의 어깨까지 내려온 긴 머리카락을 손가락으로 빗어 넘기며 말했다. 그러더니 이내 어깨를 으쓱했다. "너무 서두르면 안 되겠지?"

베네치아에 도착했을 때에는 밤 9시가 넘어 있었다. 검은 물은 다이아몬드 목걸이처럼 반짝였고 공기는 비가 내리기 직전처럼 눅눅했다. 클럽에는 몇 주일 전에도 봤던 얼굴들이 앉아 있었다. 그 뒤로 자리를 뜬 적도 없는 것 같았다. 마치 베네치아에서는 시간이 정지해 있었던 것처럼.

어쩌면 정말로 그랬는지도 모른다. 박사는 지난번에 들렀을 때처럼 바셋하운드처럼 생긴 웨이터에게 술을 주문했고, 바르톨로메오가 지난번과 똑같은 검은색 조끼와 땀에 젖은 흰색 와이셔츠를 입고 등장해 피아노 앞에 앉았다. 그리고 무대 옆에 있는 문이 열리더니 베로니카 소란초가 내 스승에게 빌려 줬던 것과 똑같은 낡은 붉은색 드레스를 걸치고 모습을 드러냈다. 바르톨로메오의 피아노 연주는 여전히 열정적이었고 베로니카의 노래 솜씨는 여전히 형편없었다. 그리고 펠리노어는 이번에도 넋을 잃은 채 멍하니 무대를 주시했다. 노래가 끝나자 그녀는 우리가 앉아 있는 테이블로 다가와 인사치레 삼아 갓 면도한 그의 뺨을 후려갈겼으며, 그를 '바스타르도'와 '이디오타'*라고 불렀고, 무대 위에서는 바르톨로메오가 너털

* 이탈리아어로 '멍청이'라는 뜻.

웃음을 터뜨렸다.

"내 전보에 답신을 안 했더군." 박사가 말했다.

"내 편지에 당신이 답신을 보낸 적은 있고?" 그녀가 응수했다.

"당신이 죽은 줄만 알았다고."

"난 당신이 살아 있을까 봐 걱정이었는데."

"인내심을 가져요."

그녀가 저도 모르게 웃음을 터뜨렸다.

"뭘 원해, 펠리노어? 이번에는 또 무슨 괴물을 쫓는 중인데?"

그가 그녀의 귀에 뭐라고 속닥였다. 짙은 화장 아래 그녀의 얼굴이 발그레해졌다.

"하지만 왜, 펠리노어?" 그녀가 물었다.

"안 될 이유는 뭔데?" 그가 웃음으로 화답했다. "내가 여기 있고, 당신이 여기 있고, 그리고 가장 중요한 건 우리가 아직도 할 수 있다는 거잖소!"

괴물학자가 팔을 펼쳐 그녀의 허리를 다잡았다. 바르톨로메오가 신호를 눈치채고 왈츠 곡을 치기 시작했다. 테이블에 앉아 있던 손님들은 술잔을 한 번 들어 올린 다음 다시 무관심으로 일관했다. 바르톨로메오조차 그들을 보고 있지 않았다. 그는 자신의 연주에 심취해 있었다.

두 사람의 춤을 보고 있는 사람은 내가 유일했다. 문밖, 어두침침한 노란색 조명 아래에서는 빗방울이 칼레 데 카노니카의 자갈길에 입을 맞추고 있었다. 붉은 드레스를 입은 여인과 그녀와 춤을 추는 외로운 사내, 그리고 그들을 지켜보는 소년.

세상은 넓고 우리는 우리 자신이 얼마나 미미한 존재인지 너무나 도 쉽게 망각한다. 별의 부패물처럼 시간은 우리를 잠식한다. 그는 성배 탐색이 자신에게 불멸의 명성을, 무대 위의 짧은 등장을 영원히 기록에 남게 할 거창한 승리를 가져다줄 것이라 여겼다. 하지만 그는 틀렸다. 펠리노어 워스롭은 망각 속에 잊힐 것이고, 그의 고귀한 업적은 인정받지 못할 것이며, 그의 희생은 보다 열등한 자들의 공적에 묻혀 사라질 것이다. 그는 좌절감에 빠져 버둥댈 수도 있었다. 후회와 비탄에 파묻혀 방구석에서 지난 일만 되새김질 할 수도 있었다.

그러나 그는 베네치아로 돌아와, 춤을 추었다.

우리는 모두 사냥꾼이다. 우리는, 우리 모두는 괴물학자다. 그리고 펠리노어 워스롭은 우리 중에 가장 뛰어난 자다. 왜냐하면 그는 세상에서 제일 끔찍한 괴물을 마주할 배짱과 용기를 지녔기 때문이다.

에필로그

일기장의 열 번째 권을 읽은 날, 나는 친구에게 전화를 걸었다. 그는 윌 헨리가 131년이라는 기나긴 생애를 마쳤던 요양원의 원장이었다.

"그 사람 왼쪽 손에 손가락이 하나 없습니까?" 나는 숨을 멈춘 채 대답을 기다렸다.

"그래요, 집게손가락이 없었죠." 원장이 대답했다. "그 이유를 알아냈나요?"

나는 막 그렇다고 대답할 참이었다. 그러나 순간 어쩌면 그 대답이 잘못된 것일 수도 있다는 생각이 스치고 지나갔다. 일기장에 적힌 다른 수많은 이야기들처럼, 사실이 있고 그에 대한 윌 헨리의 설명이 있다. 마그니피쿰 이야기도 마찬가지다. 손가락은 존재하지 않는 괴물의 존재와 워스롭의 어리석은 행동이라고 부를 만한 것을 입증하는 정황적 증거에 불과했다.

"그렇게 된 연유를 설명하는 내용은 있네요." 내가 대답했다. 나는 그에게 막 열 번째 공책을 읽었다고 말했다.

"이름이 더 나오지는 않았고요?" 그가 물었다. 일기장에 관한 그의 주 관심사는 그 부분에 있었다.

"매킨리 대통령, 셜록 홈즈의 창시자인 아서 코난 도일, 그리고 아르튀르 랭보요."

"랭보? 그건 누군지 모르겠군요."

"당대의 프랑스 시인이죠. 지금도 위대한 시인으로 평가받고 있고요. 어디선가 밥 딜런이 그 사람 영향을 받았다는 얘기를 들은 적이 있습니다."

"윌 헨리가 밥 딜런도 알았답니까?"

나는 웃음을 터뜨렸다. "그건 일기를 끝까지 읽어 봐야 알겠군요. 어쩌면 그럴지도요."

"릴리에 대해서 더 알아낸 건 없습니까?"

있었다. 나는 오번 신문에서 윌 헨리와 릴리의 집을 연소시킨 1952년 화재에 관한 기사를 발견했다. 또 화재가 발생하기 2년 전 릴리의 부고 기사도 구할 수 있었다. 릴리언 베이츠 헨리는 뉴욕 시에서 전도유망한 투자은행가인 내서니엘 베이츠와 당시 여성참정권운동의 저명인사였던 에밀리 베이츠 사이에서 탄생했다. 릴리언은 몇몇 자선단체 및 이사회에서 열렬한 활동을 펼쳤고, 기사에 따르면 평생을 다른 사람들을 돕는 데 헌신했다. 유족으로는 남동생의 자제들인 조카들이 있었으며 배우자인 윌리엄 J. 헨리와는 38년간 행복한 결혼생활을 영위했다.

"38년이오?" 원장이 말했다. "그럼 두 사람이 결혼한 게……"

"1912년입니다." 내가 대신 말을 끝맺었다. "1912년이면 워스롭은 59세였겠죠."

"워스롭이?"

"만약에 워스롭이 실존 인물이라면, 실제로 존재했더라면, 1912년에는 죽었을 겁니다."

"왜 그렇게 생각하시는 겁니까?"

"윌이 그가 죽을 때까지 곁을 지켰다고 썼으니까요. 윌과 릴리가 결혼을 한 후에도 펠리노어 워스롭이 그 둘과 같이 살았을 것 같지는 않군요."

"정말로 펠리노어 워스롭이라는 사람이 진짜 있었다고 생각하십니까?" 나는 그의 목소리에서 웃음기를 읽을 수 있었다. 윌 헨리의 말이 떠올랐다. 나는 내가 잃은 누군가를 쫓고 있었다.

"전 그 밑에 숨겨진 의미가 있다고 생각합니다." 나는 조심스럽게 말을 꺼냈다. "일기의 첫 부분에서 윌 헨리는 워스롭이 40년 전에 죽었다고 했어요. 만약 워스롭이 1912년에 죽었다면 윌은 오번의 집이 화재로 연소했을 즈음 일기를 쓰기 시작했다는 뜻이 되지요. 그가 모든 것을 잃은 직후에요. 삶의 유일한 동반자뿐만 아니라 그가 가진 모든 것을 말입니다. 어쩌면 이 일기는 충격을 극복하는 그만의 특이한 방식일지도 모르지요."

"그럼 그 사람이 자기의 과거에 있었던 괴물들을 이해하려고 괴물들이 가득한 과거를 꾸며 냈다고요?"

"글쎄요. 아직까지는 추측일 뿐입니다. 전 심리학자가 아닌걸요."

"정말로 한 명 필요할지도 모르겠군요."

누구를 위해서? 나는 속으로 물었다. 윌 헨리? 아니면 나?

그날 밤 침대에 누워, 나는 화재를 떠올렸다. 첫 번째 화재는 그에게서 부모님을 앗아 갔다. 두 번째 화재는 그에게서 모든 것을 앗아 갔다. 불은 파괴하기도 하지만, 정화시키기도 한다. 그는 이렇게 썼다. 여기 모든 것을 잃은 사람이 있다. 일기의 내용이 사실이라면 한 번도 아니고 두 번씩이나. 그는 존 컨스처럼 우리가 잘못된 신에게 기도하고 있는 것은 아닌지 의문을 품었을 것이다. 어쩌면 일기장은 그가 이해할 수 없는 것을 이해하기 위한 발버둥인지도 모른다. 항상 우리 옆을 어슬렁거리는 보이지 않는 괴물, 얼굴 없는 존재, 우리의 시야의 1만 분의 1센티미터 밖에 있는 괴물을 이해하기 위한 시도인지도 모른다.

그런 가능성을 떠올리다 보니 심장이 두근거리기 시작했다. 갑자기 달아나고픈 욕망에 사로잡혔다. 남은 세 권의 일기장에 손을 대지 말고.……. 원장에게 돌려준 다음 모든 조사—혹은 뭐라고 불러야 할지 모르겠지만—를 때려치우고 싶은 충동. 조그마한 목소리가 내가 가고 싶지 않은 길, 가서는 안 되는 길로 가고 있다고 속닥였다. 내 안에서 뭔가가 슬금슬금 풀어지고 있었다. 너무나도 친숙하지만 동시에 이상하게 낯설고 알아보기 힘든 것, 세상을 두 쪽 낼 수 있을 만큼 강력한 두 개의 힘이 서로 힘겨루기를 하고 있었다. 윌 헨리는 그것을 다스 웅게오이어, 괴물이라고 불렀고 자신이 무는 이야기를 하고 있는지 내가 이해하게 될 것이라고 장담했다.

그는 약속을 지켰다.

옮긴이 | 박슬라

연세대학교에서 영문학과 심리학을 전공했으며, 현재 전문 번역가로 활동 중이다. 옮긴 책으로는 『스틱!』, 『부자 아빠의 투자 가이드』, 『사라진 내일』, 『샤르부크 부인의 초상』, 『한니발 라이징』 등이 있다.

몬스터러몰로지스트 시리즈-3권

피의 섬

1판 1쇄 찍음 2017년 5월 19일
1판 1쇄 펴냄 2017년 5월 26일

지은이 | 릭 얀시
옮긴이 | 박슬라
발행인 | 김세희
편집인 | 김준혁
펴낸곳 | 황금가지

출판등록 | 2009. 10. 8 (제2009-000273호)
주소 | 06027 서울 강남구 도산대로 1길 62 강남출판문화센터 5층
전화 | **영업부** 515-2000 **편집부** 3446-8774 **팩시밀리** 515-2007
홈페이지 | www.goldenbough.co.kr

도서 파본 등의 이유로 반송이 필요할 경우에는 구매처에서 교환하시고
출판사 교환이 필요할 경우에는 아래 주소로 반송 사유를 적어 도서와 함께 보내주세요.
06027 서울 강남구 도산대로 1길 62 강남출판문화센터 6층 민음인 마케팅부

ISBN 979-11-5888-263-1 04840(3권)
ISBN 979-11-5888-260-0 04840(set)

㈜민음인은 민음사 출판 그룹의 자회사입니다.
황금가지는 ㈜민음인의 픽션 전문 출간 브랜드입니다.